Cincuenta sombras más oscuras

E.L. JAMES

Cincuenta sombras más oscuras

Traducción de
Montse Roca

Grijalbo

Cincuenta sombras más oscuras

Título original: *Fifty Shades Darker*

Primera edición en España: julio, 2012
Primera edición en México: agosto, 2012

El autor publicó previamente una serie por entregas online de esta historia, con diferentes personajes y con el título *Master of the Universe*, bajo el seudónimo Snowqueen's Icedragon

www.megustaleer.com.mx

Comentarios sobre la edición y el contenido de este libro a:
megustaleer@rhmx.com.mx

ISBN 978-607-311-146-1

Impreso en México / *Printed in Mexico*

Para Z. y J.
Tienen mi amor incondicional, siempre

Agradecimientos

Siento que debo una gratitud inmensa a Sarah, Kay y Jada. Gracias por todo lo que han hecho por mí.

MUCHÍSIMAS gracias también a Kathleen y Kristi, que trabajaron a destajo y pusieron el material en orden.

Gracias también a Niall, mi marido, mi amante y mi mejor amigo (casi siempre).

Y un gran y agradecido saludo a todas las mujeres maravillosas de todo el mundo que he tenido el placer de conocer desde que empecé todo esto, y de quienes ahora me considero amiga, incluidas Ale, Alex, Amy, Andrea, Angela, Azucena, Babs, Bee, Belinda, Betsy, Brandy, Britt, Caroline, Catherine, Dawn, Gwen, Hannah, Janet, Jen, Jenn, Jill, Kathy, Katie, Kellie, Kelly, Liz, Mandy, Margaret, Natalia, Nicole, Nora, Olga, Pam, Pauline, Raina, Raizie, Rajka, Rhian, Ruth, Steph, Susi, Tasha, Taylor y Una. Y también a tantas y tantas mujeres (y hombres) con talento, divertidas y afectuosas que he conocido en la red. Ustedes ya saben de quiénes hablo.

Gracias a Morgan y a Jenn por todo lo referido a Heathman.

Y finalmente, gracias a ti, Janine, mi editora. Brillas un montón. Eso es todo.

Prólogo

Él ha vuelto. Mamá está dormida o vuelve a estar enferma.

Yo me escondo y me acurruco debajo de la mesa de la cocina. Veo a mamá a través de mis dedos. Está dormida en el sofá. Su mano cae sobre la alfombra verde y pegajosa, y él lleva sus botas grandes con la hebilla brillante y está de pie junto a mamá, gritando.

Pega a mamá con un cinturón. «¡Levanta! ¡Levanta! Eres una pinche puta. Eres una pinche puta. Eres una pinche puta. Eres una pinche puta. Eres una pinche puta. Eres una pinche puta.»

Mamá hace un ruido, como si sollozara. «Para. Por favor, para.» Mamá no grita. Mamá se acurruca más.

Yo tengo los dedos metidos en las orejas y cierro los ojos. El ruido cesa.

Él se da la vuelta y veo sus botas cuando irrumpe en la cocina.

Todavía lleva el cinturón. Intenta encontrarme.

Se agacha y sonríe. Huele mal. A cigarrillos y alcohol. «Aquí estás, mierdita.»

Un gemido escalofriante lo despierta. ¡Dios! Está empapado en sudor y su corazón late desaforadamente. ¿Qué carajos? Se sienta de un salto en la cama y se agarra la cabeza con ambas manos. Dios… Han vuelto. El ruido era yo. Respira profunda y acompasadamente para despejarse la mente y las fosas nasales del olor a bourbon barato y a cigarrillos Camel rancios.

1

He sobrevivido al tercer día post-Christian y a mi primer día en el trabajo. Me ha hecho bien distraerme. El tiempo ha pasado volando entre una nebulosa de caras nuevas, trabajo por hacer y el señor Jack Hyde. El señor Jack Hyde... se apoya en mi mesa, y sus ojos azules brillan cuando baja la mirada y me sonríe.

—Un trabajo excelente, Ana. Me parece que formaremos un gran equipo.

Yo tuerzo los labios hacia arriba y consigo algo parecido a una sonrisa.

—Yo ya me voy, si te parece bien —murmuro.

—Claro, son las cinco y media. Nos veremos mañana.

—Buenas tardes, Jack.

—Buenas tardes, Ana.

Recojo mi bolsa, me pongo el saco y me dirijo a la puerta. Una vez en la calle, aspiro profundamente el aire de Seattle a primera hora de la tarde. Eso no basta para llenar el vacío de mi pecho, un vacío que siento desde el sábado por la mañana, una grieta desgarradora que me recuerda lo que he perdido. Camino hacia la parada del autobús con la cabeza gacha, mirándome los pies y pensando cómo será estar sin mi querido Wanda, mi viejo Escarabajo... o sin el Audi.

Descarto inmediatamente esa posibilidad. No. No pienso en él. Naturalmente que puedo permitirme un coche; un coche nuevo y bonito. Sospecho que él ha sido muy generoso con el pago, y eso me deja un sabor amargo en la boca, pero aparto esa idea e intento mantener la mente en blanco y tan aturdida como sea posible. No puedo pensar en él. No quiero empezar a llorar otra vez… en plena calle, no.

El departamento está vacío. Echo de menos a Kate, y la imagino tumbada en una playa de Barbados bebiendo sorbitos de un coctel frío. Enciendo la pantalla plana de la televisión para que el ruido llene el vacío y dé cierta sensación de compañía, pero ni la escucho ni la miro. Me siento y observo fijamente la pared de ladrillo. Estoy entumecida. Sólo siento dolor. ¿Cuánto tendré que soportar esto?

El timbre de la puerta me saca de golpe de mi abatimiento y siento un brinco en el corazón. ¿Quién puede ser? Oprimo el interfono.

—Un paquete para la señorita Steele —contesta una voz monótona e impersonal, y la decepción me parte en dos.

Bajo las escaleras, indiferente, y me encuentro con un chico apoyado en la puerta principal que masca chicle de forma ruidosa y lleva una gran caja de cartón. Firmo la entrega del paquete y me lo llevo arriba. Es una caja enorme y, curiosamente, liviana. Dentro hay dos docenas de rosas de tallo largo y una tarjeta.

Felicidades por tu primer día en el trabajo.
Espero que te haya ido bien.
Y gracias por el planeador. Eres muy amable.
Ocupa un lugar preferente en mi mesa.
Christian

Me quedo mirando la tarjeta impresa, la grieta de mi pecho se ensancha. Sin duda, esto lo ha enviado su asistente. Probablemente Christian ha tenido muy poco que ver. Me duele demasiado pensar eso. Observo las rosas: son preciosas y no soy capaz de tirarlas a la basura. Voy hacia la cocina, diligente, a buscar un jarrón.

Y así se establece un patrón: despertar, trabajar, llorar, dormir. Bueno, tratar de dormir. No consigo huir de él ni en sueños. Sus ardientes ojos grises, su mirada perdida, su cabello castaño y brillante, todo me persigue. Y la música... tanta música... no soporto oír ningún tipo de música. Procuro evitarla a toda costa. Incluso las melodías de los anuncios me hacen temblar.

No he hablado con nadie, ni siquiera con mi madre ni con Ray. Ahora mismo soy incapaz de tener una conversación banal. No, no quiero nada de eso. Me he convertido en mi propia isla independiente. Una tierra saqueada y devastada por la guerra, donde no crece nada y cuyo porvenir es inhóspito. Sí, ésa soy yo. Puedo interactuar de forma impersonal en el trabajo, pero nada más. Si hablo con mi mamá, sé que acabaré más destrozada aún... y ya no me queda nada por destrozar.

Me cuesta comer. El miércoles a la hora del almuerzo conseguí comerme una taza de yogur, y era lo primero que había comido desde el viernes. Estoy sobreviviendo gracias a una recién descubierta tolerancia a base de cafés con leche y Coca-Cola light. Lo que me mantiene en marcha es la cafeína, pero me provoca ansiedad.

Jack ha empezado a estar muy encima de mí, me molesta, me hace preguntas personales. ¿Qué quiere? Yo me muestro educada, pero he de mantenerlo a distancia.

Me siento y reviso un montón de correspondencia dirigida a él, y me gusta distraerme con esa tarea insignificante. Suena un aviso de correo electrónico y rápidamente compruebo de quién es.

Santo cielo. Un correo de Christian. Oh, no, aquí no... en el trabajo no.

De: Christian Grey
Fecha: 8 de junio de 2011 14:05
Para: Anastasia Steele
Asunto: Mañana

Querida Anastasia:
Perdona esta intromisión en el trabajo. Espero que te esté yendo bien. ¿Recibiste mis flores?

Me he dado cuenta de que mañana es la inauguración de la exposición de tu amigo en la galería, y estoy seguro de que no has tenido tiempo de comprarte un coche, y eso está lejos. Me encantaría acompañarte... si quieres.
Házmelo saber.

Christian Grey
Presidente de Grey Enterprises Holdings, Inc.

Mis ojos se llenan de lágrimas. Dejo mi mesa a toda prisa, corro al lavabo y me escondo en uno de los compartimentos. La exposición de José. Maldita sea. La había olvidado por completo y le prometí que iría. Oh, no, Christian tiene razón, ¿cómo voy a ir hasta allí?

Me aprieto las sienes. ¿Por qué no me ha llamado José? Ahora que lo pienso... ¿por qué no ha llamado nadie? He estado tan absorta que no me he dado cuenta de que mi celular no sonaba.

¡Maldita sea! ¡Soy una idiota! Aún está desviado a la BlackBerry. Dios santo. Christian ha estado recibiendo mis llamadas; a menos que haya tirado la BlackBerry. ¿Cómo consiguió mi dirección electrónica?

Sabe qué número tengo; no creo que una dirección de correo electrónico le suponga un gran problema.

¿Puedo volver a verle? ¿Puedo soportarlo? ¿Quiero verlo? Cierro los ojos y echo la cabeza hacia atrás, mientras la tristeza y la añoranza destrozan mis entrañas. Claro que sí.

Quizá, quizá puedo decirle que he cambiado de idea... No, no, no. No puedo estar con alguien que siente placer haciéndome daño, alguien que no puede quererme.

Fogonazos de recuerdos torturan mi mente: el planeador, tomarse de las manos, besarse, la tina, su delicadeza, su humor, y su mirada sexy, oscura, pensativa. Lo echo de menos. Hace cinco días, cinco días de agonía que me han parecido eternos.

Por las noches lloro hasta quedarme dormida, deseando no haberme marchado, deseando que él fuera diferente, deseando que estuviéramos juntos. ¿Cuánto durará este sentimiento horrible y abrumador? Vivo un calvario.

Me rodeo el cuerpo con los brazos, me abrazo fuerte, me sostengo a mí misma. Lo echo de menos. Realmente lo echo de menos... lo quiero. Sencillamente.

¡Anastasia Steele, estás en el trabajo! He de ser fuerte, pero quiero ir a la exposición de José y, en el fondo, mi lado masoquista quiere ver a Christian. Inspiro profundamente y vuelvo a mi mesa.

De: Anastasia Steele
Fecha: 8 de junio de 2011 14:25
Para: Christian Grey
Asunto: Mañana

Hola, Christian:
Gracias por las flores; son preciosas.
Sí, te agradecería que me acompañaras.
Gracias.

Anastasia Steele
Ayudante de Jack Hyde, editor de SIP

Reviso mi móvil y veo que las llamadas siguen desviadas a la BlackBerry. Jack está en una reunión, así que llamo rápidamente a José.

—Hola, José, soy Ana.

—Hola, desaparecida.

Su tono es tan cariñoso y agradable que casi basta con eso para provocarme otra crisis.

—No puedo hablar mucho. ¿A qué hora tengo que estar mañana en tu exposición?

—Pero ¿vendrás?

Parece emocionado.

—Sí, claro.

Al imaginar su gesto de satisfacción, sonrío sinceramente por primera vez en cinco días.

—A las siete y media.

—Pues nos vemos allí. Adiós, José.

—Adiós, Ana.

De: Christian Grey
Fecha: 8 de junio de 2011 14:27
Para: Anastasia Steele
Asunto: Mañana

Querida Anastasia:
¿A qué hora paso a recogerte?

Christian Grey
Presidente de Grey Enterprises Holdings, Inc.

De: Anastasia Steele
Fecha: 8 de junio de 2011 14:32
Para: Christian Grey
Asunto: Mañana

La exposición de José se inaugura a las 19.30. ¿A qué hora te parece bien?

Anastasia Steele
Ayudante de Jack Hyde, editor de SIP

De: Christian Grey
Fecha: 8 de junio de 2011 14:34
Para: Anastasia Steele
Asunto: Mañana

Querida Anastasia:
Portland está bastante lejos. Debería recogerte a las 17.45.
Tengo muchas ganas de verte.

Christian Grey
Presidente de Grey Enterprises Holdings, Inc.

De: Anastasia Steele
Fecha: 8 de junio de 2011 14:38
Para: Christian Grey
Asunto: Mañana

Hasta entonces, pues.

Anastasia Steele
Ayudante de Jack Hyde, editor de SIP

Oh, Dios. Voy a ver a Christian, y por primera vez en cinco días, mi estado de ánimo mejora un poco y me atrevo a preguntarme cómo habrá estado él.

¿Me ha echado de menos? Seguramente no como yo a él. ¿Ha encontrado a una nueva sumisa de dondequiera que las saque? Esa idea me hace tanto daño que la desecho inmediatamente. Miro el montón de correspondencia que he de clasificar para Jack, y me pongo a hacerlo, mientras lucho por expulsar a Christian fuera de mi mente una vez más.

Por la noche doy vueltas y vueltas en la cama intentando dormir. Es la primera vez en varios días que no he llorado hasta quedarme dormida.

Visualizo mentalmente la cara de Christian la última vez que lo vi, cuando me marché de su departamento. Su expresión torturada me persigue. Recuerdo que él no quería que me fuera, lo cual me resultó muy extraño. ¿Por qué iba a quedarme si las cosas habían llegado a un punto muerto? Los dos evitábamos nuestros propios conflictos: mi miedo al castigo, su miedo a… ¿qué? ¿Al amor?

Me doy la vuelta, me invade una tristeza insoportable, y me abrazo a la almohada. Él no merece que lo quieran. ¿Por qué se siente así? ¿Tiene algo que ver con su infancia? ¿Con su madre biológica, la puta adicta al crack? Esos pensamientos me acechan hasta la madrugada, cuando finalmente caigo agotada en un sueño convulso.

El día pasa muy, muy despacio, y Jack se muestra inusualmente atento. Sospecho que es por el vestido morado y las botas negras de tacón alto que le he robado del armario a Kate, pero trato de no pensar demasiado en eso. Decido ir a comprarme ropa con mi primera paga. El vestido me queda más holgado de lo debido, pero finjo que no me doy cuenta.

Por fin son las cinco y media, recojo mi saco y mi bolsa, e intento mantener la calma. ¡Voy a verlo!

—¿Sales con alguien esta noche? —pregunta Jack cuando pasa junto a mi mesa al salir.

—Sí. No. La verdad es que no.

Arquea una ceja y me mira, claramente intrigado.

—¿Un novio?

Me ruborizo.

—No, un amigo. Un ex novio.

—A lo mejor mañana quieres ir a tomar una copa después del trabajo. Has tenido una primera semana magnífica, Ana. Deberíamos celebrarlo.

Sonríe, y en su cara aparece una emoción desconocida que me incomoda.

Se mete las manos en los bolsillos y sale tranquilamente por la puerta. Veo su espalda que se aleja y frunzo el ceño. ¿Tomar copas con el jefe es buena idea?

Meneo la cabeza. Primero he de enfrentarme a una noche con Christian Grey. ¿Cómo voy a hacerlo? Corro al lavabo a darme los últimos toques.

Me examino la cara con severidad en el enorme espejo de la pared durante un buen rato. Estoy pálida como siempre, con unos círculos negros alrededor de los ojos demasiado grandes. Se me ve demacrada, angustiada. Ojalá supiera maquillarme. Me pongo un poco de rímel y lápiz de ojos y me pellizco las mejillas, confiando en que tomen un poco de color. Me arreglo el pelo para que me caiga con naturalidad por la espalda, e inspiro profundamente. Tendrá que bastar con eso.

Cruzo nerviosa el vestíbulo y, al pasar por recepción, saludo con una sonrisa a Claire. Creo que ella y yo podríamos ser amigas. Jack está hablando con Elizabeth mientras yo voy hacia la puerta, y él corre a abrírmela con una sonrisa enorme.

—Pasa, Ana —murmura.

—Gracias —sonrío, avergonzada.

Fuera, junto al borde de la acera, espera Taylor. Abre la puerta de atrás del coche. Vacilante, me giro para mirar de reojo a Jack, que ha salido detrás de mí. Está contemplando el Audi SUV, consternado.

Me giro de nuevo, me encamino hacia el coche y subo detrás, y allí está él sentado —Christian Grey—, con su traje gris, sin corbata y el cuello de la camisa blanca desabrochado. Sus ojos grises brillan.

Se me seca la boca. Está soberbio, pero me mira con mala cara. ¿Por qué?

—¿Cuánto hace que no has comido? —me suelta en cuanto entro y Taylor cierra la puerta.

Maldita sea.

—Hola, Christian. Yo también me alegro de verte.

—No estoy de humor para aguantar tu lengua viperina. Contéstame.

Sus ojos centellean.

Por Dios...

—Mmm... He comido un yogur al mediodía. Ah... y un plátano.

—¿Cuándo fue la última vez que comiste de verdad? —pregunta, mordaz.

Taylor ocupa discretamente su puesto al volante, pone en marcha el coche y se incorpora al tráfico.

Yo levanto la vista y Jack me hace un gesto, aunque no sé qué ve a través del cristal oscuro. Le devuelvo el saludo.

—¿Quién es ése? —suelta Christian.

—Mi jefe.

Miro a hurtadillas al guapísimo hombre que tengo al lado y que contrae los labios con firmeza.

—¿Bueno? ¿Tu última comida?

—Christian, la verdad es que ese no es asunto tuyo —murmuro, sintiéndome extraordinariamente valiente.

—Todo lo que haces es asunto mío. Dime.

No, no lo es. Yo gruño fastidiada, pongo los ojos en blanco y Christian entorna la mirada. Y por primera vez en mucho tiempo tengo ganas de reír. Intento reprimir esa risita que amenaza con escaparse. Christian suaviza el gesto mientras yo me esfuerzo en poner cara seria, y veo que la sombra de una sonrisa aflora a sus maravillosos labios perfilados.

—¿Bien? —pregunta en un tono más conciliador.

—Pasta *alla vongole*, el viernes pasado —susurro.

Él cierra los ojos, y la ira, y posiblemente el pesar, barren su rostro.

—Ya —dice con una voz totalmente inexpresiva—. Diría que desde entonces has perdido cinco kilos, seguramente más. Por favor come, Anastasia —me reprende.

Yo bajo la vista hacia los dedos, que mantengo unidos en el regazo. ¿Por qué siempre hace que me sienta como una niña descarriada?

Se gira hacia mí.

—¿Cómo estás? —pregunta, todavía con voz suave.

Pues, la verdad, estoy destrozada... Trago saliva.

—Si te dijera que estoy bien, te mentiría.

Él inspira intensamente.

—Yo estoy igual —musita, se inclina hacia mí y me toma la mano—. Te echo de menos —añade.

Oh, no. Piel con picl.

—Christian, yo...

—Ana, por favor. Tenemos que hablar.

Voy a llorar. No.

—Christian, yo... por favor... he llorado mucho —añado, intentando controlar mis emociones.

—Oh, cariño, no —tira de mi mano y sin darme cuenta estoy sobre su regazo. Me ha rodeado con sus brazos y ha hundido la nariz en mi pelo—. Te he echado tanto de menos, Anastasia —susurra.

Yo quiero zafarme de él, mantener cierta distancia, pero me envuelve con sus brazos. Me aprieta contra su pecho. Me derrito. Oh, aquí es donde quiero estar.

Apoyo la cabeza en él y me besa el pelo repetidas veces. Este es mi hogar. Huele a lino, a suavizante, a gel, y a mi aroma favorito… Christian. Durante un segundo me permito fantasear con que todo irá bien y eso apacigua mi alma inquieta.

Unos minutos después, Taylor se estaciona junto a la acera, aunque todavía no hemos salido de la ciudad.

—Ven —Christian me aparta de su regazo—, ya llegamos.

¿Qué?

—Al helipuerto… en lo alto de este edificio.

Christian mira hacia la alta torre a modo de explicación.

Claro. El *Charlie Tango*. Taylor abre la puerta y salgo. Me dedica una sonrisa afectuosa y paternal que hace que me sienta segura. Yo le sonrío a mi vez.

—Debería devolverte el pañuelo.

—Quédeselo, señorita Steele, con mis mejores deseos.

Me ruborizo mientras Christian rodea el coche y me toma de la mano. Intrigado, mira a Taylor, que le devuelve una mirada impasible que no trasluce nada.

—¿A las nueve? —le dice Christian.

—Sí, señor.

Christian asiente, se da la vuelta y me conduce a través de la puerta doble al majestuoso vestíbulo. Yo me deleito con el tacto de su mano ancha y sus dedos largos y hábiles, curvados sobre los míos. Noto ese tirón familiar… me siento atraída, como Ícaro hacia su sol. Yo ya me he quemado, y sin embargo aquí estoy otra vez.

Al llegar al ascensor, él aprieta el botón de llamada. Yo lo observo a hurtadillas y él exhibe su enigmática media sonrisa. Cuando se abren las puertas, me suelta la mano y me hace pasar.

Las puertas se cierran y me atrevo a mirarlo otra vez. Él baja los ojos hacia mí, esos vívidos ojos grises, y ahí está, esa electricidad en el aire que nos rodea. Palpable. Casi puedo saborear cómo late entre nosotros y nos atrae mutuamente.

—Oh, Dios —jadeo, y disfruto un segundo de la intensidad de esta atracción primitiva y visceral.

—Yo también lo noto —dice con ojos intensos y turbios.

Un deseo oscuro y letal inunda mi entrepierna. Él me sujeta la mano y me acaricia los nudillos con el pulgar, y todos los músculos de mis entrañas se tensan deliciosa e intensamente.

¿Cómo puede seguir provocándome esto?

—Por favor, no te muerdas el labio, Anastasia —susurra.

Levanto la mirada hacia él y me suelto el labio. Lo deseo. Aquí, ahora, en el ascensor. ¿Cómo iba a ser de otro modo?

—Ya sabes qué efecto tiene eso en mí —murmura.

Oh, todavía ejerzo efecto sobre él. La diosa que llevo dentro se despierta de sus cinco días de enfurruñamiento.

De golpe se abren las puertas, se rompe el hechizo y estamos en la azotea. Hace viento y, a pesar del saco negro, tengo frío. Christian me rodea con el brazo, me atrae hacia él y vamos a toda prisa hasta el centro del helipuerto, donde está el *Charlie Tango* con sus hélices girando despacio.

Un hombre alto y rubio, de mandíbula cuadrada y con traje oscuro, baja de un salto, se agacha y corre hacia nosotros. Le estrecha la mano a Christian y grita por encima del ruido de las hélices.

—Listo para despegar, señor. ¡Todo suyo!

—¿Lo has revisado todo?

—Sí, señor.

—¿Lo recogerás hacia las ocho y media?

—Sí, señor.

—Taylor te espera en la entrada.

—Gracias, scñor Grey. Que tenga un vuelo agradable hasta Portland. Señora —me saluda.

Christian asiente sin soltarme, se agacha y me lleva hasta la puerta del helicóptero.

Una vez dentro me abrocha fuerte el arnés y tensa las correas. Me dedica una mirada de complicidad y esa sonrisa secreta suya.

—Esto debería impedir que te muevas del sitio —murmura—. Debo decir que me gusta cómo te queda el arnés. No toques nada.

Yo me pongo muy colorada y él desliza el dedo índice por mi mejilla antes de pasarme el casco. A mí también me gustaría tocarte, pero no me dejarás. Frunzo el ceño. Además, ha apretado tanto las correas que apenas puedo moverme.

Ocupa su asiento y se ata también, luego empieza a hacer todas las comprobaciones previas al despegue. Es tan competente... Resulta muy seductor. Se pone el casco, gira un mando y las hélices toman velocidad, ensordeciéndome.

Se vuelve hacia mí y me mira.

—¿Lista, cariño?

Su voz resuena a través de los cascos.

—Sí.

Esboza esa sonrisa juvenil... que llevo tanto tiempo sin ver.

—Torre de Sea-Tac, aquí *Charlie Tango* Golf... Golf Echo Hotel, listo para despegar hacia Portland vía PDX. Solicito confirmación, cambio.

La voz impersonal del controlador aéreo contesta con las instrucciones.

—Roger, torre. *Charlie Tango* preparado.

Christian gira dos mandos, sujeta la palanca y el helicóptero se eleva suave y lentamente hacia el cielo crepuscular.

Seattle y mi estómago quedan allá abajo, y hay tanto que ver...

—Nosotros ya hemos perseguido el amanecer, Anastasia, ahora el anochecer.

Su voz me llega a través del casco. Me giro para mirarlo, boquiabierta.

¿Qué significa eso? ¿Cómo es capaz de decir cosas tan románticas? Sonríe, y no puedo evitar corresponderle con timidez.

—Esta vez se ven más cosas aparte de la puesta de sol —dice.

La última vez que volamos a Seattle era de noche, pero la vista de este atardecer es espectacular, de otro mundo, literalmente. Sobrevolamos los edificios más altos, y subimos más y más.

—El Escala está por ahí —señala hacia el edificio—. Boeing allá, y ahora verás la Aguja Espacial.

Estiro el cuello.

—Nunca he estado allí.

—Yo te llevaré… podemos ir a comer.

—Christian, ya terminamos.

—Ya lo sé. Pero de todos modos puedo llevarte allí y alimentarte.

Me mira fijamente.

Yo muevo la cabeza, enrojezco, y opto por una actitud algo menos beligerante.

—Esto de aquí arriba es precioso, gracias.

—Es impresionante, ¿verdad?

—Es impresionante que puedas hacer esto.

—¿Un halago de su parte, señorita Steele? Es que soy un hombre con muy diversos talentos.

—Soy muy consciente de ello, señor Grey.

Se vuelve y sonríe satisfecho, y por primera vez en cinco días me tranquilizo un poco. A lo mejor esto no estará tan mal.

—¿Qué tal el nuevo trabajo?

—Bien, gracias. Interesante.

—¿Cómo es tu jefe?

—Ah, está bien.

¿Cómo voy a decirle a Christian que Jack me incomoda? Se gira hacia mí y se me queda mirando.

—¿Qué pasa?

—Aparte de lo obvio, nada.

—¿Lo obvio?

—Ay, Christian, la verdad es que a veces eres realmente obtuso.

—¿Obtuso? ¿Yo? Tengo la impresión de que no me gusta ese tono, señorita Steele.

—Bueno, pues entonces olvídalo.

Tuerce los labios a modo de sonrisa.

—He echado de menos esa lengua viperina.

Ahogo un jadeo y quiero chillar: ¡Yo he echado de menos… todo lo tuyo, no sólo tu lengua! Pero me quedo callada, y miro a través de la pecera de vidrio que es el parabrisas del *Charlie Tango*, mientras seguimos hacia el sur. A nuestra derecha se ve el crepúsculo y el sol que se hunde en el horizonte —una naranja enorme, resplandeciente y abrasadora—, y es evidente que yo, Ícaro otra vez, vuelo demasiado cerca.

El crepúsculo nos ha seguido desde Seattle, y el cielo está repleto de ópalos, rosas y aguamarinas perfectamente mezclados, como sólo sabe hacerlo la madre naturaleza. La tarde es clara y fría, y las luces de Portland centellean y parpadean para darnos la bienvenida cuando Christian aterriza en el helipuerto. Estamos en lo alto de ese extraño edificio de Portland de ladrillo marrón del que partimos por primera vez hace menos de tres semanas.

La verdad es que hace muy poco. Sin embargo, siento que conozco a Christian de toda la vida. Él maniobra para detener el *Charlie Tango*, y finalmente las hélices se paran, y lo único que oigo por los auriculares es mi propia respiración. Mmm. Esto me recuerda por un momento la experiencia Thomas Tallis. Palidezco. Ahora mismo no tengo ningunas ganas de pensar en eso.

Christian se desata el arnés y se inclina para desabrocharme el mío.

—¿Ha tenido buen viaje, señorita Steele? —pregunta con voz amable y un brillo en sus ojos grises.

—Sí, gracias, señor Grey —contesto, educada.

—Bueno, vayamos a ver las fotos del chico.

Tiende la mano, toma la mía y bajo del *Charlie Tango*.

Un hombre de pelo canoso con barba se acerca para recibirnos con una enorme sonrisa. Le reconozco: es el mismo anciano de la última vez que estuvimos aquí.

—Joe.

Christian sonríe y me suelta la mano para estrechar la del hombre con afecto.

—Vigílalo para Stephan. Llegará hacia las ocho o las nueve.

—Eso haré, señor Grey. Señora —dice, y me hace un gesto con la cabeza—. El coche espera abajo, señor. Ah, y el ascensor está estropeado, tendrán que bajar por las escaleras.

—Gracias, Joe.

Christian me toma de la mano y vamos hacia las escaleras de emergencia.

—Con esos tacones tienes suerte de que sólo haya tres pisos —masculla con tono de reproche.

No me digas.

—¿No te gustan las botas?

—Me gustan mucho, Anastasia —se le enturbia la mirada y creo que va a añadir algo, pero se calla—. Ven. Iremos despacio. No quiero que te caigas y te rompas la cabeza.

Permanecemos sentados en silencio mientras nuestro chófer nos conduce a la galería. Mi ansiedad ha vuelto en plena forma, y me doy cuenta de que el rato que hemos pasado en el *Charlie Tango* ha sido la calma que precede a la tormenta. Christian está callado y pensativo... inquieto incluso; la atmósfera relajada que había entre ambos ha desaparecido. Hay tantas cosas que quiero decir, pero el trayecto es demasiado corto. Christian mira meditabundo por la ventanilla.

—José es sólo un amigo —murmuro.

Christian se gira y me mira, pero sus ojos oscuros y cautelosos no dejan entrever nada. Su boca... ay, su boca es provocativa y perturbadora. La recuerdo sobre mí... por todas partes. Me arde la piel. Él se revuelve en el asiento y frunce el ceño.

—Tienes unos ojos preciosos, que ahora parecen demasiado grandes para tu cara, Anastasia. Por favor, dime que comerás.

—Sí, Christian, comeré —contesto de forma automática y displicente.

—Lo digo en serio.

—¿Ah, sí?

No puedo reprimir el tono desdeñoso. Sinceramente, qué cínico es este hombre... este hombre que me ha hecho pasar un calvario estos últimos días. No, eso no es verdad, yo misma me he sometido al calvario. No. Ha sido él. Muevo la cabeza, confusa.

—No quiero pelearme contigo, Anastasia. Quiero que vuelvas, y te quiero sana —dice en voz baja.

—Pero no ha cambiado nada.

Tú sigues siendo Cincuenta Sombras.

—Hablaremos de regreso. Ya llegamos.

El coche se detiene frente a la galería, y Christian baja y me deja con la palabra en la boca. Me abre la puerta del coche y salgo.

—¿Por qué haces eso? —digo, en voz más alta de lo que pretendía.

—¿Hacer qué? —replica sorprendido.

—Decir algo como eso y luego callarte.

—Anastasia, estamos aquí, donde tú quieres estar. Ahora centrémonos en esto y después hablamos. No se me antoja mucho montar un numerito en la calle.

Me ruborizo y miro alrededor. Tiene razón. Es demasiado público. Me mira y aprieto los labios.

—De acuerdo —acepto de mal humor.

Me da la mano y me conduce al interior del edificio.

Estamos en un almacén rehabilitado: paredes de ladrillo, suelos de madera oscura, techos blancos y tuberías del mismo color. Es espacioso y moderno, y hay bastantes personas deambulando por la galería, bebiendo vino y admirando la obra de José. Al darme cuenta de que José ha cumplido su sueño, mis problemas se desvanecen por un momento. ¡Así se hace, José!

—Buenas noches y bienvenidos a la exposición de José Rodríguez —nos da la bienvenida una mujer joven vestida de negro, con el pelo castaño muy corto, los labios pintados de rojo brillante y unas enormes arracadas.

Me echa un breve vistazo, luego otro a Christian, mucho más prolongado de lo estrictamente necesario, después vuelve a mirarme, pestañea y se ruboriza.

Arqueo una ceja. Es mío… o lo era. Me esfuerzo por no mirarla mal, y cuando sus ojos vuelven a centrarse, pestañea de nuevo.

—Ah, eres tú, Ana. Nos encanta que tú también formes parte de todo esto.

Sonríe, me entrega un folleto y me lleva a una mesa con bebidas y bocadillos.

—¿La conoces?

Christian frunce el ceño.

Yo digo que no con la cabeza, igualmente desconcertada.

Él encoge los hombros, con aire distraído.

—¿Qué quieres beber?

—Una copa de vino blanco, gracias.

Hace un gesto de contrariedad, pero se muerde la lengua y se dirige al servicio de bar.

—¡Ana!

José se acerca presuroso a través de un nutrido grupo de gente. ¡Madre mía! Lleva traje. Tiene buen aspecto y me sonríe. Me abre los brazos, me estrecha con fuerza. Y hago cuanto puedo para no echarme a llorar. Mi amigo, mi único amigo ahora que Kate está fuera. Tengo los ojos llenos de lágrimas.

—Ana, me alegro muchísimo de que hayas venido —me susurra al oído y de pronto se calla, me aparta un poco y me observa.

—¿Qué?

—Oye, ¿estás bien? Pareces... bueno, rara. Dios mío, ¿has perdido peso?

Parpadeo para no llorar. Él también... no.

—Estoy bien, José. Y muy contenta por ti. Felicidades por la exposición.

Al ver la preocupación reflejada en su cara tan familiar, se me quiebra la voz, pero he de guardar la compostura.

—¿Cómo viniste? —pregunta.

—Me trajo Christian —digo, con repentino recelo.

—Ah —a José le cambia la cara, se le ensombrece el gesto y me suelta—. ¿Dónde está?

—Por ahí, pidiendo las bebidas.

Cabeceo en dirección a Christian, y veo que está charlando tranquilamente con alguien en la cola. Cuando dirijo los ojos hacia él, levanta la vista y nos sostenemos la mirada. Y durante ese breve instante me quedo paralizada, contemplando a ese hombre increíblemente guapo que me observa con cierta emoción mal disimulada. Su expresión ardiente me abrasa por dentro y por un momento ambos nos perdemos en nuestras miradas.

Dios… Ese maravilloso hombre quiere que vuelva con él, y en lo más profundo de mi ser una dulce sensación de felicidad se abre lentamente como una campánula al amanecer.

—¡Ana! —José me distrae y me siento arrastrada otra vez al aquí y ahora—. Estoy encantado de que hayas venido… Escucha, tengo que avisarte…

De repente, la señorita de cabello muy corto y labios rojos lo interrumpe.

—José, la periodista del *Portland Printz* está aquí. Vamos.

Me dedica una sonrisa cortés.

—¿Has visto cómo sacude esto? La fama —José sonríe de oreja a oreja, y es tan feliz que no puedo evitar hacer lo mismo—. Luego te veo, Ana.

Me besa la mejilla y veo cómo se acerca con paso resuelto a una mujer que está al lado de un fotógrafo alto y desgarbado.

Hay obras fotográficas de José por todas partes, algunas de ellas colocadas sobre unos lienzos enormes. Las hay en blanco y nego y a color. Muchos de los paisajes poseen una belleza etérea. Hay una fotografía del lago de Vancouver tomada a primera hora de la tarde, en la que unas nubes rosadas se reflejan en la quietud del agua. Y durante un segundo me siento transportada por esa tranquilidad y esa paz. Es algo extraordinario.

Christian aparece a mi lado, inspiro profundamente y trago saliva, intentando recuperar parte del equilibrio perdido. Me pasa mi copa de vino blanco.

—¿Está a la altura?

Mi voz tiene un tono más normal.

Él me mira desconcertado.

—El vino.

—No. No suele estarlo en este tipo de eventos. El chico tiene bastante talento, ¿verdad?

Christian está contemplando la foto del lago.

—¿Por qué crees que le pedí que te tomara un retrato? —digo, sin poder evitar un dejo de orgullo.

Él, impasible, aparta los ojos de la fotografía y me mira.

—¿Christian Grey? —el fotógrafo del *Portland Printz* se acerca a Christian—. ¿Puedo hacerle una fotografía, señor?

—Claro.

Christian esconde el rictus. Yo doy un paso atrás, pero él me sujeta la mano y me pone a su lado. El fotógrafo nos mira a ambos, incapaz de disimular la sorpresa.

—Gracias, señor Grey —dispara un par de fotos—. ¿Señorita...? —pregunta.

—Steele —contesto.

—Gracias, señorita Steele.

Y se marcha a toda prisa.

—Busqué en internet fotos tuyas con alguna chica. No hay ninguna. Por eso Kate creía que eras gay.

Los labios de Christian esbozan una sonrisa.

—Eso explica tu inapropiada pregunta. No. Yo no salgo con chicas, Anastasia... sólo contigo. Pero eso ya lo sabes —dice con ojos vehementes, sinceros.

—¿Así que nunca sales por ahí con tus... —miro alrededor inquieta para comprobar que nadie puede oírnos—... sumisas?

—A veces. Pero ésas no son citas. De compras, ya sabes.

Encoge los hombros sin dejar de mirarme a los ojos.

Ah, o sea que sólo en el cuarto de juegos... su cuarto rojo del dolor y su departamento. No sé qué sentir ante eso.

—Sólo contigo, Anastasia —susurra.

Yo enrojezco y me miro los dedos. A su manera, le importo.

—Este amigo tuyo parece más un fotógrafo de paisajes que de retratos. Vamos a ver.

Me tiende la mano y yo la acepto.

Damos una vuelta, vemos varias obras más y me fijo en una pareja que me saluda con un gesto de la cabeza y una sonrisa enorme, como si me conocieran. Debe de ser porque estoy con Christian, pero el chico me mira con total descaro. Es extraño.

Damos la vuelta a la esquina y entonces veo por qué la gente me ha estado mirando de esa forma tan rara. En la pared del fondo hay colgados siete enormes retratos... míos.

Palidezco de golpe y me los quedo mirando atónita, estupefacta. Yo: haciendo pucheros, riendo, frunciendo el ceño, seria, risueña. Son todos primeros planos enormes, todos en blanco y negro.

¡Vaya! Recuerdo a José trajinando por ahí con la cámara cuando vino a verme un par de veces, y cuando había ido con él para hacer de chófer y de ayudante. Yo creía que eran simples instantáneas. No fotos ingenuamente robadas.

Petrificado, Christian mira fijamente todas las fotografías, una por una.

—Por lo visto no soy el único —musita en tono enigmático, con los labios apretados.

Creo que está enfadado.

—Perdona —dice, y su centelleante mirada gris me deja paralizada momentáneamente.

Se da la vuelta y se dirige al mostrador de recepción.

¿Qué le pasa ahora? Anonadada, lo veo charlar animadamente con la señorita de cabello muy corto y labios rojos. Saca la cartera y entrega una tarjeta de crédito.

Dios mío. Debe de haber comprado una de las fotografías.

—Hola, tú eres la musa. Son unas fotos fantásticas.

Es un chico con una melena rubia y brillante, que me sobresalta. Noto una mano en el codo: es Christian, ha vuelto.

—Eres un tipo con suerte.

El melenas rubio sonríe a Christian, que lo mira con frialdad.

—Pues sí —masculla de mal humor, y me lleva aparte.

—¿Acabas de comprar una de éstas?

—¿Una de éstas? —replica, sin dejar de mirarlas.

—¿Has comprado más de una?

Pone los ojos en blanco.

—Las he comprado todas, Anastasia. No quiero que un desconocido te coma con los ojos en la intimidad de su casa.

Mi primera reacción es reírme.

—¿Prefieres ser tú? —inquiero.

Se me queda mirando. Mi audacia lo ha tomado desprevenido, creo, pero intenta disimular que le hace gracia.

—Francamente, sí.

—Pervertido —le digo, y me muerdo el labio inferior para no sonreír.

Se queda con la boca abierta; ahora es obvio que esto lo divierte. Se rasca la barbilla, pensativo.

—Eso no puedo negarlo, Anastasia.

Mueve la cabeza con una mirada más dulce, risueña.

—Me gustaría hablarlo contigo luego, pero he firmado un acuerdo de confidencialidad.

Suspira, y su expresión se ensombrece al mirarme.

—Lo que me gustaría hacerle a esa lengua tan viperina.

Jadeo, sé muy bien a qué se refiere.

—Eres muy grosero.

Intento parecer escandalizada y lo consigo. ¿Es que no conoce límites?

Me sonríe con ironía y después tuerce el gesto.

—Te ves muy relajada en esas fotos, Anastasia. Yo no suelo verte así.

¿Qué? ¡Vaya! Cambio de tema —sin la menor lógica— de las bromas a la seriedad.

Me ruborizo y bajo la mirada. Me echa la cabeza hacia atrás, e inspiro profundamente al sentir el tacto de sus dedos.

—Yo quiero que te relajes conmigo —susurra.

Ha desaparecido cualquier rastro de broma.

Vuelvo a sentir un aleteo de felicidad interior. Pero ¿cómo puede ser esto? Creo que tenemos problemas.

—Si quieres eso, tienes que dejar de intimidarme —replico.

—Tú tienes que aprender a expresarte y a decirme cómo te sientes —replica a su vez con los ojos centelleantes.

Suspiro.

—Christian, tú me querías sumisa. Ahí está el problema. En la definición de sumisa… me lo dijiste una vez en un correo electrónico —hago una pausa para tratar de recordar las palabras—. Me parece que los sinónimos eran, y cito: «obediente, complaciente, humilde, pasiva, resignada, paciente, dócil, contenida». No debía mirarte. Ni hablarte a menos que me dieras permiso. ¿Qué esperabas? —digo entre dientes.

Continúo, y él frunce aún más el ceño.

—Estar contigo es muy desconcertante. No quieres que te desafíe, pero después te gusta mi «lengua viperina». Exiges obediencia, menos cuando no la quieres, para así poder castigarme. Cuando estoy contigo nunca sé a qué atenerme, sencillamente.

Entorna los ojos.

—Bien expresado, señorita Steele, como siempre —su voz es gélida—. Ven, vamos a comer.

—Sólo hace media hora que llegamos.

—Ya has visto las fotos, ya has hablado con el tipo.

—Se llama José.

—Has hablado con José… ese hombre que la última vez que lo vi intentaba meterte la lengua en la boca a la fuerza cuando estabas borracha y mareada —gruñe.

—Él nunca me ha pegado —le replico.

Christian me mira enojado, la ira saliéndole por todos los poros.

—Esto es un golpe bajo, Anastasia —me susurra, amenazante.

Me pongo pálida, y Christian, crispado de rabia apenas contenida, se pasa las manos por el pelo. Le sostengo la mirada.

—Te llevo a comer algo. Parece que estás a punto de desmayarte. Busca a ese chico y despídete.

—¿Podemos quedarnos un rato más, por favor?

—No. Ve… ahora… a despedirte.

Me hierve la sangre y lo miro fijamente. Señor Maldito Obseso del Control. La ira es buena. La ira es mejor que los lloriqueos.

Desvío la mirada despacio y recorro la sala en busca de José. Está hablando con un grupo de chicas. Camino hacia él y me alejo de Cincuenta. ¿Sólo porque me ha acompañado hasta aquí tengo que hacer lo que me diga? ¿Quién demonios se cree que es?

Las jóvenes están embebidas en la conversación de José, en todas y cada una de sus palabras. Una de ellas reprime un gritito cuando me acerco, sin duda me reconoce de los retratos.

—José.

—Ana. Perdonen, chicas.

José les sonríe y me pasa un brazo sobre los hombros. En cierto sentido tiene gracia: José, siempre tan tranquilo y discreto, impresionando a las damas.

—Pareces enojada —dice.

—Tengo que irme —musito ofuscada.

—Acabas de llegar.

—Ya lo sé, pero Christian tiene que volver. Las fotos son fantásticas, José… eres muy bueno.

Él sonríe de oreja a oreja.

—Me encantó verte.

Me da un abrazo enorme, me carga en volandas y me da una vuelta, de manera que veo a Christian al fondo de la galería. Pone mala cara, y me doy cuenta de que es porque estoy en brazos de José. Así que, con un movimiento perfectamente calculado, le echo los brazos alrededor del cuello. Me parece que Christian está a punto de tener un ataque. Se le oscurecen los ojos hasta un punto bastante siniestro, y se acerca muy despacio hacia nosotros.

—Gracias por avisarme de lo de mis retratos —mascullo.

—Lo siento, Ana. Debí habértelo dicho. ¿Te gustan?

Su pregunta me deja momentáneamente desconcertada.

—Mmm… no lo sé —contesto con franqueza.

—Bueno, están todos vendidos, así que a alguien le gustan. ¿A que es fantástico? Eres una chica de póster.

Y me abraza más fuerte. Cuando Christian llega me fulmina con la mirada, aunque por suerte José no lo ve.

José me suelta.

—No seas tan difícil de ver, Ana. Ah, señor Grey, buenas noches.

—Señor Rodríguez, realmente impresionante. Lo siento, pero no podemos quedarnos, hemos de volver a Seattle —dice Christian con educada frialdad, enfatizando sutilmente el plural mientras me toma de la mano—. ¿Anastasia?

—Adiós, José. Felicidades otra vez.

Le doy un beso fugaz en la mejilla y, sin que apenas me dé cuenta, Christian me saca a rastras del edificio. Sé que arde de rabia en silencio, pero yo también.

Echa un vistazo arriba y abajo de la calle; luego, de pronto, se dirige hacia la izquierda y me lleva hasta un callejón silencioso, y me empuja bruscamente contra la pared. Me sujeta la cara entre las manos, obligándome a alzar la vista hacia sus ojos fervientes y decididos.

Yo jadeo y su boca se abate sobre la mía. Me besa con violencia. Nuestros dientes chocan un segundo y luego me mete la lengua entre los labios.

El deseo estalla en todo mi cuerpo como en el cuatro de Julio, y respondo a sus besos con idéntico ardor, entrelazo las manos en su pelo y tiro de él con fuerza. Él gruñe, y ese sonido sordo y sexy del fondo de su garganta reverbera en mi interior, y Christian desliza la mano por mi cuerpo, hasta la parte de arriba del muslo, y sus dedos hurgan en mi piel a través del vestido morado.

Yo vierto toda la angustia y el desengaño de los últimos días en nuestro beso, lo ato a mí… y en ese momento de pasión ciega, me doy cuenta de que él hace lo mismo, de que siente lo mismo.

Christian interrumpe el beso, jadeante. Sus ojos hierven de deseo, encendiendo la sangre ya ardiente que palpita por todo mi cuerpo. Tengo la boca entreabierta e intento recuperar un aire precioso, hacer que vuelva a mis pulmones.

—Tú… eres… mía —gruñe, enfatizando cada palabra. Me aparta de un empujón y se dobla con las manos apoyadas en las rodillas, como si hubiera corrido una maratón—. Por Dios santo, Ana.

Yo me apoyo en la pared jadeando e intento controlar la desatada reacción de mi cuerpo, trato de recuperar el equilibrio.

—Lo siento —balbuceo en cuanto recobro el aliento.

—Más te vale. Sé lo que estabas haciendo. ¿Deseas al fotógrafo, Anastasia? Es evidente que él siente algo por ti.

Muevo la cabeza con aire culpable.

—No. Sólo es un amigo.

—Durante toda mi vida adulta he intentado evitar cualquier tipo de emoción intensa. Y sin embargo tú… tú me provocas sentimientos que me son totalmente ajenos. Es muy… —arruga la frente, buscando la palabra— perturbador. A mí me gusta el control, Ana, y contigo eso… —se incorpora, me mira intensamente— simplemente se evapora.

Hace un gesto vago con la mano, luego se la pasa por el pelo y respira profundamente. Me toma la mano.

—Vamos, tenemos que hablar, y tú tienes que comer.

2

Me lleva a un restaurante pequeño e íntimo.

—Habrá que conformarse con este sitio —refunfuña Christian—. Tenemos poco tiempo.

A mí el local me parece bien. Sillas de madera, manteles de lino y paredes del mismo color que el cuarto de juegos de Christian —rojo sangre intenso—, con espejitos dorados colocados arbitrariamente, velas blancas y jarroncitos con rosas blancas. Ella Fitzgerald se oye bajito de fondo, cantándole a esa cosa llamada amor. Es muy romántico.

El camarero nos conduce a una mesa para dos en un pequeño reservado, y yo me siento, con aprensión, preguntándome qué va a decir.

—No tenemos mucho tiempo —le dice Christian al camarero cuando nos sentamos—, así que los dos tomaremos un solomillo al punto, con salsa bearnesa si tienen, con papas fritas y verduras, lo que tenga el chef; y tráigame la carta de vinos.

—Ahora mismo, señor.

El camarero, sorprendido por la fría y tranquila eficiencia de Christian, desaparece. Christian pone su BlackBerry sobre la mesa. Madre mía, ¿es que no puedo escoger?

—¿Y si a mí no me gusta el solomillo?

Suspira.

—No empieces, Anastasia.

—No soy una niña pequeña, Christian.

—Pues deja de actuar como si lo fueras.

Es como si me hubiera abofeteado. Lo miro y pestañeo. De modo que será así, una conversación agitada, tensa, aunque en un escenario muy romántico, pero sin flores ni corazones, eso seguro.

—¿Soy una niña porque no me gusta el solomillo? —murmuro, intentando ocultar que estoy dolida.

—Por ponerme celoso adrede. Es infantil hacer eso. ¿Tan poco te importan los sentimientos de tu amigo como para manipularlo de esa manera?

Christian aprieta los labios, que se convierten en una fina línea, y frunce el ceño mientras el camarero vuelve con la carta de vinos.

Me ruborizo. No había pensado en eso. Pobre José... Desde luego, no quiero darle esperanzas. De repente me siento avergonzada. Christian tiene parte de razón: fue muy desconsiderado hacer eso. Examina la carta de vinos.

—¿Te gustaría escoger el vino? —pregunta y arquea las cejas, expectante, es la arrogancia personificada.

Sabe que no entiendo nada de vinos.

—Escoge tú —contesto, hosca pero escarmentada.

—Dos copas de Shiraz del valle de Barossa, por favor.

—Este... ese vino sólo lo servimos por botella, señor.

—Pues una botella —espeta Christian.

—Señor —se retira dócilmente, y no lo culpo por ello.

Miro ceñuda a Cincuenta. ¿Qué lo carcome? Ah, probablemente sea yo, y en algún lugar de lo más profundo de mi mente, la diosa que llevo dentro se alza somnolienta y sonríe. Ha estado durmiendo una temporada.

—Estás muy arisco.

Me mira impasible.

—Me pregunto por qué será.

—Bueno, está bien establecer el tono para una charla íntima y sincera sobre el futuro, ¿no te parece?

Le sonrío con dulzura.

Aprieta la boca dibujando una línea firme, pero luego, casi de mala gana, sus labios se curvan hacia arriba y sé que está intentando disimular una sonrisa.

—Lo siento —dice.

—Disculpas aceptadas, y me complace informarte de que no he decidido convertirme en vegetariana desde la última vez que comimos.

—Eso es discutible, dado que ésa fue la última vez que comiste.

—Ahí esta otra vez esa palabra: «discutible».

—Discutible —dice con buen humor y su mirada se suaviza. Se pasa la mano por el pelo y vuelve a ponerse serio—. Ana, la última vez que hablamos me dejaste. Estoy un poco nervioso. Te dije que quiero que vuelvas, y tú dijiste… nada.

Tiene una mirada intensa y expectante, y un candor que me desarma totalmente. ¿Qué demonios digo a eso?

—Te he extrañado… te he extrañado realmente, Christian. Estos últimos días han sido… difíciles.

Trago saliva, y siento crecer un nudo en la garganta al recordar mi desesperada angustia desde que lo dejé.

Esta última semana ha sido la peor de mi vida, un dolor casi indescriptible. No se puede comparar con nada. Pero la realidad me golpea y me devuelve a mi sitio.

—No ha cambiado nada. Yo no puedo ser lo que tú quieres que sea —digo, forzando a las palabras a pasar a través del nudo de mi garganta.

—Tú eres lo que yo quiero que seas —dice en voz baja y enfática.

—No, Christian, no lo soy.

—Estás enojada por lo que pasó la última vez. Me porté como un idiota. Y tú… tú también. ¿Por qué no usaste la palabra de seguridad, Anastasia?

Su tono ha cambiado, ahora es acusador.

¿Qué? Vaya… cambio de rumbo.

—Contéstame.

—No lo sé. Estaba abrumada. Intenté ser lo que tú querías que fuera, intenté soportar el dolor, y se me fue de la cabeza. ¿Sabes…?, lo olvidé —susurro, avergonzada, y encojo los hombros a modo de disculpa.

Quizá podríamos habernos evitado todo este drama.

—¡Lo olvidaste! —me suelta horrorizado, se agarra a los lados de la mesa y me mira fijamente.

Yo me marchito bajo esa mirada. ¡Maldita sea! Vuelve a estar furioso. La diosa que llevo dentro también me observa. ¿Ves dónde te has metido tú solita?

—¿Cómo voy a confiar en ti? —dice ahora en voz baja—. ¿Podré confiar alguna vez?

Llega el camarero con nuestro vino y nosotros seguimos mirándonos, ojos azules a grises. Ambos llenos de reproches no expresados, mientras el camarero saca el corcho con innecesaria ceremonia y sirve un poco de vino en la copa de Christian. Automáticamente, Christian la toma y bebe un sorbo.

—Está bien —dice cortante.

El camarero nos llena las copas con cuidado, deja la botella en la mesa y se retira a toda prisa. Christian no ha apartado la vista de mí en todo el rato. Yo soy la primera en rendirme, rompo el contacto visual, levanto mi copa y bebo un buen trago. Sin saborearlo apenas.

—Lo siento —murmuro.

De pronto me siento estúpida. Lo dejé porque creía que éramos incompatibles, pero ¿me está diciendo que podría haberlo parado?

—¿Qué sientes?

—No haber usado la palabra de seguridad.

Él cierra los ojos, parece aliviado.

—Podríamos habernos evitado todo este sufrimiento —musita.

—Parece que tú estás bien.

Más que bien. Pareces tú.

—Las apariencias engañan —dice en voz baja—. Estoy todo menos bien. Tengo la sensación de que el sol se ha puesto y no ha salido durante cinco días, Ana. Vivo en una noche perpetua.

Me quita la respiración oír que lo reconoce. Oh, Dios, como yo.

—Me dijiste que nunca te irías, pero en cuanto la cosa se pone dura, abres la puerta y te vas.

—¿Cuándo dije que nunca me iría?

—En sueños. Creo que fue la cosa más reconfortante que he oído en mucho tiempo, Anastasia. Y me sentí relajado.

Se me encoge el corazón y tomo la copa de vino.

—Dijiste que me querías —susurra—. ¿Eso pertenece ya al pasado? —dice en voz baja, cargada de ansiedad.

—No, Christian, no.

Se ve tan vulnerable al exhalar…

—Bien —murmura.

Esa revelación me deja atónita. Ha cambiado de opinión. Antes, cuando le decía que lo quería, se quedaba horrorizado. El camarero vuelve. Nos coloca rápidamente los platos delante y se esfuma de inmediato.

Dios mío. Comida.

—Come —ordena Christian.

En el fondo estoy hambrienta, pero ahora mismo tengo un nudo en el estómago. Estar sentada frente al único hombre al que he amado en mi vida, hablando de nuestro incierto futuro no favorece un apetito saludable. Miro mi comida con recelo.

—Que Dios me ayude, Anastasia; si no comes, te pondré encima de mis rodillas aquí en este restaurante, y no tendrá nada que ver con mi gratificación sexual. ¡Come!

No te sulfures, Grey. Mi subconsciente me mira por encima de sus gafas de media luna. Ella está totalmente de acuerdo con Cincuenta Sombras.

—Está bien, comeré. Calma la comezón de tu mano suelta, por favor.

Él no sonríe y sigue observándome. Yo agarro de mala gana el cuchillo y el tenedor y corto el solomillo. Oh, está tan bueno que se deshace en la boca. Tengo hambre, hambre de verdad. Mastico y él se relaja de forma evidente.

Cenamos en silencio. La música ha cambiado. Se oye de fondo una suave voz de mujer, y sus palabras son el eco de mis pensamientos. Desde que él entró en mi vida, nunca más seré la misma.

Miro a Cincuenta. Está comiendo y mirándome. Hambre, anhelo, ansiedad, combinados en una mirada ardiente.

—¿Sabes quién canta? —pregunto, intentando mantener una conversación normal.

Christian se detiene y escucha.

—No… pero sea quien sea es buena.

—A mí también me gusta.

Finalmente esboza su enigmática sonrisa privada. ¿Qué está planeando?

—¿Qué? —pregunto.

Él menea la cabeza.

—Come —dice gentilmente.

Me he comido la mitad del plato. No puedo más. ¿Cómo podría negociarlo?

—No puedo más. ¿He comido bastante para el señor?

Él me observa impasible sin contestar, y consulta su reloj.

—De verdad que estoy llena —añado, y bebo un sorbo del delicioso vino.

—Tenemos que irnos enseguida. Taylor está aquí y mañana tienes que levantarte temprano para ir a trabajar.

—Tú también.

—Yo funciono habiendo dormido mucho menos que tú, Anastasia. Al menos has comido algo.

—¿Volveremos con el *Charlie Tango*?

—No, creo que me tomaré una copa. Taylor nos recogerá. Además, así al menos te tendré en el coche para mí sólo durante unas horas. ¿Qué podemos hacer aparte de hablar?

Oh, ése es su plan.

Christian llama al camarero para pedirle la cuenta, luego coge su BlackBerry y hace una llamada.

—Estamos en Le Picotin, Tercera Avenida Suroeste.

Y cuelga. Sigue siendo muy cortante por teléfono.

—Eres muy cortante con Taylor; de hecho, con la mayoría de la gente.

—Simplemente voy directo al grano, Anastasia.

—Esta noche no has ido al grano. No ha cambiado nada, Christian.

—Tengo que hacerte una proposición.

—Esto empezó con una proposición.

—Una proposición diferente.

Vuelve el camarero y Christian le entrega su tarjeta de crédito sin mirar la cuenta. Me analiza con la mirada mientras el camarero pasa la tarjeta. Su teléfono vibra una vez, y él lo observa detenidamente.

¿Tiene una proposición? ¿Y ahora qué? Me vienen a la mente un par de posibilidades: un secuestro, trabajar para él. No, nada tiene sentido. Christian acaba de pagar.

—Vamos. Taylor está fuera.

Nos levantamos y me toma de la mano.

—No quiero perderte, Anastasia.

Me besa los nudillos con cariño y la caricia de sus labios en mi piel reverbera en todo mi cuerpo.

El Audi espera fuera. Christian me abre la puerta. Subo y me hundo en la piel suntuosa. Él se dirige al asiento del conductor, Taylor sale del coche y hablan un momento. Eso no es habitual en ellos. Estoy intrigada. ¿De qué hablan? Al cabo de un momento suben los dos y observo a Christian, que luce su expresión impasible y mira al frente.

Me concedo un momento para examinar su perfil: nariz recta, labios carnosos y perfilados, el pelo que le cae deliciosamente sobre la frente. Seguro que este hombre divino no es para mí.

Una música suave inunda la parte de atrás del coche, una espectacular pieza orquestal que no conozco, y Taylor se incorpora al escaso tráfico en dirección a la interestatal cinco y a Seattle.

Christian se gira para mirarme.

—Como iba diciendo, Anastasia, tengo que hacerte una proposición.

Miro de reojo a Taylor, nerviosa.

—Taylor no te oye —asegura Christian.

—¿Cómo?

—Taylor —le llama Christian.

Taylor no contesta. Vuelve a llamarlo, y sigue sin responder. Christian se inclina y le da un golpecito en el hombro. Taylor se quita un tapón del oído que yo no había visto.

—¿Sí, señor?

—Gracias, Taylor. No pasa nada; sigue escuchando.

—Señor.

—¿Estás contenta? Está escuchando su iPod. Puccini. Olvida que está presente. Como yo.

—¿Tú le has pedido expresamente que lo hiciera?

—Sí.

Ah.

—Bien. ¿Tu propuesta?

De repente, Christian adopta una actitud decidida y profesional. Dios... Vamos a negociar un pacto. Yo escucho atentamente.

—Primero, deja que te pregunte una cosa. ¿Tú quieres una relación convencional y sosa, sin sexo pervertido ni nada?

Me quedo con la boca abierta.

—¿Sexo pervertido? —levanto la voz.

—Sexo pervertido.

—No puedo creer que hayas dicho eso.

Miro nerviosa a Taylor.

—Bueno, pues sí. Contesta —dice tranquilamente.

Me ruborizo. La diosa que llevo dentro está ahora inclinada de rodillas ante mí, con las manos unidas en un gesto de súplica.

—A mí me gusta tu perversión sexual —susurro.

—Eso pensaba. Entonces, ¿qué es lo que no te gusta?

No poder tocarte. Que disfrutes con mi dolor, los azotes con el cinturón...

—La amenaza de un castigo cruel e inusual.

—¿Y eso qué quiere decir?

—Bueno, tienes todas esas varas y fustas y esas cosas en tu cuarto de juegos, que me dan un miedo espantoso. No quiero que uses eso conmigo.

—Bien, o sea que nada de fustas ni varas... ni tampoco cinturones —dice sardónico.

Yo lo observo desconcertada.

—¿Estás intentando redefinir los límites de la dureza?

—En absoluto. Sólo intento entenderte, tener una idea más clara de lo que te gusta o no.

—Fundamentalmente, Christian, lo que me cuesta más aceptar es que disfrutes haciéndome daño. Y pensar que lo harás porque he traspasado determinada línea arbitraria.

—Pero no es arbitraria, hay una lista de normas escritas.

—Yo no quiero una lista de normas.

—¿Ninguna?

—Nada de normas.

Niego con la cabeza, pero estoy muy asustada. ¿Qué pretende con esto?

—Pero ¿no te importa si te doy unos azotes?

—¿Unos azotes con qué?

—Con esto.

Levanta la mano.

Me siento avergonzada e incómoda.

—No, la verdad es que no. Sobre todo con esas bolas de plata...

Gracias a Dios que está oscuro; al recordar aquella noche me arde la cara y se me quiebra la voz. Sí... hazlo otra vez.

Él me sonríe.

—Sí, aquello estuvo bien.

—Más que bien —musito.

—O sea que eres capaz de soportar cierto grado de dolor.

Me encojo de hombros.

—Sí, supongo.

¿Qué pretende con todo esto? Mi nivel de ansiedad ha subido varios grados en la escala de Richter.

Él se acaricia el mentón, sumido en sus pensamientos.

—Anastasia, quiero volver a empezar. Pasar por la fase cotidiana y luego, cuando confíes más en mí y yo confíe en que tú serás sincera y te comunicarás conmigo, quizá podamos ir a más y hacer algunas de las cosas que a mí me gusta hacer.

Yo lo miro con la boca abierta y la mente totalmente en blanco, como una computadora que se ha quedado trabada. Creo que está angustiado, pero no puedo verlo bien, porque estamos sumidos en la noche de Oregón. Y al final se me ocurre... eso es.

Él desea la luz, pero ¿puedo pedirle que haga esto por mí? ¿Y es que acaso a mí no me gusta la oscuridad? Cierta oscuridad, en ciertos momentos. Recuerdos de la noche de Thomas Tallis vagan sugerentes por mi mente.

—¿Y los castigos?

—Nada de castigos —niega con la cabeza—. Ni uno.

—¿Y las normas?

—Nada de normas.

—¿Ninguna? Pero tú necesitas ciertas cosas.

—Te necesito más a ti, Anastasia. Estos últimos días han sido infernales. Todos mis instintos me dicen que te deje marchar, que no te merezco.

»Esas fotos que te hizo ese tipo… comprendo cómo te ve. Estás tan guapa y se te ve tan relajada… No es que ahora no estés preciosa, pero estás aquí sentada y veo tu dolor. Es duro saber que he sido yo quien te ha hecho sentir así.

»Pero yo soy un hombre egoísta. Te deseé desde que apareciste en mi despacho. Eres exquisita, sincera, cálida, fuerte, lista, seductoramente inocente; la lista es infinita. Me tienes cautivado. Te deseo, e imaginar que te posea otro es como si un cuchillo hurgara en mi alma oscura.»

Se me seca la boca. Dios… Si esto no es una declaración de amor, no sé qué es. Y las palabras surgen a borbotones de mi boca, como de una presa que revienta.

—Christian, ¿por qué piensas que tienes un alma oscura? Yo nunca lo diría. Triste quizá, pero eres un buen hombre. Lo noto… eres generoso, eres amable, y nunca me has mentido. Y yo no lo he intentado realmente en serio.

»El sábado pasado fue una terrible conmoción para todo mi ser. Fue como si sonara una alarma y despertara: me di cuenta de que hasta entonces tú habías sido condescendiente conmigo y de que yo no podía ser la persona que tú querías que fuera. Luego, después de marcharme, caí en la cuenta de que el daño que me habías infligido no era tan malo como el dolor de perderte. Yo quiero complacerte, pero es duro.»

—Tú me complaces siempre —susurra—. ¿Cuántas veces tengo que decírtelo?

—Nunca sé qué estás pensando. A veces te cierras tanto…

como una isla. Me intimidas. Por eso me callo. No sé de qué humor vas a estar. Pasas del negro al blanco y de nuevo al negro en una fracción de segundo. Eso me confunde; y no me dejas tocarte, y yo tengo un inmenso deseo de demostrarte cuánto te quiero.

Él me mira en la oscuridad y parpadea, con recelo creo, y ya no soy capaz de contenerme más. Me desabrocho el cinturón y me coloco en su regazo, por sorpresa, y le tomo la cabeza con ambas manos.

—Te quiero, Christian Grey. Y tú estás dispuesto a hacer todo esto por mí. Soy yo quien no lo merece, y lo único que lamento es no poder hacer todas esas cosas por ti. A lo mejor, con el tiempo... pero sí, acepto tu proposición. ¿Dónde firmo?

Él desliza sus brazos a mi alrededor y me estrecha contra sí.

—Oh, Ana —gime y hunde la nariz en mi cabello.

Permanecemos sentados, abrazándonos mutuamente, escuchando la música del coche... una pieza de piano relajante... reflejo de nuestros sentimientos, la dulce calma después de la tormenta. Me acurruco en sus brazos, apoyo la cabeza en el hueco de su cuello.

—Que me toques es un límite infranqueable para mí, Anastasia —murmura.

—Lo sé. Me gustaría entender por qué.

Al cabo de un momento, suspira y dice en voz baja:

—Tuve una infancia espantosa. Uno de los padrotes de la puta adicta al crack... —se le quiebra la voz, y su cuerpo se tensa al recordar algún terror inimaginable—. No puedo recordar aquello —susurra, estremeciéndose.

De pronto se me encoge el corazón al recordar esas horribles marcas de quemaduras que tiene en la piel. Oh, Christian. Me abrazo a su cuello con más fuerza.

—¿Te maltrataba? ¿Tu madre? —le digo con voz queda y preñada de lágrimas.

—No, que yo recuerde. No se ocupaba de mí. No me protegía de su padrote —resopla—. Creo que era yo quien la cuidaba a ella. Cuando al final consiguió matarse, pasaron cuatro días hasta que alguien avisó y nos encontraron... eso lo recuerdo.

No puedo evitar un gemido de horror. Cielo santo... Siento la bilis subirme a la garganta.

—Eso es espantoso, terrible —susurro.

—Cincuenta Sombras —murmura.

Aprieto los labios contra su cuello, buscando y ofreciendo consuelo, mientras imagino a un niño de ojos grises, sucio y solo, junto al cuerpo de su madre muerta.

Oh, Christian. Aspiro su aroma. Huele divinamente, es mi fragancia favorita en el mundo entero. Él tensa los brazos a mi alrededor y besa mi cabello, y yo me quedo sentada y envuelta en su abrazo mientras Taylor nos conduce a través de la noche.

Cuando me despierto estamos cruzando Seattle.

—Eh —dice Christian en voz baja.

—Perdona —balbuceo mientras me incorporo, parpadeo y me desperezo, aún en sus brazos, sobre su regazo.

—Estaría eternamente mirando cómo duermes, Ana.

—¿He dicho algo?

—No. Casi hemos llegado a tu casa.

—Oh, ¿no vamos a la tuya?

—No.

Enderezo la espalda y lo miro.

—¿Por qué no?

—Porque mañanas tienes que trabajar.

—Oh —digo con un mohín.

—¿Por qué, tenías algo en mente?

Me ruborizo.

—Bueno, puede…

Se echa a reír.

—Anastasia, no pienso volver a tocarte, no hasta que me lo supliques.

—¡Qué!

—Así empezarás a comunicarte conmigo. La próxima vez que hagamos el amor, tendrás que decirme exactamente qué quieres, con todo detalle.

—Oh.

Me aparta de su regazo en cuanto Taylor se detiene delante de mi departamento. Christian baja de un salto y me abre la puerta del coche.

—Tengo una cosa para ti.

Se dirige a la parte de atrás del coche, abre la cajuela y saca un gran paquete de regalo. ¿Qué demonios es eso?

—Ábrelo cuando estés dentro.

—¿No vas a pasar?

—No, Anastasia.

—¿Y cuándo te veré?

—Mañana.

—Mi jefe quiere que salga a tomar una copa con él mañana.

Christian endurece el gesto.

—¿Eso quiere?

Su voz está impregnada de una amenaza latente.

—Para celebrar mi primera semana —añado enseguida.

—¿Dónde?

—No lo sé.

—Podría pasar a recogerte por allí.

—Bueno... Te mandaré un correo o un mensaje.

—Sí.

Me acompaña hasta la entrada del vestíbulo y espera mientras saco las llaves de la bolsa. Cuando abro la puerta, se inclina, me toma la barbilla y me echa la cabeza hacia atrás. Deja la boca suspendida sobre la mía, cierra los ojos y dibuja un reguero de besos desde el rabillo de un ojo hasta la comisura de mi boca.

Siento que mis entrañas se abren y se derriten, y se me escapa un leve quejido.

—Hasta mañana —musita él.

—Buenas noches, Christian.

Percibo el anhelo en mi voz.

Él sonríe.

—Entra —ordena.

Yo cruzo el vestíbulo cargada con el misterioso paquete.

—Hasta luego, nena —dice, luego se da la vuelta con su elegancia natural y vuelve al coche.

Una vez dentro del departamento, abro la caja del regalo y descubro mi portátil MacBook Pro, la BlackBerry y otra caja rectangular. ¿Qué es esto? Desenvuelvo el papel de plata. Dentro hay un estuche de piel negra alargado.

Lo abro y es un iPad. Madre mía… un iPad. Sobre la pantalla hay una tarjeta blanca con un mensaje escrito a mano por Christian:

Anastasia… esto es para ti.
Sé lo que quieres oír.
La música que hay aquí lo dice por mí.
Christian

Tengo una recopilación grabada por Christian Grey en forma de iPad de última generación. Meneo la cabeza con disgusto por el despilfarro, pero en el fondo me encanta. Jack tiene uno en la oficina, así que sé cómo funciona.

Lo enciendo y, cuando aparece la imagen del escritorio, reprimo un grito: una pequeña maqueta de planeador. Dios. Es el Blanik L23 que le regalé, montado en una base de vidrio, sobre lo que creo que es el escritorio del estudio de Christian. Me quedo boquiabierta.

¡Lo montó! Lo montó de verdad. Ahora recuerdo que lo mencionó en la nota de las flores. Me flaquean las piernas, y en este instante sé que ha pensado mucho en ese regalo.

Deslizo la flecha de la parte inferior de la pantalla para desbloquearla y vuelvo a ahogar un gemido. El fondo de pantalla es una foto de Christian y de mí en el entoldado de la fiesta de mi graduación. Es la que publicó el *Seattle Times.* Christian está tan guapo que no puedo evitar sonreír de oreja a oreja. ¡Sí, y es mío!

Doy un golpecito con el dedo y la imagen de pantalla cambia, y aparecen varias nuevas. Una aplicación Kindle, iBooks, Words… lo que sea todo eso.

Por Dios. ¿La Biblioteca Británica? Pulso el icono y aparece un menú: COLECCIÓN HISTÓRICA. Me desplazo hacia abajo y selecciono NOVELAS DE LOS SIGLOS XVIII Y XIX. Otro menú. Presiono en el título: *EL AMERICANO* DE Henry James. Se abre una nueva ventana que me ofrece una copia del libro escaneada para lectura.

Cielo santo… ¡es una primera edición, publicada en 1879, y la tengo en mi iPad! Me ha comprado la Biblioteca Británica, y sólo he de darle a un botón.

Salgo rápidamente, sabiendo que soy capaz de perderme en esta aplicación eternamente. Localizo una aplicación de «buena alimentación» que hace que ponga los ojos en blanco y sonría al mismo tiempo, otra de noticias, una del tiempo, pero él en su nota hablaba de música. Vuelvo a la pantalla principal, pulso el icono de iPod y aparece una lista de títulos. Voy pasando las canciones y la selección me hace sonreír. Thomas Tallis… me costará olvidarme de eso. Al fin y al cabo la oí dos veces, mientras me azotaba y me cogía.

«Witchcraft.» Mi sonrisa se expande… bailando alrededor del gran salón. La pieza de Bach de Marcello… Oh, no, eso es demasiado triste para mi estado de ánimo actual. Mmm. Jeff Buckley… sí, he oído hablar de él. Snow Patrol, mi grupo favorito, y una canción titulada «Principles of Lust» de Enigma. Típico de Christian. Sonrío. Otra llamada «Possession»… oh, sí, muy Cincuenta Sombras. Y unas cuantas más que no conozco.

Selecciono una canción que me llama la atención, y le doy al play. Se titula «Try» de Nelly Furtado. Ella empieza a cantar y su voz es como un pañuelo de seda que se enrolla a mi alrededor y me envuelve. Me tumbo en la cama.

¿Esto significa que Christian va a intentarlo? ¿Intentará esta relación nueva? Me embebo de la letra mirando al techo, intentando entender este giro. Él me extrañó. Yo lo extrañé. Debe de sentir algo por mí. A la fuerza. Este iPad, estas canciones, estas aplicaciones… lo nuestro le importa. Le importa de verdad. Mi corazón se llena de esperanza.

Termina la canción y tengo los ojos rebosantes de lágrimas. Rápidamente selecciono otra: «The Scientist» de Coldplay, uno de los grupos preferidos de Kate. Conozco el tema, pero nunca he escuchado la letra de verdad. Cierro los ojos y dejo que las palabras me inunden y me invadan.

Empiezan a brotar las lágrimas. No puedo contenerlas. Si esto no es una disculpa, ¿qué es? Oh, Christian.

¿O es una invitación? ¿Contestará a mis preguntas? ¿Estoy sacando demasiadas conclusiones de esto? Probablemente esté sacando demasiadas conclusiones de esto.

Me quito las lágrimas. Tengo que mandarle un mail para darle las gracias. Salto de la cama para ir por la computadora.

Coldplay sigue sonando mientras me siento en la cama con las piernas cruzadas. La Mac se enciende y me conecto.

De: Anastasia Steele
Fecha: 9 de junio de 2011 23:56
Para: Christian Grey
Asunto: IPAD

Me has hecho llorar otra vez.
Me encanta el iPad.
Me encantan las canciones.
Me encanta la aplicación de la Biblioteca Británica.
Te quiero.
Gracias.
Buenas noches.

Ana xx

De: Christian Grey
Fecha: 10 de junio de 2011 00:03
Para: Anastasia Steele
Asunto: iPad

Me encanta que te guste. Yo también me he comprado uno.
Ahora, si estuviera allí, te secaría las lágrimas a besos.
Pero no estoy… así que vete a dormir.

Christian Grey
Presidente de Grey Enterprises Holdings, Inc.

Su respuesta me hace sonreír... siempre tan dominante, siempre tan Christian. ¿Esto cambiará, también? Y en ese momento me doy cuenta de que espero que no. Me gusta tal cual es —autoritario—, mientras yo pueda enfrentarme sin miedo al castigo.

De: Anastasia Steele
Fecha: 10 de junio de 2011 00:07
Para: Christian Grey
Asunto: Señor Gruñón

Suenas igual de dominante que siempre, posiblemente tenso y probablemente malhumorado, señor Grey.
Yo sé algo que podría aliviar eso. Pero es verdad que no estás aquí... no me dejarías quedarme y esperas que te suplique...
Sueña con ello, señor.

Ana xx

P.D.: Veo que también has incluido la versión de Stalker's Anthem de «Every Breath You Take». Disfruto mucho de tu sentido del humor, pero ¿lo sabe el doctor Flynn?

De: Christian Grey
Fecha: 10 de junio de 2011 00:10
Para: Anastasia Steele
Asunto: Tranquilidad tipo zen

Mi queridísima señorita Steele:
En las relaciones vainilla también hay azotes, ¿sabes? Normalmente consentidos y en un contexto sexual... pero yo estaría muy contento de hacer una excepción con usted.
Te tranquilizará saber que el doctor Flynn también disfruta con mi sentido del humor.
Ahora, por favor, vete a dormir; si no, mañana no servirás para nada.
Por cierto... suplicarás, créeme. Y lo estoy deseando.

Christian Grey
Presidente tenso de Grey Enterprises Holdings, Inc.

De: Anastasia Steele
Fecha: 10 de junio de 2011 00:12
Para: Christian Grey
Asunto: Buenas noches, dulces sueños

Bueno, ya que lo has pedido con tanta amabilidad, y como me encanta tu deliciosa amenaza, me acurrucaré con el iPad que me has dado con tanto cariño y me quedaré dormida ojeando la Biblioteca Británica, escuchando la música que habla por ti.

A xxx

De: Christian Grey
Fecha: 10 de junio de 2011 00:15
Para: Anastasia Steele
Asunto: Una petición más

Sueña conmigo.
x

Christian Grey
Presidente de Grey Enterprises Holdings, Inc.

¿Soñar contigo, Christian Grey? Siempre.

Me pongo rápidamente la pijama, me cepillo los dientes y me meto en la cama. Me pongo los auriculares, saco el globo deshinchado del *Charlie Tango* de debajo de la almohada y me abrazo a él.

Estoy radiante de alegría y mi boca entreabierta dibuja una sonrisa enorme y boba. Cómo cambia todo en un día. ¿Cómo voy a poder dormir?

José González empieza a cantar una melodía cadenciosa con un hipnótico acorde de guitarra, y me sumerjo lentamente en el sueño, maravillada de que el mundo se haya arreglado en una noche, y preguntándome vagamente si debería hacer una lista de temas para Christian.

3

Lo único bueno de estar sin coche es que, en el autobús que me lleva al trabajo, puedo enchufar los auriculares al iPad que llevo en la bolsa y escuchar todas las maravillosas piezas que Christian me ha grabado. Cuando llego a la oficina tengo una estúpida sonrisa dibujada en la cara.

Jack levanta los ojos hacia mí, atónito.

—Buenos días, Ana. Estás... radiante.

Su comentario me sonroja. ¡Qué inapropiado!

—He dormido bien, gracias, Jack. Buenos días.

Frunce el ceño.

—¿Puedes leer esto por mí y redactarme los informes correspondientes para la hora de comer, por favor? —me entrega cuatro manuscritos. Ante mi gesto de horror, añade—: Sólo los primeros capítulos.

—Claro.

Sonrío aliviada, y él me responde con una gran sonrisa.

Conecto la computadora para empezar a trabajar, mientras me termino el café con leche y me como un plátano. Hay un correo electrónico de Christian.

De: Christian Grey
Fecha: 10 de junio de 2011 08:05
Para: Anastasia Steele
Asunto: Ayúdame...

Espero que hayas desayunado.
Te eché en falta anoche.

Christian Grey
Presidente de Grey Enterprises Holdings, Inc.

De: Anastasia Steele
Fecha: 10 de junio de 2011 08:33
Para: Christian Grey
Asunto: Libros viejos…

Estoy comiéndome un plátano mientras tecleo. Llevaba varios días sin desayunar, de manera que supone un paso adelante. Me encanta la aplicación de la Biblioteca Británica… he empezado a releer *Robinson Crusoe*… y, naturalmente, te quiero.
Ahora déjame en paz: intento trabajar.

Anastasia Steele
Ayudante de Jack Hyde, editor de SIP

De: Christian Grey
Fecha: 10 de junio de 2011 08:36
Para: Anastasia Steele
Asunto: ¿Eso es lo único que has comido?

Puedes esforzarte más. Necesitarás energía para suplicar.

Christian Grey
Presidente de Grey Enterprises Holdings, Inc.

De: Anastasia Steele
Fecha: 10 de junio de 2011 08:39
Para: Christian Grey
Asunto: Pesado

Señor Grey, intento trabajar para ganarme la vida… y es usted quien suplicará.

Anastasia Steele
Ayudante de Jack Hyde, editor de SIP

De: Christian Grey
Fecha: 10 de junio de 2011 08:36
Para: Anastasia Steele
Asunto: ¡Vamos!

Vaya, señorita Steele, me encantan los desafíos...

Christian Grey
Presidente de Grey Enterprises Holdings, Inc.

Estoy sentada frente a la pantalla sonriendo como una idiota. Pero tengo que leer esos capítulos para Jack y escribir informes sobre todos ellos. Coloco los manuscritos sobre mi mesa y empiezo.

A la hora de comer voy a la tienda a buscar un bocadillo de pastrami mientras escucho la lista de temas de mi iPad. El primero es de Nitin Sawhney, una pieza tradicional titulada «Homelands»... es buena. El señor Grey tiene un gusto musical ecléctico. Vuelvo hacia atrás y escucho una pieza clásica: «Fantasía sobre un tema de Thomas Tallis», de Ralph Vaughan Williams. Oh, Cincuenta tiene sentido del humor y lo quiero por eso. ¿Se me borrará esta estúpida sonrisa de la cara alguna vez?

La tarde pasa lentamente. En un momento de inactividad decido escribirle un correo a Christian.

De: Anastasia Steele
Fecha: 10 de junio de 2011 16:05
Para: Christian Grey
Asunto: Aburrida...

Estoy mano sobre mano.
¿Cómo estás?

¿Qué estás haciendo?

Anastasia Steele
Ayudante de Jack Hyde, editor de SIP

De: Christian Grey
Fecha: 10 de junio de 2011 16:15
Para: Christian Grey
Asunto: Tus manos

Deberías venir a trabajar conmigo.
No estarías mano sobre mano.
Estoy seguro de que yo podría darles mejor uso.
De hecho, se me ocurren varias opciones...
Yo estoy con fusiones y adquisiciones rutinarias.
Todo es muy árido.
Tus correos electrónicos en SIP se monitorizan.

Christian Grey
Presidente distraído de Grey Enterprises Holdings, Inc.

Oh, Dios. No tenía ni idea. ¿Cómo demonios lo sabe él? Observo la pantalla con el ceño fruncido, reviso rápidamente los correos que he enviado y los voy borrando.

A las cinco y media en punto, Jack se acerca a mi mesa. Lleva un atuendo informal de viernes, es decir, unos tejanos y una camisa negra.

—¿Una copa, Ana? Solemos ir a tomar una rápida al bar de enfrente.

—¿Solemos...? —pregunto, esperanzada.

—Sí, vamos casi todos... ¿vienes?

Por alguna razón desconocida, que no quiero analizar demasiado a fondo, me invade una sensación de alivio.

—Me encantaría. ¿Cómo se llama el bar?

—Fifty's.

—No... ¿de verdad?

Me mira extrañado.

—Si. ¿Tiene algún significado para ti?

—No, perdona. Nos vemos allí.

—¿Qué se te antoja beber?

—Una cerveza, por favor.

—Muy bien.

Voy al baño y le mando un mail a Christian desde la BlackBerry.

De: Anastasia Steele
Fecha: 10 de junio de 2011 17:36
Para: Christian Grey
Asunto: Encajarás perfectamente

Vamos a ir a un bar que se llama Fifty's.
Para mí esto es una mina inagotable de bromas y risas.
Tengo muchas ganas de encontrarme allí contigo, señor Grey.

A x

De: Christian Grey
Fecha: 10 de junio de 2011 17:38
Para: Anastasia Steele
Asunto: Riesgos

Las minas son muy, muy peligrosas.

Christian Grey
Presidente de Grey Enterprises Holdings, Inc.

De: Anastasia Steele
Fecha: 10 de junio de 2011 17:40
Para: Christian Grey
Asunto: ¿Riesgos?

¿Qué quieres decir con eso?

De: Christian Grey
Fecha: 10 de junio de 2011 17:42
Para: Anastasia Steele
Asunto: Simplemente…

Era un comentario, señorita Steele.
Hasta pronto.
Más pronto que tarde, nena.

Christian Grey
Presidente de Grey Enterprises Holdings, Inc.

Me miro en el espejo. Cómo puede cambiar todo en un día. Tengo más color en las mejillas y me brillan los ojos. Es el efecto Christian Grey. Discutir un poco con él por correo provoca eso en una chica. Sonrío ante mi imagen y me aliso la camisa azul claro… la que Taylor compró para mí. Llevo también mis vaqueros favoritos. La mayoría de las mujeres de la oficina llevan jeans o faldas anchas. Tendré que invertir también en un par de faldas. Puede que lo haga este fin de semana e ingrese el talón que Christian me dio por Wanda, mi escarabajo.

Cuando salgo del edificio, oigo que gritan mi nombre.

—¿Señorita Steele?

Me vuelvo, sorprendida, y una chica joven con la piel cenicienta se me acerca con cautela. Parece un fantasma… tan pálida y extrañamente inexpresiva.

—¿Señorita Anastasia Steele? —repite, y sus facciones permanecen estáticas aunque esté hablando.

—¿Sí?

Se para en la acera y se me queda mirando como a un metro de distancia, y yo, totalmente inmóvil, le devuelvo la mirada. ¿Quién es? ¿Qué quiere?

—¿Puedo ayudarte? —pregunto.

¿Cómo sabe mi nombre?

—No… sólo quería verte.

Habla con una voz muy baja, inquietante. Y tiene un pelo oscuro como el mío, que contrasta radicalmente con su piel blanca. Sus ojos son castaños, color whisky, pero inexpresivos. No hay la menor chispa de vida en ellos. La tristeza aparece grabada en su precioso y pálido rostro.

—Lo siento… pero estoy en desventaja —le digo educadamente, intentando ignorar el escalofrío de advertencia que me sube por la columna vertebral.

La miro de cerca, y tiene un aspecto raro, descuidado y desvalido. La ropa que lleva le queda dos tallas grande, incluida la gabardina de marca.

Se echa a reír, con un sonido extraño y discordante que incrementa mi ansiedad.

—¿Qué tienes tú que yo no tenga? —pregunta con tristeza.

Mi ansiedad se convierte en miedo.

—Perdona… ¿quién eres?

—¿Yo? No soy nadie.

Levanta un brazo para pasarse la mano por la melena que le llega al hombro, y al hacerlo se le levanta la manga de la gabardina y se le ve un sucio vendaje alrededor de la muñeca.

Dios…

—Que tenga un buen día, señorita Steele.

Da media vuelta y sube andando la calle mientras yo me quedo clavada en el sitio. Veo cómo su delgada silueta desaparece de mi vista, perdiéndose entre los trabajadores que salen en masa de sus despachos.

¿Que fue eso?

Confusa, cruzo la calle hasta el bar, intentando asimilar lo que acaba de pasar, mientras mi subconsciente levanta su fea cabeza y me dice entre dientes: ella tiene algo que ver con Christian.

El Fifty's es un bar impersonal y cavernoso, con banderines y pósters de béisbol colgados en las paredes. Jack está en la barra con Elizabeth y Courtney, la otra ayudante editorial, dos tipos de contabilidad y Claire, de recepción, con sus característicos aros de plata.

—¡Hola, Ana!

Jack me pasa una botella de Bud.

—Salud… gracias —murmuro, afectada todavía por mi encuentro con la Chica Fantasma.

—Salud.

Chocamos las botellas y él sigue conversando con Elizabeth. Claire me sonríe con simpatía.

—¿Cómo te fue en tu primera semana? —pregunta.

—Bien, gracias. Todo el mundo ha sido muy amable.

—Hoy se te ve mucho más contenta.

—Es viernes —balbuceo enseguida—. ¿Y tú, tienes planes para el fin de semana?

Mi táctica de distracción patentada funciona, estoy salvada. Resulta que Claire tiene seis hermanos y se va a Tacoma a una gran reunión familiar. Se muestra bastante locuaz y me doy cuenta de que no he hablado con ninguna mujer de mi edad desde que Kate se fue a Barbados.

Con aire distraído, me pregunto cómo estará Kate… y Elliot. Tengo que acordarme de preguntarle a Christian si ha sabido algo de ellos. Ah, y Ethan, el hermano de Kate; volverá el martes que viene y se quedará en nuestro departamento. No creo que a Christian le guste demasiado eso. Mi encuentro de antes con la extraña Chica Fantasma va desapareciendo de mi mente.

Mientras charlo con Claire, Elizabeth me pasa otra cerveza.

—Gracias —le sonrío.

Resulta muy fácil charlar con Claire —se nota que le gusta hablar—, y me bebo una tercera cerveza sin darme cuenta, cortesía de uno de los chicos de contabilidad.

Cuando Elizabeth y Courtney se van, Jack se viene con Claire y conmigo. ¿Dónde está Christian? Uno de los tipos de contabilidad se pone a hablar con Claire.

—Ana, ¿crees que tomaste una buena decisión viniendo a trabajar con nosotros?

Jack habla en un tono suave y está un poco demasiado cerca. Pero he notado que tiene tendencia a hacer eso con todo el mundo, incluso en la oficina.

—Esta semana he estado muy a gusto, gracias, Jack. Sí, creo que tomé la decisión correcta.

—Eres una chica muy lista, Ana. Llegarás lejos.

Me ruborizo.

—Gracias —mascullo, porque no sé qué más decir.

—¿Vives lejos?

—En el barrio de Pike Market.

—No muy lejos de mi casa —sonriendo, se acerca aún más y se apoya en la barra, casi acorralándome—. ¿Tienes planes este fin de semana?

—Bueno… eh…

Le siento antes de verlo. Es como si todo mi cuerpo estuviera sintonizado con el hecho de su presencia. Se relaja y se despierta a la vez, una dualidad interior y rara… y noto esa extraña corriente eléctrica.

Christian me pasa el brazo alrededor del hombro como una muestra de afecto aparentemente relajada, pero yo sé que no es así. Está reclamando un derecho, y en esta ocasión es muy bien recibido. Me besa suavemente el pelo.

—Hola, nena —murmura.

Al sentir su brazo que me rodea no puedo evitar sentir alivio, y excitación. Me acerca hacia sí, y yo levanto la vista para mirarle mientras él observa a Jack, impasible. Entonces se gira hacia mí y me dedica una media sonrisa fugaz, seguida de un beso rápido. Lleva un saco azul marino de raya diplomática, con unos jeans y una camisa blanca desabrochada. Está para comérselo.

Jack se aparta, incómodo.

—Jack, éste es Christian —balbuceo en tono de disculpa. ¿Por qué me estoy disculpando?—. Christian, Jack.

—Yo soy el novio —dice Christian con una sonrisita fría que no alcanza a sus ojos, mientras le estrecha la mano a Jack.

Yo levanto la vista hacia mi jefe, que está evaluando mentalmente al magnífico espécimen varonil que tiene delante.

—Yo soy el jefe —replica Jack, arrogante—. Ana me habló de un ex novio.

Ay, Dios. No te conviene jugar a este juego con Cincuenta.

—Bueno, ya no soy un ex —responde Christian tranquilamente—. Vamos, nena, tenemos que irnos.

—Por favor, quédense a tomar una copa con nosotros —dice Jack con amabilidad.

No creo que sea buena idea. ¿Por qué resulta tan incómodo esto? Miro de reojo a Claire, que, naturalmente, contempla a Christian con la boca abierta y franco deleite carnal. ¿Cuándo dejará de preocuparme el efecto que provoca en otras mujeres?

—Tenemos planes —apunta Christian con su sonrisa enigmática.

¿Ah, sí? Y un escalofrío de expectación recorre mi cuerpo.

—Quizá en otra ocasión —añade—. Vamos —me dice tomándome la mano.

—Hasta el lunes.

Sonrío a Jack, a Claire y al tipo de contabilidad, tratando de ignorar el gesto de disgusto de Jack, y salgo por la puerta detrás de Christian.

Taylor está al volante del Audi, que espera junto a la acera.

—¿Por qué me ha parecido eso un concurso de ver quién orina más lejos? —le pregunto a Christian cuando me abre la puerta del coche.

—Porque lo era —murmura, me dedica su sonrisa enigmática y luego cierra la puerta.

—Hola, Taylor —le digo y nuestras miradas se encuentran en el retrovisor.

—Señorita Steele —me saluda Taylor con una amplia sonrisa.

Christian se sienta a mi lado, me sujeta la mano y me besa suavemente los nudillos.

—Hola —dice bajito.

Mis mejillas se tiñen de rosa, sé que Taylor nos oye, y agradezco que no vea la mirada abrasadora y terriblemente excitante que me dedica Christian. Tengo que echar mano de toda mi contención para no lanzarme sobre él aquí mismo en el asiento de atrás del coche.

Oh, el asiento de atrás del coche… mmm.

—Hola —jadeo, con la boca seca.

—¿Qué te gustaría hacer esta noche?

—Creí que dijiste que teníamos planes.

—Oh, yo sé lo que me gustaría hacer, Anastasia. Te pregunto qué quieres hacer tú.

Yo le sonrío radiante.

—Ya veo —dice con una perversa risita—. Pues… a suplicar entonces. ¿Quieres suplicar en mi casa o en la tuya?

Inclina la cabeza y me dedica esa sonrisa suya tan sexy.

—Creo que eres muy presuntuoso, señor Grey. Pero, para variar, podríamos hacerlo en mi departamento.

Me muerdo el labio deliberadamente y su expresión se ensombrece.

—Taylor, a casa de la señorita Steele, por favor.

—Señor —asiente Taylor, y se incorpora al tráfico.

—¿Qué tal tu día? —pregunta.

—Bien. ¿Y el tuyo?

—Bien, gracias.

Su enorme sonrisa se refleja en la mía y vuelve a besarme la mano.

—Estás guapísima —dice.

—Tú también.

—Tu jefe, Jack Hyde, ¿es bueno en su trabajo?

¡Vaya! Esto sí que es un cambio de tema repentino. Frunzo el ceño.

—¿Por qué? ¿Esto tiene algo que ver con el concurso de orinadas?

Christian sonríe maliciosamente.

—Ese hombre quiere meterse en tus calzones, Anastasia —dice con sequedad.

Siento que las mejillas me arden, abro la boca nerviosa, y echo un vistazo a Taylor.

—Bueno, que quiera lo que le dé la gana… ¿por qué estamos hablando de esto? Ya sabes que él no me interesa en absoluto. Sólo es mi jefe.

—Ésa es la cuestión. Quiere lo que es mío. Necesito saber si hace bien su trabajo.

Me encojo de hombros.

—Creo que sí.

¿Adónde quiere ir a parar con esto?

—Bien, más le vale dejarte en paz, o acabará de patitas en la calle.

—Christian, ¿de qué hablas? No ha hecho nada malo...

Todavía. Sólo se acerca demasiado.

—Si hace cualquier intento o acercamiento, me lo dices. Se llama conducta inmoral grave... o acoso sexual.

—Sólo ha sido una copa después del trabajo.

—Lo digo en serio. Un movimiento en falso y se va a la calle.

—Tú no tienes poder para eso —¡por Dios! Y antes de poner los ojos en blanco, caigo en cuenta, y es como si chocara contra un camión de mercancías a toda velocidad—. ¿O sí, Christian?

Me dedica su sonrisa enigmática.

—Vas a comprar la empresa —murmuro horrorizada.

En respuesta al pánico de mi voz aparece su sonrisa.

—No exactamente.

—La compraste. SIP. Ya.

Me mira cauteloso y pestañea.

—Es posible.

—¿La compraste o no?

—La compré.

¿Qué demonios...?

—¿Por qué? —grito, espantada.

Oh, sinceramente esto ya es demasiado.

—Porque puedo, Anastasia. Necesito que estés a salvo.

—¡Pero dijiste que no interferirías en mi carrera profesional!

—Y no lo haré.

Aparto mi mano de la suya.

—Christian...

Me faltan las palabras.

—¿Estás enojada conmigo?

—Sí. Claro que estoy enojada contigo —estoy furiosa—. Quiero decir, ¿qué clase de ejecutivo responsable toma decisiones basadas en a quién se esté tirando en ese momento?

Palidezco y vuelvo a mirar inquieta y de reojo a Taylor, que nos ignora estoicamente.

Maldición. ¡Vaya momento para que se estropee el filtro de control cerebro-boca!

Christian abre la suya, luego vuelve a cerrarla y me mira con mala cara. Yo le devuelvo la mirada. Mientras ambos nos fulminamos con la vista, la atmósfera en el interior del coche se degrada de reunión cariñosa a gélida, con palabras implícitas y reproches en potencia.

Afortunadamente, nuestro incómodo trayecto en coche no dura mucho, y Taylor se detiene por fin frente a mi departamento.

Yo salgo a toda prisa del vehículo, sin esperar a que nadie me abra la puerta.

Oigo que Christian le dice a Taylor entre dientes:

—Creo que más vale que esperes aquí.

Noto que lo tengo detrás, mientras rebusco en la bolsa intentando encontrar las llaves de la puerta principal.

—Anastasia —dice con calma, como si yo fuera una especie de animal acorralado.

Suspiro y me giro para mirarlo a la cara. Estoy tan enojada con él que mi rabia es palpable... una criatura tenebrosa que amenaza con ahogarme.

—Primero, hace tiempo que no te cojo... mucho tiempo, tal como yo lo siento; y segundo, quería entrar en el negocio editorial. De las cuatro empresas que hay en Seattle, SIP es la más rentable, pero está pasando por un mal momento y va a estancarse... necesita diversificarse.

Yo lo miro fija, gélidamente. Sus ojos son tan intensos, amenazadores incluso, pero endiabladamente sexys. Podría perderme en sus grises profundidades.

—Así que ahora eres mi jefe —replico.

—Técnicamente, soy el jefe del jefe de tu jefe.

—Y, técnicamente, esto es conducta inmoral grave: el hecho de que me esté tirando al jefe del jefe de mi jefe.

—En este momento, estás discutiendo con él —responde Christian irritado.

—Eso es porque es un auténtico idiota —mascullo.

Christian, atónito, da un paso hacia atrás. Ay, Dios. ¿He ido demasiado lejos?

—¿Un idiota? —murmura mientras su cara adquiere una expresión divertida.

¡Maldita sea! ¡Estoy enojada contigo, no me hagas reír!

—Sí.

Me esfuerzo por mantener mi actitud de ultraje moral.

—¿Un idiota? —repite Christian.

Esta vez sus labios se tuercen para disimular una sonrisa.

—¡No me hagas reír cuando estoy enojada contigo! —grito.

Y él sonríe, enseñando toda la dentadura con esa sonrisa deslumbrante de muchachote americano, y yo no puedo contenerme. Sonrío y me echo a reír también. ¿Cómo podría no afectarme la alegría que veo en su sonrisa?

—El que tenga una maldita sonrisa estúpida en la cara no significa que no esté encabronadísima contigo —digo sin aliento, intentando reprimir mi risita tonta de animadora de instituto.

Aunque yo nunca fui animadora, pienso con amargura.

Se inclina y creo que va a besarme, pero no lo hace. Me huele el pelo e inspira profundamente.

—Eres imprevisible, señorita Steele, como siempre —se incorpora de nuevo y me observa, con una chispa de humor en los ojos—. ¿Piensas invitarme o vas a enviarme a casa por ejercer mi derecho democrático, como ciudadano americano, empresario y consumidor, de comprar lo que se me dé la real gana?

—¿Has hablado con el doctor Flynn de eso?

Se ríe.

—¿Vas a dejarme entrar o no, Anastasia?

Yo intento ponerle mala cara —morderme el labio ayuda—, pero sonrío al abrir la puerta. Christian se da la vuelta, le hace un gesto a Taylor, y el Audi se marcha.

Es raro estar con Christian Grey en el departamento. Parece un sitio muy pequeño para él.

Sigo enfadada: su acoso no tiene límites, y ahora caigo que es así como supo que los correos de SIP estaban monitorizados. Seguramente sabe más de SIP que yo. Esa idea me resulta desagradable.

¿Qué puedo hacer? ¿Por qué tiene esa necesidad de mantenerme a salvo? Soy una adulta —más o menos—, por el amor de Dios... ¿Qué puedo hacer para tranquilizarlo?

Observo su cara mientras se pasea por la habitación como un animal enjaulado y mi rabia disminuye. Verlo aquí, en mi espacio, cuando creí que habíamos terminado, es reconfortante. Más que reconfortante... lo quiero, y mi corazón se expande con un júbilo exaltado y embriagador. Él echa un vistazo por todas partes, examinando el entorno.

—Es bonito —dice.

—Los padres de Kate lo compraron para ella.

Asiente abstraído y sus vivaces ojos grises descansan en los míos, me miran.

—Este... ¿quieres beber algo? —susurro, ruborizada por los nervios.

—No, gracias, Anastasia.

Su mirada se ensombrece.

¿Por qué estoy tan nerviosa?

—¿Qué te gustaría hacer, Anastasia? —pregunta dulcemente mientras camina hacia mí, salvaje y ardiente—. Yo sé lo que quiero hacer —añade en voz baja.

Me echo hacia atrás y choco contra el cemento de la cocina tipo isla.

—Sigo enojada contigo.

—Lo sé.

Me sonríe con un amago de disculpa y yo me derrito... bueno, quizá no esté tan enojada.

—¿Quieres comer algo? —pregunto.

Él asiente despacio.

—Sí, a ti —murmura.

Mi cuerpo se tensa de cintura para abajo. Sólo su voz basta para seducirme, pero esa mirada, esa hambrienta mirada de deseo urgente... Oh, Dios.

Está de pie delante de mí, sin llegar a tocarme. Baja la vista, me mira a los ojos y el calor que irradia su cuerpo me inunda. Siento un ardor sofocante que me aturde y las piernas como si fueran de gelatina, mientras un deseo oscuro me recorre las entrañas. Lo deseo.

—¿Has comido hoy? —murmura.

—Un bocadillo al mediodía —susurro.

No quiero hablar de comida.

Entorna los ojos.

—Tienes que comer.

—La verdad es que ahora no tengo hambre… de comida.

—¿De qué tiene hambre, señorita Steele?

—Creo que ya lo sabe, señor Grey.

Se inclina y nuevamente creo que va a besarme, pero no lo hace.

—¿Quieres que te bese, Anastasia? —me susurra bajito al oído.

—Sí —digo sin aliento.

—¿Dónde?

—Por todas partes.

—Vas a tener que especificar un poco más. Ya te dije que no pienso tocarte hasta que me supliques y me digas qué debo hacer.

Estoy perdida; no está jugando limpio.

—Por favor —murmuro.

—Por favor, ¿qué?

—Tócame.

—¿Dónde, nena?

Está tan tentadoramente cerca, su aroma es tan embriagador… Alargo la mano y él se aparta inmediatamente.

—No, no —me recrimina, y abre los ojos con una repentina expresión de alarma.

—¿Qué?

No… vuelve.

—No.

Niega con la cabeza.

—¿Nada de nada?

No puedo reprimir el anhelo en mi voz.

Me mira desconcertado y su duda me envalentona. Doy un paso hacia él, y se aparta, levanta las manos para defenderse, pero sonriendo.

—Oye, Ana…

Es una advertencia, y se pasa la mano por el pelo, exasperado.

—A veces no te importa —comento quejosa—. Quizá debería ir a buscar un rotulador y podríamos hacer un mapa de las zonas prohibidas.

Arquea una ceja.

—No es mala idea. ¿Dónde está tu dormitorio?

Señalo con la cabeza. ¿Está cambiando de tema adrede?

—¿Has seguido tomando la píldora?

Maldita sea. La píldora.

Al ver mi gesto le cambia la cara.

—No —mascullo.

—Ya —dice, y junta los labios en una fina línea—. Ven, comamos algo.

—¡Creía que íbamos a acostarnos! Yo quiero acostarme contigo.

—Lo sé, nena.

Sonríe y de repente viene hacia mí, me sujeta las muñecas, me atrae a sus brazos y me estrecha contra su cuerpo.

—Tú tienes que comer, y yo también —murmura y baja hacia mí sus ardientes ojos grises—. Además… la expectación es clave en la seducción, y la verdad es que ahora mismo estoy muy interesado en posponer la gratificación.

Ah… ¿desde cuándo?

—Yo ya he sido seducida y quiero mi gratificación ahora. Te suplicaré, por favor —digo casi gimoteante.

Me sonríe con ternura.

—Come. Estás demasiado flaca.

Me besa la frente y me suelta.

Esto es un juego, parte de algún plan diabólico. Le frunzo el ceño.

—Sigo enojada porque compraras SIP, y ahora estoy enojada porque me haces esperar —digo haciendo un puchero.

—La damita está molesta, ¿eh? Después de comer te sentirás mejor.

—Ya sé después de qué me sentiré mejor.

—Anastasia Steele, estoy escandalizado —dice en tono burlón.

—Deja de burlarte de mí. No estás jugando limpio.

Disimula la sonrisa mordiéndose el labio inferior. Tiene un aspecto sencillamente adorable… de Christian travieso que juega con mi libido. Si mis armas de seducción fueran mejores, sabría qué hacer, pero no poder tocarlo lo hace aún más difícil.

La diosa que llevo dentro entorna los ojos y parece pensativa. Tenemos que trabajar en eso.

Mientras Christian y yo nos miramos fijamente —yo ardiente, molesta y anhelante, y él relajado, divirtiéndose a mi costa—, caigo en la cuenta de que no tengo comida en el piso.

—Podría cocinar algo… pero tendremos que ir a comprar.

—¿A comprar?

—La comida.

—¿No tienes nada aquí?

Se le endurece el gesto.

Yo niego con la cabeza. Dios, parece bastante enojado.

—Pues vamos a comprar —dice en tono severo y, girando sobre sus talones, va hacia la puerta y me la abre de par en par.

—¿Cuándo fue la última vez que estuviste en un supermercado?

Christian parece fuera de lugar, pero me sigue diligentemente, cargando con la cesta de la compra.

—No me acuerdo.

—¿La señora Jones se encarga de todas las compras?

—Creo que Taylor la ayuda. No estoy seguro.

—¿Te parece bien algo oriental? Es rápido.

—Suena bien.

Christian sonríe, sin duda imaginando qué hay detrás de mi deseo de preparar algo rápido.

—¿Hace mucho que trabajan para ti?

—Taylor, cuatro años, me parece. La señora Jones más o menos lo mismo. ¿Por qué no tenías comida en el departamento?

—Ya sabes por qué —murmuro, ruborizada.

—Fuiste tú quien me dejó —masculla, molesto.

—Ya lo sé —replico en voz muy baja; no quiero que me lo recuerdes.

Llegamos a la caja y nos ponemos en la cola sin hablar.

Si no me hubiera ido, ¿me habrías ofrecido la alternativa fresa?, me pregunto vagamente.

—¿Tienes algo para beber? —dice, devolviéndome al presente.

—Cerveza... creo.

—Compraré un poco de vino.

Ay, Dios. No estoy segura de qué tipo de vino tienen en el supermercado Ernie's. Christian vuelve con las manos vacías y una mueca de disgusto.

—Aquí al lado hay una buena licorería —digo enseguida.

—Veré qué tienen.

Quizá deberíamos ir a su piso, y así no pasaríamos por todo este lío. Lo veo salir por la puerta muy decidido, con su elegancia natural. Dos mujeres que entran se paran y se quedan mirando. Ah, sí, miren a mi Cincuenta Sombras, pienso con cierto desaliento.

Lo deseo tal como lo recuerdo, en mi cama, pero se está haciendo mucho del rogar. A lo mejor yo debería hacer lo mismo. La diosa que llevo dentro asiente frenéticamente. Y mientras hago cola, se nos ocurre un plan. Mmm...

Christian mete las bolsas de la compra al departamento. Ha cargado con ellas todo el camino desde que salimos de la tienda. Se ve muy raro, muy distinto de su porte habitual de presidente.

—Te ves muy... doméstico.

—Nadie me había acusado de eso antes —dice con sequedad.

Coloca las bolsas sobre la cubierta de la isla de la cocina. Mientras yo empiezo a vaciarlas, él saca una botella de vino y busca un sacacorchos.

—Este sitio aún es nuevo para mí. Me parece que el aparato está en ese cajón de allí —digo, señalando con la barbilla.

Esto parece tan... normal. Dos personas que se están conociendo, que se disponen a comer. Y, sin embargo, es tan raro. El miedo que siempre sentía en su presencia ha desaparecido. Ya hemos hecho tantas cosas juntos que me ruborizo sólo de pensarlo, y aun así apenas lo conozco.

—¿En qué estás pensando?

Christian interrumpe mis fantasías mientras se quita el saco y lo deja sobre el sofá.

—En lo poco que te conozco, en realidad.

Se me queda mirando y sus ojos se apaciguan.

—Me conoces mejor que nadie.

—No creo que eso sea verdad.

De pronto, y totalmente en contra de mi voluntad, la señora Robinson aparece en mi mente.

—La cuestión, Anastasia, es que soy una persona muy, muy cerrada.

Me ofrece una copa de vino blanco.

—Salud —dice.

—Salud —contesto, y bebo un sorbo mientras él mete la botella en el refrigerador.

—¿Puedo ayudarte con eso? —pregunta.

—No, no hace falta... siéntate.

—Me gustaría ayudar.

Parece sincero.

—Puedes picar las verduras.

—No sé cocinar —dice, mirando con suspicacia el cuchillo que le doy.

—Supongo que no lo necesitas.

Le pongo delante una tabla para cortar y unos pimientos rojos. Los mira, confundido.

—¿Nunca has picado una verdura?

—No.

Lo miro riendo.

—¿Te estás riendo de mí?

—Por lo visto hay algo que yo sé hacer y tú no. Reconozcámoslo, Christian, creo que esto es nuevo. Ven, te enseñaré.

Lo rozo y se aparta. La diosa que llevo dentro se incorpora y observa.

—Así —digo, mientras corto el pimiento rojo y aparto las semillas con cuidado.

—Parece bastante fácil.

—No deberías tener ningún problema para conseguirlo —le aseguro con ironía.

Él me observa impasible un momento y después se pone a ello, mientras yo comienzo a preparar los dados de pollo. Empieza a cortar, con cuidado, despacio. Por favor… así estaremos aquí todo el día.

Me lavo las manos y busco el wok, el aceite y los demás ingredientes que necesito, rozándolo repetidas veces: con la cadera, el brazo, la espalda, las manos. Toquecitos inocentes. Cada vez que lo hago él se queda muy quieto.

—Sé lo que estás haciendo, Anastasia —murmura sombrío, mientras sigue aún con el primer pimiento.

—Creo que se llama cocinar —digo, moviendo las pestañas.

Tomo otro cuchillo y me coloco a su lado para pelar y cortar el ajo, las calabazas y las habas verdes, chocando con él a cada momento.

—Lo haces bastante bien —musita mientras empieza con el segundo pimiento rojo.

—¿Picar? —lo miro y aleteo las pestañas—. Son años de práctica.

Vuelvo a rozarlo, está vez con el trasero. Él se queda inmóvil otra vez.

—Si vuelves a hacer eso, Anastasia, te cogeré en el suelo de la cocina.

Oh, vaya, esto funciona.

—Primero tendrás que suplicarme.

—¿Me estás desafiando?

—Puede.

Deja el cuchillo y, lentamente, da un paso hacia mí. Le arden los ojos. Se inclina a mi lado, apaga el gas. El aceite del wok deja de crepitar casi al instante.

—Creo que comeremos después —dice—. Mete el pollo en el refrigerador.

Ésta es una frase que nunca habría esperado oír de labios de Christian Grey, y sólo él puede hacer que suene erótica, muy erótica. Tomo el bol con los dados de pollo, le pongo un plato encima con manos algo temblorosas y lo guardo en el refri. Cuando me doy la vuelta, él está a mi lado.

—¿Así que vas a suplicar? —susurro, mirando audazmente sus ojos turbios.

—No, Anastasia —menea la cabeza—. Nada de súplicas.

Su voz es tenue y seductora.

Y nos quedamos mirándonos el uno al otro, embebiéndonos el uno del otro… el ambiente se va cargando, casi saltan chispas, sin que ninguno diga nada, sólo mirando. Me muerdo el labio cuando el deseo por ese hombre me domina con ánimo de venganza, incendia mi cuerpo, me roba el aliento, me inunda de cintura para abajo. Veo mis reacciones reflejadas en su semblante, en sus ojos.

De golpe, me agarra por las caderas y me arrastra hacia él, mientras yo hundo las manos en su cabello y su boca me reclama. Me empuja contra el refrigerador, y oigo la vaga protesta de la hilera de botellas y tarros en el interior, mientras su lengua encuentra la mía. Yo jadeo en su boca, y una de sus manos me sujeta el pelo y me echa hacia atrás la cabeza mientras nos besamos salvajemente.

—¿Qué quieres, Anastasia? —jadea.

—A ti —gimo.

—¿Dónde?

—En la cama.

Me suelta, me alza en brazos y me lleva deprisa y sin aparente esfuerzo a mi dormitorio. Me deja de pie junto a la cama, se inclina y enciende la luz de la mesita. Echa una ojeada rápida a la habitación y se apresura a correr las cortinas color beige.

—¿Ahora qué? —dice en voz baja.

—Hazme el amor.

—¿Cómo?

Madre mía.

—Tienes que decírmelo, nena.

Por Dios…

—Desnúdame —digo ya jadeando.

Él sonríe, mete el dedo índice en el escote de mi blusa y tira hacia él.

—Buena chica —murmura, y sin apartar sus ardientes ojos de mí, empieza a desabrocharme despacio.

Con cuidado, apoyo las manos en sus brazos para mantener el equilibrio. Él no protesta. Sus brazos son una zona segura. Cuando ha terminado con los botones, me saca la blusa por encima de los hombros, y yo lo suelto para dejar que la prenda caiga al suelo. Él se inclina hasta la cintura de mis jeans, desabrocha el botón y baja el cierre.

—Dime lo que quieres, Anastasia.

Le centellean los ojos. Separa los labios y respira entrecortadamente.

—Bésame desde aquí hasta aquí —susurro deslizando un dedo desde la base de la oreja hasta el cuello.

Él me aparta el pelo de esa línea de fuego y se inclina, dejando un rastro de besos suaves y cariñosos por el trazado de mi dedo, y luego de vuelta.

—Mis jeans y los calzones —murmuro, y él, pegado a mi cuello, sonríe antes de dejarse caer de rodillas ante mí.

Oh, me siento tan poderosa. Mete los pulgares en mis pantalones y me los quita con cuidado por las piernas junto con mis bragas. Yo doy un paso al lado para librarme de los zapatos y la ropa, de manera que me quedo sólo con el brassiere. Él se para y alza la mirada expectante, pero no se levanta.

—¿Ahora qué, Anastasia?

—Bésame —musito.

—¿Dónde?

—Ya sabes dónde.

—¿Dónde?

Ah, es implacable. Avergonzada, señalo rápidamente la cúspide de mis muslos y él sonríe de par en par. Cierro los ojos, mortificada pero al mismo tiempo increíblemente excitada.

—Oh, encantado —dice entre risas.

Me besa y despliega la lengua, su lengua experta en dar placer. Yo gimo y me agarro a su cabello. Él no para, me rodea el clítoris con la lengua y me vuelve loca, una vez y otra, una vuelta y otra. Ahhh... sólo hace... ¿cuánto? Oh...

—Christian, por favor —suplico.

No quiero venirme de pie. No tengo fuerzas.

—¿Por favor qué, Anastasia?

—Hazme el amor.

—Es lo que hago —susurra, exhalando suavemente en mi entrepierna.

—No. Te quiero dentro de mí.

—¿Estás segura?

—Por favor.

No ceja en su exquisita y dulce tortura. Gimo en voz alta.

—Christian... por favor.

Se levanta y me mira de arriba abajo, y en sus labios brilla la prueba de mi excitación.

Es tan erótico...

—¿Y bien? —pregunta.

—¿Y bien, qué? —digo sin aliento y mirándolo con un ansia febril.

—Yo sigo vestido.

Lo miro boquiabierta y confundida.

¿Desnudarlo? Sí, eso puedo hacerlo. Me acerco a su camisa y él da un paso atrás.

—Ah, no —me regaña.

Por Dios, quiere decir los jeans.

Uf... y eso me da una idea. La diosa que llevo dentro me aclama a gritos y me pongo de rodillas ante él. Con dedos temblorosos y bastante torpeza, le desabrocho el cinturón y el cierre, después tiro de sus jeans y sus calzones hacia abajo, y lo libero. Wow.

Alzo la vista a través de las pestañas, y él me está mirando con... ¿qué? ¿Inquietud? ¿Asombro? ¿Sorpresa?

Da un paso a un lado para zafarse de los pantalones, se quita los calcetines, y yo lo tomo en mi mano, y aprieto y tiro hacia atrás como él me ha enseñado. Gime y se tensa, respirando con dificultad entre los dientes apretados. Con mucho tiento, me meto su miembro en mi boca y chupo... fuerte. Mmm, sabe tan bien...

—Ah. Ana... oh, despacio.

Me coge la cabeza tiernamente, y yo le empujo más al fondo de mi boca, y junto los labios tan fuerte como puedo, me cubro los dientes y chupo fuerte.

—Carajo —masculla.

Oh, es un sonido agradable, sugerente y sexy, así que vuelvo a hacerlo, hundo la boca hasta el fondo y hago girar la lengua alrededor de la punta. Mmm... me siento como Afrodita.

—Ana, ya basta. Para.

Vuelvo a hacerlo (suplica, Grey, suplica), y otra vez.

—Ana, ya has demostrado lo que querías —gruñe entre dientes—. No quiero venirme en tu boca.

Lo hago otra vez, y él se inclina, me agarra de los hombros, me pone en pie de golpe y me tira sobre la cama. Se quita la camisa por la cabeza, y luego, como un buen chico, se agacha para sacar un paquetito plateado del bolsillo de sus jeans tirados en el suelo. Está jadeando, como yo.

—Quítate el brassiere —ordena.

Me incorporo y hago lo que me dice.

—Acuéstate. Quiero mirarte.

Lo hago y alzo la vista hacia él mientras saca el condón. Le deseo tanto. Me mira y se relame.

—Eres preciosa, Anastasia Steele.

Se inclina sobre la cama y lentamente se arrastra sobre mí, besándome al hacerlo. Besa mis dos pechos y juguetea con mis pezones por turnos, mientras yo jadeo y me retuerzo debajo de él, pero no se detiene.

No... Para. Te deseo.

—Christian, por favor.

—¿Por favor, qué? —murmura entre mis pechos.

—Te quiero dentro de mí.

—¿Ah, sí?

—Por favor.

Sin dejar de mirarme, me separa las piernas con las suyas y se mueve hasta quedar suspendido sobre mí. Sin apartar sus ojos de los míos, se hunde en mi interior con un ritmo deliciosamente lento.

Cierro los ojos, deleitándome en la lentitud, en la sensación exquisita de su posesión, e instintivamente arqueo la pelvis para recibirlo, para unirme a él, gimiendo en voz alta. Él se retira suavemente y vuelve a colmarme muy despacio. Mis dedos encuentran el camino hasta su pelo sedoso y rebelde, y él sigue moviéndose muy despacio, dentro y fuera una y otra vez.

—Más rápido, Christian, más rápido… por favor.

Baja la vista, me mira triunfante y me besa con dureza, y luego empieza a moverse de verdad —castigador, implacable… oh, Dios—, y sé que esto no durará mucho. Adopta un ritmo palpitante. Yo empiezo a acelerarme, mis piernas se tensan debajo de él.

—Vamos, nena —gime—. Dámelo.

Sus palabras son mi detonante y estallo de forma escandalosa, arrolladora, en un millón de pedazos en torno a él, y él sigue gritando mi nombre.

—¡Ana! ¡Oh, joder, Ana!

Se derrumba encima de mí, hundiendo la cabeza en mi cuello.

4

Cuando recobro la cordura, abro los ojos y alzo la mirada a la cara del hombre que amo. Christian tiene una expresión suave, tierna. Frota su nariz contra la mía, se apoya en los codos y, tomando mis manos entre las suyas, las coloca junto a mi cabeza. Sospecho que, por desgracia, lo hace para que no lo toque. Me besa los labios con dulzura mientras sale de mí.

—He echado esto de menos —dice en voz baja.

—Yo también —susurro.

Me toma por la barbilla y me besa con fuerza. Un beso apasionado y suplicante, ¿pidiendo qué? No lo sé, y eso me deja sin aliento.

—No vuelvas a dejarme —me implora, mirando con seriedad lo más profundo de mis ojos.

—No —murmuro, y le sonrío. Me responde con una sonrisa deslumbrante: de alivio, euforia y placer adolescente, combinados en una mirada encantadora que derretiría el más frío de los corazones—. Gracias por el iPad.

—No hay por qué darlas, Anastasia.

—¿Cuál es tu canción favorita de todas las que hay?

—Eso sería darte demasiada información —sonríe satisfecho—. Venga, prepárame algo de comer, muchacha, estoy hambriento —añade, incorporándose de repente en la cama y arrastrándome con él.

—¿Muchacha? —digo con una risita.

—Muchacha. Comida, ahora, por favor.

—Ya que lo pide con tanta amabilidad, señor... Me pondré a hacerla ahora mismo.

Al levantarme rápidamente de la cama, la almohada se mueve y aparece debajo el globo deshinchado del helicóptero. Christian lo agarra y me mira, desconcertado.

—Ése es mi globo —digo con afán posesivo mientras tomo mi bata y me envuelvo con ella.

Oh, Dios... ¿por qué ha tenido que encontrar eso?

—¿En tu cama? —murmura.

—Sí —me ruborizo—. Me ha hecho compañía.

—Qué afortunado, *Charlie Tango* —dice con aire sorprendido.

Sí, soy una sentimental, Grey, porque te quiero.

—Mi globo —digo otra vez, doy media vuelta y me encamino hacia la cocina, y él se queda sonriendo de oreja a oreja.

Christian y yo estamos sentados en la alfombra persa de Kate, comiendo con palillos salteado de pollo con fideos de unos boles blancos de porcelana y bebiendo Pinot Grigio blanco frío. Christian está apoyado en el sofá con sus largas piernas estiradas hacia delante. Tiene el pelo alborotado, lleva los vaqueros y la camisa, y nada más. De fondo suena Buena Vista Social Club del iPod de Christian.

—Esto está muy bueno —dice elogiosamente mientras ataca la comida.

Yo estoy sentada a su lado con las piernas cruzadas, comiendo vorazmente como si estuviera muerta de hambre y admirando sus pies desnudos.

—Casi siempre cocino yo. Kate no sabe cocinar.

—¿Te enseñó tu madre?

—La verdad es que no —digo con sorna—. Cuando empecé a interesarme por la cocina mi madre estaba viviendo con su marido número tres en Mansfield, Texas. Y Ray... bueno, él habría sobrevivido a base de tostadas y comida preparada de no ser por mí.

Christian se me queda mirando.

—¿No vivías en Texas con tu madre?

—Su marido, Steve, y yo… no nos llevábamos bien. Y yo echaba de menos a Ray. El matrimonio con Steve no duró mucho. Creo que mi madre acabó recuperando el sentido común. Nunca habla de él —añado en voz baja.

Creo que ésa es una etapa oscura de su vida de la que nunca hablamos.

—¿Así que te quedaste en Washington para vivir con tu padrastro?

—Viví muy poco tiempo en Texas y luego volví con Ray.

—Lo dices como si hubieras cuidado de él —observa con ternura.

—Supongo —digo encogiéndome de hombros.

—Estás acostumbrada a cuidar a la gente.

El dejo de su voz me llama la atención y levanto la vista.

—¿Qué pasa? —pregunto, sorprendida por su expresión cauta.

—Yo quiero cuidarte.

En sus ojos luminosos brilla una emoción inefable.

El ritmo de mi corazón se acelera.

—Ya lo he notado —musito—. Sólo que lo haces de una forma extraña.

Arquea una ceja.

—No sé hacerlo de otro modo —dice quedamente.

—Sigo enojada contigo porque compraste SIP.

Sonríe.

—Lo sé, pero no me iba a frenar porque tú te enfadaras, nena.

—¿Qué voy a decirles a mis compañeros de trabajo, a Jack?

Entorna los ojos.

—Ese cabrón más vale que se cuide.

—¡Christian! —le riño—. Es mi jefe.

Christian aprieta con fuerza los labios, que se convierten en una línea muy fina. Parece un colegial tozudo.

—No se lo digas —dice.

—¿Que no les diga qué?

—Que soy el propietario. El principio de acuerdo se firmó ayer. La noticia no se puede hacer pública hasta dentro de cuatro semanas, durante las cuales habrá algunos cambios en la dirección de SIP.

—Oh… ¿me quedaré sin trabajo? —pregunto, alarmada.

—Sinceramente, lo dudo —dice Christian con sarcasmo, intentando disimular una sonrisa.

—Si me marcho y encuentro otro trabajo, ¿comprarás esa empresa también? —insinúo burlona.

—No estarás pensando en irte, ¿verdad?

Su expresión cambia, vuelve a ser cautelosa.

—Posiblemente. No creo que me hayas dejado otra opción.

—Sí, compraré esa empresa también —dice categórico.

Yo vuelvo a mirarle ceñuda. Es una situación en la que tengo las de perder.

—¿No crees que estás siendo excesivamente protector?

—Sí, soy perfectamente consciente de que eso es lo que parece.

—Que alguien llame al doctor Flynn —murmuro.

Él deja en el suelo el bol vacío y me mira impasible. Suspiro. No quiero discutir. Me levanto y lo recojo.

—¿Quieres algo de postre?

—¡Ahora te escucho! —dice con una sonrisa lasciva.

—Yo no —¿por qué yo no? La diosa que llevo dentro despierta de su letargo y se sienta erguida, toda oídos—. Tenemos helado. De vainilla —digo con una risita.

—¿En serio? —la sonrisa de Christian se ensancha—. Creo que podríamos hacer algo con eso.

¿Qué? Me lo quedo mirando estupefacta y él se pone de pie ágilmente.

—¿Puedo quedarme? —pregunta.

—¿Qué quieres decir?

—Toda la noche.

—Lo había dado por sentado —digo ruborizándome.

—Bien. ¿Dónde está el helado?

—En el horno.

Le sonrío con dulzura.

Inclina la cabeza a un lado, suspira y cabecea.

—El sarcasmo es la expresión más baja de la inteligencia, señorita Steele.

Sus ojos centellean.

Oh, Dios. ¿Qué planea?

—Todavía puedo acostarte en mis rodillas.

Yo pongo los boles en el fregadero.

—¿Tienes esas bolas plateadas?

Él se palpa el torso, el estómago y los bolsillos de los jeans.

—Muy graciosa. No voy por ahí con un juego de recambio. En el despacho no me sirven de mucho.

—Me alegra mucho oír eso, señor Grey, y creí que habías dicho que el sarcasmo era la expresión más baja de la inteligencia.

—Bien, Anastasia, mi nuevo lema es: «Si no puedes vencerlos, únete a ellos».

Lo miro boquiabierta. No puedo creer que dijera eso. Y él me sonríe satisfecho y por lo visto perversamente encantado consigo mismo. Se da la vuelta, abre el congelador y saca un bote del mejor Ben & Jerry's de vainilla.

—Esto servirá —me mira con sus ojos turbios—. Ben & Jerry's & Ana —añade, diciendo cada palabra muy despacio, pronunciando claramente todas las sílabas.

Ay, madre. Creo que nunca más podré cerrar la boca. Él abre el cajón de los cubiertos y saca una cuchara. Cuando levanta la vista, tiene los ojos entornados y desliza la lengua por encima de los dientes de arriba. Oh, esa lengua.

Siento que me falta el aire. Un deseo oscuro, atrayente y lascivo circula abrasador por mis venas. Vamos a divertirnos, con comida.

—Espero que estés calentita —susurra—. Voy a enfriarte con esto. Ven.

Me tiende la mano y le entrego la mía.

Una vez en mi dormitorio, coloca el helado en la mesita, aparta el edredón de la cama, saca las dos almohadas y las apila en el suelo.

—Tienes sábanas de recambio, ¿verdad?

Asiento, observándolo fascinada. Christian agarra el *Charlie Tango*.

—No te metas con mi globo —le advierto.

Tuerce el labio hacia arriba a modo de media sonrisa.

—Ni se me ocurriría, nena, pero quiero meterme contigo y esas sábanas.

Siento una convulsión en todo el cuerpo.

—Quiero atarte.

Oh.

—De acuerdo —susurro.

—Sólo las manos. A la cama. Necesito que estés quieta.

—De acuerdo —asiento otra vez, incapaz de nada más.

Él se acerca a mí, sin dejar de mirarme.

—Usaremos esto.

Toma el cinturón de mi bata con destreza lenta y seductora, deshace el nudo y lo saca de la prenda con delicadeza.

Se me abre la bata, y yo permanezco paralizada bajo su ardiente mirada. Al cabo de un momento me quita la prenda por los hombros. Ésta cae a mis pies, de manera que quedo desnuda ante él. Me acaricia la cara con el dorso de los nudillos, y su roce resuena en lo más profundo de mi entrepierna. Se inclina y me besa los labios fugazmente.

—Acuéstate en la cama, boca arriba —murmura, y su mirada se oscurece e incendia la mía.

Hago lo que me dice. Mi habitación está sumida en la oscuridad, salvo por la luz tenue y desvaída de mi lamparita.

Normalmente odio esos focos que ahorran energía, porque son muy débiles, pero estando desnuda aquí, con Christian, agradezco esa luz vaga. Él está de pie junto a la cama, contemplándome.

—Podría pasarme el día mirándote, Anastasia —dice, y se sube a la cama, sobre mi cuerpo, a horcajadas—. Los brazos por encima de la cabeza —ordena.

Obedezco y él me ata el extremo del cinturón de mi bata en la muñeca izquierda y pasa el resto entre las barras metálicas de la cabecera. Tensa el cinturón, de forma que mi brazo izquierdo queda flexionado por encima de mí, y luego me ata la mano derecha, y vuelve a tensar la banda.

En cuanto me tiene atada, mirándolo, se relaja visiblemente. Le gusta amarrarme. Así no puedo tocarlo. Se me ocurre entonces que tampoco ninguna de sus sumisas debe de haberlo tocado nunca… y lo que es más, nunca deben de haber tenido la posibilidad de hacerlo. Él nunca ha perdido el control y siempre se ha mantenido a distancia. Por eso le gustan sus normas.

Se baja de encima de mí y se inclina para darme un besito en los labios. Luego se levanta y se quita la camisa por encima de la cabeza. Se desabrocha los jeans y los tira al suelo.

Está gloriosamente desnudo. La diosa que llevo dentro hace un triple salto mortal para bajar de las barras asimétricas, y de pronto se me seca la boca. Realmente es extraordinariamente hermoso. Tiene una silueta de trazo clásico. Espaldas anchas y musculosas y caderas estrechas: el triángulo invertido. Es obvio que lo trabaja. Podría pasarme el día entero mirándole. Se desplaza a los pies de la cama, me sujeta los tobillos y tira de mí hacia abajo, bruscamente, de manera que tengo los brazos tirantes y no puedo moverme.

—Así está mejor —asegura.

Toma el bote de helado, se sube a la cama con delicadeza y vuelve a ponerse a horcajadas encima de mí. Retira la tapa del bote muy despacio y hunde la cuchara en él.

—Mmm... todavía está bastante duro —dice arqueando una ceja. Saca una cucharada de vainilla y se la mete en la boca—. Delicioso —susurra y se relame—. Es asombroso lo buena que puede estar esta vainilla sosa y aburrida —baja la vista hacia mí y sonríe, burlón—. ¿Quieres un poco?

Está tan absolutamente sexy, tan joven y desenfadado... sentado sobre mí y comiendo de un bote de helado, con los ojos brillantes y el rostro resplandeciente. Oh, ¿qué demonios va a hacerme? Como si no lo supiera... Asiento, tímida.

Saca otra cucharada y me la ofrece, así que abro la boca, y entonces él vuelve a metérsela rápidamente en la suya.

—Está demasiado bueno como para compartirlo —dice con una sonrisa pícara.

—Eh —protesto.

—Vaya, señorita Steele, ¿le gusta la vainilla?

—Sí —digo con más energía de la pretendida, e intento en vano quitármelo de encima.

Se echa a reír.

—Tenemos ganas de pelea, ¿eh? Yo que tú no haría eso.

—Helado —ruego.

—Bueno, porque hoy me has complacido mucho, señorita Steele.

Cede y me ofrece otra cucharada. Esta vez me deja comer.

Me entran ganas de reír. Realmente está disfrutando, y su buen humor es contagioso. Toma otra cucharada y me da un poco más, y luego otra vez. Está bien, basta.

—Mmm, bueno, éste es un modo de asegurarme de que comes: alimentarte a la fuerza. Podría acostumbrarme a esto.

Toma otra cucharada y me ofrece más. Esta vez mantengo la boca cerrada y muevo la cabeza, y él deja que se derrita lentamente en la cuchara, de manera que empieza a gotear sobre mi cuello, sobre mi pecho. Él lo recoge con la lengua, lo lame muy despacio. El anhelo incendia mi cuerpo.

—Mmm... Si viene de ti todavía está mejor, señorita Steele.

Yo tiro de mis ataduras y la cama cruje de forma alarmante, pero no me importa... ardo de deseo, me está consumiendo. Él toma otra cucharada y deja que el helado gotee sobre mis pechos. Luego, con el dorso de la cuchara, lo extiende sobre cada pecho y pezón.

Oh... está frío. Ambos pezones se yerguen y endurecen bajo la vainilla fría.

—¿Tienes frío? —pregunta Christian en voz baja y se inclina para lamerme y chuparme todo el helado, y su boca está caliente comparada con la temperatura del bote.

Es una tortura. A medida que va derritiéndose, el helado se derrama en regueros por mi cuerpo hasta la cama. Sus labios siguen con su pausado martirio, chupando con fuerza, rozando suavemente... ¡Oh, Dios! Estoy jadeando.

—¿Quieres un poco?

Y antes de que pueda negarme o aceptar su oferta, me mete la lengua en la boca, y está fría y es hábil y sabe a Christian y a vainilla. Deliciosa.

Y justo cuando me estoy acostumbrando a esa sensación, él vuelve a sentarse y desliza una cucharada de helado por el centro de mi cuerpo, sobre mi vientre y dentro de mi ombligo, donde deposita una gran porción. Oh, está más frío que antes, pero, extrañamente, me arde sobre la piel.

—A ver, no es la primera vez que haces esto —a Christian le brillan los ojos—. Vas a tener que quedarte quieta, o toda la cama se llenará de helado.

Me besa ambos pechos y me chupa con fuerza los dos pezones, luego sigue el reguero de helado por mi cuerpo, hacia abajo, chupando y lamiendo por el camino.

Y yo lo intento: intento quedarme quieta, pese a la embriagadora combinación del frío y sus caricias que me inflaman. Pero mis caderas empiezan a moverse de forma involuntaria, rotando con su propio ritmo, atrapadas en el embrujo de la vainilla fría. Él baja más y empieza a comer el helado de mi vientre, gira la lengua dentro y alrededor de mi ombligo.

Gimo. Dios... Está frío, es tórrido, es tentador, pero él no para. Sigue el rastro del helado por mi cuerpo hasta abajo, hasta mi vello púbico, hasta mi clítoris. Y grito, fuerte.

—Calla —dice Christian en voz baja, mientras su lengua mágica procede a lamer la vainilla, y ahora lo ansío calladamente.

—Oh... por favor... Christian.

—Lo sé, nena, lo sé —musita, y su lengua sigue obrando su magia.

No para, simplemente no para, y mi cuerpo asciende... arriba, más arriba. Él desliza un dedo dentro de mí, luego otro, y con lentitud agónica, los mueve dentro y fuera.

—Justo aquí —murmura, y acaricia rítmicamente la pared frontal de mi vagina, mientras sigue lamiendo y chupando de un modo implacable y exquisito.

E inesperadamente estallo en un orgasmo alucinante que aturde todos mis sentidos y arrasa todo lo que sucede ajeno a mi cuerpo, mientras no paro de retorcerme y gemir. Santo Dios, qué rápido ha sido...

Soy vagamente consciente de que él ha parado. Está sobre mí, poniéndose un condón, y luego me penetra, rápido y enérgico.

—¡Oh, sí! —gruñe al hundirse en mí.

Está pegajoso: los restos de helado derretido se desparraman entre los dos. Es una sensación extrañamente perturbadora, pero en la que no puedo sumergirme más de unos segundos, cuando de pronto Christian sale de mi cuerpo y me da la vuelta.

—Así —murmura, y bruscamente vuelve a estar en mi interior, pero no inicia su habitual ritmo de castigo inmediatamente. Se inclina sobre mí, me desata las manos y me incorpora con un movimiento enérgico, de manera que quedo prácticamente sentada encima de él. Sube las manos, cubre con ellas mis pechos y tira levemente de mis pezones. Yo gimo y echo la cabeza hacia atrás, sobre su hombro. Me roza el cuello con la boca, me muerde, y flexiona las caderas, deliciosamente despacio, colmándome una y otra vez.

—¿Sabes cuánto significas para mí? —me jadea otra vez al oído.

—No —digo sin aliento.

Él sonríe de nuevo pegado a mi cuello, me rodea la barbilla y el cuello con los dedos, y me retiene con fuerza durante un momento.

—Sí, lo sabes. No te dejaré marchar.

Gruño cuando él incrementa el ritmo.

—Eres mía, Anastasia.

—Sí, tuya —jadeo.

—Yo cuido de lo que es mío —sisea, y me muerde la oreja.

Grito.

—Eso es, nena, quiero oírte.

Me pasa una mano por la cintura mientras con la otra me sujeta la cadera y me penetra con más fuerza, obligándome a gritar otra vez. Y empieza su ritmo de castigo. Se le acelera la respiración, es más brusca, entrecortada, acompasada con la mía. Siento en las entrañas esa sensación apremiante y familiar. ¡Otra vez!

Sólo soy sensaciones. Esto es lo que él me provoca: toma mi cuerpo y lo posee totalmente, de modo que sólo puedo pensar en él. Su magia es poderosa, arrebatadora. Yo soy una mariposa presa en su red, sin capacidad ni ganas de escapar. Soy suya… absolutamente suya.

—Vamos, nena—gruñe entre dientes cuando llega el momento y, como la aprendiz de brujo que soy, me libero y nos dejamos ir juntos.

Estoy acurrucada en sus brazos sobre sábanas pegajosas. Él tiene la frente pegada a mi espalda y la nariz hundida en mi pelo.

—Lo que siento por ti me asusta —susurro.

—A mí también —dice en voz baja y sin moverse.

—¿Y si me dejas?

Es una idea terrorífica.

—No me voy a ir a ninguna parte. No creo que nunca me canse de ti, Anastasia.

Me doy la vuelta y lo miro. Tiene una expresión seria, sincera. Me inclino y lo beso con cariño. Él sonríe y extiende la mano para recogerme el pelo detrás de la oreja.

—Nunca había sentido lo que sentí cuando te fuiste, Anastasia. Removería cielo y tierra para no volver a sentirme así.

Suena muy triste, abrumado incluso.

Vuelvo a besarlo. Quiero animarnos de algún modo, pero Christian lo hace por mí.

—¿Vendrás mañana a la fiesta de verano de mi padre? Es una velada benéfica anual. Yo dije que iría.

Sonrío, con repentina timidez.

—Claro que iré.

Oh, no. No tengo nada que ponerme.

—¿Qué pasa?

—Nada.

—Dime —insiste.

—No tengo nada que ponerme.

Christian parece momentáneamente incómodo.

—No te enojes, pero sigo teniendo toda esa ropa para ti en casa. Estoy seguro de que hay un par de vestidos.

Frunzo los labios.

—¿Ah, sí? —comento en tono sardónico.

No quiero pelearme con él esta noche. Necesito una ducha.

La chica que se parece a mí espera fuera frente a la puerta de SIP. Un momento… ella es yo. Estoy pálida y sucia, y la ropa que llevo me queda grande. La estoy mirando, que viste mi ropa… saludable y feliz.

—¿Qué tienes tú que yo no tenga? —le pregunto.

—¿Quién eres?

—No soy nadie… ¿Quién eres tú? ¿También eres nadie…?

—Pues ya somos dos… no lo digas, nos harían desaparecer, sabes…

Sonríe despacio, con una mueca diabólica que se extiende por toda su cara, y es tan escalofriante que me pongo a chillar.

—¡Por Dios, Ana!

Christian me zarandea para que despierte.

Estoy tan desorientada. Estoy en casa… a oscuras… en la cama con Christian. Sacudo la cabeza, intentando despejar la mente.

—Nena, ¿estás bien? Tuviste una pesadilla.

—Ah.

Enciende la lámpara y nos baña con su luz tenue. Él baja la vista hacia mí con cara de preocupación.

—La chica —murmuro.

—¿Qué pasa? ¿Qué chica? —pregunta con dulzura.

—Había una chica en la puerta de SIP cuando salí esta tarde. Se parecía a mí… bueno, no.

Christian se queda inmóvil, y cuando la luz de la lámpara de la mesita se intensifica, veo que está lívido.

—¿Cuándo fue eso? —susurra consternado.

Se sienta y me mira fijamente.

—Cuando salí de trabajar esta tarde. ¿Tú sabes quién es?

—Sí.

Se pasa la mano por el pelo.

—¿Quién?

Sus labios se convierten en una línea tensa, pero no dice nada.

—¿Quién? —insisto.

—Es Leila.

Yo trago saliva. ¡La ex sumisa! Recuerdo que Christian habló de ella antes de que voláramos en el planeador. De pronto, su cuerpo emana tensión. Algo pasa.

—¿La chica que puso «Toxic» en tu iPod?

Me mira angustiado.

—Sí. ¿Dijo algo?

—Dijo: «¿Qué tienes tú que yo no tenga?», y cuando le pregunté quién era, dijo: «Nadie».

Christian cierra los ojos, como si le doliera. ¿Qué ha pasado? ¿Qué significa ella para él?

Me pica el cuero cabelludo mientras la adrenalina me recorre el cuerpo. ¿Y si le importa mucho? ¿Quizá la echa de menos? Sé tan poco de sus anteriores... este... relaciones. Seguro que ella firmó un contrato, e hizo lo que él quería, encantada de darle lo que necesitaba.

Oh, no... y yo no puedo. La idea me da náuseas.

Christian sale de la cama, se pone los jeans y va al salón. Echo un vistazo al despertador y veo que son las cinco de la mañana. Me levanto, me pongo su camisa blanca y lo sigo.

Vaya, está al teléfono.

—Sí, en la puerta de SIP, ayer... por la tarde —dice en voz baja. Se vuelve hacia mí y, mientras me dirijo hacia la cocina, me pregunta—: ¿a qué hora exactamente?

—Hacia... ¿diez para las seis? —balbuceo.

¿A quién demonios llama a estas horas? ¿Qué ha hecho Leila? Christian transmite esa información a quien sea que esté al aparato, sin apartar los ojos de mí, con expresión grave y sombría.

—Averigua cómo... Sí... No me lo parecía, pero tampoco habría pensado que ella haría eso —cierra los ojos, como si sintiera dolor—. No sé cómo acabará esto... Sí, hablaré con ella... Sí... Lo sé... Averigua cuanto puedas y házmelo saber. Y encuéntrala, Welch... tiene problemas. Encuéntrala.

Cuelga.

—¿Quieres un té? —pregunto.

Té, la respuesta de Ray a cualquier crisis y la única cosa que sabe hacer en la cocina. Lleno la ollita de agua.

—La verdad es que me gustaría volver a la cama.

Su mirada me dice que no es para dormir.

—Bueno, yo necesito un poco de té. ¿Te tomarías una taza conmigo?

Quiero saber qué está pasando. No conseguirás despistarme con sexo.

Él se pasa la mano por el pelo, exasperado.

—Sí, por favor —dice, pero veo que esto lo irrita.

Pongo la olla al fuego y me ocupo de las tazas y la tetera. Mi ansiedad ha superado el nivel de ataque inminente. ¿Va a explicarme el problema? ¿O voy a tener que sonsacárselo?

Percibo que me está mirando: capto su incertidumbre, y su rabia es palpable. Levanto la vista y sus ojos brillan de aprensión.

—¿Qué pasa? —pregunto con cariño.

Él sacude la cabeza.

—¿No piensas contármelo?

Suspira y cierra los ojos.

—No.

—¿Por qué?

—Porque no debería importarte. No quiero que te veas involucrada en esto.

—No debería importarme, pero me importa. Ella me encontró y me abordó a la puerta de mi oficina. ¿Cómo es que me conoce? ¿Cómo es que sabe dónde trabajo? Me parece que tengo derecho a saber qué está pasando.

Él vuelve a pasarse la mano por el pelo, con evidente frustración, como si librara una batalla interior.

—¿Por favor? —pregunto bajito.

Su boca se convierte en una línea tensa, y me mira poniendo los ojos en blanco.

—De acuerdo —dice, resignado—. No tengo ni idea de cómo te encontró. A lo mejor por la fotografía de nosotros en Portland, no sé.

Vuelve a suspirar y noto que dirige su frustración hacia sí mismo.

Espero con paciencia y vierto el agua hirviendo en la tetera, mientras él camina nervioso de un lado para otro. Al cabo de un momento, continúa:

—Mientras yo estaba contigo en Georgia, Leila se presentó sin avisar en mi departamento y le hizo una escena a Gail.

—¿Gail?

—La señora Jones.

—¿Qué quieres decir con que «le hizo una escena»?

Me mira, tanteando.

—Dime. Te estás guardando algo.

Mi tono suena más contundente de lo que pretendía.

Él parpadea, sorprendido.

—Ana, yo…

Se calla.

—¿Por favor?

Suspira, derrotado.

—Hizo un torpe intento de cortarse las venas.

—¡Oh, Dios!

Eso explica el vendaje de la muñeca.

—Gail la llevó al hospital. Pero Leila se marchó antes de que yo llegara.

Santo Dios. ¿Qué significa eso? ¿Suicida? ¿Por qué?

—El psiquiatra que la examinó dijo que era la típica llamada de auxilio. No creía que corriera auténtico peligro. Dijo que en realidad no quería suicidarse. Pero yo no estoy tan seguro. Desde entonces he intentado localizarla para proporcionarle ayuda.

—¿Le dijo algo a la señora Jones?

Me mira fijamente. Se ve muy incómodo.

—No mucho —admite finalmente, pero sé bien que me oculta algo.

Intento tranquilizarme sirviendo el té en las tazas. ¿Así que Leila quiere volver a la vida de Christian y opta por un intento de suicidio para llamar su atención? Santo cielo… resulta aterrador. Pero efectivo. ¿Christian se va de Georgia para estar a su lado, pero ella desaparece antes de que él llegue? Qué extraño…

—¿No puedes localizarla? ¿Y qué hay de su familia?

—No sabe dónde está. Ni su marido tampoco.

—¿Marido?

—Sí —dice en tono abstraído—, lleva unos dos años casada. ¿Qué?

—¿Así que estaba casada cuando estuvo contigo?

Dios. Realmente Christian no tiene escrúpulos.

—¡No! Por Dios, no. Estuvo conmigo hace casi tres años. Luego se marchó y se casó con ese tipo poco después.

—Oh. Entonces, ¿por qué trata de llamar tu atención ahora?

Mueve la cabeza con pesar.

—No lo sé. Lo único que hemos conseguido averiguar es que hace unos meses abandonó a su marido.

—A ver si lo entiendo. ¿No fue tu sumisa hace unos tres años?

—Dos años y medio más o menos.

—Y quería más.

—Sí.

—Pero ¿tú no querías?

—Eso ya lo sabes.

—Así que te dejó.

—Sí.

—Entonces, ¿por qué quiere volver contigo ahora?

—No lo sé.

Sin embargo, el tono de su voz me dice que, como mínimo, tiene una teoría.

—Pero sospechas…

Entorna los ojos con rabia evidente.

—Sospecho que tiene algo que ver contigo.

¿Conmigo? ¿Qué puede querer de mí? «¿Qué tienes tú que yo no tenga?»

Miro fijamente a Cincuenta, esplendorosamente desnudo de cintura para arriba. Lo tengo: es mío. Esto es lo que tengo, y sin embargo ella se parecía a mí: el mismo cabello oscuro y la misma piel pálida. Frunzo el ceño al pensar en eso. Sí… ¿Qué tengo yo que ella no tenga?

—¿Por qué no me lo contaste ayer? —pregunta con dulzura.

—Me olvidé de ella —encojo los hombros en un gesto de

disculpa—. Ya sabes, la copa después del trabajo para celebrar mi primera semana. Luego llegaste al bar con tu… arranque de testosterona con Jack, y luego nos vinimos aquí. Se me fue de la cabeza. Tú sueles hacer que me olvide de las cosas.

—¿Arranque de testosterona? —dice torciendo el gesto.

—Sí. El concurso de orinadas.

—Ya te enseñaré yo lo que es un arranque de testosterona.

—¿No preferirías una taza de té?

—No, Anastasia, no lo prefiero.

Sus ojos encienden mis entrañas, me abrasa con esa mirada de «Te deseo y te deseo ahora». Dios… es tan excitante.

—Olvídate de ella. Ven.

Me tiende la mano.

Cuando le doy la mano, la diosa que llevo dentro da tres volteretas sobre el suelo del gimnasio.

Me despierto, tengo demasiado calor, y estoy abrazada a Christian Grey, desnudo. Aunque está profundamente dormido, me tiene sujeta entre sus brazos. La débil luz de la mañana se filtra por las cortinas. Tengo la cabeza apoyada en su pecho, la pierna entrelazada con la suya y el brazo sobre su vientre.

Levanto un poco la cabeza, temerosa de despertarlo. Parece tan joven y duerme tan relajado, tan absolutamente bello. No puedo creer que este Adonis sea mío, todo mío.

Mmm… Alargo la mano y le acaricio el torso con cuidado, deslizando los dedos sobre su vello, y él no se mueve. Dios santo. Casi no puedo creerlo. Es realmente mío… durante estos preciosos momentos. Me inclino sobre él y beso tiernamente una de sus cicatrices. Él gime bajito, pero no se despierta, y sonrío. Lo beso otra vez y abre los ojos.

—Hola —digo con una sonrisita culpable.

—Hola —contesta receloso—. ¿Qué estás haciendo?

—Mirarte.

Deslizo los dedos siguiendo el rastro hacia su vello púbico. Él atrapa mi mano, entorna los ojos y luego sonríe con su deslumbrante sonrisa de Christian satisfecho. Entonces me relajo. Mis caricias secretas siguen siendo secretas.

Oh… ¿por qué no me dejarás tocarte?

De pronto se coloca encima de mí, apoyando mi espalda contra el colchón y sujetándome las manos, a modo de advertencia. Me roza la nariz con la suya.

—Me parece que ha estado haciendo algo malo, señorita Steele —me acusa, pero sin perder la sonrisa.

—Me encanta hacer cosas malas cuando estoy contigo.

—¿Te encanta? —pregunta, y me besa levemente los labios—. ¿Sexo o desayuno? —pregunta con sus ojos oscuros, pero rebosantes de humor.

Clava su erección en mí y yo levanto la pelvis para acogerla.

—Buena elección —murmura con los labios pegados a mi cuello, y sus besos empiezan a trazar un sendero hasta mi pecho.

Estoy de pie delante de mi cómoda, mirándome al espejo e intentando dar algo de forma a mi pelo… pero es demasiado largo. Llevo unos jeans y una camiseta, y detrás de mí Christian, recién duchado, se está vistiendo. Contemplo ávidamente su cuerpo.

—¿Con qué frecuencia haces ejercicio? —pregunto.

—Todos los días laborables —dice mientras se abrocha la bragueta.

—¿Qué haces?

—Correr, pesas, kickboxing…

Se encoge de hombros.

—¿Kickboxing?

—Sí, tengo un entrenador personal, un ex atleta olímpico que me enseña. Se llama Claude. Es muy bueno. Te gustará.

Me doy la vuelta para mirarlo, mientras empieza a abotonarse la camisa blanca.

—¿Qué quieres decir con que me gustará?

—Te gustará como entrenador.

—¿Para qué iba a necesitar yo un entrenador personal? Tú ya me mantienes en forma —le digo en broma.

Se acerca con andar pausado, me rodea con sus brazos, y sus ojos turbios se encuentran con los míos en el espejo.

—Pero, nena, yo quiero que estés en forma para lo que tengo pensado.

Recuerdos del cuarto de juegos invaden mi mente y me ruborizo. Sí... el cuarto rojo del dolor es agotador. ¿Va a llevarme allí otra vez? ¿Quiero yo volver allí?

¡Pues claro que quieres!, me grita la diosa que llevo dentro.

Yo miro fijamente esos ojos grises fascinantes e indescifrables.

—Sé que tienes ganas —me susurra.

Enrojezco, y la desagradable idea de que probablemente Leila era capaz de hacerlo se cuela de forma involuntaria e inoportuna en mi mente. Aprieto los labios y Christian me mira inquieto.

—¿Qué? —pregunta preocupado.

—Nada —niego con la cabeza—. Está bien, conoceré a Claude.

—¿En serio?

El rostro de Christian se ilumina con incrédulo asombro. Su expresión me hace sonreír. Parece que le ha tocado la lotería, aunque seguramente él nunca ha comprado un boleto... no lo necesita.

—Sí, vaya... Si te hace tan feliz... —digo en tono burlón.

Él tensa los brazos que me rodean y me besa el cuello.

—No tienes ni idea —susurra—. ¿Y qué te gustaría hacer hoy?

Me acaricia con la boca, provocándome un delicioso cosquilleo por todo el cuerpo.

—Me gustaría cortarme el pelo y... mmm... tengo que ingresar un cheque y comprarme un coche.

—Ah —dice con cierto dejo de suficiencia, y se muerde el labio.

Aparta una mano de mí, la mete en el bolsillo de sus jeans y me entrega las llaves de mi pequeño Audi.

—Aquí tienes —dice en voz baja con gesto incierto.

—¿Qué quieres decir con «Aquí tienes»?

Vaya. Parezco enojada. Maldita sea. Estoy enojada. ¡Cómo se atreve!

—Taylor lo trajo ayer.

Abro la boca y la cierro, y repito dos veces el proceso, pero me he quedado sin palabras. Me está devolviendo el coche. Maldición, maldición… ¿Por qué no lo he visto venir? Bueno, yo también puedo jugar a este juego. Rebusco en el bolsillo de mis pantalones y saco el sobre con su talón.

—Toma, esto es tuyo.

Christian me mira intrigado, y al reconocer el sobre levanta ambas manos y se separa de mí.

—No, no. Ese dinero es tuyo.

—No. Me gustaría comprarte el coche.

Cambia completamente de expresión. La furia —sí, la furia— se apodera de su rostro.

—No, Anastasia. Tu dinero, tu coche —replica.

—No, Christian. Mi dinero, tu coche. Te lo compraré.

—Yo te regalé ese coche por tu graduación.

—Si me hubieras comprado una pluma… eso hubiera sido un regalo de graduación apropiado. Tú me compraste un Audi.

—¿De verdad quieres discutir esto?

—No.

—Bien… pues aquí tienes las llaves.

Las deja sobre la cómoda.

—¡No me refería a esto!

—Fin de la discusión, Anastasia. No me presiones.

Lo miro airada y entonces se me ocurre una cosa. Tomo el sobre y lo parto en dos trozos, y luego en dos más, y lo tiro a la papelera. Ah, qué bien sienta esto.

Christian me observa impasible, pero sé que acabo de prender la mecha y que debería retroceder. Él se acaricia la barbilla.

—Desafiante como siempre, señorita Steele —dice con sequedad.

Gira sobre sus talones y se va a la otra habitación. Ésta no es la reacción que esperaba. Yo me imaginaba una catástrofe a gran escala. Me miro al espejo, encojo los hombros y decido hacerme una cola de caballo.

Me pica la curiosidad. ¿Qué estará haciendo Cincuenta? Le sigo a la otra habitación y veo que está hablando por teléfono.

—Sí, veinticuatro mil dólares. Directamente.

Me mira, sigue impasible.

—Bien… ¿El lunes? Estupendo… No, eso es todo, Andrea.

Cuelga el teléfono.

—Ingresado en tu cuenta, el lunes. No juegues conmigo.

Está enfurecido, pero no me importa.

—¡Veinticuatro mil dólares! —casi grito—. ¿Y tú cómo sabes mi número de cuenta?

Mi ira toma a Christian por sorpresa.

—Yo lo sé todo de ti, Anastasia —dice tranquilamente.

—Es imposible que mi coche costara veinticuatro mil dólares.

—En principio te daría la razón, pero tanto si vendes como si compras, la clave está en conocer el mercado. Había un lunático por ahí que quería ese cacharro, y estaba dispuesto a pagar esa cantidad de dinero. Por lo visto, es un clásico. Pregúntale a Taylor si no me crees.

Lo fulmino con la mirada y él me responde del mismo modo, dos tontos necios y enfadados desafiándose con los ojos.

Y entonces lo noto: el tirón, esa electricidad entre nosotros, tangible, que nos arrastra a ambos. De pronto él me agarra y me empuja contra la puerta, con su boca sobre la mía, reclamándome con ansia. Con una mano en mi trasero apretándome contra su entrepierna, y con la otra en la nuca tirándome del pelo y la cabeza hacia atrás. Yo enredo los dedos en su cabello y me aferro a él con fuerza. Con la respiración entrecortada, Christian presiona su cuerpo contra el mío, me aprisiona. Lo siento. Me desea, y al notar que me necesita, la excitación se me sube a la cabeza y empieza a darme vueltas.

—¿Por qué… por qué me desafías? —masculla entre sus apasionados besos.

La sangre bulle en mis venas. ¿Siempre tendrá ese efecto sobre mí? ¿Y yo sobre él?

—Porque puedo —digo sin aliento.

Siento más que veo su sonrisa pegada a mi cuello, y entonces apoya su frente contra la mía.

—Dios, quiero poseerte ahora, pero ya no me quedan condones. Nunca me canso de ti. Eres una mujer desquiciante, enloquecedora.

—Y tú me vuelves loca —murmuro—. En todos los sentidos.

Sacude la cabeza.

—Ven. Vamos a desayunar. Y conozco un local donde puedes cortarte el pelo.

—Vamos —asiento, y sin más se acaba nuestra pelea.

—Pago yo.

Y tomo la cuenta del desayuno antes que él.

Me pone mala cara.

—Hay que ser más rápido, Grey.

—Tienes razón —dice en tono agrio, pero me parece que está bromeando.

—No pongas esa cara. Tengo veinticuatro mil dólares más que esta mañana. Puedo permitírmelo —echo un vistazo a la cuenta—. Veintidós dólares con sesenta y siete centavos por desayunar.

—Gracias —dice a regañadientes.

Oh, el colegial tozudo ha vuelto.

—¿Y ahora adónde?

—¿De verdad quieres cortarte el pelo?

—Sí, míralo.

—Yo te veo guapísima. Como siempre.

Me ruborizo y bajo la mirada a mis dedos, entrelazados en el regazo.

—Y esta noche es la gala benéfica de tu padre.

—Recuerda que es de etiqueta.

—¿Dónde es?

—En casa de mis padres. Hay una carpa. Ya sabes, con toda la parafernalia.

—¿Para qué fundación benéfica es?

Christian se pasa las manos por los muslos, parece incómodo.

—Se llama «Afrontarlo Juntos». Es una fundación que ayuda a los padres con hijos jóvenes drogadictos a que estos se rehabiliten.

—Parece una buena causa —comento.

—Bueno, vamos.

Se levanta. Consigue eludir el tema de la conversación y me tiende la mano. Cuando se la acepto, entrelaza sus dedos con los míos, fuerte.

Resulta tan extraño… Es tan abierto en ciertos aspectos y tan cerrado en otros… Me lleva fuera del restaurante y caminamos por la calle. Hace una mañana cálida, preciosa. Brilla el sol y el aire huele a café y a pan recién hecho.

—¿Adónde vamos?

—Sorpresa.

Ah, vaya. No me gustan nada las sorpresas.

Recorremos dos manzanas y las tiendas empiezan a ser claramente más exclusivas. Aún no he tenido la oportunidad de explorar los alrededores, pero la verdad es que esto está a la vuelta de la esquina de donde yo vivo. A Kate le encantará. Está lleno de pequeñas boutiques que colmarán su pasión por la moda. De hecho, yo necesito un par de faldas holgadas para el trabajo.

Christian se para frente a un gran salón de belleza de aspecto refinado, y me abre la puerta. Se llama Esclava. El interior es todo blanco y tapicería de piel. En la blanca y austera recepción hay sentada una chica rubia con un uniforme blanco impoluto. Nos mira cuando entramos.

—Buenos días, señor Grey —dice vivaz, y el color aflora a sus mejillas mientras lo mira arrobada.

Es el usual efecto Grey, ¡pero ella lo conoce! ¿De qué?

—Hola, Greta.

Y él la conoce a ella. ¿Qué pasa aquí?

—¿Lo de siempre, señor? —pregunta educadamente.

Lleva un pintalabios muy rosa.

—No —dice él enseguida, y me mira de reojo, nervioso.

¿Lo de siempre? ¿Qué significa eso?

Santo Dios. ¡Es la regla número seis, el puñetero salón de belleza! ¡Toda esa tontería de la depilación… maldita sea!

¿Aquí es donde traía a todas sus sumisas? ¿Quizá también a Leila? ¿Cómo demonios se supone que tengo que reaccionar a esto?

—La señorita Steele te dirá lo que quiere.

Lo miro airada. Está endilgándome las normas disimuladamente. He aceptado lo del entrenador personal… ¿y ahora esto?

—¿Por qué aquí? —le siseo.

—El local es mío, y tengo tres más como éste.

—¿Es tuyo? —farfullo, sorprendida.

Vaya, esto no me lo esperaba.

—Sí. Es como actividad suplementaria. Cualquier cosa, todo lo que quieras, te lo pueden hacer aquí, por cuenta de la casa. Todo tipo de masajes: sueco, shiatsu, con piedras volcánicas, reflexología, baños de algas, tratamientos faciales, todas esas cosas que les gustan a las mujeres… todo. Aquí te lo harán.

Agita con aire displicente su mano de dedos largos.

—¿Depilación?

Se echa a reír.

—Sí, depilación también. Completa —susurra en tono conspiratorio, disfrutando de mi incomodidad.

Me ruborizo y miro a Greta, que me observa expectante.

—Querría cortarme el pelo, por favor.

—Por supuesto, señorita Steele.

Greta, toda ella carmín rosa y resolutiva eficiencia germánica, consulta la pantalla de su computadora.

—Franco estará libre en cinco minutos.

—Franco es muy bueno —dice Christian para tranquilizarme.

Yo intento asimilar todo esto. Christian Grey, presidente ejecutivo, posee una cadena de salones de belleza.

Lo miro y de repente lo veo palidecer: algo, o alguien, ha llamado su atención. Me doy la vuelta para ver qué está mirando. Por una puerta del fondo del salón acaba de aparecer una sofisticada rubia platino. La cierra y se pone a hablar con una de las estilistas.

La rubia platino es alta y encantadora, está muy bronceada y tendrá unos treinta y cinco o cuarenta años, resulta difícil de decir. Lleva el mismo uniforme que Greta, pero en negro. Es despampanante. Su cabello, cortado en una melena cálida y recta, brilla como un halo. Al darse la vuelta, ve a Christian y le dedica una sonrisa, una sonrisa cálida y resplandeciente.

—Perdona —balbucea Christian, apurado.

Cruza el salón con zancadas rápidas, pasa junto a las estilistas, todas de blanco, junto a las aprendizas de los lavacabezas, hasta llegar junto a ella. Estoy demasiado lejos para oír la conversación. La rubia platino lo saluda con evidentes muestras de afecto, lo besa en ambas mejillas, apoya las manos en sus antebrazos, y los dos hablan animadamente.

—¿Señorita Steele?

Greta, la recepcionista, intenta que le haga caso.

—Un momento, por favor.

Observo a Christian, fascinada.

La rubia platino se da la vuelta y me mira. Él está explicándole algo, y ella asiente, levanta las manos entrelazadas y le sonríe. Él le devuelve la sonrisa: está claro que se conocen bien. ¿Quizá trabajaron juntos durante un tiempo? Tal vez ella es la gerente del local; al fin y al cabo desprende cierto aire de autoridad.

Entonces caigo en la cuenta. Resulta obvio, demoledor, y lo comprendo de un modo visceral en el fondo de mis entrañas. Es ella. Despampanante, mayor, preciosa.

Es la señora Robinson.

5

—Greta, ¿con quién está hablando el señor Grey?

Mi rebelde cabellera empieza a picarme y quiere abandonar el edificio, mientras mi subconsciente me grita que le haga caso. Pero yo aparento bastante indiferencia.

—Ah, es la señora Lincoln. Es la propietaria, junto con el señor Grey.

Greta parece muy dispuesta a hablar.

—¿La señora Lincoln?

Creía que la señora Robinson estaba divorciada. Quizá haya vuelto a casarse con algún pobre infeliz.

—Sí. No suele venir, pero hoy uno de nuestros especialistas está enfermo, y ella lo sustituye.

—¿Sabe usted el nombre de pila de la señora Lincoln?

Greta levanta la vista, me mira ceñuda y frunce esos labios rosa brillante, censurando mi curiosidad. Maldita sea, puede que haya ido demasiado lejos.

—Elena —dice de mala gana.

Al verificar que mi sexto sentido no me ha abandonado, me invade una extraña sensación de alivio.

¿Sexto sentido?, se burla mi subconsciente. ¡Sentido pedófilo!

Ellos siguen inmersos en la conversación. Christian le cuenta algo apresuradamente a Elena. Ella parece preocupada, asiente, hace muecas y menea la cabeza. Alarga la mano y le acaricia el brazo con dulzura mientras se muerde el labio. Asiente de nuevo, me mira y me dedica una sonrisa tranquilizadora.

Yo sólo soy capaz de mirarla con cara de palo. Creo que estoy escandalizada. ¿Cómo se le ha ocurrido traerme aquí?

Ella le susurra algo a Christian, que dirige la mirada brevemente hacia donde yo estoy, y luego se vuelve hacia Elena y contesta. Ella asiente y creo que le desea suerte, pero mi habilidad para leer los labios no es muy buena.

Cincuenta vuelve con paso firme y la ansiedad marcada en el rostro. Maldita sea, claro. La señora Robinson vuelve a la trastienda y cierra la puerta.

Christian frunce el ceño.

—¿Estás bien? —pregunta, tenso y cauto.

—La verdad es que no. ¿No has querido presentarme?

Mi voz suena fría, dura.

Él se queda con la boca abierta, como si hubiera tirado de la alfombra debajo de sus pies.

—Pero yo creía...

—Para ser un hombre tan brillante, a veces... —me fallan las palabras—. Me gustaría marcharme, por favor.

—¿Por qué?

—Ya sabes por qué —digo, poniendo los ojos en blanco.

Él baja su mirada ardiente hacia mí.

—Lo siento, Ana. No sabía que ella estaría aquí. Nunca está. Ha abierto una sucursal nueva en el Bravern Center, y normalmente está allí. Hoy se ha puesto alguien enfermo.

Doy media vuelta y me dirijo hacia la puerta.

—Greta, no necesitaremos a Franco —espeta Christian cuando cruzamos el umbral.

Tengo que reprimir el impulso de salir corriendo. Quiero huir lejos de aquí. Siento unas irresistibles ganas de llorar. Lo único que necesito es escapar de toda esta jodida situación.

Christian camina a mi lado sin decir palabra, mientras yo trato de aclararme la mente. Me abrazo el cuerpo como para protegerme y avanzo con la cabeza gacha, esquivando los árboles de la Segunda Avenida. Él, prudente, no intenta tocarme. Mi mente hierve de preguntas sin respuesta. ¿Se dignará hablar el señor Evasivas?

—¿Solías traer aquí a tus sumisas? —le increpo.

—A algunas sí —dice en voz baja y crispada.

—¿A Leila?

—Sí.

—El local parece muy nuevo.

—Lo han remodelado hace poco.

—Ya. O sea que la señora Robinson conocía a todas tus sumisas.

—Sí.

—¿Y ellas conocían su historia?

—No. Ninguna. Sólo tú.

—Pero yo no soy tu sumisa.

—No, está clarísimo que no lo eres.

Me paro y lo miro. Tiene los ojos muy abiertos, temerosos, y aprieta los labios en una línea dura e inexpresiva.

—¿No ves lo jodido que es esto? —digo en voz baja, fulminándolo con la mirada.

—Sí. Lo siento.

Y tiene la deferencia de aparentar arrepentimiento.

—Quiero cortarme el pelo, de ser posible en algún sitio donde no te hayas tirado ni al personal ni a la clientela.

No rechista.

—Y ahora, si me perdonas…

—No te marchas, ¿verdad?

—No, sólo quiero que me hagan un maldito corte de pelo. En un sitio donde pueda cerrar los ojos, y que alguien me lave el pelo, y pueda olvidarme de esta carga tan pesada que va contigo.

Él se pasa la mano por el cabello.

—Puedo hacer que Franco vaya a mi departamento, o al tuyo —sugiere.

—Es muy atractiva.

Parpadea, un tanto extrañado.

—Sí, mucho.

—¿Sigue casada?

—No. Se divorció hace unos cinco años.

—¿Por qué no estás con ella?

—Porque lo nuestro se acabó. Ya te lo he contado.

De repente arquea una ceja. Levanta un dedo y se saca la

BlackBerry del bolsillo del saco. Debe de estar en silencio, porque no la he oído sonar.

—Welch —dice sin más, y luego escucha.

Estamos parados en plena Segunda Avenida y yo me pongo a contemplar el árbol joven que tengo delante, uno verde de hojas muy jóvenes.

La gente pasa con prisa a nuestro lado, absorta en sus obligaciones propias de un sábado por la mañana. Pensando en sus problemas personales, sin duda. Me pregunto si incluirán el acoso de ex sumisas, a ex amas despampanantes y a un hombre que no tiene ningún respeto por la ley sobre privacidad vigente en Estados Unidos.

—¿Que murió en un accidente de coche? ¿Cuándo?

Christian interrumpe mis ensoñaciones.

Oh, no. ¿Quién? Escucho con más atención.

—Es la segunda vez que ese cabrón no lo ha visto venir. Tiene que saberlo. ¿Es que no siente nada por ella? —Christian, disgustado, menea la cabeza—. Esto empieza a cuadrar… no… explica el por qué, pero no el dónde.

Mira a nuestro alrededor como si buscara algo, y, sin darme cuenta, yo hago lo mismo. Nada me llama la atención. Sólo hay transeúntes, tráfico y árboles.

—Ella está aquí —continúa Christian—. Nos está vigilando… Sí… No. Dos o cuatro, las veinticuatro horas del día… Todavía no he abordado eso.

Christian me mira directamente.

¿Abordado qué? Frunzo el ceño y me mira con recelo.

—Qué… —murmura y palidece, con los ojos muy abiertos—. Ya veo. ¿Cuándo?… ¿Tan poco hace? Pero ¿cómo?… ¿Sin antecedentes?… Ya. Envíame un correo con el nombre, la dirección y fotos si las tienes… las veinticuatro horas del día, a partir de esta tarde. Ponte en contacto con Taylor.

Cuelga.

—¿Y bien? —pregunto, exasperada.

¿Va a explicármelo?

—Era Welch.

—¿Quién es Welch?

—Mi asesor de seguridad.

—Ya. ¿Qué pasó?

—Leila dejó a su marido hace unos tres meses y se largó con un tipo que murió en un accidente de coche hace cuatro semanas.

—Oh.

—El imbécil del psiquiatra debería haberlo previsto —dice enfadado—. El dolor… ése es el problema. Vamos.

Me tiende la mano y yo le entrego la mía automáticamente, pero enseguida la retiro.

—Espera un momento. Estábamos en mitad de una conversación sobre «nosotros». Sobre ella, tu señora Robinson.

Christian endurece el gesto.

—No es mi señora Robinson. Podemos hablar de esto en mi casa.

—No quiero ir a tu casa. ¡Quiero cortarme el pelo! —grito.

Si pudiera concentrarme sólo en eso…

Él vuelve a sacarse la BlackBerry del bolsillo y marca un número.

—Greta, Christian Grey. Quiero a Franco en mi casa dentro de una hora. Consúltalo con la señora Lincoln… Bien —guarda el teléfono—. Vendrá a la una.

—¡Christian…! —farfullo, exasperada.

—Anastasia, es evidente que Leila sufre un brote psicótico. No sé si va detrás de mí o de ti, ni hasta dónde está dispuesta a llegar. Iremos a tu casa, recogeremos tus cosas, y puedes quedarte en la mía hasta que la hayamos localizado.

—¿Por qué iba a querer yo hacer eso?

—Así podré protegerte.

—Pero…

Me mira fijamente.

—Vas a volver a mi departamento aunque tenga que llevarte arrastrándote de los pelos.

Lo miro atónita… esto es alucinante. Cincuenta Sombras en glorioso tecnicolor.

—Creo que estás exagerando.

—No estoy exagerando. Vamos. Podemos seguir nuestra conversación en mi casa.

Me cruzo de brazos y me quedo mirándolo. Esto ha ido demasiado lejos.

—No —proclamo tercamente.

Tengo que defender mi postura.

—Puedes ir por tu propio pie o puedo llevarte yo. Lo que tú prefieras, Anastasia.

—No te atreverás —lo desafío.

No me montará una escenita en plena Segunda Avenida…

Esboza media sonrisa, que sin embargo no alcanza a sus ojos.

—Ay, nena, los dos sabemos que, si me lanzas el guante, estaré encantado de recogerlo.

Nos miramos… y de repente se agacha, me toma por los muslos y me levanta. Y, sin darme cuenta, me carga sobre sus hombros.

—¡Bájame! —chillo.

Oh, qué bien se siente chillar.

Él empieza a recorrer la Segunda Avenida a grandes zancadas, sin hacerme el menor caso. Me sujeta fuerte con un brazo alrededor de los muslos y, con la mano libre, me va dando palmadas en el trasero.

—¡Christian! —grito. La gente nos mira. ¿Puede haber algo más humillante?—. ¡Iré caminando! ¡Iré caminando!

Me baja y, antes de que se incorpore, salgo disparada en dirección a mi departamento, furiosa, sin hacerle caso. Naturalmente al cabo de un momento lo tengo al lado, pero sigo ignorándolo. ¿Qué voy a hacer? Estoy furiosa, aunque no estoy del todo segura de qué es lo que me enfurece… son tantas cosas.

Mientras camino muy decidida de vuelta a casa, pienso en la lista:

1. Cargarme en hombros: inaceptable para cualquiera mayor de seis años.
2. Llevarme al salón que comparte con su antigua amante: ¿cómo puede ser tan estúpido?
3. El mismo sitio al que llevaba a sus sumisas: de nuevo, tremendamente estúpido.

4. No darse cuenta siquiera de que no era buena idea: y se supone que es un tipo brillante.
5. Tener ex novias locas. ¿Puedo culparle por eso? Estoy tan furiosa… Sí, puedo.
6. Saber el número de mi cuenta corriente: eso es acoso, como mínimo.
7. Comprar SIP: tiene más dinero que sentido común.
8. Insistir en que me instale en su casa: la amenaza de Leila debe de ser peor de lo que él temía… ayer no dijo nada de eso.

Y entonces caigo en la cuenta. Algo ha cambiado. ¿Qué puede ser? Me paro en seco, y Christian se detiene a mi lado.

—¿Qué pasó? —pregunto.

Arquea una ceja.

—¿Qué quieres decir?

—Con Leila.

—Ya te lo conté.

—No, no me lo contaste. Hay algo más. Ayer no me insististe para que fuera a tu casa. Así que… ¿qué pasó?

Se remueve, incómodo.

—¡Christian! ¡Dímelo! —exijo.

—Ayer consiguió que le dieran un permiso de armas.

Oh, Dios. Lo miro fijamente, parpadeo y, en cuanto asimilo la noticia, noto que la sangre deja de circular por mis mejillas. Siento que podría desmayarme. ¿Y si quiere matarlo? ¡No!

—Eso sólo significa que puede comprarse un arma —musito.

—Ana —dice con un tono de enorme preocupación. Apoya las manos en mis hombros y me atrae hacia él—. No creo que haga ninguna tontería, pero… simplemente no quiero que corras el riesgo.

—Yo no… pero ¿y tú? —murmuro.

Me mira con el ceño fruncido. Lo rodeo con los brazos, lo abrazo fuerte y apoyo la cara en su pecho. No parece que le importe.

—Vamos a tu casa —susurra.

Se inclina, me besa el cabello, y ya está. Mi furia ha desaparecido por completo, pero no está olvidada. Se disipa ante la amenaza de que pueda pasarle algo a Christian. La sola idea me resulta insoportable.

Una vez en casa, preparo con cara seria una maleta pequeña y meto en mi mochila la Mac, la BlackBerry, el iPad y el globo del *Charlie Tango*.

—¿El *Charlie Tango* también viene? —pregunta Christian.

Asiento y me dedica una sonrisita indulgente.

—Ethan vuelve el martes —musito.

—¿Ethan?

—El hermano de Kate. Se quedará aquí hasta que encuentre algo en Seattle.

Christian me mira impasible, pero capto la frialdad que asoma en sus ojos.

—Bueno, entonces está bien que te vengas conmigo. Así él tendrá más espacio —dice tranquilamente.

—No sé si tiene llaves. Tendré que volver cuando llegue.

Christian no dice nada.

—Ya está todo.

Toma mi maleta y nos dirigimos hacia la puerta. Mientras nos encaminamos a la parte de atrás del edificio para acceder al estacionamiento, noto que no dejo de mirar por encima del hombro. No sé si me he vuelto paranoica o si realmente alguien me vigila. Christian abre la puerta del copiloto del Audi y me mira, expectante.

—¿Vas a entrar? —pregunta.

—Creía que conduciría yo.

—No. Conduciré yo.

—¿Le pasa algo a mi forma de conducir? No me digas que sabes qué nota me pusieron en el examen de conducir... no me sorprendería, vista tu tendencia al acoso.

A lo mejor sabe que pasé por los pelos la prueba teórica.

—Sube al coche, Anastasia —espeta, furioso.

—Está bien.

Me apresuro a subir. Francamente, ¿quién no lo haría?

Quizá él tenga la misma sensación inquietante de que alguien siniestro nos observa… bueno, una morena pálida de ojos castaños que tiene un aspecto perturbadoramente parecido al mío, y que seguramente esconde un arma.

Christian se incorpora al tráfico.

—¿Todas tus sumisas eran morenas?

Inmediatamente frunce el ceño y me mira.

—Sí —murmura.

Parece vacilar, y lo imagino pensando: ¿adónde quiere llegar con esto?

—Sólo preguntaba.

—Ya te lo dije. Prefiero a las morenas.

—La señora Robinson no es morena.

—Seguramente sea ésa la razón —masculla—. Con ella ya tuve bastantes rubias para toda la vida.

—Estás bromeando —digo entre dientes.

—Sí, estoy bromeando —replica, molesto.

Miro impasible por la ventanilla, en todas direcciones, buscando chicas morenas, pero ninguna es Leila.

Así que sólo le gustan morenas… me pregunto por qué. ¿Acaso la extraordinariamente glamurosa (a pesar de ser mayor) señora Robinson realmente le dejó sin más ganas de rubias? Sacudo la cabeza… El paranoico Christian Grey.

—Cuéntame algo de ella.

—¿Qué quieres saber?

Tuerce el gesto, intentando advertirme con su tono de voz.

—Háblame de su acuerdo empresarial.

Se relaja visiblemente, contento de hablar de trabajo.

—Yo soy el socio capitalista. No me interesa especialmente el negocio de la estética, pero ella ha convertido el proyecto en un éxito. Yo me limité a invertir y la ayudé a ponerlo en marcha.

—¿Por qué?

—Se lo debía.

—¿Ah?

—Cuando dejé Harvard, ella me prestó cien mil dólares para empezar mi negocio.

Vaya… Es rica, también.

—¿La dejaste?

—No era para mí. Estuve dos años. Por desgracia, mis padres no fueron tan comprensivos.

Frunzo el ceño. El señor Grey y la doctora Grace Trevelyan en actitud reprobadora… soy incapaz de imaginarlo.

—No parece que te haya ido demasiado mal al haberla dejado. ¿Qué asignaturas escogiste?

—Ciencias políticas y Economía.

Mmm… claro.

—¿Así que es rica? —murmuro.

—Era una esposa florero aburrida, Anastasia. Su marido era un magnate… de la industria maderera —sonríe con aire desdeñoso—. No la dejaba trabajar. Ya sabes, era muy controlador. Algunos hombres son así.

Me lanza una rápida sonrisa de soslayo.

—¿En serio? ¿Un hombre controlador? Yo creía que eso era una criatura mítica —no creo que mi tono pudiera ser más sarcástico.

La sonrisa de Christian se expande.

—¿El dinero que te prestó era de su marido?

Asiente, y en sus labios aparece una sonrisita maliciosa.

—Eso es horrible.

—Él también tenía sus líos —dice Christian misteriosamente, mientras entra en el estacionamiento subterráneo del Escala.

Ah…

—¿Cuáles?

Christian mueve la cabeza, como si recordara algo especialmente amargo, y aparca al lado del Audi Quattro SUV.

—Vamos. Franco no tardará.

En el ascensor, Christian me observa.

—¿Sigues enojada conmigo? —pregunta con naturalidad.

—Mucho.

Asiente.

—Bueno —dice, y mira al frente.

Cuando llegamos, Taylor nos está esperando en el vestíbulo. ¿Cómo consigue anticiparse siempre? Toma mi maleta.

—¿Welch ha dicho algo? —pregunta Christian.

—Sí, señor.

—¿Y?

—Todo está arreglado.

—Excelente. ¿Cómo está tu hija?

—Está bien, gracias, señor.

—Bien. El peluquero vendrá a la una: Franco De Luca.

—Señorita Steele —me saluda Taylor haciendo un gesto con la cabeza.

—Hola, Taylor. ¿Tienes una hija?

—Sí, señora.

—¿Cuántos años tiene?

—Siete años.

Christian me mira con impaciencia.

—Vive con su madre —explica Taylor.

—Ah, entiendo.

Taylor me sonríe. Esto es algo inesperado. ¿Taylor es padre? Sigo a Christian al gran salón, intrigada por la noticia.

Echo un vistazo alrededor. No había estado aquí desde que me marché.

—¿Tienes hambre?

Niego con la cabeza. Christian me observa un momento y decide no discutir.

—Tengo que hacer unas llamadas. Ponte cómoda.

—De acuerdo.

Desaparece en su estudio, y me deja plantada en la inmensa galería de arte que él considera su casa, preguntándome qué hacer.

¡Ropa! Tomo mi mochila, subo las escaleras hasta mi dormitorio y reviso el vestidor. Sigue lleno de ropa: toda por estrenar y todavía con las etiquetas de los precios. Tres vestidos largos de noche. Tres de cóctel, y tres más de diario. Todo esto debe de haber costado una fortuna.

Miro la etiqueta de uno de los vestidos de noche: 2998 dólares. Madre mía. Me siento en el suelo.

Ésta no soy yo. Me tomo la cabeza entre las manos e intento procesar todo lo ocurrido en las últimas horas. Es agotador. ¿Por qué, ay, por qué me he enamorado de alguien que está tan loco... guapísimo, terriblemente sexy, más rico que Creso, pero que está como una cabra?

Saco la BlackBerry de la mochila y llamo a mi madre.

—¡Ana, cariño! Hace mucho que no sabía nada de ti. ¿Cómo estás, cielo?

—Oh, ya sabes...

—¿Qué pasa? ¿Sigue sin funcionar lo de Christian?

—Es complicado, mamá. Creo que está loco. Ése es el problema.

—Dímelo a mí. Hombres... a veces no hay quién los entienda. Bob está pensando ahora si ha sido buena idea que nos hayamos mudado a Georgia.

—¿Qué?

—Sí, empieza a hablar de volver a Las Vegas.

Ah, hay alguien más que tiene problemas. No soy la única.

Christian aparece en el umbral.

—Estás aquí. Creí que te habías marchado.

Levanto la mano para indicarle que estoy al teléfono.

—Lo siento, mamá, tengo que colgar. Te volveré a llamar pronto.

—Muy bien, cariño... Cuídate. ¡Te quiero!

—Yo también te quiero, mamá.

Cuelgo y observo a Cincuenta, que tuerce el gesto, extrañamente incómodo.

—¿Por qué te escondes aquí? —pregunta.

—No me escondo. Me desespero.

—¿Te desesperas?

—Por todo esto, Christian.

Hago un gesto vago en dirección a toda esa ropa.

—¿Puedo pasar?

—Es tu vestidor.

Vuelve a poner mala cara y se sienta, con las piernas cruzadas, frente a mí.

—Sólo son vestidos. Si no te gustan, los devolveré.

—Es muy complicado tratar contigo, ¿sabes?

Él parpadea y se rasca la barbilla… la barbilla sin afeitar. Mis dedos se mueren por tocarla.

—Lo sé. Me estoy esforzando —murmura.

—Eres muy difícil.

—Tú también, señorita Steele.

—¿Por qué haces esto?

Abre mucho los ojos y reaparece esa mirada de cautela.

—Ya sabes por qué.

—No, no lo sé.

Se pasa una mano por el pelo.

—Eres una mujer frustrante.

—Podrías tener a una preciosa sumisa morena. Una que, si le pidieras que saltara, te preguntaría: «¿Desde qué altura?», suponiendo, claro, que tuviera permiso para hablar. Así que, ¿por qué yo, Christian? Simplemente no lo entiendo.

Me mira un momento, y no tengo ni idea de qué está pensando.

—Tú haces que mire el mundo de forma distinta, Anastasia. No me quieres por mi dinero. Tú me das… esperanza —dice en voz baja.

¿Qué? El señor Críptico ha vuelto.

—¿Esperanza de qué?

Se encoge de hombros.

—De más —habla con voz queda y tranquila—. Y tienes razón: estoy acostumbrado a que las mujeres hagan exactamente lo que yo digo, cuando yo lo digo, y estrictamente lo que yo quiero que hagan. Eso pierde interés enseguida. Tú tienes algo, Anastasia, que me atrae a un nivel profundo que no entiendo. Es como el canto de sirena. No soy capaz de resistirme a ti y no quiero perderte —alarga la mano y toma la mía—. No te vayas, por favor… Ten un poco de fe en mí y un poco de paciencia. Por favor.

Parece tan vulnerable… Es perturbador. Me arrodillo, me inclino y lo beso suavemente en los labios.

—De acuerdo, fe y paciencia. Eso puedo soportarlo.

—Bien. Porque Franco ha llegado.

Franco es bajito, moreno y gay. Me encanta.

—¡Qué pelo tan bonito! —exclama con un acento italiano escandaloso y probablemente falso.

Apuesto a que es de Baltimore o de un sitio parecido, pero su entusiasmo es contagioso. Christian nos conduce a ambos a su cuarto de baño, sale a toda prisa y vuelve a entrar con una silla de su habitación.

—Los dejo solos —masculla.

—*Grazie*, señor Grey —Franco se vuelve hacia mí—. *Bene*, Anastasia, ¿qué haremos contigo?

Christian está sentado en su sofá, revisando algo que parecen hojas de cálculo con mucha concentración. Una melodiosa pieza de música clásica suena de fondo en la habitación. Una mujer canta apasionadamente, vertiendo su alma en la canción. Es desgarrador. Christian levanta la mirada y sonríe, distrayéndome de la música.

—¡Ves! Te dije que le gustaría —comenta Franco, entusiasmado.

—Estás preciosa, Ana —dice Christian, visiblemente complacido.

—Mi trabajo aquí ya ha terminado —exclama Franco.

Christian se levanta y se acerca a nosotros.

—Gracias, Franco.

Franco se gira, me da un abrazo exagerado y me besa en ambas mejillas.

—¡No vuelvas a dejar que nadie más te corte el pelo, *bellissima* Ana!

Me echo a reír, ligeramente avergonzada por esa familiaridad. Christian lo acompaña a la puerta del vestíbulo y vuelve al cabo de un momento.

—Me alegro de que te lo hayas dejado largo —dice mientras avanza hacia mí con una mirada centelleante.

Toma un mechón entre los dedos.

—Qué suave —murmura, y baja los ojos hacia mí—. ¿Sigues enfadada conmigo?

Asiento y sonríe.

—¿Por qué estás enojada, concretamente?

Pongo los ojos en blanco.

—¿Quieres una lista?

—¿Hay una lista?

—Una muy larga.

—¿Podemos hablarlo en la cama?

—No —digo con un mohín infantil.

—Durante el almuerzo, pues. Tengo hambre, y no sólo de comida —añade con una sonrisa lasciva.

—No voy a dejar que me encandiles con tu destreza sexual.

Él reprime una sonrisa.

—¿Qué te molesta concretamente, señorita Steele? Suéltalo.

Muy bien.

—¿Qué me molesta? Bueno, está tu flagrante invasión de mi vida privada, el hecho de que me llevaras a un sitio donde trabaja tu ex amante y donde solías llevar a todas tus amantes para que las depilaran, el que me cargaras en hombros en plena calle como si tuviera seis años... y, por encima de todo, ¡que dejaras que tu señora Robinson te tocara!

Mi voz ha ido subiendo en un *crescendo*.

Él levanta las cejas, y su buen humor desaparece.

—Menuda lista. Pero te lo aclararé una vez más: ella no es mi señora Robinson.

—Ella puede tocarte —repito.

Tuerce los labios.

—Ella sabe dónde.

—¿Eso qué quiere decir?

Se pasa ambas manos por el pelo y cierra un segundo los ojos, como si buscara algún tipo de consejo divino. Traga saliva.

—Tú y yo no tenemos ninguna norma. Yo nunca he tenido ninguna relación sin normas, y nunca sé cuándo vas a tocarme. Eso me pone nervioso. Tus caricias son completamente... —se para, buscando las palabras—. Significan más... mucho más.

¿Más? Su respuesta es absolutamente inesperada, me deja perpleja, y esa palabrita con un significado enorme queda suspendida entre los dos.

Mis caricias significan... más. Ay, Dios. ¿Cómo voy a resistirme si me dice esas cosas? Sus ojos grises buscan los míos y me observan con aprensión.

Alargo la mano con cuidado y esa aprensión se convierte en alarma. Christian da un paso atrás y yo bajo la mano.

—Límite infranqueable —murmura, con una expresión dolida y aterrorizada.

No puedo evitar sentir una decepción aplastante.

—¿Cómo te sentirías tú si no pudieras tocarme?

—Destrozado y despojado —contesta inmediatamente.

Oh, mi Cincuenta Sombras. Sacudo la cabeza, le dedico una leve sonrisa tranquilizadora y se relaja.

—Algún día tendrás que contarme exactamente por qué esto es un límite infranqueable, por favor.

—Algún día —murmura, y se diría que en una milésima de segundo ha superado su vulnerabilidad.

¿Cómo puede cambiar tan deprisa? Es la persona más voluble que conozco.

—Veamos el resto de tu lista... Invadir tu privacidad —al considerar este tema, tuerce el gesto—. ¿Por qué sé tu número de cuenta?

—Sí, es indignante.

—Yo investigo el historial y los datos de todas mis sumisas. Te lo enseñaré.

Da media vuelta y se dirige a su estudio.

Yo lo sigo obediente, aturdida. De un archivador cerrado con llave, saca una carpeta. Con una etiqueta impresa: ANASTASIA ROSE STEELE.

Madre mía. Lo miro fijamente.

Él se encoge de hombros a modo de disculpa.

—Puedes quedártelo —dice tranquilamente.

—Bueno, vaya, gracias —replico.

Hojeo el contenido. Tiene una copia de mi certificado de nacimiento, por Dios santo, mis límites infranqueables, el acuerdo de confidencialidad, el contrato —Dios…—, mi número de la seguridad social, mi currículo, informes laborales…

—¿Así que sabías que trabajaba en Clayton's?

—Sí.

—No fue una coincidencia. No pasabas por allí…

—No.

No sé si enfadarme o sentirme halagada.

—Esto es muy sucio. ¿Sabes?

—Yo no lo veo así. He de ser cuidadoso con lo que hago.

—Pero esto es privado.

—No hago un uso indebido de la información. Esto es algo que puede conseguir cualquiera que esté medianamente interesado, Anastasia. Yo necesito información para tener el control. Siempre he actuado así.

Me mira inescrutable, con cierta cautela.

—Sí haces un uso indebido de la información. Ingresaste en mi cuenta veinticuatro mil dólares que yo no quería.

Sus labios se convierten en una fina línea.

—Ya te lo dije. Es lo que Taylor consiguió por tu coche. Increíble, ya lo sé, pero así es.

—Pero el Audi…

—Anastasia, ¿tienes idea del dinero que gano?

Me ruborizo.

—¿Por qué debería saberlo? No tengo por qué saber las cifras de tu cuenta bancaria, Christian.

Su mirada se dulcifica.

—Lo sé. Ésa es una de las cosas que adoro de ti.

Me lo quedo mirando, sorprendida. ¿Que adora de mí?

—Anastasia, yo gano unos cien mil dólares a la hora.

Abro la boca. Eso es una cantidad de dinero obscena.

—Veinticuatro mil dólares no es nada. El coche, los libros de Tess, la ropa, no son nada.

Su tono es dulce.

Le observo. Realmente no tiene ni idea. Es extraordinario.

—Si fueras yo, ¿cómo te sentirías si te obsequiaran con toda esta… generosidad?

Me mira inexpresivo y ahí está, en pocas palabras, la raíz de su problema: empatía o carencia de la misma. Entre nosotros se hace el silencio.

Al final, se encoge de hombros.

—No sé —dice, y parece sinceramente perplejo.

Se me encoge el corazón. Éste es, seguramente, el *quid* de sus cincuenta sombras: no puede ponerse en mi lugar. Bien, ahora lo sé.

—Pues no es agradable. Quiero decir… que eres muy generoso, pero me incomoda. Ya te lo he dicho muchas veces.

Suspira.

—Yo quiero darte el mundo entero, Anastasia.

—Yo sólo te quiero a ti, Christian. Lo demás me sobra.

—Es parte del trato. Parte de lo que soy.

Ah, esto no va a ninguna parte.

—¿Comemos? —pregunto.

La tensión entre los dos es agotadora.

Tuerce el gesto.

—Claro.

—Cocino yo.

—Bien. Si no, hay comida en el refrigerador.

—¿La señora Jones libra los fines de semana? ¿O sea que la mayoría de los fines de semana comes platos fríos?

—No.

—¿Ah, no?

Suspira.

—Mis sumisas cocinan, Anastasia.

—Ah, claro —me sonrojo. ¿Cómo puedo ser tan tonta? Le sonrío con dulzura—. ¿Qué le gustaría comer al señor?

—Lo que la señora encuentre —dice con malicia.

Inspecciono el impresionante contenido del refri. Me decido por una tortilla española. Incluso hay papas congeladas, perfecto. Es rápido y fácil. Christian sigue en su estudio, sin duda invadiendo la privacidad de algún pobre e ingenuo idiota y recopilando información. La idea es desagradable y me deja mal sabor de boca. La cabeza me da vueltas. Realmente no tiene límites.

Si voy a cocinar necesito música, ¡y voy a cocinar de forma insumisa! Me acerco al equipo que hay junto a la chimenea y tomo el iPod de Christian. Apuesto a que aquí hay más temas seleccionados por Leila, y me da terror pensarlo.

¿Dónde estará ella?, me pregunto. ¿Qué quiere?

Me estremezco. Menudo legado, no me cabe en la cabeza.

Repaso la larga lista. Quiero algo animado. Mmm. Beyoncé… no parece muy del gusto de Christian. «Crazy in Love.» ¡Oh, sí! Muy apropiado. Aprieto el botón y subo el volumen.

Vuelvo dando pasitos de baile hasta la cocina, encuentro un bol, abro la nevera y saco los huevos. Los abro y empiezo a batir, sin parar de bailar.

Vuelvo a repasar el contenido del refri, tomo papas, jamón y —¡sí!— chícharos del congelador. Todo esto irá bien. Localizo una sartén, la pongo sobre el fuego, añado un poco de aceite de oliva y vuelvo a batir.

Empatía cero, medito. ¿Eso sólo le pasa a Christian? Quizá todos los hombres sean así, y a todos les desconcierten las mujeres. No lo sé. Puede que no sea una revelación tan importante.

Ojalá Kate estuviera en casa; ella lo sabría. Lleva demasiado tiempo en Barbados. Debería estar de vuelta el fin de semana próximo, después de esas vacaciones extra con Elliot. Me pregunto si seguirán sintiendo la misma atracción sexual mutua.

«Una de las cosas que adoro de ti.»

Dejo de batir. Lo dijo. ¿Quiere decir eso que hay otras cosas? Sonrío por primera vez desde que vi a la señora Robinson… una sonrisa genuina, de corazón, de oreja a oreja.

Christian me rodea con sus brazos sigilosamente y doy un respingo.

—Interesante elección musical —ronronea, y me besa detrás de la oreja—. Qué bien huele tu pelo.

Hunde la nariz e inspira profundamente.

El deseo se desata en mi vientre. No. Rechazo su abrazo.

—Sigo enojada.

Frunce el ceño.

—¿Cuánto más va a durar esto? —pregunta, pasándose una mano por el pelo.

Me encojo de hombros.

—Por lo menos hasta que comamos.

Un gesto risueño se dibuja en su boca. Se da la vuelta, toma el control de la cubierta y apaga la música.

—¿Pusiste tú eso en tu iPod? —pregunto.

Niega con la cabeza, con expresión lúgubre, y entonces sé que fue ella: la Chica Fantasma.

—¿No crees que en aquel momento intentaba decirte algo?

—Bueno, visto a *posteriori*, probablemente —dice en tono inexpresivo.

Lo cual demuestra mi teoría: empatía cero. Mi subconsciente cruza los brazos y chasquea los labios con gesto de disgusto.

—¿Por qué la tienes todavía?

—Me gusta bastante la canción. Pero si te incomoda la borro.

—No, no pasa nada. Me gusta cocinar con música.

—¿Qué te gustaría oír?

—Sorpréndeme.

Sonríe satisfecho y se dirige hacia el iPod mientras yo continúo batiendo.

Al cabo de un momento la voz dulce, celestial y conmovedora de Nina Simone inunda el salón. Es una de las preferidas de Ray: «I Put a Spell on You». Te he lanzado un hechizo...

Me ruborizo y me vuelvo a mirar a Christian. ¿Qué intenta decirme? Él me lanzó un hechizo hace mucho tiempo. Oh, Dios... su mirada ha cambiado, la levedad del momento ha desaparecido, sus ojos son más oscuros, más intensos.

Lo miro, embelesada, mientras despacio, como el depredador que es, me acecha al ritmo de la lenta y sensual cadencia de la música. Va descalzo, sólo lleva una camisa blanca por fuera de los jeans, y tiene una actitud provocativa.

Nina canta «Tú eres mío» mientras él se pone a mi lado, con intenciones claras.

—Christian, por favor —susurro, con el batidor ya inútil en mi mano.

—¿Por favor qué?

—No hagas eso.

—¿Hacer qué?

—Esto.

Se planta frente a mí y baja la vista para mirarme.

—¿Estás segura?

Exhala y alarga la mano, me quita el batidor y lo vuelve a dejar en el bol con los huevos. Mi corazón da un vuelco. No quiero esto… Sí quiero esto… desesperadamente.

Resulta tan frustrante. Es tan atractivo y deseable… Aparto la mirada de su embrujador aspecto.

—Te deseo, Anastasia —musita—. Lo adoro y lo odio, y adoro discutir contigo. Esto es muy nuevo para mí. Necesito saber que estamos bien. Sólo sé hacerlo de esta forma.

—Mis sentimientos por ti no han cambiado —murmuro.

Su proximidad es irresistible, excitante. Esa atracción familiar está ahí, todas mis terminaciones nerviosas me empujan hacia él, la diosa que llevo dentro se siente de lo más libidinosa. Contemplo la sombra del vello asomando por su camisa y me muerdo el labio, indefensa, dominada por el deseo… quiero saborearlo, justo ahí.

Está muy cerca, pero no me toca. Su ardor calienta mi piel.

—No voy a tocarte hasta que me digas que sí, que lo haga —murmura—. Pero ahora mismo, después de una mañana realmente espantosa, quiero hundirme en ti y olvidarme de todo excepto de nosotros.

Oh… nosotros. Una combinación mágica, un pequeño y potente pronombre que zanja el asunto. Levanto la cabeza para contemplar su hermoso aunque grave semblante.

—Voy a tocarte la cara —suspiro.

Y veo la sorpresa reflejada brevemente en sus ojos antes de percibir que lo acepta.

Levanto la mano, le acaricio la mejilla, y paso los dedos por su barba incipiente. Él cierra los ojos, suspira y acerca la cara a mi caricia.

Se inclina despacio, y automáticamente mis labios ascienden para unirse a los suyos. Se cierne sobre mí.

—Sí o no, Anastasia.

—Sí.

Su boca se cierra suavemente sobre la mía, logra separar mis labios mientras sus brazos me rodean y me atrae hacia sí. Me pasa la mano por la espalda, enreda los dedos en el cabello de mi nuca y tira con delicadeza, mientras pone la otra mano sobre mi trasero y me aprieta contra él. Yo gimo bajito.

—Señor Grey.

Taylor tose y Christian me suelta inmediatamente.

—Taylor —dice con voz gélida.

Me doy la vuelta y veo a Taylor, incómodo, de pie en el umbral. Christian y Taylor se miran y se comunican de algún modo, sin palabras.

—En mi estudio —espeta Christian.

Y Taylor cruza con brío el salón.

—Lo dejaremos para otro momento —me susurra Christian, antes de salir detrás de Taylor.

Yo respiro profundamente para tranquilizarme. ¿Es que no soy capaz de resistirme a él ni un minuto? Sacudo la cabeza, indignada conmigo misma, agradeciendo la interrupción de Taylor, y me avergüenza pensarlo.

Me pregunto qué haría Taylor para interrumpir en el pasado. ¿Qué habrá visto? No quiero pensar en eso. Comida. Haré la comida. Me dedico a cortar las papas. ¿Qué querría Taylor? Mi mente se acelera... ¿tendrá que ver con Leila?

Diez minutos después, reaparecen, justo cuando la tortilla está lista. Christian me mira; parece preocupado.

—Les informaré en diez minutos —le dice a Taylor.

—Estaremos listos —contesta Taylor, y sale de la estancia.

Yo saco dos platos calientes y los coloco sobre la encimera de la isla de la cocina.

—¿Comemos?

—Por favor —dice Christian, y se sienta en uno de los taburetes de la barra.

Ahora me observa detenidamente.

—¿Problemas?

—No.

Tuerzo el gesto. No va a contármelo. Sirvo la comida y me siento a su lado, resignada a seguir sin saberlo.

Christian da un mordisco y dice, complacido:

—Está muy buena. ¿Se te antoja una copa de vino?

—No, gracias.

He de mantener la cabeza clara contigo, Grey.

La tortilla sabe bien, pero no tengo mucha hambre. Sin embargo, como, sabiendo que si no Christian me dará lata. Al final él interrumpe nuestro silencio reflexivo y pone la pieza clásica que oí antes.

—¿Qué es? —pregunto.

—Canteloube, *Canciones de la Auvernia*. Ésta se llama «Bailero».

—Es preciosa. ¿Qué idioma es?

—Francés antiguo; occitano, de hecho.

—Tú hablas francés. ¿Entiendes lo que dice?

Recuerdo el francés perfecto que habló durante la cena con sus padres...

—Algunas palabras, sí —Christian sonríe, visiblemente relajado—. Mi madre tenía un mantra: «Un instrumento musical, un idioma extranjero, un arte marcial». Elliot habla español; Mia y yo, francés, Elliot toca la guitarra, yo el piano, y Mia el violonchelo.

—Wow. ¿Y las artes marciales?

—Elliot hace judo. Mia se plantó a los doce años y se negó.

Sonríe al recordarlo.

—Ojalá mi madre hubiera sido tan organizada.

—La doctora Grace es formidable en lo que se refiere a los logros de sus hijos.

—Debe de estar muy orgullosa de ti. Yo lo estaría.

En la cara de Christian aparece un destello sombrío, y parece momentáneamente incómodo. Me mira receloso, como si estuviera en un territorio ignoto.

—¿Has decidido qué te pondrás esta noche? ¿O he de escoger algo por ti? —dice en un tono repentinamente brusco.

¡Uf! Parece molesto. ¿Por qué? ¿Qué he dicho?

—Eh… aún no. ¿Tú escogiste toda esa ropa?

—No, Anastasia, no. Le di una lista y tu talla a una asesora personal de compras de Neiman Marcus. Debería quedarte bien. Para tu información, he contratado seguridad adicional para esta noche y los próximos días. Leila anda deambulando por las calles de Seattle y es impredecible, así que lo más sensato es ser precavido. No quiero que salgas sola. ¿De acuerdo?

Pestañeo.

—De acuerdo.

¿Qué ha pasado con lo de «Tengo que poseerte ahora», Grey?

—Bien. Voy a informarles. No tardaré mucho.

—¿Están aquí?

—Sí.

¿Dónde?

Recoge su plato, lo deja en el fregadero y sale de la estancia. ¿De qué demonios ha ido todo eso? Es como si hubiera varias personas distintas en un mismo cuerpo. ¿No es eso un síntoma de esquizofrenia? Tengo que buscarlo en Google.

Recojo mi plato, lo lavo rápidamente y vuelvo a mi dormitorio llevando conmigo el dossier ANASTASIA ROSE STEELE. Entro en el vestidor y saco los tres vestidos largos de noche. A ver… ¿cuál?

Tumbada en la cama, contemplo mi Mac, mi iPad y mi BlackBerry. Estoy abrumada con tanta tecnología. Empiezo a transferir la lista de temas de Christian del iPad a la Mac, luego abro Google para navegar por la red.

Estoy echada sobre la cama enfrascada en la pantalla de la Mac cuando entra Christian.

—¿Qué estás haciendo? —inquiere con dulzura.

Paso un momento de pánico, preguntándome si debo dejarlo ver lo que estoy consultando: «Trastorno de personalidad múltiple: los síntomas».

Se tumba a mi lado y echa un vistazo a la página, divertido.

—¿Esta página es por algún motivo? —pregunta en tono despreocupado.

El brusco Christian ha desaparecido; el juguetón Christian ha vuelto. ¿Cómo voy a seguir este ritmo?

—Investigo. Sobre una personalidad difícil.

Le dedico mi mirada más inexpresiva.

Tuerce el labio reprimiendo una sonrisa.

—¿Una personalidad difícil?

—Mi proyecto favorito.

—¿Ahora soy un proyecto? Una actividad suplementaria. Un experimento científico, quizá. Y yo que creía que lo era todo. Señorita Steele, está hiriendo mis sentimientos.

—¿Cómo sabes que eres tú?

—Mera suposición.

—Es verdad que tú eres el único jodido y volátil controlador obsesivo que conozco íntimamente.

—Creía que era la única persona que conocías íntimamente —dice arqueando una ceja.

Me ruborizo.

—Sí, eso también.

—¿Has llegado ya a alguna conclusión?

Me giro y lo miro. Está acostado de lado junto a mí, con la cabeza apoyada en el codo y con una expresión tierna, alegre.

—Creo que necesitas terapia intensiva.

Alarga la mano y me recoge cariñosamente un mechón de pelo detrás de la oreja.

—Yo creo que te necesito a ti. Aquí.

Me entrega un lápiz de labios.

Yo frunzo el ceño, perpleja. Es un rojo equis, no es mi color en absoluto.

—¿Quieres que me ponga esto? —grito.

Se echa a reír.

—No, Anastasia, si no quieres, no. No creo que te vaya este color —añade con sequedad.

Se sienta en la cama con las piernas cruzadas y se quita la camisa. Oh, Dios…

—Me gusta tu idea de un mapa de ruta.

Lo miro desconcertada. ¿Mapa de ruta?

—De zonas restringidas —dice a modo de explicación.

—Oh. Lo dije en broma.

—Yo lo digo en serio.

—¿Quieres que te las dibuje con bilé?

—Luego se limpia. Al final.

Eso significa que puedo tocarlo donde quiera. Una sonrisita maravillada asoma en mis labios.

—¿Y con algo más permanente, como un rotulador?

—Podría hacerme un tatuaje.

Hay una chispa de ironía en sus ojos.

¿Christian Grey con un tatuaje? ¿Estropear su precioso cuerpo que ya tiene tantas marcas? ¡Ni hablar!

—¡Nada de tatuajes! —digo riendo, para disimular mi horror.

—Pintura de labios, pues.

Sonríe.

Apago la Mac y la dejo a un lado. Esto puede ser divertido.

—Ven —me tiende la mano—. Siéntate encima de mí.

Me quito los zapatos, me siento y me arrastro hacia él. Christian se tumba en la cama, pero mantiene las rodillas dobladas.

—Apóyate en mis piernas.

Me siento encima de él a horcajadas, como me ha dicho. Tiene los ojos muy abiertos y cautos. Pero también divertidos.

—Pareces... entusiasmada con esto —comenta con ironía.

—Siempre me encanta obtener información, señor Grey, y más si eso significa que podrás relajarte, porque yo ya sabré dónde están los límites.

Menea la cabeza, como si no pudiera creer que está a punto de dejarme dibujar por todo su cuerpo.

—Destapa el bilé —ordena.

Oh, está en plan supermandón, pero no me importa.

—Dame la mano.

Yo le doy la otra mano.

—La del bilé —dice poniendo los ojos en blanco.

—¿Vas a ponerme esa cara?

—Sí.

—Es muy maleducado, señor Grey. Yo sé de alguien que se pone muy violento cuando le hacen eso.

—¿Ah, sí? —replica irónico.

Le doy la mano con el bilé, y de repente se incorpora y estamos frente a frente.

—¿Preparada? —pregunta con un murmullo quedo y ronco, que tensa y comprime todas mis entrañas.

Oh, Dios.

—Sí —musito.

Su proximidad es seductora, su cuerpo torneado tan cerca, ese aroma Christian mezclado con mi gel. Conduce mi mano hasta la curva de su hombro.

—Aprieta —susurra.

Me lleva desde el contorno de su hombro, alrededor del hueco del brazo y después hacia un lado de su torso, y a mí se me seca la boca. El bilé deja a su paso una franja ancha, de un rojo intenso. Christian se detiene bajo sus costillas y me conduce por encima del estómago. Se tensa y me mira a los ojos, aparentemente impasible, pero, bajo esa expresión pretendidamente neutra, detecto autocontrol.

Contiene su aversión, aprieta la mandíbula, y aparece tensión alrededor de sus ojos. En mitad del estómago murmura:

—Y sube por el otro lado.

Y me suelta la mano.

Yo copio la línea que he trazado sobre su costado izquierdo. La confianza que me está dando es embriagadora, pero la atempera el hecho de que llevo la cuenta de su dolor. Siete pequeñas marcas blancas y redondas salpican su torso, y es profundamente mortificador contemplar esa diabólica y odiosa profanación de su maravilloso cuerpo. ¿Quién le haría eso a un niño?

—Bueno, ya estoy —murmuro, reprimiendo la emoción.

—No, no estás —replica, y dibuja una línea con el dedo índice alrededor de la base de su cuello.

Yo sigo la línea del dedo con una franja escarlata. Al acabar, miro la inmensidad gris de sus ojos.

—Ahora la espalda —susurra.

Se remueve, de manera que he de bajarme de él, luego se da la vuelta y se sienta en la cama con las piernas cruzadas, de espaldas a mí.

—Sigue la línea desde mi pecho y da toda la vuelta hasta el otro lado —dice con voz baja y ronca.

Hago lo que dice hasta que una línea púrpura divide su espalda por la mitad, y al hacerlo cuento más cicatrices que mancillan su precioso cuerpo. Nueve en total.

Santo cielo. Tengo que reprimir un abrumador impulso de besar cada una de ellas, y evitar que el llanto inunde mis ojos. ¿Qué clase de animal haría esto? Mientras completo el circuito alrededor de su espalda, él mantiene la cabeza gacha y el cuerpo rígido.

—¿Alrededor del cuello también? —musito.

Asiente, y dibujo otra franja que converge con la primera que le rodea la base del cuello, por debajo del pelo.

—Ya está —susurro, y parece que lleve un peculiar chaleco de color piel con un ribete de rojo equis.

Baja los hombros y se relaja, y se da la vuelta para mirarme otra vez.

—Éstos son los límites —dice en voz baja.

Las pupilas de sus ojos oscuros se dilatan… ¿de miedo? ¿De lujuria? Yo quiero caer en sus brazos, pero me reprimo y lo miro asombrada.

—Me parece muy bien. Ahora mismo quiero lanzarme en tus brazos —susurro.

Me sonríe con malicia y levanta las manos en un gesto de consentimiento.

—Bien, señorita Steele, soy todo tuyo.

Yo grito con placer infantil, me arrojo a sus brazos y le tumbo en la cama. Se gira y suelta una carcajada juvenil llena de alivio, ahora que la pesadilla ha terminado. Y, sin saber cómo, acabo debajo de él.

—Y ahora, lo que habíamos dejado para otro momento… —murmura, y su boca reclama la mía una vez más.

6

Mi mano se agarra al cabello de Christian, mientras mi boca se aferra febril a la suya, absorbiéndolo, deleitándose al sentir su lengua contra la mía. Y él hace lo mismo, me devora. Es el paraíso.

De pronto me levanta un poco, toma el borde de mi camiseta, me la quita de un tirón y la tira al suelo.

—Quiero sentirte —me dice con avidez junto a mi boca, mientras mueve las manos por mi espalda para desabrocharme el sostén, hasta quitármelo con un imperceptible movimiento y tirarlo a un lado.

Me empuja de nuevo sobre la cama, me aprieta contra el colchón y lleva su boca y sus manos a mis pechos. Yo enredo los dedos en su cabello mientras él toma uno de mis pezones entre los labios y tira fuerte.

Grito, y la sensación se apodera de todo mi cuerpo, y vigoriza y tensa los músculos alrededor de mis ingles.

—Sí, nena, déjame oírte —murmura junto a mi piel ardiente.

Dios, quiero tenerlo dentro, ahora. Juega con mi pezón con la boca, tira, y hace que me retuerza y me contorsione y suspire por él. Noto su deseo mezclado con… ¿qué? Veneración. Es como si me estuviera adorando.

Me provoca con los dedos, mi pezón se endurece y se yergue bajo sus expertas caricias. Busca con la mano mis vaqueros, desabrocha el botón con destreza, baja el cierre, introduce la mano dentro de mis calzones y desliza los dedos sobre mi sexo.

Respira entre los dientes y deja que su dedo penetre suavemente en mi interior. Yo empujo la pelvis hacia arriba, hasta la base de su mano, y él responde y me acaricia.

—Oh, nena —exhala y se cierne sobre mí, mirándome intensamente a los ojos—. Estás tan húmeda —dice con fascinación en la voz.

—Te deseo —musito.

Su boca busca de nuevo la mía, y siento su anhelante desesperación, su necesidad de mí.

Esto es nuevo —nunca había sido así, salvo quizá cuando volví de Georgia—, y sus palabras de antes vuelven lentamente a mí... «Necesito saber que estamos bien. Sólo sé hacerlo de esta forma.»

Pensar en eso me desarma. Saber que le afecto de ese modo, que puedo proporcionarle tanto consuelo haciendo esto... Él se sienta, agarra mis jeans por los bajos y me los quita de un tirón, y luego los calzones.

Sin dejar de mirarme fijamente, se pone de pie, saca un envoltorio plateado del bolsillo y me lo lanza, y después se quita los pantalones y los calzones con un único y rápido movimiento.

Yo rasgo el paquetito con avidez, y cuando él vuelve a tumbarse a mi lado, le coloco el preservativo despacio. Me agarra las dos manos y se acuesta de espaldas.

—Tú encima —ordena, y me coloca a horcajadas de un tirón—. Quiero verte.

Oh...

Me conduce, y yo me dejo deslizar dentro de él con cierta indecisión. Cierra los ojos y flexiona las caderas para encontrarse conmigo, y me colma, me dilata, y cuando exhala su boca dibuja una O perfecta.

Oh, es una sensación tan agradable... poseerlo y que me posea.

Me sujeta las manos, y no sé si es para que mantenga el equilibrio o para impedir que le toque, aun cuando ya he trazado mi mapa.

—Me gusta mucho sentirte —murmura.

Yo me alzo de nuevo, embriagada por el poder que tengo sobre él, viendo cómo Christian Grey se descontrola debajo de mí.

Me suelta las manos y me sujeta las caderas, y yo apoyo las manos en sus brazos. Me penetra bruscamente y me hace gritar.

—Eso es, nena, siénteme —dice con voz entrecortada.

Yo echo la cabeza atrás y hago exactamente eso. Eso que él hace tan bien.

Me muevo, acompasándome a su ritmo con perfecta simetría, ajena a cualquier pensamiento lógico. Sólo soy sensación, perdida en este abismo de placer. Arriba y abajo… una y otra vez… Oh, sí… Abro los ojos, bajo la vista hacia él con la respiración jadeante, y veo que me está mirando con ardor.

—Mi Ana —musita.

—Sí —digo con la voz desgarrada—. Siempre.

Él lanza un gemido, vuelve a cerrar los ojos y echa la cabeza hacia atrás. Oh, Dios… Ver a Christian desatado basta para sellar mi destino, y alcanzo el clímax entre gritos, todo me da vueltas y, exhausta, me derrumbo sobre él.

—Oh, nena —gime cuando se abandona y, sin soltarme, se deja ir.

Tengo la cabeza apoyada sobre su pecho, en la zona prohibida. Mi mejilla anida en el vello mullido de su esternón. Jadeo, radiante, y reprimo el impulso de juntar los labios y besarlo.

Estoy echada sobre él, recuperando el aliento. Me acaricia el pelo y me pasa la mano por la espalda y me toca, mientras su respiración se va tranquilizando.

—Eres preciosa.

Levanto la cabeza para mirarlo con el semblante escéptico. Él responde frunciendo el ceño e inmediatamente se sienta y, tomándome por sorpresa, me rodea con el brazo y me sujeta firmemente. Yo me aferro a sus bíceps; estamos frente a frente.

—Eres… preciosa —repite con tono enfático.

—Y tú eres a veces extraordinariamente dulce.

Y lo beso con ternura.

Me levanta para hacer que salga de él, y yo me estremezco. Se inclina hacia delante y me besa con suavidad.

—No tienes ni idea de lo atractiva que eres, ¿verdad?

Me ruborizo. ¿Por qué sigue con eso?

—Todos esos hombres que van detrás de ti… ¿eso no te dice nada?

—¿Hombres? ¿Qué hombres?

—¿Quieres la lista? —dice con desagrado—. El fotógrafo está loco por ti; el tipo de la ferretería; el hermano mayor de tu compañera de piso. Tu jefe —añade con amargura.

—Oh, Christian, eso no es verdad.

—Créeme. Te desean. Quieren lo que es mío.

Me acerca de golpe y yo levanto los brazos, colocándolos sobre sus hombros con las manos en su cabello, y lo miro con ironía.

—Mía —repite, con un destello de posesión en la mirada.

—Sí, tuya —le tranquilizo sonriendo.

Parece apaciguado, y yo me siento muy cómoda en su regazo, acostada en una cama a plena luz del día, un sábado por la tarde… ¿Quién lo hubiera dicho? Su exquisito cuerpo conserva las marcas de labial. Veo que han quedado algunas manchas en la funda del edredón, y por un momento me pregunto qué hará la señora Jones con ellas.

—La línea sigue intacta —murmuro, y con el índice resigo osadamente la marca de su hombro. Él parpadea y de pronto se pone rígido—. Quiero explorar.

Me mira suspicaz.

—¿El departamento?

—No. Estaba pensando en el mapa del tesoro que he dibujado en tu cuerpo.

Mis dedos arden por tocarlo.

Arquea las cejas, intrigado, y la incertidumbre lo hace pestañear. Yo froto mi nariz contra la suya.

—¿Y qué supondría eso exactamente, señorita Steele?

Retiro la mano de su hombro y deslizo los dedos por su cara.

—Sólo quiero tocarte por todas las partes que pueda.

Christian atrapa mi dedo con los dientes y me muerde suavemente.

—Ay —protesto, y él sonríe y de su garganta brota un gemido sordo.

—De acuerdo —dice y me suelta el dedo, pero su voz revela aprensión—. Espera.

Se incorpora un poco debajo de mí, vuelve a levantarme, se quita el condón y lo tira al suelo, junto a la cama.

—Odio estos chismes. Estoy pensando en llamar a la doctora Greene para que te ponga una inyección.

—¿Tú crees que la mejor ginecóloga de Seattle va a venir corriendo?

—Puedo ser muy persuasivo —murmura, mientras me recoge un mechón detrás de la oreja—. Franco te ha cortado muy bien el pelo. Me encanta este escalado.

¿Qué?

—Deja de cambiar de tema.

Me coloca otra vez a horcajadas sobre él. Me apoyo en sus piernas flexionadas, con los pies a ambos lados de sus caderas. Él se recuesta sobre los brazos.

—Toca lo que quieras —dice muy serio.

Parece nervioso, pero intenta disimularlo.

Sin dejar de mirarlo a los ojos, me inclino y paso el dedo por debajo de la marca de bilé, sobre sus esculturales abdominales. Se estremece y paro.

—No es necesario —susurro.

—No, está bien. Es que tengo que... adaptarme. Hace mucho tiempo que no me acaricia nadie —murmura.

—¿La señora Robinson? —digo sin pensar, y curiosamente consigo hacerlo en un tono libre de amargura o rencor.

Él asiente; es evidente que se siente incómodo.

—No quiero hablar de ella. Nos amargaría el día.

—Yo no tengo ningún problema.

—Sí lo tienes, Ana. Te sulfuras cada vez que la menciono. Mi pasado es mi pasado. Y eso es así. No puedo cambiarlo. Tengo suerte de que tú no tengas pasado, porque si no fuera así me volvería loco.

Yo frunzo el ceño, pero no quiero discutir.

—¿Te volverías loco? ¿Más que ahora? —digo sonriendo, confiando en aliviar la tensión.

Tuerce la boca.

—Loco por ti.

La felicidad inunda mi corazón.

—¿Debo telefonear al doctor Flynn?

—No creo que haga falta —dice secamente.

Se mueve otra vez y baja las piernas. Yo vuelvo a posar los dedos en su vientre y dejo que deambulen sobre su piel. De nuevo se estremece.

—Me gusta tocarte.

Mis dedos bajan hasta su ombligo y al vello que nace ahí. Él separa los labios y su respiración se altera, sus ojos se oscurecen y noto debajo de mí cómo crece su erección. Por Dios… Segundo asalto.

—¿Otra vez? —musito.

Sonríe.

—Oh, sí, señorita Steele, otra vez.

Qué forma tan deliciosa de pasar una tarde de sábado. Estoy bajo la ducha, lavándome distraídamente, con cuidado de no mojarme el pelo recogido y pensando en las dos últimas horas. Parece que Christian y la fresa se llevan bien.

Hoy ha revelado mucho de sí mismo. Tengo que hacer un gran esfuerzo para intentar asimilar toda la información y reflexionar sobre lo que he aprendido: la cantidad de dinero que gana —vaya, es obscenamente rico, algo sencillamente extraordinario en alguien tan joven— y los dossieres que tiene sobre mí y todas sus morenas sumisas. Me pregunto si estarán todos en ese archivador.

Mi subconsciente me mira con gesto torvo y menea la cabeza: ni se te ocurra. Frunzo el ceño. ¿Sólo un pequeño vistazo?

Y luego está Leila: posiblemente armada por ahí, en alguna parte… amén de su lamentable gusto musical, todavía presente en el iPod de Christian. Y algo aún peor: la pedófila señora Robinson: es algo que no me cabe en la cabeza, y tampoco quiero. No quiero que ella sea un fantasma de resplandeciente cabellera dentro de nuestra relación. Él tiene razón y me subo por las paredes cuando pienso en ella, así que quizá lo mejor sea no hacerlo.

Salgo de la regadera y me seco, y de pronto me invade una angustia inesperada.

Pero ¿quién no se subiría por las paredes? ¿Qué persona normal, cuerda, le haría eso a un chico de quince años? ¿Cuánto ha contribuido ella a su devastación? No puedo entender a esa mujer. Y lo que es peor: según él, ella lo ha ayudado. ¿Cómo?

Pienso en sus cicatrices, esa desgarradora manifestación física de una infancia terrorífica y un recordatorio espantoso de las cicatrices mentales que debe de tener. Mi dulce y triste Cincuenta Sombras. Ha dicho cosas tan cariñosas hoy… Está loco por mí.

Me miro al espejo. Sonrío al recordar sus palabras, mi corazón rebosa de nuevo, y mi cara se transforma con una sonrisa bobalicona. Quizá conseguiremos que esto funcione. Pero ¿cuánto más estará dispuesto a hacerlo sin querer golpearme porque he rebasado alguna línea arbitraria?

Mi sonrisa se desvanece. Esto es lo que no sé. Ésta es la sombra que pende sobre nosotros. Sexo pervertido sí, eso puedo hacerlo, pero ¿qué más?

Mi subconsciente me mira de forma inexpresiva, y por una vez no me ofrece consejos sabios y sardónicos. Vuelvo a mi habitación para vestirme.

Christian está en el piso de abajo arreglándose, haciendo no sé bien qué, así que dispongo del dormitorio para mí sola. Aparte de todos los vestidos del armario, los cajones están llenos de ropa interior nueva. Escojo un brassiere negro todavía con la etiqueta del precio: quinientos cuarenta dólares. Está ribeteado con una filigrana de plata y lleva unos calzoncitos minúsculos a juego. También unas medias con ligueros de color carne, muy finas, de seda pura. Vaya, son… ajustadas y bastante… picantes…

Estoy sacando el vestido del armario cuando Christian entra sin llamar. ¡Vaya, está impresionante! Se queda inmóvil, mirándome, sus ojos grises resplandecientes, hambrientos. Noto que todo mi cuerpo se ruboriza. Lleva una camisa blanca con el cuello abierto y pantalones sastre, negros. Veo que la línea del labial sigue en su sitio, y él no deja de mirarme.

—¿Puedo ayudarlo, señor Grey? Deduzco que su visita tiene otro objetivo, aparte de mirarme embobado…

—Estoy disfrutando bastante de la fascinante visión, señorita Steele, gracias —comenta turbadoramente, y da un paso más, arrobado—. Recuérdame que le mande una nota personal de agradecimiento a Caroline Acton.

Tuerzo el gesto. ¿Quién demonios es ésa?

—La asesora personal de compras de Neiman —contesta como si me leyera el pensamiento.

—Ah.

—Estoy realmente anonadado.

—Ya lo veo. ¿Qué quieres, Christian? —pregunto, dedicándole mi mirada displicente.

Él contraataca con su media sonrisa y saca las bolas de plata del bolsillo, y me quedo petrificada. ¡Santo Dios! ¿Quiere azotarme? ¿Ahora? ¿Por qué?

—No es lo que piensas —dice enseguida.

—Acláramelo —musito.

—Pensé que podrías ponerte esto esta noche.

Y todas las implicaciones de la frase permanecen suspendidas entre nosotros mientras voy asimilando la idea.

—¿A la gala benéfica?

Estoy atónita.

Él asiente despacio y sus ojos se ensombrecen.

Oh, Dios.

—¿Me pegarás después?

—No.

Por un momento siento una leve punzada de decepción.

Él se ríe.

—¿Es eso lo que quieres?

Trago saliva. No lo sé.

—Bueno, tranquila que no voy a tocarte de ese modo, aunque me supliques.

Oh. Esto es nuevo.

—¿Quieres jugar a este juego? —continúa, con las bolas en la mano—. Siempre puedes quitártelas si no aguantas más.

Le fulmino con la mirada. Está tan increíblemente seductor: un tanto descuidado, el pelo revuelto, esos ojos oscuros que dejan traslucir pensamientos eróticos, esa boca maravillosamente esculpida, y esa sonrisa tan sexy y divertida en los labios.

—De acuerdo —acepto en voz baja.

¡Dios, sí! La diosa que llevo dentro ha recuperado la voz y grita por las esquinas.

—Buena chica —Christian sonríe—. Ven aquí y te las colocaré, cuando te hayas puesto los zapatos.

¿Los zapatos? Me giro para mirar los zapatos de ante gris perla de tacón alto, que combinan con el vestido que he elegido.

¡Síguele la corriente!

Extiende la mano para ayudarme a mantener el equilibrio mientras me pongo los zapatos Christian Louboutin, un robo de tres mil doscientos noventa y cinco dólares. Ahora debo de ser unos diez centímetros más alta que él.

Me lleva junto a la cama pero no se sienta, sino que se dirige hacia la única silla de la habitación. La toma y la coloca delante de mí.

—Cuando yo haga una señal, te agachas y te apoyas en la silla. ¿Entendido? —dice con voz grave.

—Sí.

—Bien. Ahora abre la boca —ordena, sin levantar la voz.

Hago lo que me dice, pensando que va a meterme las bolas en la boca otra vez para lubricarlas. Pero no, desliza su dedo índice entre mis labios.

Oh...

—Chupa —dice.

Me inclino hacia delante, le sujeto la mano y obedezco. Puedo ser muy obediente cuando quiero.

Sabe a jabón... mmm. Chupo con fuerza, y me reconforta ver que abre los ojos de par en par, separa los labios y aspira. Creo que ya no necesitaré ningún tipo de lubricante. Se mete las bolas en la boca mientras le rodeo el dedo con la lengua y le practico una felación. Cuando intenta retirarlo, le clavo los dientes.

Sonríe y mueve la cabeza con gesto reprobatorio, de manera que lo suelto. Hace un gesto con la cabeza, y me inclino y me agarro a ambos lados de la silla. Aparta mis calzones a un lado y me mete un dedo muy lentamente, haciéndolo girar despacio, de manera que lo siento en todo mi cuerpo. No puedo evitar que se me escape un gemido.

Retira el dedo un momento y, con mucha suavidad, inserta las bolas una a una y empuja para meterlas hasta el fondo. En cuanto están en su sitio, vuelve a colocarme y ajustarme los calzones y me besa el trasero. Desliza las manos por mis piernas, del tobillo a la cadera, y besa con ternura la parte superior de ambos muslos, a la altura de las ligas.

—Tienes unas bonitas piernas, señorita Steele —susurra.

Se yergue y, sujetándome las caderas, tira hacia él para que note su erección.

—Puede que cuando volvamos a casa te posea así, Anastasia. Ya puedes incorporarte.

Siento el peso de las bolas empujando y tirando dentro de mí, y me siento terriblemente excitada, mareada. Christian se inclina detrás de mí y me besa en el hombro.

—Compré esto para que los llevaras en la gala del sábado pasado —me rodea con su brazo y extiende la mano. En la palma hay una cajita roja con la palabra «Cartier» impresa en la tapa—. Pero me dejaste, así que nunca tuve ocasión de dártelo.

¡Oh!

—Ésta es mi segunda oportunidad —musita nervioso, con la voz preñada de una emoción desconocida.

Cojo la caja y la abro, vacilante. Dentro resplandece un par de largos aretes. Cada uno tiene cuatro diamantes, uno en la base, luego un fino hilo, y después tres diamantes perfectamente espaciados. Son preciosos, simples y clásicos. Los que yo misma habría escogido si alguna vez tuviera la oportunidad de comprar en Cartier.

—Son maravillosos —musito, y los adoro porque son los aretes que nos dan una segunda oportunidad—. Gracias.

El cuerpo de Christian, pegado al mío, se destensa, se relaja, y vuelve a besarme en el hombro.

—¿Te pondrás el vestido de satín plateado? —pregunta.

—Sí. ¿Te parece bien?

—Claro. Te dejo para que te arregles.

Y se encamina hacia la puerta sin mirar atrás.

He entrado en un universo alternativo. La joven que me devuelve la mirada desde el espejo parece digna de la alfombra roja. Su vestido de satín plateado, sin tirantes y largo hasta los pies, es sencillamente espectacular. Puede que yo misma escriba a Caroline Acton. Es entallado y realza las escasas curvas que tengo.

Mi pelo, suelto en delicadas ondas alrededor de la cara, cae por encima de mis hombros hasta los senos. Me lo recojo por detrás de la oreja para enseñar los aretes de nuestra segunda oportunidad. Me he maquillado lo mínimo: lápiz de ojos, rímel, un toque de colorete y labial rosa pálido.

La verdad es que no necesito el colorete. El constante movimiento de las bolas de plata me provoca un leve rubor. Sí, son la garantía de que esta noche tendré color en las mejillas. Meneo la cabeza pensando en las audaces ocurrencias eróticas de Christian, me inclino para recoger el chal de satín y el bolso de mano plateado, y voy a buscar a mi Cincuenta Sombras.

Está en el pasillo, hablando con Taylor y otros tres hombres, de espaldas a mí. Las expresiones de sorpresa y admiración de estos alertan a Christian de mi presencia. Se da la vuelta mientras yo me quedo ahí plantada, esperando incómoda.

Se me seca la boca. Está impresionante... Esmoquin negro, corbata de moño negra, y su semblante de asombro y admiración al verme. Camina hacia mí y me besa el pelo.

—Anastasia. Estás deslumbrante.

Su cumplido delante de Taylor y los otros tres hombres hace que me ruborice.

—¿Una copa de champán antes de salir?

—Por favor —musito, con celeridad excesiva.

Christian le hace una señal a Taylor, que se dirige al vestíbulo con sus tres acompañantes.

Christian saca una botella de champán del refrigerador.

—¿El equipo de seguridad? —pregunto.

—Protección personal. Están a las órdenes de Taylor, que también está entrenado para ello.

Christian me ofrece una copa de champán.

—Es muy versátil.

—Sí, lo es —Christian sonríe—. Estás adorable, Anastasia. Salud.

Levanta la copa y la entrechoca con la mía. El champán es de color rosa pálido. Tiene un delicioso sabor chispeante y ligero.

—¿Cómo estás? —me pregunta con la mirada encendida.

—Bien, gracias.

Le sonrío con dulzura, sin expresar nada y sabiendo perfectamente que se refiere a las bolas de plata.

Hace un gesto de satisfacción.

—Toma, necesitarás esto —me tiende una bolsa de terciopelo que estaba sobre la encimera, en la isla de la cocina—. Ábrela —dice entre sorbos de champán.

Intrigada, tomo la bolsa y saco una elaborada máscara de disfraz plateada, coronada con un penacho de plumas azul cobalto.

—Es un baile de máscaras —dice con naturalidad.

—Ya veo.

Es preciosa. Ribeteada con un lazo de plata y una exquisita filigrana alrededor de los ojos.

—Esto realzará tus maravillosos ojos, Anastasia.

Yo le sonrío con timidez.

—¿Tú llevarás una?

—Naturalmente. Tienen una cualidad muy liberadora —añade, arqueando una ceja y sonriendo.

Oh. Esto va a ser divertido.

—Ven. Quiero enseñarte una cosa.

Me tiende la mano y me lleva hacia el pasillo, hasta una puerta junto a la escalera. La abre y me encuentro ante una habitación enorme, de un tamaño aproximado al de su cuarto de juegos, que debe de quedar justo encima de esta sala. Está llena de libros. Vaya, una biblioteca con todas las paredes atestadas, desde el suelo hasta el techo. En el centro hay una mesa de billar enorme, iluminada con una gran lámpara de Tiffany en forma de prisma triangular.

—¡Tienes una biblioteca! —exclamo asombrada y abrumada por la emoción.

—Sí, Elliot la llama «el salón de las bolas». El departamento es muy espacioso. Hoy, cuando has mencionado lo de explorar, me he dado cuenta de que nunca te lo había enseñado. Ahora no tenemos tiempo, pero pensé que debía mostrarte esta sala, y puede que en un futuro no muy lejano te desafíe a una partida de billar.

Sonrío de oreja a oreja.

—Cuando quieras.

Siento un inmenso regocijo interior. A José y a mí nos encanta el billar. Nos hemos pasado los últimos tres años jugando, y soy toda una experta. José ha sido un magnífico maestro.

—¿Qué? —pregunta Christian, divertido.

¡Oh, no!, me reprocho. Realmente debería dejar de expresar cada emoción en el momento en que la siento.

—Nada —contesto enseguida.

Christian entorna los ojos

—Bien, quizá el doctor Flynn pueda desentrañar tus secretos. Esta noche lo conocerás.

—¿A ese charlatán tan caro?

—Oh, vaya.

—El mismo. Se muere por conocerte.

Mientras vamos en la parte de atrás del Audi en dirección norte, Christian me da la mano y me acaricia los nudillos con el pulgar. Me estremezco, noto la sensación en mi entrepierna. Reprimo el impulso de gemir, ya que Taylor está delante sin los auriculares del iPod, junto a uno de esos agentes de seguridad que creo que se llama Sawyer.

Estoy empezando a notar un dolor sordo y placentero en el vientre, provocado por las bolas. Me pregunto cuánto podré resistir sin algún… ¿alivio? Cruzo las piernas. Al hacerlo, se me ocurre de pronto algo que lleva dándome vueltas en la cabeza.

—¿De dónde has sacado el labial? —le pregunto a Christian en voz baja.

Sonríe y señala al frente.

—De Taylor —articula en silencio.

Me echo a reír.

—Oh…

Y me paro en seco… las bolas.

Me muerdo el labio. Christian me mira risueño y con un brillo malicioso en los ojos. Sabe perfectamente lo que se hace, como el animal sexy que es.

—Relájate —musita—. Si te resulta excesivo…

Se le quiebra la voz y me besa con dulzura cada nudillo, por turnos, y luego me chupa la punta del meñique.

Ahora sé que lo hace a propósito. Cierro los ojos mientras un deseo oscuro se expande por mi cuerpo. Me rindo momentáneamente a esa sensación, y comprimo los músculos de las entrañas.

Cuando abro los ojos, Christian me está observando fijamente, como un príncipe tenebroso. Debe de ser por el esmoquin y la corbata, pero parece mayor, sofisticado, un libertino fascinantemente apuesto con intenciones licenciosas. Sencillamente, me deja sin respiración. Estoy subyugada por su sexualidad, y, si tengo que darle crédito, él es mío. Esa idea hace que brote una sonrisa en mi cara, y él me responde con otra resplandeciente.

—¿Y qué nos espera en esa gala?

—Ah, lo normal —dice Christian jovial.

—Para mí no es normal.

Sonríe cariñosamente y vuelve a besarme la mano

—Un montón de gente exhibiendo su dinero. Subasta, rifa, cena, baile… mi madre sabe cómo organizar una fiesta —dice complacido, y por primera vez en todo el día me permito sentir cierta ilusión ante la velada.

Una fila de lujosos coches sube por el sendero de la mansión Grey. Grandes farolillos de papel rosa pálido cuelgan a lo largo del camino, y, mientras nos acercamos lentamente con el Audi, veo que están por todas partes. Bajo la temprana luz del anochecer parecen algo mágico, como si entráramos en un reino encantado. Miro de reojo a Christian. Qué apropiado para mi príncipe… y florece en mí una alegría infantil que eclipsa cualquier otro sentimiento.

—Pongámonos las máscaras.

Christian esboza una amplia sonrisa y se coloca su sencilla máscara negra, y mi príncipe se transforma en alguien más oscuro, más sensual.

Lo único que veo de su cara es su preciosa boca perfilada y su enérgica barbilla. Mi corazón late desbocado al verlo. Me pongo la máscara, ignorando el profundo anhelo que invade todo mi cuerpo.

Taylor aparca en el camino de la entrada, y un criado abre la puerta del lado de Christian. Sawyer se apresura a bajar para abrir la mía.

—¿Lista? —pregunta Christian.

—Más que nunca.

—Estás radiante, Anastasia.

Me besa la mano y sale del coche.

Una alfombra verde oscuro se extiende sobre el césped por un lateral de la mansión hasta los impresionantes terrenos de la parte de atrás. Christian me rodea con el brazo en ademán protector, apoyando la mano en mi cintura y, bajo la luz de los farolillos que iluminan el camino, recorremos la alfombra verde junto con un nutrido reguero de gente formado por la élite más granada de Seattle, ataviados con sus mejores galas y luciendo máscaras de todo tipo. Dos fotógrafos piden a los invitados que posen para las fotos con el emparrado de hiedra al fondo.

—¡Señor Grey! —grita uno de ellos.

Christian asiente, me atrae hacia sí y posamos rápidamente para una foto. ¿Cómo saben que es él? Por su característica mata de rebelde cabello cobrizo, sin duda.

—¿Dos fotógrafos? —le pregunto.

—Uno es del *Seattle Times*; el otro es para tener un recuerdo. Luego podremos comprar una copia.

Oh, mi foto en la prensa otra vez. Leila acude fugazmente a mi mente. Así es como me descubrió, por una fotografía con Christian. La idea resulta inquietante, aunque me consuela saber que estoy irreconocible gracias a la máscara.

Al final de la fila de invitados, sirvientes con uniformes blancos portan bandejas con resplandecientes copas de champán, y agradezco a Christian que me pase una para distraerme de mis sombríos pensamientos.

Nos acercamos a una gran pérgola blanca, donde cuelgan versiones más pequeñas de los mismos farolillos de papel. Bajo ella, brilla una pista de baile con suelo ajedrezado en blanco y negro, rodeada por una valla baja con entradas por tres lados. En cada una hay dos elaboradas esculturas de unos cisnes de hielo. El cuarto lado de la pérgola está ocupado por un escenario, en el que un cuarteto de cuerda interpreta una pieza suave, hechizante, etérea, que no reconozco. El escenario parece dispuesto para una gran banda, pero de momento no se ve rastro de los músicos, así que imagino que la actuación será más tarde. Christian me coge de la mano y me lleva entre los cisnes hasta la pista, donde los demás invitados se están congregando, charlando y bebiendo copas de champán.

Más allá, hacia la orilla, se alza una inmensa carpa, abierta por el lado más cercano a nosotros, de modo que puedo vislumbrar las mesas y las sillas formalmente dispuestas. ¡Hay muchísimas!

—¿Cuánta gente vendrá? —le pregunto a Christian, impresionada por el tamaño de la carpa.

—Creo que unos trescientos. Tendrás que preguntárselo a mi madre —me dice sonriendo.

—¡Christian!

Una mujer joven aparece entre la multitud y le echa los brazos al cuello, e inmediatamente sé que es Mia. Lleva un elegante traje largo de gasa color rosa pálido, con una máscara veneciana exquisitamente trabajada a juego. Está deslumbrante. Y, por un momento, me siento más agradecida que nunca por el vestido que Christian me ha proporcionado.

—¡Ana! ¡Oh, querida, estás guapísima! —me da un breve abrazo—. Tienes que venir a conocer a mis amigos. Ninguno se cree que Christian tenga por fin novia.

Aterrada, miro a Christian, que se encoge de hombros como diciendo «Ya sé que es imposible, yo tuve que convivir con ella durante años», y deja que Mia me conduzca hasta un grupo de mujeres jóvenes, todas con trajes caros e impecablemente acicaladas.

Mia hace rápidamente las presentaciones. Tres de ellas se muestran dulces y agradables, pero Lily, creo que se llama, me mira con expresión agria bajo su máscara roja.

—Naturalmente todas pensábamos que Christian era gay —dice con sarcasmo, disimulando su rencor con una gran sonrisa falsa.

Mia le hace un mohín.

—Lily… compórtate. Está claro que Christian tiene un gusto excelente para las mujeres, pero estaba esperando a que apareciera la adecuada, ¡y ésa no eras tú!

Lily se pone del color de su máscara, y yo también. ¿Puede haber una situación más incómoda?

—Señoritas, ¿podría recuperar a mi acompañante, por favor?

Christian desliza el brazo alrededor de mi cintura y me atrae hacia él. Las cuatro jóvenes se ruborizan y sonríen nerviosas: el invariable efecto de su perturbadora sonrisa. Mia me mira, pone los ojos en blanco, y no me queda otro remedio que echarme a reír.

—Encantada de conocerlos —digo mientras Christian tira de mí—. Gracias —le susurro, cuando estamos ya a cierta distancia.

—He visto que Lily estaba con Mia. Es una persona horrible.

—Le gustas —digo secamente.

Él se estremece.

—Pues el sentimiento no es mutuo. Ven, te voy a presentar a algunas personas.

Paso la siguiente media hora inmersa en un torbellino de presentaciones. Conozco a dos actores de Hollywood, a otros dos presidentes ejecutivos y a varias eminencias médicas. Por Dios… es imposible que me acuerde de tantos nombres.

Christian no se separa de mí, y se lo agradezco. Francamente, la riqueza, el glamour y el nivel de puro derroche del evento me intimidan. Nunca he asistido a un acto parecido en mi vida.

Los camareros vestidos de blanco circulan grácilmente con más botellas de champán entre la multitud creciente de invitados, y me llenan la copa con una regularidad preocupante. No debo beber demasiado. No debo beber demasiado, me repito a mí misma, pero empiezo a sentirme algo aturdida, y no sé si es por el champán, por la atmósfera cargada de misterio y excitación que crean las máscaras, o por las bolas de plata que llevo en secreto. Resulta cada vez más difícil ignorar el dolor sordo que se extiende bajo mi cintura.

—¿Así que trabaja en SIP? —me pregunta un caballero calvo con una máscara de oso que le cubre la mitad de la cara… ¿o es de perro?—. He oído rumores acerca de una OPA hostil.

Me ruborizo. Una OPA hostil lanzada por un hombre que tiene más dinero que sentido común, y que es un acosador nato.

—Yo sólo soy una humilde ayudante, señor Eccles. No sé nada de esas cosas.

Christian no dice nada y sonríe beatíficamente a Eccles.

—¡Damas y caballeros! —el maestro de ceremonias, con una impresionante máscara de arlequín blanca y negra, nos interrumpe—. Por favor, vayan ocupando sus asientos. La cena está servida.

Christian me da la mano y seguimos al bullicioso gentío hasta la inmensa carpa.

El interior es impresionante. Tres enormes lámparas de araña lanzan destellos irisados sobre las telas de seda marfileña que conforman el techo y las paredes. Debe de haber unas treinta mesas como mínimo, que me recuerdan al salón privado del hotel Heathman: copas de cristal, lino blanco y almidonado cubriendo las sillas y las mesas, y en el centro, un exquisito arreglo de peonías rosa pálido alrededor de un candelabro de plata. Al lado hay una cesta de exquisiteces envueltas en hilo de seda.

Christian consulta el plano de la distribución y me lleva a una mesa del centro. Mia y Grace Trevelyan-Grey ya están sentadas, enfrascadas en una conversación con un joven al que no conozco. Grace lleva un deslumbrante vestido verde menta con una máscara veneciana a juego. Está radiante, se la ve muy relajada, y me saluda con afecto.

—¡Ana, qué gusto volver a verte! Y además tan espléndida.

—Madre —la saluda Christian con formalidad, y la besa en ambas mejillas.

—¡Ay, Christian, qué protocolario! —le reprocha ella en broma.

Los padres de Grace, el señor y la señora Trevelyan, vienen a sentarse a nuestra mesa. Tienen un aspecto exuberante y juvenil, aunque resulte difícil asegurarlo bajo sus máscaras de bronce a juego. Se muestran encantados de ver a Christian.

—Abuela, abuelo, me gustaría presentarles a Anastasia Steele.

La señora Trevelyan me acapara de inmediato.

—¡Oh, por fin ha encontrado a alguien, qué encantadora, y qué linda! Bueno, espero que lo conviertas en un hombre decente —comenta efusivamente mientras me da la mano.

Qué vergüenza... Doy gracias al cielo por la máscara.

Grace acude en mi rescate.

—Madre, no incomodes a Ana.

—No hagas caso a esta vieja tonta, querida —el señor Trevelyan me estrecha la mano—. Se cree que, como es tan mayor, tiene el derecho divino a decir cualquier tontería que se le pase por esa cabecita loca.

—Ana, éste es mi acompañante, Sean.

Mia presenta tímidamente al joven. Al darme la mano, me dedica una sonrisa traviesa y un brillo divertido baila en sus ojos castaños.

—Encantado de conocerte, Sean.

Christian estrecha la mano de Sean y lo observa con suspicacia. No me digas que la pobre Mia tiene que sufrir también a su sobreprotector hermano. Sonrío a Mia con expresión compasiva.

Lance y Janine, unos amigos de Grace, son la última pareja en sentarse a nuestra mesa, pero el señor Carrick Grey sigue sin aparecer.

De pronto, se oye el zumbido de un micrófono, y la voz del señor Grey retumba por encima del sistema de megafonía, logrando acallar el murmullo de voces. Carrick, de pie sobre un pequeño escenario en un extremo de la carpa, luce una impresionante máscara dorada de Polichinela.

—Damas y caballeros, quiero darles la bienvenida a nuestro baile benéfico anual. Espero que disfruten de lo que hemos preparado para ustedes esta noche, y que se rasquen los bolsillos para apoyar el fantástico trabajo que hace nuestro equipo de Afrontarlo Juntos. Como saben, ésta es una causa a la que estamos muy vinculados y que tanto mi esposa como yo apoyamos de todo corazón.

Nerviosa, observo de reojo a Christian, que mira impasible, creo, hacia el escenario. Se da cuenta y me sonríe.

—Ahora los dejo con el maestro de ceremonias. Por favor, tomen asiento y disfruten —concluye Carrick.

Después de un aplauso cortés, regresa el bullicio a la carpa. Estoy sentada entre Christian y su abuelo. Contemplo admirada la tarjetita blanca en la que aparece mi nombre escrito con elegante caligrafía plateada, mientras un camarero enciende el candelabro con una vela larga. Carrick se une a nosotros, y me sorprende besándome en ambas mejillas.

—Me alegro de volver a verte, Ana —murmura.

Está realmente magnífico con su extraordinaria máscara dorada.

—Damas y caballeros, escojan por favor quién presidirá su mesa —dice el maestro de ceremonias.

—¡Oh... yo, yo! —dice Mia inmediatamente, dando saltitos entusiasmados en su asiento.

—En el centro de sus mesas encontrarán un sobre —continúa el maestro de ceremonias—. ¿Serían todos ustedes tan amables de sacar, pedir, tomar prestado o si es preciso robar un billete de la suma más alta posible, escribir su nombre en él y meterlo dentro del sobre? Presidentes de mesa, por favor, vigilen atentamente los sobres. Más tarde los necesitaremos.

Maldición... He venido sin dinero. ¡Qué tonta... es una gala benéfica!

Christian saca dos billetes de cien dólares de su cartera.

—Toma —dice.

¿Qué?

—Luego te lo devuelvo —susurro.

Él tuerce levemente la boca. Sé que no le ha gustado, pero no dice nada. Escribo mi nombre con su pluma —es negra, con una flor blanca en el capuchón—, y Mia va pasando el sobre.

Encuentro delante de mí otro tarjetón con el menú impreso en letras plateadas.

BAILE DE MÁSCARAS A BENEFICIO DE AFRONTARLO JUNTOS

Menú

Tartar de salmón con nata líquida y
Pepinos sobre tostada de brioche
Alban Estate Roussanne 2006

Magret de pato de muscovy asado
Puré cremoso de alcachofas de Jerusalén
Cerezas picotas asadas con tomillo, foie gras
Châteaunef-du-Pape Vieilles Vignes 2006
Domaine de la Janasse

Mousse caramelizada de nueces
Higos confitados, sabayon, helado de arce
Vin de Constance 2004 Klein Constantia

Surtido de quesos y panes locales
Alban Estate Grenache 2006

Café y petits fours

Bueno, eso justifica la cantidad de copas de cristal de todos los tamaños que atiborran el espacio que tengo asignado en la mesa. Nuestro camarero ha vuelto, y nos ofrece vino y agua. A mis espaldas, están cerrando los faldones de la carpa por donde hemos entrado, mientras que, en la parte delantera, dos miembros del servicio retiran la lona para revelar antes nuestros ojos la puesta de sol sobre Seattle y la bahía Meydenbauer.

La vista es absolutamente impresionante, con las luces centelleantes de Seattle a lo lejos y la calma anaranjada y crepuscular de la bahía reflejando el cielo opalino. Qué maravilla. Resulta tan tranquilo y relajante…

Diez camareros, llevando cada uno una bandeja, se colocan de pie entre los asientos. Acto seguido, cada uno va sirviendo las entrades en silencio y con una sincronización total, y luego desaparece. El salmón tiene un aspecto delicioso, y me doy cuenta de que estoy hambrienta.

—¿Tienes hambre? —musita Christian para que sólo pueda oírle yo.

Sé que no se refiere a la comida, y los músculos del fondo de mi vientre responden.

—Mucha —susurro, y lo miro desafiante.

Christian separa los labios e inspira.

¡Ja! ¿Lo ves? Yo también sé jugar a este juego.

El abuelo de Christian enseguida me da conversación. Es un anciano encantador, muy orgulloso de su hija y de sus tres nietos.

Me resulta extraño pensar en Christian de niño. El recuerdo de las cicatrices de sus quemaduras me viene repentinamente a la mente, pero lo desecho de inmediato. Ahora no quiero pensar en eso, aunque sea el auténtico motivo de esta velada, por irónico que resulte.

Ojalá Kate estuviera aquí con Elliot. Ella encajaría muy bien: si Kate tuviera delante esta gran cantidad de tenedores y cuchillos no se amilanaría… y además, tomaría el mando de la mesa. Me la imagino discutiendo con Mia sobre quién debería presidir la mesa, y esa imagen me hace sonreír.

La conversación fluye agradablemente entre los comensales. Mia se muestra muy amena, como siempre, eclipsando bastante al pobre Sean, que básicamente se limita a permanecer callado, como yo. La abuela de Christian es la más locuaz. También tiene un sentido del humor mordaz, normalmente a costa de su marido. Empiezo a sentir un poco de lástima por el señor Trevelyan.

Christian y Lance charlan animadamente sobre un dispositivo que la empresa de Christian está desarrollando, inspirado en el principio de E. F. Schumacher de «Lo pequeño es hermoso». Es difícil seguir lo que dicen. Por lo visto Christian pretende impulsar el desarrollo de las comunidades más pobres del planeta por medio de la tecnología eólica: mediante dispositivos que no necesitan electricidad, ni pilas, y cuyo mantenimiento es mínimo.

Verlo tan implicado es algo fascinante. Está apasionadamente comprometido en mejorar la vida de los más desfavorecidos.

A través de su empresa de telecomunicaciones, pretende ser el primero en sacar al mercado un teléfono móvil eólico.

Vaya... No tenía ni idea. Quiero decir que conocía su pasión por querer alimentar al mundo, pero esto...

Lance parece incapaz de comprender esa idea de Christian de ceder tecnología sin patentarla. Me pregunto vagamente cómo ha conseguido ganar Christian tanto dinero, si está tan dispuesto a cederlo todo.

A lo largo de la cena, un flujo constante de hombres con elegantes esmóquines y máscaras oscuras se acerca a la mesa, deseosos de conocer a Christian. Le estrechan la mano e intercambian amables comentarios. Él me presenta a algunos, pero no a otros. Me intriga saber el cómo y el por qué de tal distinción.

Durante una de esas conversaciones, Mia se inclina hacia delante y me sonríe.

—Ana, ¿colaborarás en la subasta?

—Por supuesto —le contesto con excesiva prontitud.

Cuando llega el momento de los postres, ya se ha hecho de noche y yo me siento francamente incómoda. Tengo que librarme de las bolas. El maestro de ceremonias se acerca a nuestra mesa antes de que pueda retirarme, y con él, si no me equivoco, viene miss Coletitas Europeas.

¿Cómo se llamaba? Hansel, Gretel... Gretchen.

Va enmascarada, naturalmente, pero sé que es ella porque no le quita la vista de encima a Christian. Se ruboriza, y yo, egoístamente, estoy más que encantada de que él no la reconozca en absoluto.

El maestro de ceremonias nos pide el sobre y, con una floritura elocuente y experta, le pide a Grace que saque el billete ganador. Es el de Sean, y lo premian con la cesta envuelta en seda.

Yo aplaudo educadamente, pero me resulta imposible seguir concentrándome en el ritual.

—Si me perdonas —susurro a Christian.

Me mira atentamente.

—¿Tienes que ir al tocador?

Yo asiento.

—Te acompañaré —dice con aire misterioso.

Cuando me pongo de pie, todos los demás hombres de la mesa se levantan también. Oh, cuánto ceremonial.

—¡No, Christian!, tú no. Yo acompañaré a Ana.

Mia se pone de pie antes de que Christian pueda protestar. Él tensa la mandíbula y sé que está contrariado. Y, francamente, yo también. Tengo... necesidades. Me encojo de hombros a modo de disculpa y él se sienta enseguida, resignado.

Cuando volvemos me siento un poco mejor, aunque el alivio de quitarme las bolas no ha sido tan inmediato como esperaba. Ahora las tengo perfectamente guardadas en mi bolso de mano.

¿Por qué creí que podría soportarlas toda la noche? Sigo anhelante... quizá pueda convencer a Christian para que me acompañe más tarde a la casita del embarcadero. Al pensarlo me ruborizo, y cuando me siento lo observo de reojo. Él me mira de frente, y la sombra de una sonrisa brota en sus labios.

Uf... ya no está molesto por haber perdido la oportunidad; aunque quizá yo sí lo esté. Me siento frustrada; irritada incluso. Christian me aprieta la mano y ambos escuchamos atentos a Carrick, que está de nuevo en el escenario hablando sobre Afrontarlo Juntos. Christian me pasa otra tarjeta: una lista con los precios de la subasta. La repaso rápidamente.

REGALOS SUBASTADOS, Y SUS GENEROSOS DONANTES, A BENEFICIO DE AFRONTARLO JUNTOS

BATE DE BÉISBOL FIRMADO POR LOS MARINERS
—DR. EMILY MAINWARING

BOLSO, CARTERA Y LLAVERO GUCCI
—ANDREA WASHINGTON

VALE PARA DOS PERSONAS POR UN DÍA EN EL
ESCLAVA DE BRAVERN CENTER
—ELENA LINCOLN

DISEÑO DE PAISAJE Y JARDÍN
—GIA MATTEO

Estuche de selección de productos de belleza Coco de Mer
—Elizabeth Austin

Espejo veneciano
—Sr. y sra. J. Bailey

Dos cajas de vino de Alban Estates a escoger
—Alban Estates

2 tickets VIP para XTY en concierto
—Srta. L. Yesyov

Jornada en las carreras de Daytona
—EMC Britt Inc.

Primera edición de *Orgullo y prejuicio* de Jane Austen
—Dr. A. F. M. Lace-Field

Conducir un Aston Martin DB7 durante un día
—Sr. y sra. L. W. Nora

Óleo, *En el azul* de J. Trouton
—Kelly Trouton

Clase de vuelo sin motor
—Escuela de vuelo Soaring Seattle

Fin de semana para dos en el hotel Heathman de Portland
—Hotel Heathman

Estancia de fin de semana en Aspen, Colorado (6 plazas)
—Sr. C. Grey

Estancia de una semana a bordo del yate *SusieCue* (6 plazas),
amarrado en Sta. Lucía
—Dc y sra. Larin

Una semana en el lago Adriana, Montana (8 plazas)
—Sr. y dra. Grey

Madre mía… Miro a Christian con expresión atónita.

—¿Tú tienes una propiedad en Aspen? —siseo.

La subasta está en marcha y tengo que hablar en voz baja.

Él asiente, sorprendido e irritado por mi salida de tono, creo. Se lleva un dedo a los labios para hacerme callar.

—¿Tienes propiedades en algún otro sitio?

Él asiente e inclina la cabeza en señal de advertencia.

La sala entera irrumpe en aplausos y vítores: uno de los regalos ha sido adjudicado por doce mil dólares.

—Te lo contaré luego —dice Christian en voz baja. Y añade, malhumorado—: yo quería ir contigo.

Bueno, pero no has venido. Hago un mohín y me doy cuenta de que sigo quejosa, y es sin duda por el frustrante efecto de las bolas. Y cuando veo el nombre de la señora Robinson en la lista de generosos donantes, me pongo aún de más mal humor.

Echo un vistazo alrededor de la carpa para ver si la localizo, pero no consigo ver su deslumbrante cabello. Seguramente Christian me habría avisado si ella estuviera invitada esta noche. Permanezco sentada, dándole vueltas a la cabeza y aplaudiendo cuando corresponde, a medida que los lotes se van vendiendo por cantidades de dinero astronómicas.

Le toca el turno a la estancia en la propiedad de Christian en Aspen, que alcanza los veinte mil dólares.

—A la una, a las dos… —anuncia el maestro de ceremonias.

Y en ese momento no sé qué es lo que se apodera de mí, pero de repente oigo mi propia voz resonando claramente sobre el gentío.

—¡Veinticuatro mil dólares!

Todas las máscaras de la mesa se vuelven hacia mí, sorprendidas, maravilladas, pero la mayor reacción de todas se produce a mi lado. Noto que da un respingo y siento cómo su cólera me inunda como las olas de una gran marea.

—Veinticuatro mil dólares, ofrecidos por la encantadora dama de plata, a la una, a las dos… ¡Adjudicado!

7

Maldita sea... ¿realmente acabo de hacer eso? Debe de ser el alcohol. He bebido bastante champán, más cuatro copas de cuatro vinos distintos. Levanto la vista hacia Christian, que está aplaudiendo.

Dios... va a enojarse mucho, ahora que estábamos tan bien. Mi subconsciente ha decidido finalmente hacer acto de presencia, y luce la cara de *El grito* de Edvard Munch.

Christian se inclina hacia mí, con una falsa sonrisa estampada en la cara. Me besa en la mejilla y después se acerca más para susurrarme al oído, con una voz muy fría y controlada:

—No sé si adorarte puesto de rodillas o si darte unos azotes que te dejen sin aliento.

Oh, yo sé lo que quiero ahora mismo. Levanto los ojos parpadeantes para mirarle a través de la máscara. Ojalá pudiera interpretar su expresión.

—Prefiero la segunda opción, gracias —susurro desesperada, mientras el aplauso se va apagando.

Él separa los labios e inspira bruscamente. Oh, esa boca escultural... la quiero sobre mí, ahora. Muero por él. Me obsequia con una radiante sonrisa que me deja sin respiración.

—Estás sufriendo, ¿eh? Veremos qué podemos hacer para solucionar eso —insinúa, mientras desliza el índice por mi barbilla.

Su caricia resuena en el fondo de mis entrañas, allí donde el dolor ha germinado y se ha extendido. Quiero abalanzarme sobre él aquí, ahora mismo, pero volvemos a sentarnos para ver cómo subastan el siguiente lote.

Me cuesta mucho permanecer quieta. Christian me rodea el hombro con el brazo y me acaricia la espalda continuamente con el pulgar, provocando deliciosos hormigueos que bajan por mi espina dorsal. Sujeta mi mano con la que tiene libre, se la lleva a los labios y luego la deja sobre su regazo.

Lenta y furtivamente, de manera que no me doy cuenta de su juego hasta que ya es demasiado tarde, va subiendo mi mano por su pierna hasta llegar a su erección. Ahogo un grito, y con el pánico impreso en los ojos miro alrededor de la mesa, pero todo el mundo está concentrado en el escenario. Gracias a Dios que llevo máscara.

Aprovecho la ocasión y lo acaricio despacio, dejando que mis dedos exploren. Christian mantiene su mano sobre la mía, ocultando mis audaces dedos, mientras su pulgar se desliza suavemente sobre mi nuca. Abre la boca y jadea imperceptiblemente, y esa es la única reacción que capto a mi inexperta caricia. Pero significa mucho. Me desea. Mi cuerpo se contrae por debajo de la cintura. Empieza a ser insoportable.

El último lote de la subasta es una semana en el lago Adriana. Naturalmente, el señor y la doctora Grey tienen una casa en aquel hermoso paraje de Montana, y la puja sube rápidamente, pero yo apenas soy consciente de ello. Lo noto crecer bajo mis dedos y eso hace que me sienta muy poderosa.

—¡Adjudicado por ciento diez mil dólares! —proclama triunfalmente el maestro de ceremonias.

Toda la sala prorrumpe en aplausos, y yo me sumo a ellos de mala gana, igual que Christian, poniendo fin a nuestra diversión.

Se vuelve hacia mí con una expresión sugerente en los labios.

—¿Lista? —musita sobre la efusiva ovación.

—Sí —respondo en voz queda.

—¡Ana! —grita Mia—. ¡Ha llegado el momento!

¿Qué? No. Otra vez no.

—¿El momento de qué?

—La Subasta del Baile Inaugural. ¡Vamos!

Se levanta y me tiende la mano.

Yo miro de reojo a Christian, que está, creo, frunciéndole el ceño a Mia, y no sé si reír o llorar, pero al final opto por la primera opción. Rompo a reír en un estallido catártico de colegiala nerviosa, al vernos frustrados nuevamente por ese torbellino de energía rosa que es Mia Grey. Christian me observa fijamente y, al cabo de un momento, aparece la sombra de una sonrisa en sus labios.

—El primer baile será conmigo, ¿de acuerdo? Y no será en la pista —me dice lascivo al oído.

Mi risita remite en cuanto la expectativa aviva las llamas del deseo. ¡Oh, sí! La diosa que llevo dentro ejecuta una perfecta pirueta en el aire con sus patines sobre hielo.

—Me apetece mucho.

Me inclino y lo beso castamente en los labios. Echo un vistazo alrededor y me doy cuenta de que el resto de los comensales de la mesa están atónitos. Naturalmente, nunca habían visto a Christian acompañado de una chica.

Él esboza una amplia sonrisa y parece... feliz.

—Vamos, Ana —insiste Mia.

Acepto la mano que me tiende y la sigo al escenario, donde se han congregado otras diez jóvenes más, y veo con cierta inquietud que Lily es una de ellas.

—¡Caballeros, el momento cumbre de la velada! —grita el maestro de ceremonias por encima del bullicio—. ¡El momento que todos estaban esperando! ¡Estas doce encantadoras damas han aceptado subastar su primer baile al mejor postor!

Oh, no. Enrojezco de la cabeza a los pies. No me había dado cuenta de qué iba todo esto. ¡Qué humillante!

—Es por una buena causa —sisea Mia al notar mi incomodidad—. Además, ganará Christian —añade poniendo los ojos en blanco—. Me resulta inconcebible que permita que alguien puje más que él. No te ha quitado los ojos de encima en toda la noche.

Eso es... Tú concéntrate sólo en que es para una buena causa, y en que Christian ganará. Después de todo, no le viene de unos pocos dólares.

¡Pero eso implica que se gaste más dinero en ti!, me gruñe mi subconsciente. Pero yo no quiero bailar con ningún otro… no podría bailar con ningún otro, y además, no se va a gastar el dinero en mí, va a donarlo a la beneficencia. ¿Como los veinticuatro mil dólares que ya se ha gastado en ti?, prosigue mi subconsciente, entornando los ojos.

Maldita sea. Parece que me he dejado llevar con esa puja impulsiva. ¿Y por qué estoy discutiendo conmigo misma?

—Ahora, caballeros, acérquense por favor y echen un buen vistazo a quien podría acompañarles en su primer baile. Doce muchachas hermosas y complacientes.

¡Santo Dios! Me siento como si estuviera en un mercado de carne. Contemplo horrorizada a la veintena de hombres, como mínimo, que se aproxima a la zona del escenario, Christian incluido. Se pasean con despreocupada elegancia entre las mesas, deteniéndose a saludar una o dos veces por el camino. En cuanto los interesados están reunidos alrededor del escenario, el maestro de ceremonias procede.

—Damas y caballeros, de acuerdo con la tradición del baile de máscaras, mantendremos el misterio oculto tras las mismas y utilizaremos únicamente los nombres de pila. En primer lugar tenemos a la encantadora Jada.

Jada también se ríe nerviosamente como una colegiala. Tal vez yo no esté tan fuera de lugar. Va vestida de pies a la cabeza de tafetán azul marino con una máscara a juego. Dos jóvenes dan un paso al frente, expectantes. Qué afortunada, Jada…

—Jada habla japonés con fluidez, tiene el título de piloto de combate y es gimnasta olímpica… mmm —el maestro de ceremonias guiña un ojo—. Caballeros, ¿cuál es la oferta inicial?

Jada se queda boquiabierta ante las palabras del maestro de ceremonias: obviamente, todo lo que ha dicho en su presentación no son más que bobadas graciosas. Sonríe con timidez a los dos postores.

—¡Mil dólares! —grita uno.

La puja alcanza rápidamente los cinco mil dólares.

—A la una… a las dos… adjudicada… —proclama a voz en grito el maestro de ceremonias—… ¡al caballero de la máscara!

Y naturalmente, como todos los caballeros llevan máscara, estallan las carcajadas y los aplausos jocosos. Jada sonríe radiante a su comprador y abandona a toda prisa el escenario.

—¿Lo ves...? ¡Es divertido! —murmura Mia, y añade—: espero que Christian consiga tu primer baile, porque... no quiero que haya pelea.

—¿Pelea? —replico horrorizada.

—Oh, sí. Cuando era más joven era muy temperamental —dice con un ligero estremecimiento.

¿Christian metido en una pelea? ¿El refinado y sofisticado Christian, aficionado a la música coral del periodo Tudor? No me entra en la cabeza. El maestro de ceremonias me distrae de mis pensamientos con la siguiente presentación: una joven vestida de rojo, con una larga melena azabache.

—Caballeros, permitan que les presente ahora a la maravillosa Mariah. Ah... ¿qué podemos decir de Mariah? Es una experta espadachina, toca el violonchelo como una auténtica concertista y es campeona de salto con pértiga... ¿Qué les parece, caballeros? ¿Cuánto estarían dispuestos a ofrecer por un baile con la deliciosa Mariah?

Mariah se queda mirando al maestro de ceremonias, y entonces alguien grita, muy fuerte:

—¡Tres mil dólares!

Es un hombre enmascarado con cabello rubio y barba.

Se produce una contraoferta, y Mariah acaba siendo adjudicada por cuatro mil dólares.

Christian no me quita los ojos de encima. El pendenciero Trevelyan-Grey... ¿quién lo habría dicho?

—¿Cuánto hace de eso? —le pregunto a Mia.

Me mira, desconcertada.

—¿Cuántos años tenía Christian cuando se metía en peleas?

—Al principio de la adolescencia. Solía volver a casa con el labio partido y los ojos morados, y mis padres estaban desesperados. Lo expulsaron de dos colegios. Llegó a causar serios daños a algunos de sus oponentes.

La miro boquiabierta.

—¿Él no te lo había contado? —suspira—. Tenía bastante mala fama entre mis amigos. Durante años fue considerado una auténtica *persona non grata*. Pero a los quince o dieciséis años se le pasó.

Y se encoge de hombros.

Santo Dios… Otra pieza del rompecabezas que encaja en su sitio.

—Entonces, ¿cuánto ofrecen por la despampanante Jill?

—Cuatro mil dólares —dice una voz ronca desde el lado izquierdo de la multitud.

Jill suelta un gritito, encantada.

Yo dejo de prestar atención a la subasta. Así que Christian era un chico problemático en el colegio, que se metía en peleas. Me pregunto por qué. Lo miro fijamente. Lily nos vigila atentamente.

—Y ahora, permítanme que les presente a la preciosa Ana.

Oh, no… esa soy yo. Nerviosa, miro de reojo a Mia, que me empuja al centro de escenario. Afortunadamente no me caigo, pero quedo expuesta a la vista de todo el mundo, terriblemente avergonzada. Cuando miro a Christian, me sonríe satisfecho. Cabrón…

—La preciosa Ana toca seis instrumentos musicales, habla mandarín con fluidez y le encanta el yoga… Bien, caballeros…

Y antes de que termine la frase, Christian interrumpe al maestro de ceremonias fulminándolo con la mirada:

—Diez mil dólares.

Oigo el grito entrecortado y atónito de Lily a mis espaldas.

Oh, no…

—Quince mil.

¿Qué? Todos nos volvemos a la vez hacia un hombre alto e impecablemente vestido, situado a la izquierda del escenario. Yo miro perpleja a Cincuenta. Madre mía, ¿qué hará ante esto? Pero él se rasca la barbilla y obsequia al desconocido con una sonrisa irónica. Es obvio que Christian lo conoce. El hombre le responde con una cortés inclinación de cabeza.

—¡Bien, caballeros! Por lo visto esta noche contamos en la sala con unos contendientes de altura.

El maestro de ceremonias se gira para sonreír a Christian y la emoción emana a través de su máscara de arlequín. Se trata de un gran espectáculo, aunque en realidad sea a costa mía. Tengo ganas de llorar.

—Veinte mil —contraataca Christian tranquilamente.

El bullicio del gentío ha enmudecido. Todo el mundo nos mira a mí, a Christian y al misterioso hombre situado junto al escenario.

—Veinticinco mil —dice el desconocido.

¿Puede haber una situación más bochornosa?

Christian lo observa impasible, pero se está divirtiendo. Todos los ojos están fijos en él. ¿Qué va a hacer? Tengo un nudo en la garganta. Me siento mareada.

—Cien mil dólares —dice, y su voz resuena alta y clara por toda la carpa.

—¿Qué diablos...? —masculla perceptiblemente Lily detrás de mí, y un murmullo general de asombro jubiloso se alza entre la multitud.

El desconocido levanta las manos en señal de derrota, riendo, y Christian le dirige una amplia sonrisa. Por el rabillo del ojo, veo a Mia dando saltitos de regocijo.

—¡Cien mil dólares por la encantadora Ana! A la una... a las dos...

El maestro de ceremonias mira al desconocido, que niega con la cabeza con fingido reproche, pero se inclina caballerosamente.

—¡Adjudicada! —grita triunfante.

Entre un ensordecedor clamor de vítores y aplausos, Christian avanza, me da la mano y me ayuda a bajar del escenario. Me mira con semblante irónico mientras yo bajo, me besa el dorso de la mano, la coloca alrededor de su brazo y me conduce fuera de la carpa.

—¿Quién era ése? —pregunto.

Me mira.

—Alguien a quien conocerás más tarde. Ahora quiero enseñarte una cosa. Disponemos de treinta minutos antes de que termine la subasta. Después tenemos que regresar para poder disfrutar de ese baile por el que he pagado.

—Un baile muy caro —musito en tono reprobatorio.

—Estoy seguro de que valdrá la pena, hasta el último centavo.

Me sonríe maliciosamente. Oh, tiene una sonrisa maravillosa, y vuelvo a sentir ese dolor que florece con plenitud en mis entrañas.

Estamos en el jardín. Yo creía que iríamos a la casita del embarcadero, y siento una punzada de decepción al ver que nos dirigimos hacia la gran pérgola, donde ahora se está instalando la banda. Hay por lo menos veinte músicos, y unos cuantos invitados merodeando por el lugar, fumando a hurtadillas. Pero como toda la acción está teniendo lugar en la carpa, nadie se fija mucho en nosotros.

Christian me lleva a la parte de atrás de la casa y abre una puerta acristalada que da a un salón enorme y confortable que yo no había visto antes. Él atraviesa la sala desierta hacia una gran escalinata con una elegante barandilla de madera pulida. Me toma de la mano que tenía enlazada en su brazo y me conduce al segundo piso, y luego por el siguiente tramo de escaleras hasta el tercero. Abre una puerta blanca y me hace pasar a un dormitorio.

—Ésta era mi habitación —dice en voz baja, quedándose junto a la puerta y cerrándola a sus espaldas.

Es amplia, austera, con muy poco mobiliario. Las paredes son blancas, al igual que los muebles; hay una espaciosa cama doble, una mesa y una silla, y estantes abarrotados de libros y diversos trofeos, al parecer de kickboxing. De las paredes cuelgan carteles de cine: *Matrix*, *El club de la pelea*, *El show de Truman*, y dos pósters de luchadores. Uno se llama Giuseppe DeNatale; nunca he oído hablar de él.

Lo que más llama mi atención es un panel de corcho sobre el escritorio, cubierto con miles de fotos, banderines de los Mariners y entradas de conciertos. Es un fragmento de la vida del joven Christian. Dirijo de nuevo la mirada hacia el impresionante y apuesto hombre que ahora está en el centro de la habitación. Él me mira con aire misterioso, pensativo y sexy.

—Nunca había traído a una chica aquí —murmura.

—¿Nunca? —susurro.

Niega con la cabeza.

Trago saliva convulsamente, y el dolor que ha estado molestándome las dos últimas horas ruge ahora, salvaje y anhelante. Verlo ahí plantado sobre la moqueta azul marino con esa máscara... supera lo erótico. Lo deseo. Ahora. De la forma que sea. He de reprimirme para no lanzarme sobre él y desgarrarle la ropa. Él se acerca a mí lento y cadencioso.

—No tenemos mucho tiempo, Anastasia, y tal como me siento ahora mismo, no necesitaremos mucho. Date la vuelta. Deja que te quite el vestido —yo me giro, mirando hacia la puerta, y agradezco que haya echado el seguro. Él se inclina y me susurra al oído—: déjate la máscara.

Yo respondo con un gemido, y mi cuerpo se tensa.

Él sujeta la parte de arriba de mi vestido, desliza los dedos sobre mi piel y su caricia resuena en todo mi cuerpo. Con movimiento rápido baja el cierre. Sosteniendo el vestido, me ayuda a quitármelo, luego se da la vuelta y lo deja con destreza sobre el respaldo de la silla. Se quita la chaqueta, la coloca sobre mi vestido. Se detiene y me observa un momento, embebiéndose de mí. Yo me quedo en ropa interior y medias a juego, deleitándome en su mirada sensual.

—¿Sabes, Anastasia? —dice en voz baja mientras avanza hacia mí y se desata la corbata, de manera que cuelga a ambos lados del cuello, y luego se desabrocha los tres botones de arriba de la camisa—. Estaba tan molesto cuando compraste mi lote en la subasta que me vinieron a la cabeza ideas de todo tipo. Tuve que recordarme a mí mismo que el castigo no forma parte de las opciones. Pero luego te ofreciste —baja la vista hacia mí a través de la máscara—. ¿Por qué hiciste eso? —musita.

—¿Ofrecerme? No lo sé. Frustración… demasiado alcohol… una buena causa —musito sumisa, y me encojo de hombros.

¿Quizá para llamar su atención?

En aquel momento lo necesitaba. Ahora lo necesito más. El dolor ha empeorado y sé que él puede aliviarlo, calmar su rugido, y la bestia que hay en mí saliva por la bestia que hay en él. Christian aprieta los labios, ahora no son más que una fina línea, y se lame despacio el labio superior. Quiero esa lengua en mi interior.

—Me juré a mí mismo que no volvería a pegarte, aunque me lo suplicaras.

—Por favor —suplico.

—Pero luego me di cuenta de que en este momento probablemente estés muy incómoda, y eso no es algo a lo que estés acostumbrada.

Me sonríe con complicidad, ese cabrón arrogante, pero no me importa porque tiene toda la razón.

—Sí —musito.

—Así que puede que haya cierta… flexibilidad. Si lo hago, has de prometerme una cosa.

—Lo que sea.

—Utilizarás las palabras de seguridad si las necesitas, y yo simplemente te haré el amor, ¿de acuerdo?

—Sí.

Estoy jadeando. Quiero sus manos sobre mí.

Él traga saliva, luego me da la mano y se dirige hacia la cama. Aparta el cobertor, se sienta, toma una almohada y la coloca a un lado. Levanta la vista para verme de pie a su lado, y de pronto tira fuerte de mi mano, de manera que caigo sobre su regazo. Se mueve un poco hasta que mi cuerpo queda apoyado sobre la cama y mi pecho está encima de la almohada. Se inclina hacia delante, me aparta el pelo del hombro y pasa los dedos por el penacho de plumas de mi máscara.

—Pon las manos detrás de la espalda —murmura.

¡Oh…! Se quita la corbata y la utiliza para atarme rápidamente las muñecas, de modo que mis manos quedan atadas sobre la parte baja de la espalda.

—¿Realmente deseas esto, Anastasia?

Cierro los ojos. Es la primera vez desde que lo conozco que realmente quiero esto. Lo necesito.

—Sí —susurro.

—¿Por qué? —pregunta en voz baja mientras me acaricia el trasero con la palma de la mano.

Yo gimo en cuanto su mano entra en contacto con mi piel. No sé por qué… Tú me dijiste que no pensara demasiado. Después de un día como hoy… con la discusión sobre el dinero, Leila, la señora Robinson, ese dossier sobre mí, el mapa de zonas prohibidas, esta espléndida fiesta, las máscaras, el alcohol, las bolas de plata, la subasta… deseo esto.

—¿Tengo que tener un motivo?

—No, nena, no hace falta —dice—. Sólo intento entenderte.

Su mano izquierda se curva sobre mi cintura, sujetándome sobre su regazo, y entonces levanta la palma derecha de mi trasero y golpea con fuerza, justo donde se unen mis muslos. Ese dolor conecta directamente con el de mi vientre.

Oh, dios… gimo con fuerza. Él vuelve a pegarme, exactamente en el mismo sitio. Suelto otro gemido.

—Dos —susurra—. Con doce bastará.

¡Oh…! Tengo una sensación muy distinta a la de la última vez: tan carnal, tan… necesaria. Christian me acaricia el trasero con los largos dedos de sus manos, y mientras tanto yo estoy indefensa, atada y sujeta contra el colchón, a su merced, y por mi propia voluntad. Me azota otra vez, ligeramente hacia el costado, y otra, en el otro lado, luego se detiene, me baja las medias lentamente y me las quita. Desliza suavemente otra vez la palma de la mano sobre mi trasero antes de seguir golpeando… cada escozor del azote alivia mi anhelo, o lo acrecienta… no lo sé. Me someto al ritmo de las palmadas, absorbiendo cada una de ellas, saboreando cada una de ellas.

—Doce —murmura en voz baja y ronca.

Vuelve a acariciarme el trasero, baja la mano hasta mi sexo y hunde lentamente dos dedos en mi interior, y los mueve en círculo, una y otra y otra vez, torturándome.

Lanzo un gruñido cuando siento que mi cuerpo me domina, y llego al clímax, y luego otra vez, convulsionándome alrededor de sus dedos. Es tan intenso, inesperado y rápido…

—Muy bien, nena —musita satisfecho.

Me desata las muñecas, manteniendo los dedos dentro de mí mientras sigo tumbada sobre él, jadeando, agotada.

—Aún no he acabado contigo, Anastasia —dice, y se mueve sin retirar los dedos.

Desliza mis rodillas hasta el suelo, de manera que ahora estoy inclinada y apoyada sobre la cama. Se arrodilla en el suelo detrás de mí y se baja la bragueta. Saca los dedos de mi interior, y escucho el familiar sonido cuando rasga el paquetito plateado.

—Abre las piernas —gruñe, y yo obedezco.

Y, de un golpe, me penetra por detrás.

—Esto va a ser rápido, nena —murmura, y, sujetándome las caderas, sale de mi interior y vuelve a entrar con ímpetu.

—Ah —grito, pero la plenitud es celestial.

Impacta directamente contra el vientre dolorido, una y otra vez, y lo alivia con cada embestida dura y dulce. La sensación es alucinante, justo lo que necesito. Y me echo hacia atrás para unirme a él en cada embate.

—Ana, no —resopla, e intenta inmovilizarme.

Pero yo le deseo tanto que me acoplo a él en cada embestida.

—Mierda, Ana —sisea cuando se corre, y el atormentado sonido me lanza de nuevo a una espiral de orgasmo sanador, que sigue y sigue, haciendo que me retuerza y dejándome exhausta y sin respiración.

Christian se inclina, me besa el hombro y luego sale de mí. Me rodea con sus brazos, apoya la cabeza en mitad de mi espalda, y nos quedamos así, los dos arrodillados junto a la cama. ¿Cuánto? ¿Segundos? Minutos incluso, hasta que se calma nuestra respiración. El dolor en el vientre ha desaparecido, y lo que siento es una serenidad satisfecha y placentera.

Christian se mueve y me besa la espalda.

—Creo que me debe usted un baile, señorita Steele —musita.

—Mmm —contesto, saboreando la ausencia de dolor y regodeándome en esa sensación.

Él se sienta sobre los talones y tira de mí para colocarme en su regazo.

—No tenemos mucho tiempo. Vamos.

Me besa el pelo y me obliga a ponerme de pie.

Yo protesto, pero vuelvo a sentarme en la cama, recojo las medias del suelo y me las pongo. Me acerco doliente a la silla para recuperar mi vestido. Caigo en la cuenta distraídamente de que no me he quitado los zapatos durante nuestro ilícito encuentro. Christian se está anudando la corbata, después de haberse arreglado un poco él y también la cama.

Y mientras vuelvo a ponerme el vestido, miro las fotografías del panel. Christian cuando era un adolescente hosco, pero aun así igual de atractivo que ahora: con Elliot y Mia en las pistas de esquí; solo en París, con el Arco de Triunfo de fondo; en Londres; en Nueva York; en el Gran Cañón; en la ópera de Sidney; incluso en la Muralla China. El amo Grey ha viajado mucho desde muy joven.

Hay entradas de varios conciertos: U2, Metallica, The Verve, Sheryl Crow; la Filarmónica de Nueva York interpretando *Romeo y Julieta* de Prokofiev... ¡qué mezcla tan ecléctica! Y en una esquina, una foto tamaño carnet de una joven. En blanco y negro. Me suena, pero que me maten si la identifico. No es la señora Robinson, gracias a Dios.

—¿Quién es? —pregunto.

—Nadie importante —contesta mientras se pone la chaqueta y se ajusta la corbata—. ¿Te subo el cierre?

—Por favor. Entonces, ¿por qué la tienes en el panel?

—Un descuido por mi parte. ¿Qué tal la corbata?

Levanta la barbilla como un niño pequeño, y yo sonrío y se la arreglo.

—Ahora está perfecta.

—Como tú —murmura, me atrae hacia él y me besa apasionadamente—. ¿Estás mejor?

—Mucho mejor, gracias, señor Grey.

—El placer ha sido mío, señorita Steele.

Los invitados se están congregando en la gran pérgola. Christian me mira complacido —hemos llegado justo a tiempo—, y me conduce a la pista de baile.

—Y ahora, damas y caballeros, ha llegado el momento del primer baile. Señor y doctora Grey, ¿están listos?

Carrick asiente y rodea con sus brazos a Grace.

—Damas y caballeros de la Subasta del Baile Inaugural, ¿están preparados?

Todos asentimos. Mia está con alguien que no conozco. Me pregunto qué ha pasado con Sean.

—Pues empecemos. ¡Adelante, Sam!

Un joven aparece en el escenario en medio de un cálido aplauso, se vuelve hacia la banda que está a sus espaldas y truena los dedos. Los conocidos acordes de «I've Got You Under My Skin» inundan el aire.

Christian me mira sonriendo, me toma en sus brazos y empieza a moverse. Oh, baila tan bien que es muy fácil seguirle. Nos sonreímos mutuamente como tontos, mientras me hace girar alrededor de la pista.

—Me encanta esta canción —murmura Christian, y baja los ojos hacia mí—. Resulta muy apropiada.

Ya no sonríe, está serio.

—Yo también te tengo bajo la piel —respondo—. Al menos te tenía en tu dormitorio.

Frunce los labios, pero es incapaz de disimular su regocijo.

—Señorita Steele —me reprocha en tono de broma—, no tenía ni idea de que pudiera ser tan grosera.

—Señor Grey, yo tampoco. Creo que es a causa de todas mis experiencias recientes. Han sido muy educativas.

—Para ambos.

Christian vuelve a estar serio, y se diría que estamos los dos solos con la banda. En nuestra burbuja privada.

Cuando termina la canción, los dos aplaudimos. Sam, el cantante, saluda con elegancia y presenta a su banda.

—¿Puedo interrumpir?

Reconozco al hombre que pujó por mí en la subasta. Christian me suelta de mala gana, pero parece también divertido.

—Adelante. Anastasia, éste es John Flynn. John, Anastasia.

¡Oh, no!

Christian sonríe y se aleja con paso tranquilo hacia un lateral de la pista de baile.

—¿Cómo estás, Anastasia? —dice el doctor Flynn en tono afable, y me doy cuenta de que es inglés.

—Hola —balbuceo.

La banda inicia otra canción, y el doctor Flynn me toma entre sus brazos. Es mucho más joven de lo que imaginaba, aunque no puedo verle la cara. Lleva una máscara parecida a la de Christian. Es alto, pero no tanto como Christian, ni tampoco se mueve con su gracia natural.

¿Qué le digo? ¿Por qué Christian está tan jodido? ¿Por qué ha apostado por mí? Eso es lo único que quiero preguntarle, pero me parece una grosería en cierto sentido.

—Estoy encantado de conocerte por fin, Anastasia. ¿La estás pasando bien? —pregunta.

—Lo estaba —murmuro.

—Oh, espero no ser el responsable de tu cambio de humor.

Me obsequia con una sonrisa breve y afectuosa que hace que me sienta algo más a gusto.

—Usted es el psiquiatra, doctor Flynn. Dígamelo usted.

Sonríe.

—Ése es el problema, ¿verdad? ¿Que soy psiquiatra?

Se me escapa una risita.

—Me siento un poco intimidada y avergonzada, porque me preocupa lo que pueda revelarme. Y la verdad es que lo único que quiero hacer es preguntarle acerca de Christian.

Sonríe.

—En primer lugar, estamos en una fiesta, de manera que no estoy de servicio —musita con aire cómplice—. Y, en segundo, lo cierto es que no puedo hablar contigo sobre Christian. Además —bromea—, lo necesitamos al menos hasta Navidad.

Doy un respingo, atónita.

—Es una broma de médicos, Anastasia.

Me ruborizo, incómoda, y me siento un poco ofendida. Está bromeando a costa de Christian.

—Acaba de confirmar lo que he estado diciéndole a Christian… que no es usted más que un charlatán carísimo —le reprocho.

El doctor Flynn reprime una carcajada.

—Puede que tengas parte de razón.

—¿Es usted inglés?

—Sí. Nacido en Londres.

—¿Y cómo acabó usted aquí?

—Por una feliz circunstancia.

—No es muy extrovertido, ¿verdad?

—No tengo mucho que contar. La verdad es que soy una persona muy aburrida.

—Eso es ser muy autocrítico.

—Típico de los británicos. Forma parte de nuestro carácter nacional.

—Ah.

—Y podría acusarte a ti de lo mismo, Anastasia.

—¿De ser también una persona aburrida, doctor Flynn?

Suelta un bufido.

—No, Anastasia, de no ser extrovertida.

—No tengo mucho que contar —replico sonriendo.

—Lo dudo, sinceramente.

Y, de forma inesperada, frunce el ceño.

Me ruborizo, pero entonces la música cesa y Christian vuelve a aparecer a mi lado. El doctor Flynn me suelta.

—Ha sido un placer conocerte, Anastasia.

Vuelve a sonreírme afectuosamente, y tengo la sensación de haber pasado una especie de prueba encubierta.

—John —le saluda Christian con un gesto de la cabeza.

—Christian —le devuelve el saludo el doctor Flynn, luego gira sobre sus talones y desaparece entre la multitud.

Christian me toma entre sus brazos para el siguiente baile.

—Es mucho más joven de lo que esperaba —le digo en un murmullo—. Y tremendamente indiscreto.

—¿Indiscreto? —pregunta Christian, ladeando la cabeza.

—Ah, sí, me lo ha contado todo.

Christian se pone rígido.

—Bien, en ese caso iré a buscar tu bolso. Estoy seguro de que ya no querrás tener nada que ver conmigo —añade en voz baja.

Me paro en seco.

—¡No me ha contado nada!

Mi voz rezuma pánico.

Christian parpadea y el alivio inunda su cara. Me acoge de nuevo en sus brazos.

—Entonces disfrutemos del baile.

Me dedica una sonrisa radiante, me hace girar al compás de la música, y yo me tranquilizo.

¿Por qué ha pensado que querría dejarlo? No tiene sentido.

Bailamos dos temas más, y me doy cuenta de que tengo que ir al baño.

—No tardaré.

Al dirigirme hacia el tocador, recuerdo que he dejado la bolsa sobre la mesa de la cena, así que vuelvo a la carpa. Al entrar veo que sigue iluminada pero prácticamente desierta, salvo por una pareja al fondo… ¡que debería buscarse una habitación! Recojo mi bolsa.

—¿Anastasia?

Una voz suave me sobresalta, me doy la vuelta y veo a una mujer con un vestido de terciopelo negro, largo y ceñido. Lleva una máscara singular. Le cubre la cara hasta la nariz, pero también el cabello. Está hecha de elaboradas filigranas de oro, algo realmente extraordinario.

—Me alegro mucho de encontrarte a solas —dice en voz baja—. Me he pasado toda la velada queriendo hablar contigo.

—Perdone, pero no sé quién es.

Se aparta la máscara de la cara y se suelta el pelo.

¡Oh, no! Es la señora Robinson.

—Lamento haberte sobresaltado.

La miro boquiabierta. Madre mía… ¿qué diablos querrá esta mujer de mí?

No sé qué dicta el protocolo acerca de relacionarse socialmente con pederastas. Ella me sonríe con dulzura y me indica con un gesto que me siente a su mesa. Y, dado que carezco de todo punto de referencia y estoy anonadada, hago lo que me pide por educación, agradeciendo no haberme quitado la máscara.

—Seré breve, Anastasia. Sé lo que piensas de mí… Christian me lo contó.

La observo impasible, sin expresar nada, pero me alegro de que lo sepa. Así me ahorro tener que decírselo y ella puede ir al grano. Hay una parte de mí que se muere por saber qué tendrá que decirme.

Hace una pequeña pausa y echa un vistazo por encima de mi hombro.

—Taylor nos está vigilando.

Echo un vistazo de reojo y lo veo examinando la carpa desde el umbral. Sawyer le acompaña. Miran a todas partes salvo a nosotras.

—No tenemos mucho tiempo —dice apresuradamente—. Ya debes tener claro que Christian está enamorado de ti. Nunca le había visto así, nunca —añade, enfatizando la última palabra.

¿Qué? ¿Que me quiere? No. ¿Por qué me dice ella esto? ¿Para tranquilizarme? No entiendo nada.

—Él no te lo dirá porque probablemente ni siquiera sea consciente de ello, a pesar de que se lo he dicho, pero Christian es así. No acepta con facilidad ningún tipo de emoción o sentimiento positivo que pueda experimentar. Se maneja mucho mejor con lo negativo. Aunque seguramente eso ya lo has comprobado por ti misma. No se valora en absoluto.

Todo me da vueltas. ¿Christian me quiere? ¿Él no me lo ha dicho, y esta mujer tiene que explicarle qué es lo que siente? Todo esto me supera.

Un aluvión de imágenes acude a mi mente: el iPad, el planeador, coger un avión privado para ir a verme, todos sus actos, su posesividad, cien mil dólares por un baile… ¿Es eso amor?

Y oírlo de boca de esta mujer, que ella tenga que confirmármelo, es, francamente, desagradable. Preferiría oírselo a él.

Se me encoge el corazón. Christian cree que no vale nada. ¿Por qué?

—Yo nunca le he visto tan feliz, y es evidente que tú también sientes algo por él —una sonrisa fugaz brota en sus labios—. Eso es estupendo, y les deseo lo mejor a los dos. Pero lo que quería decir es que, si vuelves a hacerle daño, iré a por ti, señorita, y eso no te gustará nada.

Me mira fijamente, perforándome el cerebro con sus gélidos ojos azules que intentan llegar más allá de la máscara. Su amenaza es tan sorprendente, tan descabellada, que se me escapa sin querer una risita incrédula. De todas las cosas que podía decirme, ésta era la que menos esperaba de ella.

—¿Te parece gracioso, Anastasia? —masculla consternada—. Tú no lo viste el sábado pasado.

Palidezco y me pongo seria. No es agradable imaginar a Christian infeliz, y el sábado pasado lo abandoné. Tuvo que recurrir a ella. Esa idea me descompone. ¿Por qué estoy aquí sentada escuchando toda esta basura, y de ella, nada menos? Me levanto despacio, sin dejar de mirarla.

—Me sorprende su desfachatez, señora Lincoln. Christian y yo no tenemos nada que ver con usted. Y si lo abandono y usted viene por mí, la estaré esperando, no tenga ninguna duda de ello. Y quizá le pague con su misma moneda, para resarcir al pobre chico de quince años del que usted abusó y al que probablemente destrozó aún más de lo que ya estaba.

Se queda estupefacta.

—Y ahora, si me perdona, tengo mejores cosas que hacer que perder el tiempo con usted.

Me doy la vuelta, sintiendo una descarga de rabia y adrenalina por todo el cuerpo, y me dirijo hacia la entrada de la carpa, donde están Taylor y Christian, que acaba de llegar, con aspecto nervioso y preocupado.

—Estás aquí —musita, y frunce el ceño al ver a Elena.

Yo paso por su lado sin detenerme, sin decir nada, dándole la oportunidad de escoger entre ella y yo. Elige bien.

—Ana —me llama. Me paro y lo miro mientras él acude a mi lado—. ¿Qué ha pasado?

Y baja los ojos para observarme, con la inquietud grabada en la cara.

—¿Por qué no se lo preguntas a tu ex? —replico con acidez.

Él tuerce la boca y su mirada se torna gélida.

—Te lo estoy preguntando a ti.

No levanta la voz, pero el tono resulta mucho más amenazador.

Nos fulminamos mutuamente con la mirada.

Muy bien, ya veo que esto acabará en una pelea si no se lo digo.

—Me ha amenazado con ir por mí si vuelvo a hacerte daño… armada con un látigo, seguramente —le suelto.

El alivio se refleja en su cara y dulcifica el gesto con expresión divertida.

—Seguro que no se te ha pasado por alto la ironía de la situación —dice, y noto que hace esfuerzos para que no se le escape la risa.

—¡Esto no tiene gracia, Christian!

—No, tienes razón. Hablaré con ella —dice, adoptando un semblante serio, pero sonriendo aún para sí.

—Eso ni pensarlo —replico cruzando los brazos, nuevamente indignada.

Parpadea, sorprendido ante mi arrebato.

—Mira, ya sé que estás atado a ella financieramente, si me permites el juego de palabras, pero…

Me callo. ¿Qué le estoy pidiendo que haga? ¿Abandonarla? ¿Dejar de verla? ¿Puedo hacer eso?

—Tengo que ir al baño —digo al fin con gesto adusto.

Él suspira e inclina la cabeza a un lado. ¿Se puede ser más sensual? ¿Es la máscara, o simplemente él?

—Por favor, no te enfades. Yo no sabía que ella estaría aquí. Dijo que no vendría —emplea un tono apaciguador, como si hablara con una niña. Alarga la mano y resigue con el pulgar el mohín que dibuja mi labio inferior—. No dejes que Elena nos estropee la noche, por favor, Anastasia. Sólo es una vieja amiga.

«Vieja», ésa es la palabra clave, pienso con crueldad mientras él me levanta la barbilla y sus labios rozan mi boca con dulzura. Yo suspiro y pestañeo, rendida. Él se yergue y me sujeta del codo.

—Te acompañaré al tocador y así no volverán a interrumpirte.

Me conduce a través del jardín hasta los lujosos baños portátiles. Mia me dijo que los habían instalado para la gala, pero no sabía que hubiera modelos de lujo.

—Te espero aquí, nena —murmura.

Cuando salgo, estoy de mejor humor. He decidido no dejar que la señora Robinson me arruine la noche, porque seguramente eso es lo que ella quiere. Christian se ha alejado un poco y habla por teléfono, apartado de un reducido grupo que está charlando y riendo. A medida que me acerco, oigo lo que dice.

—¿Por qué cambiaste de opinión? Creía que estábamos de

acuerdo. Bien, pues déjala en paz —dice muy seco—. Ésta es la primera relación que he tenido en mi vida, y no quiero que la pongas en peligro basándote en una preocupación por mí totalmente infundada. Déjala… en… paz. Lo digo en serio, Elena —se calla y escucha—. No, claro que no. —Y frunce ostensiblemente el ceño al decirlo. Levanta la vista y me ve mirándole—. Tengo que dejarte. Buenas noches.

Aprieta el botón y cuelga.

Yo inclino la cabeza a un lado y arqueo una ceja. ¿Por qué le ha telefoneado?

—¿Cómo está la vieja amiga?

—De mal humor —responde mordaz—. ¿Quieres volver a bailar? ¿O quieres irte? —consulta su reloj—. Los fuegos artificiales empiezan dentro de cinco minutos.

—Me encantan los fuegos artificiales.

—Pues nos quedaremos a verlos —me pasa un brazo alrededor del hombro y me atrae hacia él—. No dejes que ella se interponga entre nosotros, por favor.

—Se preocupa por ti —musito.

—Sí, y yo por ella… como amiga.

—Creo que para ella es más que una amistad.

Tuerce el gesto.

—Anastasia, Elena y yo… es complicado. Compartimos una historia. Pero sólo es eso, historia. Como ya te he dicho muchas veces, es una buena amiga. Nada más. Por favor, olvídate de ella.

Me besa el cabello, y, para no estropear nuestra noche, decido dejarlo correr. Tan sólo intento entender.

Caminamos de la mano hacia la pista de baile. La banda sigue en plena actuación.

—Anastasia.

Me doy la vuelta y ahí está Carrick.

—Me preguntaba si me harías el honor de concederme el próximo baile.

Me tiende la mano. Christian se encoge de hombros, sonríe y me suelta, y yo dejo que Carrick me lleve a la pista de baile. Sam, el líder de la banda, empieza a cantar «Come Fly with Me», y Carrick me pasa el brazo por la cintura y me conduce girando suavemente hacia el gentío.

—Quería agradecerte tu generosa contribución a nuestra obra benéfica, Anastasia.

Por el tono, sospecho que está dando un rodeo para preguntarme si puedo permitírmelo.

—Señor Grey…

—Llámame Carrick, por favor, Ana.

—Estoy encantada de poder contribuir. Recibí un dinero que no esperaba, y no lo necesito. Y la causa lo vale.

Él me sonríe, y yo sopeso la conveniencia de hacerle un par de preguntas inocentes. *Carpe diem*, sisea mi subconsciente, ahuecando la mano en torno a su boca.

—Christian me ha hablado un poco de su pasado, así que considero muy apropiado apoyar este proyecto —añado, esperando que eso anime a Carrick a desvelarme algo del misterio que rodea a su hijo.

Él se muestra sorprendido.

—¿Te lo ha contado? Eso es realmente insólito. Está claro que ejerces un efecto positivo en él, Anastasia. No creo haberlo visto nunca tan… tan… optimista.

Me ruborizo.

—Lo siento, no pretendía incomodarte.

—Bueno, según mi limitada experiencia, él es un hombre muy peculiar —apunto.

—Sí —corrobora Carrick.

—Por lo que me ha contado Christian, los primeros años de su infancia fueron espantosamente traumáticos.

Carrick frunce el ceño, y me preocupa haber ido demasiado lejos.

—Mi esposa era la doctora de guardia cuando lo trajo la policía. Estaba en los huesos, y seriamente deshidratado. No hablaba —Carrick, sumido en ese terrible recuerdo, ajeno al alegre compás de la música que nos rodea, tuerce otra vez el gesto—. De hecho, estuvo casi dos años sin hablar. Lo que finalmente lo sacó de su mutismo fue tocar el piano. Ah, y la llegada de Mia, naturalmente.

Me sonríe con cariño.

—Toca maravillosamente bien. Y ha conseguido tantas cosas en la vida que debe de estar muy orgulloso de él —digo con la voz casi quebrada.

¡Dios santo! Estuvo dos años sin hablar.

—Inmensamente. Es un joven muy decidido, muy capaz, muy brillante. Pero, entre tú y yo, Anastasia, verlo cómo está esta noche... relajado, comportándose como alguien de su edad... eso es lo que realmente nos emociona a su madre y a mí. Eso es lo que estábamos comentando hoy mismo. Y creo que debemos darte las gracias por ello.

Una sensación de rubor me invade de la cabeza a los pies. ¿Qué debo decir ahora?

—Siempre fue un chico muy solitario. Nunca creímos que lo veríamos con alguien. Sea lo que sea lo que estás haciendo con él, por favor, sigue haciéndolo. Nos gusta verlo feliz —de pronto se calla, como si fuera él quien hubiera ido demasiado lejos—. Lo siento, no pretendía incomodarte.

Niego con la cabeza.

—A mí también me gusta verlo feliz —musito, sin saber qué más decir.

—Bien, estoy encantado de que hayas venido esta noche. Ha sido un auténtico placer verlos a los dos juntos.

Mientras los últimos acordes de «Come Fly with Me» se apagan, Carrick me suelta y se inclina educadamente, y yo hago una reverencia, imitando su cortesía.

—Ya está bien de bailar con ancianos.

Christian ha vuelto a aparecer. Carrick se echa a reír.

—No tan «anciano», hijo. Todo el mundo sabe que he tenido mis momentos.

Carrick me guiña un ojo con aire pícaro, y se aleja con paso tranquilo y elegante.

—Me parece que le gustas a mi padre —susurra Christian mientras observa a Carrick mezclándose entre el gentío.

—¿Cómo no voy a gustarle? —comento, coqueta, aleteando las pestañas.

—Bien dicho, señorita Steele —y me arrastra a sus brazos en cuanto la banda empieza a tocar «It Had to Be You»—. Baila conmigo —susurra, seductor.

—Con mucho gusto, señor Grey —le respondo sonriendo, y él me lleva de nuevo en volandas a través de la pista.

A medianoche bajamos paseando hasta la orilla, entre la carpa y el embarcadero, donde los demás asistentes a la fiesta se han reunido para contemplar los fuegos artificiales. El maestro de ceremonias, de nuevo al mando, ha permitido que nos quitáramos las máscaras para poder ver mejor el espectáculo. Christian me rodea con el brazo, pero soy muy consciente de que Taylor y Sawyer están cerca, probablemente porque ahora estamos en medio de una multitud. Miran hacia todas partes excepto al embarcadero, donde dos pirotécnicos vestidos de negro están haciendo los últimos preparativos. Al ver a Taylor, pienso en Leila. Quizá esté aquí. Oh, Dios... La idea me provoca escalofríos, y me acurruco junto a Christian. Él baja la mirada y me abraza más fuerte.

—¿Estás bien, nena? ¿Tienes frío?

—Estoy bien.

Echo un vistazo hacia atrás y veo, cerca de nosotros, a los otros dos guardaespaldas, cuyos nombres he olvidado. Christian me coloca delante de él y me rodea los hombros con los brazos.

De repente, los compases de una pieza clásica retumban en el embarcadero y dos cohetes se elevan en el aire, estallando con una detonación ensordecedora sobre la bahía e iluminándola por entero con una deslumbrante panoplia de chispas naranjas y blancas, que se reflejan como una fastuosa lluvia luminosa sobre las tranquilas aguas de la bahía. Contemplo con la boca abierta cómo se elevan varios cohetes más, que estallan en el aire en un caleidoscopio de colores.

No recuerdo haber visto nunca una exhibición pirotécnica tan impresionante, excepto quizá en televisión, y allí nunca se ven tan bien. Está todo perfectamente acompasado con la música. Una salva tras otra, una explosión tras otra, y luces incesantes que despiertan las exclamaciones admiradas de la multitud. Es algo realmente sobrecogedor.

Sobre el puente de la bahía, varias fuentes de luz plateada se alzan unos seis metros en el aire, cambiando de color: del azul al rojo, luego al naranja y de nuevo al gris plata… y cuando la música alcanza el crescendo, estallan aún más cohetes.

Empieza a dolerme la mandíbula por culpa de la boba sonrisa de asombro que tengo grabada en la cara. Miro de reojo a Cincuenta, y él está igual, maravillado como un niño ante el sensacional espectáculo. Para acabar, una andanada de seis cohetes surca el aire y explotan simultáneamente bañándonos en una espléndida luz dorada, mientras la multitud irrumpe en un aplauso frenético y entusiasta.

—Damas y caballeros —proclama el maestro de ceremonias cuando los vítores decrecen—. Sólo un apunte más que añadir a esta extraordinaria velada: su generosidad ha alcanzado la cifra total de ¡un millón ochocientos cincuenta y tres mil dólares!

Un aplauso espontáneo brota de nuevo, y sobre el puente aparece un mensaje con las palabras «Gracias de parte de Afrontarlo Juntos», formadas por líneas centellanes de luz plateada que brillan y refulgen sobre el agua.

—Oh, Christian… esto es maravilloso.

Levanto la vista, fascinada, y él se inclina para besarme.

—Es hora de irse —murmura, y una enorme sonrisa se dibuja en su hermoso rostro al pronunciar esas palabras tan prometedoras.

De repente, me siento muy cansada.

Alza de nuevo la vista, buscando entre la multitud que empieza a dispersarse, y ahí está Taylor. Se dicen algo sin pronunciar palabra.

—Quedémonos por aquí un momento. Taylor quiere que esperemos hasta que la gente se vaya.

Ah.

—Creo que ha envejecido cien años por culpa de los fuegos artificiales —añade.

—¿No le gustan los fuegos artificiales?

Christian me mira con cariño y niega con la cabeza, pero no aclara nada.

—Así que Aspen, ¿eh? —dice, y sé que intenta distraerme de algo.

Funciona.

—Oh... no he pagado la puja —digo apurada.

—Puedes mandar el cheque. Tengo la dirección.

—Estabas realmente enojado.

—Sí, lo estaba.

Sonrío.

—La culpa es tuya y de tus juguetitos.

—Te sentías bastante abrumada por toda la situación, señorita Steele. Y el resultado ha sido de lo más satisfactorio, si no recuerdo mal —sonríe lascivo—. Por cierto, ¿dónde están?

—¿Las bolas de plata? En mi bolso.

—Me gustaría recuperarlas —me mira risueño—. Son un artilugio demasiado potente para dejarlo en tus inocentes manos.

—¿Tienes miedo de que vuelva a sentirme abrumada, con otra persona quizá?

Sus ojos brillan peligrosamente.

—Espero que eso no pase —dice con un dejo de frialdad en la voz—. Pero no, Ana. Sólo deseo tu placer.

Wow.

—¿No confías en mí?

—Se sobreentiende. Y bien, ¿vas a devolvérmelas?

—Lo pensaré.

Me mira con los ojos entornados.

Vuelve a sonar música en la pista de baile, pero ahora es un DJ el que ha puesto un tema disco, con un bajo que marca un ritmo implacable.

—¿Quieres bailar?

—Estoy muy cansada, Christian. Me gustaría irme, si no te importa.

Christian mira a Taylor, este asiente, y nos encaminamos hacia la casa siguiendo a un grupo de invitados bastante ebrios. Agradezco que Christian me dé la mano; me duelen los pies por culpa de estos zapatos tan apretados y con unos tacones tan altos.

Mia se acerca dando saltitos.

—Todavía no se van, ¿verdad? Ahora empieza la música auténtica. Vamos, Ana —me dice, tomándome de la mano.

—Mia —la reprende Christian—, Anastasia está muy cansada. Nos vamos a casa. Además, mañana tenemos un día importante.

¿Ah, sí?

Mia hace un mohín, pero sorprendentemente no presiona a Christian.

—Tienen que venir algún día de la próxima semana. Ana, tal vez podríamos ir juntas de compras.

—Claro, Mia.

Sonrío, aunque en el fondo de mi mente me preguntó cómo, porque yo tengo que trabajar para vivir.

Me da un beso fugaz y luego abraza fuerte a Christian, para sorpresa de ambos. Y algo todavía más extraordinario: apoya las manos en las solapas de su chaqueta y él, indulgente, se limita a bajar la vista hacia ella.

—Me gusta verte tan feliz —le dice Mia con dulzura y lo besa en la mejilla—. Adiós, que se diviertan.

Y corre a reunirse con sus amigos que la esperan, entre ellos Lily, quien, despojada de la máscara, tiene una expresión aún más amarga si cabe.

Me pregunto vagamente dónde estará Sean.

—Les diremos buenas noches a mis padres antes de irnos. Ven.

Christian me lleva a través de un grupo de invitados hasta donde están Grace y Carrick, que se despiden de nosotros con simpatía y cariño.

—Por favor, vuelve cuando quieras, Anastasia, ha sido un placer tenerte aquí —dice Grace afectuosamente.

Me siento un poco superada tanto por su reacción como por la de Carrick. Por suerte, los padres de Grace ya se han ido, así que al menos me he ahorrado su efusividad.

Christian y yo vamos tranquilamente de la mano hasta la entrada de la mansión, donde una fila interminable de coches espera para recoger a los invitados. Miro a Cincuenta. Parece feliz y relajado. Es un auténtico placer verle así, aunque sospecho que no tiene nada de extraño después de un día tan extraordinario.

—¿Vas bien abrigada? —me pregunta.

—Sí, gracias —respondo, envolviéndome en mi chal de satín.

—He disfrutado mucho de la velada, Anastasia. Gracias.

—Yo también. De unas partes más que de otras —digo sonriendo.

Él también sonríe y asiente, y luego arquea una ceja.

—No te muerdas el labio —me advierte de un modo que me altera la sangre.

—¿Qué querías decir con que mañana es un día importante? —pregunto, para distraer mi mente.

—La doctora Greene vendrá para solucionar lo tuyo. Además, tengo una sorpresa para ti.

—¡La doctora Greene!

Me paro en seco.

—Sí.

—¿Por qué?

—Porque odio los preservativos —dice tranquilamente.

Sus ojos, que brillan bajo la suave luz de los farolillos de papel, escrutan mi reacción.

—Es mi cuerpo —murmuro, molesta porque no me lo haya consultado.

—También es mío —susurra.

Lo miro fijamente mientras varios invitados pasan por nuestro lado sin hacernos caso. Su expresión es muy seria. Sí, mi cuerpo es suyo... él lo sabe mejor que yo.

Alargo la mano y él parpadea levemente, pero se queda quieto. Tomo una punta de la corbata, tiro de ella y la desato, dejando a la vista el botón superior de su camisa. Lo desabrocho con cuidado.

—Así estás muy sensual —susurro.

De hecho, siempre está sensual, pero así aún más.

Sonríe.

—Tengo que llevarte a casa. Ven.

Cuando llegamos al coche, Sawyer le entrega un sobre a Christian. Frunce el ceño y me mira cuando Taylor me abre la puerta para que suba. Por alguna razón, Taylor parece aliviado. Christian entra en el coche y me da el sobre, sin abrir, mientras Taylor y Sawyer ocupan sus asientos delante.

—Va dirigido a ti. Alguien del servicio se lo dio a Sawyer. Sin duda, de parte de otro corazón cautivo.

Christian hace una mueca. Es obvio que la idea le desagrada.

Miro la nota. ¿De quién será? La abro y me apresuro a leerla bajo la escasa luz. Oh, no… ¡es de ella! ¿Por qué no me deja en paz?

Puede que te haya juzgado mal. Y está claro que tú me has juzgado mal a mí. Llámame si necesitas llenar alguno de los espacios en blanco; podríamos quedar para comer. Christian no quiere que hable contigo, pero estaría encantada de poder ayudar. No me malinterpretes, apruebo lo de ustedes, créeme… pero si le haces daño, no sé lo que haría… Ya le han hecho bastante daño. Llámame: (206) 279-6261.
Sra. Robinson

¡Maldita sea, ha firmado como «Sra. Robinson»! Él se lo contó. Cabrón…

—¿Se lo dijiste?

—¿Decirle qué?

—Que yo la llamo señora Robinson —replico.

—¿Es de Elena? —Christian se queda estupefacto—. Esto es ridículo —exclama. Se pasa una mano por el cabello y lo noto indignado—. Mañana hablaré con ella. O el lunes —masculla malhumorado.

Y aunque me avergüenza admitirlo, una parte muy pequeña de mí se alegra. Mi subconsciente asiente sagazmente. Elena lo está irritando, y eso sólo puede ser bueno… seguro. Decido no decir nada más de momento, pero me guardo la nota en el bolso y, para asegurarme de que recupere el buen humor, le devuelvo las bolas.

—Hasta la próxima —murmuro.

Él me mira; es difícil ver su cara en la oscuridad, pero creo que está complacido. Me toma la mano y la aprieta.

Contemplo la noche a través de la ventanilla, pensando en este día tan largo. He aprendido mucho sobre él, he recopilado muchos detalles que faltaban —los salones, el mapa corporal, su infancia—, pero todavía queda mucho por descubrir. ¿Y qué hay de la señora R.? Sí, se preocupa por él, y además mucho, se diría. Eso lo veo claro, y también que él se preocupa por ella... pero no del mismo modo. Ya no sé qué pensar. Tanta información me empieza a dar dolor de cabeza.

Christian me despierta justo cuando paramos frente al Escala.

—¿Tengo que llevarte en brazos? —pregunta, cariñoso.

Yo meneo la cabeza medio dormida. Ni hablar.

Al entrar en el ascensor, me apoyo en él y recuesto la cabeza en su hombro. Sawyer está delante de nosotros y no deja de removerse, incómodo.

—Ha sido un día largo, ¿eh, Anastasia?

Asiento.

—¿Cansada?

Asiento.

—No estás muy habladora.

Asiento y sonríe.

—Ven. Te llevaré a la cama.

Me da la mano y salimos del ascensor, pero cuando Sawyer levanta la mano nos paramos en el vestíbulo. Y basta esa fracción de segundo para despertarme totalmente. Sawyer le habla a la manga de su saco. No tenía ni idea de que llevara una radio.

—Entendido, T. —dice, y se vuelve hacia nosotros—. Señor Grey, han rajado los neumáticos y han embadurnado de pintura el Audi de la señorita Steele.

Qué horror... ¡Mi coche! ¿Quién habrá sido? Y en cuanto me formulo la pregunta mentalmente, sé la respuesta: Leila. Levanto la vista hacia Christian, que está pálido.

—A Taylor le preocupa que quien lo haya hecho pueda haber entrado en el departamento y que aún siga ahí. Quiere asegurarse.

—Entiendo. —Christian suspira—. ¿Y qué piensa hacer?

—Está subiendo en el ascensor de servicio con Ryan y Reynolds. Lo registrarán todo y luego nos darán luz verde. Yo esperaré con ustedes, señor.

—Gracias, Sawyer. —Christian tensa el brazo que me rodea el hombro—. El día de hoy no para de mejorar —suspira amargamente, con la boca pegada a mi cabello—. Escuchen, yo no soporto quedarme aquí esperando. Sawyer, ocúpate de la señorita Steele. No dejes que entre hasta que esté todo controlado. Estoy seguro de que Taylor exagera. Ella no puede haber entrado en el departamento.

¿Qué?

—No, Christian… tienes que quedarte aquí conmigo —le ruego.

Christian me suelta.

—Haz lo que dicen, Anastasia. Espera aquí.

¡No!

—¿Sawyer? —dice Christian.

Sawyer abre la puerta del vestíbulo para dejar que Christian entre en el departamento, y después cierra la puerta y se coloca delante de ella, mirándome impasible.

Oh, no… ¡Christian! Imágenes terribles de todo tipo acuden a mi mente, pero lo único que puedo hacer es quedarme a esperar.

8

Sawyer vuelve a hablarle a su manga.

—Taylor, el señor Grey ha entrado en el departamento.

Parpadea, coge el auricular y se lo saca del oído, probablemente porque acaba de recibir un contundente improperio por parte de Taylor.

Oh, no... si Taylor está preocupado...

—Por favor, déjeme entrar —le ruego.

—Lo siento, señorita Steele. No tardaremos mucho —Sawyer levanta ambas manos en gesto exculpatorio—. Taylor y los chicos están entrando ahora mismo en el departamento.

Ahhh... Me siento tan impotente. De pie y completamente inmóvil, escucho muy atenta, pendiente del menor sonido, pero lo único que oigo es mi propia respiración convulsa. Es fuerte y entrecortada, me pica el cuero cabelludo, tengo la boca seca y me siento mareada. Por favor, que no le pase nada a Christian, rezo en silencio.

No tengo ni idea de cuánto tiempo ha pasado, y seguimos sin oír nada. Probablemente eso sea buena señal: no hay disparos. Me pongo a dar vueltas alrededor de la mesa del vestíbulo y a contemplar los cuadros de las paredes para intentar distraer mi mente.

La verdad es que nunca me había fijado: hay dieciséis, todas obras figurativas y de temática religiosa: la Madona y el Niño. Qué extraño...

Christian no es religioso... ¿o sí? Todas las pinturas del gran salón son abstractas; éstas son muy distintas. No consiguen distraer mi mente durante mucho rato. ¿Dónde está Christian?

Observo a Sawyer, que me mira impasible.

—¿Qué está pasando?

—No hay novedades, señorita Steele.

De repente, se mueve el pomo de la puerta. Sawyer se gira rápidamente y saca una pistola de la cartuchera del hombro.

Me quedo petrificada. Christian aparece en el umbral.

—Vía libre —dice.

Mira a Sawyer con el ceño fruncido, y éste aparta la pistola y da un paso atrás para dejarme pasar.

—Taylor exageró —gruñe Christian, y me tiende la mano.

Yo lo miro con la boca abierta, incapaz de moverme, absorbiendo cada detalle: su cabello despeinado, la tensión que expresan sus ojos, la rigidez en la mandíbula, los dos botones desabrochados del cuello de la camisa. Parece que haya envejecido diez años. Sus ojos me observan con aire sombrío y preocupado.

—No pasa nada, nena —se me acerca, me rodea con sus brazos y me besa en el pelo—. Ven, estás cansada. Vamos a la cama.

—Estaba tan angustiada —murmuro con la cabeza apoyada en su torso, disfrutando de su abrazo e inhalando su dulce aroma.

—Lo sé. Todos estamos nerviosos.

Sawyer ha desaparecido, seguramente está dentro del departamento.

—Sinceramente, señor Grey, sus ex están resultando ser muy problemáticas —musito con ironía.

Christian se relaja.

—Sí, es verdad.

Me suelta, me da la mano y me lleva por el pasillo hasta el gran salón.

—Taylor y su equipo están revisando todos los armarios y rincones. Yo no creo que esté aquí.

—¿Por qué iba a estar aquí? No tiene sentido.

—Exacto.

—¿Podría entrar?

—No veo cómo. Pero Taylor a veces es excesivamente prudente.

—¿Has registrado tu cuarto de juegos? —susurro.

Inmediatamente Christian me mira y arquea una ceja.

—Sí, está cerrado con llave... pero Taylor y yo lo revisamos.

Lanzo un suspiro, profundo y purificador.

—¿Quieres una copa o algo? —pregunta Christian.

—No —me siento exhausta—. Sólo quiero irme a la cama.

La expresión de Christian se dulcifica.

—Ven. Deja que te lleve a la cama. Te ves agotada.

Yo tuerzo el gesto. ¿Él no viene? ¿Quiere dormir solo?

Cuando me lleva a su dormitorio me siento aliviada. Dejo mi bolso de mano sobre la cómoda, lo abro para vaciar el contenido, y veo la nota de la señora Robinson.

—Mira —se la paso a Christian—. No sé si quieres leerla. Yo prefiero no hacer caso.

Christian le echa una breve ojeada y aprieta la mandíbula.

—No estoy seguro de qué espacios en blanco pretende llenar —dice con desdén—. Tengo que hablar con Taylor —baja la vista hacia mí—. Deja que te baje el cierre del vestido.

—¿Vas a llamar a la policía por lo del coche? —le pregunto mientras me doy la vuelta.

Él me aparta el pelo, desliza los dedos suavemente sobre mi espalda desnuda y me baja el cierre.

—No, no quiero que la policía esté involucrada en esto. Leila necesita ayuda, no la intervención de la policía, y yo no los quiero por aquí. Simplemente hemos de redoblar nuestros esfuerzos para encontrarla.

Se inclina y me planta un beso cariñoso en el hombro.

—Acuéstate —ordena, y luego se va.

Me acuesto y miro al techo, esperando a que vuelva. Cuántas cosas han pasado hoy, hay tanto que procesar... ¿Por dónde empiezo?

Me despierto de golpe, desorientada. ¿Me quedé dormida? Parpadeo al mirar hacia la tenue luz del pasillo que se filtra a través de la puerta entreabierta del dormitorio, y observo que Christian no está conmigo. ¿Dónde está? Levanto la vista. Plantada, a los pies de la cama, hay una sombra. ¿Una mujer, quizá? ¿Vestida de negro? Es difícil de decir.

Aturdida, alargo la mano y enciendo la luz de la mesita, y me doy rápidamente la vuelta para mirar, pero allí no hay nadie. Meneo la cabeza. ¿Lo he imaginado? ¿Soñado?

Me siento y miro alrededor de la habitación, dominada por una sensación de intranquilidad vaga e insistente... pero estoy sola.

Me froto los ojos. ¿Qué hora es? ¿Dónde está Christian? Miro el despertador: son las dos y cuarto de la madrugada.

Salgo aún aturdida de la cama y voy a buscarlo, desconcertada por mi imaginación hiperactiva. Ahora veo cosas. Debe de ser la reacción a los espectaculares acontecimientos de la velada.

El salón está vacío, y sólo hay encendida una de las tres lámparas pendulares sobre la barra del desayuno. Pero la puerta de su estudio está entreabierta y lo oigo hablar por teléfono.

—No sé por qué me llamas a estas horas. No tengo nada qué decirte... Bueno, pues dímelo ahora. No tienes por qué dejar una nota.

Me quedo parada en la puerta, escuchando con cierto sentimiento de culpa. ¿Con quién habla?

—No, escúchame tú. Te lo pedí y ahora te lo advierto. Déjala tranquila. Ella no tiene nada que ver contigo. ¿Lo entiendes?

Suena beligerante y enfadado. No sé si llamar a la puerta.

—Ya lo sé. Pero lo digo en serio, Elena, carajo. Déjala en paz. ¿Lo quieres por triplicado? ¿Me oyes?... Bien. Buenas noches.

Cuelga de golpe el teléfono del escritorio.

Oh, maldita sea. Llamo discretamente a la puerta.

—¿Qué? —gruñe, y me dan ganas de correr a esconderme.

Se sienta a su escritorio con la cabeza entre las manos. Alza la vista con expresión feroz, pero al verme dulcifica el gesto enseguida. Tiene los ojos muy abiertos y cautelosos. De pronto se le ve tan cansado, que se me encoge el corazón.

Parpadea y me mira de arriba abajo, demorándose en mis piernas desnudas. Me he puesto una de sus camisetas.

—Deberías llevar algo de seda o satín, Anastasia —susurra—. Pero, incluso con mi camiseta, estás preciosa.

Oh, un cumplido inesperado.

—Te extraño —digo—. Ven a la cama.

Se levanta despacio de la silla. Todavía lleva la camisa blanca y los pantalones negros. Pero ahora sus ojos brillan, cargados de promesas… aunque también tienen un matiz de tristeza. Se queda de pie frente a mí, mirándome fijamente pero sin tocarme.

—¿Sabes lo que significas para mí? —murmura—. Si te pasara algo por culpa mía…

Se le quiebra la voz, arruga la frente y aparece en su rostro un destello de dolor casi palpable. Parece tan vulnerable, y su temor es tan evidente…

—No me pasará nada —le aseguro con dulzura. Me acerco para acariciarle la cara, paso los dedos sobre la sombra de barba de sus mejillas. Es sorprendentemente suave—. Te crece enseguida la barba —musito, incapaz de ocultar mi fascinación por el hombre hermoso y dolido que tengo delante.

Resigo el perfil de su labio inferior y luego bajo los dedos hasta su cuello, hasta un leve resto de labial en la base del cuello. Se le acelera la respiración. Mis dedos llegan hasta su camisa y bajan hasta el primer botón abrochado.

—No voy a tocarte. Sólo quiero desabrocharte la camisa —murmuro.

Él abre mucho los ojos y me mira con expresión alarmada. Pero no se mueve y no me lo impide. Yo desabotono muy despacio el primero, mantengo la tela separada de la piel y bajo cautelosamente hasta el siguiente, y repito la operación lentamente, muy concentrada en lo que hago.

No quiero tocarlo. Bueno, sí… pero no lo haré. En el cuarto botón reaparece la línea roja, y levanto los ojos y le sonrío con timidez.

—Volvemos a estar en territorio familiar.

Trazo la línea con los dedos antes de desabrochar el último botón. Le abro la camisa y paso a los gemelos, y retiro las dos gemas de negro bruñido, una después de otra.

—¿Puedo quitarte la camisa? —pregunto en voz baja.

Él asiente, todavía con los ojos muy abiertos, mientras yo se la quito por encima de los hombros. Se libera las manos y se queda desnudo ante mí de cintura para arriba. Es como si, una vez sin camisa, hubiese recuperado la calma, y me sonríe satisfecho.

—¿Y qué pasa con mis pantalones, señorita Steele? —pregunta, arqueando la ceja.

—En el dormitorio. Te quiero en la cama.

—¿Sabe, señorita Steele? Es usted insaciable.

—No entiendo por qué.

Lo tomo de la mano, lo saco del estudio y lo llevo al dormitorio. La habitación está helada.

—¿Tú has abierto la puerta del balcón? —me pregunta con gesto preocupado cuando entramos en su cuarto.

—No, no recuerdo haberlo hecho. Recuerdo que examiné la habitación cuando me desperté. Y la puerta estaba cerrada, seguro.

Oh, no... Se me hiela la sangre, y miro a Christian pálida y con la boca abierta.

—¿Qué pasa? —pregunta, con los ojos muy fijos en mí.

—Cuando me desperté... había alguien aquí —digo en un susurro—. Pensé que eran imaginaciones mías.

—¿Qué? —parece horrorizado, sale al balcón, mira fuera, y luego vuelve a entrar en la habitación y echa el cerrojo de la puerta—. ¿Estás segura? ¿Quién era? —pregunta con voz de alarma.

—Una mujer, creo. Estaba oscuro. Me acababa de despertar.

—Vístete —me ordena—. ¡Ahora!

—Mi ropa está arriba —señalo quejumbrosa.

Abre uno de los cajones de la cómoda y saca un par de pantalones de deporte.

—Ponte esto.

Son enormes, pero no es momento de poner objeciones. Saca también una camiseta y se la pone rápidamente. Toma el teléfono que tiene al lado y aprieta dos botones.

—Sigue aquí, carajo —masculla al auricular.

Unos tres segundos después, Taylor y otro guardaespaldas irrumpen en el dormitorio de Christian, quien les informa brevemente de lo ocurrido.

—¿Cuánto hace? —me pregunta Taylor en tono muy expeditivo. Todavía lleva puesto el saco. ¿Es que este hombre nunca duerme?

—Unos diez minutos —balbuceo, sintiéndome culpable por algún motivo.

—Ella conoce el departamento como la palma de su mano —dice Christian—. Estará escondida en alguna parte. Encuentrenla. Me llevo a Anastasia de aquí. ¿Cuándo vuelve Gail?

—Mañana por la noche, señor.

—Que no vuelva hasta que el departamento sea seguro. ¿Entendido? —ordena Christian.

—Sí, señor. ¿Irá usted a Bellevue?

—No pienso cargar a mis padres con este problema. Hazme una reserva en algún lado.

—Sí, señor. Le llamaré para decirle dónde.

—¿No estamos exagerando un poco? —pregunto.

Christian me fulmina con la mirada.

—Puede que vaya armada —replica.

—Christian, estaba ahí parada a los pies de la cama. Podría haberme disparado si hubiera querido.

Christian hace una breve pausa para refrenar su mal humor, o al menos eso parece.

—No estoy dispuesto a correr ese riesgo —dice en voz baja pero amenazadora—. Taylor, Anastasia necesita zapatos.

Christian se mete en el vestidor mientras el otro guardaespaldas me vigila. No recuerdo cómo se llama, Ryan quizá. No deja de mirar al pasillo y las ventanas del balcón, alternativamente. Pasados un par de minutos Christian vuelve a salir con tejanos y el blazer de rayas y una bandolera de piel. Me pone una chamarra de mezclilla sobre los hombros.

—Vamos.

Me sujeta fuerte de la mano y casi tengo que correr para seguir su paso enérgico hasta el gran salón.

—No puedo creer que pudiera estar escondida aquí —musito, mirando a través de las puertas del balcón.

—Este sitio es muy grande. Todavía no lo has visto todo.

—¿Por qué no la llamas, simplemente, y le dices que quieres hablar con ella?

—Anastasia, está trastornada, y puede ir armada —dice irritado.

—¿De manera que nosotros huimos y es todo?

—De momento… sí.

—¿Y si intenta disparar a Taylor?

—Taylor sabe mucho del manejo de armas —replica de mala gana—, y será más rápido con la pistola que ella.

—Ray estuvo en el ejército. Me enseñó a disparar.

Christian levanta las cejas y, por un momento, parece totalmente perplejo.

—¿Tú con un arma? —dice incrédulo.

—Sí —me siento ofendida—. Yo sé disparar, señor Grey, de manera que más le vale andarse con cuidado. No sólo debería preocuparse de ex sumisas trastornadas.

—Lo tendré en cuenta, señorita Steele —contesta secamente, aunque divertido, y me gusta saber que, incluso en esta situación absurdamente tensa, puedo hacerlo sonreír.

Taylor nos espera en el vestíbulo y me entrega mi pequeña maleta y mis Converse negros. Me deja atónita que haya hecho mi equipaje con algo de ropa. Le sonrío con tímida gratitud, y él corresponde enseguida para tranquilizarme. E, incapaz de reprimirme, le doy un fuerte abrazo. Lo tomo por sorpresa y, cuando lo suelto, tiene las mejillas sonrojadas.

—Ten mucho cuidado —murmuro.

—Sí, señorita Steele —musita.

Christian me mira con el ceño fruncido, y luego a Taylor, con aire confuso, mientras este sonríe imperceptiblemente y se ajusta la corbata.

—Hazme saber dónde nos alojaremos —dice Christian.

Taylor se saca la cartera del saco y le entrega a Christian una tarjeta de crédito.

—Quizá necesitará esto cuando llegue.

Christian asiente.

—Bien pensado.

Llega Ryan.

—Sawyer y Reynolds no han encontrado nada —le dice a Taylor.

—Acompaña al señor Grey y a la señorita Steele al estacionamiento —ordena Taylor.

El sitio está desierto. Bueno, son casi las tres de la madrugada. Christian me hace entrar a toda prisa en el asiento del pasajero del R8, y mete mi maleta y su bolsa en el maletero de adelante. A nuestro lado está el Audi, hecho un auténtico desastre: con todas las ruedas rajadas y embadurnado de pintura blanca. La visión resulta aterradora, y agradezco a Christian que me lleve lejos de aquí.

—El lunes tendrás el coche de sustitución —dice Christian, abatido, al sentarse a mi lado.

—¿Cómo supo ella que era mi coche?

Él me mira ansioso y suspira.

—Ella tenía un Audi 3. Les compro uno a todas mis sumisas... es uno de los coches más seguros de su gama.

Ah.

—Entonces no era un regalo de graduación.

—Anastasia, a pesar de lo que yo esperaba, tú nunca has sido mi sumisa, de manera que técnicamente sí es un regalo de graduación.

Sale del lugar del estacionamiento y se dirige a toda velocidad hacia la salida.

A pesar de lo que él esperaba. Oh, no... Mi subconsciente menea la cabeza con tristeza. Siempre volvemos a lo mismo.

—¿Sigues esperándolo? —susurro.

Suena el teléfono del coche.

—Grey —responde Christian.

—Fairmont Olympic. A mi nombre.

—Gracias, Taylor. Y, Taylor... ten mucho cuidado.

Taylor se queda callado.

—Sí, señor —dice en voz baja, y Christian cuelga.

Las calles de Seattle están desiertas, y Christian recorre a toda velocidad la Quinta Avenida hacia la interestatal 5. Una vez en la carretera, con rumbo hacia el norte, aprieta el acelerador tan a fondo que el impulso me empuja contra el respaldo de mi asiento.

Lo miro de reojo. Está sumido en sus pensamientos, irradiando un silencio absoluto y meditabundo. No ha contestado a mi pregunta. Mira a menudo el retrovisor, y me doy cuenta de que comprueba que no nos sigan. Quizá por eso vamos por la interestatal 5. Yo creía que el Fairmont estaba en Seattle.

Miro por la ventanilla, e intento ordenar mi mente exhausta e hiperactiva. Si ella quería hacerme daño, tuvo su gran oportunidad en el dormitorio.

—No. No es eso lo que espero, ya no. Creí que había quedado claro.

Christian interrumpe con voz dulce mis pensamientos.

Lo miro y me envuelvo con la chamarra, aunque no sé si el frío proviene de mi interior o del exterior.

—Me preocupa, ya sabes... no ser bastante para ti.

—Eres mucho más que eso. Por el amor de Dios, Anastasia, ¿qué más tengo que hacer?

Háblame de ti. Dime que me quieres.

—¿Por qué creíste que te dejaría cuando te dije que el doctor Flynn me había contado todo lo que había que saber de ti?

Él suspira profundamente, cierra los ojos un momento y se queda un buen rato sin contestar.

—Anastasia, no puedes ni imaginar siquiera hasta dónde llega mi depravación. Y eso no es algo que quiera compartir contigo.

—¿Y realmente crees que te dejaría si lo supiera? —digo en voz alta, sin dar crédito. ¿Es que no comprende que lo quiero?—. ¿Tan mal piensas de mí?

—Sé que me dejarías —dice con pesar.

—Christian... eso me resulta casi inconcebible. No puedo imaginar estar sin ti.

Nunca...

—Ya me dejaste una vez... No quiero volver a pasar por eso.

—Elena me dijo que estuvo contigo el sábado pasado —susurro.

—No es cierto —dice, torciendo el gesto.

—¿No fuiste a verla cuando me marché?

—No —replica enfadado—. Ya te he dicho que no... y no me gusta que duden de mí —advierte—. No fui a ninguna parte el pasado fin de semana. Me quedé en casa armando el planeador que me regalaste. Me llevó mucho tiempo —añade en voz baja.

Mi corazón se encoge de nuevo. La señora Robinson dijo que estuvo con él.

¿Estuvo con él o no? Ella miente. ¿Por qué?

—Al contrario de lo que piensa Elena, no acudo corriendo a ella con todos mis problemas, Anastasia. No recurro a nadie. Quizá ya te hayas dado cuenta de que no hablo demasiado —dice, agarrando con fuerza el volante.

—Carrick me ha dicho que estuviste dos años sin hablar.

—¿Eso te ha dicho?

Christian aprieta los labios en una fina línea.

—Yo lo presioné un poco para que me diera información.

Me miro los dedos, avergonzada.

—¿Y qué más te ha dicho mi padre?

—Me ha contado que tu madre fue la doctora que te examinó cuando te llevaron al hospital. Después de que te encontraran en tu casa.

Christian sigue totalmente inexpresivo… cauto.

—Dijo que estudiar piano te ayudó. Y también Mia.

Al oír ese nombre, sus labios dibujan una sonrisa de cariño. Al cabo de un momento, dice:

—Debía de tener unos seis meses cuando llegó. Yo estaba emocionado, Elliot no tanto. Él ya había tenido que aceptar mi llegada. Era perfecta —su voz, tan dulce y triste, resulta sobrecogedora—. Ahora ya no tanto, claro —musita, y recuerdo aquellos momentos en el baile en que consiguió frustrar nuestras lascivas intenciones.

Se me escapa la risa.

Christian me mira de reojo.

—¿Le parece divertido, señorita Steele?

—Parecía decidida a que no estuviéramos juntos.

Él suelta una risa apática.

—Sí, es bastante hábil —alarga la mano y me acaricia la rodilla—. Pero al final lo conseguimos —sonríe y vuelve a echar una mirada al retrovisor—. Creo que no nos han seguido.

Da la vuelta para salir de la interestatal 5 y se dirige otra vez al centro de Seattle.

—¿Puedo preguntarte algo sobre Elena?

Estamos parados ante un semáforo.

Me mira con recelo.

—Si no hay más remedio… —concede de mala gana, pero no dejo que su enfado me detenga.

—Hace tiempo me dijiste que ella te quería de un modo que para ti era aceptable. ¿Qué querías decir con eso?

—¿No es evidente? —pregunta.

—Para mí no.

—Yo estaba descontrolado. No podía soportar que nadie me tocara. Y sigo igual. Y pasé una etapa difícil en la adolescencia, cuando tenía catorce o quince años y las hormonas revolucionadas. Ella me enseñó una forma de liberar la presión.

Oh.

—Mia me dijo que eras un peleonero.

—Dios, ¿por qué ha de ser tan charlatana mi familia? Aunque la culpa es tuya —estamos parados ante otro semáforo y me mira con los ojos entornados—. Tú engatusas a la gente para sacarle información.

Menea la cabeza fingiendo disgusto.

—Mia me lo contó sin que le dijera nada. De hecho, se mostró bastante comunicativa. Estaba preocupada porque provocaras una pelea si no me conseguías en la subasta —apunto indignada.

—Ah, nena, de eso no había el menor peligro. No permitiría que nadie bailara contigo.

—Se lo permitiste al doctor Flynn.

—Él siempre es la excepción que confirma la regla.

Christian toma el impresionante y frondoso camino de entrada que lleva al hotel Fairmont Olympic, y se detiene cerca de la puerta principal, junto a una pintoresca fuente de piedra.

—Vamos.

Baja del coche y saca el equipaje. Un mozo acude corriendo, con cara de sorpresa, sin duda por la hora tan tardía de nuestra llegada. Christian le lanza las llaves del coche.

—A nombre de Taylor —dice.

El mozo asiente y no puede reprimir su alegría cuando se sube al R8 y arranca. Christian me da la mano y se dirige al vestíbulo.

Mientras estoy a su lado en la recepción del hotel, me siento totalmente ridícula. Ahí estoy yo, en el hotel más prestigioso de Seattle, vestida con una chaqueta tejana que me queda grande, unos enormes pantalones de deporte y una camiseta vieja, al lado de este hermoso y elegante dios griego. No me extraña que la recepcionista nos mire a uno y a otro como si la suma no cuadrara. Naturalmente, Christian la intimida. Se ruboriza y tartamudea, y yo pongo los ojos en blanco. Madre mía, si hasta le tiemblan las manos…

—¿Necesita… que le ayuden… con las maletas, señor Taylor? —pregunta, y vuelve a ponerse colorada.

—No, ya las llevaremos la señora Taylor y yo.

¡Señora Taylor! Pero si ni siquiera llevo anillo… Pongo las manos detrás de la espalda.

—Están en la suite Cascade, señor Taylor, piso once. Nuestro botones los ayudará con el equipaje.

—No hace falta —dice Christian cortante—. ¿Dónde están los ascensores?

La ruborizada señorita se lo indica, y Christian vuelve a tomarme de la mano. Echo un breve vistazo al vestíbulo, suntuoso, impresionante, lleno de butacas mullidas y desierto, excepto por una mujer de cabello oscuro sentada en un acogedor sofá, dando de comer pequeños bocaditos a su perro. Levanta la vista y nos sonríe cuando nos ve pasar hacia los ascensores. ¿Así que el hotel acepta mascotas? ¡Qué raro para un sitio tan majestuoso!

La suite consta de dos dormitorios y un salón comedor, provisto de un piano de cola. En el enorme salón principal arde un fuego de leña. Por Dios… la suite es más grande que mi departamento.

—Bueno, señora Taylor, no sé usted, pero yo necesito una copa —murmura Christian mientras se asegura de cerrar la puerta.

Deja mi maleta y su bolsa sobre la otomana, a los pies de la gigantesca cama de matrimonio con dosel, y me lleva de la mano hasta el gran salón, donde brilla el fuego de la chimenea. La imagen resulta de lo más acogedora. Me acerco y me caliento las manos mientras Christian prepara bebidas para ambos.

—¿Armañac?

—Por favor.

Al cabo de un momento se reúne conmigo junto al fuego y me ofrece una copa de brandy.

—Menudo día, ¿eh?

Asiento y sus ojos me miran penetrantes, preocupados.

—Estoy bien —susurro para tranquilizarle—. ¿Y tú?

—Bueno, ahora mismo me gustaría beberme esto y luego, si no estás demasiado cansada, llevarte a la cama y perderme en ti.

—Me parece que eso podremos arreglarlo, señor Taylor —le sonrío tímidamente, mientras él se quita los zapatos y los calcetines.

—Señora Taylor, deje de morderse el labio —susurra.

Bebo un sorbo de armañac, ruborizada. Es delicioso y se desliza por mi garganta dejando una sedosa y caliente estela. Cuando levanto la vista, Christian está bebiendo un sorbo de brandy y mirándome con ojos oscuros, hambrientos.

—Nunca dejas de sorprenderme, Anastasia. Después de un día como el de hoy… o más bien ayer, no lloriqueas ni sales corriendo despavorida. Me tienes alucinado. Eres realmente fuerte.

—Tú eres el motivo fundamental de que me quede —murmuro—. Ya te lo dije, Christian, no me importa lo que hayas hecho, no pienso irme a ninguna parte. Ya sabes lo que siento por ti.

Tuerce la boca como si dudara de mis palabras, y arquea una ceja como si le doliera oír lo que estoy diciendo. Oh, Christian, ¿qué tengo que hacer para que te des cuenta de lo que siento?

Dejar que te pegue, dice maliciosamente mi subconsciente. Y yo le frunzo el ceño.

—¿Dónde vas a colgar los retratos que me hizo José? —digo para intentar que mejore su ánimo.

—Eso depende.

Relaja el gesto. Es obvio que este tema de conversación le gustas mucho más.

—¿De qué?

—De las circunstancias —dice con aire misterioso—. Su exposición sigue abierta, así que no tengo que decidirlo todavía.

Ladeo la cabeza y entorno los ojos.

—Puede poner la cara que quiera, señorita Steele. No diré nada —bromea.

—Puedo torturarte para sacarte la verdad.

Levanta una ceja.

—Francamente, Anastasia, creo que no deberías hacer promesas que no puedas cumplir.

Oh, ¿eso es lo que piensa? Dejo mi copa en la repisa de la chimenea, alargo el brazo y, ante la sorpresa de Christian, cojo la suya y la pongo junto a la mía.

—Eso habrá que verlo —murmuro.

Y con total osadía —espoleada sin duda por el brandy—, le tomo de la mano y le llevo al dormitorio. Me detengo a los pies de la cama. Christian intenta que no se le escape la risa.

—¿Qué vas a hacer conmigo ahora que me tienes aquí, Anastasia? —susurra en tono burlón.

—Lo primero, desnudarte. Quiero terminar lo que empecé antes.

Apoyo las manos en las solapas de su chamarra, con cuidado de no tocarlo, y él no pestañea pero contiene la respiración.

Le retiro la chamarra de los hombros con delicadeza, y él sigue observándome. De sus ojos, cada vez más abiertos y ardientes, ha desaparecido cualquier rastro de humor, y me miran… ¿cautos…? Su mirada tiene tantas interpretaciones. ¿Qué está pensando? Dejo su chamarra en la otomana.

—Ahora la camiseta —murmuro.

La tomo por el borde y la levanto. Él me ayuda, alzando los brazos y retrocediendo, para que me sea más fácil quitársela. Una vez que lo he conseguido, baja los ojos y me mira atento. Ahora sólo lleva esos provocadores jeans que le sientan tan bien. Se ve la franja de los calzones.

Mis ojos ascienden ávidos por su estómago moreno hasta los restos de la frontera de carmín, borrosa y corrida, y luego hasta el torso. Sólo pienso en recorrer con la lengua el vello de su pecho para disfrutar de su sabor.

—¿Y ahora qué? —pregunta con los ojos en llamas.

—Quiero besarte aquí.

Deslizo el dedo sobre su vientre, de un lado de la cadera al otro.

Separa los labios e inspira entrecortadamente.

—No pienso impedírtelo —musita.

Le tomo la mano.

—Pues será mejor que te acuestes —murmuro, y lo llevo a un lado de nuestra enorme cama de matrimonio.

Parece desconcertado, y se me ocurre que quizá nadie ha llevado la iniciativa con él desde… ella. No, no vayas por ahí.

Aparto la colcha y él se sienta en el borde de la cama, mirándome, esperando, con ese gesto serio y cauteloso. Yo me pongo delante de él y me quito su chamarra de mezclilla, dejándola caer al suelo, y luego sus pantalones de deporte.

Él se frota las yemas de los dedos con el pulgar. Sé que se muere por tocarme, pero reprime el impulso. Yo suspiro profundamente y, armándome de valor, me quito la camiseta hasta quedar totalmente desnuda ante él. Sin apartar los ojos de los míos, él traga saliva y abre los labios.

—Eres Afrodita, Anastasia —murmura.

Tomo su cara entre las manos, le levanto la cabeza y me inclino para besarle. Un leve gruñido brota de su garganta.

Cuando lo beso en los labios, me sujeta las caderas y, casi sin darme cuenta, me acuesta debajo de él, y me obliga a separar las piernas con las suyas, de forma que queda encajado sobre mi cuerpo, entre mis piernas. Desliza su mano sobre mi muslo, por encima de la cadera y a lo largo del vientre hasta alcanzar uno de mis pechos, y lo oprime, lo masajea y tira tentadoramente de mi pezón.

Yo gimo y alzo la pelvis involuntariamente, me pego a él y me froto deliciosamente contra la costura de su cierre y contra su creciente erección. Deja de besarme y baja la vista hacia mí, perplejo y sin aliento. Flexiona las caderas y su erección empuja contra mí… Sí, justo ahí.

Cierro los ojos y jadeo, y él vuelve a hacerlo, pero esta vez yo también empujo, y saboreo su respuesta en forma de quejido mientras vuelve a besarme. Él sigue con esa lenta y deliciosa tortura... frotándome, frotándose. Y siento que tiene razón: perderme en él... es embriagador hasta el punto de excluir todo lo demás. Todas mis preocupaciones quedan eliminadas. Estoy aquí, en este momento, con él: la sangre hierve en mis venas, zumba con fuerza en mis oídos mezclada con el sonido de nuestra respiración jadeante. Hundo mis manos en su cabello, reteniéndolo pegado a mi boca y consumiéndolo con una lengua tan avariciosa como la suya. Deslizo los dedos por sus brazos hasta la parte baja de su espalda, hasta la cintura de sus jeans, e intrépidamente introduzco mis manos anhelantes por dentro, acuciándole, acuciándole... olvidándolo todo, salvo nosotros.

—Conseguirás intimidarme, Ana —murmura de pronto; a continuación, se aparta de mí y se pone de rodillas. Se baja los pantalones con destreza y me entrega un paquetito plateado—. Tú me deseas, nena, y está claro que yo te deseo a ti. Ya sabes qué hacer.

Con dedos ansiosos y diestros, rasgo el envoltorio y le coloco el condón. Él me sonríe con la boca abierta y los ojos enturbiados, llenos de promesa carnal. Se inclina sobre mí, me frota la nariz con la suya, y despacio, con los ojos cerrados, entra deliciosamente en mí.

Me aferro a sus brazos y levanto la barbilla, gozando de la exquisita sensación de que me posea. Me pasa los dientes por el mentón, se retira, y vuelve a deslizarse en mi interior... muy despacio, con mucha suavidad, mucha ternura, mientras con los codos y las manos a ambos lados de mi cara oprime mi cuerpo con el suyo.

—Tú haces que me olvide de todo. Eres la mejor terapia —jadea, y se mueve a un ritmo dolorosamente lento, saboreándome centímetro a centímetro.

—Por favor, Christian... más deprisa —murmuro, deseando más, ahora, ya.

—Oh, no, nena, necesito ir despacio.

Me besa suavemente, mordisquea con cuidado mi labio inferior y absorbe mis leves quejidos.

Yo hundo más las manos en su cabello y me rindo a su ritmo, mientras lenta y firmemente mi cuerpo asciende más y más alto hasta alcanzar la cima, y luego se precipita brusca y rápidamente mientras llego al clímax en torno a él.

—Oh, Ana…

Y con mi nombre en sus labios como una bendición, alcanza el orgasmo.

Tiene la cabeza apoyada en mi vientre y me rodea con sus brazos. Mis dedos juguetean con su cabello revuelto, y seguimos así, tumbados, durante no sé cuánto tiempo. Es muy tarde y estoy muy cansada, pero sólo deseo disfrutar de la tranquila serenidad de haber hecho el amor con Christian, porque eso es lo que hemos hecho: hacer el amor, dulce y tierno.

Él también ha recorrido un largo camino, como yo, en muy poco tiempo. Tanto, que digerirlo resulta casi excesivo. Por culpa de ese espantoso pasado suyo, estoy perdiendo de vista ese recorrido, simple y sincero, que ha hecho conmigo.

—Nunca me cansaré de ti. No me dejes —murmura, y me besa en el vientre.

—No pienso irme a ninguna parte, y creo recordar que era yo la que quería besarte en el vientre —refunfuño medio dormida.

Él sonríe pegado a mi piel.

—Ahora nada te lo impide, nena.

—Estoy tan cansada que no creo que pueda moverme.

Christian suspira y se mueve de mala gana, se tumba a mi lado, apoya la cabeza sobre el codo y tira de la colcha para taparnos. Me mira con ojos centelleantes, cálidos, amorosos.

—Ahora duérmete, nena.

Me besa el pelo, me rodea con el brazo y me dejo llevar por el sueño.

Cuando abro los ojos, la luz que inunda la habitación me hace parpadear con fuerza. Siento la cabeza totalmente embotada por la falta de sueño. ¿Dónde estoy? Ah… el hotel…

—Hola —murmura Christian, sonriéndome con cariño.

Está tumbado a mi lado en la cama, completamente vestido. ¿Cuánto lleva ahí? ¿Me ha estado observando todo ese tiempo? De pronto, esa mirada insistente me provoca una timidez increíble y me arde la cara.

—Hola —murmuro, y doy gracias por estar tumbada boca abajo—. ¿Cuánto tiempo llevas ahí mirándome?

—Podría estar contemplándote durante horas, Anastasia. Pero sólo llevo aquí unos cinco minutos —se inclina y me besa con dulzura—. La doctora Greene llegará enseguida.

—Oh.

Había olvidado esa inapropiada intromisión de Christian.

—¿Has dormido bien? —pregunta dulcemente—. Roncabas tanto que parecía que así era, la verdad.

Oh, el Cincuenta juguetón y bromista.

—¡Yo no ronco! —replico irritada.

—No. No roncas.

Me sonríe. Alrededor del cuello sigue visible una tenue línea de labial rojo.

—¿Te bañaste?

—No. Te estaba esperando.

—Ah… bueno. ¿Qué hora es?

—Las diez y cuarto. Me dictaba el corazón que no debía despertarte más pronto.

—Me dijiste que no tenías corazón.

Sonríe con tristeza, pero no contesta.

—Han traído el desayuno. Para ti hot cakes y tocino. Vamos, levántate, que empiezo a sentirme solo.

Me da una palmada en el trasero que me hace pegar un salto y levantarme de la cama.

Mmm… una demostración de afecto al estilo Christian.

Me desperezo, y me doy cuenta de que me duele todo… sin duda como resultado de tanto sexo, y de bailar y andar todo el día por ahí con unos carísimos zapatos de tacón alto. Salgo a rastras de la cama y voy hacia el suntuoso cuarto de baño totalmente equipado, mientras repaso mentalmente los acontecimientos del día anterior. Cuando salgo, me pongo una de las extraordinariamente sedosas batas que están colgadas en una barra dorada del baño.

Leila, la chica que se parece a mí: ésa es la imagen más perturbadora que suscita todo tipo de conjeturas en mi cerebro, eso y su fantasmagórica presencia en el dormitorio de Christian. ¿Qué buscaba? ¿A mí? ¿A Christian? ¿Para hacer qué? ¿Y por qué diablos ha destrozado mi coche?

Christian dijo que me proporcionaría otro Audi, como el de todas sus sumisas. No me gusta esa idea. Pero, como fui tan generosa con el dinero que él me dio, ya no puedo hacer nada.

Entro en el salón principal de la suite: ni rastro de Christian. Finalmente lo localizo en el comedor. Me siento a la mesa, agradeciendo el impresionante desayuno que tengo delante. Christian está leyendo los periódicos del domingo y bebiendo café. Ya ha terminado de desayunar. Me sonríe.

—Come. Hoy necesitas estar fuerte —bromea.

—¿Y eso por qué? ¿Vas a encerrarme en el dormitorio?

La diosa que llevo dentro se despierta bruscamente, desaliñada y con pinta de acabar de practicar sexo.

—Por atractiva que resulte la idea, tenía pensado salir hoy. A tomar un poco el aire.

—¿No es peligroso? —pregunto en tono ingenuo, intentando que mi voz no suene irónica, sin conseguirlo.

Christian cambia de cara y su boca se convierte en una fina línea.

—El sitio al que vamos, no. Y este asunto no es para tomárselo en broma —añade con severidad, entornando los ojos.

Me ruborizo y bajo la vista a mi desayuno. Después de todo lo que pasó ayer y de lo tarde que nos acostamos, no tengo ganas ahora de que me riñan. Me como el desayuno en silencio y de mal humor.

Mi subconsciente me mira y menea la cabeza. Cincuenta no

bromea con mi seguridad; a estas alturas ya debería saberlo. Tengo ganas de mirarlo con los ojos en blanco para hacerlo ver que está exagerando pero me contengo.

De acuerdo, estoy cansada y molesta. Ayer tuve un día muy largo y he dormido poco. Y además, ¿por qué él tiene que estar fresco como una rosa? La vida es tan injusta…

Llaman a la puerta.

—Ésa será la doctora —masculla Christian, y es evidente que sigue ofendido por mi irónico comentario.

Se levanta bruscamente de la mesa.

¿Es que no podemos tener una mañana normal y tranquila? Inspiro fuerte y, dejando el desayuno a medias, me levanto para recibir a la doctora Antibaby.

Estamos en el dormitorio, y la doctora Greene me mira con la boca abierta. Va vestida de modo más informal que la última vez, con un conjunto de cachemira rosa pálido, pantalones negros y el pelo rubio suelto.

—¿Y dejaste de tomarla así, sin más?

Me ruborizo, sintiéndome como una idiota.

—Sí.

¿De dónde me sale esa vocecita?

—Podrías estar embarazada —dice sin rodeos.

¡Qué! El mundo se hunde bajo mis pies. Mi subconsciente tiene arcadas y cae al suelo en redondo, y sé que yo también voy a vomitar. ¡No!

—Toma, orina aquí.

Hoy está en plan profesional implacable.

Yo acepto dócilmente el vasito de plástico que me ofrece y entro dando tumbos al cuarto de baño. No. No. No. Ni hablar… ni hablar… Por favor. No.

¿Qué hará Cincuenta? Palidezco. Se pondrá como loco.

—¡No, por favor! —musito como si rezara.

Le entrego la muestra a la doctora Greene, y ella introduce con cuidado en el líquido un bastoncito blanco.

—¿Cuándo te empezó el periodo?

¿Cómo puedo pensar ahora en esas menudencias, aquí plantada y pendiente exclusivamente de ese bastoncito blanco?

—Este… ¿el miércoles? No este último, el anterior. El primero de junio.

—¿Y cuándo dejaste de tomar la píldora?

—El domingo. El domingo pasado.

Frunce los labios.

—No debería pasar nada —afirma con sequedad—. Por la cara que pones, deduzco que un embarazo imprevisto no te haría ninguna ilusión. Así que la medroxiprogesterona te caerá bien por si no te acuerdas de tomar la píldora todos los días.

Me mira con gesto severo y una expresión autoritaria que me hace temblar. Saca el bastoncito blanco y lo examina.

—No hay peligro. Todavía no estás ovulando, de modo que, si tomas precauciones, no deberías quedarte embarazada. Pero voy a aclararte una cosa sobre esta inyección. La última vez la descartamos por los efectos secundarios, pero, francamente, tener un hijo es un efecto secundario más grave y dura muchos años.

Sonríe, satisfecha consigo misma y su bromita, pero yo estoy demasiado estupefacta como para contestar.

La doctora Greene procede a explicarme los efectos secundarios, y yo sigo sentada, paralizada y aliviada, sin escuchar ni una sola de las palabras que me dice. Creo que preferiría que apareciera cualquier mujer extraña a los pies de mi cama, antes que tener que confesarle a Christian que estoy embarazada.

—¡Ana! —me espeta la doctora Greene, despertándome de mis cavilaciones—. Acabemos de una vez con esto.

Y yo me subo de buen grado la manga.

Christian despide a la doctora en la puerta, cierra y me mira con recelo.

—¿Todo bien?

Yo asiento, y él echa la cabeza a un lado con expresión tensa y preocupada.

—¿Qué pasa, Anastasia? ¿Qué te ha dicho la doctora Greene?

Niego con la cabeza.

—Puedes estar tranquilo durante siete días.

—¿Siete días?

—Sí.

—Ana, ¿qué pasa?

Trago saliva.

—No hay ningún problema. Por favor, Christian, olvídalo.

Christian se acerca a mí con semblante sombrío. Me sujeta la barbilla, me echa la cabeza hacia atrás y me mira a los ojos intensamente, intentando descifrar mi expresión de pánico.

—Cuéntamelo —insiste.

—No hay nada que contar. Me gustaría vestirme —echo la cabeza hacia atrás para evitar su mirada.

Suspira, se pasa la mano por el pelo y me mira con el ceño fruncido.

—Vamos a bañarnos —dice finalmente.

—Claro —digo con aire ausente, y él tuerce el gesto.

—Vamos.

Y me toma la mano con fuerza, malhumorado. Va dando largos pasos hasta el baño, llevándome casi a rastras. Por lo visto, no soy la única que está disgustada. Abre la llave de la regadera y se desnuda deprisa antes de volverse hacia mí.

—No sé por qué te enojaste, o si sólo estás de mal humor porque dormiste poco —dice mientras me desata la bata—. Pero quiero que me lo cuentes. Me imagino todo tipo de cosas y eso no me gusta.

Lo miro con los ojos en blanco, y él me hace un gesto reprobador con los ojos entornados. ¡Maldita sea! Bueno... allá voy.

—La doctora Greene me regaño porque me olvidé de tomar la píldora. Dijo que podría estar embarazada.

—¿Qué?

De pronto se pone pálido, lívido, con las manos como paralizadas.

—Pero no lo estoy. Me hizo la prueba. Pero eso me afectó mucho, nada más. Es increíble que haya sido tan estúpida.

Se relaja visiblemente.

—¿Seguro que no lo estás?

—Segura.

Respira hondo.

—Bien. Sí, ya entiendo que una noticia así puede ser muy perturbadora.

Frunzo el ceño… ¿perturbadora?

—Lo que me preocupaba sobre todo era tu reacción.

Me mira sorprendido, confuso.

—¿Mi reacción? Bueno, me siento aliviado, claro… dejarte embarazada habría sido el colmo del descuido y del mal gusto.

—Pues quizá deberíamos abstenernos —replico.

Me mira fijamente un momento, desconcertado, como si yo fuera una especie de raro experimento científico.

—Estás de mal humor esta mañana.

—Me afectó mucho, nada más —repito en tono arisco.

Me toma por las solapas de la bata, me atrae hacia él y me abraza con cariño, me besa el pelo y aprieta mi cabeza contra su pecho. Me quedo absorta en el vello de su torso, que me hace cosquillas en la mejilla. ¡Ah, si pudiera acariciarlo…!

—Ana, yo no estoy acostumbrado a esto —murmura—. Mi inclinación natural sería darte una paliza, pero dudo que quieras eso.

Por Dios…

—No, no lo quiero. Pero esto ayuda.

Abrazo más fuerte a Christian, y permanecemos un buen rato entrelazados en ese peculiar abrazo, Christian desnudo y yo en bata. Una vez más me siento desarmada ante su sinceridad. No sabe nada de relaciones personales, y yo tampoco, salvo lo que he aprendido de él. Bueno, él me ha pedido fe y paciencia; quizá yo debería hacer lo mismo.

—Ven, vamos a bañarnos —dice Christian finalmente, y me suelta.

Da un paso atrás y me quita la bata. Entro tras él bajo el torrente de agua, y levanto la cara hacia la cascada. Cabemos los dos bajo esa inmensa roseta. Christian toma el champú y empieza a lavarse el pelo. Me lo pasa y yo procedo a hacer lo mismo.

Oh, esto es muy agradable. Cierro los ojos y me rindo al placer del agua caliente y purificadora. Mientras me aclaro la espuma siento sus manos sobre mí enjabonándome el cuerpo: los hombros, los brazos, las axilas, los senos, la espalda. Me da la vuelta con delicadeza y me atrae hacia él, mientras sigue bajando por mi cuerpo: el estómago, el vientre, sus dedos hábiles entre mis piernas… mmm… mi trasero. Oh, es muy agradable y muy íntimo. Me da la vuelta para tenerme de frente otra vez.

—Toma —dice en voz baja, y me entrega el gel—. Quiero que me limpies los restos de labial.

Inmediatamente abro los ojos y los clavo en los suyos. Me mira intensamente, mojado, hermoso. Con sus preciosos y brillantes ojos grises que no traslucen nada.

—No te apartes mucho de la línea, por favor —apunta, tenso.

—De acuerdo —murmuro, intentando absorber la enormidad de lo que acaba de pedirme que haga: tocarle en el límite de la zona prohibida.

Me echo un poco de jabón en la mano y froto ambas palmas para hacer espuma; luego las pongo sobre sus hombros y, con cuidado, lavo la raya de carmín de cada costado. Él se queda quieto y cierra los ojos con el rostro impasible, pero respira entrecortadamente, y sé que no es por deseo sino por miedo. Y eso me hiere en lo más profundo.

Con dedos temblorosos sigo cuidadosamente la línea por el costado de su torso, enjabonando y frotando suavemente, y él traga saliva con la barbilla rígida como si apretara los dientes. ¡Ahhh! Se me encoge el corazón y tengo la garganta seca. Oh, no… Estoy a punto de romper a llorar.

Dejo de echarme más jabón en la mano y noto que se relaja. No puedo mirarlo. No soporto ver su dolor: es abrumador. Ahora soy yo quien traga saliva.

—¿Listo? —murmuro, y mi tono trasluce con toda claridad la tensión del momento.

—Sí —accede con voz ronca y preñada de miedo.

Coloco con suavidad las manos a ambos lados de su torso, y él vuelve a quedar paralizado.

Esto me supera por completo. Me abruma su confianza en mí, me abruma su miedo, el daño que le han hecho a este hombre maravilloso, perdido e imperfecto.

Tengo los ojos bañados en lágrimas, que se derraman por mi rostro mezcladas con el agua de la regadera. ¡Oh, Christian! ¿Quién te hizo esto?

Con cada respiración entrecortada su diafragma se mueve convulso, y siento su cuerpo rígido, que emana oleadas de tensión mientras mis manos siguen y borran la línea. Oh, si pudiera borrar tu dolor, lo haría... Haría cualquier cosa, y lo único que deseo es besar todas y cada una de las cicatrices, borrar a besos esos años de espantoso abandono. Pero ahora no puedo hacerlo, y las lágrimas caen sin control por mis mejillas.

—No, por favor, no llores —susurra con voz angustiada mientras me envuelve con fuerza entre sus brazos—. Por favor, no llores por mí.

Y estallo en sollozos, escondo la cara en su cuello, mientras pienso en un niñito perdido en un océano de miedo y dolor, asustado, abandonado, maltratado... herido más allá de lo humanamente soportable.

Se aparta, me sujeta la cabeza entre las manos y la echa hacia atrás mientras se inclina para besarme.

—No llores, Ana, por favor —murmura junto a mi boca—. Fue hace mucho tiempo. Anhelo que me toques y acaricies, pero soy incapaz de soportarlo, simplemente. Me supera. Por favor, por favor, no llores.

—Yo también quiero tocarte. Más de lo que te imaginas. Verte así... tan dolido y asustado, Christian... me hiere profundamente. Te amo tanto...

Me acaricia el labio inferior con el pulgar.

—Lo sé, lo sé.

—Es muy fácil quererte. ¿Es que no lo entiendes?

—No, nena. No lo entiendo.

—Pues lo es. Yo te quiero, y tu familia también. Y Elena y Leila, aunque lo demuestren de un modo extraño, pero también te quieren. Mereces ser querido.

—Basta —pone un dedo sobre mis labios y niega con la cabeza en un gesto agónico—. No puedo oír esto. Yo no soy nada, Anastasia. Soy un hombre vacío por dentro. No tengo corazón.

—Sí, sí lo tienes. Y yo lo quiero, lo quiero todo él. Eres un hombre bueno, Christian, un hombre bueno de verdad. No lo dudes. Mira lo que has hecho… lo que has conseguido —digo entre sollozos—. Mira lo que has hecho por mí… a lo que has renunciado por mí —susurro—. Yo lo sé. Sé lo que sientes por mí.

Baja la vista y me mira, con ojos muy abiertos y aterrados. Sólo se oye el chorro de agua cayendo sobre nosotros.

—Tú me quieres —musito.

Abre aún más los ojos, y también la boca. Inspira profundamente, como si le faltara el aire. Parece torturado… vulnerable.

—Sí —murmura—. Te quiero.

9

No puedo reprimir el júbilo. Mi subconsciente me mira con la boca abierta, en silencio, atónita y, con una amplia sonrisa grabada en la cara, levanto la vista anhelante hacia los ojos torturados de Christian.

Su expresión tierna y dulce, como si buscara absolución, me conmueve a un nivel profundo y primario; sus dos pequeñas palabras son como maná celestial. Siento de nuevo el escozor del llanto en los ojos. Sí, me quieres. Sé que me quieres.

Ser consciente de ello es muy liberador, como si me hubiera deshecho de un peso aplastante. Este hombre hermoso y herido, a quien un día consideré mi héroe romántico —fuerte, solitario, misterioso—, posee todos esos rasgos, pero también es frágil e inestable, y lleno de odio hacia sí mismo. Mi corazón está rebosante de alegría, pero también de dolor por su sufrimiento. Y en este momento sé que mi corazón es lo bastante grande para los dos. Confío… en que sea lo bastante grande para los dos.

Alzo la mano para tocar su querido y apuesto rostro, y lo beso con dulzura, vertiendo todo el amor que siento en esta cariñosa caricia. Quiero devorarle bajo esta cascada de agua caliente. Christian gime y me rodea entre sus brazos, y se aferra a mí como si fuera el aire que necesita para respirar.

—Oh, Ana —musita con voz ronca—. Te deseo, pero no aquí.

—Sí —murmuro febril junto a su boca.

Cierra la llave de la regadera y me da la mano, me lleva fuera y me envuelve con la bata. Toma una toalla, se la anuda en la cintura, y luego con otra más pequeña empieza a secarme el pelo cuidadosamente. Cuando se da por satisfecho, me pone la toalla alrededor de la cabeza, de modo que en el enorme espejo que hay sobre el lavamanos parece que lleve un velo. Él está detrás de mí y nuestras miradas convergen en el espejo, gris ardiente contra azul brillante, y se me ocurre una idea.

—¿Puedo corresponderte? —pregunto.

Él asiente, aunque frunce ligeramente el ceño. Cojo otra toalla esponjosa del montón que hay apilado junto al tocador, me pongo de puntillas a su lado y empiezo a secarle el pelo. Él se inclina hacia delante para facilitarme la tarea, y cuando capto ocasionalmente su mirada bajo la toalla, veo que me sonríe como un crío.

—Hace mucho tiempo que nadie me hacía esto. Mucho tiempo —susurra, y entonces tuerce el gesto—. De hecho, no creo que nadie me haya secado nunca el pelo.

—Seguro que Grace sí lo hacía. ¿No te secaba el pelo cuando eras pequeño?

Niega con la cabeza, dificultándome la labor.

—No. Ella respetó mis límites desde el primer día, aunque le resultara doloroso. Fui un niño muy autosuficiente —dice en voz baja.

Siento una punzada en el pecho al pensar en aquel crío de cabello cobrizo que se ocupaba de sí mismo porque a nadie más le importaba. Es una idea terriblemente triste. Pero no quiero que mi melancolía me prive de esta intimidad floreciente.

—Bueno, me siento honrada —bromeo en tono cariñoso.

—Puede estarlo, señorita Steele. O quizá sea yo el honrado.

—Eso ni lo dude, señor Grey —replico.

Termino de secarle el cabello, cojo otra toalla pequeña y me coloco detrás de él. Nuestros ojos vuelven a encontrarse en el espejo, y su mirada atenta e intrigada me impulsa a hablar.

—¿Puedo probar una cosa?

Al cabo de un momento, asiente. Con cautela, muy dulcemente, hago que la toalla descienda con suavidad por su brazo izquierdo, secando el agua que empapa su piel. Levanto la vista y escruto su expresión en el espejo. Parpadea y me mira con sus ojos ardientes.

Yo me inclino hacia delante, le beso el bíceps, y él entreabre levemente los labios. Le seco el otro brazo de igual modo, dejando un rastro de besos alrededor del bíceps, y en sus labios aparece una sonrisa fugaz. Cuidadosamente, le paso la toalla por la espalda bajo la tenue línea de carmín, que aún sigue visible. En la ducha no lo froté por detrás.

—Toda la espalda —dice en voz baja—, con la toalla.

Inspira y aprieta los labios, y le seco rápidamente con cuidado de tocarle sólo con la toalla.

Tiene una espalda tan atractiva: ancha, con hombros contorneados y todos los músculos perfectamente definidos. Realmente se cuida. Sólo las cicatrices estropean esa maravillosa visión.

Me esfuerzo por ignorarlas y reprimo el abrumador impulso de besarlas todas y cada una. Cuando termino, él exhala con fuerza y yo me inclino hacia delante para recompensarle con un beso en el hombro. Le rodeo con los brazos y le seco el estómago. Nuestros ojos se encuentran nuevamente en el espejo, y tiene una expresión divertida, pero también cauta.

—Toma esto —le doy una toallita de manos y él arquea las cejas, desconcertado—. ¿Te acuerdas en Georgia? Hiciste que me tocara utilizando tus manos —añado.

Se le ensombrece la cara, pero no hago caso de su reacción y lo rodeo con mis brazos. Los dos nos miramos en el espejo: su belleza, su desnudez, yo con el pelo cubierto... tenemos un aspecto casi bíblico, como una pintura barroca del Antiguo Testamento.

Tomo su mano, que me confía de buen grado, y se la muevo sobre el torso para secarlo con la toalla de forma lenta y algo torpe. Una, dos pasadas... y luego otra vez. Él está completamente inmóvil y rígido por la tensión, salvo sus ojos, que siguen mi mano que rodea la suya con firmeza.

Mi subconsciente observa con gesto de aprobación, su boca generalmente fruncida ahora sonríe, y yo me siento como la suprema maestra titiritera. De la espalda de Christian emanan oleadas de ansiedad, pero no deja de mirarme, aunque con ojos más sombríos, más letales… que revelan sus secretos, quizá.

¿Quiero entrar en ese territorio? ¿Quiero enfrentarme a sus demonios?

—Creo que ya estás seco —murmuro, dejando caer la mano y observando la inmensidad gris de su mirada en el espejo.

Tiene la respiración acelerada y los labios entreabiertos.

—Te necesito, Anastasia.

—Yo también te necesito.

Y al pronunciar esas palabras me impresiona su certeza absoluta. No puedo imaginarme sin Christian, nunca.

—Déjame amarte —dice con voz ronca.

—Sí —contesto, y me da la vuelta, me toma entre sus brazos y sus labios buscan los míos, implorándome, adorándome, apreciándome… amándome.

Me pasa los dedos a lo largo de la columna mientras nos miramos mutuamente, sumidos en la dicha poscoital, plenos. Acostados juntos, yo boca abajo abrazando la almohada, él de costado, y yo gozando de la ternura de su caricia. Sé que ahora mismo necesita tocarme. Soy un bálsamo para él, una fuente de consuelo, ¿y cómo voy a negárselo? Yo siento exactamente lo mismo hacia él.

—Así que puedes ser tierno.

—Mmm… eso parece, señorita Steele.

Sonrío complacida.

—No lo fuiste especialmente la primera vez que… hicimos esto.

—¿No? —dice malicioso—. Cuando te robé la virtud.

—No creo que la robaras —musito con picardía. Por Dios, no soy una doncella indefensa—. Creo que yo te entregué mi virtud bastante libremente y de buen grado. Yo también lo deseaba y, si no recuerdo mal, disfruté bastante.

Le sonrío con timidez y me muerdo el labio.

—Como yo, si mal no recuerdo, señorita Steele. Mi único objetivo es complacer —añade y adquiere una expresión seria y relajada—. Y eso significa que eres mía, totalmente.

Ha desaparecido todo rastro de ironía y me mira fijamente.

—Sí, lo soy —le contesto en un murmullo—. Me gustaría preguntarte una cosa.

—Adelante.

—Tu padre biológico… ¿sabes quién era?

La idea lleva un tiempo rondándome por la cabeza.

Arquea una ceja y luego niega.

—No tengo ni idea. No era ese salvaje que le hacía de padrote, lo cual está bien.

—¿Cómo lo sabes?

—Por una cosa que me dijo mi padre… Carrick.

Observo expectante a mi Cincuenta, a la espera.

—Siempre ávida por saber, Anastasia —suspira y mueve la cabeza—. El padrote encontró el cuerpo de la puta adicta al crack y telefoneó a las autoridades. Aunque tardaron cuatro días en encontrarlo. Él se fue, cerró la puerta… y me dejó con… con su cadáver.

Se le enturbia la mirada al recordarlo.

Inspiro con fuerza. Pobre criatura… la mera idea de semejante horror resulta dolorosamente inconcebible.

—La policía lo interrogó después. Él negó rotundamente que tuviera algo que ver conmigo, y Carrick me dijo que no nos parecíamos en absoluto.

—¿Recuerdas cómo era?

—Anastasia, ésa es una parte de mi vida en la que no suelo pensar a menudo. Sí, recuerdo cómo era. Nunca le olvidaré —la expresión de Christian se ensombrece y endurece, volviendo su rostro más anguloso, con una gélida mirada de rabia en sus ojos—. ¿Podemos hablar de otra cosa?

—Perdona. No quería entristecerte.

Niega con la cabeza.

—Es el pasado, Ana. No quiero pensar en eso ahora.

—Bueno… ¿y cuál es esa sorpresa? —digo para cambiar de tema antes de que las sombras de Cincuenta se vuelvan contra mí.

Inmediatamente se le ilumina la cara.

—¿Se te antoja salir a tomar un poco de aire fresco? Quiero enseñarte una cosa.

—Claro.

Me maravilla la rapidez con que cambia de humor… tan voluble como siempre. Me mira risueño, con esa sonrisa espontánea y juvenil de «Sólo soy un muchacho de veintisiete años», y mi corazón da un salto. Así que se trata de algo muy importante para él, lo noto. Me da una nalgada, juguetón.

—Vístete. Con unos jeans estás bien. Espero que Taylor te haya metido algunos en la maleta.

Se levanta y se pone los calzones. Oh… podría estar sentada aquí todo el día, viéndolo moverse por la habitación.

—Arriba —ordena, tan autoritario como siempre.

Lo miro, sonriente.

—Estoy admirando las vistas.

Y alza los ojos al cielo con aire resignado y divertido.

Mientras nos vestimos, me doy cuenta de que nos movemos con la sincronización de dos personas que se conocen bien, ambos muy atentos y pendientes del otro, intercambiando de vez en cuando una sonrisa tímida y una tierna caricia. Y caigo en la cuenta de que esto es tan nuevo para él como para mí.

—Sécate el pelo —ordena Christian cuando estamos vestidos.

—Dominante como siempre —le digo bromeando, y se inclina para besarme la cabeza.

—Eso no cambiará nunca, nena. No quiero que te pongas enferma.

Pongo los ojos en blanco, y él tuerce la boca, con expresión divertida.

—Sigo teniendo las manos muy largas, ¿sabe, señorita Steele?

—Me alegra oírlo, señor Grey. Empezaba a pensar que habías perdido nervio —replico.

—Puedo demostrarte que no es así cuando quieras.

Christian saca de su bolsa un jersey grande de punto trenzado color beige, y se lo echa con elegancia sobre los hombros. Con la camiseta blanca, los jeans, el pelo cuidadosamente despeinado y ahora esto, parece salido de las páginas de una lujosa revista de moda.

Debería estar prohibido ser tan extraordinariamente guapo.

Y no sé si es la distracción momentánea, la mera perfección de su aspecto o ser consciente de que me quiere, pero su amenaza ya no me da miedo. Así es él, mi Cincuenta Sombras.

Mientras uso el secador, vislumbro ante mí un rayo de esperanza tangible. Encontraremos la vía intermedia. Lo único que hemos de hacer es tener en cuenta las necesidades del otro y acoplarlas. De eso soy capaz, ¿verdad?

Me observo en el espejo del vestidor. Llevo la camisa azul claro que Taylor me compró y que ha metido en mi maleta. Tengo el pelo hecho un desastre, la cara enrojecida, los labios hinchados... Me los palpo, recordando los besos abrasadores de Christian, y no puedo evitar que se me escape una sonrisa. «Sí, te quiero», me dijo.

—¿Dónde vamos exactamente? —pregunto mientras esperamos en el vestíbulo al empleado del estacionamiento.

Christian se da golpecitos en un lado de la nariz y me guiña un ojo con aire conspiratorio, como si hiciera esfuerzos desesperados por contener su alegría. Francamente, esto es bastante impropio de mi Cincuenta.

Estaba así cuando fuimos a volar en planeador; quizá sea eso lo que vamos a hacer. Yo también le sonrío, radiante. Y me mira con ese aire de superioridad que le confiere esa sonrisa suya de medio lado. Se inclina y me besa tiernamente.

—¿Tienes idea de lo feliz que me haces? —pregunta en voz baja.

—Sí... lo sé perfectamente. Porque tú provocas el mismo efecto en mí.

El empleado del estacionamiento aparece a gran velocidad con el coche de Christian y una enorme sonrisa en la cara. Vaya, hoy todo el mundo parece muy feliz.

—Un coche magnífico, señor —comenta al entregarle las llaves a Christian.

Él le guiña un ojo y le da una propina escandalosamente generosa.

Yo le frunzo el ceño. Por Dios...

Mientras avanzamos entre el tráfico, Christian está sumido en sus pensamientos. Por los altavoces suena la voz de una mujer joven, con un timbre precioso, rico, melodioso, y me pierdo en esa voz triste y conmovedora.

—Tengo que desviarme un momento. No tardaremos —dice con aire ausente, y me distrae de la canción.

Oh, ¿por qué? Estoy intrigada por conocer cuál es la sorpresa. La diosa que llevo dentro está dando saltitos como una niña de cinco años.

—Claro —murmuro.

Aquí pasa algo. De pronto parece muy serio y decidido.

Entra en el estacionamiento de un enorme concesionario, para el coche y se gira hacia mí con expresión cauta.

—Hay que comprarte un coche —dice.

Lo miro con la boca abierta. ¿Ahora? ¿En domingo? ¿Qué demonios...? Y esto es un concesionario de Saab.

—¿Un Audi no? —es la única tontería que se me ocurre decir, y el pobre, bendito sea, se ruboriza.

Christian, avergonzado... ¡Esto es algo insólito!

—Pensé que te gustaría variar —musita incómodo, como si no supiera dónde meterse.

Oh, por favor... No hay que dejar pasar esta oportunidad única de burlarse de él.

—¿Un Saab? —pregunto.

—Sí. Un 9-3. Vamos.

—¿A ti qué te pasa con los coches extranjeros?

—Los alemanes y los suecos fabrican los coches más seguros del mundo, Anastasia.

¿Ah, sí?

—Creí que ya habías encargado otro Audi A3 para mí.

Me mira con aire enigmático y divertido.

—Eso puede anularse. Vamos.

Baja tranquilamente del coche, se acerca a mi lado y me abre la puerta.

—Te debo un regalo de graduación —dice en voz baja, y me tiende la mano.

—Christian, de verdad, no tienes por qué hacer esto.

—Sí, quiero hacerlo. Por favor. Vamos.

Su tono no admite réplica.

Yo me resigno a mi destino. ¿Un Saab? ¿Quiero yo un Saab? Me gustaba bastante el Audi Especial para Sumisas. Era muy práctico.

Claro que ahora está cubierto por una tonelada de pintura blanca... Me estremezco. Y ella aún anda suelta por ahí.

Acepto la mano de Christian, y nos dirigimos a la sala de exposición.

Troy Turniansky, el encargado de las ventas, se pega como una lapa a Cincuenta. Huele la venta. Tiene un peculiar acento que parece del otro lado del Atlántico... ¿inglés, quizá? Es difícil saberlo.

—¿Un Saab, señor? ¿De segunda mano?

Se frota las manos con fruición.

—Nuevo.

Christian se pone muy serio.

¡Nuevo!

—¿Ha pensado en algún modelo, señor?

Y encima es un barbero.

—Un sedán deportivo 9-3 2.0T.

—Excelente elección, señor.

—¿De qué color, Anastasia? —me pregunta Christian, ladeando la cabeza.

—Eh... ¿negro? —me encojo de hombros—. De verdad, no hace falta que hagas esto.

Tuerce el gesto.

—El negro no se ve bien de noche.

Oh, por Dios. Resisto la tentación de poner los ojos en blanco.

—Tú tienes un coche negro.

Me mira con expresión ceñuda.

—Pues amarillo canario —digo, encogiéndome de hombros.

Christian hace una mueca de desagrado: está claro que el amarillo canario no es su estilo.

—¿De qué color quieres tú que sea el coche? —le pregunto como si fuera un niño pequeño, lo cual es cierto en muchos aspectos.

Y ese inoportuno pensamiento me pone triste y me da que pensar.

—Plateado o blanco.

—Plateado, pues. Sabes que me quedaría con el Audi —añado, escarmentada por mis pensamientos.

Troy palidece al percatarse de que puede perder la venta.

—¿Quizá preferiría el descapotable, señora? —pregunta, dando nerviosas y entusiastas palmaditas.

Mi subconsciente está avergonzada y disgustada, mortificada por todo este asunto de la compra del coche, pero la diosa que llevo dentro le aplica una llave y la tira al suelo. ¿Un descapotable? ¡Para morirse...!

Christian frunce el ceño y me echa un vistazo.

—¿El descapotable? —pregunta, arqueando una ceja.

Me ruborizo. Es como si tuviera una línea erótica directa con la diosa que llevo dentro, algo que sin duda es muy cierto. A veces resulta muy incómodo. Me miro las manos.

Christian se vuelve hacia Troy.

—¿Qué dicen las estadísticas de seguridad del descapotable?

Troy capta la vulnerabilidad de Christian y, lanzándose a muerte, le recita todo tipo de cifras y estadísticas.

A Christian le preocupa mi seguridad, está claro. Para él eso es como una religión y, como el fanático que es, escucha atentamente la consabida perorata de Troy. No cabe duda de que a Cincuenta le importa.

«Sí, te quiero.» Recuerdo las palabras entrecortadas que susurró esta mañana y una emoción resplandeciente se expande por mis venas como miel. Este hombre, este regalo de Dios a las mujeres, me quiere.

Me doy cuenta de que estoy mirándolo sonriendo embobada, y cuando se percata de ello se queda desconcertado, aunque también divertido por mi expresión. Yo sólo tengo ganas de abrazarme a mí misma, de lo feliz que soy.

—Yo también quiero un poco de eso que se ha tomado, señorita Steele, sea lo que sea —cuchichea mientras Troy va hacia su ordenador.

—Lo que me he tomado eres tú, señor Grey.

—¿En serio? Pues la verdad es que parece que estás embriagada —me da un beso fugaz—. Y gracias por aceptar el coche. Esta vez ha sido más fácil que la anterior.

—Bueno, éste no es un Audi A3.

Sonríe satisfecho.

—Ése no es un coche para ti.

—A mí me gustaba.

—Señor, ¿el 9-3? He localizado uno en nuestro concesionario de Beverly Hills. En un par de días podemos tenerlo aquí.

Troy está radiante por el éxito.

—¿De gama alta?

—Sí, señor.

—Excelente.

Christian saca la tarjeta de crédito, ¿o es la de Taylor? Pensar en eso me pone nerviosa. Me pregunto cómo estará Taylor, y si habrá encontrado a Leila en el departamento. Me masajeo la frente. Sí, está también todo el bagaje que lleva consigo Christian.

—Si quiere acompañarme, señor… —Troy echa un vistazo al nombre de la tarjeta—… Grey.

Christian me abre la puerta, y yo ocupo el asiento del pasajero.

—Gracias —le digo en cuanto se sienta a mi lado.

Él sonríe.

—Lo hago con mucho gusto, Anastasia.

Christian enciende el motor y vuelve a sonar la música.

—¿Quién es? —pregunto.

—Eva Cassidy.

—Tiene una voz preciosa.

—Sí, la tenía.

—Oh.

—Murió joven.

—Oh.

—¿Tienes hambre? No te terminaste el desayuno.

Me mira de reojo con expresión reprobatoria.

Oh, oh...

—Sí.

—Entonces comamos primero.

Christian conduce hacia los muelles y después hacia el norte, por el viaducto Alaskan Way. Es otro día precioso en Seattle. Llevamos varias semanas con buen tiempo, y eso no es habitual.

Christian parece feliz y relajado mientras circulamos por la autopista escuchando la voz dulce y melancólica de Eva Cassidy. ¿Me había sentido así de cómoda con él antes? No lo sé.

Ahora sé que no me castigará y sus cambios de humor me preocupan menos, y también él parece más tranquilo conmigo. Gira a la izquierda, por la carretera de la costa, y finalmente deja el coche en un estacionamiento frente a un puerto deportivo enorme.

—Comeremos aquí. Espera, te abriré la puerta —dice de un modo que me indica que no es aconsejable moverse, y le veo rodear el coche.

¿Es que nunca se cansará de esto?

Caminamos de la mano hacia la zona del muelle, donde el puerto se extiende frente a nosotros.

—Cuántos barcos —comento, admirada.

Hay centenares, de todas las formas y tamaños, meciéndose sobre las tranquilas aguas del puerto deportivo. Fuera, en el estrecho de Puget, hay docenas de veleros oscilando al viento, gozando del buen tiempo. Es la viva imagen del disfrute al aire libre. Se ha levantado un poco de viento, así que me pongo la chaqueta sobre los hombros.

—¿Tienes frío? —me pregunta, y me atrae hacia sí.

—No, simplemente disfrutaba de la vista.

—Yo me pasaría el día contemplándola. Ven por aquí.

Christian me lleva a un bar inmenso situado frente al mar y se dirige hacia la barra. La decoración es más del estilo de Nueva Inglaterra que de la costa Oeste: paredes blancas encaladas, mobiliario azul claro y parafernalia marina colgada por todas partes. Es un local luminoso y alegre.

—¡Señor Grey! —el barman saluda afectuosamente a Christian—. ¿Qué puedo ofrecerle hoy?

—Dante, buenos días —Christian asiente y los dos nos encaramamos a los taburetes de la barra—. La encantadora dama es Anastasia Steele.

—Bienvenida al local de SP —me dice Dante con una cálida sonrisa.

Es negro y guapísimo, y me examina con sus ojos oscuros y, por lo que parece, da su visto bueno. Lleva un gran diamante en la oreja que centellea cuando me mira. Me cae bien al instante.

—¿Qué quieren tomar?

Miro a Christian, que me observa expectante. Oh, va a dejarme escoger.

—Por favor, llámame Ana, y tomaré lo mismo que Christian.

Sonrío con timidez a Dante. Cincuenta sabe mucho más de vinos que yo.

—Yo tomaré una cerveza. Éste es el único bar de Seattle donde puedes encontrar Adnam Explorer.

—¿Una cerveza?

—Sí —me dice risueño—. Dos Explorer, por favor, Dante.

Dante asiente y coloca las cervezas en la barra.

—Aquí también sirven una sopa de mariscos deliciosa —comenta Christian.

Me lo está preguntando.

—Sopa de mariscos y cerveza suena estupendo —le digo sonriente.

—¿Dos sopas de mariscos? —pregunta Dante.

—Por favor —le pide Christian con amabilidad.

Nos pasamos la comida charlando, como no habíamos hecho nunca. Christian está a gusto y tranquilo; tiene un aspecto juvenil, feliz y animado, pese a todo lo que pasó ayer. Me cuenta la historia de Grey Enterprises Holdings, Inc., y, cuanto más habla, más noto su pasión por recuperar empresas con problemas, su confianza en la tecnología que está desarrollando y sus sueños de convertir en productivos extensos territorios del tercer mundo. Le escucho embelesada. Es divertido, inteligente, filantrópico y hermoso, y me quiere.

Llegado el momento, me acribilla a preguntas sobre Ray y mi madre, sobre el hecho de crecer en los frondosos bosques de Montesano, y sobre mis breves estancias en Texas y Las Vegas. Se interesa por saber mis películas y mis libros preferidos, y me sorprende comprobar cuánto tenemos en común.

Mientras hablamos, se me ocurre pensar que ha pasado de ser el Alec de Thomas Hardy a ser Ángel, de la corrupción y la degradación a los más altos ideales en un espacio de tiempo muy corto.

Terminamos de comer pasadas las dos. Christian paga la cuenta a Dante, que se despide de nosotros afectuosamente.

—Éste sitio es estupendo. Gracias por la comida —le digo a Christian, que me da la mano al salir del bar.

—Volveremos —dice y caminamos por el muelle—. Quería enseñarte una cosa.

—Ya lo sé... y estoy impaciente por verla, sea lo que sea.

Paseamos de la mano por el puerto deportivo. Hace una tarde muy agradable. La gente está disfrutando del domingo, paseando a los perros, contemplando los barcos, vigilando a sus hijos que corren por el paseo.

A medida que avanzamos por el puerto, los barcos son cada vez más grandes. Christian me conduce a un muelle y se detiene delante de un enorme catamarán.

—Pensé que podríamos salir a navegar esta tarde. Este barco es mío.

Madre mía. Debe de medir como mínimo doce metros, quizá unos quince. Dos elegantes cascos blancos, una cubierta, una cabina espaciosa y sobresaliendo por encima todo de ello un impresionante mástil. Yo no sé nada de barcos, pero me doy cuenta de que éste es especial.

—Wow… —musito maravillada.

—Construido por mi empresa —dice con orgullo, y siento henchirse mi corazón—. Diseñado hasta el último detalle por los mejores arquitectos navales del mundo y construido aquí en Seattle, en mi astillero. Dispone de sistema de pilotaje eléctrico híbrido, orzas asimétricas, una vela cuadra en el mástil…

—Alto, alto… ya me perdí, Christian.

Sonríe de oreja a oreja.

—Es un barco magnífico.

—Parece realmente fabuloso, señor Grey.

—Lo es, señorita Steele.

—¿Cómo se llama?

Me lleva a un costado para que pueda ver el nombre: *Grace*. Me quedo muy sorprendida.

—¿Le pusiste el nombre de tu madre?

—Sí —inclina la cabeza a un lado, un tanto desconcertado—. ¿Por qué te extraña?

Me encojo de hombros. No deja de sorprenderme: él siempre actúa de un modo tan ambivalente en su presencia…

—Yo adoro a mi madre, Anastasia. ¿Por qué no le iba a poner su nombre a un barco?

Me ruborizo.

—No, no es eso… es que…

Maldita sea, ¿cómo podría expresarlo?

—Anastasia, Grace Trevelyan me salvó la vida. Se lo debo todo.

Yo lo miro fijamente, y me dejo invadir por la veneración implícita en ese dulce reconocimiento. Y me resulta evidente, por primera vez, que él quiere a su madre. ¿Por qué entonces esa ambigüedad extraña y tensa hacia ella?

—¿Quieres subir a bordo? —pregunta emocionado y con los ojos brillantes.

—Sí, por favor —contesto sonriente.

Parece encantado. Me da la mano, sube dando zancadas por la pequeña plancha y me lleva a bordo. Llegamos a cubierta, situada bajo un toldo rígido.

En un lado hay una mesa y una banqueta en forma de U forrada de piel de color azul claro, con espacio para ocho personas como mínimo. Echo un vistazo al interior de la cabina a través de las puertas corredizas y doy un respingo, sobresaltada al ver que allí hay alguien. Un hombre alto y rubio abre las puertas y sale a cubierta: muy bronceado, con el pelo rizado y los ojos castaños, vestido con una playera rosa de manga corta descolorida, pantalones cortos y chanclas. Debe de tener unos treinta y cinco años, más o menos.

—Mac —saluda Christian con una sonrisa.

—¡Señor Grey! Me alegro de volver a verlo.

Se dan la mano.

—Anastasia, éste es Liam McConnell. Liam, ésta es mi novia, Anastasia Steele.

¡Novia! La diosa que llevo dentro realiza un ágil arabesco. Sigue sonriendo por lo del descapotable. Tengo que acostumbrarme a esto: no es la primera vez que lo dice, pero oírselo pronunciar sigue siendo emocionante.

—¿Cómo está usted?

Liam y yo nos damos la mano.

—Llámeme Mac —me dice con amabilidad, y no consigo identificar su acento—. Bienvenida a bordo, señorita Steele.

—Ana, por favor —musito y enrojezco.

Tiene unos ojos castaños muy profundos.

—¿Qué tal se está portando, Mac? —interviene Christian enseguida, y por un momento creo que está hablando de mí.

—Está preparada para el baile, señor —responde Mac en tono jovial.

Ah, el barco. El *Grace*. Qué tonta soy.

—En marcha, pues.

—¿Van a salir?

—Sí —Christian le dirige a Mac una sonrisa maliciosa—. ¿Una vuelta rápida, Anastasia?

—Sí, por favor.

Lo sigo al interior de la cabina. Frente a nosotros hay un sofá de piel beige en forma de L, y sobre él, un enorme ventanal curvo ofrece una vista panorámica del puerto deportivo. A la izquierda está la zona de la cocina, muy elegante y bien equipada, toda de madera clara.

—Éste es el salón principal. Junto con la cocina —dice Christian, señalándola con un vago gesto.

Me toma de la mano y me lleva por la cabina principal. Es sorprendentemente espaciosa. El suelo es de la misma madera clara. Tiene un diseño moderno y elegante y una atmósfera luminosa y diáfana, aunque todo es muy funcional y no parece que Christian pase mucho tiempo aquí.

—Los baños están en el otro lado.

Señala dos puertas, y luego abre otra más pequeña y de aspecto muy peculiar que tenemos enfrente y entra. Se trata de un lujoso dormitorio. Oh...

Hay una enorme cama empotrada y todo es de tejidos azul pálido y madera clara, como su dormitorio en el Escala. Es evidente que Christian escoge un motivo y lo mantiene.

—Éste es el dormitorio principal —baja la mirada hacia mí, sus ojos grises centellean—. Eres la primera chica que entra aquí, aparte de las de mi familia —sonríe—. Ellas no cuentan.

Su mirada ardiente hace que me ruborice y se me acelere el pulso. ¿De veras? Otra primera vez. Me atrae a sus brazos, sus dedos juguetean con mi cabello y me da un beso, intenso y largo. Cuando me suelta, ambos estamos sin aliento.

—Quizá deberíamos estrenar esta cama —murmura junto a mi boca.

¡Oh, en el mar!

—Pero no ahora mismo. Ven, Mac estará soltando amarras.

Hago caso omiso de la punzada de desilusión, él me da la mano y volvemos a cruzar el salón. Me señala otra puerta.

—Allí hay un despacho, y aquí delante dos cabinas más.

—¿Cuánta gente puede dormir en el barco?

—Es un catamarán con seis camarotes, aunque sólo he subido a bordo a mi familia. Me gusta navegar solo. Pero no cuando tú estás aquí. Tengo que mantenerte vigilada.

Revuelve en un arcón y saca un chaleco salvavidas de un rojo intenso.

—Toma.

Me lo pasa por la cabeza y tensa todas las correas, y la sombra de una sonrisa aparece en sus labios.

—Te encanta atarme, ¿verdad?

—De todas las formas posibles —dice con una chispa maliciosa en la mirada.

—Eres un pervertido.

—Lo sé.

Arquea las cejas y su sonrisa se ensancha.

—Mi pervertido —susurro.

—Sí, tuyo.

Una vez que me ha atado, me agarra por los costados del chaleco y me besa.

—Siempre —musita y, sin darme tiempo a responder, me suelta.

¡Siempre! Dios santo.

—Ven.

Me da la mano, salimos y subimos unos pocos escalones hasta una pequeña cabina en la cubierta superior, donde hay un gran timón y un asiento elevado. Mac está manipulando unos cabos en la proa del barco.

—¿Es aquí donde aprendiste todos tus trucos con las cuerdas? —le pregunto a Christian con aire inocente.

—Los ballestrinques me han caído muy bien —dice, y me escruta con la mirada—. Señorita Steele, parece que he despertado su curiosidad. Me gusta verte así, curiosa. Tendré mucho gusto en enseñarte lo que puedo hacer con una cuerda.

Me sonríe con picardía y yo, impasible, lo miro como si me hubiera disgustado. Le cambia la cara.

—Mordiste el anzuelo —le digo sonriendo.

Christian tuerce la boca y entorna los ojos.

—Tendré que ocuparme de ti más tarde, pero ahora mismo, tengo que pilotear un barco.

Se sienta ante los mandos, aprieta un botón y el motor se pone en marcha con un rugido.

Mac se dirige raudo hacia un costado del barco, me sonríe y

salta a la cubierta inferior, donde empieza a desatar un cabo. A lo mejor él también sabe hacer un par de trucos con las cuerdas. La inoportuna idea hace que me ruborice.

Mi subconsciente me mira ceñuda. Yo le respondo encogiéndome de hombros y miro hacia Christian: le echo la culpa a Cincuenta. Él toma el receptor y llama por radio al guardacostas, y Mac grita que estamos preparados para zarpar.

Una vez más, me fascina la destreza de Christian. Es tan competente. ¿Hay algo que este hombre no pueda hacer? Entonces recuerdo su concienzuda intentona de cortar y trocear un pimiento el pasado viernes en mi departamento. Y sonrío al pensarlo.

Christian conduce lentamente el *Grace* del embarcadero en dirección a la bocana del puerto. A nuestras espaldas queda el reducido grupo de gente que se ha congregado en el muelle para vernos partir. Los niños pequeños nos saludan y yo les devuelvo el saludo.

Christian mira por encima del hombro, y luego hace que me siente entre sus piernas y señala las diversas esferas y dispositivos del puente de mando.

—Agarra el timón —me ordena tan autoritario como siempre, y yo hago lo que me pide.

—A la orden, capitán —digo con una risita nerviosa.

Coloca sus manos sobre las mías, manteniendo el rumbo para salir de la bahía, y en cuestión de minutos estamos en mar abierto, surcando las azules y frías aguas del estrecho de Puget. Lejos del muro protector del puerto, el viento es más fuerte y navegamos sobre un mar encrespado y rizado.

No puedo evitar sonreír al notar el entusiasmo de Christian; esto es tan emocionante... Trazamos una gran curva hasta situarnos rumbo oeste hacia la península Olympic, con el viento detrás.

—Hora de navegar —dice Christian, lleno de excitación—. Toma, sujétalo tú. Mantén el rumbo.

¿Qué?

Sonríe al ver mi cara de horror.

—Es muy fácil, nena. Afianza el timón y no dejes de mirar por la proa hacia el horizonte. Lo harás muy bien, como siempre.

Cuando se icen las velas, notarás el tirón. Limítate a mantenerlo firme. Yo te haré esta señal —hace un movimiento con la mano plana como de rajarse el cuello—, y entonces puedes parar el motor. Es este botón de aquí —señala un gran interruptor negro—. ¿Entendido?

—Sí —asiento frenética y aterrorizada.

¡Madre mía... yo no tenía pensado hacer nada!

Me besa y baja rápidamente de la silla de capitán, y luego salta a la parte delantera del barco, donde se encuentra Mac, y empieza a desplegar velas, a desatar cabos y a manipular cabrestantes y poleas. Ambos trabajan bien juntos, como un equipo, intercambiando a gritos diversos términos náuticos, y es reconfortante ver a Cincuenta interactuar con alguien con tanta espontaneidad.

Quizá Mac sea amigo de Cincuenta. Por lo que yo sé, no parece que tenga muchos, pero la verdad es que yo tampoco. Bueno, al menos aquí en Seattle. Mi única amiga está de vacaciones, poniéndose morena en Saint James, en la costa oeste de Barbados.

Al pensar en Kate siento una punzada de dolor. Echo en falta a mi compañera de piso más de lo que creía cuando se fue. Espero que cambie de opinión y que regrese pronto a casa con su hermano Ethan, en lugar de prolongar su estancia con el hermano de Christian, Elliot.

Christian y Mac izan la vela mayor. Se hincha y se infla a merced del impetuoso viento, y de repente el barco da bandazos y acelera. Yo lo siento en el timón. ¡Wow!

Ellos se ponen a trajinar en la proa, y yo contemplo fascinada cómo la gran vela se iza en el mástil. El viento la agarra, expandiéndola y tensándola.

—¡Mantenlo firme, nena, y apaga el motor! —me grita Christian por encima del viento, y me hace la señal de desconectar las máquinas.

Yo apenas oigo su voz, pero asiento entusiasmada, y contemplo al hombre que amo, con el pelo totalmente alborotado, muy emocionado, sujetándose ante los cabeceos y los virajes del barco.

Aprieto el botón, cesa el rugido del motor, y el *Grace* navega hacia la península Olympic, deslizándose por el agua como si volara. Yo tengo ganas de chillar y gritar y jalear: ésta es una de las experiencias más excitantes de mi vida... salvo quizá la del planeador, y puede que la del cuarto rojo del dolor.

¡Madre mía, cómo se mueve este barco! Me mantengo firme, sujetando el timón y tratando de conservar el rumbo, y Christian vuelve a colocarse detrás de mí y pone sus manos sobre las mías.

—¿Qué te parece? —me pregunta, gritando sobre el rugido del viento y el mar.

—¡Christian, esto es fantástico!

Esboza una radiante sonrisa de oreja a oreja.

—Ya verás cuando ice la vela globo.

Señala con la barbilla a Mac, que está desplegando la vela globo, de un rojo oscuro e intenso. Me recuerda las paredes del cuarto de juegos.

—Un color interesante —grito.

Él hace una mueca felina y me guiña un ojo. Oh, no es casualidad.

La vela globo, con su peculiar forma, grande y elíptica, se hincha y hace que el *Grace* agarre gran velocidad. El barco toma el rumbo, navegando a toda marcha hacia el Sound.

—Velaje asimétrico. Para correr más —contesta Christian a mi pregunta implícita.

—Es alucinante.

No se me ocurre nada mejor que decir. Mientras brincamos sobre las aguas, en dirección a las majestuosas montañas Olympic y a la isla de Bainbridge, yo sigo con una sonrisa de lo más bobalicona en la cara. Al mirar hacia atrás, veo Seattle empequeñecerse en la distancia y, más allá, el monte Rainier.

Nunca me había dado cuenta realmente de lo hermoso y agreste que es el paisaje de los alrededores de Seattle: verde, exuberante y apacible, con enormes árboles de hoja perenne y acantilados rocosos con paredes escarpadas que se alzan aquí y allá. En esta gloriosa tarde soleada el entorno posee una belleza salvaje pero serena, que me corta la respiración. Tanta quietud resulta asombrosa en comparación con la velocidad con que surcamos las aguas.

—¿A qué velocidad vamos?

—A quince nudos.

—No tengo ni idea de qué quiere decir eso.

—Unos veintiocho kilómetros por hora.

—¿Nada más? Parece mucho más.

Me acaricia la mano, sonriendo.

—Estás preciosa, Anastasia. Es agradable ver tus mejillas con algo de color… y no porque te ruborices. Tienes el mismo aspecto que en las fotos de José.

Me doy la vuelta y lo beso.

—Sabes cómo hacer que una chica la pase bien, señor Grey.

—Mi único objetivo es complacer, señorita Steele —me aparta el pelo y me besa la parte baja de la nuca, provocándome unos deliciosos escalofríos que me recorren toda la columna—. Me gusta verte feliz —murmura, y me abraza más fuerte.

Contemplo la inmensidad del agua azul, preguntándome qué debo haber hecho para que la suerte me haya sonreído y me haya enviado a este hombre.

Sí, eres una zorra con suerte, me replica mi subconsciente. *Pero aún te queda mucho por hacer con él. No va a aceptar siempre esta broma de relación vainilla… vas a tener que transigir.* Fulmino mentalmente con la mirada a ese rostro insolente y mordaz, y apoyo la cabeza en el torso de Christian. En el fondo sé que mi subconsciente tiene razón, aunque me niego a pensar en ello. No quiero estropearme el día.

Al cabo de una hora atracamos en una cala pequeña y guarecida de la isla de Bainbridge. Mac ha bajado a la playa en la lancha —no sé bien para qué—, pero me lo imagino, porque en cuanto pone en marcha el motor fuera de borda, Christian me toma de la mano y prácticamente me arrastra al interior de su camarote: es un hombre con una misión.

Ahora está de pie ante mí, emanando su embriagadora sensualidad mientras sus dedos hábiles se afanan en desatar las correas de mi chaleco salvavidas. Lo deja a un lado y me mira intensamente con sus ojos oscuros, dilatados.

Ya estoy perdida y apenas me ha tocado. Levanta la mano y desliza los dedos por mi barbilla, a lo largo del cuello, sobre el esternón, hasta alcanzar el primer botón de mi blusa azul, y siento que su caricia me abrasa.

—Quiero verte —musita, y desabrocha con destreza el botón.

Se inclina y besa con suavidad mis labios abiertos. Jadeo ansiosa, excitada por la poderosa combinación de su cautivadora belleza, su cruda sexualidad en el confinamiento de este camarote, y el suave balanceo del barco. Él retrocede un paso.

—Desnúdate para mí —susurra con los ojos incandescentes.

Ah... Obedezco encantada. Sin apartar mis ojos de él, desabrocho despacio cada botón, saboreando su tórrida mirada. Oh, esto es embriagador. Veo su deseo: es palpable en su rostro... y en todo su cuerpo.

Dejo caer la camisa al suelo y me dispongo a desabrocharme los jeans.

—Para —ordena—. Siéntate.

Me siento en el borde de la cama y, con un ágil movimiento, él se arrodilla delante de mí, me desanuda primero un zapato, luego el otro, y me los quita junto con los calcetines. Toma mi pie izquierdo, lo levanta, me da un suave beso en la base del pulgar y luego me roza con la punta de los dientes.

—¡Ah! —gimo al notar el efecto en mi entrepierna.

Se pone de pie con elegancia, me tiende la mano y me aparta de la cama.

—Continúa —dice, y retrocede un poco para contemplarme.

Yo me bajo el cierre de los jeans, meto los pulgares en la cintura y deslizo la prenda por mis piernas. En sus labios juguetea una sonrisa, pero sus ojos siguen sombríos.

Y no sé si es porque me hizo el amor esta mañana, y me refiero a hacerme realmente el amor, con dulzura, con cariño, o si es por su declaración apasionada —«sí... te quiero»—, pero no siento la menor vergüenza. Quiero ser sexy para este hombre. Merece que sea sexy para él... y hace que me sienta sexy. Vaya, esto es nuevo para mí, pero estoy aprendiendo gracias a su experta tutela.

Y la verdad es que para él es algo nuevo también. Eso equilibra las cosas entre los dos, un poco, creo.

Llevo un par de prendas de mi ropa interior nueva: una minitanga blanca de encaje y un sostén haciendo juego, de una lujosa marca y todavía con la etiqueta del precio. Me quito los jeans y me quedo allí plantada para él, con la lencería por la que ha pagado, pero ya no me siento vulgar… me siento suya.

Me desabrocho el brassiere por la espalda, bajo los tirantes por los brazos y lo dejo sobre mi blusa. Me bajo la tanga despacio, la dejo caer hasta los tobillos y salgo de ella con un elegante pasito, sorprendida por mi propio estilo.

Estoy de pie ante él, desnuda y sin la menor vergüenza, y sé que es porque me quiere. Ya no tengo que esconderme. Él no dice nada, se limita a mirarme fijamente. Sólo veo su deseo, su adoración incluso, y algo más, la profundidad de su necesidad… la profundidad de su amor por mí.

Él se lleva la mano hasta la cintura, se levanta el jersey beige y se lo quita por la cabeza, seguido de la camiseta, sin apartar de mí sus vívidos ojos grises. Luego se quita los zapatos y los calcetines, antes de disponerse a desabrochar el botón de sus vaqueros.

Doy un paso al frente, y susurro:

—Déjame.

Frunce momentáneamente los labios en una muda exclamación, y sonríe:

—Adelante.

Avanzo hacia él, introduzco mis osados dedos por la cintura de sus pantalones y tiro de ellos, para obligarlo a acercarse más. Jadea involuntariamente ante mi inesperada audacia y luego me mira sonriendo. Desabrocho el botón, pero antes de bajar el cierre dejo que mis dedos se demoren, siguiendo su erección a través de la suave tela. Él flexiona las caderas hacia la palma de mi mano y cierra los ojos unos segundos, disfrutando de mi caricia.

—Eres cada vez más audaz, Ana, más valiente —musita, sujetándome la cara con las dos manos e inclinándose para besarme con ardor.

Pongo las manos en sus caderas, la mitad sobre su piel fría y la otra mitad sobre la cintura caída de sus jeans.

—Tú también —murmuro pegada a sus labios, mientras mis pulgares trazan lentos círculos sobre su piel y él sonríe.

—Allá voy.

Llevo las manos hasta la parte delantera de sus pantalones y bajo la bragueta. Mis intrépidos dedos atraviesan su vello púbico hasta su erección, y la sujeto con firmeza.

Su garganta emite un ruido sordo, impregnándome con su suave aliento, y vuelve a besarme con ternura. Mientras muevo mi mano por su miembro, rodeándolo, acariciándolo, apretándolo, él me rodea con el brazo y apoya la palma de la mano derecha con los dedos separados en mitad de mi espalda. Con la mano izquierda en mi pelo, me retiene pegada a sus labios.

—Oh, te deseo tanto, nena —gime, y de repente se echa hacia atrás para quitarse pantalones y calzones con un movimiento ágil y rápido.

Es una maravilla poder contemplar sin ropa cada milímetro de su cuerpo.

Es perfecto. Solo las cicatrices profanan su belleza, pienso con tristeza.Y son mucho más profundas que las de la simple piel.

—¿Qué pasa, Ana? —murmura, y me acaricia tiernamente la mejilla con los nudillos.

—Nada. Ámame, ahora.

Me toma en sus brazos y me besa, entrelazando sus dedos en mis cabellos. Nuestras lenguas se enroscan, me lleva otra vez a la cama, me coloca encima con delicadeza y luego se tumba a mi lado.

Me recorre la línea de la mandíbula con la nariz mientras yo hundo las manos en su pelo.

—¿Sabes hasta qué punto es exquisito tu aroma, Ana? Es irresistible.

Sus palabras logran, como siempre, inflamarme la sangre, acelerarme el pulso, y él desliza la nariz por mi cuello y a través de mis senos, mientras me besa con reverencia.

—Eres tan hermosa —murmura, y me atrapa un pezón con la boca y chupa despacio.

Gimo y mi cuerpo se arquea sobre la cama.

—Quiero oírte, nena.

Baja las manos a mi cintura, y yo me regodeo con el tacto de sus caricias, piel con piel... su ávida boca en mis pechos y sus largos y diestros dedos acariciándome, tocándome, amándome. Se mueven sobre mis muslos, sobre mi trasero, y bajan por mi pierna hasta la rodilla, sin dejar en ningún momento de besarme y chuparme los pechos.

Me toma por la rodilla, y de pronto me levanta la pierna y se la coloca alrededor de las caderas, provocándome un gemido, y no la veo, pero siento en la piel la sonrisa con que reacciona. Rueda sobre la cama, de manera que me quedo a horcajadas sobre él, y me entrega un envoltorio de aluminio.

Me echo hacia atrás y tomo su miembro en mis manos, y simplemente soy incapaz de resistirme ante su esplendor. Me inclino y lo beso, lo tomo en mi boca, enrollo la lengua a su alrededor y chupo con fuerza. Él jadea y flexiona las caderas para penetrar más a fondo en mi boca.

Mmm... sabe bien. Lo deseo dentro de mí. Vuelvo a incorporarme y lo miro fijamente. Está sin aliento, tiene la boca abierta y me mira intensamente.

Abro rápidamente el envoltorio del condón y se lo coloco. Él me tiende las manos. Le tomo una y, con la otra, me pongo encima de él y, lentamente, lo hago mío.

Él cierra los ojos y su garganta emite un gruñido sordo.

Sentirlo en mí... expandiéndose... colmándome... —gimo suavemente—, es una sensación divina. Coloca sus manos sobre mis caderas y empieza a moverse arriba y abajo, penetrándome con ímpetu.

Ah... es delicioso.

—Oh, nena —susurra, y de repente se sienta y quedamos frente a frente, y la sensación es extraordinaria... de plenitud.

Gimo y me aferro a sus antebrazos, y él me sujeta la cabeza con las manos y me mira a los ojos... intensos y grises, ardientes de deseo.

—Oh, Ana. Cómo me haces sentir —murmura, y me besa con pasión y anhelo ciego.

Yo le devuelvo los besos, aturdida por la deliciosa sensación de tenerlo hundido en mi interior.

—Oh, te quiero —musito.

Él emite un quejido, como si le doliera oír las palabras que susurro, y rueda sobre la cama, arrastrándome con él sin romper nuestro preciado contacto, de manera que quedo debajo de él, y le rodeo la cintura con las piernas.

Christian baja la mirada hacia mí con maravillada adoración, y estoy segura de reflejar su misma expresión cuando alargo la mano para acariciar su bellísimo rostro. Empieza a moverse muy despacio, y al hacerlo cierra los ojos y suspira levemente.

El suave balanceo del barco y la paz y el silencio del camarote se ven únicamente interrumpidos por nuestras respiraciones entremezcladas, mientras él se mueve despacio dentro y fuera de mí, tan controlado y tan agradable... una sensación gloriosa. Pone su brazo sobre mi cabeza, con la mano en mi pelo, y con la otra me acaricia la cara mientras se inclina para besarme.

Estoy envuelta totalmente en él, mientras me ama, entrando y saliendo lentamente de mí, y me saborea. Yo lo toco... dentro de los límites estrictos: los brazos, el cabello, la parte baja de la espalda, su hermoso trasero... Y cuando aumenta más y más el ritmo de sus embajes, se me acelera la respiración. Me besa en la boca, en la barbilla, en la mandíbula, y después me mordisquea la oreja. Oigo su respiración entrecortada cada vez que me penetra con ímpetu.

Mi cuerpo empieza a temblar. Oh... esa sensación que ahora conozco tan bien... se acerca... Oh...

—Eso es, nena... Entrégate a mí... Por favor... Ana —murmura, y sus palabras son mi perdición.

—¡Christian! —grito, y él gime cuando nos venimos juntos.

10

Mac no tardará en volver —dice en voz baja.

—Mmm…

Abro los ojos parpadeantes y me encuentro con su dulce mirada gris. Dios… los suyos tienen un color extraordinario; sobre todo aquí, en mar abierto: reflejan la luz que reverbera en el agua y en el interior de la cabina a través de los pequeños ojos de buey.

—Aunque me encantaría estar aquí tumbado contigo toda la tarde, Mac necesitará que lo ayude con el bote —Christian se inclina sobre mí y me besa dulcemente—. Estás tan hermosa ahora mismo, Ana, toda despeinada y tan sexy. Hace que te desee aún más.

Sonríe y se levanta de la cama. Yo me acuesto boca abajo y admiro la vista.

—Tú tampoco estás mal, capitán.

Chasqueo los labios admirada y él sonríe satisfecho.

Lo veo deambular con elegancia por el camarote mientras se viste. Ese maravilloso hombre acaba de hacerme el amor tiernamente otra vez. Apenas puedo creer la suerte que tengo. Apenas puedo creer que ese hombre sea mío. Se sienta a mi lado para ponerse los zapatos.

—Capitán, ¿eh? —dice con sequedad—. Bueno, soy el amo y señor de este barco.

Ladeo la cabeza.

—Tú eres el amo y señor de mi corazón, señor Grey. Y de mi cuerpo… y de mi alma.

Mueve la cabeza, incrédulo, y se inclina para besarme.

—Estaré en cubierta. Hay una regadera en el baño, si se te antoja. ¿Necesitas algo? ¿Una copa? —pregunta solícito, y lo único que soy capaz de hacer es sonreírle.

¿Es éste el mismo hombre? ¿Es el mismo Cincuenta?

—¿Qué pasa? —dice como reacción a mi bobalicona sonrisa.

—Tú.

—¿Qué pasa conmigo?

—¿Quién eres tú y qué has hecho con Christian?

Tuerce la boca y sonríe con tristeza.

—No está muy lejos, nena —dice suavemente, y hay un dejo melancólico en su voz que hace que inmediatamente lamente haberle hecho esa pregunta. Pero Christian sacude la cabeza para desechar la idea—. No tardarás en verlo —dice sonriendo—, sobre todo si no te levantas.

Se acerca y me da una nalgada fuerte, y yo chillo y me río al mismo tiempo.

—Ya me tenías preocupada.

—¿Ah, sí? —Christian arquea una ceja—. Emites señales contradictorias, Anastasia. ¿Cómo podría un hombre seguirte el ritmo? —se inclina y vuelve a besarme—. Hasta luego, nena —añade y, con una sonrisa deslumbrante, se levanta y me deja a solas con mis dispersos pensamientos.

Cuando salgo a cubierta, Mac está de nuevo a bordo, pero enseguida se retira a la cubierta superior en cuanto abro las puertas del salón. Christian está con su BlackBerry. ¿Hablando con quién?, me pregunto. Se me acerca, me atrae hacia él y me besa el cabello.

—Una noticia estupenda… bien. Sí… ¿De verdad? ¿La escalera de incendios?… Entiendo… Sí, esta noche.

Aprieta el botón de fin de llamada, y el ruido de los motores al ponerse en marcha me sobresalta. Mac debe de estar arriba, en el puente de mando.

—Hora de volver —dice Christian, y me besa una vez más mientras me coloca de nuevo el chaleco salvavidas.

Cuando regresamos al puerto deportivo, con el sol a nuestra espalda poniéndose en el horizonte, pienso en esta tarde maravillosa. Bajo la atenta y paciente tutela de Christian, he estibado una vela mayor, un foque y una vela balón, y he aprendido a hacer un nudo cuadrado, un ballestrinque y un nudo margarita. Él ha mantenido los labios apretados durante toda la clase.

—Puede que un día de estos te ate a ti —mascullo en tono gruñón.

Él tuerce el gesto, divertido.

—Primero tendrá que atraparme, señorita Steele.

Sus palabras me traen a la cabeza la imagen de él persiguiéndome por todo el departamento, la excitación, y después sus espantosas consecuencias. Frunzo el ceño y me estremezco. Después de aquello, lo dejé.

¿Lo dejaría otra vez ahora que ha reconocido que me quiere? Levanto la vista hacia sus claros ojos grises. ¿Sería capaz de dejarlo otra vez... me hiciera lo que me hiciese? ¿Podría traicionarlo de ese modo? No. No creo que pudiera.

Me ha dado otro completo tour por este magnífico barco, explicándome todos los detalles del diseño, las técnicas innovadoras y los materiales de alta calidad que se utilizaron para construirlo. Recuerdo aquella primera entrevista, cuando lo conocí. Entonces descubrí su pasión por los barcos. Creí que reservaba su entrega incondicional a los cargueros transoceánicos que construye su empresa... pero no, también los elegantes catamaranes de encanto tan sensual.

Y, por supuesto, me ha hecho el amor con dulzura, sin prisas. Recuerdo mi cuerpo arqueado y anhelante bajo sus expertas manos. Es un amante excepcional, de eso estoy segura... aunque, claro, no tengo con quién compararle. Pero Kate hubiera alardeado más si esto fuera siempre así: no es propio de ella callarse los detalles.

Pero ¿durante cuánto tiempo le bastará con esto? No lo sé, y el pensamiento resulta muy perturbador.

Ahora se sienta y me rodea con sus brazos, y yo permanezco en la seguridad de su abrazo durante horas —o eso me parece—, en un silencio cómodo y fraterno, mientras el *Grace* se desliza y se acerca más y más a Seattle. Yo llevo el timón, y Christian me avisa cada vez que tengo que ajustar el rumbo.

—Hay una poesía en navegar tan antigua como el mundo —me dice al oído.

—Eso suena a cita.

Noto que sonríe.

—Lo es. Antoine de Saint-Exupéry.

—Oh... me encanta *El principito.*

—A mí también.

Comienza a caer la noche cuando Christian, con sus manos todavía sobre las mías, nos conduce al interior de la bahía. Las luces de los barcos parpadean y se reflejan en el agua oscura, pero todavía hay algo de claridad: el atardecer es agradable y luminoso, el preludio de lo que sin duda será una puesta de sol espectacular.

Una pequeña multitud se congrega en el muelle cuando Christian hace girar despacio el barco, en un espacio relativamente pequeño. Lo hace con destreza, atracando de nuevo en el embarcadero del que habíamos zarpado. Mac salta a tierra y amarra el *Grace* a un noray.

—Ya estamos de vuelta —murmura Christian.

—Gracias —susurro tímidamente—. Ha sido una tarde perfecta.

Christian me sonríe.

—Yo pienso lo mismo. Quizá deberíamos inscribirte en una escuela náutica, y así podríamos salir durante unos días, tú y yo solos.

—Me encantaría. Podríamos estrenar el dormitorio una y otra vez.

Se inclina y me besa bajo la oreja.

—Mmm... estoy deseándolo, Anastasia —susurra, y consigue que se me erice todo el vello del cuerpo.

¿Cómo lo hace?

—Vamos, el departamento es seguro. Podemos volver.

—¿Y las cosas que tenemos en el hotel?

—Taylor ya las ha recogido.

¡Oh! ¿Cuándo?

—Hoy a primera hora —contesta Christian antes de que le plantee la pregunta—, después de haber examinado el *Grace* con su equipo.

—¿Y ese pobre hombre cuándo duerme?

—Duerme —Christian, desconcertado, arquea una ceja—. Simplemente cumple con su deber, Anastasia, y lo hace muy bien. Es una suerte contar con Jason.

—¿Jason?

—Jason Taylor.

Pensaba que Taylor era su nombre de pila. Jason… Es un nombre que le queda: serio y responsable, fiable. Por alguna razón, eso me hace sonreír.

Christian me mira pensativo y comenta:

—Tú aprecias a Taylor.

—Supongo que sí.

Su comentario me confunde. Él frunce el ceño.

—No me siento atraída por él, si es eso lo que te hace poner mala cara. Olvidalo.

Christian hace algo parecido a un mohín, como enfurruñado.

Dios… a veces es como un niño.

—Opino que Taylor cuida muy bien de ti. Por eso me gusta. Me parece un hombre que inspira confianza, amable y leal. Lo aprecio en un sentido paternal.

—¿Paternal?

—Sí.

—Bien, paternal.

Christian parece analizar la palabra y su significado. Me echo a reír.

—Oh, Christian, por favor, madura un poco.

Él abre la boca, sorprendido ante mi salida, pero luego piensa en lo que he dicho y tuerce el gesto.

—Lo intento —dice finalmente.

—Se nota. Y mucho —le digo con cariño, pero después pongo los ojos en blanco.

—Qué buenos recuerdos me trae verte hacer ese gesto, Anastasia —dice con una gran sonrisa.

—Bueno, si te portas bien a lo mejor revivimos alguno de esos recuerdos —replico con aire cómplice.

Él hace una mueca irónica.

—¿Portarme bien? —levanta las cejas—. Francamente, señorita Steele, ¿qué le hace pensar que quiera revivirlos?

—Seguramente porque, cuando lo he dicho, tus ojos han brillado como luces navideñas.

—Qué bien me conoces ya —dice con cierta sequedad.

—Me gustaría conocerte mejor.

Sonríe con dulzura.

—Y a mí a ti, Anastasia.

—Gracias, Mac.

Christian estrecha la mano de McConnell y baja al muelle.

—Siempre es un placer, señor Grey. Adiós. Y, Ana, encantado de conocerte.

Le doy la mano con timidez. Debe de saber a qué nos hemos dedicado Christian y yo mientras él estaba en tierra.

—Que tengas un buen día, Mac, y gracias.

Me sonríe y me guiña el ojo, haciendo que me ruborice. Christian me toma de la mano y subimos por el muelle hacia el paseo marítimo.

—¿De dónde es Mac? —pregunto, intrigada por su acento.

—Irlandés… del norte de Irlanda —concreta Christian.

—¿Es amigo tuyo?

—¿Mac? Trabaja para mí. Ayudó a construir el *Grace*.

—¿Tienes muchos amigos?

Frunce el ceño.

—La verdad es que no. Dedicándome a lo que me dedico… no puedo cultivar muchas amistades. Sólo está…

Se calla y se pone muy serio, y soy consciente de que iba a mencionar a la señora Robinson.

—¿Tienes hambre? —pregunta para cambiar de tema.

Asiento. La verdad es que estoy hambrienta.

—Cenaremos donde dejé el coche. Vamos.

Al lado del SP hay un pequeño bistro italiano llamado Bee's. Me recuerda al local de Portland: unas pocas mesas y reservados, con una decoración muy moderna y alegre, y una gran fotografía en blanco y negro de una celebración de principios de siglo a modo de mural.

Christian y yo nos sentamos en un reservado, y echamos un vistazo al menú mientras degustamos un Frascati suave y delicioso. Cuando levanto la vista de la carta, después de haber elegido lo que quiero, Christian me está mirando fijamente, pensativo.

—¿Qué pasa?

—Estás muy guapa, Anastasia. El aire libre te sienta bien.

Me ruborizo.

—Pues la verdad es que me arde la cara por el viento. Pero he pasado una tarde estupenda. Una tarde perfecta. Gracias.

En sus ojos brilla el cariño.

—Ha sido un placer —musita.

—¿Puedo preguntarte una cosa?

Estoy decidida a obtener información.

—Lo que quieras, Anastasia. Ya lo sabes.

Ladea la cabeza. Está encantador.

—No pareces tener muchos amigos. ¿Por qué?

Encoge los hombros y frunce el ceño.

—Ya te lo he dicho, la verdad es que no tengo tiempo. Están mis socios empresariales... aunque eso es muy distinto a tener amigos, supongo. Tengo a mi familia y ya está. Aparte de Elena.

Ignoro que ha mencionado a esa bruja.

—¿Ningún amigo varón de tu misma edad para salir a desahogarte?

—Tú ya sabes cómo me gusta desahogarme, Anastasia

—Christian hace una leve mueca—. Y me he dedicado a trabajar, a levantar mi empresa —parece desconcertado—. No hago nada más; salvo navegar y volar de vez en cuando.

—¿Ni siquiera en la universidad?

—La verdad es que no.

—¿Sólo Elena, entonces?

Asiente, con cautela.

—Debes de sentirte solo.

Sus labios esbozan una media sonrisa melancólica.

—¿Qué se te antoja comer? —pregunta, volviendo a cambiar de tema.

—Me inclino por el risotto.

—Buena elección.

Christian avisa al camarero y da por terminada la conversación.

Después de pedir, me revuelvo incómoda en la silla y fijo la mirada en mis manos entrelazadas. Si tiene ganas de hablar, he de aprovecharlo.

Tengo que hablar con él de cuáles son sus expectativas, sus… necesidades.

—Anastasia, ¿qué pasa? Dime.

Levanto la vista hacia su rostro preocupado.

—Dime —repite con más contundencia, y su preocupación se convierte ¿en qué… miedo… ira?

Suspiro profundamente.

—Lo que más me inquieta es que no tengas bastante con esto. Ya sabes… para desahogarte.

Tensa la mandíbula y su mirada se endurece.

—¿He manifestado de algún modo que no tenga bastante con esto?

—No.

—Entonces, ¿por qué lo piensas?

—Sé cómo eres. Lo que… eh… necesitas —balbuceo.

Cierra los ojos y se masajea la frente con sus largos dedos.

—¿Qué tengo que hacer? —dice en voz tan baja que resulta alarmante, como si estuviera enojado, y se me encoge el corazón.

—No, me has malinterpretado: te has comportado maravillosamente, y sé que sólo han pasado unos días, pero espero no estar obligándote a ser alguien que no eres.

—Sigo siendo yo, Anastasia… con todas las cincuenta sombras de mi locura. Sí, tengo que luchar contra el impulso de ser controlador… pero es mi naturaleza, la manera en que me enfrento a la vida. Sí, espero que te comportes de una determinada manera, y cuando no lo haces supone un desafío para mí, pero también es un soplo de aire fresco. Seguimos haciendo lo que me gusta hacer a mí. Dejaste que te golpeara ayer después de aquella espantosa puja —esboza una sonrisa placentera al recordarlo—. Yo disfruto castigándote. No creo que ese impulso desaparezca nunca… pero me esfuerzo, y no es tan duro como creía.

Me estremezco y enrojezco al recordar nuestro encuentro clandestino en el dormitorio de su infancia.

—Eso no me importó —musito con timidez.

—Lo sé —sus labios se curvan en una sonrisa reacia—. A mí tampoco. Pero te diré una cosa, Anastasia: todo esto es nuevo para mí, y estos últimos días han sido los mejores de mi vida. No quiero que cambie nada.

¡Oh!

—También han sido los mejores de mi vida, sin duda —murmuro, y se le ilumina la cara.

La diosa que llevo dentro asiente febril, dándome fuertes codazos. Sí, sí, ya lo sé…

—Entonces, ¿no quieres llevarme a tu cuarto de juegos?

Traga saliva y palidece, con el rostro totalmente serio.

—No, no quiero.

—¿Por qué no? —musito.

No es la respuesta que esperaba.

Y sí, ahí está… esa punzada de decepción. La diosa que llevo dentro hace un mohín y da patadas en el suelo con los brazos cruzados, como una niña enfurruñada.

—La última vez que estuvimos allí me abandonaste —dice en voz baja—. Pienso huir de cualquier cosa que pueda provocar que vuelvas a dejarme. Cuanto te fuiste me quedé destrozado. Ya te lo conté. No quiero volver a sentirme así. Ya te dije lo que siento por ti.

Sus ojos grises, enormes e intensos, rezuman sinceridad.

—Pero no me parece justo. Para ti no puede ser bueno… estar constantemente preocupado por cómo me siento. Tú has hecho todos esos cambios por mí, y yo… creo que debería corresponderte de algún modo. No sé, quizá… intentar… algunos juegos haciendo distintos personajes —tartamudeo, con la cara del color de las paredes del cuarto de juegos.

¿Por qué es tan difícil hablar de esto? He practicado todo tipo de sexo pervertido con este hombre, cosas de las que ni siquiera había oído hablar hace unas semanas, cosas que nunca había creído posibles, y, sin embargo, lo más difícil de todo es hablar de esto con él.

—Ya me correspondes, Ana, más de lo que crees. Por favor, no te sientas así.

El Christian despreocupado ha desaparecido. Ahora tiene los ojos muy abiertos con expresión alarmada, y verlo así resulta desgarrador.

—Nena, solo ha pasado un fin de semana. Démonos tiempo. Cuando te marchaste, pensé mucho en nosotros. Necesitamos tiempo. Tú necesitas confiar en mí y yo en ti. Quizá más adelante podamos permitírnoslo, pero me gusta cómo eres ahora. Me gusta verte tan contenta, tan relajada y despreocupada, sabiendo que yo tengo algo que ver en ello. Yo nunca he… —se calla y se pasa la mano por el pelo—. Para correr, primero tenemos que aprender a andar.

De repente sonríe.

—¿Qué tiene tanta gracia?

—Flynn. Dice eso constantemente. Nunca creí que lo citaría.

—Un flynnismo.

Christian se ríe.

—Exacto.

Llega el camarero con las entradas y la brocheta, y en cuanto cambiamos de conversación Christian se relaja.

Cuando nos colocan delante nuestros pantagruélicos platos, no puedo evitar pensar en cómo he visto a Christian hoy: relajado, feliz y despreocupado. Como mínimo ahora se ríe, vuelve a estar a gusto.

Cuando empieza a interrogarme sobre los lugares donde he estado, suspiro de alivio en mi fuero interno. El tema se acaba enseguida, ya que no he estado en ningún sitio fuera de Estados Unidos continental. En cambio, él ha viajado por todo el mundo, e iniciamos una charla más alegre y sencilla sobre todos los lugares que él ha visitado.

Después de la sabrosa y contundente cena, Christian conduce de vuelta al Escala. Por las bocinas se oye la voz dulce y melodiosa de Eva Cassidy, y eso me proporciona un apacible interludio para pensar. He tenido un día asombroso; la doctora Greene; nuestro baño; la admisión de Christian; hacer el amor en el hotel y en el barco; comprar el coche. Incluso el propio Christian se ha mostrado tan distinto… Es como si se hubiera desprendido de algo, o hubiera redescubierto algo… no sé.

¿Quién habría imaginado que pudiera ser tan dulce? ¿Lo sabría él?

Cuando lo miro, él también parece absorto en sus pensamientos. Y caigo en la cuenta de que él no ha tenido en realidad una adolescencia… una normal, al menos.

Mi mente vaga errática hasta la fiesta de la noche anterior y mi baile con el doctor Flynn, y el miedo de Christian a que éste me hubiera contado todo sobre él. Christian sigue ocultándome algo. ¿Cómo podemos avanzar en nuestra relación si él se siente de ese modo?

Cree que podría dejarlo si lo conociera. Cree que podría dejarlo si fuera tal como es. Oh, este hombre es muy complicado.

A medida que nos acercamos a su casa, empieza a irradiar una tensión que se hace palpable. Desde el coche examina las aceras y los callejones laterales, sus ojos escudriñan todos los rincones, y sé que está buscando a Leila. Yo empiezo también a mirar. Todas las chicas morenas son sospechosas, pero no la vemos.

Cuando entramos en el estacionamiento, su boca se ha convertido en una línea tensa y adusta. Me pregunto por qué hemos vuelto aquí si va a estar tan nervioso y cauto. Sawyer está en el estacionamiento, vigilando, y se acerca a abrirme la puerta en cuanto Christian se estaciona al lado del SUV. El Audi destrozado ya no está.

—Hola, Sawyer —lo saludo.

—Señorita Steele —asiente—. Señor Grey.

—¿Ni rastro? —pregunta Christian.

—No, señor.

Christian asiente, me da la mano y vamos hacia el ascensor. Sé que su cerebro no para de trabajar; está totalmente abstraído. En cuanto entramos se vuelve hacia mí.

—No tienes permiso para salir de aquí sola bajo ningún concepto. ¿Entendido? —me espeta.

—De acuerdo.

Vaya… tranquilo. Sin embargo, su actitud me hace sonreír. Tengo ganas de abrazarme a mí misma: este hombre, tan dominante y brusco conmigo… Me asombra que hace sólo una semana me pareciera tan amenazador cuando me hablaba de ese modo. Pero ahora lo comprendo mucho mejor. Ése es su mecanismo para afrontar las situaciones. Está muy preocupado por lo de Leila, me quiere y quiere protegerme.

—¿Qué te hace tanta gracia? —murmura con un dejo de ironía en la voz.

—Tú.

—¿Yo, señorita Steele? ¿Por qué le hago gracia? —dice con un mohín.

Los mohines de Christian son tan… sensuales.

—No hagas pucheros.

—¿Por qué? —pregunta, cada vez más divertido.

—Porque provoca el mismo efecto en mí que el que tiene en ti que yo haga esto.

Y me muerdo el labio inferior.

Él arquea las cejas, sorprendido y complacido al mismo tiempo.

—¿En serio?

Vuelve a hacer un mohín y se inclina para darme un beso fugaz y casto.

Yo alzo los labios para unirlos a los suyos, y durante la milésima de segundo en que se rozan nuestras bocas, la naturaleza de su beso cambia, y un fuego arrasador originado en ese íntimo punto de contacto se expande por mis venas y me impulsa hacia él.

De pronto mis dedos se enredan en sus cabellos y él me empuja contra la pared del ascensor, sujeta mi cara entre sus manos y nuestras lenguas se entrelazan. Y no sé si los confines del ascensor hacen que todo sea más real, pero noto su necesidad, su ansiedad, su pasión.

Dios... Lo deseo, aquí, ahora.

El ascensor se detiene con un sonido metálico, las puertas se abren y Christian aparta ligeramente su cara de la mía, sus caderas aún inmovilizándome contra la pared y su erección presionando contra mi cuerpo.

—Vaya —murmura sin aliento.

—Vaya —repito, e inspiro una bocanada de aire para llenar mis pulmones.

Me mira con ojos ardientes.

—Qué efecto tienes en mí, Ana.

Y con el pulgar traza mi labio inferior.

Por el rabillo del ojo veo a Taylor, que da un paso atrás y queda fuera de mi vista. Me alzo para besar a Christian en la comisura de esos labios maravillosamente perfilados.

—El que tú tienes en mí, Christian.

Se aparta y me da la mano. Ahora tiene los ojos más oscuros, entornados.

—Ven —ordena.

Taylor sigue en la entrada, esperándonos con discreción.

—Buenas noches, Taylor —dice Christian en tono cordial.

—Señor Grey, señorita Steele.

—Ayer fui la señora Taylor —le digo sonriendo, y él se pone rojo.

—También suena bien, señorita Steele —dice Taylor con total naturalidad.

—Yo pienso lo mismo.

Christian me toma la mano con más fuerza y pone mala cara.

—Si ya terminaron los dos, me gustaría un informe rápido.

Mira fijamente a Taylor, que ahora parece incómodo, y a mí se me encogen las entrañas. He sobrepasado el límite.

—Lo siento —le digo en silencio a Taylor, que se encoge de hombros y me sonríe con amabilidad antes de darme la vuelta para seguir a Christian.

—Ahora vuelvo contigo. Antes tengo que decirle una cosa a la señorita Steele —le dice Christian a Taylor, y sé que tengo problemas.

Christian me lleva a su dormitorio y cierra la puerta.

—No coquetees con el personal, Anastasia —me reprende.

Abro la boca para defenderme, luego la cierro y vuelvo a abrirla otra vez.

—No coqueteaba. Era amigable... hay una diferencia.

—No seas amigable con el personal ni coquetees con ellos. No me gusta.

Oh. Adiós al Christian despreocupado.

—Lo siento —musito y me miro las manos.

No me había hecho sentir como una niña pequeña en todo el día. Me sujeta la barbilla y me levanta la cabeza para que lo mire a los ojos.

—Ya sabes lo celoso que soy —murmura.

—No tienes motivos para ser celoso, Christian. Soy tuya en cuerpo y alma.

Pestañea varias veces como si le costara procesar ese hecho. Se inclina y me besa fugazmente, pero sin la pasión que sentíamos hace un momento en el ascensor.

—No tardaré. Ponte cómoda —dice de mal humor, da media vuelta y me deja ahí plantada en el dormitorio, aturdida y confusa.

¿Por qué demonios podría tener celos de Taylor? Niego con la cabeza, sin poder dar crédito.

Miro el despertador y observo que acaban de dar las ocho. Decido preparar la ropa que llevaré mañana al trabajo. Subo a mi habitación y abro el vestidor. Está vacío. Todos los vestidos han desaparecido. ¡Oh, no! Christian me ha tomado la palabra y se ha deshecho de toda la ropa. Maldita sea…

Mi subconsciente me fulmina con la mirada. Bien, te lo mereces, por bocona.

¿Por qué me ha tomado la palabra? Las advertencias de mi madre vuelven a resonar en mi cabeza: «Los hombres son muy cuadrados, cielo, se lo toman todo al pie de la letra». Observo el espacio vacío con desolación. Había prendas muy bonitas, como el vestido plateado que llevé al baile.

Paseo desconsolada por la habitación. Un momento… ¿qué está pasando aquí? También ha desaparecido el iPad. ¿Y dónde está mi Mac? Oh, no. Lo primero que pienso, de forma poco compasiva, es que quizá los haya robado Leila.

Bajo las escaleras corriendo y vuelvo al cuarto de Christian. Sobre la mesita están mi Mac, mi iPad y mi mochila. Está todo aquí.

Abro la puerta del vestidor. Toda mi ropa está aquí también, compartiendo espacio con la de Christian. ¿Cuándo ha ocurrido todo esto? ¿Por qué nunca me avisa cuando hace estas cosas? Me doy la vuelta y él está de pie en el umbral.

—Ah, ya lo han traído todo —comenta con aire distraído.

—¿Qué pasa? —pregunto.

Tiene el semblante sombrío.

—Taylor cree que Leila entró por la escalera de emergencia. Debía de tener una llave. Ya han cambiado todas las cerraduras. El equipo de Taylor ha registrado todas las estancias del departamento. No está aquí —hace una pausa y se pasa una mano por el pelo—. Ojalá hubiera sabido dónde estaba. Está esquivando todos nuestros intentos de encontrarla, y necesita ayuda.

Frunce el ceño, y mi anterior enfado desaparece. Lo abrazo. Él me envuelve con su cuerpo y me besa la cabeza.

—¿Qué harás cuando la encuentres? —pregunto.

—El doctor Flynn tiene una plaza para ella.

—¿Y qué pasa con su marido?

—No quiere saber nada de ella —contesta Christian con amargura—. Su familia vive en Connecticut. Creo que ahora anda por ahí sola.

—Qué triste…

—¿Te parece bien que haya hecho que traigan tus cosas aquí? Quería compartir la habitación contigo —murmura.

Vaya, otro rápido cambio de tema.

—Sí.

—Quiero que duermas conmigo. Cuando estás conmigo no tengo pesadillas.

—¿Tienes pesadillas?

—Sí.

Lo abrazo más fuerte. Por Dios… Más cargas del pasado. Se me encoge el corazón por este hombre.

—Iba a prepararme la ropa para ir a trabajar mañana —aclaro.

—¡A trabajar! —exclama Christian como si hubiera dicho una palabrota, me suelta y me fulmina con la mirada.

—Sí, a trabajar —replico, desconcertada ante su reacción.

Se me queda mirando sin dar crédito.

—Pero Leila aún anda suelta por ahí —hace una breve pausa—. No quiero que vayas a trabajar.

¿Qué?

—Eso es una tontería, Christian. Tengo que ir a trabajar.

—No, no tienes por qué.

—Tengo un trabajo nuevo, que me gusta. Claro que tengo que ir a trabajar.

¿A qué se refiere?

—No, no tienes por qué —repite con énfasis.

—¿Te crees que me voy a quedar aquí sin hacer nada mientras tú andas por ahí salvando al mundo?

—La verdad… sí.

Oh, Cincuenta, Cincuenta, Cincuenta… dame fuerzas.

—Christian, yo necesito trabajar.

—No, no lo necesitas.

—Sí… lo… necesito —le repito despacio, como si fuera un niño.

—Es peligroso —dice torciendo el gesto.

—Christian… yo necesito trabajar para ganarme la vida, y además no me pasará nada.

—No, tú no necesitas trabajar para ganarte la vida… ¿y cómo puedes estar tan segura de que no te pasará nada?

Está prácticamente gritando.

¿Qué quiere decir? ¿Acaso piensa mantenerme? Oh, esto es totalmente ridículo. ¿Cuánto hace que lo conozco… cinco semanas?

Ahora está muy enojado. Sus tormentosos ojos centellean, pero no me importa en absoluto.

—Por Dios santo, Christian, Leila estaba a los pies de tu cama y no me hizo ningún daño. Y sí, yo necesito trabajar. No quiero deberte nada. Tengo que pagar el préstamo de la universidad.

Aprieta los labios y yo pongo los brazos en jarras. No pienso ceder en esto. ¿Quién se cree que es?

—No quiero que vayas a trabajar.

—No depende de ti, Christian. La decisión no es tuya.

Se pasa la mano por el pelo mientras sus ojos me fulminan. Pasamos segundos, minutos, sin dejar de retarnos con la mirada.

—Sawyer te acompañará.

—Christian, no es necesario. No tiene ninguna lógica.

—¿Lógica? —gruñe—. O te acompaña, o verás lo ilógico que puedo ser para retenerte aquí.

¿No sería capaz? ¿O sí?

—¿Qué harías exactamente?

—Ah, ya se me ocurriría algo, Anastasia. No me provoques.

—¡De acuerdo! —acepto, levantando las dos manos para apaciguarlo.

Maldita sea… Cincuenta ha vuelto para vengarse.

Permanecemos ahí de pie, fulminándonos con la mirada.

—Muy bien: Sawyer puede venir conmigo, si así te quedas más tranquilo —cedo finalmente, y pongo los ojos en blanco.

Christian entorna los suyos y avanza hacia mí, amenazante. Inmediatamente, doy un paso atrás. Él se detiene y suspira profundamente, cierra los ojos y se mesa el cabello con las dos manos. Oh, no. Cincuenta sigue en plena forma.

—¿Quieres que te enseñe el resto del departamento?

¿Enseñarme el…? ¿Es una broma?

—Está bien —musito cautelosa.

Nuevo cambio de rumbo: el señor Voluble ha vuelto. Me tiende la mano y, cuando la acepto, aprieta la mía con suavidad.

—No quería asustarte.

—No me has asustado. Sólo estaba a punto de salir corriendo —bromeo.

—¿Salir corriendo? —dice Christian, abriendo mucho los ojos.

—¡Es una broma!

Por Dios…

Salimos del vestidor y aprovecho el momento para calmarme, pero la adrenalina sigue circulando a raudales por mi cuerpo. Una pelea con Cincuenta no es algo que pueda tomarse a la ligera.

Me da una vuelta por todo el departamento, enseñándome las distintas habitaciones. Aparte del cuarto de juegos y tres dormitorios más en el piso de arriba, descubro con sorpresa que Taylor y la señora Jones disponen de un ala para ellos solos: una cocina, un espacioso salón y un cuarto para cada uno. La señora Jones todavía no ha vuelto de visitar a su hermana, que vive en Portland.

En la planta baja me llama la atención un cuarto situado enfrente de su estudio: una sala con una inmensa pantalla de televisión de plasma y varias consolas. Resulta muy acogedora.

—¿Así que tienes un Xbox? —bromeo.

—Sí, pero soy malísimo. Elliot siempre me gana. Tuvo gracia cuando creíste que mi cuarto de juegos era algo como esto.

Me sonríe divertido, su arrebato ya olvidado. Gracias a Dios que ha recobrado el buen humor.

—Me alegra que me considere graciosa, señor Grey —contesto con altanería.

—Pues lo es usted, señorita Steele… cuando no se muestra exasperante, claro.

—Suelo mostrarme exasperante cuando usted es irracional.

—¿Yo? ¿Irracional?

—Sí, señor Grey, irracional podría ser perfectamente su segundo nombre.

—Yo no tengo segundo nombre.

—Pues irracional le quedaría muy bien.

—Creo que eso es discutible, señorita Steele.

—Me interesaría conocer la opinión profesional del doctor Flynn.

Christian sonríe.

—Yo creía que Trevelyan era tu segundo nombre.

—No, es un apellido.

—Pues no lo usas.

—Es demasiado largo. Ven —ordena.

Salgo de la sala de televisión detrás de él, cruzamos el gran salón hasta el pasillo principal, pasamos por un cuarto de servicio y una bodega impresionante, y llegamos al despacho de Taylor, muy amplio y bien equipado. Taylor se pone de pie cuando entramos. Hay espacio suficiente para albergar una mesa de reuniones para seis. Sobre un gran escritorio hay una serie de monitores. No tenía ni idea de que el departamento tuviera circuito cerrado de televisión. Por lo visto controla la terraza, la escalera, el ascensor de servicio y el vestíbulo.

—Hola, Taylor. Le estoy enseñando el departamento a Anastasia.

Taylor asiente pero no sonríe. Me pregunto si le habrán amonestado también. ¿Y por qué sigue trabajando todavía? Cuando le sonrío, asiente educadamente. Christian me toma otra vez de la mano y me lleva a la biblioteca.

—Y, por supuesto, aquí ya has estado.

Christian abre la puerta. Señalo con la cabeza el tapete verde de la mesa de billar.

—¿Jugamos? —pregunto.

Christian sonríe, sorprendido.

—Bueno. ¿Has jugado alguna vez?

—Un par de veces —miento, y él entorna los ojos y ladea la cabeza.

—Eres una mentirosa sin remedio, Anastasia. Ni has jugado nunca ni...

—¿Te da miedo competir? —pregunto, pasándome la lengua por los labios.

—¿Miedo de una niña como tú? —se burla Christian con buen humor.

—Una apuesta, señor Grey.

—¿Tan segura está, señorita Steele? —sonríe divertido e incrédulo al mismo tiempo—. ¿Qué le gustaría apostar?

—Si gano yo, vuelves a llevarme al cuarto de juegos.

Se me queda mirando, como si no acabara de entender lo que he dicho.

—¿Y si gano yo? —pregunta, una vez recuperado de su estupefacción.

—Entonces, escoges tú.

Tuerce el gesto mientras medita la respuesta.

—Bien, de acuerdo. ¿A qué quieres jugar: billar americano, inglés o a tres bandas?

—Americano, por favor. Los otros no los conozco.

De un armario situado bajo una de las estanterías, Christian saca un estuche de piel alargado. En el interior forrado en terciopelo están las bolas de billar. Con rapidez y eficiencia, coloca las bolas sobre el tapete. Creo que nunca he jugado en una mesa tan grande. Christian me da un taco y un poco de gis.

—¿Quieres sacar?

Finge cortesía. Está disfrutando: cree que va a ganar.

—Bueno.

Froto la punta del taco con el gis, y soplo para eliminar el sobrante. Miro a Christian a través de las pestañas y su semblante se ensombrece.

Me coloco en línea con la bola blanca y, con un toque rápido y limpio, impacto en el centro del triángulo con tanta fuerza que una bola listada sale rodando y cae en la tornera superior derecha. El resto de las bolas han quedado diseminadas.

—Escojo las listadas —digo con ingenuidad y sonrío a Christian con timidez.

Él asiente divertido.

—Adelante —dice educadamente.

Consigo que entren en las troneras otras tres bolas en rápida sucesión. Estoy dando saltos de alegría por dentro. En este momento siento una gratitud enorme hacia José por haberme enseñado a jugar a billar, y a jugar tan bien. Christian observa impasible, sin expresar nada, pero parece que ya no se divierte tanto. Fallo la bola listada verde por un pelo.

—¿Sabes, Anastasia?, podría estar todo el día viendo cómo te inclinas y te estiras sobre esta mesa de billar —dice con pícara galantería.

Me ruborizo. Gracias a Dios que llevo jeans. Él sonríe satisfecho. Intenta despistarme del juego, el muy cabrón. Se quita el suéter beige, lo tira sobre el respaldo de una silla, me mira sonriente y se dispone a hacer la primera tirada.

Se inclina sobre la mesa. Se me seca la boca. Oh, ahora sé a qué ese refería. Christian, con vaqueros ajustados y una camiseta blanca, inclinándose así… es algo digno de ver. Casi pierdo el hilo de mis pensamientos. Mete cuatro bolas rápidamente, y luego falla al intentar introducir la blanca.

—Un error de principiante, señor Grey —me burlo.

Sonríe con suficiencia.

—Ah, señorita Steele, yo no soy más que un pobre mortal. Su turno, creo —dice, señalando la mesa.

—No estarás intentando perder a propósito, ¿verdad?

—No, no, Anastasia. Con el premio que tengo pensado, quiero ganar —se encoge de hombros con aire despreocupado—. Pero también es verdad que siempre quiero ganar.

Lo miro desfiante con los ojos entornados. Muy bien, entonces… Me alegro de llevar la blusa azul, que es bastante escotada. Me paseo alrededor de la mesa, agachándome a la menor oportunidad y dejando que Christian le eche un vistazo a mi escote. A este juego pueden jugar dos. Lo miro.

—Sé lo que estás haciendo —murmura con ojos sombríos.

Ladeo la cabeza con coquetería, acaricio el taco y deslizo la mano arriba y abajo muy despacio.

—Oh, estoy decidiendo cuál será mi siguiente tirada —señalo con aire distraído.

Me inclino sobre la mesa y golpeo la bola naranja para dejarla en una posición mejor. Me planto directamente delante de Christian y tomo el resto de debajo de la mesa. Me coloco para la próxima tirada, recostada sobre el tapete. Oigo que Christian inspira con fuerza y, naturalmente, fallo el tiro. Maldición…

Él se coloca detrás de mí mientras todavía estoy inclinada sobre la mesa, y pone las manos en mis nalgas. Mmm…

—¿Está contoneando esto para provocarme, señorita Steele?

Y me da una nalgada, fuerte.

Jadeo.

—Sí —contesto en un susurro, porque es verdad.

—Ten cuidado con lo que deseas, nena.

Me masajeo el trasero mientras él se dirige hacia el otro extremo de la mesa, se inclina sobre el tapete y hace su tirada. Golpea la bola roja, y la mete en la tronera izquierda. Apunta a la amarilla, superior derecha, y falla por poco. Sonrío.

—Cuarto rojo, allá vamos —lo provoco.

Él apenas arquea una ceja y me indica que continúe. Yo apunto a la bola verde y, por pura chiripa, consigo meter la última bola naranja.

—Escoge la tronera —murmura Christian, y es como si estuviera hablando de otra cosa, de algo oscuro y desagradable.

—Superior izquierda.

Apunto a la bola negra y le doy, pero fallo. Por mucho. Maldita sea.

Christian sonríe con malicia, se inclina sobre la mesa y, con un par de tiradas, se deshace de las dos lisas restantes. Casi estoy jadeando al ver su cuerpo ágil y flexible reclinándose sobre el tapete. Se levanta, pone gis al taco y me clava sus ojos ardientes.

—Si gano yo…

¿Oh, sí?

—Voy a darte unos azotes y después te cogeré sobre esta mesa.

Dios… Todos los músculos de mi vientre se contraen.

—Superior derecha —dice en voz baja, apunta a la bola negra y se inclina para tirar.

11

Con elegante soltura, Christian le da a la bola blanca y ésta se desliza sobre la mesa, roza suavemente la negra y oh… muy despacio, la negra sale rodando, vacila en el borde y finalmente cae en la tronera superior derecha de la mesa de billar.

Maldición.

Él se yergue, y en su boca se dibuja una sonrisa de triunfo tipo «Te tengo a mi merced, Steele». Baja el taco y se acerca hacia mí pausadamente, con el cabello revuelto, sus jeans y su camiseta blanca. No tiene aspecto de presidente ejecutivo: parece un chico malo de un barrio peligroso. Madre mía, está terriblemente sexy.

—No tomarás a mal perder, ¿verdad? —murmura sin apenas disimular la sonrisa.

—Depende de lo fuerte que me pegues —susurro, agarrándome al taco para apoyarme.

Me lo quita y lo deja a un lado, introduce los dedos en el escote de mi blusa y me atrae hacia él.

—Bien, enumeremos las faltas que has cometido, señorita Steele —y cuenta con sus dedos largos—. Uno, darme celos con mi propio personal. Dos, discutir conmigo sobre el trabajo. Y tres, contonear tu delicioso trasero delante de mí durante estos últimos veinte minutos.

En sus ojos grises brilla una tenue chispa de excitación. Se inclina y frota su nariz contra la mía.

—Quiero que te quites los pantalones y esta camisa tan provocativa. Ahora.

Me planta un beso leve como una pluma en los labios, se encamina sin ninguna prisa hacia la puerta y la cierra con llave.

Cuando se da la vuelta y me clava la mirada, sus ojos arden. Yo me quedo totalmente paralizada como un zombi, con el corazón desbocado, la sangre hirviendo, incapaz de mover un músculo. Y lo único que puedo pensar es: esto es por él… repitiéndose en mi mente como un mantra una y otra vez.

—La ropa, Anastasia. Parece ser que aún la llevas puesta. Quítatela… o te la quitaré yo.

—Hazlo tú.

Por fin he recuperado la voz, y suena grave y febril. Christian sonríe encantado.

—Oh, señorita Steele. No es un trabajo muy agradable, pero creo que estaré a la altura.

—Por lo general está siempre a la altura, señor Grey.

Arqueo una ceja y él sonríe.

—Vaya, señorita Steele, ¿qué quiere decir?

Al acercarse a mí, se detiene en una mesita empotrada en una de las estanterías. Alarga la mano y toma una regla de plástico transparente de unos treinta centímetros. La sujeta por ambos extremos y la dobla, sin apartar los ojos de mí.

Oh, Dios… el arma que ha escogido. Se me seca la boca.

De pronto estoy acalorada y sofocada y húmeda en todas las partes esperadas. Únicamente Christian puede excitarme sólo con mirarme y flexionar una regla. Se la mete en el bolsillo trasero de sus jeans y camina tranquilamente hacia mí, sus oscuros ojos cargados de expectativas. Sin decir palabra, se arrodilla delante de mí y empieza a desatarme los Converse, con rapidez y eficacia, y me los quita junto con los calcetines. Yo me apoyo en el borde de la mesa de billar para no caerme. Al mirarlo durante todo el proceso, me sobrecoge la profundidad del sentimiento que albergo por este hombre tan hermoso e imperfecto. Lo amo.

Me agarra de las caderas, introduce los dedos por la cintura de mis jeans y desabrocha el botón y el cierre. Me observa a través de sus largas pestañas, con una sonrisa extremadamente perversa, mientras me despoja poco a poco de los pantalones. Yo doy un paso a un lado y los dejo en el suelo, encantada de llevar estos calzoncitos blancos de encaje tan bonitos, y él me aferra por detrás de mis piernas y desliza la nariz por el vértice de mis muslos. Estoy a punto de derretirme.

—Se me antoja ser brusco contigo, Ana. Tú tendrás que decirme que pare si me excedo —murmura.

Oh, Dios… Me besa… ahí abajo. Yo gimo suavemente.

—¿Palabra de seguridad? —susurro.

—No, palabra de seguridad, no. Sólo dime que pare y pararé. ¿Entendido? —vuelve a besarme, sus labios me acarician. Oh, es una sensación tan maravillosa… Se levanta, con la mirada intensa—. Contesta —ordena con voz de terciopelo.

—Sí, sí, entendido.

Su insistencia me confunde.

—Has estado enviándome mensajes y emitiendo señales contradictorias durante todo el día, Anastasia —dice—. Me dijiste que te preocupaba que hubiera perdido nervio. No estoy seguro de qué querías decir con eso, y no sé hasta qué punto iba en serio, pero ahora lo averiguaremos. No quiero volver al cuarto de juegos todavía, así que ahora podemos probar esto. Pero si no te gusta tienes que prometerme que me lo dirás.

Una ardorosa intensidad, fruto de su ansiedad, sustituye a su anterior arrogancia.

Oh, no, por favor, no estés ansioso, Christian.

—Te lo diré. Sin palabra de seguridad —repito para tranquilizarlo.

—Somos amantes, Anastasia. Los amantes no necesitan palabras de seguridad —frunce el ceño—. ¿Verdad?

—Supongo que no —murmuro. Madre mía… ¿cómo voy a saberlo?—. Te lo prometo.

Busca en mi rostro alguna señal de que a mi convicción le falte coraje, y yo me siento nerviosa, pero excitada también. Me hace muy feliz hacer esto, ahora que sé que él me quiere. Para mí es muy sencillo, y ahora mismo no quiero pensarlo demasiado.

Poco a poco aparece una enorme sonrisa en su cara. Empieza a desabrocharme la camisa y sus diestros dedos terminan enseguida, pero no me la quita. Se inclina y toma el taco.

Oh, Dios ¿qué va a hacer con eso? Me estremezco de miedo.

—Juega muy bien, señorita Steele. Debo decir que estoy sorprendido. ¿Por qué no metes la bola negra?

Se me pasa el miedo y hago un pequeño mohín, preguntándome por qué tiene que sorprenderse este cabrón sexy y arrogante. La diosa que llevo dentro está calentando en segundo plano, haciendo sus ejercicios en el suelo… con una sonrisa henchida de satisfacción.

Yo coloco la bola blanca. Christian da una vuelta alrededor de la mesa y se pone detrás de mí cuando me inclino para hacer mi tirada. Pone la mano sobre mi muslo derecho y sus dedos me recorren la pierna, arriba y abajo, hasta el trasero y vuelven a bajar con una leve caricia.

—Si sigues haciendo eso, fallaré —musito con los ojos cerrados, deleitándome en la sensación de sus manos sobre mí.

—No me importa si fallas o no, nena. Sólo quería verte así: medio vestida, recostada sobre mi mesa de billar. ¿Tienes idea de lo erótica que estás en este momento?

Enrojezco, y la diosa que llevo dentro sujeta una rosa entre los dientes y empieza a bailar un tango. Inspiro profundamente e intento no hacerle caso, y me coloco para tirar. Es imposible. Él me acaricia el trasero, una y otra vez.

—Superior izquierda —digo en voz baja, y le doy a la bola.

Él me da una palmada, fuerte, directamente sobre las nalgas.

Es algo tan inesperado que chillo. La blanca golpea la negra, que rebota contra el almohadillado de la tronera y se sale. Christian vuelve a acariciarme el trasero.

—Oh, creo que debes volver a intentarlo —susurra—. Tienes que concentrarte, Anastasia.

Ahora jadeo, excitada por este juego. Él se dirige hacia el extremo de la mesa, vuelve a colocar la bola negra, y luego hace rodar la blanca hacia mí. Tiene un aspecto tan carnal, con sus ojos oscuros y una sonrisa maliciosa… ¿Cómo voy a resistirme a este hombre? Tomo la bola y la alineo, dispuesta a tirar otra vez.

—Eh, eh —me advierte—. Espera.

Oh, le encanta prolongar la agonía. Vuelve otra vez y se pone detrás de mí. Y cierro los ojos cuando empieza a acariciarme el muslo izquierdo esta vez, y después el trasero nuevamente.

—Apunta —susurra.

No puedo evitar un gemido, el deseo me retuerce las entrañas. E intento, realmente intento, pensar en cómo darle a la bola negra con la blanca. Me inclino hacia la derecha, y él me sigue. Vuelvo a inclinarme sobre la mesa, y utilizando hasta el último vestigio de mi fuerza interior, que ha disminuido considerablemente desde que sé lo que pasará en cuanto golpee la bola blanca, apunto y tiro otra vez. Christian vuelve a azotarme otra vez, fuerte.

¡Ay! Vuelvo a fallar.

—¡Oh, no! —me lamento.

—Una vez más, nena. Y, si fallas esta vez, haré que recibas de verdad.

¿Qué? ¿Recibir qué?

Coloca otra vez la bola negra y se acerca de nuevo, tremendamente despacio, hasta donde estoy, se queda detrás de mí y vuelve a acariciarme el trasero.

—Vamos, tú puedes —me anima.

No… no cuando tú me distraes así. Echo las nalgas hacia atrás hasta encontrar su mano, y él me da una leve palmada.

—¿Impaciente, señorita Steele?

Sí. Te deseo.

—Bien, acabemos con esto.

Me baja con delicadeza los calzones por los muslos y me los quita. No veo lo que hace con ellos, pero me deja con la sensación de estar muy expuesta, y me planta un beso suave en cada nalga.

—Tira, nena.

Quiero gimotear, está muy claro que no lo conseguiré. Sé que voy a fallar. Alineo la blanca, le pego y, por culpa de la impaciencia, fallo el golpe a la negra de forma flagrante. Espero el azote… pero no llega. En lugar de eso, él se inclina directamente encima de mí, me recuesta sobre la mesa, me quita el taco de la mano y lo hace rodar hasta la banda. Lo noto, duro, contra mi trasero.

—Has fallado —me dice bajito al oído. Tengo la mejilla contra el tapete—. Pon las manos planas sobre la mesa.

Hago lo que me dice.

—Bien. Ahora voy a pegarte, y así la próxima vez a lo mejor no fallas.

Se mueve y se coloca a mi izquierda, con su erección pegada a mi cadera.

Gimo y siento el corazón en la garganta. Empiezo a respirar entrecortadamente y un escalofrío ardiente e intenso corre por mis venas. Él me acaricia el trasero y coloca la otra mano ahuecada sobre mi nuca, sus dedos agarrándome el cabello, mientras con el codo me presiona la espalda hacia abajo. Estoy completamente indefensa.

—Abre las piernas —murmura, y yo vacilo un momento.

Y él me pega fuerte… ¡con la regla! El ruido es más fuerte que el dolor, y me toma por sorpresa. Jadeo, y vuelve a pegarme.

—Las piernas —ordena.

Abro las piernas, jadeando. La regla me golpea de nuevo. Ay… escuece, pero el chasquido contra la piel suena peor de lo que es en realidad.

Cierro los ojos y absorbo el dolor. No es demasiado terrible y la respiración de Christian se intensifica. Me pega una y otra vez, y gimo. No estoy segura de cuántos azotes más podré soportar… pero el oírlo, saber lo excitado que está, alimenta mi propio deseo y mi voluntad de seguir. Estoy pasando al lado oscuro, a un lugar de mi psique que no conozco bien, pero que ya he visitado antes, en el cuarto de juegos… con la experiencia Tallis. La regla vuelve a golpearme, y gimo en voz alta. Y Christian responde con un gruñido. Me pega otra vez… y otra… y una más… más fuerte esta vez… y hago un gesto de dolor.

—Para.

La palabra sale de mi boca antes de darme cuenta de que la he dicho. Christian deja la regla inmediatamente y me suelta.

—¿Ya basta?

—Sí.

—Ahora quiero cogerte —dice con voz tensa.

—Sí —murmuro, anhelante.

Él se baja la bragueta, mientras yo gimo tumbada sobre la mesa, sabiendo que será brusco.

Me maravilla una vez más cómo he llevado —y sí, disfrutado— lo que ha hecho hasta este momento. Es muy turbio, pero es muy él.

Desliza dos dedos dentro de mí y los mueve en círculos. La sensación es exquisita. Cierro los ojos, deleitándome con la sensación. Oigo cómo rasga el envoltorio, y ya está detrás de mí, entre mis piernas, separándolas más.

Se hunde en mi interior lentamente. Sujeta con firmeza mis caderas, vuelve a salir de mí, y esta vez me penetra con fuerza haciéndome gritar. Se queda quieto un momento.

—¿Otra vez? —dice en voz baja.

—Sí... estoy bien. Déjate llevar... llévame contigo —murmuro sin aliento.

Con un quejido ronco, sale de nuevo y entra de golpe en mí, y lo repite una y otra vez lentamente, con un ritmo deliberado de castigo, brutal, celestial.

Oh... Mis entrañas empiezan a acelerarse. Él lo nota también, e incrementa el ritmo, empuja más, más deprisa, con mayor dureza... y sucumbo, y exploto en torno a él en un orgasmo devastador que me arrebata el alma y me deja exhausta y derrotada.

Apenas soy consciente de que Christian también se deja ir, gritando mi nombre, con los dedos clavados en mis caderas, y luego se queda quieto y se derrumba sobre mí. Nos deslizamos hasta el suelo, y me acuna en sus brazos.

—Gracias, cariño —musita, cubriendo mi cara ladeada de besos dulces y livianos.

Abro los ojos y los levanto hacia él, y me abraza con más fuerza.

—Tienes una rozadura en la mejilla por culpa del tapete —susurra, y me acaricia la cara con ternura—. ¿Qué te ha parecido?

Sus ojos están muy abiertos, cautelosos.

—Intenso, delicioso. Me gusta brutal, Christian, y también me gusta tierno. Me gusta que sea contigo.

Él cierra los ojos y me abraza aún más fuerte.

Madre mía. Estoy exhausta.

—Tú nunca fallas, Ana. Eres preciosa, inteligente, audaz, divertida, sexy, y agradezco todos los días a la divina providencia que fueras tú quien vino a entrevistarme y no Katherine Kavanagh —me besa el pelo.Yo sonrío y bostezo pegada a su pecho—. Pero ahora estás muy cansada —continúa—. Vamos. Un baño y a la cama.

Estamos en la bañera de Christian, uno frente al otro, cubiertos de espuma hasta la barbilla, envueltos en el dulce aroma del jazmín. Christian me masajea los pies, por turnos. Es tan agradable que debería ser ilegal.

—¿Puedo preguntarte una cosa?

—Claro. Lo que sea, Ana, ya lo sabes.

Suspiro profundamente y me incorporo sentada con un leve estremecimiento.

—Mañana, cuando vaya a trabajar, ¿puede Sawyer limitarse a dejarme en la puerta de la oficina y pasar a recogerme al final del día? Por favor, Christian, por favor —le pido.

Sus manos se detienen y frunce el ceño.

—Creía que estábamos de acuerdo en eso —se queja.

—Por favor —suplico.

—¿Y a la hora de comer qué?

—Ya me prepararé algo aquí y así no tendré que salir, por favor.

Me besa el empeine.

—Me cuesta mucho decirte que no —murmura, como si creyera que es una debilidad por su parte—. ¿De verdad que no saldrás?

—No.

—De acuerdo.

Yo le sonrío, radiante.

—Gracias.

Me apoyo sobre las rodillas, haciendo que el agua se derrame por todas partes, y lo beso.

—De nada, señorita Steele. ¿Cómo está tu trasero?

—Dolorido, pero no mucho. El agua me calma.

—Me alegro de que me dijeras que parara —dice, y me mira fijamente.

—Mi trasero también.

Sonríe.

Me tiendo en la cama, muy cansada. Sólo son las diez y media, pero me siento como si fueran las tres de la madrugada. Éste ha sido uno de los fines de semana más agotadores de mi vida.

—¿La señorita Acton no incluyó ningún camisón? —pregunta Christian con un dejo reprobatorio cuando me mira.

—No tengo ni idea. Me gusta llevar tus camisetas —balbuceo, medio dormida.

Relaja el gesto, se inclina y me besa la frente.

—Tengo trabajo. Pero no quiero dejarte sola. ¿Puedo usar tu Mac para conectarme con el despacho? ¿Te molestaré si me quedo a trabajar aquí?

—No es mía.

Y me duermo.

Suena la alarma, despertándome de golpe con la información del tráfico. Christian sigue durmiendo a mi lado. Me froto los ojos y echo un vistazo al reloj. Las seis y media... demasiado temprano.

Fuera llueve por primera vez desde hace siglos, y hay una luz amarillenta y tenue. Me siento muy a gusto y cómoda en este inmenso monolito moderno, con Christian a mi lado. Me desperezo y me giro hacia el delicioso hombre que está junto a mí. Él abre los ojos de golpe y parpadea, medio dormido.

—Buenos días.

Sonrío, le acaricio la cara y me inclino para besarlo.

—Buenos días, nena. Normalmente me despierto antes de que suene el despertador —murmura, asombrado.

—Está puesto muy temprano.

—Así es, señorita Steele —Christian sonríe de oreja a oreja—. Tengo que levantarme.

Me besa y sale de la cama. Yo vuelvo a dejarme caer sobre las almohadas. Vaya, despertarme un día laborable al lado de Christian Grey. ¿Cómo ha ocurrido esto? Cierro los ojos y me quedo adormilada.

—Vamos, dormilona, levántate.

Christian se inclina sobre mí. Está afeitado, limpio, fresco... mmm, qué bien huele. Lleva una camisa blanca impoluta y traje negro, sin corbata: el señor presidente ha vuelto. Dios bendito, qué guapo está así también.

—¿Qué pasa? —pregunta.

—Ojalá volvieras a la cama.

Separa los labios, sorprendido por mi insinuación, y sonríe casi con timidez.

—Es usted insaciable, señorita Steele. Por seductora que resulte la idea, tengo una reunión a las ocho y media, así que tengo que irme enseguida.

Oh, me he quedado dormida, una hora más o menos. Maldita sea. Salto de la cama, ante la expresión divertida de Christian.

Me baño y me visto a toda prisa, y me pongo la ropa que preparé anoche: una falda gris perla muy favorecedora, una blusa de seda gris claro y zapatos negros de tacón alto, todo ello parte de mi nuevo clóset. Me cepillo el pelo y me lo recojo con cuidado, y luego salgo de la enorme habitación, sin saber realmente qué me espera. ¿Cómo voy a ir al trabajo?

Christian está tomando café en la barra del desayuno. La señora Jones está en la cocina haciendo hot cakes y friendo tocino.

—Estás muy guapa —murmura Christian.

Me pasa un brazo alrededor y me besa bajo la oreja. Por el rabillo del ojo, observo que la señora Jones sonríe. Me ruborizo.

—Buenos días, señorita Steele —dice ella, y me pone los hot cakes y el tocino delante.

—Oh, gracias. Buenos días —balbuceo.

Madre mía, no me costaría nada acostumbrarme a esto.

—El señor Grey dice que le gustaría llevarse el almuerzo al trabajo. ¿Qué se le antojaría comer?

Miro de reojo a Christian, que hace esfuerzos por no sonreír. Entorno los ojos.

—Un sándwich… ensalada. La verdad, no me importa —digo esbozando una amplia sonrisa a la señora Jones.

—Ya improvisaré una bolsa con el almuerzo para usted, señora.

—Por favor, señora Jones, llámeme Ana.

—Ana.

Sonríe y se da la vuelta para prepararme un té.

Vaya… esto es una delicia.

Me doy la vuelta y ladeo la cabeza mirando a Christian, desafiándole: vamos, acúsame de coquetear con la señora Jones.

—Tengo que irme, cariño. Taylor vendrá a recogerte y te dejará en el trabajo con Sawyer.

—Sólo hasta la puerta.

—Sí. Sólo hasta la puerta —Christian pone los ojos en blanco—. Pero ve con cuidado.

Yo echo un vistazo alrededor y atisbo a Taylor en la puerta de entrada. Christian se pone de pie, me toma la barbilla y me besa.

—Hasta luego, nena.

—Que tengas un buen día en la oficina, cariño —digo a sus espaldas.

Él se vuelve, me deslumbra con su maravillosa sonrisa y luego se va. La señora Jones me ofrece una taza de té, y de golpe me siento incómoda por estar aquí las dos solas.

—¿Cuánto hace que trabaja para Christian? —pregunto, pensando que debo darle conversación.

—Unos cuatro años —contesta amablemente, y empieza a prepararme la bolsa del almuerzo.

—¿Sabe?, puedo hacerlo yo… —musito, avergonzada de que tenga que hacer esto para mí.

—Usted cómase el desayuno, Ana. Éste es mi trabajo, y me gusta. Es agradable ocuparse de alguien aparte del señor Taylor y el señor Grey.

Y me dedica una mirada llena de dulzura.

Mis mejillas enrojecen de placer, y siento ganas de acribillar a preguntas a esta mujer. Debe de saber tanto sobre Cincuenta... Sin embargo, a pesar de su actitud amable y cordial, también es muy profesional. Sé que si empiezo a interrogarla, sólo conseguiré incomodarnos a las dos, de manera que termino de desayunar en un confortable silencio, interrumpido únicamente por sus preguntas sobre mis preferencias gastronómicas.

Veinticinco minutos después, Sawyer aparece en la entrada del salón. Me he cepillado los dientes y estoy lista para irme. Tomo mi bolsa de papel marrón con el almuerzo; ni siquiera recuerdo que mi madre hiciera esto por mí. Sawyer y yo bajamos en ascensor hasta la planta baja. Él también se muestra muy taciturno, inexpresivo. Taylor espera sentado al volante del Audi, y yo subo al asiento de atrás en cuanto Sawyer me abre la puerta.

—Buenos días, Taylor —digo, animosa.

—Señorita Steele.

Sonríe.

—Taylor, lamento lo de ayer y mis comentarios inapropiados. Espero no haberte causado problemas.

Taylor me mira con semblante perplejo por el espejo retrovisor, mientras se incorpora al tráfico de Seattle.

—Señorita Steele, yo no suelo tener problemas —dice para tranquilizarme.

Ah, bien. Quizá Christian no lo reprendió. Sólo fue a mí, entonces, pienso con amargura.

—Me alegra saberlo, Taylor.

Jack me mira, examinando mi aspecto, mientras me dirijo hacia mi escritorio.

—Buenos días, Ana. ¿El fin de semana, bien?

—Sí, gracias. ¿Y el tuyo?

—Ha estado bien. Toma asiento... tengo trabajo para ti.

Me siento frente a la computadora. Parece que llevo años sin acudir al trabajo. Me conecto y abro el correo electrónico... y, naturalmente, hay un e-mail de Christian.

De: Christian Grey
Fecha: 13 de junio de 2011 08:24
Para: Anastasia Steele
Asunto: Jefe

Buenos días, señorita Steele.
Sólo quería darle las gracias por un fin de semana maravilloso, a pesar de todo el drama.
Espero que no se marche, nunca.
Y sólo recordarle que las novedades sobre SIP no pueden comunicarse hasta dentro de cuatro semanas.
Borre este e-mail en cuanto lo haya leído.

Tuyo

Christian Grey
Presidente de Grey Enterprises Holdings, Inc., jefe del jefe de tu jefe

¿Espera que no me marche nunca? ¿Quiere que me vaya a vivir con él? Dios santo... Si apenas lo conozco. Aprieto la tecla de borrar.

De: Anastasia Steele
Fecha: 13 de junio de 2011 09:03
Para: Christian Grey
Asunto: Mandón

Querido señor Grey:
¿Me estás pidiendo que me vaya a vivir contigo? Y, por supuesto, recordaré que la evidencia de tus épicas capacidades de acoso debe permanecer en secreto durante cuatro semanas. ¿Extiendo un cheque a nombre de Afrontarlo Juntos y se lo mando a tu padre?

Por favor, no borres este e-mail. Por favor, contéstalo.
TQ xxx

Anastasia Steele
Ayudante de Jack Hyde, editor de SIP

—¡Ana!

El grito de Jack me hace dar un salto.

—Sí.

Me sonrojo y él me mira con el ceño fruncido.

—¿Todo bien?

—Claro.

Me levanto con cierta dificultad y voy a su despacho con la libreta de notas.

—Bien. Como seguramente recuerdas, el jueves voy a ese Simposio sobre Ficción en Nueva York. Tengo los boletos y la reserva, pero me gustaría que vinieras conmigo.

—¿A Nueva York?

—Sí. Tendríamos que irnos el miércoles y pasar allí la noche. Creo que será una experiencia muy instructiva para ti —sus ojos se oscurecen cuando dice esto, pero sonríe educadamente—. ¿Podrías ocuparte de organizar todo lo necesario para el viaje? ¿Y de reservar una habitación adicional en el hotel donde me alojaré? Creo que Sabrina, mi anterior ayudante, dejó la información necesaria por ahí.

—De acuerdo —digo, esbozando una débil sonrisa.

Maldición. Vuelvo a mi mesa. Esto no le sentará bien a Cincuenta... pero lo cierto es que quiero ir. Parece una auténtica oportunidad, y estoy segura de que puedo mantener a Jack a raya si tiene intenciones ocultas. En mi computadora está la respuesta de Christian.

De: Christian Grey
Fecha: 13 de junio de 2011 09:07
Para: Anastasia Steele
Asunto: ¿Mandón, yo?

Sí. Por favor.

Christian Grey
Presidente de Grey Enterprises Holdings, Inc.

Vaya… quiere que me vaya a vivir con él. Oh, Christian… es demasiado pronto. Me tomo la cabeza entre las manos e intento recuperar la cordura. Es lo que necesito después de mi extraordinario fin de semana. No he tenido un momento para pensar y tratar de entender todo lo que he experimentado y descubierto estos dos últimos días.

De: Anastasia Steele
Fecha: 13 de junio de 2011 09:20
Para: Christian Grey
Asunto: Flynnismos

Christian:
¿Qué pasó con eso de andar antes de correr?
¿Podemos hablarlo esta noche, por favor?
Me han pedido que vaya a un congreso en Nueva York el jueves.
Supone pasar allí la noche del miércoles.
Pensé que debías saberlo.

A x

Anastasia Steele
Ayudante de Jack Hyde, editor de SIP

De: Christian Grey
Fecha: 13 de junio de 2011 09:21
Para: Anastasia Steele
Asunto: ¿QUÉ?

Sí. Hablemos esta noche.

¿Irás sola?

Christian Grey
Presidente de Grey Enterprises Holdings, Inc.

De: Anastasia Steele
Fecha: 13 de junio de 2011 09:30
Para: Christian Grey
Asunto: ¡Nada de Mayúsculas Chillonas ni Gritos un Lunes por la Mañana!

¿Podemos hablar de eso esta noche?

A x

Anastasia Steele
Ayudante de Jack Hyde, editor de SIP

De: Christian Grey
Fecha: 13 de junio de 2011 09:35
Para: Anastasia Steele
Asunto: No Sabes lo que son Gritos Todavía

Dime.
Si vas con ese canalla con el que trabajas, entonces la respuesta es no, por encima de mi cadáver.

Christian Grey
Presidente de Grey Enterprises Holdings, Inc.

Se me encoge el corazón. Maldita sea… ni que fuera mi padre.

De: Anastasia Steele
Fecha: 13 de junio de 2011 09:46
Para: Christian Grey
Asunto: No, TÚ no sabes lo que son gritos todavía

Sí. Voy con Jack.
Yo quiero ir. Lo considero una oportunidad emocionante.
Y nunca he estado en Nueva York.
No hagas una montaña de un grano de arena.

Anastasia Steele
Ayudante de Jack Hyde, editor de SIP

Fecha: 13 de junio de 2011 09:50
Para: Anastasia Steele
De: Christian Grey
Asunto: No, TÚ no sabes lo que son gritos todavía

Anastasia:
No estoy haciendo una montaña de un maldito grano de arena.
La respuesta es NO.

Christian Grey
Presidente de Grey Enterprises Holdings, Inc.

—¡No! —le grito a mi computadora, haciendo que toda la oficina se paralice y se me quede mirando.

Jack saca la cabeza de su despacho.

—¿Todo bien, Ana?

—Sí. Perdón —musito—. Yo... esto... acabo de perder un documento.

Las mejillas me arden por la vergüenza. Él me sonríe, pero con expresión desconcertada. Respiro profundamente un par de veces y tecleo rápidamente una respuesta. Estoy muy enojada.

De: Anastasia Steele
Fecha: 13 de junio de 2011 09:55
Para: Christian Grey
Asunto: Cincuenta Sombras

Christian:

Tienes que controlarte.

NO voy a acostarme con Jack: ni por todo el té de China.

Te QUIERO. Eso es lo que pasa cuando dos personas se quieren. CONFÍAN la una en la otra.

Yo no pienso que tú vayas a ACOSTARTE, AZOTAR, COGER, o DAR LATIGAZOS a nadie más. Yo tengo FE y CONFIANZA en ti.

Por favor, ten la AMABILIDAD de hacer lo mismo conmigo.

Ana

Anastasia Steele
Ayudante de Jack Hyde, editor de SIP

Permanezco sentada esperando su respuesta. No recibo nada. Llamo a la compañía aérea y reservo mi boleto, asegurándome de ir en el mismo vuelo que Jack. Oigo el aviso de un nuevo correo.

De: Lincoln, Elena
Fecha: 13 de junio de 2011 10:15
Para: Anastasia Steele
Asunto: Cita para almorzar

Querida Anastasia:

Me gustaría mucho quedar para comer contigo. Creo que empezamos con el pie izquierdo, y me gustaría arreglarlo. ¿Estás libre algún día de esta semana?

Elena Lincoln

Oh, no… ¡la señora Robinson, no! ¿Cómo demonios ha conseguido mi dirección de correo electrónico? Pongo la cabeza entre las manos. ¿Qué más puede pasar hoy?

Suena mi teléfono, levanto cansinamente la cabeza y contesto mirando el reloj. Sólo son las diez y veinte, y ya desearía no haber salido de la cama de Christian.

—Despacho de Jack Hyde, soy Ana Steele.

Una voz dolorosamente familiar me increpa:

—¿Podrías, por favor, borrar el último correo que me has enviado e intentar ser un poco más prudente con el lenguaje que utilizas en los correos de trabajo? Ya te lo dije, el sistema está monitorizado. Yo haré todo lo posible para minimizar los daños desde aquí.

Y cuelga.

Santo Dios… Me quedo mirando el teléfono. Christian me ha colgado. Este hombre está pisoteando mi incipiente carrera profesional… ¿y va y me cuelga? Fulmino el auricular con la mirada, y si no estuviera completamente paralizada, sé que mi mirada terrorífica lo pulverizaría.

Accedo a mis correos electrónicos, y borro el último que le he enviado. No es tan grave. Sólo mencionaba los azotes y, bueno, los latigazos. Vaya, si le avergüenza tanto no debería hacerlo, maldita sea. Tomo la BlackBerry y lo llamo al móvil.

—¿Qué? —gruñe.

—Me voy a Nueva York tanto si te gusta como si no —le digo entre dientes.

—Ni se te ocurra…

Cuelgo, dejándolo a mitad de la frase. Siento una descarga de adrenalina por todo el cuerpo. Ya está… para que se entere. Estoy muy enojada.

Respiro profundamente, intentando recuperar la compostura. Cierro los ojos, e imagino que estoy en mi lugar soñado. Mmm… el camarote de un barco, con Christian. Rechazo la imagen porque ahora mismo estoy tan enojada con él que no puede estar presente en mi lugar soñado.

Abro los ojos, tomo tranquilamente mi libreta de notas y repaso con cuidado mi lista de cosas por hacer. Inspiro larga y profundamente: he recobrado el equilibrio.

—¡Ana! —grita Jack, y me sobresalto—. ¡No reserves ese vuelo!

—Oh, ya es demasiado tarde. Ya lo he hecho —contesto.

Él sale de su despacho y se me acerca con paso enérgico. Parece disgustado.

—Mira, ha pasado una cosa. Por la razón que sea, de repente todos los gastos de viajes y hoteles han de tener la aprobación de la dirección. La orden viene de muy arriba. Voy a subir a ver a Roach. Al parecer, acaba de implementarse una moratoria de todos los gastos. No lo entiendo.

Jack se pellizca el puente de la nariz y cierra los ojos.

La sangre prácticamente deja de circular por mis venas, me pongo pálida y se me hace un nudo en el estómago. ¡Cincuenta!

—Toma mis llamadas. Voy a ver qué tiene que decir Roach.

Me guiña el ojo y se va a ver a su jefe… no al jefe de su jefe.

Maldito seas, Christian Grey… De nuevo me hierve la sangre.

De: Anastasia Steele
Fecha: 13 de junio de 2011 10:43
Para: Christian Grey
Asunto: ¿Qué has hecho?

Por favor, no interfieras en mi trabajo.
Tengo verdaderas ganas de ir a ese congreso.
No debería habértelo preguntado.
He borrado el e-mail problemático.

Anastasia Steele
Ayudante de Jack Hyde, editor de SIP

De: Christian Grey
Fecha: 13 de junio de 2011 10:43
Para: Anastasia Steele
Asunto: ¿Qué has hecho?

Sólo protejo lo que es mío.

Ese e-mail que enviaste en un arrebato se ha eliminado del servidor de SIP, igual que los e-mails que yo te mando.

Por cierto, en ti confío totalmente. En él no.

Christian Grey

Presidente de Grey Enterprises Holdings, Inc.

Compruebo si aún tengo sus correos, y han desaparecido. La influencia de este hombre no tiene límites. ¿Cómo lo hace? ¿A quién conoce que pueda acceder subrepticiamente a las profundidades de los servidores de SIP y eliminar e-mails? Estoy jugando en una liga muy superior a la mía.

De: Anastasia Steele

Fecha: 13 de junio de 2011 10:48

Para: Christian Grey

Asunto: Madura un poco

Christian:

No necesito que me protejan de mi propio jefe.

Quizá él intente algo, pero yo me negaré.

Tú no puedes interferir. No está bien, y supone ejercer un control a demasiados niveles.

Anastasia Steele

Ayudante de Jack Hyde, editor de SIP

De: Christian Grey

Fecha: 13 de junio de 2011 10:50

Para: Anastasia Steele

Asunto: La respuesta es NO

Ana:

Yo he presenciado lo «eficaz» que eres para librarte de una atención

que no deseas. Recuerdo que fue así como tuve el placer de pasar mi primera noche contigo. Ese fotógrafo, como mínimo, siente algo por ti. Ese canalla, en cambio, no. Es un conquistador profesional e intentará seducirte. Pregúntale qué pasó con la última ayudante, y con la anterior.
No quiero discutir por esto.
Si quieres ir a Nueva York, yo te llevaré. Podemos ir este fin de semana. Tengo un departamento allí.

Christian Grey
Presidente de Grey Enterprises Holdings, Inc.

¡Oh, Christian! No se trata de eso. Esto es muy frustrante. Y él, cómo no, también tiene un departamento allí. ¿Dónde más tendrá propiedades? Y era de esperar que sacara a relucir a José. ¿Es que nunca me libraré de eso? Estaba borracha, por Dios. Yo nunca me emborracharía con Jack.

Me quedo mirando la pantalla, pero supongo que no puedo seguir discutiendo con él por correo. Tendré que esperar el momento oportuno, esta noche. Miro el reloj. Jack aún no ha vuelto de su reunión con Jerry, y todavía tengo que solucionar lo de Elena. Vuelvo a leer su correo electrónico y decido que el mejor modo de abordar esto es enviárselo a Christian. Desviar su atención hacia ella en lugar de hacia mí.

De: Anastasia Steele
Fecha: 13 de junio de 2011 11:15
Para: Christian Grey
Asunto: Re Cita para almorzar, o Carga irritante

Christian:
Mientras tú estabas muy ocupado interfiriendo en mi carrera y salvándote el trasero por mis imprudentes misivas, yo he recibido el siguiente correo de la señora Lincoln. No tengo ningunas ganas de verme con ella... y aunque las tuviera, no se me permite salir de este edificio. Cómo ha conseguido mi dirección de correo

electrónico, la verdad es que no lo sé. ¿Qué sugieres que haga? Te adjunto su e-mail:

Querida Anastasia:
Me gustaría mucho quedar para comer contigo. Creo que empezamos con mal pie, y me gustaría arreglarlo. ¿Estás libre algún día de esta semana?
Elena Lincoln

Anastasia Steele
Ayudante de Jack Hyde, editor de SIP

De: Christian Grey
Fecha: 13 de junio de 2011 11:23
Para: Anastasia Steele
Asunto: Carga irritante

No te enojes conmigo. Lo único que me preocupa es tu bienestar.
Si te pasara algo, no me lo perdonaría nunca.
Yo me ocuparé de la señora Lincoln.

Christian Grey
Presidente de Grey Enterprises Holdings, Inc.

De: Anastasia Steele
Fecha: 13 de junio de 2011 11:32
Para: Christian Grey
Asunto: Hasta luego

¿Podemos hablarlo esta noche, por favor?
Intento trabajar, y tus continuas interferencias me distraen mucho.

Anastasia Steele
Ayudante de Jack Hyde, editor de SIP

Jack vuelve después de las doce y me dice que mi viaje a Nueva York está descartado, aunque él sí que irá, pero que no puede hacer nada para cambiar la política de la dirección. Entra en su despacho y cierra de un portazo. Obviamente está furioso. ¿Por qué está tan indignado?

En el fondo, yo sé que sus intenciones no son en absoluto honorables, pero estoy segura de que podría manejarlo, y me pregunto qué sabe Christian sobre las anteriores ayudantes de Jack. Aparto esos pensamientos de mi mente y sigo trabajando, pero tomo la decisión de intentar hacer que Christian cambie de opinión, aunque las posibilidades sean escasas.

A la una en punto, Jack asoma la cabeza por la puerta del despacho.

—Ana, ¿podrías traerme por favor algo para comer?

—Claro. ¿Qué quieres?

—Pastrami con pan de centeno, sin mostaza. Te daré el dinero cuando vuelvas.

—¿Algo para beber?

—Coca-Cola, por favor. Gracias, Ana.

Se mete en su despacho y yo tomo mi bolsa.

Oh, no. Le prometí a Christian que no saldría. Suspiro. No se enterará. Iré muy rápido.

En recepción, Claire me ofrece su paraguas porque llueve a cántaros. Al salir por la puerta principal, me envuelvo bien con la chamarra y echo una mirada furtiva en ambas direcciones bajo el inmenso paraguas. Todo parece en orden. Ni rastro de la Chica Fantasma.

Bajo con paso decidido la calle en dirección a la tienda, esperando pasar inadvertida. Sin embargo, a medida que me voy acercando mayor es la escalofriante sensación de que me vigilan, y no sé si es mi agudizada paranoia o si es verdad. Maldita sea. Espero que no se trate de Leila con un arma.

Sólo es fruto de tu imaginación, me suelta mi subconsciente. *¿Quién demonios querría dispararte?*

En cuestión de quince minutos, estoy de vuelta… sana y salva, y aliviada. Creo que la exagerada paranoia y la vigilancia extremadamente protectora de Christian están empezando a afectarme.

Cuando le llevo el almuerzo, Jack está hablando por teléfono. Levanta la vista, tapando el auricular.

—Gracias, Ana. Como no vienes conmigo, tendrás que quedarte hasta tarde. Necesito estos informes. Espero que no tuvieras planes.

Me sonríe afectuosamente y me ruborizo.

—No, no pasa nada —le digo con una sonrisa radiante y el corazón encogido.

Esto no acabará bien. Christian se pondrá hecho una fiera, seguro.

Cuando vuelvo a mi mesa, decido no decírselo inmediatamente, porque eso le daría tiempo de sobra para interferir de algún modo. Me siento y me como el sándwich de ensalada de pollo que me preparó esta mañana la señora Jones. Es delicioso. Un sándwich exquisito.

Naturalmente, si me fuera a vivir con Christian, ella me prepararía el almuerzo todos los días de la semana. La idea me produce desasosiego. Yo nunca he soñado con grandes riquezas ni con todo lo que eso conlleva… sólo con el amor. Encontrar a alguien que me quiera y no intente controlar todos mis movimientos. Suena el teléfono.

—Despacho de Jack Hyde…

—Me aseguraste que no saldrías —me interrumpe Christian en un tono frío y duro.

Se me encoge el corazón por enésima vez en el día de hoy. Por favor…. ¿Cómo diantres lo ha sabido?

—Jack me envió a comprarle el almuerzo. No podía decir que no. ¿Me tienes vigilada?

Se me eriza el vello al pensarlo. No me extraña que fuera tan paranoica: había alguien vigilándome. Me enfurece pensarlo.

—Por esto es por lo que no quería que volvieras al trabajo —gruñe Christian.

—Christian, por favor. Estás siendo… —tan Cincuenta—… muy agobiante.

—¿Agobiante? —susurra, sorprendido.

—Sí. Tienes que dejar de hacer esto. Hablaré contigo esta noche. Desgraciadamente, hoy tengo que trabajar hasta tarde porque no puedo ir a Nueva York.

—Anastasia, yo no quiero agobiarte —dice en voz baja, horrorizado.

—Bien, pues lo haces. Y ahora tengo trabajo. Ya hablaremos luego.

Cuelgo. Estoy rendida y ligeramente deprimida.

Después de un fin de semana maravilloso, la realidad se impone. Nunca he tenido tantas ganas de marcharme. Huir a algún lugar tranquilo y apartado donde pueda reflexionar sobre este hombre, sobre cómo es y sobre cómo tratar con él. En cierta medida sé que es una persona destrozada —ahora lo veo claramente—, y eso resulta desgarrador y agotador a la vez. A partir de los pocos retazos de información sobre su vida que me ha dado, entiendo por qué. Un niño que no recibió el amor que necesitaba; un entorno de malos tratos espantoso; una madre incapaz de protegerlo y que murió delante de él.

Me estremezco. Mi pobre Cincuenta... Soy suya, pero no para tenerme encerrada en una jaula dorada. ¿Cómo voy a conseguir que entienda eso?

Sintiendo un gran peso en el corazón, me pongo sobre el regazo uno de los manuscritos que Jack quiere que resuma y sigo leyendo. No se me ocurre ninguna solución sencilla para el problema del control enfermizo de Christian. Tendré que hablarlo con él más tarde, cara a cara.

Al cabo de media hora, Jack me envía un documento que debo adecentar y pulir para que mañana puedan imprimirlo a tiempo para el congreso. Eso me llevará toda la tarde e incluso hasta la noche. Me dedico a ello.

Cuando levanto la vista, son más de las siete y la oficina está desierta, aunque aún hay luz en el despacho de Jack. No me había dado cuenta de que todo el mundo se había ido, pero ya casi he terminado. Le vuelvo a mandar el documento a Jack para que lo apruebe, y reviso mi bandeja de entrada. No hay nada de Christian, así que echo un vistazo rápido a mi BlackBerry, y justo en ese momento me sobresalta su zumbido: es Christian.

—Hola —murmuro.

—Hola, ¿cuándo acabarás?

—Hacia las siete y media, creo.

—Te esperaré fuera.

—Bien.

Se le nota muy callado, nervioso incluso. ¿Por qué? ¿Estará temeroso de mi reacción?

—Sigo enojada contigo, pero nada más —susurro—. Tenemos que hablar de muchas cosas.

—Lo sé. Nos vemos a las siete y media.

Jack sale de su despacho.

—Tengo que dejarte. Hasta luego.

Cuelgo.

Miro a Jack, que se acerca con aire despreocupado hacia mí.

—Necesito que hagas un par de cambios. Ya te he vuelto a enviar el informe.

Mientras guardo el documento, se inclina sobre mí, muy cerca… incómodamente cerca. Me roza el brazo con el suyo. ¿Por accidente? Yo retrocedo, pero él finge no darse cuenta. Su otra mano descansa en el respaldo de mi silla y me toca la espalda. Yo me incorporo para no apoyarme en el respaldo.

—Páginas dieciséis y veintitrés, y ya estará —murmura con la boca a unos centímetros de mi oreja.

Su proximidad me produce una sensación desagradable en la piel, pero procuro ignorarla. Abro el documento y empiezo a introducir los cambios, nerviosa. Él sigue inclinado sobre mí, y todos mis sentidos están en alerta máxima. Resulta muy molesto e incómodo, y por dentro estoy chillando: ¡Apártate!

—En cuanto esto esté hecho, ya se podrá imprimir. Ya organizarás eso mañana. Gracias por quedarte hasta tarde para terminarlo, Ana.

Su voz es suave, amable, como si estuviera acechando a un animal herido. Se me revuelve el estómago.

—Creo que lo mínimo que puedo hacer es recompensarte con una copa rápida. Te la mereces.

Me coloca detrás de la oreja un mechón de pelo que se ha desprendido del recogido, y me acaricia suavemente el lóbulo.

Yo me encojo, apretando los dientes, y aparto la cabeza. ¡Maldita sea! Christian tenía razón. No me toques.

—De hecho, esta noche no puedo.

Ni ninguna otra noche, Jack.

—¿Sólo una rápida? —intenta persuadirme.

—No, no puedo. Pero gracias.

Jack se sienta en el borde de mi mesa y frunce el ceño. En el interior de mi cabeza suena con fuerza una alarma. Estoy sola en la oficina. No puedo marcharme. Inquieta, echo un vistazo al reloj. Faltan cinco minutos para que llegue Christian.

—Yo creo que formamos un gran equipo, Ana. Siento no haber podido conseguir lo del viaje a Nueva York. No será lo mismo sin ti.

Seguro que no. Sonrío débilmente, porque no se me ocurre qué decir. Y por primera vez en todo el día, siento un ligerísimo alivio por no poder ir.

—¿Así que has tenido un buen fin de semana? —pregunta suavemente.

—Sí, gracias.

¿Qué pretende con esto?

—¿Viste a tu novio?

—Sí.

—¿A qué se dedica?

Es el amo de tu trasero…

—A los negocios.

—Interesante. ¿Qué clase de negocios?

—Oh, está metido en asuntos muy diversos.

Jack ladea la cabeza y se inclina hacia mí, invadiendo mi espacio privado… otra vez.

—Estás muy evasiva, Ana.

—Bueno, telecomunicaciones, industria y agricultura.

Jack arquea las cejas.

—Cuántas cosas… ¿Para quién trabaja?

—Trabaja por cuenta propia. Si el documento te parece bien, me gustaría marcharme, si estás de acuerdo.

Se aparta. Mi espacio privado vuelve a estar a salvo.

—Claro. Perdona, no pretendía retenerte —miente.

—¿A qué hora cierra el edificio?

—El vigilante está hasta las once.

—Bien.

Sonrío, y mi subconsciente se recuesta en su asiento, aliviada de saber que no estamos solos en el edificio. Apago la computadora, tomo mi bolsa y me levanto, lista para irme.

—¿Te gusta, entonces? ¿Tu novio?

—Lo quiero —contesto, y miro directamente a los ojos de Jack.

—Ya —Jack tuerce el gesto y se levanta de mi escritorio—. ¿Cómo se apellida?

Enrojezco.

—Grey. Christian Grey —mascullo.

Jack se queda con la boca abierta.

—¿El soltero más rico de Seattle? ¿Ese Christian Grey?

—Sí. El mismo.

Sí, ese Christian Grey, tu futuro jefe, que te merendará si vuelves a invadir mi espacio privado.

—Ya me pareció que me era familiar —dice Jack, sombrío, y vuelve a levantar una ceja—. Bien, pues es un hombre con suerte.

Me lo quedo mirando. ¿Qué contesto a eso?

—Que pases una buena noche, Ana.

Jack sonríe, pero esa sonrisa no se refleja en sus ojos, y regresa a toda prisa a su despacho sin volver la vista.

Suspiro, aliviada. Bien, puede que este problema ya esté solucionado. Cincuenta ha vuelto a obrar su magia. Su nombre me basta como talismán, y ha hecho que ese hombre se retirara con la cola entre las piernas. Me permito una sonrisita victoriosa. ¿Lo ves, Christian? Incluso tu nombre me protege; no tienes que molestarte en tomar esas medidas tan drásticas. Ordeno mi mesa y miro el reloj. Christian ya debe de estar fuera.

El Audi está aparcado en la acera, y Taylor se apresura a bajar para abrirme la puerta de atrás. Nunca me he alegrado tanto de verlo, y entro a toda prisa en el coche para guarecerme.

Christian está en el asiento de atrás y clava en mí sus ojos, muy abiertos y prudentes. Con la mandíbula tensa y apretada, preparado para mi rabia.

—Hola —musito.

—Hola —contesta con cautela.

Se me acerca, me toma la mano y la aprieta fuerte, y se me derrite un poco el corazón. Estoy muy confusa. Ni siquiera he decidido qué tengo que decirle.

—¿Sigues enojada?

—No lo sé —murmuro.

Él levanta mi mano y me acaricia los nudillos con besos livianos y delicados.

—Ha sido un día espantoso —dice.

—Sí, es verdad.

Pero, por primera vez desde que se fue a trabajar esta mañana, empiezo a relajarme. Sólo estar con él es como un bálsamo relajante, y todos esos líos con Jack, y el intercambio de correos beligerantes, y el incordio añadido que supone Elena, se desvanecen. Sólo estamos yo y mi controlador obsesivo, en la parte de atrás del coche.

—Ahora que estás aquí ha mejorado —dice en voz baja.

Seguimos sentados en silencio mientras Taylor avanza entre el tráfico vespertino, ambos meditabundos y contemplativos; pero noto que Christian también se va relajando lentamente, mientras pasa el pulgar suavemente sobre mis nudillos con un ritmo tenue y calmo.

Taylor nos deja en la puerta del edificio del departamento, y ambos nos refugiamos rápidamente en el interior. Christian me da la mano mientras esperamos el ascensor, y sus ojos controlan la entrada del edificio.

—Deduzco que todavía no han encontrado a Leila.

—No. Welch sigue buscándola —reconoce, consternado.

Llega el ascensor y entramos. Christian baja la vista hacia mí con sus ojos grises inescrutables. Oh, está sencillamente guapísimo, con el pelo alborotado, la camisa blanca, el traje oscuro. Y de repente ahí está, surgida de la nada, esa sensación. Oh, Dios… el anhelo, el deseo, la electricidad. Si fuera visible, sería una intensa aura azul a nuestro alrededor y extendiéndose entre los dos; es algo muy fuerte. Él me mira y separa los labios.

—¿Tú lo sientes? —musita.

—Sí.

—Oh, Ana.

Con un leve gruñido, me agarra y sus brazos se deslizan a mi alrededor, y poniendo una mano en mi nuca inclina mi cabeza hacia atrás, mientras sus labios buscan los míos. Hundo los dedos en su cabello y le acaricio la mejilla, mientras él me empuja contra la pared del ascensor.

—Odio discutir contigo —jadea pegado a mi boca, y su beso tiene una cualidad de pasión y desespero que es un reflejo de lo que yo siento.

El deseo estalla en mi cuerpo, toda la tensión del día buscando una salida, presionando contra él, exigiendo más. Somos sólo lenguas y aliento y manos y caricias, y una sensación dulce, muy dulce. Pone la mano en mi cadera y me levanta la falda, bruscamente. Sus dedos me acarician los muslos.

—Santo Dios, llevas medias —masculla con asombro reverente, mientras con el pulgar me acaricia la piel por encima de la línea de la media—. Quiero ver esto —suspira, y me levanta completamente la falda, descubriendo la parte superior de mis muslos.

Da un paso atrás y aprieta el botón de parada, y el ascensor se detiene poco a poco entre los pisos veintidós y veintitrés. Tiene los ojos turbios, los labios entreabiertos y respira con dificultad, como yo. Nos miramos fijamente, sin tocarnos. Yo agradezco el sostén de la pared que tengo detrás, mientras me deleito en el atractivo sensual y carnal de este hermoso hombre.

—Suéltate el pelo —ordena con voz ronca. Yo levanto la mano y libero mi melena, que cae como una nube densa alrededor de los hombros hasta mis senos—. Desabróchate los dos botones de arriba de la blusa —murmura, con los ojos muy abiertos.

Me hace sentir tan lasciva... Alargo una mano ansiosa y desabrocho los dos botones, y la parte superior de mis pechos queda seductoramente a la vista.

Él traga saliva.

—¿Tienes idea de lo atractiva que estás ahora mismo?

Yo me muerdo el labio con toda la intención. Él cierra un segundo los ojos, y luego vuelve a abrirlos, ardientes. Avanza y apoya las manos en las paredes del ascensor, a ambos lados de mi cara. Está todo lo cerca que puede, sin tocarme.

Levanto el rostro para mirarlo a los ojos, y él se inclina y me acaricia la nariz con la suya: ése es el único contacto entre los dos. Estoy tan excitada, encerrada en este ascensor con él. Lo deseo… ahora.

—Yo creo que sí, señorita Steele. Yo creo que le gusta volverme loco.

—¿Yo te vuelvo loco? —susurro.

—En todos los sentidos, Anastasia. Eres una sirena, una diosa.

Y se acerca, me toma una pierna por encima de la rodilla y se la coloca alrededor de la cintura, de modo que ahora estoy de pie sobre una pierna y apoyada contra él. Lo siento pegado a mí, lo noto duro y anhelante sobre el vértice de mis muslos, mientras desliza los labios por mi cuello. Gimo y le rodeo el cuello con los brazos.

—Voy a tomarte ahora —masculla, y, en respuesta, arqueo la espalda y me pego a él, anhelando el contacto.

Del fondo de su garganta surge un quejido ronco y quedo, y cuando se desabrocha la bragueta me excito aún más.

—Abrázame fuerte, nena —murmura, y como por arte de magia saca un envoltorio plateado que sostiene frente a mi boca.

Yo lo sujeto con los dientes, él tira, y lo rasgamos entre los dos.

—Buena chica —se aparta ligeramente para ponerse el condón—. Dios, estos próximos seis días se me van a hacer eternos —dice con un gruñido, y me mira con los ojos entreabiertos—. Espero que no les tengas demasiado cariño a estas medias.

Las rasga con dedos expertos y se desintegran entre sus manos. La sangre bombea frenética por mis venas y jadeo de deseo.

Sus palabras son embriagadoras, y olvido la angustia que he pasado durante el día. Y sólo somos él y yo, haciendo lo que mejor hacemos. Sin apartar sus ojos de mí, Christian se hunde despacio en mi interior. Mi cuerpo cede y echo la cabeza hacia atrás, con los ojos cerrados, gozando de sentirlo dentro. Él se retira y entra de nuevo, muy lento, muy suave. Gimo.

—Eres mía, Anastasia —susurra pegado a mi cuello.

—Sí. Tuya. ¿Cuándo te convencerás? —jadeo.

Él gruñe y empieza a moverse, a moverse de verdad. Y yo sucumbo a su ritmo incesante, saboreo cada embestida, hacia delante y hacia atrás, su respiración entrecortada, su necesidad de mí reflejando la mía de él.

Esto hace que me sienta poderosa, fuerte, deseada, amada... amada por este hombre fascinante, complicado, a quien yo también amo con todo mi corazón. Él empuja más y más fuerte, sin aliento, y se pierde en mí mientras yo me pierdo en él.

—Oh, nena —gime Christian, rozándome el mentón con los dientes, y alcanzo un intenso orgasmo. Él se para, me sujeta fuerte, y también llega al clímax mientras susurra mi nombre.

Ahora que Christian, exhausto y tranquilo, ha recuperado el aliento, me besa con ternura. Me mantiene de pie contra la pared del ascensor, tenemos las frentes pegadas, y siento mi cuerpo como de gelatina, débil, pero gratificado y saciado por el orgasmo.

—Oh, Ana —susurra—. Te necesito tanto.

Me besa la frente.

—Y yo a ti, Christian.

Me suelta, me alisa la falda y me abrocha los dos botones del escote de la blusa. Luego marca una combinación numérica en el panel y vuelve a poner en marcha el ascensor, que arranca bruscamente y me lanza a sus brazos.

—Taylor debe de estar preguntándose dónde estamos —dice sonriendo con malicia.

Oh, no... Me paso los dedos por el pelo alborotado en un vano intento de disimular la evidencia de nuestro encuentro sexual, pero enseguida desisto y me hago una coleta.

—Ya estás bien —dice Christian con una mueca de ironía, mientras se sube el cierre del pantalón y se mete el condón en el bolsillo.

Y una vez más vuelve a ser la imagen personificada del emprendedor americano, aunque en su caso la diferencia es mínima, porque su pelo casi siempre tiene ese aspecto alborotado. Ahora sonríe relajado y sus ojos tienen un encantador brillo juvenil. ¿Todos los hombres se apaciguan tan fácilmente?

Se abre la puerta, y Taylor está allí esperando.

—Un problema con el ascensor —musita Christian cuando salimos.

Yo soy incapaz de mirar a la cara a ninguno de los dos, y cruzo a toda prisa la puerta doble del dormitorio de Christian en busca de una muda de ropa interior.

Cuando vuelvo, Christian se ha quitado el saco y está sentado en la barra del desayuno charlando con la señora Jones. Ella sonríe afable y dispone dos platos de comida caliente para nosotros. Mmm, huele muy bien: *coq au vin*, si no me equivoco. Estoy hambrienta.

—Espero que les guste, señor Grey, Ana —dice, y se retira.

Christian saca una botella de vino blanco del refrigerador, y nos sentamos a cenar. Me cuenta lo cerca que está de perfeccionar un teléfono móvil con energía solar. Está animado y emocionado con el proyecto, y entonces sé que su día no ha ido tan mal del todo.

Le pregunto por sus propiedades. Sonríe irónico, y resulta que sólo tiene departamentos en Nueva York, en Aspen, y el del Escala. Nada más. Cuando terminamos, recojo su plato y el mío y los llevo al fregadero.

—Deja eso. Gail lo hará —dice.

Me doy la vuelta y lo miro, y él me responde fijando sus ojos en mí. ¿Llegaré a acostumbrarme a que alguien limpie lo que voy dejando por ahí?

—Bien, ahora que ya está más dócil, señorita Steele, ¿hablaremos sobre lo de hoy?

—Yo opino que el que está más dócil eres tú. Creo que se me da bastante bien eso de domarte.

—¿Domarme? —resopla, divertido. Cuando yo asiento, arruga la frente como si meditara mis palabras—. Sí, Anastasia, quizá sí se te dé bien.

—Tenías razón sobre Jack —digo entonces en voz baja y seria, y me inclino sobre la encimera de la isla de la cocina para estudiar su reacción.

A Christian le cambia la cara y se le endurece la mirada.

—¿Ha intentado algo? —pregunta con una voz gélida y letal.

Yo niego con la cabeza para tranquilizarle.

—No, Christian, y no lo hará. Hoy le he dicho que soy tu novia, y enseguida ha reculado.

—¿Estás segura? Podría despedir a ese cabrón —replica Christian.

Envalentonada por el vino, suspiro.

—Sinceramente, Christian, deberías dejar que yo solucione mis problemas. No puedes prever todas las contingencias para intentar protegerme. Resulta asfixiante, Christian. Si no dejas de interferir a todas horas, no progresaré nunca. Necesito un poco de libertad. A mí jamás se me ocurriría meterme en tus asuntos.

Él se me queda mirando.

—Yo sólo quiero que estés segura y a salvo, Anastasia. Si te pasara algo, yo…

Se calla.

—Lo sé, y entiendo por qué sientes ese impulso de protegerme. Y en parte me encanta. Sé que si te necesito estarás ahí, como yo lo estaré por ti. Pero si albergamos alguna esperanza de futuro para los dos, tienes que confiar en mí y en mi criterio. Claro que a veces me equivocaré, que cometeré errores, pero tengo que aprender.

Me mira fijamente, con una expresión ansiosa que me incita a acercarme a él, hasta colocarme de pie entre sus piernas, mientras sigue sentado en el taburete de la barra. Le tomo las manos para que me rodee con ellas, y luego apoyo las mías en sus brazos.

—No puedes interferir en mi trabajo. No está bien. No necesito que aparezcas como un caballero andante para salvarme. Ya sé que quieres controlarlo todo, y entiendo el porqué, pero no puedes hacerlo siempre. Es una meta imposible… tienes que aprender a dejar que las cosas pasen —le acaricio la cara con una mano mientras él me observa con los ojos muy abiertos—. Y si eres capaz de hacer eso, de concederme eso, vendré a vivir contigo —añado en voz baja.

Inspira bruscamente, sorprendido.

—¿De verdad?

—Sí.

—Pero si no me conoces…

Frunce el ceño y de pronto parece ahogado y aterrado por la emoción, algo totalmente impropio de Cincuenta.

—Te conozco lo suficiente, Christian. Nada de lo que me cuentes sobre ti hará que me asuste y salga huyendo —le paso los nudillos por la mejilla suavemente. Su rostro pasa de la angustia a la duda—. Pero si pudieras dejar de presionarme… —suplico.

—Lo intento, Anastasia. Pero no podía quedarme quieto y dejar que fueras a Nueva York con ese… canalla. Tiene una reputación espantosa. Ninguna de sus ayudantes ha durado más de tres meses, y nunca se han quedado en la empresa. Yo no quiero eso para ti, cariño —suspira—. No quiero que te pase nada. Me aterra la idea de que te hagan daño. No puedo prometerte que no interferiré, no, si creo que puedes salir mal parada —hace una pausa y respira hondo—. Yo te quiero, Anastasia. Utilizaré todo el poder que tengo a mi alcance para protegerte. No puedo imaginar la vida sin ti.

Madre mía. La diosa que llevo dentro, mi subconsciente y yo miramos boquiabiertas y estupefactas por Cincuenta.

Tres palabritas de nada. Mi mundo se paraliza, vacila, y luego empieza a girar sobre un nuevo eje; y yo saboreo el momento mirando sus sinceros y hermosos ojos grises.

—Yo también te quiero, Christian.

Y lo beso, y el beso se intensifica.

Taylor, que ha entrado sin que lo viéramos, carraspea. Christian se echa hacia atrás, sin dejar de mirarme intensamente. Se pone de pie y me rodea la cintura con el brazo.

—¿Sí? —le espeta a Taylor.

—La señora Lincoln está subiendo, señor.

—¿Qué?

Taylor se encoge de hombros a modo de disculpa. Christian respira hondo y sacude la cabeza.

—Bueno, esto se pone interesante —masculla. Y me dedica una mueca de resignación.

¡Maldita sea! ¿Por qué no nos dejará en paz esa condenada mujer?

12

Hablaste con ella hoy? —le pregunto a Christian mientras esperamos la llegada de la señora Robinson.

—Sí.

—¿Qué le dijiste?

—Le dije que tú no querías verla, y que yo entendía perfectamente tus motivos. También le dije que no me gustaba que actuara a mis espaldas.

Tiene una mirada inexpresiva que no trasluce nada.

Ay, Dios.

—¿Y ella qué dijo?

—Eludió la responsabilidad como sólo ella sabe hacerlo.

Hace una mueca con los labios.

—¿Para qué crees que ha venido?

—No tengo ni idea —responde Christian, encogiéndose de hombros.

Taylor vuelve a entrar en el salón.

—La señora Lincoln —anuncia.

Y ahí está… ¿Por qué ha de ser tan endiabladamente atractiva? Va toda vestida de negro: jeans ajustados, una blusa que realza su silueta perfecta, y el cabello brillante y sedoso como un halo.

Christian me atrae hacia él.

—Elena —dice, y parece confuso.

Ella me mira estupefacta y se queda paralizada. Le cuesta recuperar la voz y parpadea.

—Lo siento. No sabía que estabas acompañado, Christian. Es lunes —dice como si eso explicara su presencia aquí.

—Novia —responde Christian a modo de explicación, mientras ladea la cabeza y le dedica una sonrisa fría.

En la cara de ella aparece lentamente un gesto de inmensa satisfacción. Todo resulta muy desconcertante.

—Claro. Hola, Anastasia. No sabía que estabas aquí. Sé que no quieres hablar conmigo, y lo entiendo.

—¿Ah, sí? —respondo en voz baja, y la miro a la cara de un modo que nos sorprende a ambas.

Ella frunce levemente el ceño y avanza un paso más para entrar en la habitación.

—Sí, he captado el mensaje. No he venido a verte a ti. Como he dicho, Christian no suele tener compañía entre semana —hace una pausa—. Tengo un problema y necesito hablarlo con Christian.

—¿Ah? —Christian se yergue—. ¿Quieres beber algo?

—Sí, por favor.

Christian le sirve una copa de vino, mientras Elena y yo seguimos observándonos mutuamente con cierta incomodidad. Ella juguetea con un gran anillo de plata que lleva en el dedo corazón, y yo no sé adónde mirar. Finalmente me dedica una sonrisita crispada, se acerca a la cocina y se sienta en el taburete del extremo de la isla. Es obvio que conoce bien el sitio y que se mueve por él con naturalidad.

¿Me quedo? ¿Me marcho? Oh, qué difícil es esto. Mi subconsciente mira ceñuda a Elena con su expresión más abiertamente hostil.

Hay tantas cosas que quiero decirle a esa mujer, y ninguna es agradable. Pero es amiga de Christian —su única amiga—, y por mucho odio que sienta por ella, soy educada por naturaleza. Decido quedarme y me siento, con toda la elegancia de la que soy capaz, en el taburete que ocupaba Christian. Él nos sirve vino en las copas y se sienta entre ambas en la barra del desayuno. ¿Se da cuenta de lo raro que es todo esto?

—¿Qué pasa? —le pregunta a Elena.

Ella me mira nerviosa, y Christian me toma la mano.

—Anastasia está ahora conmigo —dice ante su pregunta implícita, y me aprieta la mano.

Yo me sonrojo y mi subconsciente, olvidada ya la cara de arpía, sonríe radiante.

Elena suaviza el gesto como si se alegrara por él. Como si realmente se alegrara por él. Oh, no entiendo en absoluto a esta mujer, y su presencia me incomoda y me pone nerviosa.

Ella inspira profundamente, se remueve inquieta y se sienta en el borde del taburete. Se mira las manos con nerviosismo, y empieza a dar vueltas sin parar al anillo de plata de su dedo corazón.

¿Cuál es su problema? ¿Que yo esté presente? ¿Provoco ese efecto en ella? Porque yo siento lo mismo: no la quiero aquí. Ella levanta la cabeza y mira a Christian directamente a los ojos.

—Me están haciendo chantaje.

Por Dios. No es eso lo que esperaba que dijera. Christian se pone tenso. ¿Alguien ha descubierto su afición por los jóvenes menores de edad maltratados y vapuleados por la vida? Reprimo mi repulsión, y por un momento acude a mi mente esa frase sobre el burlador burlado. Mi subconsciente se frota las manos con mal disimulado placer. Bien.

—¿Cómo? —pregunta Christian, y su voz refleja claramente el espanto.

Ella toma su enorme bolsa de piel, un diseño exclusivo, saca una nota y se la entrega.

—Ponla aquí y ábrela.

Christian señala la barra con el mentón.

—¿No quieres tocarla?

—No. Huellas dactilares.

—Christian, tú sabes que no puedo ir a la policía con esto.

¿Por qué estoy escuchando esto? ¿Es que ella está tirándose a otro pobre chico?

Deja la nota delante de él, que se inclina para leerla.

—Sólo piden cinco mil dólares —dice como si no le diera importancia—. ¿Tienes idea de quién puede ser? ¿Alguien de la comunidad?

—No —contesta ella con su voz dulce y melosa.

—¿Linc?

¿Linc? ¿Quién es ése?

—¿Qué? ¿Después de tanto tiempo? No creo —masculla ella.

—¿Lo sabe Isaac?

—No se lo he dicho.

¿Quién es Isaac?

—Creo que él debería saberlo —dice Christian.

Ella niega con la cabeza, y ahora me siento fuera de lugar. No quiero saber nada de esto. Intento soltar mi mano de la de Christian, pero él me retiene con fuerza y se vuelve a mirarme.

—¿Qué pasa? —pregunta.

—Estoy cansada. Creo que me voy a la cama.

Sus ojos escrutan los míos… ¿buscando acaso qué? ¿Censura? ¿Aprobación? ¿Hostilidad? Yo intento mantenerme impertérrita.

—De acuerdo —dice—. Yo no tardaré.

Me suelta y me pongo de pie. Elena me mira con cautela. Yo sigo impasible y le devuelvo la mirada sin expresar nada.

—Buenas noches, Anastasia —me dice con una leve sonrisa.

—Buenas noches —musito con frialdad.

Me doy la vuelta para marcharme. La tensión me resulta insoportable. En cuanto salgo de la estancia ellos reanudan la conversación.

—No creo que yo pueda hacer gran cosa, Elena —le dice Christian—. Si es una cuestión de dinero… —se interrumpe—. Puedo pedirle a Welch que investigue.

—No, Christian, sólo quería que lo supieras —dice ella.

Desde fuera del salón la oigo comentar:

—Se te ve muy feliz.

—Lo soy —contesta Christian.

—Mereces serlo.

—Ojalá eso fuera verdad.

—Christian… —replica en tono reprobador.

Yo me quedo paralizada, y escucho atentamente sin poder evitarlo.

—¿Sabe ella lo negativo que eres contigo mismo? ¿En todos los aspectos?

—Ella me conoce mejor que nadie.

—¡Vaya! Eso me ha dolido.

—Es la verdad, Elena. Con ella no necesito jueguecitos. Y lo digo en serio, déjala en paz.

—¿Cuál es su problema?

—Tú... lo que fuimos. Lo que hicimos. Ella no lo entiende.

—Haz que lo entienda.

—Eso es el pasado, Elena, ¿y por qué voy a querer contaminarla con nuestra jodida relación? Ella es buena y dulce e inocente y, milagrosamente, me quiere.

—Eso no es un milagro, Christian —le replica ella con afecto—. Confía un poco en ti mismo. Eres una auténtica joya. Ya te lo he dicho muchas veces. Y ella parece encantadora también. Fuerte. Alguien que te hará frente.

No oigo la respuesta de Christian. Así que soy fuerte... ¿en serio? La verdad es que no me siento así.

—¿Lo echas de menos? —continúa Elena.

—¿Qué?

—Tu cuarto de juegos.

Se me corta la respiración.

—La verdad es que eso no es asunto tuyo, maldita sea —le espeta Christian.

Oh.

—Perdona —replica Elena sin sentirlo realmente.

—Creo que deberías irte. Y, por favor, otra vez llama antes de venir.

—Lo siento, Christian —dice, y a juzgar por el tono, esta vez es de verdad—. ¿Desde cuándo eres tan sensible? —vuelve a reprenderlo.

—Elena, nosotros tenemos una relación de negocios que ha sido enormemente provechosa para ambos. Dejémoslo así. Lo que hubo entre los dos forma parte del pasado. Anastasia es mi futuro, y no quiero ponerlo en peligro de ningún modo, así que ahórrate toda esa basura.

¡Su futuro!

—Ya veo.

—Mira, siento que tengas problemas. Quizá deberías enfrentarte directamente y plantarles cara.

Ahora su tono es más suave.

—No quiero perderte, Christian.

—Para eso debería ser tuyo, Elena —le espeta de nuevo.

—No quería decir eso.

—¿Qué querías decir?

Está molesto, su tono es brusco.

—Oye, no quiero discutir contigo. Tu amistad es muy importante para mí. Me alejaré de Anastasia. Pero si me necesitas, aquí estaré. Siempre.

—Anastasia cree que estuvimos juntos el sábado pasado. En realidad tú me llamaste por teléfono y nada más. ¿Por qué le dijiste lo contrario?

—Quería que supiera cuánto te afectó que se marchara. No quiero que te haga daño.

—Ella ya lo sabe. Se lo he dicho. Deja de entrometerte. Francamente, te estás comportando como una madrastra muy pesada.

Christian parece más resignado y Elena se ríe, pero su risa tiene un dejo triste.

—Lo sé. Lo siento. Ya sabes que me preocupo por ti. Nunca pensé que acabarías enamorándote, Christian, y verlo es muy gratificante. Pero no podría soportar que ella te hiciera daño.

—Correré el riesgo —dice con sequedad—. ¿Seguro que no quieres que Welch investigue un poco?

Elena lanza un gran suspiro.

—Supongo que eso no perjudicaría a nadie.

—De acuerdo. Lo llamaré mañana por la mañana.

Los oigo hablar un poco más del tema. Como viejos amigos, como dice Christian. Sólo amigos. Y ella se preocupa por él... quizá demasiado. Bueno, como haría cualquiera que lo conociera bien.

—Gracias, Christian. Y lo siento. No pretendía entrometerme. Me voy. La próxima vez llamaré.

—Bien.

¡Se marcha! ¡Oh, maldita sea! Recorro a toda prisa el pasillo hasta el dormitorio de Christian y me siento en la cama. Christian entra poco después.

—Se ha ido —dice cauteloso, pendiente de mi reacción.

Yo levanto la vista, lo miro e intento formular mi pregunta.

—¿Me contarás todo sobre ella? Intento entender por qué crees que te ayudó —me callo y pienso a fondo mi siguiente frase—. Yo la odio, Christian. Creo que te hizo un daño indecible. Tú no tienes amigos. ¿Fue ella quien los alejó de ti?

Él suspira y se pasa la mano por el pelo.

—¿Por qué carajos quieres saber cosas de ella? Tuvimos una historia hace mucho tiempo, ella solía darme unas palizas de muerte y yo me la tiraba de formas que tú ni siquiera imaginas, fin de la historia.

Me pongo pálida. Oh, no, está enojado… conmigo.

—¿Por qué estás tan molesto?

—¡Porque toda esa mierda se acabó! —grita, ceñudo.

Suspira exasperado y menea la cabeza.

Estoy blanca como la cera. Dios. Me miro las manos unidas en mi regazo. Yo sólo pretendo entenderlo.

Se sienta a mi lado.

—¿Qué quieres saber? —pregunta con aire cansado.

—No tienes que contármelo. No quiero entrometerme.

—No es eso, Anastasia. No me gusta hablar de todo aquello. He vivido en una burbuja durante años, sin que nada me afectara y sin tener que justificarme ante nadie. Ella siempre ha sido mi confidente. Y ahora mi pasado y mi futuro colisionan de una forma que nunca creí posible.

Lo miro, y él me está observando con los ojos muy abiertos.

—Nunca imaginé mi futuro con nadie, Anastasia. Tú me das esperanza y haces que me plantee todo tipo de posibilidades —se queda pensando.

—Los estuve escuchando —susurro, y vuelvo a mirarme las manos.

—¿Qué? ¿Nuestra conversación?

—Sí.

—¿Y? —dice en tono resignado.

—Ella se preocupa por ti.

—Sí, es verdad. Y yo por ella, a mi manera, pero eso no se puede ni comparar siquiera a lo que siento por ti. Si es que se trata de eso…

—No estoy celosa —me duele que piense eso… ¿o sí lo estoy? Maldita sea. Quizá sea eso—. Tú no la quieres —murmuro.

Él vuelve a suspirar. Se le nota de nuevo enfadado.

—Hace mucho tiempo creí que la quería —dice con los dientes apretados.

Oh.

—Cuando estábamos en Georgia… dijiste que no la querías.

—Es verdad.

Frunzo el ceño.

—Entonces te amaba a ti, Anastasia —susurra—. He volado cinco mil kilómetros sólo para verte. Eres la única persona por la que he hecho algo así.

Oh, Dios… No lo entiendo, en aquel momento él todavía me quería como sumisa. Frunzo más el ceño.

—Mis sentimientos por ti son muy diferentes de los que sentí nunca por Elena —dice a modo de explicación.

—¿Cuándo lo supiste?

Se encoge de hombros.

—Es irónico, pero fue Elena quien me lo hizo notar. Ella me animó a ir a Georgia.

¡Lo sabía! Lo supe en Savannah. Lo miro, impasible.

¿Y ahora qué? Quizá ella está realmente de mi parte y sólo le preocupa que yo pueda hacerle daño a Christian. Pensar en eso me duele. Yo nunca desearía hacerle daño. Ella tiene razón: ya lo han herido bastante.

Puede que no sea tan mala, después de todo. Niego con la cabeza. No quiero aceptar su relación con Christian. La desapruebo. Sí, eso es. Es un personaje despreciable que se aprovechó de un adolescente vulnerable y le arrebató esa etapa de su vida, diga lo que diga él.

—¿Así que la deseabas? Cuando eras más joven.

—Sí.

Ah.

—Me enseñó muchísimas cosas. Me enseñó a creer en mí mismo.

Ah.

—Pero ella también te daba unas palizas terribles.

Él sonríe con cariño.

—Sí, es verdad.

—¿Y a ti te gustaba?

—En aquella época, sí.

—¿Tanto que querías hacérselo a otras?

Abre los ojos de par en par y se pone serio.

—Sí.

—¿Ella te ayudó con eso?

—Sí.

—¿Fue también tu sumisa?

—Sí.

Por Dios…

—¿Y esperas que me caiga bien? —digo con voz amarga y quebradiza.

—No. Aunque eso me facilitaría muchísimo la vida —dice con cautela—. Comprendo tu reticencia.

—¡Reticencia! Dios, Christian… si se hubiera tratado de tu hijo, ¿qué sentirías?

Se me queda mirando, como si no comprendiera del todo la pregunta. Tuerce el gesto.

—Nadie me obligó a estar con ella. Lo elegí yo, Anastasia —murmura.

Así no voy a llegar a ninguna parte.

—¿Quién es Linc?

—Su ex marido.

—¿Lincoln el maderero?

—El mismo —dice sonriendo.

—¿E Isaac?

—Su actual sumiso.

Oh, no.

—Tiene veintimuchos años, Anastasia. Ya sabes, es un adulto

que sabe lo que hace —añade enseguida, al interpretar correctamente mi expresión de repugnancia.

—Tu edad —musito.

—Mira, Anastasia, como le he dicho a Elena, ella forma parte de mi pasado. Tú eres mi futuro. No permitas que se entrometa entre nosotros, por favor. Y la verdad, ya estoy harto de este tema. Voy a trabajar un poco —se pone de pie y me mira—. Déjalo estar, por favor.

Yo levanto la vista y lo observo, tozuda.

—Ah, casi me olvido —añade—. Tu coche ha llegado un día antes. Está en el estacionamiento. Taylor tiene la llave.

Wow… ¿el Saab?

—¿Podré conducirlo mañana?

—No.

—¿Por qué no?

—Ya sabes por qué no. Y eso me recuerda que, si vas a salir de la oficina, me lo hagas saber. Sawyer estaba allí, vigilándote. Por lo visto, no puedo fiarme de que cuides de ti misma —dice en tono de reproche, y consigue que vuelva a sentirme como una niña descarriada… otra vez.

Y me dan ganas de volver a plantarle cara, pero ya está bastante exaltado por lo de Elena y no quiero presionarlo más. Sin embargo no puedo evitar comentar:

—Por lo visto, yo tampoco puedo fiarme de ti —digo entre dientes—. Podrías haberme dicho que Sawyer me estaba vigilando.

—¿Quieres discutir por eso también? —replica.

—No sabía que estuviéramos discutiendo. Creía que nos estábamos comunicando —mascullo malhumorada.

Él cierra los ojos un segundo y hace esfuerzos para reprimir el mal genio. Yo trago saliva y lo miro, ansiosa. No sé cómo acabará esto.

—Tengo trabajo —dice en voz baja, y seguidamente sale de la habitación.

Exhalo con fuerza. No me había dado cuenta de que estaba conteniendo la respiración. Me tumbo otra vez en la cama, mirando al techo.

¿Alguna vez podremos tener una conversación que no termine en discusión? Resulta agotador.

Simplemente, aún no nos conocemos bien. ¿Realmente quiero venirme a vivir con él? Ni siquiera sé si debería prepararle una taza de té o de café mientras está trabajando. ¿Debería interrumpirlo? No tengo ni idea de qué le gusta y qué no.

Es evidente que está harto de todo el tema de Elena... y tiene razón: tengo que olvidarlo. Dejarlo correr. Bien, al menos no espera que me haga amiga de ella, y confío en que ahora Elena deje de acosarme para que nos veamos.

Salgo de la cama y voy hacia la ventana. Abro la puerta del balcón y me acerco a la barandilla de vidrio. Su transparencia me pone nerviosa. Está muy alto, y el aire es fresco, frío.

Contemplo las luces de Seattle centelleando allá fuera. Christian está tan lejos de todo, aquí arriba en su fortaleza. No tiene que rendir cuentas ante nadie. Acababa de decirme que me quería, y entonces vuelve a interponerse toda esa porquería por culpa de esa espantosa mujer. Pongo los ojos en blanco. Su vida es muy complicada. Él es muy complicado.

Respiro hondo, echo un último vistazo a la ciudad que se extiende a mis pies como un manto dorado, y decido telefonear a Ray. Hace tiempo que no hablo con él. Tenemos una conversación breve, como de costumbre, pero me cuenta que está bien y que estoy interrumpiendo un partido de fútbol importante.

—Espero que vaya todo bien con Christian —dice con naturalidad, y sé que su intención es obtener información, pero que en realidad no lo quiere saber.

—Sí. Estamos muy bien.

Más o menos, y me voy a vivir con él. Aunque no hemos concretado fechas.

—Te quiero, papá.

—Yo también te quiero, Annie.

Cuelgo y miro el reloj. Sólo son las diez. Estoy inquieta y tensa.

Me doy una ducha rápida y, cuando vuelvo a la habitación, decido ponerme uno de los camisones de Neiman Marcus que me envió Caroline Acton. Christian siempre se queja de mis camisetas. Hay tres. Escojo el rosa pálido y me lo pongo por la cabeza. La tela se desliza por mi piel, acariciándome y ciñéndose mientras me cubre el cuerpo. Es de un satín finísimo y buenísimo, que transmite una sensación de lujo. ¡Wow! Me miro en el espejo y parezco una estrella de cine de los años treinta. Es largo y elegante… y tan impropio de mí.

Tomo la bata que hace juego y decido ir a buscar un libro a la biblioteca. Puedo leer con mi iPad, pero en este momento se me antoja la comodidad y la solidez física de un libro. Dejaré tranquilo a Christian. Quizá recupere el buen humor cuando haya terminado de trabajar.

En la biblioteca de Christian hay una cantidad ingente de libros. Tardaría una eternidad en revisarlos título por título. Le echo un vistazo a la mesa de billar y, al recordar la noche anterior, me ruborizo. Sonrío al ver que la regla sigue en el suelo. La recojo y me golpeo en la mano. ¡Ay! Escuece.

¿Por qué no puedo aceptar un poco más de dolor por mi hombre? Dejo la regla sobre la mesa con cierto abatimiento y sigo buscando un buen libro para leer.

La mayoría son primeras ediciones. ¿Cómo puede haber reunido una colección como esta en tan poco tiempo? Quizá el trabajo de Taylor incluya la adquisición de libros. Me decido por *Rebecca*, de Daphne du Maurier. Lo leí hace mucho tiempo. Sonrío, me acurruco en una de las mullidas butacas y leo la primera frase:

Anoche soñé que había vuelto a Manderley…

Me despierto de golpe cuando Christian me toma en brazos.

—Hola —murmura—, te has quedado dormida. No te encontraba.

Hunde la nariz en mi pelo. Adormecida, le echo los brazos al cuello y aspiro su aroma —oh, qué bien huele—, mientras él me lleva otra vez al dormitorio. Me tumba en la cama y me arropa.

—Duerme, nena —susurra, y me besa en la frente.

Me despierto sobresaltada de un sueño convulso y me quedo momentáneamente desorientada. Reacciono mirando con ansiedad a los pies de la cama, pero allí no hay nadie. Del salón llega el tenue sonido de una compleja melodía de piano.

¿Qué hora es? Miro el despertador: las dos de la madrugada. ¿Habrá dormido algo Christian? Apartando la bata que todavía llevo puesta y que se me enreda en las piernas, bajo de la cama.

Me quedo de pie en la penumbra del salón, escuchando. Christian está absorto en la música. Parece tranquilo y a salvo en su burbuja de luz. Y la pieza que interpreta es una melodía cadenciosa, con partes que me resultan familiares. Pero es muy compleja. Es un intérprete maravilloso. ¿Por qué siempre me sorprendo ante ello?

La escena en conjunto parece diferente de algún modo, y entonces me doy cuenta de que la tapa del piano está bajada y el entorno parece más diáfano. Él levanta la vista y nuestras miradas se encuentran. Sus ojos grises se iluminan bajo el difuso resplandor de la lámpara. Sigue tocando, sin la menor vacilación ni fallo, mientras yo me voy acercando. Me sigue con sus ojos, que se embeben de mí, arden y resplandecen. Cuando llego a su lado, deja de tocar.

—¿Por qué paras? Era precioso.

—¿Tienes idea de lo deseable que estás en este momento? —dice en voz baja.

Oh.

—Ven a la cama —susurro, y sus ojos refulgen cuando me tiende la mano.

La acepto, él tira repentinamente de mí y caigo en su regazo. Me rodea con sus brazos y me acaricia la nuca con la nariz, por detrás de la oreja, y un escalofrío me recorre la columna.

—¿Por qué nos peleamos? —murmura, y sus dientes me rozan el lóbulo.

Mi corazón late con fuerza y empieza a palpitar desbocado, y mi cuerpo se enardece.

—Porque nos estamos conociendo, y tú eres necio y cascarrabias y gruñón y difícil —murmuro sin aliento, y ladeo la cabeza para facilitarle el acceso a mi cuello.

Él baja la nariz por mi cuello, y noto que sonríe.

—Soy todas esas cosas, señorita Steele. Me asombra que me soporte —me mordisquea el lóbulo y yo gimo—. ¿Es siempre así? —suspira.

—No tengo ni idea.

—Yo tampoco.

Tira del cinturón de mi bata, la abre, y desliza una mano que me acaricia el cuerpo, los senos. Mis pezones se endurecen con sus tiernas caricias y se yerguen bajo el satín. Él sigue bajando hacia la cintura, hasta la cadera.

—Es muy agradable tocarte bajo esta tela, y se trasluce todo, incluso esto.

Tira suavemente de mi vello púbico y me provoca un gemido, mientras con la otra mano me agarra el pelo de la nuca. Me echa la cabeza hacia atrás y me besa con una lengua anhelante, despiadada, hambrienta. Yo respondo con un quejido y acaricio ese rostro tan querido. Con una mano tira hacia arriba de mi camisón, con delicadeza, despacio, seductor. Me acaricia el trasero desnudo y luego baja el pulgar hasta el interior del muslo.

De repente se levanta, sobresaltándome. Me coloca sobre el piano con los pies apoyados en las teclas, que emiten notas discordantes e inconexas, mientras sus manos suben por mis piernas y me separan las rodillas. Me sujeta las manos.

—Acuéstate —ordena, sin soltarme las manos mientras yo me recuesto sobre el piano.

Noto en la espalda la tapa dura y rígida. Me libera las manos y me separa mucho las piernas. Mis pies bailan sobre las teclas, sobre las notas más graves y agudas.

Ay, Dios. Sé qué va a hacer, y la expectativa… Cuando me besa el interior de la rodilla gimo con fuerza. Luego me mordisquea mientras sube por la pierna hasta el muslo. Aparta la suave tela de satín del camisón, que se desliza hacia arriba sobre mi piel electrizada. Yo flexiono los pies y vuelven a sonar los acordes discordantes. Cierro los ojos y, cuando su mano alcanza el vértice de mis muslos, me rindo a él.

Me besa… ahí… Oh, Dios… ahora sopla ligeramente antes de trazar círculos con la lengua en mi clítoris. Empuja para separarme más las piernas, y yo me siento tan abierta… tan vulnerable. Me coloca bien, apoya las manos encima de mis rodillas, y su lengua sigue torturándome, sin cuartel, sin descanso… sin piedad. Yo alzo las caderas para unirme y acompasarme a su ritmo.

—Oh, Christian, por favor —gimo.

—Ah, no, nena, todavía no —dice con un dejo burlón, pero noto que me acelero al ritmo de él, y entonces se detiene.

—No —gimoteo.

—Ésta es mi venganza, Ana —gruñe suavemente—. Si discutes conmigo, encontraré el modo de desquitarme con tu cuerpo.

Dibuja un rastro de besos a través de mi vientre, sus manos recorren mis muslos hacia arriba, rozando, masajeando, seduciendo. Me rodea el ombligo con la lengua, mientras sus manos —y sus pulgares… oh, sus pulgares— llegan a la cúspide de mis muslos.

—¡Ah! —grito cuando uno de ellos penetra en mi interior.

El otro me acosa, despacio, de forma agónica, trazando círculos una y otra vez. Mi espalda se arquea y se separa de la tapa del piano, y me retuerzo bajo sus caricias. Es casi insoportable.

—¡Christian! —grito, y me sumerjo en una espiral descontrolada de deseo.

Él se apiada de mí y se para. Me levanta los pies del teclado, me empuja y me desliza sobre la tapa del piano. El satín resbala con suavidad, y él también se sube. Se arrodilla un momento para ponerse un condón. Se cierne sobre mí y yo jadeo, lo miro con anhelo febril, y me doy cuenta de que está desnudo. ¿Cuándo se ha quitado la ropa?

Él baja la mirada hacia mí con ojos asombrados, maravillados de amor y pasión, y resulta embriagador.

—Te deseo tanto —dice y muy despacio, de forma exquisita, se hunde en mí.

Estoy tendida sobre él, exhausta, siento las extremidades pesadas y lánguidas. Ambos estamos encima del piano. Oh, Dios. Es mucho más cómodo estar encima de Christian que sobre el piano. Con cuidado de no tocarle el torso, apoyo la mejilla en él y me quedo inmóvil. No protesta, y escucho su respiración, que se ralentiza como la mía. Me acaricia con ternura el pelo.

—¿Tomas té o café por las noches? —pregunto, medio dormida.

—Qué pregunta tan rara —dice también adormilado.

—Se me ocurrió llevarte un té al estudio, y entonces caí en la cuenta de que no sabía si querrías.

—Ah, ya. Por las noches agua o vino, Ana. Aunque a lo mejor debería probar el té.

Baja la mano cadenciosamente por mi espalda y me acaricia con ternura.

—La verdad es que sabemos muy poco uno del otro —murmuro.

—Lo sé —dice en tono afligido.

Me siento y lo miro fijamente.

—¿Qué pasa? —pregunto.

Él mueve la cabeza, como si quisiera deshacerse de una idea desagradable. Levanta una mano y me acaricia la mejilla, con los ojos brillantes, muy serio.

—Te quiero, Ana Steele —dice.

A las seis en punto suena la alarma con la información del tráfico, y me despierta bruscamente de un perturbador sueño sobre rubias de intensa cabellera y mujeres de pelo oscuro. No entiendo de qué va todo esto, pero me olvido al momento porque Christian Grey me envuelve el cuerpo como la seda, con su mata de pelo rebelde sobre mi pecho, una mano sobre mis senos y una pierna echada por encima de mí, sujetándome. Él sigue durmiendo y yo tengo demasiado calor. Pero no hago caso de esa incómoda sensación, e intento pasarle los dedos por el pelo con suavidad.

Se mueve, levanta sus brillantes ojos grises y sonríe adormilado. Oh, Dios… es adorable.

—Buenos días, preciosa —dice.

—Buenos días, precioso tú también.

Le devuelvo la sonrisa. Me besa, se desenreda para incorporarse, se apoya en un codo y me mira.

—¿Has dormido bien?

—Sí, a pesar de esa interrupción de anoche.

Su sonrisa se ensancha.

—Mmm. Tú puedes interrumpirme así siempre que quieras.

Vuelve a besarme.

—¿Y tú? ¿Has dormido bien?

—Contigo siempre duermo bien, Anastasia.

—¿Ya no tienes pesadillas?

—No.

Frunzo el ceño y me atrevo a preguntar:

—¿Sobre qué son tus pesadillas?

Él arquea una ceja y su sonrisa se desvanece. Maldita sea… mi estúpida curiosidad.

—Son imágenes de cuando era muy pequeño, según dice el doctor Flynn. Algunas muy claras, otras menos.

Se le quiebra la voz y aparece en su rostro una mirada distante y atormentada. Con aire ausente, traza con el dedo el perfil de mi clavícula, tratando de desviar mi atención.

—¿Te despiertas llorando y gritando? —intento bromear, en vano.

Él me mira, perplejo.

—No, Anastasia. Nunca he llorado, que yo recuerde.

Frunce el ceño, como si se asomara al abismo de su memoria. Oh, no… probablemente sea un lugar demasiado siniestro para visitarlo en este momento.

—¿Tienes algún recuerdo feliz de tu infancia? —pregunto enseguida, básicamente para distraerlo.

Se queda pensativo un momento, sin dejar de acariciarme la piel con el pulgar.

—Recuerdo a la puta adicta al crack preparando algo en el

horno. Recuerdo el olor. Creo que era un pastel de cumpleaños. Para mí. Y luego recuerdo la llegada de Mia, cuando ya estaba con mis padres. A mi madre le preocupaba mi reacción, pero yo adoré a aquel bebé desde el primer momento. La primera palabra que dije fue «Mia». Recuerdo mi primera clase de piano. La señorita Kathie, la profesora, era extraordinaria. Y también criaba caballos.

Sonríe con nostalgia.

—Dijiste que tu madre te salvó la vida. ¿Cómo?

Su expresión soñadora desaparece, y me mira como si yo fuera incapaz de sumar dos más dos.

—Me adoptó —dice sin más—. La primera vez que la vi creí que era un ángel. Iba vestida de blanco, y fue tan dulce y tranquilizadora mientras me examinaba... Nunca lo olvidaré. Si ella me hubiera rechazado, o si Carrick me hubiera rechazado... —se encoge de hombros y echa un vistazo al despertador a su espalda—. Todo esto es un poco demasiado profundo para esta hora de la mañana —musita.

—Me he prometido a mí misma que te conocería mejor.

—¿Ah, sí, señorita Steele? Yo creía que sólo quería saber si prefería café o té —sonríe—. De todas formas, se me ocurre una forma mejor de que me conozcas —dice, empujando las caderas hacia mí sugerentemente.

—Creo que en ese sentido ya te conozco bastante —replico con altivez, haciéndole sonreír aún más.

—Pues yo creo que nunca te conoceré bastante en ese sentido —murmura—. Está claro que despertarse contigo tiene ventajas —dice en un tono seductor que me derrite por dentro.

—¿Tienes que levantarte ya? —pregunto con voz baja y ronca.

Oh... lo que provoca en mí...

—Esta mañana no. Ahora mismo sólo deseo estar en un sitio, señorita Steele —dice con un brillo lascivo en los ojos.

—¡Christian! —jadeo sobresaltada cuando, de pronto, lo tengo encima, sujetándome contra la cama.

Me toma las manos, me las coloca sobre la cabeza y empieza a besarme el cuello.

—Oh, señorita Steele —sonríe con su boca contra mi piel, y

su mano recorre mi cuerpo y empieza a levantar despacio el camisón de satín, provocándome unos calambres deliciosos—. Ah, lo que me gustaría hacerte —murmura.

Y el interrogatorio se acaba, y yo estoy perdida.

La señora Jones me sirve hot cakes y tocino para desayunar, y un omelette y tocino para Christian. Estamos sentados de lado frente a la barra, cómodos y en silencio.

—¿Cuándo conoceré a Claude, tu entrenador, para ponerlo a prueba? —pregunto.

Christian me mira y sonríe.

—Depende de si quieres ir a Nueva York este fin de semana o no; a menos que quieras verlo entre semana, a primera hora de la mañana. Le pediré a Andrea que consulte su horario y te lo diga.

—¿Andrea?

—Mi asistente personal.

Ah, sí.

—Una de tus muchas rubias —bromeo.

—No es mía. Trabaja para mí. Tú eres mía.

—Yo trabajo para ti —murmuro en tono mordaz.

Él sonríe, como si lo hubiera olvidado.

—Eso también —replica, y su sonrisa se ensancha de forma contagiosa.

—Quizá Claude pueda enseñarme kickboxing —le advierto.

—¿Ah, sí? ¿Para enfrentarte a mí con más garantías? —Christian levanta una ceja, divertido—. Pues adelante, señorita Steele.

Ahora se le ve tan condenadamente feliz, comparado con el mal humor de anoche cuando se fue Elena, que me desarma totalmente. A lo mejor es por todo el sexo… a lo mejor es eso lo que lo pone tan contento.

Echo un vistazo al piano a nuestra espalda, y me deleito en el recuerdo de anoche.

—Has vuelto a levantar la tapa del piano.

—La bajé anoche para no molestarte. Por lo visto no funcionó, pero me alegro.

Christian esboza una sonrisa lasciva mientras se lleva un trozo de omelette a los labios. Yo me pongo de todos los colores y le devuelvo la sonrisa.

Oh sí… esos gloriosos momentos sobre el piano.

La señora Jones se inclina sobre la barra y me coloca delante una bolsa de papel con mi almuerzo, y yo me sonrojo, avergonzada.

—Para después, Ana. De atún, ¿está bien?

—Sí, sí. Gracias, señora Jones.

Le sonrió con timidez.

Ella me devuelve una sonrisa afectuosa y abandona la estancia. Para proporcionarnos un poco de intimidad, supongo.

Me vuelvo hacia Christian.

—¿Puedo preguntarte una cosa?

Su expresión divertida se esfuma.

—Claro.

—¿Y no te enfadarás?

—¿Es sobre Elena?

—No.

—Entonces no me enfadaré.

—Pero ahora tengo una pregunta adicional.

—¿Ah?

—Que sí es sobre ella.

Él pone los ojos en blanco.

—¿Qué? —dice, ahora ya exasperado.

—¿Por qué te molestas tanto cuando te pregunto por ella?

—¿Sinceramente?

—Creía que siempre eras sincero conmigo —replico.

—Procuro serlo.

Lo miro con los ojos entornados.

—Eso suena a evasiva.

—Yo siempre soy sincero contigo, Ana. No me interesan los jueguecitos. Bueno, no ese tipo de jueguecitos —matiza, y su mirada se enardece.

—¿Qué tipo de jueguecitos te interesan?

Inclina la cabeza hacia un lado y me sonríe con complicidad.

—Señorita Steele, se distrae usted con mucha facilidad.

Me echo a reír. Tiene razón.

—Usted es una distracción en muchos sentidos, señor Grey.

Veo bailar en sus ojos grises una chispa jocosa.

—La canción que más me gusta del mundo es tu risa, Anastasia. Dime, ¿cuál era tu primera pregunta? —dice suavemente, y creo que se está riendo de mí.

Intento torcer el gesto para expresar mi desagrado, pero me gusta el Cincuenta juguetón… es divertido. Me encantan estas bromas matutinas. Arrugo la frente, intentando recordar mi pregunta.

—Ah, sí. ¿Sólo veías a tus sumisas los fines de semana?

—Sí, eso es —contesta, y me mira nervioso.

Le sonrío.

—Así que nada de sexo entre semana.

Se ríe.

—Ah, ahí querías ir a parar —parece vagamente aliviado—. ¿Por qué crees que hago ejercicio todos los días laborables?

Ahora se está riendo claramente de mí, pero no me importa. Soy tan feliz que tengo ganas de abrazarme. Otra primera vez… bueno, varias primeras veces.

—Parece muy satisfecha de sí misma, señorita Steele.

—Lo estoy, señor Grey.

—Tienes motivos —sonríe—. Ahora cómete el desayuno.

Oh, el dominante Cincuenta… siempre al acecho.

Estamos en la parte de atrás del Audi, con Taylor al volante. Me dejará en el trabajo, y después a Christian. Sawyer va en el asiento del copiloto.

—¿No dijiste que el hermano de tu compañera de piso llegaba hoy? —pregunta Christian como sin darle importancia, sin que ni su voz ni su rostro expresen nada.

—¡Oh, Ethan! —exclamo—. Me había olvidado. Oh, Christian, gracias por recordármelo. Tendré que volver al departamento.

Le cambia la cara.

—¿A qué hora?

—No sé exactamente a qué hora llegará.

—No quiero que vayas sola a ningún sitio —dice tajante.

—Ya lo sé —musito, y reprimo la tentación de mirar con los ojos en blanco al señor Exagerado— ¿Sawyer estará espiando... digo... vigilando hoy?

Miro de reojo y con timidez a Sawyer, y compruebo que tiene la parte de atrás de las orejas teñida de rojo.

—Sí —replica Christian con una mirada glacial.

—Sería más fácil si fuera conduciendo el Saab —mascullo en tono arisco.

—Sawyer tendrá un coche y podrá llevarte al departamento, a la hora que sea.

—De acuerdo. Supongo que Ethan se pondrá en contacto conmigo durante el día. Te haré saber los planes entonces.

Se me queda mirando, sin decir nada. Ah, ¿en qué estará pensando?

—Bien —acepta—. A ningún sitio sola, ¿entendido? —dice, haciendo un gesto de advertencia con el dedo.

—Sí, cariño —musito.

Aparece un amago de sonrisa en su cara.

—Y quizá deberías usar sólo tu BlackBerry... te mandaré los correos ahí. Eso debería evitar que el informático de mi empresa pase una mañana demasiado entretenida, ¿de acuerdo? —dice en tono sardónico.

—Sí, Christian.

No lo puedo evitar. Le miro con los ojos en blanco, y él me sonríe maliciosamente.

—Vaya, señorita Steele, me parece que se me está calentando la mano.

—Ah, señor Grey, usted siempre tiene la mano caliente. ¿Qué vamos a hacer con eso?

Se ríe, pero entonces se ve interrumpido por su BlackBerry, que debe de estar en silencio, porque no suena. Al ver el identificador de llamada, Christian frunce el ceño.

—¿Qué pasa? —espeta al teléfono, y luego escucha con atención.

Yo aprovecho la oportunidad para observar sus adorables facciones: su nariz recta, el cabello despeinado que le cae sobre la frente. Su expresión cambia de incrédula a divertida, haciendo que deje de comérmelo subrepticiamente con los ojos y preste atención.

—Estás bromeando… Vaya… ¿Cuándo te dijo eso? —Christian se carcajea, casi sin ganas—. No, no te preocupes. Tú no tienes por qué disculparte. Estoy encantado de que haya una explicación lógica. Me parecía una cantidad de dinero ridículamente pequeña… No tengo la menor duda de que tienes en mente un plan creativo y diabólico para vengarte. Pobre Isaac. —Sonríe—. Bien… Adiós.

Cierra el teléfono de golpe y, aunque de pronto su mirada parece cautelosa, curiosamente también se le ve aliviado.

—¿Quién era? —pregunto.

—¿De verdad quieres saberlo? —inquiere en voz baja.

Y esa respuesta me basta para saberlo. Niego con la cabeza y observo por la ventanilla el día gris de Seattle, sintiéndome consternada. ¿Por qué ella es incapaz de dejarlo en paz?

—Eh…

Me toma la mano y me besa los nudillos, uno por uno, y de pronto me chupa el meñique, con fuerza. Después me muerde con suavidad.

¡Dios…! Tiene una línea erótica que comunica directamente con mi entrepierna. Jadeo y, nerviosa, miro de reojo a Taylor y a Sawyer, y después a Christian, que tiene los ojos sombríos y me obsequia con una sonrisa prolongada y sensual.

—No te agobies, Anastasia —murmura—. Ella pertenece al pasado.

Y me planta un beso en el centro de la palma de la mano que me provoca un cosquilleo por todo el cuerpo, y mi enojo momentáneo queda olvidado.

—Buenos días, Ana —saluda Jack mientras me dirijo hacia mi mesa—. Bonito vestido.

Me ruborizo. El vestido forma parte de mi nuevo guardarropa, cortesía de mi novio increíblemente rico. Es un traje sin mangas, de lino azul claro y bastante entallado, que llevo con unas sandalias beige de tacón alto. A Christian le gustan los tacones, creo. Sonrío por dentro al pensarlo, pero enseguida recupero una anodina sonrisa profesional destinada a mi jefe.

—Buenos días, Jack.

Inicio mi jornada pidiendo un mensajero para que lleve a imprimir sus folletos. Él asoma la cabeza por la puerta de su despacho.

—Ana, ¿podrías traerme un café, por favor?

—Claro.

Voy hacia la cocina y me encuentro con Claire, la recepcionista, que también está preparando café.

—Hola, Ana —dice alegremente.

—Hola, Claire.

Charlamos un poco sobre la reunión del fin de semana con su numerosa familia, la cual disfrutó muchísimo, y yo le cuento que salí a navegar con Christian.

—Tienes un novio de ensueño, Ana —me dice con los ojos brillantes.

Estoy tentada de mirarla con expresión maravillada.

—No está mal.

Sonrío, y ambas nos echamos a reír.

—¡Cómo te tardas! —me increpa Jack cuando llego.

¡Oh!

—Lo siento.

Me ruborizo y luego tuerzo el gesto. He tardado lo normal. ¿Qué le pasa? A lo mejor está nervioso por algo.

Él mueve la cabeza, arrepentido.

—Perdona, Ana. No pretendía gritarte, cielo.

¿Cielo?

—En la dirección se está tramando algo y no sé qué es. Estate atenta, ¿si? Si oyes algo por ahí… sé que las chicas hablan entre ustedes.

Me sonríe con aire cómplice y siento unas ligeras náuseas. No tiene ni idea de qué hablamos las «chicas». Además, yo ya sé lo que está pasando.

—Me lo harás saber, ¿verdad?

—Claro —digo entre dientes—. He mandado a imprimir el folleto. Estará listo a las dos en punto.

—Estupendo. Toma —me entrega un montón de manuscritos—. Necesito una sinopsis del primer capítulo de todos estos, y luego archívalos.

—Me avocaré a ello.

Me siento aliviada al salir de su despacho y ocupar mi mesa. Ah, no me resulta nada fácil disponer de información confidencial. ¿Qué hará Jack cuando se entere? Se me hiela la sangre. Algo me dice que se enfadará bastante. Echo un vistazo a mi BlackBerry y sonrío. Hay un correo de Christian.

De: Christian Grey
Fecha: 14 de junio de 2011 09:23
Para: Anastasia Steele
Asunto: Amanecer

Me encanta despertarme contigo por la mañana.

Christian Grey
Total y absolutamente enamorado presidente de Grey Enterprises Holdings, Inc.

Tengo la sensación de que la sonrisa que aparece en mi cara la parte en dos.

De: Anastasia Steele
Fecha: 14 de junio de 2011 09:35
Para: Christian Grey
Asunto: Anochecer

Querido total y absolutamente enamorado:
A mí también me encanta despertarme contigo. Aunque yo adoro estar contigo en la cama y en los ascensores y encima de los pianos y en mesas de billar y en barcos y escritorios y regaderas y bañeras y atada a extrañas cruces de madera y en inmensas camas de cuatro postes con sábanas de satín rojo y en casitas de embarcaderos y en dormitorios de infancia.

Tuya
Loca por el sexo e insaciable xx

De: Christian Grey
Fecha: 14 de junio de 2011 09:37
Para: Anastasia Steele
Asunto: Hardware húmedo

Querida loca por el sexo e insaciable:
Acabo de escupir el café encima de mi teclado.
Creo que nunca me había pasado algo así.
Admiro a una mujer que se entusiasma tanto por la geografía.
¿Debo deducir que sólo me quiere por mi cuerpo?

Christian Grey
Total y absolutamente escandalizado presidente de Grey Enterprises Holdings, Inc.

De: Anastasia Steele
Fecha: 14 de junio de 2011 09:42
Para: Christian Grey
Asunto: Riendo como una tonta... y húmeda también

Querido total y absolutamente escandalizado:
Siempre.
Tengo que trabajar.
Deja de molestarme.

LS&I xx

De: Christian Grey
Fecha: 14 de junio de 2011 09:50
Para: Anastasia Steele
Asunto: ¿He de hacerlo?

Querida LS&I:
Como siempre, sus deseos son órdenes para mí.
Me encanta que estés húmeda y riendo como una tonta.
Hasta luego, nena.

x

Christian Grey
Total y absolutamente enamorado, escandalizado y embrujado presidente de Grey Enterprises Holdings, Inc.

Dejo la BlackBerry y me pongo a trabajar.

A la hora del almuerzo, Jack me pide que vaya a comprarle algo de comer. En cuanto salgo de su despacho, llamo a Christian.

—Anastasia —contesta inmediatamente con voz cariñosa y acariciante.

¿Cómo consigue este hombre que me derrita por teléfono?

—Christian, Jack me ha pedido que vaya a comprarle la comida.

—Cabrón holgazán —maldice.

No le hago caso y continúo:

—Así que voy a comprarla. Quizá sería más práctico que me dieras el teléfono de Sawyer, y así no tendría que molestarte.

—No es ninguna molestia, nena.

—¿Estás solo?

—No. Aquí hay seis personas que me miran atónitas preguntándose con quién demonios estoy hablando.

Oh, no…

—¿De verdad? —musito aterrada.

—Sí. De verdad. Mi novia —informa, apartándose del teléfono.

¡Madre mía!

—Seguramente todos creían que eras gay, ¿sabes?

Se ríe.

—Sí, seguramente.

Puedo percibir su sonrisa.

—Este… tengo que colgar.

Estoy segura de que nota cuánto me avergüenza interrumpirlo.

—Se lo comunicaré a Sawyer —vuelve a reírse—. ¿Has sabido algo de tu amigo?

—Todavía no. Será usted el primero en enterarse, señor Grey.

—Bien. Hasta luego, nena.

—Adiós, Christian.

Sonrío. Cada vez que dice eso, me hace sonreír… tan impropio de Cincuenta, pero en cierto modo, también tan de él.

Cuando salgo al cabo de pocos segundos, Sawyer ya me está esperando en la puerta del edificio.

—Señorita Steele —me saluda muy formal.

—Sawyer —asiento a modo de respuesta, y nos encaminamos juntos hacia la tienda.

Con Sawyer no me siento tan cómoda como con Taylor. Él sigue vigilando la calle mientras caminamos por la acera. De hecho, consigue ponerme más nerviosa, y también yo acabo haciendo lo mismo.

¿Está Leila rondando por aquí cerca? ¿O nos hemos contagiado todos de la paranoia de Christian? ¿Forma parte esto de sus cincuenta sombras? Lo que daría por tener una inocente conversación de media hora con el doctor Flynn para averiguarlo.

No se ve nada raro, sólo Seattle a la hora del almuerzo: gente que sale a comer con prisas, que va de compras o a reunirse con amigos. Veo a dos mujeres jóvenes que se abrazan al encontrarse.

Echo de menos a Kate. Sólo hace dos semanas que se fue de vacaciones, pero me parecen las dos semanas más largas de mi vida. Han pasado tantas cosas… Kate no me creerá cuando se lo cuente. Bueno, se lo contaré parcialmente, una versión sujeta a un acuerdo de confidencialidad. Frunzo el ceño. Tengo que hablar con Christian de eso. ¿Cómo reaccionaría Kate si se enterase? Palidezco al pensarlo. Tal vez regrese con Ethan. Esa posibilidad me hace temblar de emoción, pero no lo creo probable. Seguramente se quedará en Barbados con Elliot.

—¿Dónde se pone cuando está esperando y vigilando en la calle? —le pregunto a Sawyer mientras hacemos cola para la comida.

Está situado delante de mí, de cara a la puerta, controlando continuamente la calle y a todo el que entra. Resulta inquietante.

—Me siento en la cafetería que hay al otro lado de la calle, señorita Steele.

—¿No es muy aburrido?

—Para mí no, señora. Es a lo que me dedico —dice con frialdad.

Me sonrojo.

—Perdone, no pretendía…

Al ver su expresión amable y comprensiva, me quedo sin palabras.

—Por favor, señorita Steele. Mi trabajo es protegerla. Y eso es lo que hago.

—¿Ni rastro de Leila, entonces?

—No, señora.

Frunzo el ceño.

—¿Cómo sabe qué aspecto tiene?

—He visto una fotografía suya.

—Ah, ¿la lleva encima?

—No, señora —se da un golpecito en la cabeza—. La guardo en la memoria.

Pues claro. La verdad es que me gustaría mucho examinar bien una fotografía de Leila para ver cómo era antes de convertirse en la Chica Fantasma. Me pregunto si Christian me dejaría tener una copia. Sí, seguramente sí… por mi seguridad.

Urdo un plan, y mi subconsciente se relame y asiente entusiasmada.

Los folletos llegan a la oficina, y me alivia ver que han quedado muy bien. Llevo uno al despacho de Jack. Se le ilumina la mirada: no sé si es por mí o por el folleto. Opto por creer que se trata de esto último.

—Están muy bien, Ana —lo hojea tranquilamente—. Sí, buen trabajo. ¿Vas a ver a tu novio esta noche?

Tuerce el labio al decir «novio».

—Sí. Vivimos juntos.

Es una verdad a medias. Bueno, en este momento sí es cierto, así que no es más que una mentira inocente. Espero que con eso baste para disuadirle.

—¿Se molestaría si fueras conmigo a tomar una copa rápida esta noche? Para celebrar todo el trabajo que has hecho.

—Tengo un amigo que vuelve a la ciudad esta noche, y saldremos todos a cenar.

Y estaré ocupada todas las noches, Jack.

—Ya veo —suspira, exasperado—. ¿Quizá cuando vuelva de Nueva York, entonces?

Levanta las cejas, expectante, y se le enturbia la mirada de forma sugerente.

Oh, no... Esbozo una sonrisa evasiva y reprimo un estremecimiento.

—¿Quieres un café o un té? —pregunto.

—Café, por favor —dice en voz baja y ronca, como si estuviera pidiendo otra cosa.

Maldita sea. Ahora me doy cuenta de que no piensa rendirse. Oh... ¿qué hago?

Cuando salgo de su despacho respiro hondo, ya mucho más tranquila. Jack me pone muy tensa. Christian no se equivoca con él, y en parte me molesta que tenga razón.

Me siento en mi escritorio y suena mi BlackBerry: un número que no reconozco.

—Ana Steele.

—¡Hola, Steele!

El alegre tono de Ethan me toma momentáneamente desprevenida.

—¡Ethan! —casi grito de alegría—. ¿Cómo estás?

—Encantado de haber vuelto. Estaba francamente harto del sol y de tragos con ron, y de mi hermana pequeña perdidamente enamorada de ese tipo tan importante. Ha sido infernal, Ana.

—¡Ya! Mar, arena, sol y tragos con ron recuerda mucho al «Infierno» de Dante —contesto entre risas—. ¿Dónde estás?

—En el aeropuerto, esperando a que salga mi maleta. ¿Qué estás haciendo tú?

—Estoy en el trabajo. Sí, tengo un trabajo remunerado —replico ante su exclamación de asombro—. ¿Quieres venir a buscar las llaves? Luego podemos vernos en el departamento.

—Me parece estupendo. Nos vemos dentro de cuarenta y cinco minutos, una hora como mucho. ¿Me das la dirección?

Le doy la dirección de SIP.

—Nos vemos ahora, Ethan.

—Hasta luego, nena —dice, y cuelga.

¿Qué? ¿Ethan también? ¡No! Y caigo en la cuenta de que acaba de pasar una semana con Elliot. Rápidamente le escribo un correo electrónico a Christian.

De: Anastasia Steele
Fecha: 14 de junio de 2011 14:55
Para: Christian Grey
Asunto: Visitas procedentes de climas soleados

Queridísimo total y absolutamente EEE:
Ethan ha vuelto, y va a venir a buscar las llaves del departamento.
Me gustaría mucho comprobar que está bien instalado.
¿Por qué no me recoges después del trabajo? ¿Podríamos ir al departamento y después salir TODOS a cenar algo?

¿Invito yo?
Tuya

Ana x
Aún LS&I

Anastasia Steele
Ayudante de Jack Hyde, editor de SIP

De: Christian Grey
Fecha: 14 de junio de 2011 15:05
Para: Anastasia Steele
Asunto: Cenar fuera

Apruebo tu plan. ¡Menos lo de que pagues tú!
Invito yo.
Te recogeré a las seis en punto.
x

P.D.: ¡¡¡Por qué no utilizas tu BlackBerry!!!

Christian Grey
Total y absolutamente enfadado presidente de Grey Enterprises Holdings, Inc.

De: Anastasia Steele
Fecha: 14 de junio de 2011 15:11
Para: Christian Grey
Asunto: Mandón

Bah, no seas tan rudo ni te enfades tanto.
Todo está en clave.
Nos vemos a las seis en punto.

Ana x

Anastasia Steele
Ayudante de Jack Hyde, editor de SIP

De: Christian Grey
Fecha: 14 de junio de 2011 15:18
Para: Anastasia Steele
Asunto: Mujer exasperante

¡Rudo y enfadado!
Ya te daré yo rudo y enfadado.
Y tengo muchas ganas.

Christian Grey
Total y absolutamente más enfadado, pero sonriendo por alguna razón desconocida, presidente de Grey Enterprises Holdings, Inc.

De: Anastasia Steele
Fecha: 14 de junio de 2011 15:23
Para: Christian Grey
Asunto: Promesas, promesas

Adelante, señor Grey.
Yo también tengo muchas ganas. ;D

Ana x

Anastasia Steele
Ayudante de Jack Hyde, editor de SIP

No contesta, pero tampoco espero que lo haga. Lo imagino quejándose de las señales contradictorias, y al pensarlo sonrío. Fantaseo un momento sobre lo que puede hacerme, pero acabo revolviéndome en la silla. Mi subconsciente me mira con aire reprobatorio por encima de sus gafas de media luna: sigue trabajando.

Al cabo de un momento, suena el teléfono de mi mesa. Es Claire, de recepción.

—Aquí hay un chico muy mono que viene a verte. Tenemos que salir juntas de copas algún día, Ana. Seguro que tú conoces a muchos tipos guapos —sisea a través del auricular en tono cómplice.

¡Ethan! Saco las llaves de mi bolsa, y corro al vestíbulo.

Madre mía... Cabello rubio tostado por el sol, bronceado espectacular y unos ojos almendrados que me miran resplandecientes desde el sillón de piel verde. En cuanto me ve, Ethan se pone de pie y viene hacia mí con la boca abierta.

—Wow, Ana —me mira con el ceño fruncido mientras se inclina para darme un abrazo.

—Estás estupendo —le digo sonriendo.

—Tú estás... vaya... diferente. Más moderna y sofisticada. ¿Qué ha pasado? ¿Te cambiaste el peinado? ¿La ropa? ¡No sé, Steele, pero estás muy atractiva!

Siento que me arden las mejillas.

—Oh, Ethan. Es sólo la ropa que llevo para trabajar —le regaño medio en broma.

Claire, que nos está mirando desde su mostrador, arquea una ceja y sonríe con ironía.

—¿Qué tal Barbados?

—Divertido.

—¿Cuándo vuelve Kate?

—Ella y Elliot vuelven el viernes. Parece que van bastante en serio —dice Ethan, alzando la mirada al cielo.

—La extraño.

—¿Sí? ¿Cómo te ha ido con el magnate?

—¿El magnate? —suelto una risita—. Bueno, está siendo interesante. Esta noche nos invita a cenar.

—Genial.

Ethan parece sinceramente encantado. ¡Uf!

—Toma —le entrego las llaves—. ¿Tienes la dirección?

—Sí. Hasta luego, nena —se agacha y me besa en la mejilla.

—¿Eso lo dice Elliot?

—Sí, por lo visto se pega.

—Pues sí. Hasta luego.

Le sonrío y él recoge la enorme bolsa que ha dejado junto al sillón verde y sale del edificio.

Cuando me doy la vuelta, Jack me está mirando desde el otro extremo del vestíbulo, con expresión inescrutable. Yo le sonrío, radiante, y me dirijo de vuelta a mi mesa, consciente en todo momento de que no me quita la vista de encima. Está empezando a crisparme los nervios. ¿Qué hago? No tengo ni idea. Tendré que esperar a que vuelva Kate. A ella se le ocurrirá algún plan. Pensar eso disipa mi inquietud, y agarro el siguiente manuscrito.

A las seis menos cinco suena el teléfono de mi mesa. Es Christian.

—Ha llegado el malhumorado Rudo y Enfadado —dice, y sonrío.

Cincuenta sigue juguetón. La diosa que llevo dentro aplaude, feliz como una niña.

—Bien, aquí Loca por el Sexo e Insaciable. Deduzco que ya estás afuera —digo.

—Efectivamente, señorita Steele. Tengo ganas de verla —dice en tono cálido y seductor, y mi corazón empieza a brincar, frenético.

—Lo mismo digo, señor Grey. Ahora salgo.

Cuelgo.

Apago la computadora y tomo la bolsa y mi chaqueta beige.

—Me voy, Jack —le aviso.

—Muy bien, Ana. ¡Gracias por lo de hoy! Que la pases bien.

—Tú también.

¿Por qué no puede ser así siempre? No lo entiendo.

El Audi está estacionado junto a la acera, y cuando me acerco Christian baja del coche. Se ha quitado el saco, y lleva esos pantalones grises que le sientan tan bien, mis favoritos. ¿Cómo puede ser para mí este dios griego? Y me encuentro sonriendo como una idiota ante su sonrisita tonta.

Lleva todo el día comportándose como un novio enamorado... enamorado de mí. Este hombre adorable, complejo e imperfecto está enamorado de mí, y yo de él. De pronto siento en mi interior un gran estallido de júbilo, y saboreo este fugaz momento en el que me siento capaz de conquistar el mundo.

—Señorita Steele, está usted tan fascinante como esta mañana.

Christian me atrae hacia él y me besa intensamente.

—Usted también, señor Grey.

—Vamos a buscar a tu amigo.

Me sonríe y me abre la puerta del coche.

Mientras Taylor nos lleva hacia el departamento, Christian me habla del día que ha tenido, mucho mejor que el de ayer, por lo visto. Lo miro arrobada mientras intenta explicarme el enorme paso adelante que ha dado el departamento de ciencias medioambientales de la WSU en Vancouver. Apenas comprendo el significado de sus palabras, pero me cautivan su pasión y su interés por ese tema. Quizá así es como será nuestra relación: habrá días malos y días buenos, y si los buenos son como éste, no pienso tener ninguna queja. Me entrega una hoja.

—Éstas son las horas que Claude tiene libres esta semana —dice.

¡Ah! El preparador.

Cuando nos acercamos al edificio de mi departamento, saca su BlackBerry del bolsillo.

—Grey —contesta—. ¿Qué pasa, Ros?

Escucha atentamente, y veo que la conversación será larga.

—Voy a buscar a Ethan. Serán dos minutos —articulo en silencio, levantando dos dedos.

Él asiente; es obvio que está muy enfrascado en la conversación. Taylor me abre la puerta con una sonrisa afable. Yo le correspondo; incluso Taylor lo nota. Pulso el timbre del interfono y grito alegremente:

—Hola, Ethan, soy yo. Ábreme.

La puerta se abre con un zumbido y subo las escaleras hasta el departamento. Caigo en la cuenta de que no he estado aquí desde el sábado por la mañana. Parece que haya pasado mucho más tiempo. Ethan me ha dejado la puerta abierta. Entro y, no sé por qué, pero en cuanto estoy dentro me quedo paralizada instintivamente. Tardo un momento en darme cuenta de que es porque hay una persona pálida y triste de pie junto a la cubierta de la isla de la cocina, sosteniendo un pequeño revólver: es Leila, que me observa impasible.

13

Dios santo…

Está ahí, mirándome con semblante inexpresivo e inquietante, y con una pistola en la mano. Mi subconsciente es víctima de un desmayo letal, del que no creo que despierte ni aspirando sales.

Parpadeo repetidamente mirando a Leila, mientras mi mente no para de dar vueltas frenéticamente. ¿Cómo ha entrado? ¿Dónde está Ethan? ¡Por Dios…! ¿Dónde está Ethan?

El miedo creciente y helado que atenaza mi corazón se convierte en terror, y se me erizan todos y cada uno de los folículos del cuero cabelludo. ¿Y si le ha hecho daño? Mi respiración empieza a acelerarse y la adrenalina y un pánico paralizante invaden todo mi cuerpo. Mantén la calma, mantén la calma… repito mentalmente como un mantra una y otra vez.

Ella ladea la cabeza y me mira como si fuera un fenómeno de barraca de feria. Pero aquí el fenómeno no soy yo.

Siento que he tardado un millón de años en procesar todo esto, cuando en realidad ha transcurrido apenas una fracción de segundo. El semblante de Leila sigue totalmente inexpresivo, y su aspecto tan desaliñado y enfermizo como siempre. Sigue llevando esa gabardina mugrienta, y parece necesitar desesperadamente una ducha. Tiene el pelo grasiento y lacio pegado a la cabeza, y sus ojos castaños se ven apagados, turbios y vagamente confusos

Pese a tener la boca absolutamente seca, intento hablar.

—Hola… ¿Leila, verdad? —alcanzo a decir.

Ella sonríe, pero no es una sonrisa auténtica; sus labios se curvan de un modo desagradable.

—Ella habla —susurra, y su voz es un sonido fantasmagórico, suave y ronco a la vez.

—Sí, hablo —le digo con dulzura, como si me dirigiera a una niña—. ¿Estás sola aquí? ¿Dónde está Ethan?

Cuando pienso que puede haber sufrido algún daño, se me desboca el corazón.

A ella se le demuda la cara de tal modo que creo que está a punto de echarse a llorar… parece tan desvalida.

—Sola —susurra—. Sola.

Y la profundidad de la tristeza que contiene esa única palabra me desgarra el alma. ¿Qué quiere decir? ¿Yo estoy sola? ¿Está ella sola? ¿Está sola porque le ha hecho daño a Ethan? Oh… no… tengo que combatir el llanto inminente y el miedo asfixiante que me oprimen la garganta.

—¿Qué estás haciendo aquí? ¿Puedo ayudarte?

Pese al sofocante ahogo que siento, mis palabras logran conformar un discurso atento, sereno y amable. Ella frunce el ceño como si mis preguntas la aturdieran por completo. Pero no emprende ninguna acción violenta contra mí. Sigue sosteniendo la pistola con gesto relajado. Yo no hago caso de la opresión que siento en el cerebro e intento otra táctica.

—¿Quieres un poco de té?

¿Por qué le estoy preguntando si quiere té? Ésa es la respuesta de Ray ante cualquier situación de crisis emocional, y me surge ahora en un momento totalmente inapropiado. Dios… le daría un ataque si me viera ahora mismo. Él ya habría echado mano de su preparación militar y a estas alturas ya la habría desarmado. De hecho, no me está apuntando con la pistola. A lo mejor puedo acercarme. Leila mueve lentamente la cabeza de un lado a otro, como si destensara el cuello.

Aspiro una preciada bocanada de aire para tratar de calmar el pánico que me dificulta la respiración, y me acerco hasta la cubierta de la isla de la cocina. Ella tuerce el gesto, como si no entendiera del todo qué estoy haciendo, y se desplaza un poco para seguir plantada frente a mí. Tomo una olla con una mano temblorosa y la lleno bajo la llave. Conforme me voy moviendo, mi respiración se va normalizando. Sí, si ella quisiera matarme, seguramente ya me habría disparado. Me mira perpleja, con una curiosidad ausente. Mientras enciendo el interruptor de la tetera, no puedo dejar de pensar en Ethan. ¿Estará herido? ¿Atado?

—¿Hay alguien más en el departamento? —pregunto con cautela.

Ella inclina la cabeza hacia un lado y, con la mano derecha —la que no sostiene el revólver—, toma un mechón de su melena grasienta y empieza a juguetear con él, a darle vueltas y a enrollarlo. Resulta evidente que es algo que hace cuando está nerviosa, y al fijarme en ese detalle, me impresiona nuevamente cuánto se parece a mí. Mi ansiedad está llegando a un nivel que casi me resulta insoportable, y espero su respuesta con la respiración contenida.

—Sola. Completamente sola —murmura.

Eso me tranquiliza. Quizá Ethan no esté aquí. Esa sensación de alivio me da fuerzas.

—¿Estás segura de que no quieres té ni café?

—No tengo sed —contesta en voz baja, y da un paso cauteloso hacia mí.

Mi sensación de fortaleza se evapora. ¡Dios...! Empiezo a jadear otra vez de miedo, sintiendo cómo circula de nuevo, denso y tempestuoso, por mis venas. A pesar de eso, y haciendo acopio de todo mi valor, me doy la vuelta y saco un par de tazas del armario.

—¿Qué tienes tú que yo no tenga? —pregunta, y su voz tiene la entonación cantarina de una niña pequeña.

—¿A qué te refieres, Leila? —pregunto con toda la amabilidad de la que soy capaz.

—El Amo, el señor Grey, permite que lo llames por su nombre.

—Yo no soy su sumisa, Leila. Esto... el Amo entiende que yo soy incapaz e inadecuada para cumplir ese papel.

Ella inclina la cabeza hacia el otro lado. Es un gesto de lo más inquietante y antinatural.

—Ina...de...cuada —experimenta la palabra, la dice en voz alta, tratando de saber qué sensación le produce en la lengua—. Pero el Amo es feliz. Yo lo he visto. Ríe y sonríe. Esas reacciones son raras... muy raras en él.

Oh.

—Tú te pareces a mí —Leila cambia de actitud, tomándome por sorpresa, y creo que por primera vez fija realmente sus ojos en mí—. Al Amo le gustan obedientes y que se parezcan a ti y a mí. Las demás, todas lo mismo... todas lo mismo... y sin embargo tú duermes en su cama. Yo te vi.

¡Oh, no! Ella estaba en la habitación. No eran imaginaciones mías.

—¿Tú me viste en su cama? —susurro.

—Yo nunca dormí en la cama del Amo —murmura.

Es como un espectro etéreo, perdido. Como una persona a medias. Parece tan leve y frágil, y a pesar de llevar un arma, de pronto siento una abrumadora compasión por ella. Ahora sujeta la pistola con las dos manos, y yo abro tanto los ojos que amenazan con salírseme de las órbitas.

—¿Por qué al Amo le gustamos así? Eso me hace pensar que... que... el Amo es oscuro... el Amo es un hombre oscuro, pero yo lo quiero.

No, no lo es, grito en mi fuero interno. Él no es oscuro. Él es un hombre bueno, y no está sumido en la oscuridad. Está conmigo, a plena luz. Y ahora ella está aquí, intentando arrastrarlo de vuelta a las sombras con la retorcida idea de que lo quiere.

—Leila, ¿quieres darme la pistola? —pregunto con suavidad.

Sus manos la aferran con más fuerza, y se lleva la pistola al pecho.

—Esto es mío. Es lo único que me queda —acaricia el arma con delicadeza—. Así ella podrá reunirse con su amor.

¡Santo Dios! ¿Qué amor... Christian? Siento como si me hubiera dado un puñetazo en el estómago. Sé que él aparecerá en cualquier momento para averiguar por qué estoy tardando tanto. ¿Tiene la intención de dispararle? La idea es tan terrorífica que se me forma un enorme nudo en la garganta. Se hincha y me duele, y casi me ahoga, al igual que el miedo que se acumula y me oprime el estómago.

Justo en ese momento, la puerta se abre de golpe y Christian aparece en el umbral, seguido de Taylor.

Los ojos de Christian se fijan en mí durante un par de segundos, me observan de la cabeza a los pies, y detecto un centelleo de alivio en su mirada. Pero ese alivio desaparece en cuanto clava la vista en Leila y se queda inmóvil, centrado en ella, sin vacilar lo más mínimo. La observa con una intensidad que yo no había visto nunca, con ojos salvajes, enormes, airados y asustados.

Oh, no… oh, no.

Leila abre mucho los ojos y por un momento parece que recobra la cordura. Parpadea varias veces y sujeta el arma con más fuerza.

Contengo el aliento, y mi corazón empieza a palpitar con tanta fuerza que oigo la sangre bombeando en mis oídos. ¡No, no, no!

Mi mundo se sostiene precariamente en manos de esta pobre mujer destrozada. ¿Disparará? ¿A los dos? ¿Sólo a Christian? Es una idea atroz.

Pero después de una eternidad, durante la cual el tiempo queda en suspenso a nuestro alrededor, ella agacha un poco la cabeza y alza la mirada hacia él a través de sus largas pestañas con expresión contrita.

Christian levanta la mano para indicarle a Taylor que no se mueva. El rostro lívido de éste revela su furia. Nunca lo había visto así, pero se mantiene inmóvil mientras Christian y Leila se miran el uno al otro.

Me doy cuenta de que estoy conteniendo la respiración. ¿Qué hará ella? ¿Qué hará él? Pero se limitan a seguir mirándose. Christian tiene una expresión cruda, cargada de una emoción que desconozco. Puede ser lástima, miedo, afecto… ¿o es amor? ¡No, por favor… amor, no!

Él la fulmina con la mirada, y con una lentitud agónica, la atmósfera del departamento cambia. La tensión ha aumentado de tal manera que percibo su conexión, la electricidad que hay entre ambos.

¡No! De repente siento que yo soy la intrusa, la que interfiere entre ellos, que siguen mirándose fijamente. Yo soy una advenediza, una voyeur que espía una escena íntima y prohibida detrás de unas cortinas corridas.

El brillo que arde en la mirada de Christian se intensifica y su porte cambia sutilmente. Parece más alto, y sus rasgos como más angulosos, más frío, más distante. Reconozco esa pose. Lo he visto así antes... en su cuarto de juegos.

De nuevo se me eriza todo el vello. Éste es el Christian dominante, y parece muy a gusto en su papel. No sé si es algo innato o aprendido, pero, con el corazón encogido y el estómago revuelto, veo cómo responde Leila. Separa los labios, se le acelera la respiración y, por primera vez, el rubor tiñe sus mejillas. ¡No! Es angustioso presenciar esa visión fugaz del pasado de Christian.

Finalmente, él articula una palabra en silencio. No sé cuál es, pero tiene un efecto inmediato en Leila. Ella cae de rodillas al suelo, con la cabeza gacha, y sus manos sueltan la pistola, que golpea con un ruido sordo el suelo de madera. Dios santo...

Christian se acerca tranquilamente adonde ha caído el arma, se inclina con agilidad para recogerla, y luego se la mete en el bolsillo del saco. Mira una vez más a Leila, que sigue dócilmente arrodillada junto a la cubierta de la isla.

—Anastasia, ve con Taylor —ordena.

Taylor cruza el umbral y se me queda mirando.

—Ethan —susurro.

—Abajo —contesta rápido, sin apartar los ojos de Leila.

Abajo. No aquí. Ethan está bien. Un fuerte estremecimiento de alivio me recorre todo el cuerpo, y por un momento creo que voy a desmayarme.

—Anastasia...

En la voz de Christian hay un dejo de advertencia.

Lo miro, y de pronto soy incapaz de moverme. No quiero dejarlo... dejarlo con ella. Él se coloca al lado de Leila, que permanece arrodillada a sus pies. Se cierne sobre ella, la protege. Ella está tan quieta... es antinatural. No puedo dejar de mirarlos a los dos... juntos...

—Por el amor de Dios, Anastasia, ¿por una vez en tu vida puedes hacer lo que te dicen y marcharte?

Con una voz fría como un témpano de hielo, Christian me fulmina con la mirada y frunce el ceño. Tras la calma deliberada con que pronuncia esas palabras, se oculta una furia palpable.

¿Furioso conmigo? Dios, no. ¡Por favor… no! Me siento como si me hubiera dado una cachetada. ¿Por qué quiere quedarse con ella?

—Taylor. Lleva a la señorita Steele abajo. Ahora.

Taylor asiente y yo miro a Christian.

—¿Por qué? —susurro.

—Vete. Vuelve al departamento —la frialdad de sus ojos me fulmina—. Necesito estar a solas con Leila —dice en tono apremiante.

Creo que intenta transmitir una especie de mensaje, pero estoy tan alterada por todo lo sucedido que no estoy segura. Observo a Leila y veo aparecer una levísima sonrisa en sus labios, pero aparte de eso sigue totalmente impasible. Una sumisa total. ¡Santo Dios! Se me hiela el corazón.

Esto es lo que él necesita. Esto es lo que le gusta. ¡No…! Siento unas terribles ganas de llorar.

—Señorita Steele. Ana…

Taylor me tiende la mano, suplicándome que vaya con él. Yo estoy inmovilizada por el terrorífico espectáculo que tengo ante mí. Esto confirma mis peores temores y acrecienta todas mis inseguridades. Christian y Leila juntos… el Amo y su sumisa.

—Taylor —insiste Christian, y Taylor se inclina y me toma en brazos.

Lo último que veo es a Christian acariciándole la cabeza a Leila con ternura, mientras le dice algo en voz baja.

¡No!

Mientras Taylor me lleva escaleras abajo, yaciendo inerte en sus brazos, intento asimilar lo que ha pasado en los últimos diez minutos… ¿O han sido más? ¿O menos? He perdido la noción del tiempo.

Christian y Leila, Leila y Christian… ¿juntos? ¿Qué está haciendo con ella ahora?

—¡Carajo, Ana! ¿Qué diablos está pasando?

Me siento aliviada al ver a Ethan, caminando nerviosamente arriba y abajo por el vestíbulo, todavía cargado con su enorme bolsa. ¡Oh, gracias a Dios que está bien! Cuando Taylor me deja en el suelo, prácticamente me abalanzo sobre él, rodeándole el cuello con los brazos.

—Ethan. ¡Oh, gracias a Dios!

Lo abrazo muy fuerte. Estaba tan preocupada que, por un momento, obtengo cierto respiro del pánico creciente que siento respecto a lo que está ocurriendo arriba en mi departamento.

—¿Qué carajos está pasando, Ana? ¿Quién es este tipo?

—Oh, perdona, Ethan. Éste es Taylor. Trabaja para Christian. Taylor, éste es Ethan, el hermano de mi compañera de piso.

Se saludan con un leve movimiento de cabeza.

—Ana, ¿qué está pasando ahí arriba? Estaba buscando las llaves del departamento cuando esos tipos aparecieron de la nada y me las quitaron. Uno de ellos era Christian…

Ethan se queda sin palabras.

—Llegaste tarde… Gracias a Dios.

—Sí. Me encontré con un amigo de Pullman… y nos tomamos una copa rápida. ¿Qué está pasando ahí arriba?

—Hay una chica, una ex de Christian. En nuestro departamento. Se ha vuelto loca, y Christian está…

Se me quiebra la voz, y se me llenan los ojos de lágrimas.

—Eh… —susurra Ethan y me abraza con fuerza—. ¿Alguien ha llamado a la policía?

—No, no se trata de eso.

Sollozo pegada a su pecho y, en cuanto empiezo, ya no puedo parar de llorar, las lágrimas liberando toda la tensión de este último episodio. Ethan me abraza más fuerte, pero noto que está desconcertado.

—Vamos, Ana, vamos a tomar una copa.

Me da unas palmaditas en la espalda con cierta incomodidad. De repente, yo también me siento incómoda, y avergonzada, y lo que realmente quiero es estar sola. Pero asiento y acepto su oferta. Quiero alejarme de aquí, alejarme de lo que sea que esté pasando arriba.

Me vuelvo hacia Taylor.

—¿Habían registrado el departamento? —le pregunto llorosa, limpiándome la nariz con el dorso de la mano.

—A primera hora de la tarde —Taylor se encoge de hombros a modo de disculpa y me ofrece un pañuelo. Parece destrozado—. Lo siento, Ana —murmura.

Frunzo el ceño. Pobre… se ve que se siente muy culpable. No quiero hacer que se sienta aún peor.

—Al parecer tiene una extraordinaria capacidad para eludirnos —añade, y vuelve a torcer el gesto.

—Ethan y yo nos vamos a tomar una copa rápida y después volveremos al Escala.

Me seco los ojos.

Taylor se apoya en un pie y luego en otro, visiblemente nervioso.

—El señor Grey quería que volviera directamente al departamento —dice en voz baja.

—Bueno, pero ahora ya sabemos dónde está Leila —no puedo evitar que mi voz revele un dejo de amargura—. Así que ya no necesitamos tantas medidas de seguridad. Dile a Christian que nos veremos luego.

Taylor abre la boca para hablar, pero vuelve a cerrarla prudentemente.

—¿Quieres dejarle la bolsa a Taylor? —le pregunto a Ethan.

—No. Me la llevo, gracias.

Ethan se despide de Taylor con un movimiento de cabeza y después me acompaña fuera. Y entonces me acuerdo, demasiado tarde, de que he dejado la bolsa en el asiento de atrás del Audi. No llevo nada encima.

—Mi bolsa…

—No te preocupes —murmura Ethan, su rostro expresando una gran preocupación—. No pasa nada, pago yo.

Escogemos un bar situado en la acera de enfrente y nos sentamos en unos taburetes de madera junto a la ventana. Quiero ver lo que pasa: quién entra y, sobre todo, quién sale. Ethan me pasa una botella de cerveza.

—¿Problemas con una ex? —pregunta en tono afable.

—Es un poco más complicado que eso —musito, adoptando repentinamente una actitud más reservada.

No puedo hablar de esto: he firmado un acuerdo de confidencialidad. Y, por primera vez, lo lamento realmente. Además, Christian no ha dicho nada de rescindirlo.

—Tengo tiempo —dice Ethan muy atento, y toma un buen trago de cerveza.

—Ella es una ex de Christian, de hace varios años. Abandonó a su marido por otro tipo. Y al cabo de un par de semanas o así, ese tipo murió en un accidente de coche. Y ahora ha vuelto para perseguir a Christian.

Me encojo de hombros. Ya está, no he revelado demasiado.

—¿Perseguir a Christian?

—Tenía una pistola.

—¡Carajo!

—De hecho no amenazó a nadie con ella. Creo que pretendía dispararse a sí misma. Pero por eso yo estaba tan preocupada por ti. No sabía si estabas en el departamento.

—Ya. Por lo que dices, esa mujer no está bien.

—No, no está bien.

—¿Y ahora qué está haciendo Christian con ella?

Palidezco de golpe y noto que la bilis me sube a la garganta.

—No lo sé —susurro.

Ethan abre los ojos como platos... por fin lo ha entendido.

Esto es lo que me angustia. ¿Qué diablos están haciendo? Hablar, espero. Sólo hablar. Pero lo único que visualizo mentalmente es su mano, acariciando tiernamente el pelo de ella.

Leila está trastornada y él se preocupa por ella; eso es todo, intento racionalizar. Pero, en el fondo de mi mente, mi subconsciente mueve la cabeza con tristeza.

Es más que eso. Leila era capaz de satisfacer sus necesidades de una forma que yo no puedo. La idea resulta terriblemente deprimente.

Intento centrarme en todo lo que hemos hecho estos últimos días: en su declaración de amor, sus divertidos coqueteos, su alegría. Pero las palabras de Elena vuelven para burlarse de mí. Es verdad lo que dicen sobre los fisgones.

«¿No echas de menos… tu cuarto de juegos?»

Me termino la cerveza en un tiempo récord, y Ethan me pasa otra. No soy muy buena compañía esta noche, pero aun así él se queda conmigo charlando e intentando levantarme el ánimo, y me habla de Barbados y de las payasadas de Kate y Elliot, lo cual es una maravillosa distracción. Pero sólo es eso… una distracción.

Mi mente, mi corazón, mi alma siguen todavía en ese departamento con mi Cincuenta Sombras y la mujer que había sido su sumisa. Una mujer que cree que todavía lo ama. Una mujer que se parece a mí.

Mientras nos bebemos la tercera cerveza, un enorme vehículo con los vidrios polarizados aparca junto al Audi delante del edificio. Reconozco al doctor Flynn, que baja acompañado de una mujer vestida con una especie de bata azul claro. Atisbo a Taylor, que los hace entrar por la puerta principal.

—¿Quién es ése? —pregunta Ethan.

—Es el doctor Flynn. Christian lo conoce.

—¿Qué tipo de doctor es?

—Psiquiatra.

—Ah.

Ambos seguimos observando y, al cabo de unos minutos, vuelven a salir. Christian lleva a Leila, que va envuelta en una manta. ¿Qué? Veo con horror cómo suben al vehículo y se alejan a toda velocidad.

Ethan me mira con expresión compasiva, y yo me siento desolada, totalmente desolada.

—¿Puedo tomar algo más fuerte? —le pregunto a Ethan, sin voz apenas.

—Claro. ¿Qué se te antoja?

—Un brandy. Por favor.

Ethan asiente y se acerca a la barra. Yo miro por la ventana hacia la puerta principal. Al cabo de un momento, Taylor sale, se sube al Audi y se dirige hacia el Escala… ¿siguiendo a Christian? No lo sé.

Ethan me planta delante una gran copa de brandy.

—Venga, Steele. Vamos a emborracharnos.

Me parece la mejor proposición que me han hecho últimamente. Brindamos, bebo un trago del líquido ardiente y ambarino, y agradezco esa intensa sensación de calor que me evade del espantoso dolor que brota en mi corazón.

Es tarde y me siento bastante aturdida. Ethan y yo no tenemos llaves para entrar en mi departamento. Él insiste en acompañarme caminando hasta el Escala, aunque él no se quedará. Ha telefoneado al amigo al que se encontró antes y con el que se tomó una copa, y han quedado en que dormirá en su casa.

—Así que es aquí donde vive el magnate.

Ethan silba, impresionado.

Asiento.

¿Seguro que no quieres que me quede contigo? —pregunta.

—No, tengo que enfrentarme a esto… o simplemente acostarme.

—¿Nos vemos mañana?

—Sí. Gracias, Ethan.

Le doy un abrazo.

—Todo saldrá bien, Steele —me susurra al oído.

Me suelta y me observa mientras yo me dispongo a entrar en el edificio.

—Hasta luego —grita.

Yo le dedico una media sonrisa y le hago un gesto de despedida, y después pulso el botón para llamar al ascensor.

Salgo del ascensor y entro al piso de Christian. Taylor no me está esperando, lo cual es inusual. Abro la doble puerta y voy hacia el salón. Christian está al teléfono, caminando nervioso junto al piano.

—Ya está aquí —espeta. Se da la vuelta para mirarme y cuelga el teléfono—. ¿Dónde carajos estabas? —gruñe, pero no se acerca.

¿Está enojado conmigo? ¿Él es el que acaba de pasar Dios sabe cuánto tiempo con su ex novia lunática, y está enojado conmigo?

—¿Has estado bebiendo? —pregunta, consternado.

—Un poco.

No creía que fuera tan obvio.

Gime y se pasa la mano por el pelo.

—Te dije que volvieras aquí —dice en voz baja, amenazante—. Son las diez y cuarto. Estaba preocupado por ti.

—Fui a tomar una copa, o tres, con Ethan, mientras tú atendías a tu ex —le digo entre dientes—. No sabía cuánto tiempo ibas a estar... con ella.

Entorna los ojos y da unos cuantos pasos hacia mí, pero se detiene.

—¿Por qué lo dices en ese tono?

Me encojo de hombros y me miro los dedos.

—Ana, ¿qué pasa?

Y por primera vez detecto en su voz algo distinto a la ira. ¿Qué es? ¿Miedo?

Trago saliva, intentando decidir qué decir.

—¿Dónde está Leila?

Alzo la mirada hacia él.

—En un hospital psiquiátrico de Fremont —dice con expresión escrutadora—. Ana, ¿qué pasa? —se acerca hasta situarse justo delante de mí—. ¿Cuál es el problema? —musita.

Niego con la cabeza.

—Yo no soy buena para ti.

—¿Qué? —murmura, y abre los ojos, alarmado—. ¿Por qué piensas eso? ¿Cómo puedes pensar eso?

—Yo no puedo ser todo lo que tú necesitas.

—Tú eres todo lo que necesito.

—Sólo verte con ella... —se me quiebra la voz.

—¿Por qué me haces esto? Esto no tiene que ver contigo, Ana. Sino con ella —inspira profundamente, y vuelve a pasarse la mano por el pelo—. Ahora mismo es una chica muy enferma.

—Pero yo lo sentí... lo que tenían juntos.

—¿Qué? No.

Intenta tocarme y yo retrocedo instintivamente. Deja caer la mano y se me queda mirando. Se le ve atenazado por el pánico.

—¿Vas a marcharte? —murmura con los ojos muy abiertos por el miedo.

Yo no digo nada mientras intento reordenar el caos de mi mente.

—No puedes hacerlo —suplica.

—Christian… yo…

Lucho por aclarar mis ideas. ¿Qué intento decir? Necesito tiempo, tiempo para asimilar todo esto. Dame tiempo.

—¡No, no! —dice él.

—Yo…

Mira con desenfreno alrededor de la estancia buscando… ¿qué? ¿Una inspiración? ¿Una intervención divina? No lo sé.

—No puedes irte, Ana. ¡Yo te quiero!

—Yo también te quiero, Christian, es sólo que…

—¡No, no! —dice desesperado, y se lleva las manos a la cabeza.

—Christian…

—No —susurra, y en sus ojos muy abiertos brilla el pánico.

De repente cae de rodillas ante mí, con la cabeza gacha, y las manos extendidas sobre los muslos. Inspira profundamente y se queda muy quieto.

¿Qué?

—Christian, ¿qué estás haciendo?

Él sigue mirando al suelo, no a mí.

—¡Christian! ¿Qué estás haciendo? —repito con voz estridente. Él no se mueve—. ¡Christian, mírame! —ordeno aterrada.

Él levanta la cabeza sin dudarlo, y me mira pasivamente con sus fríos ojos grises: parece casi sereno… expectante.

Dios santo… Christian. El sumiso.

14

Christian postrado de rodillas a mis pies, reteniéndome con la firmeza de su mirada gris, es la visión más solemne y escalofriante que he contemplado jamás... más que Leila con su pistola. El leve aturdimiento producido por el alcohol se esfuma al instante, sustituido por una creciente sensación de fatalidad. Palidezco y se me eriza todo el vello.

Inspiro profundamente, conmocionada. No. No, esto es un error, un error muy grave y perturbador.

—Christian, por favor, no hagas esto. Esto no es lo que quiero.

Él sigue mirándome con total pasividad, sin moverse, sin decir nada.

Oh, Dios. Mi pobre Cincuenta. Se me encoge el corazón. ¿Qué demonios le he hecho? Las lágrimas que pugnan por brotar me escuecen en los ojos.

—¿Por qué haces esto? Háblame —musito.

Él parpadea una vez.

—¿Qué te gustaría que dijera? —dice en voz baja, inexpresiva, y el hecho de que hable me alivia momentáneamente, pero así no...

No. ¡No!

Las lágrimas empiezan a correr por mis mejillas, y de repente me resulta insoportable verlo en la misma posición postrada que la de esa criatura patética que era Leila. La imagen de un hombre poderoso, que en realidad sigue siendo un muchacho, que sufrió terribles abusos y malos tratos, que se considera indigno del amor de su familia perfecta y de su mucho menos perfecta novia… mi chico perdido… La imagen es desgarradora.

Compasión, vacío, desesperación, todo eso inunda mi corazón, y siento una angustia asfixiante. Voy a tener que luchar para recuperarlo, para recuperar a mi Cincuenta.

Pensar en que yo pueda ejercer la dominación sobre alguien me resulta atroz. Pensar en que yo ejerza la dominación sobre Christian es sencillamente repugnante. Eso me convertiría en alguien como ella: la mujer que le hizo esto a él.

Al pensar en eso, me estremezco y contengo la bilis que siento subir por mi garganta. Es inconcebible que yo haga eso. Es inconcebible que desee eso.

A medida que se me aclaran las ideas, veo cuál es el único camino: sin dejar de mirarlo a los ojos, caigo de rodillas frente a él.

Siento la madera dura contra mis espinillas, y me seco las lágrimas con el dorso de la mano.

Así, ambos somos iguales. Estamos al mismo nivel. Éste es el único modo de recuperarlo.

Él abre los ojos imperceptiblemente cuando alzo la vista y lo miro, pero, aparte de eso, ni su expresión ni su postura cambian.

—Christian, no tienes por qué hacer esto —suplico—. Yo no voy a dejarte. Te lo he dicho y te lo he repetido cientos de veces. No te dejaré. Todo esto que ha pasado… es abrumador. Lo único que necesito es tiempo para pensar… tiempo para mí. ¿Por qué siempre te pones en lo peor?

Se me encoge nuevamente el corazón, porque sé la razón: porque es inseguro, y está lleno de odio hacia sí mismo.

Las palabras de Elena vuelven a resonar en mi mente: «¿Sabe ella lo negativo que eres contigo mismo? ¿En todos los aspectos?»

Oh, Christian. El miedo atenaza de nuevo mi corazón y empiezo a balbucear:

—Iba a sugerir que esta noche volvería a mi departamento. Nunca me dejas tiempo… tiempo para pensar las cosas —rompo a sollozar, y en su cara aparece la levísima sombra de un gesto de disgusto—. Simplemente tiempo para pensar. Nosotros apenas nos conocemos, y toda esa carga que tú llevas encima... yo necesito... necesito tiempo para analizarla. Y ahora que Leila está... bueno, lo que sea que esté... que ya no anda por ahí y ya no es un peligro... pensé... pensé...

Se me quiebra la voz y lo miro fijamente. Él me observa intensamente y creo que me está escuchando.

—Verte con Leila... —cierro los ojos ante el doloroso recuerdo de verlo interactuando con su antigua sumisa—... me ha impactado terriblemente. Por un momento he atisbado cómo había sido tu vida... y... —bajo la vista hacia mis dedos entrelazados. Mis mejillas siguen inundadas de lágrimas—. Todo esto es porque siento que yo no soy suficiente para ti. He comprendido cómo era tu vida, y tengo mucho miedo de que termines aburriéndote de mí y entonces me dejes... y yo acabe siendo como Leila... una sombra. Porque yo te quiero, Christian, y si me dejas será como si el mundo perdiera la luz. Y me quedaré a oscuras. Yo no quiero dejarte. Pero tengo tanto miedo de que tú me dejes...

Mientras le digo todo eso, con la esperanza de que me escuche, me doy cuenta de cuál es mi verdadero problema. Simplemente no entiendo por qué le gusto. Nunca he entendido por qué le gusto.

—No entiendo por qué te parezco atractiva —murmuro—. Tú eres... bueno, tú eres tú... y yo soy... —me encojo de hombros y lo miro—. Simplemente no lo entiendo. Tú eres hermoso y sexy y triunfador y bueno y amable y cariñoso... todas esas cosas... y yo no. Y yo no puedo hacer las cosas que a ti te gusta hacer. Yo no puedo darte lo que necesitas. ¿Cómo puedes ser feliz conmigo? —mi voz se convierte en un susurro que expresa mis más oscuros miedos—. Nunca he entendido qué ves en mí. Y verte con ella no ha hecho más que confirmarlo.

Sollozo y me seco la nariz con el dorso de la mano, contemplando su expresión impasible.

Oh, es tan exasperante. ¡Habla conmigo, maldita sea!

—¿Vas a quedarte aquí arrodillado toda la noche? Porque yo haré lo mismo —le espeto con cierta dureza.

Creo que suaviza el gesto... incluso parece vagamente divertido. Pero es muy difícil saberlo.

Podría acercarme y tocarlo, pero eso sería abusar de forma flagrante de la posición en la que él me ha colocado. Yo no quiero eso, pero no sé qué quiere él, o qué intenta decirme. Simplemente no lo entiendo.

—Christian, por favor, por favor… háblame —le ruego, mientras retuerzo las manos sobre el regazo.

Aunque estoy incómoda sobre mis rodillas, sigo postrada, mirando esos ojos grises, serios, preciosos, y espero.

Y espero.

Y espero.

—Por favor —suplico una vez más.

De pronto, su intensa mirada se oscurece y parpadea.

—Estaba tan asustado —murmura.

¡Oh, gracias a Dios! Mi subconsciente vuelve a recostarse en su butaca, suspirando de alivio, y se bebe un buen trago de ginebra.

¡Está hablando! La gratitud me invade y trago saliva intentando contener la emoción y las lágrimas que amenazan con volver a brotar.

Su voz es tenue y suave.

—Cuando vi llegar a Ethan supe que otra persona te había dejado entrar en tu departamento. Taylor y yo bajamos del coche de un salto. Sabíamos que se trataba de ella, y verla allí de ese modo, contigo… y armada. Creo que me sentí morir. Ana, alguien te estaba amenazando… era la confirmación de mis peores miedos. Estaba tan enfurecido con ella, contigo, con Taylor, conmigo mismo…

Menea la cabeza, expresando su angustia.

—No podía saber lo desequilibrada que estaba. No sabía qué hacer. No sabía cómo reaccionaría —se calla y frunce el ceño—. Y entonces me dio una pista: parecía muy arrepentida. Y así supe qué tenía que hacer.

Se detiene y me mira, intentando sopesar mi reacción.

—Sigue —susurro.

Él traga saliva.

—Verla en ese estado, saber que yo podía tener algo que ver con su crisis nerviosa… —cierra los ojos otra vez—. Leila fue siempre tan traviesa y vivaz…

Tiembla y respira con dificultad, como si sollozara. Es una tortura escuchar todo esto, pero permanezco de rodillas, atenta, embebida en su relato.

—Podría haberte hecho daño.Y habría sido culpa mía.

Sus ojos se apagan, paralizados por el horror, y se queda de nuevo en silencio.

—Pero no fue así —susurro—, y tú no eras responsable de que estuviera en ese estado, Christian.

Lo miro fijamente, animándole a continuar.

Entonces caigo en la cuenta de que todo lo que hizo fue para protegerme, y quizá también a Leila, porque también se preocupa por ella. Pero ¿hasta qué punto se preocupa por ella? No dejo de plantearme esa incómoda pregunta. Él dice que me quiere, pero me echó de mi propio departamento con mucha brusquedad.

—Yo sólo quería que te fueras —murmura con su extraordinaria capacidad para leer mis pensamientos—. Quería alejarte del peligro y... Tú... no... te ibas —sisea entre dientes, y su exasperación es palpable.

Me mira intensamente.

—Anastasia Steele, eres la mujer más necia que conozco.

Cierra los ojos mientras niega con la cabeza, como si no diera crédito.

Oh, ha vuelto. Aliviada, lanzo un largo y profundo suspiro.

Él abre los ojos de nuevo, y su expresión es triste y desamparada... sincera.

—¿No pensabas dejarme? —pregunta.

—¡No!

Vuelve a cerrar los ojos y todo su cuerpo se relaja. Cuando los abre, veo su dolor y su angustia.

—Pensé... —se calla—. Éste soy yo, Ana. Todo lo que soy... y soy todo tuyo. ¿Qué tengo que hacer para que te des cuenta de eso? Para hacerte ver que quiero que seas mía de la forma que tenga que ser. Que te quiero.

—Yo también te quiero, Christian, y verte así es... —me falta el aire y vuelven a brotar las lágrimas—. Pensé que te había destrozado.

—¿Destrozado? ¿A mí? Oh, no, Ana. Todo lo contrario —se acerca y me toma la mano—. Tú eres mi tabla de salvación —susurra, y me besa los nudillos antes de apoyar su palma contra la mía.

Con los ojos muy abiertos y llenos de miedo, tira suavemente de mi mano y la coloca sobre su pecho, cerca del corazón… en la zona prohibida. Se le acelera la respiración. Su corazón late desbocado, retumbando bajo mis dedos. No aparta los ojos de mí; su mandíbula está tensa, los dientes apretados.

Yo jadeo. ¡Oh, mi Cincuenta! Está permitiendo que lo toque. Y es como si todo el aire de mis pulmones se hubiera volatilizado… desaparecido. Noto el zumbido de la sangre en mis oídos, y el ritmo de mis latidos aumenta para acompasarse al suyo.

Me suelta la mano, dejándola posada sobre su corazón. Flexiono ligeramente los dedos y siento la calidez de su piel bajo la liviana tela de la camisa. Está conteniendo la respiración. No puedo soportarlo. Y retiro la mano.

—No —dice inmediatamente, y vuelve a poner su mano sobre la mía, presionando con sus dedos los míos—. No.

Incitada por esas dos palabras, me deslizo por el suelo hasta que nuestras rodillas se tocan, y levanto la otra mano con cautela para que sepa exactamente qué me dispongo a hacer. Él abre más los ojos, pero no me detiene.

Empiezo a desabrocharle con delicadeza los botones de la camisa. Con una mano es difícil. Flexiono los dedos que están bajo los suyos y él me suelta, y me permite usar ambas manos para desabotonarle la prenda. No dejo de mirarlo a los ojos mientras le abro la camisa, y su torso queda a la vista.

Él traga saliva, separa los labios y se le acelera la respiración, y noto que su pánico aumenta, pero no se aparta. ¿Sigue actuando como un sumiso? No tengo ni idea.

¿Debo hacer esto? No quiero hacerle daño, ni física ni mentalmente. Verlo así, ofreciéndose por completo a mí, ha sido un toque de atención.

Alargo la mano y la dejo suspendida sobre su pecho, y le miro… pidiéndole permiso. Él inclina la cabeza a un lado muy sutilmente, armándose de valor ante mi inminente caricia. Emana tensión, pero esta vez no es ira… es miedo.

Vacilo. ¿De verdad puedo hacerle esto?

—Sí —musita… otra vez con esa singular capacidad de responder a mis preguntas no formuladas.

Extiendo los dedos sobre el vello de su torso y los hago descender con ternura sobre el esternón. Él cierra los ojos, y contrae el rostro como si sintiera un dolor insufrible. No puedo soportar verlo, de manera que aparto los dedos inmediatamente, pero él me sujeta la mano al instante y la vuelve a posar con firmeza sobre su torso desnudo. Cuando lo toco con la palma de la mano, se le eriza el vello.

—No —dice, con la voz quebrada—. Lo necesito.

Aprieta los ojos con más fuerza. Esto debe de ser una tortura para él. Es un auténtico suplicio verlo. Le acaricio con los dedos el pecho y el corazón, con mucho cuidado, maravillada con su tacto, aterrorizada de que esto sea ir demasiado lejos.

Abre sus ojos grises, que me fulminan, ardientes.

Dios santo. Es una mirada salvaje, abrasadora, intensísima, y respira entrecortadamente. Hace que me hierva la sangre y me estremezca.

No me ha detenido, de manera que vuelvo a pasarle los dedos sobre el pecho y sus labios se entreabren. Jadea, y no sé si es por miedo o por algo más.

Hace tanto tiempo que ansío besarlo ahí, que me inclino sobre las rodillas y le sostengo la mirada durante un momento, dejando perfectamente claras mis intenciones. Luego me acerco y poso un tierno beso sobre su corazón, y siento la calidez y el dulce aroma de su piel en mis labios.

Su ahogado gemido me conmueve tanto que vuelvo a sentarme sobre los talones, temiendo lo que veré en su rostro. Él ha cerrado los ojos con firmeza, pero no se ha movido.

—Otra vez —susurra, y me inclino nuevamente sobre su torso, esta vez para besarle una de las cicatrices.

Jadea, y le beso otra, y otra. Gruñe con fuerza, y de pronto sus brazos me rodean y me agarra el pelo, y me levanta la cabeza con mucha brusquedad hasta que mis labios se unen a su boca insistente. Y nos besamos, y yo enredo los dedos en su cabello.

—Oh, Ana —suspira, y se inclina y me tumba en el suelo, y ahora estoy debajo de él.

Deslizo mis manos en torno a su hermoso rostro y, en ese momento, noto sus lágrimas.

Está llorando… no. ¡No!

—Christian, por favor, no llores. He sido sincera cuando te he dicho que nunca te dejaré. De verdad. Si te he dado una impresión equivocada, lo siento… por favor, por favor, perdóname. Te quiero. Siempre te querré.

Se cierne sobre mí y me mira con una expresión llena de dolor.

—¿De qué se trata?

Abre todavía más los ojos.

—¿Cuál es este secreto que te hace pensar que saldré corriendo para no volver? ¿Qué hace que estés tan convencido de que te dejaré? —suplico con voz trémula—. Dímelo, Christian, por favor…

Él se incorpora y se sienta, esta vez con las piernas cruzadas, y yo hago lo mismo con las mías extendidas. Me pregunto vagamente si no podríamos levantarnos del suelo, pero no quiero interrumpir el curso de sus pensamientos. Por fin va a confiar en mí.

Baja los ojos hacia mí y parece absolutamente desolado. Oh, Dios… esto es grave.

—Ana…

Hace una pausa, buscando las palabras con gesto de dolor… ¿Qué demonios pasa?

Inspira profundamente y traga saliva.

—Soy un sádico, Ana. Me gusta azotar a jovencitas menudas como tú, porque todas se parecen a la puta adicta al crack… mi madre biológica. Estoy seguro de que puedes imaginar por qué.

Lo suelta de golpe, como si llevara días y días madurando esa declaración en la cabeza y estuviera desesperado por librarse de ella.

Mi mundo se detiene. Oh, no.

Esto no es lo que esperaba. Esto es malo. Realmente malo. Lo miro, intentando entender las implicaciones de lo que acaba de decir. Esto explica por qué todas nos parecemos.

Lo primero que pienso es que Leila tenía razón: «El Amo es oscuro».

Recuerdo la primera conversación que tuve con él sobre sus tendencias, cuando estábamos en el cuarto rojo del dolor.

—Tú dijiste que no eras un sádico —musito, en un desesperado intento por comprenderlo… por encontrar alguna excusa que lo justifique.

—No, yo dije que era un Amo. Si te mentí fue por omisión. Lo siento.

Baja la vista por un instante a sus uñas perfectamente cuidadas.

Creo que está avergonzado. ¿Avergonzado por haberme mentido? ¿O por lo que es?

—Cuando me hiciste esa pregunta, yo tenía en mente que la relación entre ambos sería muy distinta —murmura.

Y su mirada deja claro que está aterrado.

Entonces caigo de golpe en la cuenta. Si es un sádico, necesita realmente todo eso de los azotes y los castigos. Por Dios, no. Me tomo la cabeza con las manos.

—Así que es verdad —susurro, alzando la vista hacia él—. Yo no puedo darte lo que necesitas.

Eso es… eso significa que realmente somos incompatibles.

El mundo se abre bajo mis pies, todo se desmorona a mi alrededor mientras el pánico atenaza mi garganta. Se acabó. No podemos seguir con esto.

Él frunce el ceño.

—No, no, no, Ana. Sí que puedes. Tú me das lo que yo necesito —aprieta los puños—. Créeme, por favor —murmura, y sus palabras suenan como una plegaria apasionada.

—Ya no sé qué creer, Christian. Todo esto es demasiado complicado —murmuro, y siento escozor y dolor en la garganta, ahogada por las lágrimas que no derramo.

Cuando vuelve a mirarme, tiene los ojos muy abiertos y llenos de luz.

—Ana, créeme. Cuando te castigué y después me abandonaste, mi forma de ver el mundo cambió. Cuando dije que haría lo que fuera para no volver a sentirme así jamás, no hablaba en broma —me observa angustiado, suplicante—. Cuando dijiste que me amabas, fue como una revelación. Nadie me había dicho eso antes, y fue como si hubiera enterrado parte de mi pasado… o como si tú lo hubieras hecho por mí, no lo sé. Es algo que el doctor Flynn y yo seguimos analizando a fondo.

Oh. Una chispa de esperanza prende en mi corazón. Quizá lo nuestro pueda funcionar. Yo quiero que funcione. ¿Lo quiero de verdad?

—¿Qué intentas decirme? —musito.

—Lo que quiero decir es que ya no necesito nada de todo eso. Ahora no.

¿Qué?

—¿Cómo lo sabes? ¿Cómo puedes estar tan seguro?

—Simplemente lo sé. La idea de hacerte daño… de cualquier manera… me resulta abominable.

—No lo entiendo. ¿Qué pasa con las reglas y los azotes y todo eso del sexo pervertido?

Se pasa la mano por el pelo y casi sonríe, pero al final suspira con pesar.

—Estoy hablando lo más duro, Anastasia. Deberías ver lo que soy capaz de hacer con una vara o un látigo.

Abro la boca, estupefacta.

—Prefiero no verlo.

—Lo sé. Si a ti se te antojara hacer eso, entonces bien… pero tú no quieres, y lo entiendo. Yo no puedo practicar todo eso si tú no quieres. Ya te lo dije una vez, tú tienes todo el poder. Y ahora, desde que has vuelto, no siento esa compulsión en absoluto.

Lo miro boquiabierta durante un momento, e intento digerir todo lo que ha dicho.

—Pero cuando nos conocimos sí querías eso, ¿verdad?

—Sí, sin duda.

—¿Cómo puede ser que la compulsión desaparezca así sin más, Christian? ¿Como si yo fuera una especie de panacea y tú ya estuvieras… no se me ocurre una palabra mejor… curado? No lo entiendo.

Él vuelve a suspirar.

—Yo no diría «curado»... ¿No me crees?

—Simplemente me parece... increíble. Que es distinto.

—Si no me hubieras dejado, probablemente no me sentiría así. Abandonarme fue lo mejor que has hecho nunca... por nosotros. Eso hizo que me diera cuenta de cuánto te quiero, sólo a ti, y soy sincero cuando digo que quiero que seas mía de la forma en que pueda tenerte.

Lo miro fijamente. ¿Puedo creer lo que dice? La cabeza me duele sólo de intentar aclararme las ideas, y en el fondo me siento muy... aturdida.

—Aún sigues aquí. Creía que a estas alturas ya habrías salido huyendo —susurra.

—¿Por qué? ¿Porque podía pensar que eres un psicópata que azotas y te coges a mujeres que se parecen a tu madre? ¿Por qué habrías de tener esa impresión? —siseo, con agresividad.

Él palidece ante la dureza de mis palabras.

—Bueno, yo no lo habría dicho de ese modo, pero sí —dice, con los ojos muy abiertos y gesto dolido.

Al ver su expresión seria, me arrepiento de mi arrebato y frunzo el ceño sintiendo una punzada de culpa.

Oh, ¿qué voy a hacer? Lo observo y parece arrepentido, sincero... parece mi Cincuenta.

Y, de pronto, recuerdo la fotografía que había en su dormitorio de infancia, y en ese momento comprendo por qué la mujer que aparecía en ella me resultaba tan familiar. Se parecía a él. Debía de ser su madre biológica.

Me viene a la mente su comentario desdeñoso: «Nadie importante...» Ella es la responsable de todo esto... y yo me parezco a ella... ¡Maldita sea!

Christian se me queda mirando con crudeza, y sé que está esperando mi próximo movimiento. Parece sincero. Ha dicho que me quiere, pero estoy francamente confusa.

Esto es muy difícil. Me ha tranquilizado sobre Leila, pero ahora estoy más convencida que nunca de que ella era capaz de proporcionarle aquello que le da placer. Y esa idea me resulta terriblemente desagradable y agotadora.

—Christian, estoy exhausta. ¿Podemos hablar de esto mañana? Quiero irme a la cama.

Él parpadea, sorprendido.

—¿No te vas?

—¿Quieres que me vaya?

—¡No! Creí que me dejarías en cuanto lo supieras.

Acuden a mi mente todas las veces que ha dicho que lo dejaría en cuanto conociera su secreto más oscuro… y ahora ya lo sé. Maldita sea… El Amo es oscuro.

¿Debería irme? Ya lo dejé una vez, y eso estuvo a punto de destrozarme… a mí, y también a él. Yo lo amo. De eso no tengo duda, a pesar de lo que me ha revelado.

—No me dejes —susurra.

—¡Oh, por el amor de Dios, no! ¡No pienso hacerlo! —grito, y es catártico.

Ya está. Lo he dicho. No voy a dejarlo.

—¿De verdad? —pregunta abriendo mucho los ojos.

—¿Qué puedo hacer para que entiendas que no voy a salir corriendo? ¿Qué puedo decir?

Me mira fijamente, expresando de nuevo todo su miedo y su angustia. Traga saliva.

—Puedes hacer una cosa.

—¿Qué?

—Cásate conmigo —susurra.

¿Qué? ¿Realmente acaba de…?

Mi mundo se detiene por segunda vez en menos de media hora.

Dios mío. Me quedo mirando estupefacta a ese hombre profundamente herido al que amo. No puedo creer lo que acaba de decir.

¿Matrimonio? ¿Me ha propuesto matrimonio? ¿Está de broma? No puedo evitarlo: una risita tonta, nerviosa, de incredulidad, brota desde lo más profundo de mi ser. Me muerdo el labio para evitar que se convierta en una estruendosa carcajada histérica, pero fracaso estrepitosamente. Me tumbo de espaldas en el suelo y me rindo a ese incontrolable ataque de risa, como si no me hubiera reído nunca, con unas carcajadas tremendas, curativas, catárticas.

Y durante un momento estoy completamente sola, observando desde lo alto esta situación absurda: una chica presa de un ataque de risa junto a un chico guapísimo con problemas emocionales. Y cuando mi risa me hace derramar lágrimas abrasadoras, me tapo los ojos con el brazo. No, no… esto es demasiado.

Cuando la histeria remite, Christian me aparta el brazo de la cara con delicadeza. Yo levanto la vista y lo miro.

Él se inclina sobre mí. En su boca se dibuja la ironía, pero sus ojos grises arden, quizá dolidos. Oh, no.

Usando los nudillos, me seca cuidadosamente una lágrima perdida.

—¿Mi proposición le hace gracia, señorita Steele?

¡Oh, Cincuenta! Alargo la mano y le acaricio la mejilla con cariño, deleitándome en el tacto de su barba incipiente bajo mis dedos. Dios, amo a este hombre.

—Señor Grey… Christian. Tu sentido de la oportunidad es sin duda…

Cuando me fallan las palabras, lo miro.

Él sonríe, pero las arrugas en torno a sus ojos revelan su consternación. La situación se torna grave.

—Eso me ha dolido en el alma, Ana. ¿Te casarás conmigo?

Me siento, apoyo las manos en sus rodillas y me inclino sobre él. Miro fijamente su adorable rostro.

—Christian, me he encontrado a la loca de tu ex con una pistola, me han echado de mi propio departamento, me ha caído encima la bomba Cincuenta…

Él abre la boca para hablar, pero yo levanto una mano. Y, obedientemente, la cierra.

—Acabas de revelarme una información sobre ti mismo que, francamente, resulta bastante impactante, y ahora me has pedido que me case contigo.

Él mueve la cabeza a un lado y a otro, como si analizara los hechos. Parece divertido. Gracias a Dios.

—Sí, creo que es un resumen bastante adecuado de la situación —dice con sequedad.

—¿Y qué pasó con lo de aplazar la gratificación?

—Lo he superado, y ahora soy un firme defensor de la gratificación inmediata. *Carpe diem*, Ana —susurra.

—Mira, Christian, hace muy poco que te conozco y necesito saber mucho más de ti. He bebido demasiado, estoy hambrienta y cansada y quiero irme a la cama. Tengo que considerar tu proposición, del mismo modo que consideré el contrato que me ofreciste. Y además —aprieto los labios para expresar contrariedad, pero también para aligerar la tensión en el ambiente—, no ha sido la propuesta más romántica del mundo.

Él inclina la cabeza a un lado y en sus labios se dibuja una sonrisa.

—Buena puntualización, como siempre, señorita Steele —afirma con un deje de alivio en la voz—. ¿O sea que esto es un no?

Suspiro.

—No, señor Grey, no es un no, pero tampoco es un sí. Haces esto únicamente porque estás asustado y no confías en mí.

—No, hago esto porque finalmente he conocido a alguien con quien quiero pasar el resto de mi vida.

Oh. Noto una palpitación en el corazón y siento que me derrito por dentro. ¿Cómo es capaz, en medio de las más extrañas situaciones, de decir cosas tan románticas? Abro la boca, sin dar crédito.

—Nunca creí que esto pudiera sucederme a mí —continúa, y su expresión irradia pura sinceridad.

Yo lo miro boquiabierta, buscando las palabras apropiadas.

—¿Puedo pensarlo… por favor? ¿Y pensar en todo el resto de las cosas que han pasado hoy? ¿En lo que acabas de decirme? Tú me pediste paciencia y fe. Bien, pues yo te pido lo mismo, Grey. Ahora las necesito yo.

Sus ojos buscan los míos y, al cabo de un momento, se inclina y me recoge un mechón de pelo detrás de la oreja.

—Eso puedo soportarlo —me besa fugazmente en los labios—. No muy romántico, ¿eh? —arquea las cejas, y yo hago un gesto admonitorio con la cabeza—. ¿Flores y corazones? —pregunta bajito.

Asiento y me sonríe vagamente.

—¿Tienes hambre?

—Sí.

—No has comido —dice con mirada gélida y la mandíbula tensa.

—No, no he comido —vuelvo a sentarme sobre los talones y lo miro tranquilamente—. Que me echaran de mi departamento, después de ver a mi novio interactuando íntimamente con una de sus antiguas sumisas, me quitó bastante el apetito.

Christian sacude la cabeza y se pone de pie ágilmente. Ah, por fin podemos levantarnos del suelo. Me tiende la mano.

—Deja que te prepare algo de comer —dice.

—¿No podemos irnos a la cama sin más? —musito con aire fatigado al darle la mano.

Él me ayuda a levantarme. Estoy entumecida. Baja la vista y me mira con dulzura.

—No, tienes que comer. Vamos —el dominante Christian ha vuelto, lo cual resulta un alivio.

Me lleva a un taburete de la barra en la zona de la cocina, y luego se acerca al refrigerador. Consulto el reloj: son casi las once y media, y tengo que levantarme pronto para ir a trabajar.

—Christian, la verdad es que no tengo hambre.

Él no hace caso y rebusca en el enorme frigorífico.

—¿Queso? —pregunta.

—A esta hora, no.

—¿Galletas saladas?

—No —replico.

Él se da la vuelta y me sonríe.

—¿No te gustan las galletas saladas?

—A las once y media no, Christian. Me voy a la cama. Tú si quieres puedes pasarte el resto de la noche rebuscando en la despensa. Yo estoy cansada, y he tenido un día de lo más intenso. Un día que me gustaría olvidar.

Bajo del taburete y él me pone mala cara, pero ahora mismo no me importa. Quiero irme a la cama; estoy exhausta.

—¿Macarrones con queso?

Levanta un recipiente pequeño tapado con papel de aluminio, con una expresión esperanzada que resulta entrañable.

—¿A ti te gustan los macarrones con queso? —pregunto.

Él asiente entusiasmado, y se me derrite el corazón. De pronto parece muy joven. ¿Quién lo habría dicho? A Christian Grey le gusta la comida de menú infantil.

—¿Quieres un poco? —pregunta esperanzado.

Soy incapaz de resistirme a él, y además tengo mucha hambre. Asiento y le dedico una débil sonrisa. Su cara de satisfacción resulta fascinante. Retira el papel de aluminio del recipiente y lo mete en el microondas. Vuelvo a sentarme en el taburete y a contemplo la hermosa estampa del señor Grey —el hombre que quiere casarse conmigo— moviéndose con elegante soltura por su cocina.

—¿Así que sabes utilizar el microondas? —le digo en un suave tono burlón.

—Suelo ser capaz de cocinar algo, siempre que venga envasado. Con lo que tengo problemas es con la comida de verdad.

No puedo creer que éste sea el mismo hombre que estaba de rodillas ante mí hace menos de media hora. Es su carácter voluble habitual. Coloca platos, cubiertos y manteles individuales sobre la barra del desayuno.

—Es muy tarde —comento.

—No vayas a trabajar mañana.

—Tengo que ir a trabajar mañana. Mi jefe se va a Nueva York.

Christian frunce el ceño.

—¿Quieres ir allí este fin de semana?

—He consultado la predicción del tiempo y parece que va a llover —digo negando con la cabeza.

—Ah. Entonces, ¿qué quieres hacer?

El timbre del microondas anuncia que nuestra cena ya está caliente.

—Ahora mismo lo único que quiero es vivir el día a día. Todas estas emociones son… agotadoras.

Levanto una ceja y lo miro, cosa que él ignora prudentemente.

Christian deja el recipiente blanco entre nuestros platos y se sienta a mi lado. Parece absorto en sus pensamientos, distraído. Yo sirvo los macarrones para ambos. Huelen divinamente y se me hace la boca agua ante la expectativa. Estoy muerta de hambre.

—Siento lo de Leila —murmura.

—¿Por qué lo sientes?

Mmm, los macarrones saben tan bien como huelen. Y mi estómago lo agradece.

—Para ti debe de haber sido un impacto terrible encontrártela en tu departamento. Taylor lo había registrado antes personalmente. Está muy disgustado.

—Yo no culpo a Taylor.

—Yo tampoco. Ha estado buscándote.

—¿Ah, sí? ¿Por qué?

—Yo no sabía dónde estabas. Dejaste la bolsa, el teléfono. Ni siquiera podía localizarte. ¿Dónde fuiste? —pregunta.

Habla con mucha suavidad, pero en sus palabras subyace una carga ominosa.

—Ethan y yo fuimos a un bar de la acera de enfrente. Para que yo pudiera ver lo que ocurría, simplemente.

—Ya.

La atmósfera entre los dos ha cambiado de forma muy sutil. Ya no es tan liviana.

Ah, muy bien, de acuerdo... yo también puedo jugar a este juego. Así que ésta voy a devolvértela, Cincuenta. Y tratando de sonar despreocupada, queriendo satisfacer la curiosidad que me corroe pero temerosa de la respuesta, le pregunto:

—¿Y qué hiciste con Leila en el departamento?

Levanto la vista, lo miro, y él deja suspendido en el aire el tenedor con los macarrones. Oh, no, esto no presagia nada bueno.

—¿De verdad quieres saberlo?

Se me forma un nudo en el estómago y de golpe se me quita el apetito.

—Sí —susurro.

¿Eso quieres? ¿De verdad? Mi subconsciente ha tirado al suelo la botella de ginebra y se ha incorporado muy erguida en su butaca, mirándome horrorizada.

Christian vacila y su boca se convierte en una fina línea.

—Hablamos, y luego la bañé —su voz suena ronca, y, al ver que no reacciono, se apresura a continuar—: y la vestí con ropa tuya. Espero que no te importe. Pero es que estaba mugrienta.

Por Dios santo. ¿La bañó?

Qué gesto tan extraño e inapropiado... La cabeza me da vueltas y miro fijamente los macarrones que no me he comido. Y ahora esa imagen me produce náuseas.

Intenta racionalizarlo, me aconseja mi subconsciente. Aunque la parte serena e intelectual de mi cerebro sabe que lo hizo simplemente porque estaba sucia, me resulta demasiado duro. Mi ser frágil y celoso no es capaz de soportarlo.

De pronto tengo ganas de llorar: no de sucumbir a ese llanto de damisela que surca con decoro mis mejillas, sino a ese otro que aúlla a la luna. Inspiro profundamente para reprimir el impulso, pero esas lágrimas y esos sollozos reprimidos me arden en la garganta.

—No podía hacer otra cosa, Ana —dice él en voz baja.

—¿Todavía sientes algo por ella?

—¡No! —contesta horrorizado, y cierra los ojos con expresión de angustia.

Yo aparto la mirada y la bajo otra vez a mi nauseabunda comida. No soy capaz de mirarlo.

—Verla así... tan distinta, tan destrozada. La atendí, como habría hecho con cualquier otra persona.

Se encoge de hombros como para librarse de un recuerdo desagradable. Vaya, ¿y encima espera que lo compadezca?

—Ana, mírame.

No puedo. Sé que si lo hago, me echaré a llorar. No puedo digerir todo esto. Soy como un depósito rebosante de gasolina, lleno, desbordado. Ya no hay espacio para más. Sencillamente no puedo soportar más toda esta angustia. Si lo intento, arderé y explotaré y será muy desagradable. ¡Dios!

La imagen aparece en mi mente: Christian ocupándose de un modo tan íntimo de su antigua sumisa. Bañándola, por Dios santo... desnuda. Un estremecimiento de dolor recorre mi cuerpo.

—Ana.

—¿Qué?

—No pienses en eso. No significa nada. Fue como cuidar de un niño, un niño herido, destrozado —musita.

¿Qué demonios sabrá él de cuidar niños? Ésa era una mujer con la que tuvo una relación sexual devastadora y perversa.

Ay, esto duele... Respiro firme y profundamente. O tal vez se refiera a sí mismo. Él es el niño destrozado. Eso tiene más lógica... o quizá no tenga la menor lógica. Oh, todo esto es tan terriblemente complicado, y de pronto me siento exhausta. Necesito dormir.

—¿Ana?

Me levanto, llevo mi plato al fregadero y tiro los restos de comida a la basura.

—Ana, por favor.

Doy media vuelta y lo miro.

—¡Basta ya, Christian! ¡Basta ya de «Ana, por favor»! —le grito, y las lágrimas empiezan a correr por mis mejillas—. Ya he tenido bastante de toda esa mierda por hoy. Me voy a la cama. Estoy cansada física y emocionalmente. Déjame.

Giro sobre mis talones y prácticamente echo a correr hacia el dormitorio, llevándome conmigo el recuerdo de sus ojos abiertos mirándome atónitos. Es agradable saber que yo también soy capaz de perturbarlo. Me desvisto en un santiamén, y después de rebuscar en su cómoda, saco una de sus camisetas y me dirijo al baño.

Me observo en el espejo y apenas reconozco a la bruja demacrada de mejillas enrojecidas y ojos irritados que me devuelve la mirada, y esa imagen me supera. Me derrumbo en el suelo y sucumbo a esa abrumadora emoción que ya no puedo contener, estallando en tremendos sollozos que me desgarran el pecho, y dejando por fin que las lágrimas se desborden libremente.

15

Eh... —dice Christian con ternura, y me abraza—. Por favor, Ana, no llores, por favor —suplica.

Está en el suelo del baño, y yo en su regazo. Lo rodeo con los brazos y lloro pegada a su cuello. Él susurra bajito junto a mi pelo y me acaricia suavemente la espalda, la cabeza.

—Lo siento, cariño —murmura.

Finalmente, cuando ya no me quedan lágrimas, Christian se levanta alzándome en brazos, me lleva a su habitación y me acuesta sobre la cama. Al cabo de unos segundos lo tengo a mi lado y las luces están apagadas. Me rodea entre sus brazos y me abraza fuerte, y por fin me sumo en un sueño oscuro y agitado.

Me despierto de golpe. Tengo la cabeza embotada y demasiado calor. Christian está aferrado a mí como la hiedra. Gruñe suavemente en sueños mientras me libero de sus brazos, pero no se despierta. Me incorporo y echo un vistazo al despertador. Son las tres de la madrugada. Necesito un analgésico y beber algo. Saco las piernas de la cama y me dirijo a la cocina.

Encuentro un envase de jugo de naranja en el refrigerador y me sirvo un vaso. Mmm... está delicioso, y el embotamiento mental desaparece al instante. Rebusco en los cajones algún calmante y al final doy con una caja de plástico llena de medicamentos. Me tomo dos analgésicos y me sirvo otro vaso de jugo de naranja.

Me acerco a la enorme pared acristalada y contemplo cómo duerme Seattle. Las luces brillan y parpadean a los pies del castillo de Christian en el cielo, ¿o debería decir fortaleza? Presiono la frente contra el frío cristal, y siento cierto alivio. Tengo tanto en lo que pensar después de todas las revelaciones de ayer. Apoyo la espalda en el vidrio y me deslizo hasta el suelo. El salón en penumbra se ve inmenso y tenebroso, con la única luz procedente de las tres lámparas suspendidas sobre la isla de la cocina.

¿Podría vivir aquí, casada con Christian? ¿Después de todo lo que él ha hecho entre estas paredes? ¿Con toda esa carga de su pasado que alberga este lugar?

Matrimonio... Resulta algo casi inconcebible y totalmente inesperado. Pero también es verdad que todo lo referido a Christian es inesperado. Y, ante esa evidencia, aparece en mis labios una sonrisa irónica. Christian Grey, esperar lo inesperado... las cincuenta sombras de una existencia destrozada.

Mi sonrisa desaparece. Me parezco a su madre. Eso me duele en lo más profundo, y repentinamente me quedo sin aire en los pulmones. Todas nos parecemos a su madre.

¿Cómo demonios voy a actuar después de conocer este pequeño secreto? No me extraña que no quisiera decírmelo. Pero la verdad es que él no puede acordarse mucho de su madre. Me pregunto una vez más si debería hablar con el doctor Flynn. ¿Me lo permitiría Christian? Quizá él podría ayudarme a llenar las lagunas que me faltan.

Sacudo la cabeza. Me siento exhausta emocionalmente, pero disfruto de la tranquila serenidad del salón y de sus preciosas obras de arte; frías y austeras, pero con un estilo propio, también hermosas en la penumbra y seguramente valiosísimas. ¿Podría yo vivir aquí? ¿En lo bueno y en lo malo? ¿En la salud y en la enfermedad? Cierro los ojos, apoyo la cabeza en el cristal, y lanzo un profundo y reparador suspiro.

La apacible tranquilidad del momento se ve interrumpida por un grito visceral y primitivo que me eriza el vello y pone en alerta todo mi cuerpo. ¡Christian! ¡Dios santo!, ¿qué ha pasado? Me pongo de pie y salgo corriendo hacia el dormitorio antes de que el eco de ese sonido horrible se haya desvanecido, con el corazón palpitando de miedo.

Pulso uno de los interruptores y se enciende la lámpara de la mesita de Christian. Él se debate frenéticamente en la cama, retorciéndose de angustia. ¡No! Vuelve a gritar, y ese sonido devastador y espeluznante me desgarra de nuevo.

¡Santo Dios… una pesadilla!

—¡Christian!

Me inclino sobre él, lo sujeto por los hombros y lo zarandeo para que despierte. Él abre los ojos, y son salvajes y vacíos, y examinan rápidamente la habitación vacía antes de volver a posarse en mí.

—Te fuiste, te fuiste, deberías haberte ido —balbucea, y la mirada de sus ojos desmesurados se convierte en acusatoria, y parece tan perdido que se me parte el corazón. Pobre Cincuenta…

—Estoy aquí —me siento en la cama a su lado—. Estoy aquí —murmuro en voz baja, en un esfuerzo por tranquilizarlo. Me acerco y le apoyo la palma en un lado de la cara.

—Te habías ido —susurra presuroso.

Sigue teniendo los ojos salvajes y asustados, pero se va serenando poco a poco.

—Fui a buscar algo de tomar. Tenía sed.

Cierra los ojos y se frota la cara. Cuando vuelve a abrirlos parece muy desolado.

—Estás aquí. Oh, gracias a Dios.

Se acerca a mí y me sujeta con fuerza, y me vuelve a acostar en la cama, a su lado.

—Sólo fui a buscar algo de tomar —repito.

Oh, la intensidad de su miedo… puedo sentirla. Tiene la camiseta empapada en sudor, y cuando me atrae hacia él su corazón late con fuerza. Me mira fijamente, como para asegurarse de que realmente estoy aquí. Le acaricio el cabello con ternura y después la mejilla.

—Christian, por favor. Estoy aquí. No me voy a ir a ningún sitio —le digo con dulzura.

—Oh, Ana —musita.

Me toma la barbilla y la acerca hasta que su boca está sobre la mía. El deseo lo invade e instantáneamente mi cuerpo responde... está tan ligado y sincronizado al suyo. Posa los labios sobre mi oreja, mi cuello, y nuevamente mi boca, sus dientes tiran suavemente de mi labio inferior, su mano sube por mi cuerpo, de la cadera al pecho, arrastrando la camiseta hacia arriba. Acariciándome, sintiendo bajo sus dedos las simas y las turgencias de mi piel, consigue provocar en mí la ya tan familiar reacción, haciendo que me estremezca en lo más profundo. Gimo cuando su mano se curva en torno a mi seno y sus dedos se agarran al pezón.

—Te deseo —murmura.

—Estoy aquí para ti. Sólo para ti, Christian.

Gruñe y me besa una vez más apasionadamente, con un fervor y una desesperación que no había sentido nunca en él. Agarro el borde de su camiseta, tiro y él me ayuda a quitársela por la cabeza. Luego se arrodilla entre mis piernas, me incorpora presurosamente y me despoja de la mía.

Sus ojos se ven serios, anhelantes, llenos de oscuros secretos... vulnerables. Coloca las manos alrededor de mi cara y me besa, y caemos de nuevo en la cama. Está medio acostado sobre mí, con uno de sus muslos entre los míos, y siento su erección presionando contra mi cadera a través de sus calzones. Me desea, pero, de repente, sus palabras de antes, lo que dijo sobre su madre, escogen este momento para volver a rondar por mi mente y atormentarme. Y es como un cubo de agua fría sobre mi libido. Maldita sea... No puedo hacer esto, ahora no.

—Christian... para. No puedo hacerlo —susurro apremiante junto a su boca, empujando sus antebrazos con las manos.

—¿Qué? ¿Qué pasa? —murmura, y empieza a besarme el cuello, y me desliza la punta de la lengua por él.

Oh...

—No, por favor. No puedo hacerlo, ahora no. Necesito un poco de tiempo, por favor.

—Oh, Ana, no le des tantas vueltas —susurra mientras me mordisquea el lóbulo.

—¡Ah! —jadeo, sintiéndolo en la entrepierna, y mi cuerpo se arquea, traicionándome.

Todo resulta tan confuso…

—Yo sigo siendo el mismo, Ana. Te quiero y te necesito. Tócame. Por favor.

Frota su nariz sobre la mía, y su súplica tranquila y sincera hace que me conmueva y me derrita por dentro.

Tocarlo… Tocarlo mientras hacemos el amor. Oh, Dios.

Se coloca sobre mí, me mira y, a la tenue luz de la lámpara de la mesita, veo que está esperando mi decisión, y que está atrapado en mi hechizo.

Alargo la mano con cautela y la poso sobre la suave mata de vello que cubre su esternón. Él jadea y cierra los ojos con fuerza, como si le doliera, pero esta vez no aparto la mano. La subo hasta sus hombros y noto el temblor que recorre su cuerpo. Gime, y lo atraigo hacia mí, colocando ambas manos en su espalda donde no la había tocado nunca, sobre los omoplatos, y lo abrazo.

Él entierra la cabeza en mi cuello, me besa, chupa y me muerde, y luego sube con la nariz hasta la barbilla y me besa, su lengua posee mi boca y sus manos se mueven otra vez sobre mi cuerpo. Sus labios bajan… bajan… bajan hasta mis pechos, adorándome a su paso, y mis manos siguen en sus hombros y en su espalda, disfrutando de sus esculturales músculos flexibles y tensos, de su piel empapada aún por la pesadilla. Cierra los labios sobre mi pezón, chupa y tira, y éste se alza para recibir a su gloriosa y hábil boca.

Gimo y deslizo las uñas por su espalda. Y él jadea en un gemido entrecortado.

—Oh, Dios, Ana —dice sin respiración, y es mitad gruñido, mitad grito.

Me desgarra el alma, pero también llega a mis entrañas y me tensa todos los músculos por debajo de la cintura. ¡Ah, lo que soy capaz de hacerle! Ahora jadeo, y su respiración torturada se acompasa a la mía.

Sus manos van bajando, sobre mi vientre y hasta mi sexo… y sus dedos están sobre mí y luego dentro de mí. Gimo y él mueve los dedos en mi interior de esa forma que él sabe, y yo empujo la pelvis para recibir su caricia.

—Ana —musita.

De pronto me suelta y se sienta, se quita los calzones y se inclina sobre la mesita para tomar un envoltorio plateado. Sus ojos grises centellean cuando me entrega el condón.

—¿Quieres hacerlo? Todavía puedes decir que no. Siempre puedes decir que no —murmura.

—No me des la oportunidad de pensar, Christian. Yo también te deseo.

Rompo el envoltorio con los dientes y él se arrodilla entre mis piernas, y yo lo deslizo en su miembro con dedos temblorosos.

—Tranquila... Vas a hacer que me venga, Ana.

Me maravilla lo que mis caricias pueden provocar en este hombre. Él se posa sobre mí, y en ese momento todas mis dudas quedan relegadas y encerradas en los abismos más profundos y oscuros del fondo de mi mente. Estoy embriagada por este hombre, mi hombre, mi Cincuenta Sombras. De repente se revuelve, tomándome totalmente por sorpresa, y estoy encima de él. Wow.

—Tú... tómame tú —murmura, y sus ojos brillan con intensidad febril.

Ah... Despacio, muy despacio, me hundo en él. Echa la cabeza hacia atrás, cierra los ojos y gruñe. Le sujeto las manos y empiezo a moverme, gozando de la plenitud de mi posesión, gozando de su reacción, viendo cómo se destensa debajo de mí. Me siento como una diosa. Me inclino y le beso la barbilla, deslizando los dientes a lo largo de la barba incipiente de su mandíbula. Su sabor es delicioso. Él se agarra a mis caderas y ralentiza mi ritmo, haciéndolo lento y pausado.

—Ana, tócame... por favor.

Oh. Me inclino hacia delante y me apoyo con las manos sobre su pecho. Y él grita, y su grito es como un sollozo que penetra con fuerza en mi interior.

—Aaah —gimoteo, y paso las uñas con delicadeza sobre su torso, a través del vello, y él gruñe fuerte y se revuelve bruscamente, de manera que vuelvo a estar debajo.

—Basta —gime—. No más, por favor.

Es una súplica desgarradora.

Le tomo la cara con las manos, noto la humedad de sus mejillas, y lo atraigo con fuerza hacia mis labios para poder besarlo. Y luego me aferro a él con mis manos en su espalda.

De su garganta surge un gruñido ronco y profundo mientras se mueve en mi interior, empujándome adelante y atrás, pero no consigo dejarme ir. Tengo demasiadas cosas en la cabeza que me confunden. Estoy demasiado ofuscada con él.

—Déjate ir, Ana —me apremia.

—No.

—Sí —gruñe.

Se mueve ligeramente y gira las caderas, una y otra vez.

¡Dios… ahhh!

—Vamos, nena, lo necesito. Dámelo.

Y estallo, mi cuerpo es esclavo del suyo, envuelto en torno a él, aferrado a él como la hiedra, mientras él grita mi nombre y alcanza el clímax conmigo, y luego se derrumba, con todo su peso presionándome contra el colchón.

Acuno a Christian en mis brazos, con su cabeza descansando en mi pecho, mientras yacemos saboreando los rescoldos de la pasión amorosa. Le paso los dedos por el cabello y escucho cómo su respiración vuelve a la normalidad.

—No me dejes nunca —murmura.

Yo pongo los ojos en blanco, consciente de que no puede verme.

—Sé que has puesto los ojos en blanco —susurra, y capto un deje divertido en su voz.

—Me conoces bien.

—Me gustaría conocerte mejor.

—Volviendo a ti, Grey. ¿De qué era tu pesadilla?

—Lo de siempre.

—Cuéntamelo.

Traga saliva y se tensa antes de emitir un interminable suspiro.

—Debo de tener como unos tres años, y el padrote de la puta adicta al crack vuelve a estar muy furioso. Fuma y fuma sin parar, un cigarrillo tras otro, y no encuentra un cenicero.

Se calla, y un escalofrío aterrador me atenaza el corazón.

—Duele —dice—. Lo que recuerdo es el dolor. Eso es lo que me provoca las pesadillas. Eso, y el hecho de que ella no hiciera nada para detenerlo.

Oh, Dios. Es insoportable. Lo abrazo más fuerte, aferrándome a él con brazos y piernas, y trato de que mi desesperación no me asfixie. ¿Cómo puede alguien tratar así a un niño? Él levanta la cabeza y me clava su mirada gris e intensa.

—Tú no eres como ella. Ni se te ocurra siquiera pensarlo. Por favor.

Lo miro y parpadeo. Me tranquiliza mucho oír eso. Él vuelve a apoyar la cabeza en mi pecho, y creo que ha terminado, pero me sorprende comprobar que continúa.

—A veces, en mis sueños, ella está simplemente tumbada en el suelo. Y yo creo que está dormida. Pero no se mueve. Nunca se mueve. Y yo tengo hambre. Mucha hambre.

Oh, Dios.

—Se oye un gran ruido y él ha vuelto, y me pega muy fuerte, mientras maldice a la puta adicta al crack. Su primera reacción siempre era usar los puños o el cinturón.

—¿Por eso no te gusta que te toquen?

Cierra los ojos y me abraza más fuerte.

—Es complicado —murmura.

Hunde la nariz entre mis senos, inspirando hondo, intentando distraerme.

—Cuéntamelo —insisto.

Él suspira.

—Ella no me quería. Yo no me quería. El único roce que conocí era... violento. De ahí viene todo. Flynn lo explica mejor que yo.

—¿Puedo hablar con Flynn?

Levanta la cabeza para mirarme.

—¿Quieres profundizar más en Cincuenta Sombras?

—E incluso más. Ahora mismo me gusta cómo profundizo en él.

Me muevo provocativamente debajo de él y sonríe.

—Sí, señorita Steele, a mí también me gusta.

Se inclina y me besa. Me observa un momento.

—Eres tan valiosa para mí, Ana. Decía en serio lo de casarme contigo. Así podremos conocernos. Yo puedo cuidar de ti. Tú puedes cuidar de mí. Podemos tener hijos, si quieres. Yo pondré el mundo a tus pies, Anastasia. Te quiero, en cuerpo y alma, para siempre. Por favor, piénsalo.

—Lo pensaré, Christian, lo pensaré —lo tranquilizo, y todo me da vueltas otra vez. ¿Hijos? Santo Dios—. Pero realmente me gustaría hablar con el doctor Flynn, si no te importa.

—Por ti lo que sea, nena. Lo que sea. ¿Cuándo te gustaría verlo?

—Lo antes posible.

—De acuerdo. Mañana me ocuparé de ello —echa un vistazo al reloj—. Es tarde. Deberíamos dormir.

Alarga un brazo para apagar la luz de la mesita y me atrae hacia él.

Miro el reloj. Oh, no: las cuatro menos cuarto.

Me envuelve en sus brazos, pega la frente a mi espalda y me acaricia el cuello con la nariz.

—Te quiero, Ana Steele, y quiero que estés a mi lado, siempre —murmura mientras me besa el cuello—. Ahora duerme.

Yo cierro los ojos.

Abro a regañadientes mis párpados pesados y una brillante luz inunda la habitación. Dejo escapar un gruñido. Me siento aturdida, desconectada de las extremidades que siento como el plomo, y Christian me envuelve pegado a mí como la hiedra. Como de costumbre, tengo demasiado calor. Deben de ser las cinco de la mañana; el despertador aún no ha sonado. Me muevo para librarme del calor que emite su cuerpo, dándome la vuelta en sus brazos, y él balbucea algo ininteligible en sueños. Miro el reloj: las nueve menos cuarto.

Oh, no, voy a llegar tarde. Maldita sea. Salgo dando tumbos de la cama y corro al baño. Tardo cuatro minutos en bañarme y volver a salir.

Christian está sentado en la cama, mirándome con gesto de diversión mal disimulada mezclada con cautela, mientras yo sigo secándome y escogiendo la ropa. Quizá esté esperando mi reacción a las revelaciones de anoche. Pero ahora mismo, sencillamente, no tengo tiempo.

Repaso la ropa elegida: pantalones negros, camisa negra... todo un poco señora R., pero ahora no puedo perder un segundo cambiando de estilismo. Me pongo con prisa un sostén y unos calzones negros, consciente de que él observa todos mis movimientos. Me pone... nerviosa. Los calzones y el brassiere servirán.

—Estás muy guapa —ronronea Christian desde la cama—. ¿Sabes?, puedes llamar y decir que estás enferma.

Me obsequia con esa media sonrisa devastadora, ciento cincuenta por ciento lasciva. Oh, es tan tentador... La diosa que llevo dentro hace un mohín provocativo.

—No, Christian. No puedo. Yo no soy un presidente megalómano con una sonrisa preciosa que puede entrar y salir a su antojo.

—Me gusta entrar y salir a mi antojo.

Despliega su gloriosa sonrisa un poco más, de manera que ahora aparece en IMAX de alta definición.

—¡Christian! —lo regaño.

Y le tiro la toalla, y se echa a reír.

—¿Una sonrisa preciosa, eh?

—Sí, y ya sabes el efecto que tiene en mí.

Me pongo el reloj.

—¿Efecto? —parpadea con aire inocente.

—Sí, lo sabes. El mismo efecto que tiene en todas las mujeres. La verdad es que resulta muy cansado ver cómo todas se derriten.

—¿Ah, sí?

Arquea una ceja y me mira. Se está divirtiendo mucho.

—No se haga el inocente, señor Grey. La verdad es que no te queda nada —le digo distraídamente, mientras me recojo el pelo en una cola de caballo y me calzo mis zapatos de tacón alto.

Ya está. Así voy bien.

Cuando voy a darle un beso de despedida, él me agarra y me tira de nuevo en la cama, y se inclina sobre mí, sonriendo de oreja a oreja. Oh. Es tan guapo: esos ojos que brillan traviesos, ese pelo alborotado que le queda después de hacer el amor, esa sonrisa fascinante. Ahora tiene ganas de jugar.

Yo estoy cansada, la cabeza todavía me da vueltas por todas las cosas que averigüé ayer, mientras que él está fresco como una rosa y de lo más sexy. Oh, es exasperante… mi Cincuenta.

—¿Qué puedo hacer para tentarte a quedarte? —dice en voz baja.

Siento un salto en el corazón y empieza a latirme con fuerza. Es la tentación personificada.

—No puedes —refunfuño, forcejeando para incorporarme—. Déjame ir.

Él hace un mohín y desiste. Sonriendo, paso los dedos sobre sus labios esculpidos… mi Cincuenta Sombras. Lo quiero tanto, con toda la oscuridad de su devastada existencia. Ni siquiera he empezado a procesar los acontecimientos de ayer ni cómo me siento al respecto.

Alzo la cabeza para besarlo, agradecida por haberme lavado los dientes. Él me besa fuerte y largamente, y de repente me toma y me levanta, dejándome aturdida, sin aliento y temblorosa.

—Taylor te llevará. Llegarás antes si no tienes que buscar estacionamiento. Está esperando en la puerta del edificio —dice Christian amablemente, y parece aliviado.

¿Acaso le preocupa la reacción que pueda tener esta mañana? Estaba segura de que lo de anoche… bueno, lo de esta madrugada, le habría demostrado que no pienso salir huyendo.

—Bien. Gracias —musito, decepcionada por estar de pie, confundida por sus dudas, y vagamente enfadada porque una vez más no conduciré mi Saab.

Pero, en fin, tiene razón: con Taylor llegaré antes.

—Disfrute de su mañana de vagancia, señor Grey. Ojalá pudiera quedarme, pero al hombre que posee la empresa para la que trabajo no le gustaría que su personal faltara a su puesto sólo por disfrutar de un poco de buen sexo.

Tomo mi bolsa.

—Personalmente, señorita Steele, no tengo ninguna duda de que él lo aprobaría. De hecho, puede que insistiera en ello.

—¿Por qué te quedas en la cama? No es propio de ti.

Cruza las manos detrás de la cabeza y me sonríe.

—Porque puedo, señorita Steele.

Lo miro y meneo la cabeza.

—Hasta luego, nene.

Le lanzo un beso y salgo por la puerta.

Taylor me está esperando y por lo visto sabe que voy tarde, porque conduce como un loco y consigue que llegue al trabajo a las nueve y cuarto. Cuando se detiene junto a la acera, me siento agradecida... agradecida por estar viva: conducía de un modo terrorífico. Y agradecida por no llegar espantosamente tarde: solo quince minutos.

—Gracias, Taylor —murmuro, pálida como una muerta.

Recuerdo que Christian me contó que conducía tanques; quizá también pilotee coches de carreras.

—Ana —asiente a modo de despedida, y yo salgo corriendo para la oficina.

Mientras abro la puerta del vestíbulo pienso que por lo visto Taylor ha superado esa formalidad de «señorita Steele», y eso me hace sonreír.

Claire me sonríe cuando cruzo a toda prisa la recepción en dirección a mi mesa.

—¡Ana! —me llama Jack—. Ven.

Oh, maldita sea.

—¿Qué horas son éstas? —me increpa.

—Lo siento. Me quedé dormida —respondo, poniéndome como la grana.

—Que no vuelva a pasar. Hazme un café, y después necesito que mandes unas cartas. Deprisa —grita, haciéndome dar un respingo.

¿Por qué está tan enojado? ¿Qué le pasa? ¿Qué hice? Corro a la cocina para prepararle el café. Quizá debería haber faltado al trabajo. Podría… bueno, estar practicando sexo excitante con Christian, o desayunando con él, o simplemente hablando… eso sí que sería toda una novedad.

Jack apenas alza la vista cuando vuelvo a entrar en su despacho para llevarle el café. Me lanza una hoja de papel, garabateada a mano de forma ilegible.

—Captúralo, tráemelo para que lo firme, después haz copias y envíalas por correo a todos nuestros autores.

—Muy bien, Jack.

Tampoco levanta la vista cuando salgo. Caray, sí que está molesto.

Por fin me siento en mi lugar, sintiendo cierto alivio. Bebo un sorbo de té mientras espero a que se encienda la computadora. Reviso mis e-mails.

De: Christian Grey
Fecha: 15 de junio de 2011 09:05
Para: Anastasia Steele
Asunto: Te echo de menos

Por favor, utiliza la BlackBerry.

x

Christian Grey
Presidente de Grey Enterprises Holdings, Inc.

De: Anastasia Steele
Fecha: 15 de junio de 2011 09:27
Para: Christian Grey
Asunto: Qué bien se las arreglan algunos

Mi jefe está enojado.
La culpa es tuya por tenerme despierta hasta tan tarde con tus... tejemanejes.
Debería darte vergüenza.

Anastasia Steele
Ayudante de Jack Hyde, editor de SIP

De: Christian Grey
Fecha: 15 de junio de 2011 09:32
Para: Anastasia Steele
Asunto: ¿Tejemaqué?

Tú no tienes por qué trabajar, Anastasia.
No tienes ni idea de lo horrorizado que estoy de mis tejemanejes.
Pero me gusta tenerte despierta hasta tarde ;)
Por favor, utiliza la BlackBerry.
Ah, y cásate conmigo, por favor.

Christian Grey
Presidente de Grey Enterprises Holdings, Inc.

De: Anastasia Steele
Fecha: 15 de junio de 2011 09:35
Para: Christian Grey
Asunto: Ganarse la vida

Conozco tu tendencia natural a insistir, pero para ya.
Tengo que hablar con tu psiquiatra.
Hasta entonces no te daré una respuesta.
No soy contraria a vivir en pecado.

Anastasia Steele
Ayudante de Jack Hyde, editor de SIP

De: Christian Grey
Fecha: 15 de junio de 2011 09:40
Para: Anastasia Steele
Asunto: BLACKBERRY

Anastasia: si vas a empezar a hablar del doctor Flynn,
UTILIZA LA BLACKBERRY.
No es una petición.

Christian Grey
Ahora enfadado presidente de Grey Enterprises Holdings, Inc.

Oh, no, ahora él también está enojado conmigo. Bueno, por mí que se ponga como quiera. Saco la BlackBerry de la bolsa y la miro con escepticismo. Mientras empieza a sonar. ¿Es que no puede dejarme en paz?

—Sí —contesto con sequedad.

—Ana, hola…

—¡José! ¿Cómo estás?

Oh, es agradable oír su voz.

—Estoy bien, Ana. Oye, ¿sigues saliendo con ese tal Grey?

—Eh… sí… ¿Por qué?

¿Adónde quiere ir a parar?

—Bueno, él ha comprado todas tus fotos, y pensé que podría llevarlas yo mismo a Seattle. La exposición cierra el jueves, o sea que podría entregarlas el viernes por la tarde. Y a lo mejor podríamos tomar una copa o algo. La verdad es que también necesitaría un sitio para dormir.

—Eso me parece estupendo, José. Sí, seguro que podremos arreglarlo de alguna manera. Deja que lo hable con Christian y te vuelvo a llamar, ¿sale?

—Muy bien, espero tu llamada. Adiós, Ana.

—Adiós.

Y cuelga.

Oh, vaya. No he visto ni sabido nada de José desde la inauguración de su exposición. Ni siquiera le he preguntado cómo le estaba yendo, o si había vendido alguna obra más. Menuda amiga.

Así que a lo mejor el viernes por la noche salgo por ahí con José. ¿Cómo se lo tomará Christian? Sólo me doy cuenta de que me estoy mordiendo el labio cuando al final noto que me duele. Oh, ese hombre tiene un doble rasero. Él sí que puede —me estremezco al pensarlo— darle ese puñetero baño a su ex amante, pero a mí seguramente me caerá una bronca sólo por querer tomar una copa con José. ¿Cómo voy a manejar todo esto?

—¡Ana! —Jack me saca de golpe de mis elucubraciones. ¿Sigue molesto?—. ¿Dónde está esa carta?

—Eh... ya voy.

Maldita sea. ¿Qué le pasa?

Escribo la carta en un santiamén, la imprimo y entro en su despacho, nerviosa.

—Aquí la tienes.

La dejo sobre su mesa y me doy la vuelta para irme. Inmediatamente, Jack le echa un rápido vistazo, crítico y penetrante.

—No sé a qué te dedicas ahí fuera, pero yo te pago para trabajar —replica.

—Soy consciente de ello, Jack —balbuceo en tono de disculpa.

Y noto un rubor que se extiende lentamente bajo mi piel.

—Esto está lleno de errores —espeta—. Repítelo.

Oh, no. Empieza a sonar como alguien que yo me sé, pero la brusquedad de Christian puedo tolerarla. Jack está empezando a desquiciarme.

—Ah, y tráeme otro café de paso.

—Lo siento —musito, y salgo de su despacho tan deprisa como puedo.

Por Dios. Se está poniendo insoportable. Vuelvo a sentarme a mi mesa, rehago rápidamente la carta, que sólo tenía dos errores, y la repaso a fondo antes de imprimirla. Ahora está perfecta. Le preparo otro café y le dirijo una elocuente mirada a Claire para hacerle saber que estoy metida en un buen lío. Suspiro profundamente y entro de nuevo en su despacho.

—Mejor —murmura de mala gana mientras firma la carta—.

Fotocópiala, archiva el original y envíala por correo a todos nuestros autores. ¿Entendido?

—Sí —no soy una idiota—. Jack, ¿pasa algo?

Él levanta la vista, y sus ojos azules se oscurecen mientras repasan mi cuerpo de arriba abajo. Se me hiela la sangre.

—No.

Es una respuesta concisa, grosera y despectiva. Yo me quedo allí plantada como la idiota que decía no ser, y luego vuelvo a salir disparada de su despacho. Quizá él también sufra un trastorno de personalidad. Vaya por Dios, estoy rodeada. Voy hacia la fotocopiadora —en la que, naturalmente, el papel está atascado—, y en cuanto la arreglo, descubro que se ha terminado el papel. Hoy no es mi día.

Cuando por fin vuelvo a mi escritorio y empiezo a ensobrar, suena la BlackBerry. A través del cristal de su despacho, veo que Jack está al teléfono. Contesto. Es Ethan.

—Hola, Ana. ¿Cómo te fue anoche?

Anoche... Me viene a la mente una rápida secuencia de imágenes: Christian arrodillado, su confesión, su proposición, los macarrones con queso, mis lágrimas, su pesadilla, el sexo, tocarlo...

—Eh... bien —murmuro de forma poco convincente.

Ethan se queda callado, y al final decide pasar por alto mi evasiva.

—Estupendo. ¿Puedo ir a recoger las llaves?

—Claro.

—Pasaré por ahí dentro de media hora. ¿Tendrás tiempo para un café?

—Hoy no. Llegué tarde y mi jefe está furioso como un oso al que le hubiera picado una ortiga en el trasero.

—Suena mal.

—Suena fatal —digo soltando una risita.

Ethan se ríe y me alegra un poco el ánimo.

—Bueno, nos vemos a las tres.

Y cuelga.

Levanto la vista y Jack me está mirando. Maldita sea. Lo ignoro a conciencia y sigo ensobrando.

Al cabo de media hora suena el teléfono de mi mesa. Es Claire.

—Ha vuelto. Está aquí, en recepción. El dios rubio.

Después de toda la angustia que pasé ayer y del día que el malhumorado de mi jefe me está haciendo pasar, es una alegría ver a Ethan, aunque enseguida tenemos que despedirnos.

—¿Nos veremos esta noche?

—Seguramente me quedaré con Christian.

Me ruborizo.

—Estás muy callada, ¿eh? —comenta Ethan con cariño.

Me encojo de hombros. Si sólo fuera eso... Y en ese momento me doy cuenta de que no sólo estoy muy callada: estoy callada de por vida. Y lo más extraordinario es que Christian parece sentir lo mismo. Ethan me da un breve abrazo.

—Hasta luego, Ana.

Vuelvo a mi mesa, intentando digerir lo que acabo de descubrir. Oh, lo que daría por pasar un día sola para pensar en todo esto.

De pronto Jack aparece ante mí.

—¿Dónde estabas?

—Tuve que ir un momento a recepción.

Me está poniendo realmente de los nervios.

—Quiero mi comida. Lo de siempre —dice con brusquedad, y vuelve a entrar en su despacho.

¿Por qué no me habré quedado en casa con Christian? La diosa que llevo dentro cruza los brazos y frunce los labios: ella también quiere saber la respuesta a eso. Tomo la bolsa y la BlackBerry y me encamino hacia la puerta. Reviso mis mensajes.

De: Christian Grey
Fecha: 15 de junio de 2011 09:06
Para: Anastasia Steele
Asunto: Te echo de menos

Mi cama es demasiado grande sin ti.
Por lo visto, al final tendré que ponerme a trabajar.
Incluso los presidentes megalómanos tienen cosas que hacer.

x

Christian Grey
Presidente mano sobre mano de Grey Enterprises Holdings, Inc.

Y otro de él, algo más tarde.

De: Christian Grey
Fecha: 15 de junio de 2011 09:50
Para: Anastasia Steele
Asunto: La discreción

Es lo mejor del valor.
Por favor actúa con discreción... Tus e-mails de trabajo están monitorizados.
¿CUÁNTAS VECES TENGO QUE DECÍRTELO?
Sí. Mayúsculas chillonas, como tú dices. UTILIZA LA BLACKBERRY.
El doctor Flynn puede reunirse con nosotros mañana por la tarde.

x

Christian Grey
Todavía enojado presidente de Grey Enterprises Holdings, Inc.

Y otro más... oh, no.

De: Christian Grey
Fecha: 15 de junio de 2011 12:15
Para: Anastasia Steele
Asunto: Nerviosismo

No he sabido nada de ti.
Por favor, dime que estás bien.
Ya sabes cómo me preocupo.
¡Enviaré a Taylor a comprobarlo!

x

Christian Grey
Muy ansioso presidente de Grey Enterprises Holdings, Inc.

Pongo los ojos en blanco, y lo llamo. No quiero que se preocupe.

—Teléfono de Christian Grey, soy Andrea Parker.

Oh, me desconcierta tanto que no sea Christian quien conteste que me paro en seco en la calle, y el chico que va detrás de mí masculla molesto y vira bruscamente para no chocar conmigo. Me refugio bajo el toldo verde de la tienda.

—¿Hola? ¿Puedo ayudarla?

La voz de Andrea llena el incómodo silencio.

—Lo siento… Este… esperaba hablar con Christian.

—En este momento el señor Grey está reunido —dice muy expeditiva—. ¿Quiere dejar un mensaje?

—¿Puede decirle que ha llamado Ana?

—¿Ana? ¿Es Anastasia Steele?

—Eh… Sí.

Su pregunta me confunde.

—Espere un segundo, señorita Steele.

Ella deja un momento el teléfono y yo escucho con atención, pero no oigo lo que pasa. Al cabo de unos segundos, Christian está al aparato.

—¿Estás bien?

—Sí, estoy bien.

Él respira, aliviado.

—¿Por qué no iba a estarlo, Christian? —murmuro para tranquilizarlo.

—Siempre contestas enseguida a mis correos. Después de lo que te dije ayer, estaba preocupado —añade en voz baja, y luego habla con alguien de su despacho—. No, Andrea. Diles que esperen —ordena rotundo.

Oh, yo conozco ese tono de voz.

No oigo la respuesta de Andrea.

—No, dijiste que esperen —reitera con firmeza.

—Christian, ahora estás muy ocupado. Sólo llamé para decirte que estoy bien, en serio… sólo que hoy he estado muy ocupada. Jack ha sacado el látigo. Este… quiero decir…

Me ruborizo y me callo.

Pasa un buen rato sin que Christian diga nada.

—Así que el látigo, ¿eh? Bueno, hubo un tiempo en que lo habría considerado un hombre muy afortunado —dice en un tono bastante sardónico—. No permitas que se te suba encima, nena.

—¡Christian! —lo regaño, y sé que está sonriendo.

—Sólo digo que lo controles, nada más. Mira, me alegro de que estés bien. ¿A qué hora te recojo?

—Te mandaré un correo.

—Desde tu BlackBerry —dice con severidad.

—Sí, señor —replico a mi vez.

—Hasta luego, nena.

—Adiós...

Sigue en el teléfono.

—Cuelga —lo regaño, sonriendo.

Él respira profundamente.

—Ojalá no hubieras ido a trabajar esta mañana.

—Yo pienso lo mismo. Pero estoy ocupada. Cuelga.

—Cuelga tú.

Puedo notar su sonrisa. Oh, el Christian juguetón. Adoro al Christian juguetón. Mmm... Adoro a Christian, punto.

—Ya estamos otra vez...

—Te estás mordiendo el labio.

Maldita sea, tiene razón. ¿Cómo lo sabe?

—¿Ves?, tú crees que no te conozco, Anastasia. Pero te conozco mejor de lo que crees —murmura seductoramente, de esa forma que me deja sin fuerzas y hace que me derrita.

—Christian, ya hablaremos más tarde. Ahora mismo yo también desearía sinceramente no haberme ido esta mañana.

—Esperaré su correo, señorita Steele.

Cuelgo, y me apoyo en el frío y duro vidrio del escaparate de la tienda. Oh, Dios, incluso por teléfono me posee. Sacudo la cabeza para dejar de pensar en Christian Grey y entro en la tienda, deprimida al pensar de nuevo en Jack.

Cuando vuelvo, me pone mala cara.

—¿Te parece bien que salga a comer ahora? —le pregunto cautelosa.

Él levanta la vista y me mira aún más malhumorado.

—Si no hay más remedio… —me suelta—. Cuarenta y cinco minutos. Para recuperar el tiempo que has perdido esta mañana.

—Jack, ¿puedo preguntarte una cosa?

—¿Qué?

—Hoy pareces muy disgustado. ¿Hice algo que te haya molestado?

Se me queda mirando.

—Ahora mismo no estoy de humor para hacer una lista de tus fallas. Tengo trabajo.

Devuelve la mirada a la pantalla de su computadora, echándome claramente.

Por Dios… ¿Qué hice?

Me doy la vuelta y salgo de su despacho, y por un momento creo que voy a llorar. ¿Por qué de repente siente tanta aversión hacia mí? Me viene a la mente una idea muy desagradable, pero la ignoro. Ahora mismo no necesito pensar en sus tonterías… bastante tengo con lo mío.

Salgo del edificio en dirección al Starbucks más cercano, pido un café con leche y me siento junto a la ventana. Saco el iPod de la bolsa y me pongo los auriculares. Escojo una canción al azar y pulso el botón de repetir para que suene una y otra vez. Necesito música para pensar.

Dejo vagar mi mente. Christian el sádico. Christian el sumiso. Christian el intocable. Los impulsos edípicos de Christian. Christian bañando a Leila. Esta última imagen me atormenta, y gimo y cierro los ojos.

¿Realmente puedo casarme con este hombre? Eso implica aceptar muchas cosas. Él es complejo y difícil, pero en mi fuero interno sé que no quiero dejarlo, a pesar de todos sus conflictos. Nunca podría dejarlo. Le amo. Sería como cortarme un brazo.

Nunca me había sentido tan viva, tan vital como ahora mismo. Desde que lo conocí he descubierto todo tipo de sentimientos profundos y desconcertantes, y experiencias nuevas. Con Cincuenta nunca hay momentos de aburrimiento.

Recuerdo mi vida antes de Christian, y es como si todo fuera en blanco y negro, como los retratos de José. Ahora mi vida entera es en colores saturados, ricos y brillantes. Estoy planeando sobre un rayo de luz deslumbrante, la luz deslumbrante de Christian. Sigo siendo Ícaro, volando demasiado cerca de mi sol. Suelto un resoplido interno. Volar con Christian... ¿quién puede resistirse a un hombre que puede volar?

¿Puedo abandonarlo? ¿Quiero abandonarlo? Es como si él hubiera pulsado un interruptor que me iluminara por dentro. Conocerlo ha sido todo un proceso de aprendizaje. He descubierto más sobre mí misma en las últimas semanas que en toda mi vida anterior. He aprendido sobre mi cuerpo, mis límites infranqueables, mi tolerancia, mi paciencia, mi compasión y mi capacidad para amar.

Y entonces la idea me impacta con la fuerza de un rayo. Esto es lo que él necesita de mí, a lo que tiene derecho: al amor incondicional. Nunca lo recibió de la puta adicta al crack... eso es lo que él necesita. ¿Puedo amarlo incondicionalmente? ¿Puedo aceptarlo tal como es, a pesar de todo lo que me contó anoche?

Sé que es un hombre herido, pero no creo que sea irredimible. Suspiro al recordar las palabras de Taylor: «Es un buen hombre, señorita Steele».

Yo he sido testigo de la contundente evidencia de su bondad: sus obras de beneficencia, su ética empresarial, su generosidad... y, sin embargo, él no es capaz de verla en sí mismo. No se cree en absoluto merecedor de amor. Conocer su historia y sus predilecciones me ha permitido atisbar el origen de su odio hacia sí mismo... por eso no ha dejado que nadie se le acercara. ¿Seré capaz de superar esto?

Una vez me dijo que no podía ni imaginar siquiera hasta dónde llegaba su depravación. Bueno, ahora me lo ha contado y, conociendo cómo fueron los primeros años de su vida, no me sorprende... aunque me impactó mucho oírlo en voz alta. Al menos me lo ha contado... y parece más feliz después de haberlo hecho. Ahora lo sé todo.

¿Eso devalúa su amor por mí? No, no lo creo. Él nunca se había sentido así, ni yo tampoco. Esto es nuevo para ambos.

Los ojos se me llenan de lágrimas al recordar que, cuando dejó que lo tocara anoche, cayeron sus últimas barreras. Y que tuvo que aparecer Leila con toda su locura para que llegáramos a ese punto.

Tal vez debería estar agradecida. Ahora, el hecho de que él la bañara ya no me deja un sabor tan amargo. Me pregunto qué ropa le dio. Espero que no fuera el vestido de color ciruela. Me gusta mucho ese vestido.

Así que ¿puedo amar incondicionalmente a ese hombre con todos sus conflictos? Porque no merece menos que eso. Todavía tiene que aprender límites, y pequeñas cosas como la empatía, y a ser menos controlador. Dice que ya no siente la compulsión de hacerme daño; quizá el doctor Flynn pueda arrojar algo de luz sobre eso.

Fundamentalmente, eso es lo que más me preocupa: que necesite eso y que siempre haya encontrado mujeres afines que también lo necesitaban. Frunzo el ceño. Sí, ésa es la seguridad que necesito. Quiero ser todas las cosas para este hombre, su Alfa y su Omega y todo lo que hay en medio, porque él lo es todo para mí.

Espero que Flynn pueda contestar a todas mis preguntas, y quizá entonces podré decir que sí. Christian y yo encontraremos nuestro propio trozo de cielo cerca del sol.

Contemplo el bullicio de Seattle a la hora de comer. Señora de Christian Grey... ¿quién lo iba a decir? Miro el reloj. ¡Oh, no! Me levanto de un salto y salgo corriendo hacia la puerta: llevo una hora entera sentada aquí... ¡qué rápido ha pasado el tiempo! ¡Jack se va a poner como una fiera!

Vuelvo sigilosamente a mi mesa. Por suerte, él no está en su despacho. Parece ser que me voy a librar. Miro fijamente la pantalla de mi computadora, tratando de que mi mente se ponga en modo trabajo.

—¿Dónde estabas?

Pego un salto. Jack está detrás de mí con los brazos cruzados.

—En el sótano, haciendo fotocopias —miento.

Él aprieta los labios, que se convierten en una línea fina, inflexible.

—A las seis y media tengo que salir para el aeropuerto. Necesito que te quedes hasta entonces.

—De acuerdo.

Le sonrío con toda la amabilidad de la que soy capaz.

—Necesito una copia impresa de mi agenda de trabajo en Nueva York, junto con diez fotocopias. Y encárgate de que empaqueten los folletos. ¡Y tráeme un café! —gruñe, y entra con paso enérgico en su despacho.

Suelto un suspiro de alivio y, cuando cierra la puerta, le saco la lengua. Cabrón…

A las cuatro en punto, Claire llama desde recepción.

—Mia Grey te llama por teléfono.

¿Mia? Espero que no quiera ir al centro comercial.

—¡Hola, Mia!

—Ana, hola. ¿Cómo estás? —dice con entusiasmo desbordante.

—Bien. Tengo mucho trabajo hoy. ¿Y tú?

—¡Estoy de lo más aburrida! Y, para entretenerme con algo, estoy organizando una fiesta de cumpleaños para Christian.

¿El cumpleaños de Christian? Vaya, no tenía ni idea.

—¿Cuándo es?

—Lo sabía. Sabía que no te lo habría dicho. Es el sábado. Mamá y papá quieren que venga todo el mundo a comer para celebrarlo. Te estoy invitando oficialmente.

—Oh, eso es estupendo. Gracias, Mia.

—Ya llamé a Christian y se lo dijo, y él me dio tu teléfono de aquí.

—Genial.

Mi mente ya está dando vueltas: ¿qué demonios voy a comprarle a Christian por su cumpleaños? ¿Qué le compras a un hombre que tiene de todo?

—Y la próxima semana podríamos quedar para comer.

—Claro. ¿Y qué tal mañana? Mi jefe estará en Nueva York.

—Oh, eso sería fantástico, Ana. ¿A qué hora?

—¿A la una menos cuarto?

—Ahí estaré. Adiós, Ana.

—Adiós.

Cuelgo.

Christian. Cumpleaños. ¿Qué demonios puedo comprarle?

De: Anastasia Steele
Fecha: 15 de junio de 2011 16:11
Para: Christian Grey
Asunto: Antediluviano

Querido señor Grey:
¿Cuándo, exactamente, pensaba decírmelo?
¿Qué debería comprarle a mi vejestorio por su cumpleaños?
¿Quizá unas pilas para el audífono?

A x

Anastasia Steele
Ayudante de Jack Hyde, editor de SIP

De: Christian Grey
Fecha: 15 de junio de 2011 16:20
Para: Anastasia Steele
Asunto: Prehistórico

No te burles de los ancianos.
Me alegro de que estés vivita y coleando.
Y de que Mia te haya llamado.
Las pilas siempre caen bien.
No me gusta celebrar mi cumpleaños.

x

Christian Grey
Presidente sordo como una tapia de Grey Enterprises Holdings, Inc.

De: Anastasia Steele
Fecha: 15 de junio de 2011 16:24
Para: Christian Grey
Asunto: Mmm

Querido señor Grey:
Lo imagino haciendo pucheros mientras escribía esa última frase. Eso ejerce un efecto sobre mí.

A xox

Anastasia Steele
Ayudante de Jack Hyde, editor de SIP

De: Christian Grey
Fecha: 15 de junio de 2011 16:29
Para: Anastasia Steele
Asunto: Con los ojos en blanco

Señorita Steele:
¡¡¡UTILICE LA BLACKBERRY!!!

x

Christian Grey
Presidente de mano suelta de Grey Enterprises Holdings, Inc.

Pongo cara de exasperación. ¿Por qué es tan susceptible con los correos?

De: Anastasia Steele
Fecha: 15 de junio de 2011 16:33
Para: Christian Grey
Asunto: Inspiración

Querido señor Grey:
Ah... No puede estar sin la mano suelta mucho tiempo, ¿verdad?
Me pregunto qué diría sobre eso el doctor Flynn.
Pero ahora ya sé qué voy a regalarte por tu cumpleaños... y espero que me haga daño...
;)

A x

De: Christian Grey
Fecha: 15 de junio de 2011 16:38
Para: Anastasia Steele
Asunto: Angina de pecho

Señorita Steele:
No creo que mi corazón pueda aguantar la tensión de otro correo como este; ni tampoco mis pantalones, por cierto.
Compórtese.

x

Christian Grey
Presidente de Grey Enterprises Holdings, Inc.

De: Anastasia Steele
Fecha: 15 de junio de 2011 16:42
Para: Christian Grey
Asunto: Pesado

Christian:
Intento trabajar para mi muy pesado jefe.
Por favor, deja de molestarme y de ser tan pesado tú también.
Tu último e-mail me ha puesto a cien.

x

P.D.: ¿Puedes recogerme a las 18:30?

De: Christian Grey
Fecha: 15 de junio de 2011 16:47
Para: Anastasia Steele
Asunto: Ahí estaré

Nada me complacería más.
En realidad, sí se me ocurren una serie de cosas que me complacerían más, y todas tienen que ver contigo.

x

Christian Grey
Presidente de Grey Enterprises Holdings, Inc.

Al leer su respuesta, me ruborizo y sacudo la cabeza. Bromear sobre estas cosas por correo está muy bien, pero la verdad es que tenemos que hablar. Quizá después de mi plática con el doctor Flynn. Dejo la BlackBerry y doy por terminada mi pequeña reconciliación.

Hacia las seis y cuarto la oficina está desierta. He leído todo lo que me ha encargado Jack. He reservado un taxi para que lo llevo al aeropuerto, y acabo de entregarle sus documentos. Echo una mirada ansiosa a través del cristal, pero él sigue concentrado en su llamada telefónica, y no quiero interrumpirlo; no, visto el humor que tiene hoy.

Mientras espero a que termine, se me ocurre que hoy no he comido. Oh, no… eso no le gustará a Cincuenta. Me dirijo rápidamente hacia la cocina para ver si quedan galletas.

Estoy abriendo el tarro comunitario de galletas cuando Jack aparece de repente en el umbral de la cocina, mirándome fijamente.

Oh. ¿Qué está haciendo aquí?

Me fulmina con la mirada.

—Bueno, Ana. Creo que éste es un buen momento para hablar de tus fallas.

Entra y cierra la puerta, e inmediatamente se me seca la boca y en mi mente suena una alarma fuerte e insistente.

Oh, no.

En sus labios se dibuja una sonrisa grotesca, y sus ojos tienen un brillo profundo e intenso de color cobalto.

—Por fin estamos a solas —dice, y se lame el labio superior muy despacio.

¿Qué?

—Ahora... ¿vas a ser buena chica y escucharás con mucha atención lo que te diga?

16

Los ojos de Jack tienen un destello azul muy oscuro, y sonríe con aire despectivo mientras mira con lascivia mi cuerpo de arriba abajo.

El miedo me deja sin respiración. ¿Qué es esto? ¿Qué quiere? De algún lugar del interior de mi mente y a pesar de mi sequedad de boca, surge la decisión y el valor para forzarme a decir algunas palabras entre dientes, con el mantra de mi clase de autodefensa, «Haz que sigan hablando», girando en mi cerebro como un centinela etéreo.

—Jack, no creo que ahora sea buen momento para esto. Tu taxi llegará dentro de diez minutos, y tengo que darte todos tus documentos.

Mi voz, tranquila pero ronca, me delata.

Él sonríe, y cuando finalmente esa sonrisa alcanza a sus ojos, tiene un aire despótico de «me vale». Su mirada brilla bajo la cruda luz del tubo fluorescente sobre nuestras cabezas en este cuarto gris y sin ventanas. Da un paso hacia mí, sin apartar sus ojos refulgentes de los míos. Lo miro, y veo sus pupilas dilatadas, el negro eclipsando al azul. Oh, Dios. Mi miedo se intensifica.

—¿Sabes?, tuve que pelearme con Elizabeth para darte este trabajo…

Se le quiebra la voz y se acerca un paso más, y yo retrocedo hasta los desvencijados armarios de la pared. Haz que sigan hablando, que sigan hablando, que sigan hablando.

—¿Qué problema tienes exactamente, Jack? Si quieres exponer tus quejas, quizá deberíamos decir a recursos humanos que estén presentes. Podemos hablarlo con Elizabeth en un entorno más formal.

¿Dónde está el personal de seguridad? ¿Siguen en el edificio?

—No necesitamos a recursos humanos para gestionar esta situación, Ana —dice desdeñoso—. Cuando te contraté, creí que trabajarías duro. Creía que tenías potencial. Pero ahora... no sé. Te has vuelto distraída y descuidada. Y me pregunté... si no sería tu novio el que te estaba llevando por mal camino.

Pronuncia «novio» con un desprecio espeluznante.

—Decidí revisar tu cuenta de correo electrónico, para ver si podía encontrar alguna pista. ¿Y sabes qué encontré, Ana? ¿Sabes lo que no cuadraba? Los únicos correos personales de tu cuenta eran para el egocéntrico de tu novio —se para y evalúa mi reacción—. Y me puse a pensar... ¿dónde están los e-mails que le envía él? No hay ninguno. Nada. Cero. Dime, ¿qué está pasando, Ana? ¿Cómo puede ser que los e-mails que te envía él no aparezcan en nuestro sistema? ¿Eres una especie de espía empresarial que ha colocado aquí la organización de Grey? ¿Es eso?

Dios, los e-mails. Oh, no. ¿Qué he puesto en ellos?

—Jack, ¿de qué estás hablando?

Trato de parecer desconcertada, y resulto bastante convincente. Esta conversación no va por donde esperaba y no me fío lo más mínimo de él. Alguna feromona subliminal que exuda del cuerpo de Jack me mantiene en máxima alerta. Este hombre está enojado, es voluble y totalmente impredecible. Intento razonar con él.

—Acabas de decir que tuviste que convencer a Elizabeth para contratarme. ¿Cómo pueden haberme introducido aquí para espiar? Aclárate, Jack.

—Pero Grey se encargó de lo del viaje a Nueva York, ¿no?

Oh, no.

—¿Cómo lo consiguió, Ana? ¿Qué hizo tu poderoso novio formado en las más prestigiosas universidades?

La poca sangre que me quedaba en las venas desaparece, y creo que voy a desmayarme.

—No sé de qué estás hablando, Jack —susurro—. Tu taxi está a punto de llegar. ¿Te traigo tus cosas?

Oh, por favor, deja que me vaya. Acaba ya con esto.

Jack disfruta viéndome en esa situación tan incómoda y agobiante, y continúa:

—¿Y él cree que intentaré propasarme contigo? —sonríe y se le enardece la mirada—. Bueno, quiero que pienses en una cosa mientras estoy en Nueva York. Yo te di este trabajo y espero cierta gratitud por tu parte. En realidad, tengo derecho. Tuve que pelear para conseguirte. Elizabeth quería a alguien más calificado, pero... yo vi algo en ti. De manera que haremos un pacto. Un pacto que me deje satisfecho. ¿Entiendes lo que te estoy diciendo, Ana?

¡Dios!

—Considéralo, si lo prefieres, como una nueva definición de tu trabajo. Y, si me satisfaces, no investigaré más a fondo qué teclas ha tocado tu novio, qué contactos ha exprimido, o qué favores se ha cobrado de algún compañero de una de esas putas fraternidades universitarias.

Lo miro con la boca abierta. Me está chantajeando... ¡a cambio de sexo! ¿Y qué puedo decir? Aún faltan tres semanas para que la noticia de la OPA hostil de Christian se haga pública. No doy crédito. ¡Sexo... conmigo!

Jack se acerca más hasta colocarse justo delante de mí, mirándome a los ojos. Su colonia empalagosa y dulzona invade mis fosas nasales... es repugnante. Y, si no me equivoco, el aliento le apesta a alcohol. Oh, no, ha estado bebiendo... ¿cuándo?

—Eres una mustia reprimida, una calientavergas, ¿sabes, Ana? —murmura apretando los dientes.

¿Qué? ¿Una calientavergas... yo?

—Jack, no tengo ni idea de qué hablas —susurro, y siento una descarga de adrenalina por todo mi cuerpo.

Ahora está más cerca, y espero mi momento para entrar en acción. Ray estaría orgulloso. Él me enseñó qué hacer. Es experto en autodefensa. Si Jack me toca, si respira siquiera demasiado cerca de mí, lo derribaré. Me falta el aire. No debo desmayarme. No debo desmayarme.

—Mírate —me observa con lascivia—. Estás muy excitada, lo noto. En realidad tú me has provocado. En el fondo lo deseas, lo sé.

Madre mía. Este hombre delira. Mi miedo alcanza el nivel de ataque inminente, y amenaza con aplastarme.

—No, Jack, yo nunca te he provocado.

—Sí, me provocaste, puta calientavergas. Detecto las señales.

Alarga la mano, y con el dorso de los nudillos me acaricia delicadamente la mejilla hasta el mentón. Y luego el cuello, con el dedo índice, y yo siento el corazón en la boca y reprimo las náuseas. Llega hasta el hueco de la base del cuello bajo el botón desabrochado de mi blusa negra, y apoya la mano en mi pecho.

—Me deseas. Admítelo, Ana.

Sin apartar los ojos de él, y concentrada en lo que tengo que hacer —en lugar de mi creciente repugnancia y mi pavor—, poso una mano delicadamente sobre la suya, como una caricia. Él sonríe triunfante. Entonces le agarro el dedo meñique, se lo retuerzo hacia atrás y, de un tirón, lo hago bajar a la altura de su cadera.

—¡Ahhh! —grita por el dolor y la sorpresa, y, cuando trastabilla, levanto la rodilla con fuerza hasta su ingle y consigo impactar limpiamente en mi objetivo.

Cuando dobla las rodillas y se derrumba con un quejido sobre el suelo de la cocina con las manos entre las piernas, me aparto ágilmente hacia la izquierda.

—No vuelvas a tocarme nunca —le advierto con un gruñido gutural—. Y tienes la hoja de ruta y los folletos encima de mi mesa. Ahora me voy a casa. Buen viaje. Y en adelante, hazte tú el maldito café.

—¡Jodida puta! —me grita casi gimoteante, pero yo ya he salido por la puerta.

Vuelvo a mi escritorio corriendo, agarro el saco y la bolsa, y salgo disparada hacia la recepción sin hacer caso de los gemidos y las maldiciones que profiere el imbécil, aún tirado en el suelo de la cocina. Salgo a la calle y me paro un momento al sentir el aire fresco dándome en la cara. Aspiro profundamente y recupero la calma. Pero, como no he comido en todo el día, cuando esa desagradable descarga de adrenalina remite, las piernas me fallan y me desplomo en el suelo.

Con cierto distanciamiento, contemplo a cámara lenta la escena que se desarrolla delante de mí: Christian y Taylor, con trajes oscuros y camisas blancas, bajan de un salto del coche y corren hacia mí. Christian se arrodilla a mi lado, pero yo apenas soy consciente de ello y sólo soy capaz de pensar: él está aquí. Mi amor está aquí.

—¡Ana, Ana! ¿Qué sucede?

Me coloca en su regazo y me pasa las manos por los brazos para comprobar si estoy herida. Me sostiene la cabeza entre las manos y me mira a los ojos. Los suyos, grises y muy abiertos, están aterrorizados. Yo me abandono, embargada por una repentina sensación de cansancio y de alivio. Oh, los brazos de Christian. No deseo estar en ninguna otra parte.

—Ana —me zarandea suavemente—. ¿Qué pasa? ¿Estás enferma?

Niego con la cabeza y me doy cuenta de que necesito empezar a explicarme.

—Jack —susurro, y, más que ver, percibo una fugaz mirada de Christian a Taylor, que desaparece rápidamente en el interior del edificio.

—¡Por Dios! —Christian me rodea con sus brazos—. ¿Qué te ha hecho ese canalla?

Y, en mitad de toda esta locura, una risita tonta brota de mi garganta. Recuerdo a Jack, absolutamente conmocionado, cuando lo agarré del dedo.

—Más bien qué le he hecho yo a él.

Me echo a reír y no puedo parar.

—¡Ana!

Christian vuelve a zarandearme, y la risa histérica se calma.

—¿Te ha tocado?

—Sólo una vez.

Christian, dominado por la rabia, comprime y tensa los músculos, y se pone de pie con agilidad, poderoso, con la firmeza de una roca, conmigo en brazos. Está furioso. ¡No!

—¿Dónde está ese cabrón?

Se oyen gritos ahogados dentro del edificio. Christian me deja en el suelo.

—¿Puedes sostenerte en pie?

Yo asiento.

—No entres. No, Christian.

De pronto ha vuelto el miedo, miedo de lo que Christian le hará a Jack.

—Sube al coche —me ordena a gritos.

—Christian, no —digo, sujetándole del brazo.

—Entra en el maldito coche, Ana.

Se suelta de mí.

—¡No! ¡Por favor! —le suplico—. Quédate. No me dejes sola.

Utilizo mi último recurso.

Christian, furioso, se pasa la mano por el pelo y me clava una mirada llena de indecisión. Los gritos en el interior del edificio aumentan y luego cesan de repente.

Oh, no. ¿Qué ha hecho Taylor?

Christian saca su BlackBerry.

—Christian, él tiene mis correos.

—¿Qué?

—Los correos que te he enviado. Quería saber dónde estaban los correos que tú me has enviado.

La mirada de Christian se torna asesina.

Maldita sea.

—¡Carajo! —masculla, y me mira con los ojos entornados.

Marca un número en su Blackberry.

Oh, no. Me he metido en un buen lío. ¿A quién telefonea?

—Barney. Soy Grey. Necesito que accedas al servidor central de SIP y elimines todos los mensajes que me ha enviado Anastasia Steele. Después accede a los archivos personales de Jack Hyde para comprobar que no están almacenados allí. Si lo están, elimínalos... Sí, todos. Ahora. Cuando esté hecho, házmelo saber.

Pulsa el botón de cortar llamada y luego marca otro número.

—Roach. Soy Grey. Hyde... lo quiero fuera. Ahora. Ya. Llama a seguridad. Haz que vacíe inmediatamente su mesa, o lo primero que haré mañana a primera hora es liquidar esta empresa. Ésos son todos los motivos que necesitas para darle la carta de despido. ¿Entendido?

Se queda escuchando un momento y luego cuelga, aparentemente satisfecho.

—La BlackBerry… —sisea entre dientes.

—Por favor, no te enojes conmigo.

—Ahora mismo estoy muy enojado contigo —gruñe y vuelve a pasarse la mano por el pelo—. Entra en el coche.

—Christian, por favor…

—Entra en el maldito coche, Anastasia. No me obligues a tener que meterte yo personalmente —me amenaza, con los ojos centelleantes de ira.

Maldita sea.

—No hagas ninguna tontería, por favor —le suplico.

—¡Tonterías! —explota—. Te dije que usaras tu jodida BlackBerry. A mí no me hables de tonterías. Entra en el puto coche, Anastasia… ¡Ahora! —brama y yo me estremezco de miedo.

Éste es el Christian furioso. Nunca lo he visto tan enojado. Apenas puede controlarse.

—Bueno —musito y se apacigua—. Pero, por favor, ve con cuidado.

Él aprieta los labios, convertidos ahora en una fina línea, y señala airado hacia el coche, mirándome fijamente.

Vaya, bueno… Ya capté su atención.

—Por favor, ve con cuidado. No quiero que te pase nada. Me moriría —murmuro.

Él parpadea y se tranquiliza, bajando el brazo e inspirando profundamente.

—Iré con cuidado —dice y su mirada se dulcifica.

Oh, gracias a Dios. Sus ojos refulgen mientras observa cómo me dirijo al coche, abro la puerta del pasajero y entro. Una vez que estoy sana y salva en el Audi, él desaparece en el interior del edificio, y yo vuelvo a sentir el corazón en la garganta. ¿Qué piensa hacer?

Me siento y espero. Y espero. Y espero. Cinco minutos eternos. El taxi de Jack se estaciona delante del Audi. Diez minutos.

Quince. Dios... ¿qué están haciendo ahí dentro, y cómo estará Taylor? La espera es un martirio.

Al cabo de veinticinco minutos, Jack sale del edificio cargado con una caja de cartón. Detrás de él aparece el guardia de seguridad. ¿Dónde estaba antes? Después salen Christian y Taylor. Jack parece aturdido. Va directo al taxi, y yo me alegro de que el Audi tenga cristales polarizados y no pueda verme. El taxi arranca —no creo que se dirija al aeropuerto—, y Christian y Taylor se acercan al coche.

Christian abre la puerta del conductor y se desliza en el asiento, seguramente porque yo estoy adelante, y Taylor se sienta detrás de mí. Ninguno de los dos dice una palabra cuando Christian pone el coche en marcha y se incorpora al tráfico. Yo me atrevo a mirar de reojo a Cincuenta. Tiene los labios apretados, pero parece abstraído. Suena el teléfono del coche.

—Grey —espeta Christian.

—Señor Grey, soy Barney.

—Barney, estoy en el manos libres y hay más gente en el coche —advierte.

—Señor, ya está todo hecho. Pero tengo que hablar con usted sobre otras cosas que he encontrado en la computadora del señor Hyde.

—Te llamaré cuando llegue. Y gracias, Barney.

—Muy bien, señor Grey.

Barney cuelga. Su voz parecía la de alguien mucho más joven de lo que me esperaba.

¿Qué más habrá en la computadora de Jack?

—¿No me vas a hablar? —pregunto en voz baja.

Christian me mira, vuelve a fijar la vista en la carretera, y me doy cuenta de que sigue enojado.

—No —replica en tono adusto.

Oh, ya estamos... qué infantil. Me rodeo el cuerpo con los brazos, y observo por la ventanilla con la mirada perdida. Quizá debería pedirle que me dejara en mi departamento; así podría «no hablarme» desde la tranquilidad del Escala y ahorrarnos a ambos la inevitable pelea. Pero, en cuanto lo pienso, sé que no quiero dejarlo dándole vueltas al asunto. No después de lo de ayer.

Finalmente nos detenemos delante de su edificio, y Christian se apea. Rodea el coche con su elegante soltura y me abre la puerta.

—Vamos —ordena, mientras Taylor ocupa el asiento del conductor.

Yo acepto la mano que me tiende y lo sigo a través del inmenso vestíbulo hasta el ascensor. No me suelta.

—Christian, ¿por qué estás tan enojado conmigo? —susurro mientras esperamos.

—Ya sabes por qué —musita. Entramos al ascensor y marca el código del piso—. Dios, si te hubiera pasado algo, a estas horas él ya estaría muerto.

El tono de Christian me congela la sangre. Las puertas se cierran.

—Créeme, voy a arruinar su carrera profesional para que no pueda volver a aprovecharse de ninguna jovencita nunca más, una excusa muy miserable para un hombre de su calaña —menea la cabeza—. ¡Dios, Ana!

Y de pronto me sujeta y me aprisiona contra una esquina del ascensor.

Hunde una mano en mi pelo y me atrae con fuerza hacia él. Su boca busca la mía y me besa con apasionada desesperación. No sé por qué me toma por sorpresa, pero lo hace. Yo saboreo su alivio, su anhelo y los últimos vestigios de su rabia, mientras su lengua posee mi boca. Se para, me mira fijamente y apoya todo su peso sobre mí, de forma que no puedo moverme. Me deja sin aliento y me aferro a él para sostenerme. Alzo la mirada hacia su hermoso rostro, marcado por la determinación y la mayor seriedad.

—Si te hubiera pasado algo... si él te hubiera hecho daño... —noto el estremecimiento que recorre su cuerpo—. La BlackBerry —ordena en voz baja—. A partir de ahora. ¿Entendido?

Yo asiento y trago saliva, incapaz de apartar la vista de su mirada grave y fascinante.

Cuando el ascensor se para, se yergue y me suelta.

—Dice que le diste una patada en los huevos.

Christian ha aligerado el tono. Ahora su voz tiene cierto matiz de admiración, y creo que estoy perdonada.

—Sí —susurro, aún sin recuperarme del todo de la intensidad de su beso y su vehemente exigencia.

—Bien.

—Ray estuvo en el ejército. Me enseñó muy bien.

—Me alegro mucho de que lo hiciera —musita, y añade arqueando una ceja—: lo tendré en cuenta.

Me da la mano, me conduce fuera del ascensor y yo lo sigo, aliviada. Me parece que su mal humor ya no empeorará.

—Tengo que llamar a Barney. No tardaré.

Desaparece en su estudio y me deja plantada en el inmenso salón. La señora Jones está dando los últimos toques a nuestra cena. Me doy cuenta de que estoy hambrienta, pero necesito hacer algo.

—¿Puedo ayudar? —pregunto.

Ella se echa a reír.

—No, Ana. ¿Puedo servirle una copa o algo? Parece agotada.

—Me encantaría una copa de vino.

—¿Blanco?

—Sí, por favor.

Me siento en uno de los taburetes y ella me ofrece una copa de vino frío. No lo conozco, pero está delicioso, entra bien y calma mis nervios crispados. ¿En qué había estado pensando antes? En lo viva que me sentía desde que había conocido a Christian. En que mi vida se había convertido en algo emocionante. Caray… ¿no podría tener al menos un par de días aburridos?

¿Y si nunca hubiera conocido a Christian? Ahora mismo estaría refugiada en mi departamento, hablando con Ethan, completamente alterada por el incidente con Jack y sabiendo que tendría que volver a encontrarme con ese canalla el viernes. Tal como están las cosas ahora, es muy probable que nunca vuelva a verlo. Pero ¿para quién trabajaré? Frunzo el ceño. No había pensado en eso. Vaya… ¿seguiré teniendo trabajo siquiera?

—Buenas noches, Gail.

Christian vuelve a entrar en el salón y me distrae de mis pensamientos. Va directamente al refrigerador y se sirve una copa de vino.

—Buenas noches, señor Grey. ¿Cenarán a las diez, señor?

—Me parece muy bien.

Christian alza su copa.

—Por los ex militares que entrenan bien a sus hijas —dice y se le suaviza la mirada.

—Salud —musito, y levanto mi copa.

—¿Qué pasa? —pregunta Christian.

—No sé si todavía tengo trabajo.

Él ladea la cabeza.

—¿Sigues queriendo tenerlo?

—Claro.

—Entonces todavía lo tienes.

Así de simple. ¿Ves? Él es el amo y señor de mi universo. Lo miro con los ojos en blanco y él sonríe.

La señora Jones ha preparado un exquisito pastel de pollo, y se ha retirado para que disfrutemos del fruto de su trabajo. Ahora que ya puedo comer algo, me siento mucho mejor. Estamos sentados en la barra del desayuno, y aunque intento engatusarlo, Christian se niega a contarme qué ha descubierto Barney en la computadora de Jack. Abandono el tema, y decido en su lugar abordar el espinoso asunto de la inminente visita de José.

—Me ha llamado José —digo en tono despreocupado.

—¿Ah?

Christian se da la vuelta para mirarme.

—Quiere traer tus fotografías el viernes.

—Una entrega personal. Qué cortés por su parte —apunta Christian.

—Quiere salir. A tomar algo. Conmigo.

—Ya.

—Para entonces seguramente Kate y Elliot habrán vuelto —añado enseguida.

Christian deja el tenedor y me mira con el ceño fruncido.

—¿Qué me estás pidiendo exactamente?

Lo miro enojada.

—No te estoy pidiendo nada. Te estoy informando de mis planes para el viernes. Mira, yo quiero ver a José, y él necesita un lugar para dormir. Puede que se quede aquí o en mi departamento, pero si lo hace yo también debería estar allí.

Christian abre mucho los ojos. Parece anonadado.

—Intentó propasarse contigo.

—Christian, eso fue hace varias semanas. Él estaba borracho, yo estaba borracha, tú lo solucionaste… no volverá a pasar. Él no es Jack, por el amor de Dios.

—Ethan está aquí. Él puede hacerle compañía.

—Quiere verme a mí, no a Ethan.

Christian me mira ceñudo.

—Sólo es un amigo —digo en tono enfático.

—No me hace ninguna gracia.

¿Y qué? Dios, a veces es crispante. Aspiro profundamente.

—Es amigo mío, Christian. No lo he visto desde la inauguración de la exposición. Y estuve muy poco rato. Yo sé que tú no tienes ningún amigo, aparte de esa espantosa mujer, pero yo no me quejo de que la veas —replico. Christian parpadea, estupefacto—. Tengo ganas de verlo. No he sido una buena amiga.

Mi subconsciente está alarmada. ¿Estás haciendo un pequeño berrinche? ¡Cálmate!

Los ojos grises de Christian refulgen al mirarme.

—¿Eso es lo que piensas? —dice entre dientes.

—¿Lo que pienso de qué?

—Sobre Elena. ¿Preferirías que no la viera?

—Exacto. Preferiría que no la vieras.

—¿Por qué no lo dijiste?

—Porque no me corresponde a mí decirlo. Tú la consideras tu única amiga —me encojo de hombros, exasperada. Realmente no lo entiende. ¿Cómo se ha convertido esto en una conversación sobre Elena? Yo ni siquiera quiero pensar en ella. Trato de volver al tema de José—. Del mismo modo que no te corresponde a ti decir si puedo o no puedo ver a José. ¿No lo entiendes?

Christian me mira fijamente, creo que perplejo. Oh, ¿qué estará pensando?

—Puede dormir aquí, supongo —musita—. Así podré vigilarlo —comenta en tono hosco.

¡Por fin!

—¡Gracias! ¿Sabes?, si yo también voy a vivir aquí… —me fallan las palabras. Christian asiente. Sabe qué intento decirle—. Aquí no es que falte espacio precisamente… —digo con una sonrisita irónica.

En sus labios se dibuja lentamente una sonrisa.

—¿Se está riendo de mí, señorita Steele?

—Desde luego, señor Grey.

Me pongo de pie por si empieza a calentársele la mano, recojo los platos y los meto en el lavavajillas.

—Ya lo hará Gail.

—Lo estoy haciendo yo.

Me enderezo y lo miro. Él me observa intensamente.

—Tengo que trabajar un rato —dice como disculpándose.

—Muy bien. Ya encontraré algo que hacer.

—Ven aquí —ordena, pero su voz es suave y seductora y sus ojos apasionados.

Yo no dudo en caminar hacia él y rodearle el cuello. Él permanece sentado en el taburete. Me envuelve entre sus brazos, me estrecha contra él y simplemente me abraza.

—¿Estás bien? —susurra junto a mi cabello.

—¿Bien?

—¿Después de lo que ha pasado con ese cabrón? ¿Después de lo que ocurrió ayer? —añade en voz baja y muy seria.

Yo miro al fondo de sus ojos, oscuros, graves. ¿Estoy bien?

—Sí —susurro.

Me abraza más fuerte, y me siento segura, apreciada y amada, todo a la vez. Es maravilloso. Cierro los ojos, y disfruto de la sensación de estar en sus brazos. Amo a este hombre. Amo su aroma embriagador, su fuerza, sus maneras volubles… mi Cincuenta.

—No discutamos —murmura. Me besa el pelo y respira profundamente—. Hueles divinamente, como siempre, Ana.

—Tú también —susurro, y le beso el cuello.

Me suelta, demasiado pronto.

—Terminaré en un par de horas.

Deambulo indolentemente por el piso. Christian sigue trabajando. Me bañé, me puse unos pants y una camiseta, y estoy aburrida. No se me antoja leer. Si me quedo quieta, me acuerdo de Jack y de sus dedos sobre mi cuerpo.

Echo un vistazo a mi antiguo dormitorio, la habitación de las sumisas. José puede dormir aquí: le gustará la vista. Son las ocho y cuarto y el sol está empezando a ponerse por el oeste. Las luces de la ciudad centellean allá abajo. Es algo maravilloso. Sí, a José le gustará estar aquí. Me pregunto vagamente dónde colgará Christian las fotos que me hizo José. Preferiría que no lo hiciera. No se me antoja verme a mí misma.

Salgo de nuevo al pasillo y acabo frente a la puerta del cuarto de juegos, y, sin pensarlo, intento abrir la puerta. Christian suele cerrarla con llave, pero, para mi sorpresa, la puerta se abre. Qué raro. Sintiéndome como una niña que se ha ido de pinta y se interna en un bosque prohibido, entro. Está oscuro. Pulso el interruptor y las luces bajo la cornisa se encienden con un tenue resplandor. Es tal como lo recordaba. Una habitación como un útero.

Surgen en mi mente recuerdos de la última vez que estuve aquí. El cinturón... tiemblo al recordarlo. Ahora cuelga inocentemente, alineado junto a los demás, en la estantería que hay junto a la puerta. Paso los dedos, vacilante, sobre los cinturones, las palas, las fustas y los látigos. Dios. Esto es lo que necesito aclarar con el doctor Flynn. ¿Puede alguien que tiene este estilo de vida dejarlo sin más? Parece muy poco probable. Me acerco a la cama, me siento sobre las suaves sábanas de satín rojo, y echo una ojeada a todos esos artilugios.

A mi lado está el banco, y encima el surtido de varas. ¡Cuántas hay! ¿No le bastará sólo con una? Bien, cuanto menos sepa de todo esto, mejor. Y la gran mesa. No sé para qué la usa Christian, nosotros nunca la probamos. Me fijo en el Chesterfield y voy a sentarme en él. Es sólo un sofá, no tiene nada de extraordinario: no hay nada para atar a nadie, por lo que puedo ver. Miro detrás de mí y veo la cómoda. Siento curiosidad. ¿Qué guardará ahí?

Cuando abro el cajón de arriba, noto que la sangre corre con fuerza en mis venas. ¿Por qué estoy tan nerviosa? Tengo la sensación de estar haciendo algo ilícito, como si invadiera una propiedad privada, cosa que evidentemente estoy haciendo. Pero si él quiere casarse conmigo, bueno...

Dios santo, ¿qué es todo esto? Una serie de instrumentos y extrañas herramientas —no tengo ni idea de qué son ni para qué sirven— están dispuestos cuidadosamente en el cajón. Tomo uno. Tiene forma de bala, con una especie de mango. Mmm... ¿qué demonios haces con esto? Estoy atónita, pero creo que me hago una idea. ¡Hay cuatro tamaños distintos! Se me eriza el vello, y en ese momento levanto la vista.

Christian está en el umbral, mirándome con expresión inescrutable. Me siento como si me hubieran cachado con la mano en el tarro de los caramelos.

—Hola.

Sonrío muy nerviosa, consciente de tener los ojos muy abiertos y estar mortalmente pálida.

—¿Qué estás haciendo? —dice suavemente, pero con cierto matiz inquietante en la voz.

Oh, no. ¿Está enojado?

—Este... estaba aburrida y me entró la curiosidad —musito, avergonzada de que me haya descubierto: dijo que tardaría dos horas.

—Ésa es una combinación muy peligrosa.

Se pasa el dedo índice por el labio inferior en actitud pensativa, sin dejar de mirarme ni un segundo. Yo trago saliva. Tengo la boca seca.

Entra lentamente en la habitación y cierra la puerta sin hacer ruido. Sus ojos son como una llamarada gris. Oh, Dios. Se inclina con aire indiferente sobre la cómoda, pero intuyo que es una actitud engañosa. La diosa que llevo dentro no sabe si es el momento de enfrentarse a la situación o de salir corriendo.

—¿Y, exactamente, sobre qué le entró la curiosidad, señorita Steele? Quizá yo pueda informarle.

—La puerta estaba abierta... Yo...

Miro a Christian y contengo la respiración, insegura como siempre de cuál será su reacción o qué debo decir. Tiene la mirada oscura. Creo que se está divirtiendo, pero es difícil decirlo. Apoya los codos en la cómoda, con la barbilla entre las manos.

—Hace un rato estaba aquí preguntándome qué hacer con todo esto. Debí de olvidarme de cerrar.

Frunce el ceño un segundo, como si no echar la llave fuera un error terrible. Yo arrugo la frente: no es propio de él ser olvidadizo.

—¿Ah?

—Pero ahora tú estás aquí, curiosa como siempre —dice con voz suave, desconcertado.

—¿No estás enojado? —musito, prácticamente sin aliento.

Él ladea la cabeza y sus labios se curvan en una mueca divertida.

—¿Por qué iba a enojarme?

—Me siento como si hubiera invadido una propiedad privada… y tú siempre te enojas conmigo —añado bajando la voz, aunque me siento aliviada.

Christian vuelve a fruncir el ceño.

—Sí, la invadiste, pero no estoy enojado. Espero que un día vivas aquí conmigo, y todo esto —hace un gesto vago con la mano alrededor de la habitación— será tuyo también.

¿Mi cuarto de juegos…? Lo miro con la boca abierta: cuesta mucho digerir la idea.

—Por eso entré aquí antes. Intentaba decidir qué hacer —se da golpecitos en los labios con el dedo índice—. ¿Así que siempre me enojo contigo? Esta mañana no estaba molesto.

Oh, eso es verdad. Sonrío al recordar a Christian cuando nos despertamos, y eso hace que deje de pensar en qué pasará con el cuarto de juegos. Esta mañana Cincuenta estuvo muy juguetón.

—Tenías ganas de diversión. Me gusta el Christian juguetón.

—¿Te gusta, eh?

Arquea una ceja, y en su encantadora boca se dibuja una sonrisa, un tímida sonrisa. ¡Wow!

—¿Qué es esto? —pregunto, sosteniendo esa especie de bala de plata.

—Siempre ávida por saber, señorita Steele. Eso es un tapón anal —dice con delicadeza.

—Ah...

—Lo compré para ti.

¿Qué?

—¿Para mí?

Asiente despacio, con expresión seria y cautelosa.

Frunzo el ceño.

—¿Compras, eh... juguetes nuevos para cada sumisa?

—Algunas cosas. Sí.

—¿Tapones anales?

—Sí.

Muy bien... Trago saliva. Tapón anal. Es de metal duro... seguramente resulto bastante incómodo. Recuerdo la conversación que tuvimos después de mi graduación sobre juguetes sexuales y límites infranqueables. Creo recordar que dije que los probaría. Ahora, al ver uno de verdad, no sé si es algo que quiera hacer. Lo examino una vez más y vuelvo a dejarlo en el cajón.

¿Y esto?

Tomo un objeto de goma, negro y largo. Consiste en una serie de esferas que van disminuyendo de tamaño, la primera muy voluminosa y la última muy pequeña. Ocho en total.

—Bolitas anales —dice Christian observándome atentamente.

¡Oh! Las examino con horror y fascinación. Todas esas esferas, dentro de mí... ¡ahí! No tenía ni idea.

—Causan un gran efecto si las sacas en mitad de un orgasmo —añade con total naturalidad.

—¿Esto es para mí? —susurro.

—Para ti.

Asiente despacio.

—¿Éste es el cajón anal?

Sonríe.

—Si quieres llamarlo así...

Lo cierro enseguida, en cuanto noto que me arden las mejillas.

—¿No te gusta el cajón anal? —pregunta divertido, con aire inocente.

Lo miro fijamente y me encojo de hombros, tratando de disimular con descaro mi incomodidad.

—No estaría entre mis regalos de Navidad favoritos —comento con indiferencia, y abro vacilante el segundo cajón.

Él sonríe satisfecho.

—En el siguiente cajón hay una selección de vibradores.

Lo cierro inmediatamente.

—¿Y en el siguiente? —musito.

Vuelvo a estar pálida, pero esta vez es de vergüenza.

—Ése es más interesante.

¡Oh! Abro el cajón titubeante, sin apartar los ojos de su hermoso rostro, que muestra ahora cierta arrogancia. Dentro hay un surtido de objetos de metal y algunas pinzas de ropa. ¡Pinzas de ropa! Tomo un instrumento grande de metal, como una especie de clip.

—Pinzas genitales —dice Christian.

Se endereza y se acerca con total naturalidad hasta colocarse a mi lado. Yo las guardo enseguida y escojo algo más delicado: dos clips pequeños encadenados.

—Algunas son para provocar dolor, pero la mayoría son para dar placer —murmura.

—¿Qué es esto?

—Pinzas para pezones… para los dos.

—¿Para los dos? ¿Pechos?

Christian me sonríe.

—Bueno hay dos pinzas, nena. Sí, para los dos pechos. Pero no me refería a eso. Me refería a que son tanto para el placer como para el dolor.

Ah. Me quita las pinzas de las manos.

—Levanta el meñique.

Hago lo que me dice, y me pone un clip en la punta del dedo. No duele mucho.

—La sensación es muy intensa, pero cuando resulta más doloroso y placentero es cuando las retiras.

Me quita el clip. Mmm, puede ser agradable. Me estremezco de pensarlo.

—Esto tiene buena pinta —murmuro, y Christian sonríe.

—¿No me diga, señorita Steele? Creo que se nota.

Asiento tímidamente y vuelvo a guardar las pinzas en el cajón. Christian se inclina y saca otras dos.

—Éstas son ajustables.

Las levanta para que las examine.

—¿Ajustables?

—Puedes llevarlas muy apretadas… o no. Depende del estado de ánimo.

¿Cómo consigue que suene tan erótico? Trago saliva, y para desviar su atención saco un artefacto que parece un cortapizzas de dientes muy puntiagudos.

—¿Y esto?

Frunzo el ceño. No creo que en el cuarto de juegos haya nada que hornear.

—Esto es un molinete Wartenberg.

—¿Para…?

Lo toma.

—Dame la mano. Pon la palma hacia arriba.

Le tiendo la mano izquierda, me la sostiene con cuidado y me roza los nudillos con su pulgar. Me estremezco por dentro. Su piel contra la mía siempre consigue ese efecto. Luego pasa la ruedecita por encima de la palma.

—¡Ay!

Los dientes me pellizcan la piel: es algo más que dolor. De hecho, me hace cosquillas.

—Imagínalo sobre tus pechos —murmura Christian lascivamente.

¡Oh! Me ruborizo y aparto la mano. Mi respiración y los latidos de mi corazón se aceleran.

—La frontera entre el dolor y el placer es muy fina, Anastasia —dice en voz baja, y se inclina para volver a meter el artilugio en el cajón.

—¿Pinzas de ropa? —susurro.

—Se pueden hacer muchas cosas con pinzas de ropa.

Sus ojos arden.

Me inclino sobre el cajón y lo cierro.

—¿Eso es todo?

Christian parece divertido.

—No.

Abro el cuarto cajón y descubro un amasijo de cuero y correas. Tiro de una de las correas… y compruebo que lleva una bola atada.

—Una mordaza de bola. Para que estés callada —dice Christian, que sigue divirtiéndose.

—Límite tolerable —musito.

—Lo recuerdo —dice—. Pero puedes respirar. Los dientes se clavan en la bola.

Me quita la mordaza y simula con los dedos una boca mordiendo la bola.

—¿Tú has usado alguna de éstas? —pregunto.

Se queda muy quieto y me mira.

—Sí.

—¿Para acallar tus gritos?

Cierra los ojos, creo que con gesto exasperado.

—No, no son para eso.

¿Ah?

—Es un tema de control, Anastasia. ¿Sabes lo indefensa que te sentirías si estuvieras atada y no pudieras hablar? ¿El grado de confianza que deberías mostrar, sabiendo que yo tengo todo ese poder sobre ti? ¿Que yo debería interpretar tu cuerpo y tu reacción, en lugar de oír tus palabras? Eso te hace más dependiente, y me da a mí el control absoluto.

Trago saliva.

—Suena como si lo echaras de menos.

—Es lo que conozco —murmura.

Tiene los ojos muy abiertos y serios, y la atmósfera entre los dos ha cambiado, como si ahora se estuviera confesando.

—Tú tienes poder sobre mí. Ya lo sabes —susurro.

—¿Lo tengo? Tú me haces sentir… vulnerable.

—¡No! —Oh, Cincuenta…—. ¿Por qué?

—Porque tú eres la única persona que conozco que puede realmente hacerme daño.

Alarga la mano y me recoge un mechón de pelo por detrás de la oreja.

—Oh, Christian… esto es así tanto para ti como para mí. Si tú no me quisieras…

Me estremezco, y bajo la vista hacia mis dedos entrelazados. Ahí radica mi otra gran duda sobre nosotros. Si él no estuviera tan… destrozado, ¿me querría? Sacudo la cabeza. Debo intentar no pensar en eso.

—Lo último que quiero es hacerte daño. Yo te amo —murmuro, y alargo las manos para pasarle los dedos sobre las patillas y acariciarle con dulzura las mejillas. Él inclina la cara para acoger esa caricia. Arroja la mordaza en el cajón y, rodeándome por la cintura, me atrae hacia él.

—¿Ya terminamos con la exposición teórica? —pregunta con voz suave y seductora.

Sube la mano por mi espalda hasta la nuca.

—¿Por qué? ¿Qué querías hacer?

Se inclina y me besa tiernamente, y yo, aferrada a sus brazos, siento que me derrito.

—Ana, hoy han estado a punto de agredirte.

Su tono de voz es dulce, pero cauteloso.

—¿Y? —pregunto, gozando de su proximidad y del tacto de su mano en mi espalda.

Él echa la cabeza hacia atrás y me mira con el ceño fruncido.

—¿Qué quieres decir con «Y»? —replica.

Contemplo su rostro encantador y malhumorado.

—Christian, estoy bien.

Me rodea entre sus brazos aún más fuerte.

—Cuando pienso en lo que podría haber pasado —murmura, y hunde la cara en mi pelo.

—¿Cuándo aprenderás que soy más fuerte de lo que aparento? —susurro para tranquilizarlo, pegada a su cuello, inhalando su delicioso aroma.

No hay nada en este mundo como estar entre los brazos de Christian.

—Sé que eres fuerte —musita en tono pensativo.

Me besa el pelo, pero entonces, para mi gran decepción, me suelta. ¿Ah?

Me inclino y saco otro artilugio del cajón abierto: varias esposas sujetas a una barra. Lo levanto.

—Esto —dice Christian y se le oscurece la mirada— es una barra separadora, con sujeciones para los tobillos y las muñecas.

—¿Cómo funciona? —pregunto, realmente intrigada.

—¿Quieres que te lo enseñe? —musita sorprendido, y cierra los ojos un momento.

Lo miro. Cuando abre los ojos, centellean.

—Sí. Quiero una demostración. Me gustar estar atada —susurro, mientras la diosa que llevo dentro salta con pértiga desde el búnker a su *chaise longue*.

—Oh, Ana —murmura.

De repente parece afligido.

—¿Qué?

—Aquí no.

—¿Qué quieres decir?

—Te quiero en mi cama, no aquí.

Toma la barra, me toma de la mano y me hace salir rápidamente del cuarto.

¿Por qué nos vamos? Echo un vistazo a mi espalda al salir.

—¿Por qué no aquí?

Christian se para en la escalera y me mira fijamente con expresión grave.

—Ana, puede que tú estés preparada para volver ahí dentro, pero yo no. La última vez que estuvimos ahí, tú me abandonaste. Te lo he repetido muchas veces, ¿cuándo lo entenderás?

Frunce el ceño y me suelta para poder gesticular con la mano libre.

—Mi actitud ha cambiado totalmente a consecuencia de aquello. Mi forma de ver la vida se ha modificado radicalmente. Ya te lo he dicho. Lo que no te he dicho es… —se para y se pasa la mano por el pelo, buscando las palabras adecuadas—. Yo soy como un alcohólico rehabilitado, ¿sí? Es la única comparación que se me ocurre. La cumpulsión ha desaparecido, pero no quiero enfrentarme a la tentación. No quiero hacerte daño.

Parece tan lleno de remordimiento que en ese momento me invade un dolor agudo y persistente. ¿Qué le he hecho a este hombre? ¿He mejorado su vida? Él era feliz antes de conocerme, ¿no es cierto?

—No puedo soportar hacerte daño, porque te quiero —añade, mirándome fijamente con expresión de absoluta sinceridad, como un niño pequeño que dice una verdad muy simple.

Muestra un aire completamente inocente, que me deja sin aliento. Lo adoro más que a nada ni a nadie. Amo a este hombre incondicionalmente.

Me lanzo a sus brazos con tanta fuerza que tiene que soltar lo que lleva para recibirme, y lo empujo contra la pared. Le sujeto la cara entre las manos, acerco sus labios a los míos y saboreo su sorpresa cuando le meto la lengua en la boca. Estoy en un escalón por encima del suyo: ahora estamos al mismo nivel, y me siento eufórica de poder. Lo beso apasionadamente, enredando los dedos en su cabello, y quiero tocarlo, por todas partes, pero me reprimo consciente de su temor. A pesar de todo, mi deseo brota, ardoroso y contundente, floreciendo desde lo más profundo. Él gime y me sujeta por los hombros para apartarme.

—¿Quieres que te coja en las escaleras? —murmura con la respiración entrecortada—. Porque lo haré ahora mismo.

—Sí —musito, y estoy segura de que mi oscura mirada de deseo es igual a la suya.

Me fulmina con sus ojos, entreabiertos e impetuosos.

—No. Te quiero en mi cama.

De pronto me carga sobre sus hombros y yo reacciono con un chillido estridente, y él me da una nalgada fuerte, y yo chillo otra vez. Se dispone a bajar las escaleras, pero antes se agacha para recoger del suelo la barra separadora.

La señora Jones sale del cuarto de servicio cuando atravesamos el pasillo. Nos sonríe, y yo la saludo boca abajo, con expresión de disculpa. No creo que Christian se haya percatado siquiera de su presencia.

Al llegar al dormitorio, me deja de pie en el suelo y tira la barra sobre la cama.

—Yo no creo que vayas a hacerme daño —susurro.

—Yo tampoco creo que vaya a hacerte daño —dice.

Me toma la cabeza entre las manos y me besa larga e intensamente, encendiéndome la sangre ya inflamada.

—Te deseo tanto —murmura jadeando junto a mi boca—. ¿Estás segura de esto… después de lo de hoy?

—Sí. Yo también te deseo. Quiero desnudarte.

Estoy impaciente por tocarlo… mis dedos se mueren por acariciarlo.

Abre mucho los ojos y por un segundo duda, tal vez sopesando mi petición.

—De acuerdo —dice cautelosamente.

Acerco una mano al segundo botón de su camisa y noto cómo contiene la respiración.

—No te tocaré si no quieres —susurro.

—No —contesta enseguida—. Hazlo. No pasa nada. Estoy bien —añade.

Desabrocho el botón con delicadeza y deslizo los dedos sobre la camisa hasta el siguiente. Él tiene los ojos muy abiertos, brillantes. Separa los labios y respira con dificultad. Incluso cuando tiene miedo es tan hermoso… a causa de ese miedo. Desabrocho el tercer botón y palpo el vello suave que asoma a través de la amplia abertura de la camisa.

—Quiero besarte aquí —murmuro.

Él inspira bruscamente.

—¿Besarme?

—Sí.

Jadea mientras desabrocho el siguiente botón y me inclino hacia delante muy despacio, para dejar claras mis intenciones. Él contiene la respiración, pero se queda inmóvil cuando le doy un leve beso en medio de esos suaves rizos ahora visibles. Desabrocho el último botón y alzo la cara hacia él. Me está observando fijamente con una expresión de satisfacción, tranquila y… maravillada.

—Cada vez es más fácil, ¿verdad? —pregunto con un hilo de voz.

Él asiente, y yo le aparto lentamente la camisa de los hombros y la dejo caer al suelo.

—¿Qué me has hecho, Ana? —murmura—. Sea lo que sea, no pares.

Y me toma en sus brazos. Hunde las dos manos en mi cabello y me echa la cabeza hacia atrás para acceder fácilmente a mi cuello.

Desliza los labios hasta mi barbilla y me muerde suavemente, haciéndome gemir. Oh, cómo deseo a este hombre. Mis dedos palpan a tientas la pretina de su pantalón, desabrocho el botón y bajo el cierre.

—Oh, nena.

Suspira y me besa detrás de la oreja. Noto su erección, firme y dura, presionándome. Lo deseo… en mi boca. De pronto doy un paso atrás y me pongo de rodillas.

—¡Wow! —gime.

Le bajo los pantalones y los bóxers de un tirón, y su miembro emerge libremente. Antes de que pueda detenerme, lo tomo entre los labios y chupo con fuerza. Él abre la boca y yo disfruto de su repentina perplejidad. Baja la mirada hacia mí, y observa todos mis movimientos con los ojos turbios y llenos de placer carnal. Ah. Me cubro los dientes con los labios y succiono con más fuerza. Él cierra los ojos y se rinde al exquisito placer sensual. Sé lo que le hago, y es placentero, liberador y endiabladamente sexy. La sensación es embriagadora: no sólo soy poderosa… soy omnisciente.

—Carajo —sisea, y me acuna dulcemente la cabeza, flexiona las caderas y penetra mi boca más a fondo.

Oh, sí, deseo esto, y rodeo su miembro con la lengua, tiro con firmeza… una y otra vez.

—Ana…

Intenta echarse atrás.

Oh, no, no lo hagas, Grey. Te deseo. Sujeto sus caderas con fuerza duplicando mis esfuerzos, y noto que está a punto.

—Por favor —jadea—. Me voy a venir, Ana.

Bien. La diosa que llevo dentro echa la cabeza hacia atrás en pleno éxtasis, y él se viene, entre gritos lúbricos, dentro de mi boca.

Abre sus brillantes ojos grises, baja la vista hacia mí y yo lo miro sonriendo, lamiéndome los labios. Él me devuelve la sonrisa, y es una sonrisa pícara y salaz.

—¿Ah, o sea que ahora jugamos a esto, señorita Steele?

Se inclina, me sujeta por las axilas y me pone de pie con fuerza. De pronto su boca está pegada a la mía. Y gruñe lascivamente.

—Estoy notando mi propio sabor. El tuyo es mejor —musita pegado a mis labios.

De pronto me quita la camiseta y la tira al suelo, me levanta y me arroja sobre la cama. Toma mis pantalones por los dobladillos y me los quita bruscamente con un solo movimiento. Ahora estoy desnuda y abierta para él en su cama. Esperando. Anhelando. Me saborea con la mirada, y lentamente se quita el resto de la ropa sin apartar los ojos de mí.

—Eres una mujer preciosa, Anastasia —murmura con admiración.

Mmm... Inclino la cabeza a un lado y le sonrío, coqueta.

—Tú eres un hombre precioso, Christian, y sabes extraordinariamente bien.

Me sonríe maliciosamente y toma la barra separadora. Me agarra el tobillo izquierdo, lo sujeta rápidamente y aprieta la anilla de la esposa, pero no mucho. Comprueba el espacio que queda, deslizando el meñique entre mi tobillo y el metal. No deja de mirarme a los ojos; no necesita ver lo que está haciendo. Mmm... ya ha hecho esto antes.

—Ahora, hemos de comprobar cómo sabe usted. Si no recuerdo mal, es usted una rara y delicada exquisitez, señorita Steele.

Oh.

Me sujeta el otro tobillo, y me lo esposa también con rapidez y eficacia, de manera que quedan unos sesenta centímetros de separación entre mis pies.

—Lo bueno de este separador es que es extensible —dice.

Aprieta algo en la barra y después empuja, y mis piernas se abren más. Wow, noventa centímetros de separación. Con la boca muy abierta, inspiro profundamente. Dios, esto es muy erótico. Estoy ardiendo, inquieta y ansiosa.

Christian se lame el labio superior.

—Oh, vamos a divertirnos un poco con esto, Ana.

Baja la mano, toma la barra y la gira de golpe, soprendiéndome y dejándome tumbada boca abajo.

—¿Ves lo que puedo hacerte? —dice turbadoramente, y vuelve a girarla de golpe y quedo de nuevo tumbada boca arriba, mirándolo boquiabierta y sin respiración—. Estas otras esposas son para las muñecas. Pensaré en ello. Depende de si te portas bien o no.

—¿Cuándo no me porto bien?

—Se me ocurren unas cuantas infracciones —dice en voz baja, y me pasa los dedos por las plantas de los pies.

Me hace cosquillas, pero la barra me mantiene en mi sitio, aunque yo intento apartar las plantas de sus dedos.

—Tu BlackBerry, para empezar.

Jadeo.

—¿Qué vas a hacer?

—Oh, yo nunca revelo mis planes —dice sonriendo, y sus ojos brillan malévolos.

¡Wow! Está tan alucinantemente sexy que me deja sin respiración. Se sube a la cama y se coloca de rodillas entre mis piernas. Está gloriosamente desnudo y yo estoy indefensa.

—Mmm… Está tan expuesta, señorita Steele.

Desliza los dedos de ambas manos por la parte interior de mis piernas, despacio, dibujando pequeños círculos. Sin apartar los ojos de mí.

—Todo se basa en las expectativas, Ana. ¿Qué te voy a hacer?

Sus palabras quedas penetran directamente en la parte más profunda y oscura de mi ser. Me retuerzo sobre la cama y gimo. Sus dedos continúan su lento avance, suben por mis pantorrillas, pasan por la parte posterior de mis rodillas. Yo quiero juntar las piernas instintivamente, pero no puedo.

—Recuerda que, si algo no te gusta, sólo tienes que decirme que pare —murmura.

Se inclina sobre mí y me besa y chupa el vientre con delicadeza, mientras sus manos me acarician y siguen ascendiendo tortuosas y tentadoras por la parte interna de mis muslos.

—Oh, por favor, Christian —suplico.

—Oh, señorita Steele. He descubierto que puede ser usted implacable en sus ataques amorosos sobre mí. Creo que debo devolverle el favor.

Mis dedos se aferran al edredón y me rindo ante él, ante su boca que emprende un delicado viaje hacia abajo y sus manos hacia arriba, convergiendo en el vértice de mis muslos, expuesto y vulnerable. Cuando desliza sus dedos dentro de mí gimo y alzo la pelvis para recibirlos. Christian responde con un jadeo.

—Nunca dejas de sorprenderme, Ana. Estás tan húmeda —murmura sobre la línea donde mi vello púbico se encuentra con mi vientre, y cuando su boca llega a mi sexo, todo mi cuerpo se arquea.

Oh, Dios.

Inicia un ataque lento y sensual, su lengua gira y gira mientras sus dedos se mueven en mi interior. Es intenso, muy intenso, porque no puedo cerrar las piernas, ni moverme. Arqueo la espalda e intento absorber la sensación.

—Oh, Christian —grito.

—Lo sé, nena —susurra, y para destensarme un poco, sopla suavemente sobre la parte más sensible de mi cuerpo.

—¡Aaah! ¡Por favor! —suplico.

—Di mi nombre —ordena.

—¡Christian! —grito con una voz tan estridente y ansiosa que apenas la reconozco como mía.

—Otra vez —musita.

—¡Christian, Christian, Christian Grey! —grito con todas mis fuerzas.

—Eres mía.

Su voz es suave y letal, y ante un último giro de su lengua sucumbo, espectacularmente, al orgasmo. Y como tengo las piernas tan separadas, la espiral de sensaciones dura y dura y me siento perdida.

Soy vagamente consciente de que Christian me ha tumbado ahora boca abajo.

—Vamos a intentar esto, nena. Si no te gusta o resulta demasiado incómodo, dímelo y pararemos.

¿Qué? Estoy demasiado perdida en la dicha del orgasmo para elaborar una idea consciente o coherente. Ahora estoy sentada en el regazo de Christian. ¿Cómo ha ocurrido esto?

—Inclínate, nena —me murmura al oído—. Apoya la cabeza y el pecho sobre la cama.

Aturdida, hago lo que me dice. Él me echa las dos manos hacia atrás y las esposa a la barra, al lado de los tobillos. Oh... tengo las rodillas a la altura de la barbilla y el trasero al aire y expuesto, absolutamente vulnerable, completamente suya.

—Ana, estás tan hermosa... —dice maravillado, y oigo cómo rasga el envoltorio de aluminio.

Sus dedos se deslizan desde la base de mi columna hacia mi sexo, y se demoran ligeramente sobre mi ano.

—Cuando estés lista, también querré esto —su dedo se adentra en mí. Jadeo con fuerza y noto cómo me tenso ante su delicada exploración—. Hoy no, dulce Ana, pero un día... te deseo en todas las formas posibles. Quiero poseer cada centímetro de tu cuerpo. Eres mía.

Yo pienso en el tapón anal, y todo se contrae en mis entrañas. Sus palabras me provocan un gemido, y sus dedos siguen deslizándose hasta moverse alrededor de un territorio más familiar.

Momentos después, me penetra con fuerza.

—¡Ay! Cuidado —grito, y se queda quieto.

—¿Estás bien?

—No tan fuerte... deja que me acostumbre.

Él sale de mí despacio y vuelve a entrar con cuidado, llenándome, dilatándome, una vez, dos, y ya soy suya.

—Sí, bien, ahora sí —murmuro, gozando de la sensación.

Él gime, y empieza a tomar ritmo. Se mueve... se mueve... despiadado... adelante, atrás, llenándome... y es delicioso. Me hace feliz estar indefensa, feliz rendirme a él, y feliz saber que puede perderse en mí del modo que desea. Soy capaz de hacer esto. Él me lleva a esos lugares oscuros, lugares que yo no sabía siquiera que existían, y juntos los llenamos de una luz cegadora. Oh, sí… una luz cegadora y violenta.

Y me dejo ir, gozando de lo que me hace, descubriendo esa dulce, dulce rendición, y vuelvo a venirme gritando muy fuerte su nombre. Y entonces él se queda quieto y vierte en mí todo su corazón y toda su alma.

—Ana, nena —grita, y se derrumba a mi lado.

Sus hábiles dedos deshacen las ataduras, y me masajea los tobillos y luego las muñecas. Cuando termina y por fin estoy libre, me acoge en sus brazos y me adormezco, exhausta.

Cuando recupero la conciencia, estoy acurrucada a su lado y él me está mirando fijamente. No tengo ni idea de qué hora es.

—Podría pasarme la vida contemplando cómo duermes, Ana —murmura, y me besa la frente.

Yo sonrío y me desperezo lánguidamente a su lado.

—No pienso dejar que te vayas nunca —dice en voz baja, y me rodea con sus brazos.

Mmm…

—No quiero marcharme nunca. No me dejes marchar nunca —musito medio dormida, sin fuerzas para abrir los párpados.

—Te necesito —susurra, pero su voz es una parte distante y etérea de mis sueños.

Él me necesita… me necesita… y cuando finalmente me deslizo en la oscuridad, mis últimos pensamientos son para un niñito de ojos grises y pelo cobrizo sucio y revuelto, que me sonríe tímidamente.

17

Mmm...

Christian me acaricia el cuello con la nariz y me despierto poco a poco.

—Buenos días, nena —susurra, y me mordisquea el lóbulo de la oreja.

Mis ojos se abren de golpe y se vuelven a cerrar enseguida. La brillante luz de la mañana inunda la habitación y, tumbado a mi lado, él me acaricia suave y provocativamente el pecho con la mano. Baja hasta la cadera, me agarra y me atrae hacia él.

Yo me desperezo, disfrutando de sus caricias, y noto su erección contra mi trasero. Oh. La alarma despertador estilo Christian Grey.

—Estás contento de verme —balbuceo medio dormida, y me retuerzo sugerentemente contra él.

Noto que sonríe pegado a mi mejilla.

—Estoy muy contento de verte —dice, y desliza la mano sobre mi estómago y más abajo, cubriéndome el sexo y explorándolo con los dedos—. Está claro que despertarse con usted tiene sus ventajas, señorita Steele.

Y me da delicadamente la vuelta, hasta quedar boca arriba.

—¿Has dormido bien? —pregunta mientras sus dedos prosiguen su sensual tortura.

Me mira sonriendo... con esa deslumbrante sonrisa de modelo masculino cien por cien americano, una sonrisa fascinante de dentadura perfecta, que me deja completamente sin aliento.

Mis caderas empiezan a balancearse al ritmo de la danza que han iniciado sus dedos. Me besa recatadamente en los labios y luego desciende hasta el cuello, mordisqueando despacio, besando, y chupando. Gimo. Actúa con delicadeza, y su caricia es leve y celestial. Sus intrépidos dedos siguen bajando y desliza uno de ellos en mi interior, despacio, y sisea sobrecogido.

—Oh, Ana —murmura en tono reverencial junto a mi cuello—. Siempre estás dispuesta.

Mueve el dedo al tiempo que continúa besándome, y sus labios viajan ociosos por mi clavícula y luego bajan hasta mis pechos. Con los dientes y los labios tortura primero un pezón y luego el otro, pero… oh, con tanta ternura que se tensan y se yerguen a modo de dulce respuesta.

Yo jadeo.

—Mmm —gruñe bajito, y levanta la cabeza para mirarme con sus ardientes ojos grises—. Te deseo ahora.

Alarga la mano hasta la mesilla. Se coloca sobre mí, apoya el peso en los codos y frota la nariz contra la mía mientras usa las piernas para separar las mías. Se arrodilla y rasga el envoltorio de aluminio.

—Estoy deseando que llegue el sábado —dice, y sus ojos brillan de placer lascivo.

—¿Por tu cumpleaños? —contesto sin aliento.

—No. Para dejar de usar esta jodedera.

—Una expresión muy adecuada —digo con una risita.

Él me sonríe cómplice y se coloca el condón.

—¿Se está riendo de mí, señorita Steele?

—No.

Intento poner cara seria, sin conseguirlo.

—Ahora no es momento para risitas —dice en tono bajo y severo, haciendo un gesto admonitorio con la cabeza, pero su expresión es… oh, Dios… glacial y volcánica a la vez.

Siento un nudo en la garganta.

—Creía que te gustaba que me riera —susurro con voz ronca, perdiéndome en las profundidades de sus ojos tormentosos.

—Ahora no. Hay un momento y lugar para la risa. Y ahora no

es ni uno ni otro. Tengo que callarte, y creo que sé cómo hacerlo —dice de forma inquietante, y me cubre con su cuerpo.

—¿Qué desea para desayunar, Ana?

—Sólo tomaré cereal. Gracias, señora Jones.

Me sonrojo mientras ocupo mi sitio al lado de Christian en la barra del desayuno. La última vez que la muy decorosa y formal señora Jones me vio, Christian me llevaba a su dormitorio cargada sobre sus hombros.

—Estás muy guapa —dice Christian en voz baja.

Llevo otra vez la falda de tubo color gris y la blusa de seda también en gris.

—Tú también.

Le sonrío con timidez. Él lleva una camisa azul claro y jeans, y parece relajado, fresco y perfecto, como siempre.

—Deberíamos comprarte algunas faldas más —comenta con naturalidad—. De hecho, me encantaría llevarte de compras.

Uf… de compras. Yo odio ir de compras. Aunque con Christian quizá no esté tan mal. Opto por la evasiva como mejor método de defensa.

—Me pregunto qué pasará hoy en el trabajo.

—Tendrán que sustituir a ese canalla.

Christian frunce el ceño con una mueca de disgusto, como si hubiera pisado algo extremadamente desagradable.

—Espero que contraten a una mujer para ser mi jefa.

—¿Por qué?

—Bueno, así te opondrás menos a que salga con ella —le digo en broma.

Sus labios insinúan una sonrisa, y se dispone a comer el omelette.

—¿Qué te hace tanta gracia? —pregunto.

—Tú. Cómete el cereal. Todo, si no vas a comer nada más.

Mandón como siempre. Yo le hago un mohín, pero me pongo a comer.

—Y la llave va aquí.

Christian señala el contacto bajo el cambio de marchas.

—Qué sitio más raro —comento.

Pero estoy encantada con todos esos pequeños detalles, y prácticamente doy saltitos sobre el confortable asiento de piel como una niña. Por fin Christian va a dejar que conduzca mi coche.

Me observa tranquilamente, aunque en sus ojos hay un brillo jocoso.

—Estás bastante emocionada con esto, ¿verdad? —murmura divertido.

Asiento, sonriendo como una tonta.

—Tiene ese olor a coche nuevo. Éste es aún mejor que el Especial para Sumisas… esto… el A3 —añado enseguida, ruborizada.

Christian tuerce el gesto.

—¿Especial para Sumisas, eh? Tiene usted mucha facilidad de palabra, señorita Steele.

Se echa hacia atrás con fingida reprobación, pero a mí no me engaña. Sé que está disfrutando.

—Bueno, vámonos.

Hace un gesto con la mano hacia la entrada del estacionamiento.

Doy unas palmaditas, pongo en marcha el coche y el motor arranca con un leve ronroneo. Meto la primera, levanto el pie del freno y el Saab avanza suavemente. Taylor, que está en el Audi detrás de nosotros, también arranca y cuando la puerta del estacionamiento se levanta, nos sigue fuera del Escala hasta la calle.

—¿Podemos poner la radio? —pregunto cuando paramos en el primer semáforo.

—Quiero que te concentres —replica.

—Christian, por favor, soy capaz de conducir con música.

Le pongo los ojos en blanco. Él me mira con mala cara, pero enseguida acerca la mano a la radio.

—Con esto puedes escuchar la música de tu iPod y de tu MP3, además del CD —murmura.

De repente, un melodioso tema de Police inunda a un volumen demasiado alto el interior del coche. Christian baja la música. Mmm… «King of Pain.»

—Tu himno —le digo con ironía, y en cuanto tensa los labios y su boca se convierte en una fina línea, lamento lo que he dicho. Oh, no…—. Yo tengo ese álbum, no sé dónde —me apresuro a añadir para distraer su atención.

Mmm… en algún sitio del departamento donde he pasado tan poco tiempo.

Me pregunto cómo estará Ethan. Debería intentar llamarlo hoy. No tendré mucho que hacer en el trabajo.

Siento una punzada de ansiedad en el estómago. ¿Qué pasará cuando llegue a la oficina? ¿Todo el mundo sabrá lo de Jack? ¿Estarán todos enterados de la implicación de Christian? ¿Seguiré teniendo un empleo? Maldita sea, si no tengo trabajo, ¿qué haré?

¡Cásate con el millonario, Ana! Mi subconsciente aparece con su rostro más enojoso. Yo no le hago caso… bruja codiciosa.

—Eh, señorita Lengua Viperina. Vuelve a la Tierra.

Christian me devuelve al presente y paro ante el siguiente semáforo.

—Estás muy distraída. Concéntrate, Ana —me increpa—. Los accidentes ocurren cuando no estás atenta.

Oh, por Dios santo… y de repente, me veo catapultada a la época en la que Ray me enseñaba a conducir. Yo no necesito otro padre. Un marido quizá, un marido pervertido. Mmm…

—Sólo estaba pensando en el trabajo.

—Todo irá bien, nena. Confía en mí.

Christian sonríe.

—Por favor, no interfieras… Quiero hacer esto yo sola. Christian, por favor. Es importante para mí —digo con toda la dulzura de la que soy capaz.

No quiero discutir. Su boca dibuja de nuevo una mueca fina y obstinada, y creo que va a regañarme otra vez.

Oh, no.

—No discutamos, Christian. Hemos pasado una mañana maravillosa. Y anoche fue… —me faltan las palabras—… divino.

Él no dice nada. Lo miro de reojo y tiene los ojos cerrados.

—Sí. Divino —afirma en voz baja—. Lo dije en serio.

—¿Qué?

—No quiero dejarte ir.

—No quiero marcharme.

Sonríe, y esa sonrisa nueva y tímida arrasa con todo lo que encuentra a su paso. Wow, es realmente poderosa.

—Bien —dice sin más, y se relaja.

Entro en el estacionamiento que está a media cuadra de SIP.

—Te acompañaré hasta el trabajo. Taylor me recogerá allí —sugiere Christian.

Salgo con cierta dificultad del coche, limitada por la falda de tubo. Christian baja con agilidad, cómodo con su cuerpo, o al menos ésa es la impresión que transmite. Mmm... alguien que no puede soportar que lo toquen no puede sentirse tan cómodo con su cuerpo. Frunzo el ceño ante ese pensamiento fugaz.

—No olvides que esta tarde a las siete veremos al doctor Flynn —dice, y me tiende la mano.

Cierro la puerta con el control y se la tomo.

—No lo olvidaré. Confeccionaré una lista de preguntas para hacerle.

—¿Preguntas? ¿Sobre mí?

Asiento.

—Yo puedo contestar a cualquier pregunta que tengas sobre mí.

Christian parece ofendido.

Le sonrío.

—Sí, pero yo quiero la opinión objetiva de ese charlatán carísimo.

Frunce el ceño, y de repente me atrae hacia él y me sujeta con fuerza ambas manos a la espalda.

—¿Segura que es buena idea? —dice con voz baja y ronca.

Yo me echo hacia atrás y veo la larga sombra de la ansiedad acechando en sus ojos muy abiertos, y se me desgarra el alma.

—Si no quieres que lo haga, no lo haré.

Lo miro y deseo borrar la preocupación de su rostro a base de caricias. Tiro de una de mis manos y él la suelta. Le toco la mejilla con ternura: el afeitado matutino la ha dejado muy suave.

—¿Qué te preocupa? —pregunto con voz tranquila y dulce.

—Que me dejes.

—Christian, ¿cuántas veces tengo que decírtelo? No voy a dejarte. Ya me has contado lo peor. No te abandonaré.

—Entonces, ¿por qué no me contestas?

—¿Contestarte? —murmuro con fingida inocencia.

—Ya sabes de qué hablo, Ana.

Suspiro.

—Quiero saber si soy bastante para ti, Christian. Nada más.

—¿Y mi palabra no te basta? —dice exasperado, y me suelta.

—Christian, todo esto ha sido muy rápido. Y tú mismo lo has reconocido, estás destrozado de cincuenta mil formas distintas. Yo no puedo darte lo que necesitas —musito—. Eso no es para mí, sobre todo después de haberte visto con Leila. ¿Quién dice que un día no conocerás a alguien a quien le guste hacer lo que tú haces? ¿Y quién dice que tú no… ya sabes… te enamorarás de ella? De alguien que se ajuste mucho mejor a tus necesidades.

Pensar en Christian con otra persona me pone enferma. Bajo la mirada a mis manos entrelazadas.

—Ya he conocido a varias mujeres a las que les gusta hacer lo que me gusta hacer a mí. Y ninguna de ellas me atraía como me atraes tú. Nunca tuve la menor conexión emocional con ninguna de ellas. No me había sucedido nunca, excepto contigo, Ana.

—Porque nunca les diste una oportunidad. Has pasado demasiado tiempo encerrado en tu fortaleza, Christian. Mira, hablemos de esto más tarde. Tengo que ir a trabajar. Quizá el doctor Flynn nos pueda orientar esta noche.

Ésta es una conversación demasiado importante para tenerla en un estacionamiento al diez para las nueve de la mañana, y parece que Christian, por una vez, está de acuerdo. Asiente, pero con gesto cauteloso.

—Vamos —ordena, y me tiende la mano.

Cuando llego a mi mesa, me encuentro una nota pidiéndome que acuda directamente al despacho de Elizabeth. Mi corazón da un vuelco. Oh, ya está. Van a despedirme.

—Anastasia.

Elizabeth me sonríe amablemente y me señala una silla frente a su mesa. Me siento y la miro, expectante, confiando en que no oiga los latidos desbocados de mi corazón. Ella se alisa su densa cabellera negra y sus ojos azul claro me miran sombríos.

—Tengo malas noticias.

¡Malas, oh, no!

—Te he hecho venir para informarte que Jack ha dejado la empresa de forma bastante repentina.

Me sonrojo. Para mí eso no es ninguna mala noticia. ¿Debería decirle que ya lo sabía?

—Su apresurada marcha ha dejado su puesto vacante, y nos gustaría que lo ocuparas tú de momento, hasta que encontremos un sustituto.

¿Qué? Siento que la sangre deja de circular por mi cabeza. ¿Yo?

—Pero si sólo hace poco más de una semana que trabajo aquí.

—Sí, Anastasia, lo comprendo, pero Jack siempre estaba elogiando tu talento. Tenía muchas esperanzas depositadas en ti.

Me quedo sin respiración. Sí, claro: tenía muchas esperanzas en hacerlo conmigo.

—Aquí tienes una descripción detallada de las funciones del puesto. Estúdiala y podemos hablar de ello más tarde.

—Pero…

—Por favor, ya sé que es muy precipitado, pero tú ya has contactado con los autores principales de Jack. Tus anotaciones en los textos no han pasado desapercibidas a los otros editores. Tienes una mente aguda, Anastasia. Todos creemos que eres capaz de hacerlo.

—De acuerdo.

Esto no puede estar pasando.

—Mira, piénsatelo. Entretanto, puedes utilizar el despacho de Jack.

Se pone de pie, dando por terminada la reunión, y me tiende la mano. Se la estrecho, totalmente aturdida.

—Yo estoy encantada de que se haya ido —murmura, y una expresión de angustia aparece en su cara.

Dios santo. ¿Qué le habría hecho a ella?

Vuelvo a mi mesa, tomo mi BlackBerry y llamo a Christian. Contesta al segundo tono.

—Anastasia, ¿estás bien? —pregunta, preocupado.

—Me acaban de dar el puesto de Jack... —suelto de sopetón—, bueno, temporalmente.

—Estás bromeando —comenta, asombrado.

—¿Tú has tenido algo que ver con esto? —pregunto más bruscamente de lo que pretendía.

—No... no, en absoluto. Quiero decir, con todos mis respetos, Anastasia, que sólo llevas ahí poco más de una semana... y no lo digo con ánimo de ofender.

—Ya lo sé —frunzo el ceño—. Por lo visto, Jack me valoraba realmente.

—¿Ah, sí? —dice Christian en tono gélido, y luego suspira—. Bueno, nena, si ellos creen que eres capaz de hacerlo, estoy seguro de que lo eres. Felicidades. Quizá deberíamos celebrarlo después de reunirnos con el doctor Flynn.

—Mmm... ¿Estás seguro de que no has tenido nada que ver con esto?

Se queda callado un momento, y después dice con voz queda y amenazadora:

—¿Dudas de mí? Me enoja mucho que lo hagas.

Trago saliva. Vaya, se molesta muy fácilmente.

—Perdóname —musito, escarmentada.

—Si necesitas algo, házmelo saber. Aquí estaré. Y, Anastasia...

—¿Qué?

—Utiliza la BlackBerry —añade secamente.

—Sí, Christian.

No cuelga, como yo esperaba, sino que respira profundamente.

—Lo digo en serio. Si me necesitas, aquí estoy.

Sus palabras son mucho más amables, conciliadoras. Oh, es tan voluble... cambia de humor como una veleta.

—De acuerdo —murmuro—. Más vale que cuelgue. Tengo que instalarme en el despacho.

—Si me necesitas... Lo digo en serio —murmura.

—Lo sé. Gracias, Christian. Te quiero.

Noto que sonríe al otro lado del teléfono. Me lo he vuelto a ganar.

—Yo también te quiero, nena.

Ah, ¿me cansaré alguna vez de que me diga esas palabras?

—Hablamos después.

—Hasta luego, nena.

Cuelgo y doy un vistazo al despacho de Jack. Mi despacho. Dios santo... Anastasia Steele, editora en funciones. ¿Quién lo habría dicho? Debería pedir más dinero.

¿Qué pensaría Jack si se enterara? Tiemblo al pensarlo, y me pregunto vagamente qué estará haciendo esta mañana; obviamente no está en Nueva York como esperaba. Entro en mi nuevo despacho, me siento en el escritorio y empiezo a leer la descripción del trabajo.

A las doce y media, me llama Elizabeth.

—Ana, necesitamos que vengas a una reunión a la una en punto en la sala de juntas. Asistirán Jerry Roach y Kay Bestie... ya sabes, el presidente y el vicepresidente de la empresa, y todos los editores.

¡Maldición!

—¿Tengo que preparar algo?

—No, es sólo una reunión informal que tenemos una vez al mes. E incluye la comida.

—Allí estaré.

Cuelgo.

¡Madre mía! Reviso la lista actualizada de los autores de Jack. Sí, estoy familiarizada con casi todos. Tengo los cinco manuscritos cuya publicación ya está en marcha, y otros dos que deberíamos pensar seriamente en publicar. Respiro profundamente: no puedo creer que ya sea hora de comer. El día ha pasado muy rápido y eso me encanta. He tenido que asimilar tantas cosas esta mañana. Una señal acústica en mi calendario me avisa de que tengo una cita.

¡Oh, no... Mia! Con tantas emociones me había olvidado de nuestro almuerzo. Busco mi BlackBerry y trato de encontrar a toda prisa su número.

Suena mi teléfono.

—Es él, está en recepción —dice Claire en voz baja.

—¿Quién?

Por un segundo, pienso que puede ser Christian.

—El dios rubio.

—¿Ethan?

Oh, ¿qué querrá? Inmediatamente me siento culpable por no haberlo llamado.

Ethan, vestido con una camisa azul de cuadros, camiseta blanca y jeans, sonríe de oreja a oreja en cuanto aparezco.

—¡Wow! Estás muy sexy, Steele —dice, asintiendo con admiración, y me da un abrazo rápido.

—¿Va todo bien? —pregunto.

Él frunce el ceño.

—Toda va bien, Ana. Quería verte, eso es todo. Hacía unos días que no sabía nada de ti y quería averiguar cómo te trata el magnate.

Me ruborizo y no puedo evitar sonreír.

—¡Bien! —exclama Ethan y levanta las manos—. Con esa sonrisa velada me basta. No quiero saber nada más. Vine con la esperanza de que pudieras salir a comer. Voy a inscribirme en un curso de psicología en septiembre, aquí en Seattle. Para mi maestría.

—Oh, Ethan. Han pasado muchas cosas. Tengo mucho que contarte, pero ahora mismo no puedo. Tengo una reunión —y de repente se me ocurre una idea—. ¿Podrías hacerme un gran favor, un favor enorme? —le pregunto, entrelazando las manos en gesto de súplica.

—Claro —dice, perplejo ante mi petición.

—Había quedado para comer con la hermana de Christian y Elliot, pero no puedo localizarla, y me acaba de surgir esta reunión. ¿Podrías llevarla a comer? ¿Por favor?

—¡Uf, Ana! No quiero hacer de niñero de una mocosa.

—Por favor, Ethan.

Le dedico la mejor caída de las largas pestañas de mis ojos azules. Él alza la mirada con expresión resignada y sé que lo he convcencido.

—¿Me cocinarás algo? —refunfuña.

—Claro, lo que sea, cuando quieras.

—¿Y dónde está ella?

—Está a punto de llegar.

Y, justo en ese momento, oigo su voz.

—¡Ana! —grita desde la puerta.

Ambos nos damos la vuelta, y ahí está ella: tan alta y curvilínea, con su negra melenita corta, lacia y brillante, y un minivestido verde menta, a juego con unos zapatos de tacón alto con tiras alrededor de sus esbeltos tobillos. Está espectacular.

—¿La mocosa? —susurra él, mirándola boquiabierto.

—Sí. La mocosa que necesita un niñero —le respondo también en un susurro—. Hola, Mia.

Le doy un rápido abrazo y ella se queda mirando a Ethan con bastante descaro.

—Mia… éste es Ethan, el hermano de Kate.

Él asiente arqueando las cejas, sorprendido. Mia pestañea repetidamente y le da la mano.

—Encantado de conocerte —murmura Ethan con delicadeza, y Mia, sin palabras por una vez, vuelve a pestañear y se sonroja.

Oh vaya. Me parece que es la primera vez que la veo ruborizarse.

—Yo no puedo salir a comer —digo débilmente—. Pero Ethan ha aceptado acompañarte, si te parece bien. ¿Podríamos quedar nosotras otro día?

—Claro —dice Mia en voz baja.

Mia hablando en voz baja, vaya una novedad.

—Sí. Yo me ocupo de ella. Hasta luego, Ana —dice Ethan, y le ofrece el brazo a Mia.

Ella acepta con una sonrisa tímida.

—Adiós, Ana —Mia se vuelve hacia mí y dice sin palabras, con un guiño exagerado—: ¡oh, Dios mío!

¡Le gusta! Les despido con la mano mientras salen del edificio. Me pregunto cuál será la actitud de Christian con respecto a las citas de su hermana. Pensar en eso me inquieta. Ella tiene mi edad, de manera que no puede oponerse, ¿verdad?

Pero es que estamos hablando de Christian. Mi fastidiosa subconsciente ha vuelto, con su expresión severa, su suéter de punto y la bolsa colgada del brazo. Sacudo la cabeza para deshacerme de esa imagen. Mia es una mujer adulta y Christian puede ser una persona razonable, ¿o no? Desecho esa idea y vuelvo al despacho de Jack... este... a mi despacho, para preparar la reunión.

A las tres y media ya estoy de vuelta. La reunión salió bien. Incluso conseguí que me aprueben los dos manuscritos que propuse. Estoy emocionada.

Sobre mi escritorio hay una enorme cesta de mimbre llena de unas maravillosas rosas de color blanco y rosa pálido. Wow... sólo con el aroma resulta cautivador. Saco la tarjeta y sonrío. Sé quién las envía.

Felicidades, señorita Steele
¡Y lo has hecho todo tú sola!
Sin ayuda de tu muy amigo, compañero y megalómano presidente
Te quiero
Christian

Saco la BlackBerry para escribirle.

De: Anastasia Steele
Fecha: 16 de junio de 2011 15:43
Para: Christian Grey
Asunto: El megalómano...

... es mi tipo de maníaco favorito. Gracias por las preciosas flores. Han llegado en una enorme cesta de mimbre que me hace pensar en picnics y mantitas.

x

De: Christian Grey
Fecha: 16 de junio de 2011 15:55
Para: Anastasia Steele
Asunto: Aire libre

¿Maníaco, eh? Puede que el doctor Flynn tenga algo que decir sobre esto.
¿Quieres ir de picnic?
Podemos divertirnos mucho al aire libre, Anastasia...
¿Cómo va tu día, nena?

Christian Grey
Presidente de Grey Enterprises Holdings, Inc.

Oh, Dios. Me ruborizo leyendo su respuesta.

De: Anastasia Steele
Fecha: 16 de junio de 2011 16:00
Para: Christian Grey
Asunto: Intenso

El día ha pasado volando. Apenas he tenido un momento para mí, para pensar en nada que no fuera trabajo. ¡Creo que soy capaz de hacer esto! Te contaré más en casa.
Eso del aire libre suena... interesante.
Te quiero.

A x

P.D.: No te preocupes por el doctor Flynn.

Suena el teléfono de mi mesa. Es Claire desde recepción, desesperada por saber quién ha enviado las flores y qué ha pasado con Jack. Enclaustrada en el despacho todo el día, me he perdido los chismes. Le cuento apresuradamente que las flores son de mi novio y que sé muy poco sobre la partida de Jack. Vibra mi BlackBerry: es un nuevo correo de Christian.

De: Christian Grey
Fecha: 16 de junio de 2011 16:09
Para: Anastasia Steele
Asunto: Intentaré...

... no preocuparme.
Hasta luego, nena. x

Christian Grey
Presidente de Grey Enterprises Holdings, Inc.

A las cinco y media, despejo mi escritorio. Es increíble lo rápido que ha pasado el día. Tengo que volver al Escala para preparar la entrevista con el doctor Flynn. No he tenido tiempo siquiera de pensar en las preguntas. Puede que hoy tengamos una reunión inicial, y quizá Christian me deje quedar con él más adelante. Me olvido de eso, salgo a toda prisa del despacho y me despido de Claire con un presuroso gesto de la mano.

También he de pensar en el cumpleaños de Christian. Sé qué voy a regalarle. Me gustaría que lo tuviera hoy antes de vernos con el doctor Flynn, pero ¿cómo? Al lado del estacionamiento hay una tienda que vende baratijas para turistas. De repente tengo una inspiración y entro.

Media hora más tarde entro en el salón y Christian está de pie hablando por la BlackBerry y mirando por el gran ventanal. Se da vuelta, me sonríe radiante y decide poner fin a la llamada.

—Magnífico, Ros. Dile a Barney que partiremos de ahí... Adiós.

Se me acerca con paso decidido y yo lo espero tímidamente en el umbral. Se ha cambiado de ropa, lleva una camiseta blanca y jeans, y tiene un aspecto de chico malo muy provocativo... Wow.

—Buenas tardes, señorita Steele —murmura, y se inclina para besarme—. Felicidades por su ascenso.

Me rodea entre sus brazos. Huele maravillosamente.

—Te bañaste.

—Acabo de entrenar con Claude.

—Ah.

—Logré patearle el trasero dos veces.

Christian sonríe de oreja a oreja como un chavo satisfecho de sí mismo. Es una sonrisa contagiosa.

—¿Y eso no ocurre muy a menudo?

—No, y cuando pasa es muy satisfactorio. ¿Tienes hambre?

Niego con la cabeza.

—¿Qué? —exclama ceñudo.

—Estoy nerviosa. Por lo del doctor Flynn.

—Yo también. ¿Qué tal tu día?

Me suelta de su abrazo y le hago un breve resumen. Me escucha con atención.

—Ah... tengo que decirte otra cosa —añado—. Había quedado de comer con Mia.

Él arquea las cejas, sorprendido.

—No me lo habías dicho.

—Ya lo sé. Me olvidé. No pude ir por culpa de la reunión. Ethan fue en mi lugar y comió con ella.

Se le oscurece el semblante.

—Ya. Deja de morderte el labio.

—Voy a refrescarme un poco —digo para cambiar de tema, y me doy la vuelta para marcharme antes de que pueda reaccionar.

La consulta del doctor Flynn queda bastante cerca del departamento de Christian. Muy a mano, pienso, para visitas de emergencia.

—Normalmente vengo corriendo desde casa —me dice Christian cuando aparca mi Saab—. Este coche es estupendo —comenta sonriéndome.

—Yo pienso lo mismo —le sonrío a mi vez—. Christian... Yo...

Lo miro con ansiedad.

—¿Qué pasa, Ana?

—Toma —saco la cajita de regalo de mi bolso—. Esto es para ti, por tu cumpleaños. Quería dártelo ahora... pero sólo si prometes no abrirlo hasta el sábado, ¿sí?

Me mira sorprendido, parpadea y traga saliva.

—Está bien —murmura cauteloso.

Suspiro profundamente y se lo entrego, sin hacer caso de su perplejidad. Sacude la cajita, que hace un ruidito muy sugerente. Frunce el ceño. Sé lo desesperado que está por ver qué contiene. Entonces sonríe, y en sus ojos aparece una chispa de emoción juvenil y espontánea. Oh, Dios... aparenta la edad que tiene... y está guapísimo.

—No puedes abrirlo hasta el sábado —le advierto.

—Ya lo sé —dice—. ¿Por qué me lo das ahora?

Mete la cajita en el bolsillo interior de su saco azul de raya diplomática, cerca de su corazón.

Qué apropiado, pienso. Sonrío con complicidad.

—Porque puedo, señor Grey.

En sus labios aparece una mueca teñida de ironía.

—Vaya, señorita Steele, me copió la frase.

Una recepcionista amable y de aire eficiente nos hace pasar a la palaciega consulta del doctor Flynn. Saluda a Christian muy afectuosa, un poco demasiado afectuosa para mi gusto —tiene edad para ser su madre—, y él la llama por su nombre.

La sala es sobria: de color verde claro, con dos sillones verde oscuro frente a dos sillones orejeros de piel, y con una atmósfera propia de un club inglés. El doctor Flynn está sentado en su escritorio, al fondo.

Cuando entramos, se pone de pie y se acerca a nosotros en la zona destinada a las visitas. Lleva pantalones negros y una camisa abierta de color azul claro, sin corbata. Sus brillantes ojos azules parecen no perder detalle.

—Christian.

Sonríe amigablemente.

—John —Christian le estrecha la mano—. ¿Te acuerdas de Anastasia?

—¿Cómo iba a olvidarme? Bienvenida, Anastasia.

—Ana, por favor —balbuceo, y él me da la mano con energía. Me encanta su acento inglés.

—Ana —dice afablemente, y nos acompaña hasta los sillones. Christian me señala uno de ellos. Me siento, apoyando la mano en el brazo intentando parecer relajada, y él se acomoda en el otro en el extremo más próximo a mí, de manera que estamos sentados en ángulo recto. En medio tenemos una mesita con una sencilla lámpara. Me llama la atención la caja de pañuelos que hay junto a ella.

Esto no es lo que esperaba. Tenía en mente una estancia austera, blanca con un diván negro de piel.

Con actitud eficiente y relajada, el doctor Flynn se sienta en uno de los sillones orejeros y toma un cuaderno de notas. Christian cruza las piernas, apoyando un tobillo en la rodilla, y extiende el brazo sobre el respaldo del sofá. Acerca la otra mano a la que tengo sobre el brazo del sillón y me la aprieta para darme ánimos.

—Christian ha solicitado que estuvieras presente en una de nuestras sesiones —dice el doctor Flynn amablemente—. Para tu información, consideramos estas conversaciones como algo estrictamente confidencial...

Arqueo una ceja e interrumpo a Flynn.

—Este... eh... firmé un acuerdo de confidencialidad —murmuro, avergonzada por haberlo interrumpido.

Los dos se me quedan mirando, y Christian me suelta la mano.

—¿Un acuerdo de confidencialidad?

El doctor Flynn frunce el ceño y mira a Christian, intrigado. Él se encoge de hombros.

—¿Empiezas todas tus relaciones con mujeres firmando un acuerdo de ese tipo? —le pregunta el doctor Flynn.

—Con las contractuales, sí.

El doctor Flynn esboza una mueca.

—¿Has tenido otro tipo de relaciones con mujeres? —pregunta, y parece divertido.

—No —contesta Christian al cabo de un momento, y él también parece divertido.

—Eso pensaba —el doctor Flynn vuelve a dirigirse a mí—.

Bien, supongo que no tenemos que preocuparnos por el tema de la confidencialidad, pero ¿puedo sugerir que hablen entre ustedes sobre eso en algún momento? Según tengo entendido, no están sujetos a una relación contractual.

—Yo espero llegar a otro tipo de contrato —dice Christian en voz baja, mirándome.

Me ruborizo y el doctor Flynn entorna los ojos.

—Ana. Tendrás que perdonarme, pero probablemente sepa más de ti de lo que crees. Christian se ha mostrado muy comunicativo.

Nerviosa, miro de reojo a Christian. ¿Qué le ha dicho?

—¿Un acuerdo de confidencialidad? —prosigue—. Eso debió de impactarte mucho.

Lo miro algo desconcertada.

—Bueno, eso me parece una nimiedad comparado con lo que Christian me ha revelado últimamente —contesto con un hilo de voz, sonando bastante nerviosa.

—De eso estoy seguro —el doctor Flynn me sonríe afectuosamente—. Bueno, Christian, ¿de qué querías hablar?

Christian se encoge de hombros como un adolescente hosco.

—Era Anastasia la que quería verte. Tal vez deberías preguntárselo a ella.

El doctor Flynn vuelve a mostrarse sorprendido y me observa con perspicacia.

Dios. Esto es una tortura. Yo me miro las manos.

—¿Estarías más a gusto si Christian nos dejara un rato a solas?

Clavo los ojos en Christian, que me devuelve una mirada expectante.

—Sí —susurro.

Christian tuerce el gesto y abre la boca, pero vuelve a cerrarla enseguida y se pone de pie con un rápido y ágil movimiento.

—Estaré en la sala de espera —dice, y su boca dibuja una mueca de contrariedad.

Oh, no.

—Gracias, Christian —dice el doctor Flynn, impasible.

Christian me dedica una mirada escrutadora, y luego sale con paso enérgico de la habitación… aunque sin dar un portazo. Uf. Me relajo al instante.

—¿Te intimida?

—Sí. Pero no tanto como antes.

Me siento desleal, pero es la verdad.

—Eso no me sorprende, Ana. ¿En qué puedo ayudarte?

Bajo la mirada hacia mis manos enlazadas. ¿Qué puedo preguntar?

—Doctor Flynn, ésta es mi primera relación con un hombre, y Christian es… bueno, es Christian. Durante la última semana han pasado muchas cosas, y no he tenido oportunidad de analizarlas.

—¿Qué necesitas analizar?

Levanto la vista hacia él. Me está mirando con la cabeza ladeada y, creo, semblante compasivo.

—Bueno… Christian me dice que le parece bien renunciar a… eh…

Balbuceo y me callo. Es mucho más difícil hablar de esto de lo que pensaba.

El doctor Flynn suspira.

—Ana, en el breve tiempo que hace que lo conoces, has hecho más progresos que yo en los dos años que lo he tenido como paciente. Has causado un profundo efecto en él. Eso tienes que verlo.

—Él también ha causado un profundo efecto en mí. Es sólo que no sé si seré bastante para él. Para satisfacer sus necesidades —susurro.

—¿Es eso lo que necesitas de mí? ¿Que te tranquilice?

Asiento.

—Christian necesita un cambio —dice sencillamente—. Se ha visto en una situación en la que sus métodos para afrontarla ya no le sirven. Es algo muy simple: tú lo has obligado a enfrentarse a algunos de sus demonios, y a recapacitar.

Lo miro fijamente. Eso cuadra bastante con lo que Christian me ha contado.

—Sí, sus demonios —murmuro.

—No profundizaremos en ellos... son cosa del pasado. Christian ya sabe cuáles son sus demonios, como yo... y estoy seguro de que ahora tú también. Me preocupa mucho más el futuro, y conducir a Christian al lugar donde quiere estar.

Frunzo el ceño y él levanta una ceja.

—El término técnico es SFBT... lo siento —sonríe—. Son las siglas en inglés de «terapia breve centrada en soluciones». Está básicamente orientada a alcanzar un objetivo. Nos concentramos en la meta a la que quiere llegar Christian y en cómo conducirlo hasta allí. Es un enfoque dialéctico. No tiene sentido culparse por el pasado: eso ya lo han analizado todos los médicos, psicólogos y psiquiatras que han atendido a Christian. Sabemos por qué es como es, pero lo importante es el futuro. A qué aspira Christian, adónde quiere llegar. Hizo falta que lo abandonaras para que él aceptara seriamente este tipo de terapia. Está consciente de que su objetivo es una relación amorosa contigo. Es así de simple, y ahora trabajaremos sobre eso. Hay obstáculos, naturalmente: su hafefobia, por ejemplo.

¿Su qué? Lo miro boquiabierta.

—Perdona. Me refiero a su miedo a que lo toquen —dice el doctor Flynn, y mueve la cabeza como regañándose a sí mismo—. Del que estoy convencido de que eres consciente.

Me ruborizo y asiento. ¡Ah, eso!

—Sufre un aborrecimiento mórbido hacia sí mismo. Estoy seguro de que esto no te sorprende. Y, por supuesto, está la... parasomnia... esto... perdona, dicho llanamente, los terrores nocturnos.

Parpadeo e intento absorber todas esas complejas palabras. Todo eso ya lo sé, pero el doctor Flynn no ha mencionado mi preocupación principal.

—Pero es un sádico. Seguro que, como tal, tiene necesidades que yo no puedo satisfacer.

El doctor Flynn alza la vista al cielo con gesto exasperado y aprieta los labios.

—Eso ya no se considera un término psiquiátrico. No sé cuántas veces se lo he repetido a Christian. Ni siquiera se considera una parafilia desde los años noventa.

El doctor Flynn ha conseguido que vuelva a perderme. Lo miro y parpadeo. Él reacciona con una sonrisa amable.

—Ésa es mi cruz —afirma meneando la cabeza—. Simplemente Christian piensa lo peor en cualquier situación. Forma parte de ese aborrecimiento que siente por sí mismo. Por supuesto que existe el sadismo sexual, pero no es una enfermedad: es una opción vital. Y si se practica de forma segura, dentro de una relación sana y consentida entre adultos, no hay problema. Por lo que yo sé, todas las relaciones BDSM que ha mantenido Christian han sido así. Tú eres la primera amante que no lo ha consentido, de manera que está dispuesto a no hacerlo.

¡Amante!

—Pero seguramente no resulte tan sencillo.

—¿Por qué no?

El doctor Flynn se encoge de hombros con expresión afable.

—Bien... las razones por las que lo hace.

—Ésa es la cuestión, Ana. En términos de la terapia breve centrada en soluciones, es así de simple. Christian quiere estar contigo. Para eso tiene que renunciar a los aspectos más extremos de ese tipo de relación. Al fin y al cabo, lo que tú pides es razonable... ¿verdad?

Me sonrojo. Sí, es razonable, ¿verdad?

—Eso pienso yo. Pero me preocupa lo que piense él.

—Christian lo ha admitido y ha actuado en consecuencia. Él no está loco —el doctor Flynn suspira—. En resumen, no es un sádico, Ana. Es un joven brillante, airado y asustado, a quien al nacer le tocó una espantosa mano de cartas en la vida. Todos podemos golpearnos el pecho de indignación ante esa injusticia, y analizar hasta la extenuación el quién, el cómo y el porqué de todo ello; o Christian puede avanzar y decidir cómo quiere vivir de ahora en adelante. Había descubierto algo que le funcionó durante unos años, más o menos, pero desde que te conoció, ya no le funciona. Y en consecuencia, ha cambiado su modus operandi. Tú y yo tenemos que respetar su elección y apoyarlo.

Lo miro confusa.

—¿Y ésa es mi garantía de tranquilidad?

—La mejor posible, Ana. En esta vida no hay garantías —sonríe—. Y ésta es mi opinión profesional.

Le devuelvo una débil sonrisa. Bromas de médicos… vaya.

—Pero él se considera una especie de alcohólico en rehabilitación.

—Christian siempre pensará lo peor. Como he dicho, eso forma parte del aborrecimiento que siente por sí mismo. Es su carácter, pase lo que pase. Naturalmente, hacer ese cambio en su vida le preocupa. Se expone potencialmente a todo un universo de sufrimiento emocional, del cual, por cierto, tuvo un anticipo cuando tú le dejaste. Es lógico que se muestre aprensivo —hace una pausa—. No voy a insistir más en la importancia de tu papel en esta conversión de Damasco… en su camino hacia Damasco. Pero la tiene, y mucha. Christian no estaría en este punto si no te hubiera conocido. Personalmente yo no creo que la del alcohólico sea una buena analogía, pero si por ahora le sirve, pienso que deberíamos concederle el beneficio de la duda.

Concederle a Christian el beneficio de la duda. Frunzo el ceño ante la idea.

—Emocionalmente, Christian es un adolescente, Ana. Pasó totalmente de largo por esa fase de su vida. Ha canalizado todas sus energías en triunfar en el mundo de los negocios, y ha superado todas las expectativas. Ahora tiene que poner al día su universo emocional.

—¿Y yo cómo puedo ayudarlo?

El doctor Flynn se echa a reír.

—Limítate a seguir haciendo lo que estás haciendo —me sonríe—. Christian está perdidamente enamorado. Es fantástico verlo así.

Me ruborizo, y la diosa que llevo dentro se abraza entusiasmada, pero hay algo que me sigue preocupando.

—¿Puedo preguntarle una cosa más?

—Por supuesto.

Suspiro profundamente.

—Una parte de mí piensa que, si Christian no estuviera tan destrozado, no me querría… a mí.

El doctor Flynn arquea las cejas, sorprendido.

—Ésa es una valoración muy negativa de ti misma, Ana. Y, francamente, dice más sobre ti que sobre Christian. No llega al nivel de su odio hacia sí mismo, pero me sorprende.

—Bueno, mírelo a él… y luego míreme a mí.

El doctor Flynn tuerce el gesto.

—Lo he hecho. He visto a un hombre joven y atractivo, y a una mujer joven y atractiva. ¿Por qué no te consideras atractiva, Ana?

Oh, no… no quiero que esto se centre ahora mí. Me miro los dedos. En ese momento llaman con energía a la puerta y me sobresalto. Christian vuelve a entrar en la sala, mirándonos fijamente a ambos. Yo me ruborizo y vuelvo la vista hacia Flynn, que sonríe afablemente a Christian.

—Bienvenido de nuevo, Christian —dice.

—Creo que ya ha pasado la hora, John.

—Ya casi estamos, Christian. Pasa.

Christian se sienta, a mi lado esta vez, y apoya la mano sobre mi rodilla posesivamente. Un gesto que no le pasa desapercibido al doctor Flynn.

—¿Quieres preguntar algo más, Ana? —inquiere el doctor con preocupación evidente.

Maldita sea… no debería haberle planteado eso. Niego con la cabeza.

—¿Christian?

—Hoy no, John.

Flynn asiente.

—Puede que sea beneficioso para los dos que vuelan. Estoy seguro de que Ana tendrá más preguntas.

Christian hace a regañadientes un gesto de conformidad.

Me ruborizo. Oh, no… quiere profundizar. Christian me da una palmadita en la mano y me mira atentamente.

—¿De acuerdo? —pregunta en voz baja.

Yo le sonrío y asiento. Sí, vamos a concederle el beneficio de la duda, por gentileza del buen doctor inglés.

Christian me aprieta la mano y se vuelve hacia Flynn.

—¿Cómo está? —pregunta en un susurro.

¿Se refiere… a mí?

—Saldrá de ésta —contesta éste tranquilizadoramente.

—Bien. Mantenme informado de su evolución.

—Lo haré.

Oh, Dios. Están hablando de Leila.

—¿No deberíamos salir a celebrar tu ascenso? —me pregunta Christian en un tono inequívoco.

Asiento tímidamente y se pone de pie.

Nos despedimos apresuradamente del doctor Flynn, y Christian me hace salir con un apremio inusitado.

Una vez en la calle, se vuelve hacia mí y me mira.

—¿Cómo estuvo?

Su voz tiene un matiz de ansiedad.

—Estuvo bien.

Me mira con suspicacia. Yo ladeo la cabeza.

—Señor Grey, por favor, no me mire de esa manera. Por órdenes del doctor, voy a concederte el beneficio de la duda.

—¿Qué quiere decir eso?

—Ya lo verás.

Tuerce el gesto y entorna los ojos.

—Sube al coche —ordena, y abre la puerta del pasajero del Saab.

Oh… cambio de rumbo. Mi BlackBerry empieza a vibrar. La saco de mi bolsa.

¡Oh, no, José!

—¡Hola!

—Ana, hola…

Observo a Cincuenta, que me mira con recelo. «José», articulo en silencio. Me observa impasible, pero se le endurece la expresión. ¿Cree que no me doy cuenta? Devuelvo mi atención a José.

—Perdón que no te haya llamado. ¿Es por lo de mañana? —le pregunto a José, pero con los ojos puestos en Christian.

—Sí, oye: he hablado con un tipo que había en casa de Grey,

así que ya sé dónde tengo que entregar las fotos. Iré allí entre las cinco y las seis… después de eso, estoy libre.

Ah.

—Bueno, de hecho ahora estoy instalada en casa de Christian, y él dice que si quieres puedes dormir allí.

Christian aprieta los labios, que se convierten en una fina y dura línea. Mmm… menudo anfitrión está hecho.

José se queda callado un momento para digerir la noticia. Yo siento cierta vergüenza. Ni siquiera he tenido la oportunidad de hablar con él sobre Christian.

—Bien —dice finalmente—. Esto de Grey… ¿va en serio?

Le doy la espalda al coche y camino hasta el otro lado de la acera.

—Sí.

—¿Qué tan serio?

Pongo los ojos en blanco y me quedo callada. ¿Por qué Christian tiene que estar escuchando?

—Serio.

—¿Está contigo ahora? ¿Por eso hablas con monosílabos?

—Sí.

—Bien. Entonces, ¿tienes permiso para salir mañana?

—Claro.

Eso espero, y automáticamente cruzo los dedos.

—Bueno, ¿dónde quedamos?

—Puedes venir a buscarme al trabajo —sugiero.

—Perfecto.

—Te mando un mensaje con la dirección.

—¿A qué hora?

—¿A las seis?

—Muy bien. Quedamos así. Tengo ganas de verte, Ana. Te echo de menos.

Sonrío.

—Estupendo. Nos vemos.

Cuelgo el teléfono y me doy la vuelta.

Christian está apoyado en el coche, mirándome con una expresión inescrutable.

—¿Cómo está tu amigo? —pregunta con frialdad.

—Está bien. Me recogerá en el trabajo y supongo que iremos a tomar algo. ¿Quieres venir con nosotros?

Christian vacila. Sus ojos grises permanecen fríos.

—¿No crees que intentará algo?

—¡No! —exclamo en tono exasperado… pero me abstengo de poner los ojos en blanco.

—De acuerdo —Christian levanta las manos en señal de rendición—. Sal con tu amigo, y ya te veré a última hora de la tarde.

Yo me esperaba una discusión, y su rápido consentimiento me toma desubicada.

—¿Ves como puedo ser razonable? —dice sonriendo.

Yo tuerzo el gesto. Eso ya lo veremos.

—¿Puedo conducir?

Christian parpadea, sorprendido por mi petición.

—Preferiría que no.

—¿Por qué, si se puede saber?

—Porque no me gusta que me lleven.

—Esta mañana no te importó, y tampoco parece que te moleste mucho que Taylor te lleve.

—Es evidente que confío en la forma de conducir de Taylor.

—¿Y en la mía no? —pongo las manos en las caderas—. Francamente… tu obsesión por el control no tiene límites. Yo conduzco desde los quince años.

Él responde encogiéndose de hombros, como si eso no tuviera la menor importancia. ¡Oh… es tan exasperante! ¿Beneficio de la duda? Al carajo.

—¿Es éste mi coche? —pregunto.

Él me mira con el ceño fruncido.

—Claro que es tu coche.

—Pues dame las llaves, por favor. Lo he conducido dos veces, y únicamente para ir y volver del trabajo. Sólo lo estás disfrutando tú.

Estoy a punto de hacer un puchero. Christian tuerce la boca para disimular una sonrisa.

—Pero si no sabes adónde vamos.

—Estoy segura de que usted podrá informarme, señor Grey. Hasta ahora lo ha hecho muy bien.

Se me queda mirando, atónito, y entonces sonríe, con esa nueva sonrisa tímida que me desarma totalmente y me deja sin respiración.

—¿Así que lo he hecho bien, eh? —murmura.

Me sonrojo.

—En general, sí.

—Bien, en ese caso…

Me da las llaves, se dirige hasta la puerta del conductor y me la abre.

—Aquí a la izquierda —ordena Christian, mientras circulamos en dirección norte hacia la interestatal cinco—. Demonios… cuidado, Ana.

Se agarra al tablero.

Oh, por Dios. Pongo los ojos en blanco, pero no me vuelvo a mirarlo. Van Morrison canta de fondo en el equipo de sonido del coche.

—¡Más despacio!

—¡Estoy yendo despacio!

Christian suspira.

—¿Qué te ha dicho el doctor Flynn?

Capto la ansiedad que emana de su voz.

—Ya te lo expliqué. Dice que debería concederte el beneficio de la duda.

Maldita sea… quizá debería haber dejado que condujera Christian. Así podría observarlo. De hecho… Pongo las intermitentes para detener el coche.

—¿Qué estás haciendo? —espeta, alarmado.

—Dejar que conduzcas tú.

—¿Por qué?

—Así podré mirarte.

Se echa a reír.

—No, no… querías conducir tú. Así que sigue conduciendo, y yo te miraré a ti.

Le pongo mala cara.

—¡No apartes la vista de la carretera! —grita.

Me hierve la sangre. ¡Hasta aquí! Acerco el coche al borde de la acera justo delante de un semáforo, salgo del coche dando un portazo y me quedo de pie en la acera, con los brazos cruzados. Lo fulmino con la mirada. Él también se baja del Saab.

—¿Qué estás haciendo? —pregunta enfurecido.

—No, ¿qué estás haciendo tú?

—No puedes pararte aquí.

—Ya lo sé.

—Entonces, ¿por qué lo haces?

—Porque ya estoy harta de que me des órdenes a gritos. ¡O conduces tú o dejas de comentar cómo conduzco!

—Anastasia, vuelve a entrar en el coche antes de que nos pongan una multa.

—No.

Me mira y parpadea, sin saber qué decir; entonces se pasa la mano por el pelo, y su enojo se convierte en desconcierto. De repente está tan gracioso, que no puedo evitar sonreírle. Él frunce el ceño.

—¿Qué? —me grita otra vez.

—Tú.

—¡Oh, Anastasia! Eres la mujer más frustrante que he conocido en mi vida —levanta las manos al aire, exasperado—. Muy bien, conduciré yo.

Lo agarro por las solapas de la chaqueta y lo acerco a mí.

—No… usted es el hombre más frustrante que he conocido en mi vida, señor Grey.

Él baja los ojos hacia mí, oscuros e intensos, luego desliza los brazos alrededor de mi cintura y me abraza muy fuerte.

—Entonces puede que estemos hechos el uno para el otro —dice en voz baja con la nariz hundida en mi pelo, y respira profundamente.

Lo rodeo con los brazos y cierro los ojos. Por primera vez desde esta mañana, me siento relajada.

—Oh… Ana, Ana, Ana —susurra, con los labios pegados a mi cabello.

Estrecho mi abrazo y nos quedamos así, inmóviles, disfrutando de un momento de inesperada tranquilidad en la calle. Me suelta y me abre la puerta del pasajero. Entro y me siento en silencio, mirando cómo él rodea el coche.

Arranca y se incorpora al tráfico, tarareando abstraído al son de Van Morrison.

Wow. Nunca lo había oído cantar, ni siquiera en la regadera, nunca. Frunzo el ceño. Tiene una voz encantadora... cómo no. Mmm... ¿me habrá oído él cantar?

¡Si fuera así, no te habría pedido que te casaras con él! Mi subconsciente tiene los brazos cruzados, vestida con estampado de cuadros Burberry. Termina la canción y Christian sonríe satisfecho.

—Si nos hubieran puesto una multa, este coche está a tu nombre, ¿sabes?

—Bueno, pues qué bien que me hayan ascendido. Así podré pagarla —digo con suficiencia, mirando su perfil encantador .

Esboza una media sonrisa. Empieza a sonar otra canción de Van Morrison mientras Christian se incorpora al carril que lleva a la interestatal cinco, en dirección norte.

—¿Adónde vamos?

—Es una sorpresa. ¿Qué más te ha dicho Flynn?

Suspiro.

—Habló de la FFFSTB o no sé qué terapia.

—SFBT. La última opción terapéutica —musita.

—¿Has probado otras?

Christian suelta un bufido.

—Nena, me he sometido a todas. Cognitiva, freudiana, funcionalista, Gestalt, del comportamiento... Escoge la que quieras, que durante estos años seguro que la he probado —dice en un tono que delata su amargura.

El resentimiento que destila su voz resulta angustioso.

—¿Crees que este último enfoque te ayudará?

—¿Qué ha dicho Flynn?

—Que no escarbáramos en tu pasado. Que nos centráramos en el futuro... en la meta a la que quieres llegar.

Christian asiente, pero se encoge de hombros al mismo tiempo con expresión cauta.

—¿Qué más? —insiste.

—Habló de tu miedo a que te toquen, aunque él lo llamó de otra forma. Y sobre tus pesadillas, y el odio que sientes hacia ti mismo.

Lo observo a la luz del crepúsculo y se le ve pensativo, mordisqueándose el pulgar mientras conduce. Vuelve la cabeza hacia mí.

—Mire a la carretera, señor Grey —lo regaño.

Parece divertido y levemente irritado.

—Estuvieron hablando mucho rato, Anastasia. ¿Qué más te dijo?

Yo trago saliva.

—Él no cree que seas un sádico —murmuro.

—¿De verdad? —dice Christian en voz baja y frunce el ceño.

La atmósfera en el interior del coche cae en picada.

—Dice que la psiquiatría no admite ese término desde los años noventa —musito, intentando recuperar de inmediato el buen ambiente.

La cara de Christian se ensombrece y lanza un suspiro.

—Flynn y yo tenemos opiniones distintas al respecto.

—Él dice que tú siempre piensas lo peor de ti mismo. Y yo sé que eso es verdad —murmuro—. También ha mencionado el sadismo sexual... pero dijo que eso es una opción vital, no un trastorno psiquiátrico. Quizá sea en eso en lo que estás pensando.

Vuelve a fulminarme con la mirada y aprieta los labios.

—Así que tienes una charla con el médico y te conviertes en una experta —comenta con acidez y vuelve a mirar al frente.

Oh, vaya... Suspiro.

—Mira... si no quieres oír lo que me dijo, entonces no preguntes —replico en voz baja.

No quiero discutir. De todas formas, tiene razón... ¿Qué demonios sé yo de todo esto? ¿Quiero saberlo siquiera? Puedo enumerar los puntos principales: su obsesión por el control, su posesividad, sus celos, su sobreprotección... y comprendo perfectamente de dónde proceden. Incluso puedo entender por qué no le gusta que lo toquen: he visto las cicatrices físicas. Las mentales sólo puedo imaginarlas, y únicamente en una ocasión he tenido un atisbo de sus pesadillas. Y el doctor Flynn ha dicho…

—Quiero saber de qué hablaron —interrumpe Christian mi reflexión.

Deja la interestatal cinco en la salida 172 y se dirige al oeste, hacia el sol que se pone lentamente.

—Dijo que yo era tu amante.

—¿Ah, sí? —ahora su tono es conciliador—. Bueno, es bastante maniático con los términos. A mí me parece una descripción bastante exacta. ¿A ti, no?

—¿Tú considerabas amantes a tus sumisas?

Christian frunce una vez más el ceño, pero ahora con gesto pensativo. Hace girar suavemente el Saab de nuevo en dirección norte. ¿Adónde vamos?

—No. Eran compañeras sexuales —murmura, con voz cauta—. Tú eres mi única amante. Y quiero que seas algo más.

Oh… ahí está otra vez esa palabra mágica, rebosante de posibilidades. Eso me hace sonreír, y me abrazo a mí misma por dentro, intentando contener mi alegría.

—Lo sé —susurro, haciendo esfuerzos para ocultar la emoción—. Sólo necesito un poco de tiempo, Christian. Para reflexionar sobre estos últimos días.

Él me mira con la cabeza ladeada, extrañado, perplejo.

El semáforo ante el que estamos parados se pone en verde. Christian asiente y sube la música. La conversación ha terminado.

Van Morrison sigue cantando —con más optimismo ahora— sobre una noche maravillosa para bailar bajo la luna. Contemplo por la ventanilla los pinos y los abetos cubiertos por la pátina dorada de la luz crepuscular, y sus sombras alargadas que se extienden sobre la carretera. Christian ha girado por una calle de aspecto más residencial, y enfilamos hacia el oeste, hacia el Sound.

—¿Adónde vamos? —pregunto otra vez cuando volvemos a girar.

Atisbo la señal de la calle: 9TH AVE. NW. Estoy desconcertada.

—Sorpresa —dice, y sonríe misteriosamente.

18

Christian sigue conduciendo junto a unas casas de madera de planta baja bien conservadas, donde se ve a niños jugando al baloncesto en los patios y recorriendo las calles en bicicleta. Las casas están rodeadas de árboles y todo tiene un aspecto próspero y apacible. Quizá vayamos a visitar a alguien. Pero ¿a quién?

Al cabo de unos minutos, Christian da un giro cerrado a la izquierda y nos detenemos frente a dos vistosas verjas blancas de metal, enclavadas en un muro de piedra de unos dos metros de alto. Christian aprieta un botón de su manija y una pantallita eléctrica desciende con un leve zumbido en el lateral de su puerta. Pulsa un número en el panel y las verjas se abren dándonos la bienvenida.

Él me mira de reojo y su expresión ha cambiado. Parece indeciso, nervioso incluso.

—¿Qué es esto? —pregunto, sin poder disimular cierta inquietud en mi tono.

—Una idea —dice en voz baja, y el Saab atraviesa suavemente la entrada.

Subimos por un sendero bordeado de árboles, con anchura suficiente para dos coches. A un lado los árboles rodean una zona boscosa, y al otro se extiende un terreno hermoso de antiguos campos de cultivo dejados en barbecho. La hierba y las flores silvestres han invadido el lugar, recreando un paisaje rural idílico: un prado, donde sopla suavemente la brisa del atardecer y el sol crepuscular tiñe de oro las flores. Es una estampa deliciosa que transmite una gran tranquilidad, y de pronto me imagino tumbada sobre la hierba, contemplando el azul claro de un cielo estival. La idea es tentadora, aunque por algún extraño motivo me provoca añoranza. Es una sensación muy extraña.

El sendero traza una curva y se abre a un amplio camino de entrada frente a una impresionante casa, de estilo mediterráneo, construida en piedra de suave tonalidad rosácea. Es una mansión suntuosa. Todas las luces están encendidas y las ventanas refulgen en el ocaso. Hay un BMW negro aparcado frente a un estacionamiento de cuatro plazas, pero Christian se detiene junto al grandioso pórtico.

Mmm... me pregunto quién vivirá aquí. ¿Por qué vinimos?

Christian me mira ansioso mientras apaga el motor del coche.

—¿Me prometes mantener una actitud abierta? —pregunta.

Frunzo el ceño.

—Christian, desde el día en que te conocí he necesitado mantener una actitud abierta.

Él sonríe con ironía y asiente.

—Buena puntualización, señorita Steele. Vamos.

Las puertas de madera oscura se abren, y en el umbral nos espera una mujer de pelo castaño oscuro, sonrisa franca y un traje chaqueta ceñido de color lila. Yo me alegro de haberme puesto mi nuevo vestido azul marino sin mangas para impresionar al doctor Flynn. Bueno, no llevo unos tacones altísimos como ella, pero aun así no voy con jeans.

—Señor Grey —lo saluda con una cálida sonrisa, y le estrecha la mano.

—Señorita Kelly —responde él cortésmente.

Ella me sonríe y me tiende la mano. Se la estrecho, y me doy cuenta de que se ruboriza, con esa expresión de: «¿No es un hombre de ensueño? Ojalá fuera mío».

—Olga Kelly —se presenta con aire jovial.

—Ana Steele —respondo con un hilo de voz.

¿Quién es esta mujer? Se hace a un lado para dejarnos pasar a la casa y al entrar me quedo estupefacta: está vacía... completamente vacía. Estamos en un vestíbulo inmenso. Las paredes son de un amarillo tenue y desvaído y conservan las marcas de los cuadros que debían de estar colgados allí. Lo único que queda son unas lámparas de cristal de diseño clásico. Los suelos son de madera noble descolorida. Las puertas que tenemos a los lados están cerradas, pero Christian no me da tiempo para poder asimilar qué está pasando.

—Ven —dice.

Me toma de la mano y me lleva por el pasillo abovedado que tenemos delante hasta otro vestíbulo interior más grande. Está presidido por una inmensa escalinata curva con una intrincada barandilla de hierro, pero Christian tampoco se detiene ahí. Me conduce a través del salón principal, que también está vacío salvo por una enorme alfombra de tonos dorados desvaídos: la alfombra más grande que he visto en mi vida. Ah… y hay cuatro arañas de cristal.

Pero las intenciones de Christian quedan claras cuando cruzamos la estancia y salimos a través de unas grandes puertas acristaladas a una amplia terraza de piedra. Debajo de nosotros hay una extensión de cuidado césped del tamaño de medio campo de fútbol y, más allá, está la vista… Wow.

La ininterrumpida vista panorámica resulta impresionante, sobrecogedora incluso: el crepúsculo sobre el Sound. A lo lejos se alza la isla de Bainbridge, y más lejos aún, en este cristalino atardecer, el sol se pone lentamente, irradiando llamaradas sanguíneas y anaranjadas, por detrás del parque nacional Olympic. Tonalidades carmesíes se derraman sobre el cielo cerúleo, junto con trazos de ópalo y aguamarinas mezclados con el púrpura oscuro de los escasos jirones de nubes y la tierra más allá del Sound. Es la naturaleza en su máxima expresión, una orquestada sinfonía visual que se refleja en las aguas profundas y calmas del estrecho de Puget. Y yo me pierdo contemplando la vista… intentando absorber tanta belleza.

Me doy cuenta de que contengo la respiración, sobrecogida, y Christian sigue sosteniendo mi mano. Cuando por fin aparto los ojos de ese grandioso espectáculo, veo que él me mira de reojo, inquieto.

—¿Me trajiste aquí para admirar la vista? —susurro.

Él asiente con gesto serio.

—Es extraordinaria, Christian. Gracias —murmuro, y dejo que mis ojos la saboreen una vez más.

Él me suelta la mano.

—¿Qué te parecería poder contemplarla durante el resto de tu vida? —musita.

¿Qué? Vuelvo la cara como una exhalación hacia él, mis atónitos ojos azules hacia los suyos grises y pensativos. Creo que estoy con la boca completamente abierta, mirándolo sin dar crédito.

—Siempre he querido vivir en la costa —dice—. He navegado por todo el Sound soñando con estas casas. Esta lleva poco tiempo en venta. Quiero comprarla, derribarla y construir otra nueva... para nosotros —susurra, y sus ojos brillan trasluciendo sus sueños y esperanzas.

Madre mía. No sé cómo consigo mantenerme en pie. La cabeza me da vueltas. ¡Vivir aquí! ¡En este precioso refugio! Durante el resto de mi vida...

—Sólo es una idea —añade cauteloso.

Vuelvo a echar un vistazo hacia el interior de la casa. ¿Qué puede valer? Deben de ser... ¿qué, cinco, diez millones de dólares? No tengo ni idea. Madre mía.

—¿Por qué quieres derribarla? —pregunto, mirándolo otra vez.

Le cambia la cara. Oh, no.

—Me gustaría construir una casa más sostenible, utilizando las técnicas ecológicas más modernas. Elliot podría diseñarla.

Vuelvo a mirar el salón. La señorita Olga Kelly está en el extremo opuesto, merodeando junto a la entrada. Es la agente inmobiliaria, claro. Me fijo en que la estancia es enorme y que tiene doble altura, como el salón del Escala. Hay una galería balaustrada arriba, que debe de ser el rellano de la planta superior. Y una chimenea inmensa y toda una hilera de ventanales que se abren a la terraza. Posee un encanto clásico.

—¿Podemos echar un vistazo a la casa?

Él me mira, parpadeando.

—Claro.

Se encoge de hombros, un tanto desconcertado.

Cuando volvemos a entrar, a la señorita Kelly se le ilumina la cara como a una niña en Navidad. Está encantada de proporcionarnos una visita guiada y poder exponer su elaborado discurso.

La casa es enorme: mil cien metros cuadrados en una finca de dos hectáreas y media de terreno. Además del salón principal, hay una cocina con zona de comedor —no, más bien sala para banquete—, con una salita familiar contigua —¡familiar!—, además de una sala de música, una biblioteca, un estudio y, para gran sorpresa mía, una alberca cubierta y un pequeño gimnasio con sauna y baño de vapor. Abajo, en el sótano, hay una sala de cine —wow— y un cuarto de juegos. Mmm… ¿qué tipo de juegos practicaremos aquí?

La señorita Kelly nos va señalando todo tipo de detalles y ventajas, pero en esencia la casa es preciosa y se nota que un día fue el hogar de una familia feliz. Ahora está un poco descuidada, pero nada que no se pueda arreglar con una buena reforma.

Subimos detrás de la señorita Kelly la magnífica escalinata principal hasta la planta de arriba, y apenas puedo contener la emoción: esta casa tiene todo lo que se puede desear en un hogar.

—¿No podría convertirse la casa ya existente en una más ecológica y autosostenible?

Christian me mira parpadeando, desconcertado.

—Tendría que preguntárselo a Elliot. Él es el experto.

La señorita Kelly nos lleva a la suite principal, con unos ventanales hasta el techo que dan a un balcón, donde las vistas son también espectaculares. Me podría pasar todo el día sentada en la cama mirando a través de los ventanales, contemplando los barcos navegar y los sutiles cambios del tiempo.

En este piso hay cinco cuartos más. ¡Niños! Aparto inmediatamente esa idea. Ya tengo demasiadas cosas en las que pensar. La señorita Kelly está sugiriéndole a Christian que en la finca se podrían instalar unas cuadras y un cercado. ¡Caballos! Aparecen en mi mente imágenes terroríficas de mis escasas clases de equitación, pero Christian no parece estar escuchando.

—¿El cercado estaría en los terrenos del prado? —pregunto.

—Sí —contesta radiante la señorita Kelly.

Para mí el prado es un sitio donde tumbarse sobre la hierba alta y hacer picnics, no para que retocen malvados cuadrúpedos satánicos.

Cuando volvemos al salón principal, la señorita Kelly se retira discretamente y Christian vuelve a llevarme a la terraza. El sol ya se ha puesto y las luces urbanas de la península de Olympic centellean en el extremo más alejado del Sound.

Christian me toma entre sus brazos, me levanta la barbilla con el dedo índice y clava sus ojos en mí.

—¿Demasiadas cosas que digerir? —pregunta con una expresión inescrutable.

Asiento.

—Quería comprobar que te gustaba antes de comprarla.

—¿La vista?

Asiente.

—La vista me encanta, y esta casa también.

—¿Te gusta?

Sonrío tímidamente.

—Christian, me tuviste ya desde el prado.

Él separa los labios e inhala profundamente. Luego una sonrisa transforma su cara, y de pronto hunde las manos en mi cabello y sus labios cubren mi boca.

Cuando volvemos en coche a Seattle, Christian está mucho más animado.

—Entonces, ¿vas a comprarla? —pregunto.

—Sí.

—¿Pondrás a la venta el departamento del Escala?

Frunce el ceño.

—¿Por qué iba a hacer eso?

—Para pagar la…

Mi voz se va perdiendo… claro. Me ruborizo.

Me sonríe con suficiencia.

—Créeme, puedo permitírmelo.

—¿Te gusta ser rico?

—Sí. Dime de alguien a quien no le guste —replica en tono adusto.

Bien, dejemos rápidamente ese tema.

—Anastasia, si aceptas mi proposición, tú también vas a tener que aprender a ser rica —añade en voz baja.

—La riqueza es algo a lo que nunca he aspirado, Christian —digo con gesto ceñudo.

—Lo sé, y eso me encanta de ti. Pero también es verdad que nunca has pasado hambre —concluye, y sus palabras tienen un tono de grave solemnidad.

—¿Adónde vamos? —pregunto animadamente para cambiar de tema.

Christian se relaja.

—A celebrarlo.

¡Oh!

—¿A celebrar qué, la casa?

—¿Ya no te acuerdas? Tu puesto de editora.

—Ah, sí.

Sonrío exultante. Es increíble que lo haya olvidado.

—¿Dónde?

—Arriba en mi club.

—¿En tu club?

—Sí. En uno de ellos.

El Mile High Club está en el piso setenta y seis de la Columbia Tower, más alto incluso que el ático de Christian. Es muy moderno y tiene las vistas más alucinantes de todo Seattle.

—¿Una copa, señora?

Christian me ofrece una copa de champán frío. Estoy sentada en un taburete de la barra.

—Vaya, gracias, señor —digo, pronunciando seguramente la última palabra con un pestañeo provocativo.

Él me mira fijamente y su semblante se oscurece turbadoramente.

—¿Está coqueteando conmigo, señorita Steele?

—Sí, señor Grey, estoy coqueteando. ¿Qué piensa hacer al repecto?

—Seguro que se me ocurrirá algo —dice con voz ronca—. Ven, nuestra mesa está lista.

Cuando nos estamos acercando a la mesa, Christian me sujeta del codo y me para.

—Ve a quitarte los calzones —susurra.

¿Oh? Un delicioso cosquilleo me recorre la columna.

—Ve —ordena en voz baja.

Wow… ¿qué? Él no sonríe; permanece tremendamente serio. A mí se me tensan todos los músculos por debajo de la cintura. Le doy mi copa de champán, giro sobre mis talones y me dirijo hacia el baño.

Oh, Dios… ¿qué va a hacer? Quizá el club se llame así con razón: los que practican sexo a más de un kilómetro y medio de altura.

Los baños son el último grito en diseño: todo en madera oscura y granito negro, con focos halógenos colocados estratégicamente. En la intimidad del compartimento, sonrío mientras me quito la ropa interior. Nuevamente me alegro de haberme puesto el vestido azul marino sin mangas. Pensé que era el atuendo apropiado para ir a ver al doctor Flynn: no había previsto que la velada tomara este rumbo inesperado.

Ya estoy excitada. ¿Por qué este hombre tiene ese poder sobre mí? Me irrita un poco esa facilidad con la que caigo bajo su embrujo. Ahora sé que no vamos a pasar la noche hablando sobre todos nuestros asuntos y los recientes acontecimientos… pero ¿cómo resistirme a él?

Examino mi aspecto en el espejo: tengo el rostro encendido y los ojos me brillan de excitación. Asuntos, estrategias…

Respiro profundamente y me encamino de vuelta al salón. La verdad es que no es la primera vez que voy sin calzones. La diosa que llevo dentro va envuelta en una boa de plumas rosa y diamantes, y se pavonea con sus zapatos de vedette.

Cuando llego a la mesa Christian se levanta educadamente con una expresión indescifrable. Exhibe su pose habitual, tranquila, serena y contenida. Naturalmente, yo sé que no es así.

—Siéntate a mi lado —dice. Me deslizo en el asiento y él vuelve a sentarse—. He elegido por ti. Espero que no te importe.

Me entrega mi copa de champán mirándome fijamente, y su mirada escrutadora me enciende de nuevo la sangre. Apoya las manos en los muslos. Yo me tenso y separo un poco las piernas.

Llega el camarero con una bandeja de ostras sobre hielo picado. Ostras... El recuerdo de los dos en el comedor privado del Heathman aparece en mi mente. Estábamos hablando de su contrato. Oh, Dios. Hemos recorrido un camino muy largo desde entonces.

—Me parece que las ostras te gustaron la última vez que las probaste.

Su tono de voz es ronco y seductor.

—La única vez que las he probado —susurro con un evidente dejo sensual en la voz.

En su boca se dibuja una sonrisa.

—Oh, señorita Steele... ¿cuándo aprenderá? —musita.

Toma una ostra de la bandeja y levanta la otra mano del muslo. Contengo el aliento a la expectativa, pero él toma una rodaja de limón.

—... ¿Aprender qué? —pregunto.

Dios, tengo el pulso acelerado. Él exprime el limón sobre el marisco con sus dedos esbeltos y hábiles.

—Come —dice, y me acerca la concha a la boca. Separo los labios, y él la apoya delicadamente sobre mi labio inferior—. Echa la cabeza hacia atrás muy despacio —murmura.

Hago lo que me dice y la ostra se desliza por mi garganta. Él no me toca, sólo la concha.

Christian se come una, y luego me ofrece otra. Seguimos con este ritual de tortura hasta que nos acabamos toda la docena. Su piel nunca roza la mía. Me está volviendo loca.

—¿Te siguen gustando las ostras? —me pregunta cuando me trago la última.

Asiento ruborizada, ansiando que me toque.

—Bien.

Me estremezco y me remuevo en el asiento. ¿Por qué resulta tan erótico todo esto?

Él vuelve a apoyar la mano tranquilamente sobre el muslo, y yo me siento morir. Ahora. Por favor. Tócame. La diosa que llevo dentro está de rodillas, desnuda salvo por los calzones, suplicando. Él pasa la mano arriba y abajo por el muslo, la levanta, y vuelve a dejarla donde estaba.

El camarero nos llena las copas de champán y retira rápidamente los platos. Al cabo de un momento vuelve con el principal: lubina —no doy crédito—, acompañada de espárragos, papas salteadas y salsa holandesa.

—¿Uno de sus platos favoritos, señor Grey?

—Sin duda, señorita Steele. Aunque creo que en el Heathman comimos bacalao.

Me pasa la mano por el muslo, arriba y abajo. Me cuesta respirar, pero sigue sin tocarme. Es muy frustrante. Intento concentrarme en la conversación.

—Creo recordar que entonces estábamos en un reservado, discutiendo un contrato.

—Qué tiempos aquellos… —dice sonriendo con malicia—. Esta vez espero conseguir cogerte.

Mueve la mano para tomar el cuchillo.

¡Agh!

Corta un trozo de su lubina. Lo está haciendo a propósito.

—No cuentes con ello —musito con un mohín, y él me mira divertido—. Hablando de contratos —prosigo—: el acuerdo de confidencialidad.

—Rómpelo —dice simplemente.

Oh, Dios…

—¿Qué? ¿En serio?

—Sí.

—¿Estás seguro de que no iré corriendo al *Seattle Times* con una exclusiva? —digo bromeando.

Se ríe, y es un sonido maravilloso. Parece tan joven…

—No, confío en ti. Voy a concederte el beneficio de la duda.

Ah. Le sonrío tímidamente.

—Lo mismo digo —musito.

Se le ilumina la mirada.

—Estoy encantado de que lleves un vestido —murmura.

Y… bang: el deseo inflama mi sangre ya ardiente.

—Entonces, ¿por qué no me has tocado? —siseo.

—¿Añoras mis caricias? —pregunta sonriendo.

Se está divirtiendo… el muy cabrón.

—Sí —digo indignada.

—Come —ordena.

—No vas a tocarme, ¿verdad?

Niega con la cabeza.

—No.

¿Qué? Ahogo un gemido.

—Imagina cómo te sentirás cuando lleguemos a casa —susurra—. Estoy impaciente por llevarte a casa.

—Si empiezo a arder aquí, en el piso setenta y seis, será culpa tuya —musito entre dientes.

—Oh, Anastasia, ya encontraremos el modo de apagar el fuego —dice con una sonrisa libidinosa.

Furiosa, me concentro en mi lubina, mientras la diosa que llevo dentro entorna taimadamente los ojos, cavilando. Nosotras también podemos jugar a este juego. Aprendí las reglas durante la comida en el Heathman. Me como un pedazo de lubina. Está deliciosa, se deshace en la boca. Cierro los ojos y la saboreo. Cuando los abro, empiezo a seducir a Christian Grey. Me subo la falda muy despacio, y enseño más los muslos.

Él se detiene un momento, dejando el tenedor con el pescado suspendido en el aire.

Tócame.

Después, sigue comiendo. Yo tomo otro trocito de lubina, sin hacerle caso. Entonces dejo el cuchillo, me paso los dedos por detrás de la parte baja del muslo, y me doy golpecitos en la piel con la yema. Es perturbador incluso para mí, sobre todo porque muero porque me toque. Christian vuelve a quedarse muy quieto.

—Sé lo que estás haciendo —dice en voz baja y ronca.

—Ya sé que lo sabe, señor Grey —replico suavemente—. De eso se trata.

Tomo un espárrago, lo miro de soslayo por debajo de las pestañas, y luego lo mojo en la salsa holandesa, haciendo girar la punta una y otra vez.

—No crea que me está devolviendo la pelota, señorita Steele.

Sonriendo, alarga una mano y me quita el espárrago… y es asombrosamente irritante, porque consigue hacerlo sin tocarme. No, esto no va bien: éste no era el plan. ¡Agh!

—Abre la boca —ordena.

Estoy perdiendo esta batalla de voluntades. Vuelvo a levantar la vista hacia él, y sus ojos grises arden. Entreabro ligeramente los labios, y me paso la lengua por el superior. Christian sonríe y su mirada se oscurece aún más.

—Más —musita, y también entreabre los suyos para que pueda verle la lengua. Ahogo un gemido, me muerdo el labio inferior, y luego hago lo que me dice.

Él inspira con fuerza; puedo oírlo… no es tan inmune. Bien, empiezo a ganar terreno.

Sin dejar de mirarlo a los ojos, me meto el espárrago en la boca y chupo… despacio… delicadamente la punta. La salsa holandesa está deliciosa. Doy un mordisco, emitiendo un suave y placentero gemido.

Christian cierra los ojos. ¡Sí! Cuando los vuelve a abrir tiene las pupilas dilatadas, y eso tiene un efecto inmediato en mí. Gimo y alargo la mano para tocarle el muslo. Y, para mi sorpresa, me agarra de la muñeca.

—Ah, no. No haga eso, señorita Steele —murmura bajito.

Se lleva mi mano a la boca y me acaricia delicadamente los nudillos con los labios, y yo me retuerzo de placer. ¡Por fin! Más, por favor.

—No me toques —me advierte con voz queda, y me coloca de nuevo la mano sobre la rodilla.

Ese contacto breve e insatisfactorio resulta de lo más frustrante.

—No juegas limpio —me quejo con un mohín.

—Lo sé.

Levanta su copa de champán para proponer un brindis, y yo le imito.

—Felicidades por su ascenso, señorita Steele.

Entrechocamos las copas y yo me ruborizo.

—Sí, no me lo esperaba —murmuro.

Él frunce el ceño, como si una idea desagradable le hubiera pasado por la mente.

—Come —ordena—. No te llevaré a casa hasta que te termines la comida, y entonces lo celebraremos de verdad.

Y su expresión es tan apasionada, tan salvaje, tan dominante, que me derrito por dentro.

—No tengo hambre. No de comida.

Él niega con la cabeza, disfrutando sin duda, aunque me mira con los ojos entornados.

—Come, o te pondré sobre mis rodillas, aquí mismo, y daremos un espectáculo delante de los demás clientes.

Sus palabras me llenan de inquietud. ¡No se atreverá! Él y esa mano tan suelta que tiene… Aprieto los labios en una fina línea y lo miro. Christian toma otro tallo de espárrago y lo moja en la salsa.

—Cómete esto —murmura con voz ronca y seductora.

Obedezco de buen grado.

—No comes como es debido. Has perdido peso desde que te conozco —comenta en tono afable.

No quiero pensar en mi peso ahora; la verdad es que me gusta estar delgada. Me como el espárrago.

—Sólo quiero ir a casa y hacer el amor —musito desconsolada.

Christian sonríe.

—Yo también, y eso haremos. Come.

Vuelvo a concentrarme en el plato y empiezo a comer de mala gana. ¿En serio me quité los calzones sólo para esto? Me siento como una niña a la que no la dejan comer caramelos. Él es tan delicioso, provocativo, sexy, pícaro y seductor, y es todo mío.

Me pregunta sobre Ethan. Por lo visto, Christian tiene negocios con el padre de Kate y Ethan. Vaya por Dios, este mundo es un pañuelo. Me alivia que no mencione ni al doctor Flynn ni a la casa, porque me está costando concentrarme en la conversación. Quiero irme a casa.

La expectación carnal entre ambos no para de crecer. Él es muy bueno en eso. En hacerme esperar. En preparar la situación. Entre bocados, coloca la mano sobre su muslo, muy cerca de la mía, pero sin tocarme, sólo para incitarme más.

¡Cabrón! Por fin me termino la comida y dejo el tenedor y el cuchillo en el plato.

—Buena chica —murmura, y esas dos palabras suenan muy prometedoras.

Lo miro con el ceño fruncido.

—¿Ahora qué? —pregunto con un pellizco de deseo en el vientre.

Oh, cómo ansío a este hombre.

—¿Ahora? Nos vamos. Creo que tiene usted ciertas expectativas, señorita Steele. Las cuales voy a intentar complacer lo mejor que pueda

¡Wow!

—¿Lo... mejor... que sabes? —balbuceo.

Dios santo.

Él sonríe y se pone de pie.

—¿No vamos a pagar? —pregunto, sin aliento.

Él ladea la cabeza.

—Soy miembro de este club, ya me mandarán la factura. Vamos, Anastasia, tú primero —se hace a un lado y yo me levanto para salir, consciente de que no llevo calzones.

Él me contempla con su turbia e intensa mirada, como si me desnudara, y yo me regodeo en resultarle sensual. Este hombre guapísimo me desea: eso hace que me sienta tan sexy... ¿Disfrutaré siempre tanto con esto? Me paro deliberadamente delante de él y me aliso el vestido por encima de los muslos.

Christian me susurra al oído:

—Estoy impaciente por llegar a casa.

Pero sigue sin tocarme.

Al salir le murmura algo sobre el coche al jefe de sala, pero yo no estoy escuchando; la diosa que llevo dentro arde de expectación. Dios, podría iluminar todo Seattle.

Mientras esperamos el ascensor, se unen a nosotros dos parejas de mediana edad. Cuando se abren las puertas, Christian me toma del codo y me lleva hasta el fondo. Yo echo un vistazo alrededor: estamos rodeados de espejos negros con los vidrios ahumados. Cuando entran las otras parejas, un hombre con un traje marrón muy poco favorecedor saluda a Christian.

—Grey —asiente educadamente.

Christian le devuelve el saludo, pero sin decir nada.

Las parejas se sitúan delante de nosotros de cara a las puertas del ascensor. Es obvio que son amigos: las mujeres charlan en voz alta, animadas y alborotadas después de la cena. Me parece que están un poco achispadas.

Cuando se cierran las puertas, Christian se agacha un momento a mi lado para anudarse el zapato. Qué raro: no lo tiene desatado. Discretamente me pone una mano sobre el tobillo, sobresaltándome, y cuando se levanta hace que esa mano ascienda rápidamente por mi pierna, deslizándola de un modo delicioso sobre mi piel —wow— hasta arriba. Y cuando la mano llega a mi trasero, tengo que reprimir un jadeo de sorpresa. Christian se coloca detrás de mí.

Ay, Dios. Me quedo boquiabierta mirando a las personas que tenemos delante, contemplando la parte de atrás de sus cabezas. Ellos no tienen ni idea de lo que estamos a punto de hacer. Christian me rodea la cintura con el brazo libre, colocándome en posición mientras sus dedos, me exploran. ¡Madre mía…!, ¿aquí? El ascensor baja con suavidad y se para en el piso cincuenta y tres para que entre más gente, pero yo no presto atención. Estoy concentrada en cada movimiento que hacen sus dedos. Primero en círculo… y luego avanzando, buscando, mientras nos ponemos en marcha otra vez.

Cuando sus dedos alcanzan su objetivo, reprimo otra vez un jadeo. Me retuerzo y gimo. ¿Cómo puede hacer esto con toda esa gente aquí?

—Estate quieta y callada —me advierte, susurrándome al oído.

Estoy acalorada, ardiente, anhelante, atrapada en un ascensor con siete personas, seis de ellas ajenas a lo que ocurre en el rincón. Desliza el dedo dentro y fuera de mí, una y otra vez. Mi respiración... Dios, resulta tan embarazoso. Quiero decirle que pare... y que continúe... que pare. Y me arqueo contra él, y él tensa el brazo que me rodea, y siento su erección contra mi cadera.

Nos paramos en el piso cuarenta y cuatro. ¿Oh... cuánto va a durar esta tortura? Dentro... fuera... dentro... fuera. Sutilmente, me aferro a su dedo persistente. ¡Después de todo este tiempo sin tocarme, escoge hacerlo ahora! ¡Aquí! Y eso me hace sentir tan... caliente.

—Shh —musita él, con aparente indiferencia cuando entran dos personas más.

El ascensor empieza a estar abarrotado. Christian nos desplaza a ambos más al fondo, de modo que ahora estamos apretujados contra el rincón; me coloca en posición y sigue torturándome. Hunde la nariz en mi cabello. Si alguien se molestara en darse la vuelta y viera lo que estamos haciendo, estoy segura de que nos tomaría por una joven pareja de enamorados haciéndose arrumacos... Y entonces desliza un segundo dedo en mi interior.

¡Ah! Gimo, y agradezco que el grupo de gente que tenemos delante siga charlando, totalmente ajeno.

Oh, Christian, qué estás haciendo conmigo... Apoyo la cabeza en su pecho, cierro los ojos y me rindo a sus dedos implacables.

—No te vengas —susurra—. Eso lo quiero para después.

Pone la mano abierta sobre mi vientre, aprieta ligeramente y sigue con su dulce acoso. La sensación es exquisita.

Finalmente el ascensor llega a la planta baja. Las puertas se abren con un tintineo sonoro y los pasajeros empiezan a salir casi al instante. Christian retira lentamente los dedos de mi interior, y me besa la parte de atrás de la cabeza. Me giro para mirarlo y está sonriendo, volviendo a saludar con una inclinación de cabeza al señor del traje marrón poco favorecedor, que le devuelve el gesto y sale del ascensor con su esposa. Yo apenas soy consciente de todo ello, concentrada en mantenerme erguida y controlar los jadeos. Dios, me siento adolorida y desamparada.

Christian me suelta y deja que me sostenga por mi propio pie, sin apoyarme en él.

Me doy la vuelta y lo miro fijamente. Parece relajado, sereno, con su compostura habitual… Esto es muy injusto.

—¿Lista? —pregunta.

Sus ojos centellean malévolos. Se mete el dedo índice en la boca y después el medio, y los chupa.

—Pura delicia, señorita Steele —susurra.

Y están a punto de darme las convulsiones del orgasmo.

—No puedo creer que acabes de hacer eso —musito, al borde de desgarrarme por dentro.

—Le sorprendería lo que soy capaz de hacer, señorita Steele —dice.

Alarga la mano y me recoge un mechón de pelo detrás de la oreja, con una leve sonrisa que delata cuánto se divierte.

—Quiero poseerte en casa, pero puede que no pasemos del coche.

Me dedica una sonrisa cómplice, me da la mano y me hace salir del ascensor.

¿Qué? ¿Sexo en el coche? ¿Y no podríamos hacerlo aquí, sobre el mármol frío del suelo del vestíbulo… por favor?

—Vamos.

—Sí, quiero hacerlo.

—¡Señorita Steele! —me regaña, fingiéndose escandalizado.

—Nunca he practicado el sexo en un coche —balbuceo.

Christian se para, me pone esos mismos dedos bajo la barbilla, me echa la cabeza hacia atrás y me mira fijamente.

—Me alegra mucho oír eso. Debo decir que me habría sorprendido mucho, por no decir molestado, que no hubiera sido así.

Me ruborizo y parpadeo sin dejar de mirarlo. Pues claro: yo sólo he tenido relaciones sexuales con él. Frunzo el ceño.

—No quería decir eso.

—¿Qué querías decir?

De pronto su voz tiene un matiz de dureza.

—Sólo era una forma de hablar, Christian.

—Ya. La famosa expresión: «Nunca he tenido sexo en un coche». Sí, es muy conocida.

¿Qué le pasa ahora?

—Christian, lo he dicho sin pensar… Por Dios, tú acabas de… hacerme eso en un ascensor lleno de gente. Tengo la mente aturdida.

Él arquea las cejas.

—¿Qué te hice? —me desafía.

Lo miro ceñuda. Quiere que lo diga.

—Me has excitado. Muchísimo. Ahora llévame a casa y cógeme.

Él abre la boca y se echa a reír, sorprendido. En este momento parece muy joven y despreocupado. Oh, me encanta oírlo reír, porque pasa muy pocas veces.

—Es usted una romántica empedernida, señorita Steele.

Me da la mano y salimos del edificio, donde nos espera el valet con mi Saab.

—¿Así que quieres sexo en el coche? —murmura Christian cuando pone en marcha el motor.

—La verdad es que en el suelo del vestíbulo también me habría parecido bien.

—Créeme, Ana, a mí también. Pero no me gusta que me detengan a estas horas de la noche, y tampoco quería cogerte en un lavabo. Bueno, hoy no.

¡Qué!

—¿Quieres decir que existía esa posibilidad?

—Pues sí.

—Regresemos.

Se vuelve a mirarme y se ríe. Su risa es contagiosa, y no tardamos en romper a reír los dos con la cabeza echada hacia atrás, unas carcajadas maravillosas y catárticas. Él se inclina hacia mí y pone la mano en mi rodilla, y sus dedos expertos me acarician dulcemente. Dejo de reír.

—Paciencia, Anastasia —musita, y se incorpora al tráfico de Seattle.

Christian detiene el Saab en el estacionamiento del Escala y apaga el motor. De pronto, en los confines del coche, la atmósfera entre los dos cambia. Yo lo miro anhelante, expectante, e intento contener las palpitaciones de mi corazón. Él se ha girado hacia mí y se ha apoyado en la puerta, con el codo sobre el volante.

Con el pulgar y el índice, tira suavemente de su labio inferior. Su boca me perturba, la quiero sobre mí. Me observa intensamente con sus oscuros ojos grises. Se me seca la boca. Él responde con una sonrisa leve y sensual .

—Cogeremos en el coche en el momento y el lugar que yo escoja. Pero ahora mismo quiero poseerte en todas las superficies disponibles de mi departamento.

Es como si me tocara por debajo de la cintura... la diosa que llevo dentro ejecuta cuatro *arabesques* y un *pas de basque*.

—Sí.

Dios, estoy jadeando, desesperada.

Él se inclina ligeramente hacia delante. Yo cierro los ojos y espero su beso, pensando: por fin. Pero no pasa nada. Pasados unos segundos interminables, abro los ojos y descubro que me está mirando fijamente. No sé qué está pensando, pero antes de que pueda decir nada, vuelve a descolocarme.

—Si te beso ahora, no conseguiremos llegar al piso. Vamos.

¡Agh! ¿Cómo puede ser tan frustrante este hombre? Baja del coche.

Una vez más, esperamos el ascensor. Mi cuerpo vibra de expectación. Christian me toma la mano y me pasa el pulgar sobre los nudillos, rítmicamente, y con cada caricia me estremezco por dentro. Oh, deseo sus manos en todo mi cuerpo. Ya me ha torturado bastante.

—¿Y qué pasó con la gratificación instantánea? —murmuro mientras esperamos.

—No es apropiada en todas las situaciones, Anastasia.

—¿Desde cuándo?

—Desde esta noche.

—¿Por qué me torturas así?

—Ojo por ojo, señorita Steele.

—¿Cómo te torturo yo?

—Creo que ya lo sabes.

Lo miro fijamente, pero es difícil interpretar su expresión. Quiere que le dé una respuesta… eso es.

—Yo también estoy a favor de aplazar la gratificación —murmuro con una sonrisa tímida.

De pronto, tira de mi mano y me toma en sus brazos. Me agarra el pelo de la nuca y me echa la cabeza hacia atrás suavemente.

—¿Qué puedo hacer para que digas que sí? —pregunta febril, y vuelve a tomarme desprevenida.

Me quedo mirando su expresión encantadora, seria y desesperada.

—Dame un poco de tiempo… por favor —murmuro.

Deja escapar un leve gruñido y por fin me besa, larga y apasionadamente. Luego entramos en el ascensor, y sólo somos manos y bocas y lenguas y labios y dedos y cabello. El deseo, denso y fuerte, invade mi sangre y enturbia mi mente. Él me empuja contra la pared, presionando con sus caderas, sujetándome con una mano en mi pelo y la otra en mi barbilla.

—Te pertenezco —susurra—. Mi destino está en tus manos, Ana.

Sus palabras me embriagan y ardo en deseos de quitarle la ropa. Tiro de su saco hacia atrás, y cuando el ascensor llega al piso salimos tropezando al vestíbulo.

Christian me clava en la pared junto al ascensor, su saco cae al suelo, y, sin separar su boca de la mía, sube la mano por mi pierna y me levanta el vestido.

—Ésta es la primera superficie —musita y me levanta bruscamente—. Rodéame con las piernas.

Hago lo que me dice, y él se da vuelta y me acuesta sobre la mesa del vestíbulo, y queda de pie entre mis piernas. Me doy cuenta de que el jarrón de flores que suele estar allí ya no está. ¿Eh?

Christian mete la mano en el bolsillo del pantalón, saca el paquete plateado, me lo da y se baja la bragueta.

—¿Sabes cómo me excitas?

—¿Qué? —jadeo—. No... yo...

—Pues sí —musita—, a todas horas.

Me quita el paquete de las manos. Oh, esto va muy rápido, pero después de todo ese ritual de provocación lo deseo con locura, ahora mismo, ya. Él me mira, se pone el condón, y luego planta las manos debajo de mis muslos y me separa más las piernas.

Se coloca en posición y se queda quieto.

—No cierres los ojos. Quiero verte —murmura.

Me sujeto ambas manos con las suyas y se sumerge despacio dentro de mí.

Yo lo intento, de verdad, pero la sensación es tan deliciosa. Es lo que había estado esperando después de todos esos juegos. Oh, la plenitud, esta sensación... Gimo y arqueo la espalda sobre la mesa.

—¡Abiertos! —gruñe apretándome las manos, y me penetra con dureza y grito.

Abro los ojos, y él me está mirando con los suyos muy abiertos. Se retira despacio y luego se hunde en mí otra vez, y su boca se relaja y dibuja un «Ah...», pero no dice nada. Al verlo tan excitado, al ver la reacción que le provoco, me enciendo por dentro y la sangre me arde en las venas. Sus ojos grises me fulminan e incrementa el ritmo, y yo me deleito, gozo, viéndolo, viéndome... su pasión, su amor... y juntos alcanzamos el clímax.

Chillo al llegar al orgasmo y Christian hace lo mismo.

—¡Sí, Ana! —grita.

Se derrumba sobre mí, me suelta las manos y apoya la cabeza en mi seno. Yo sigo envolviéndolo con las piernas y, bajo la mirada maternal y paciente de los cuadros de Madonas, acuno su cabeza contra mí e intento recuperar el aliento.

Él levanta la cabeza para mirarme.

—Todavía no he terminado contigo —murmura, se incorpora y me besa.

Estoy en la cama de Christian, desnuda y tumbada sobre su pecho, jadeando. Por Dios... ¿nunca se le agota la energía? Sus dedos me recorren la espalda, arriba y abajo.

—¿Satisfecha, señorita Steele?

Yo asiento con un murmullo. Ya no me quedan fuerzas para hablar. Levanto la cabeza y vuelvo mi mirada borrosa hacia él, deleitándome con sus ojos cálidos y cariñosos. Inclino la cabeza hacia abajo muy despacio, dejándole clara mi intención de que voy a besarle el torso.

Él se tensa un momento y yo le planto un leve beso en el vello del pecho, respirando ese extraordinario aroma a Christian, mezcla de sudor y sexo. Es embriagador. Él se mueve para ponerse de costado, de manera que quedo tumbada a su lado, y baja la vista y me mira.

—¿El sexo es así para todo el mundo? Me sorprende que la gente no se quede en casa todo el tiempo —murmuro, con repentina timidez.

Él sonríe.

—No puedo hablar en nombre de todo el mundo, Anastasia, pero contigo es extraordinariamente especial.

Se inclina y me besa.

—Eso es porque usted es extraordinariamente especial, señor Grey —añado sonriendo, y le acaricio la cara.

Él me mira y parpadea, desconcertado.

—Es tarde. Duérmete —dice.

Me besa, luego se recuesta, me atrae hacia él, y se pega a mi espalda.

—No te gustan los halagos.

—Duérmete, Anastasia.

Ah... pero él es extraordinariamente especial. Dios... ¿por qué no se da cuenta?

—Me encantó la casa —murmuro.

Permanece un buen rato sin decir nada, pero noto que sonríe.

—A mí me encantas tú. Duérmete.

Hunde la nariz en mi pelo y me voy deslizando en el sueño, segura en sus brazos, soñando con puestas de sol, grandes ventanales y amplias escalinatas… y con un niño con el pelo cobrizo que corre por un prado, riendo y dando grititos mientras yo lo persigo.

—Tengo que irme, nena.

Christian me besa justo debajo de la oreja.

Abro los ojos: ya es de día. Me doy la vuelta para mirarlo, pero ya se ha levantado y arreglado y se inclina, fresco y delicioso, sobre mí.

—¿Qué hora es?

Oh, no… no quiero llegar tarde.

—No te asustes. Yo tengo un desayuno de trabajo —me dice, frotando su nariz contra la mía.

—Hueles bien —murmuro, y me desperezo debajo de él.

Siento una placentera tensión en las extremidades, que crujen después de todas nuestras proezas de ayer. Le echo los brazos al cuello.

—No te vayas.

Él ladea la cabeza y arquea una ceja.

—Señorita Steele… ¿acaso intenta hacer que un hombre honrado no cumpla con su jornada de trabajo?

Yo asiento medio dormida, y él sonríe, con esa nueva sonrisa tímida.

—Eres muy tentadora, pero tengo que marcharme.

Me besa y se incorpora. Lleva un traje azul oscuro muy elegante, una camisa blanca y una corbata azul marino que le dan aspecto de presidente ejecutivo… un presidente terriblemente sexy.

—Hasta luego, nena —murmura, y se va.

Echo un vistazo al despertador y veo que ya son las siete… no debo de haber oído la alarma. Bueno, hora de levantarse.

Mientras me baño, tengo una nueva inspiración: se me ha ocurrido otro regalo de cumpleaños para Christian. Es muy difícil comprarle algo a un hombre que lo tiene todo. Ya le he dado mi regalo principal, y también está el otro que le compré en la tienda para turistas, pero este nuevo regalo será en realidad para mí. Cuando cierro la llave, me rodeo con los brazos emocionada ante la perspectiva. Solo tengo que prepararlo.

En el vestidor me pongo un traje rojo ceñido con un gran escote cuadrado. Sí, no es excesivo para ir a trabajar.

Ahora, para el regalo de Christian. Empiezo a revolver en los cajones buscando sus corbatas. En el último cajón encuentro esos jeans descoloridos y rasgados que lleva en el cuarto de juegos... esos con los que está condenadamente sensual. Los acaricio cuidadosamente con la mano. Oh, la tela es muy suave.

Debajo descubro una caja de cartón negra, ancha y plana, que despierta mi interés al instante. ¿Qué hay ahí? La miro, y vuelvo a tener la sensación de estar invadiendo una propiedad privada. La saco y la agito un poco. Pesa como si contuviera documentos o manuscritos. No puedo resistirme. Abro la tapa... e inmediatamente vuelvo a cerrarla. Dios santo, son fotografías del cuarto rojo. La conmoción me obliga a sentarme sobre los talones, mientras intento borrar la imagen de mi mente. ¿Por qué he abierto la caja? ¿Por qué guarda Christian esas fotos?

Me estremezco. Mi subconsciente me mira ceñuda: esto es anterior a ti. Olvídalo.

Tiene razón. Cuando me levanto veo que las corbatas están colgadas al fondo de la barra del armario. Cuando encuentro mi preferida, salgo corriendo.

Esas fotografías son A.A.: Antes de Ana. Mi subconsciente asiente para darme la razón, pero me dirijo hacia la sala para desayunar sintiendo un peso en el corazón. La señora Jones me sonríe con afecto y luego frunce el ceño.

—¿Va todo bien, Ana? —pregunta con amabilidad.

—Sí —murmuro, distraída—. ¿Tiene usted una llave del... cuarto de juegos?

Ella, sorprendida, se queda quieta un momento.

—Sí, claro —se descuelga un manojo de llaves del cinturón—. ¿Qué se le antoja para desayunar, querida? —pregunta cuando me entrega las llaves.

—Solo cereal. Enseguida vuelvo.

Ahora, desde que he encontrado esas fotografías, ya no tengo tan claro lo del regalo. ¡No ha cambiado nada!, me increpa de nuevo mi subconsciente, mirándome por encima de sus gafas de media luna. Esa imagen que viste era erótica, interviene la diosa que llevo dentro, y yo le respondo torciendo el gesto mentalmente. Sí, era demasiado… erótica para mí.

¿Qué otras cosas habrá escondido? Rebusco en la cómoda rápidamente, tomo lo que necesito y cierro con llave el cuarto de juegos al salir. ¡Sólo faltaría que José viera esto!

Le devuelvo las llaves a la señora Jones y me siento a devorar el desayuno, sintiéndome extraña porque Christian no está. La imagen de la fotografía aparece en mi mente sin que nadie la haya invitado. Me pregunto quién era. ¿Leila, quizá?

De camino al trabajo, medito si decirle o no a Christian que he encontrado sus fotografías. No, grita mi subconsciente con su cara a lo Edvard Munch. Decido que probablemente tiene razón.

En cuanto me siento a mi escritorio, vibra la BlackBerry.

De: Christian Grey
Fecha: 17 de junio de 2011 08:59
Para: Anastasia Steele
Asunto: Superficies

Calculo que quedan como mínimo unas treinta superficies. Me hacen mucha ilusión todas y cada una de ellas. Luego están los suelos, las paredes… y no nos olvidemos del balcón.

Y después de eso está mi despacho...
Te echo de menos. x

Christian Grey
Priápico presidente de Grey Enterprises Holdings, Inc.

Su correo me hace sonreír, y mis anteriores reservas desaparecen totalmente. A quien desea ahora es a mí, y el recuerdo de las correrías sexuales de anoche invade mi mente... el ascensor, el vestíbulo, la cama. «Priápico» es el término adecuado. Me pregunto vagamente cuál sería el equivalente femenino.

De: Anastasia Steele
Fecha: 17 de junio de 2011 09:03
Para: Christian Grey
Asunto: ¿Romanticismo?

Señor Grey:
Tiene usted una mente unidireccional.
Te eché de menos en el desayuno.
Pero la señora Jones estuvo muy complaciente.

A x

De: Christian Grey
Fecha: 17 de junio de 2011 09:07
Para: Anastasia Steele
Asunto: Intrigado

¿En qué fue complaciente la señora Jones?
¿Qué está tramando, señorita Steele?

Christian Grey
Intrigado presidente de Grey Enterprises Holdings, Inc.

¿Cómo lo sabe?

De: Anastasia Steele
Fecha: 17 de junio de 2011 09:10
Para: Christian Grey
Asunto: Es un secreto

Espera y verás: es una sorpresa.
Tengo que trabajar… no me molestes.
Te quiero.

A x

De: Christian Grey
Fecha: 17 de junio de 2011 09:12
Para: Anastasia Steele
Asunto: Frustrado

Odio que me ocultes cosas.

Christian Grey
Presidente de Grey Enterprises Holdings, Inc.

Me quedo mirando la pequeña pantalla de mi BlackBerry. La vehemencia implícita en este correo me toma por sorpresa. ¿Por qué se siente así? No es como si yo estuviera escondiendo fotografías eróticas de mis ex.

De: Anastasia Steele
Fecha: 17 de junio de 2011 09:14
Para: Christian Grey
Asunto: Mimos

Es por tu cumpleaños.

Otra sorpresa.
No seas tan arisco.

A x

Él no me contesta inmediatamente, y entonces me llaman para acurdir a una reunión, así que no puedo entretenerme mucho.

Cuando vuelvo a echar un vistazo a mi BlackBerry veo horrorizada que son las cuatro de la tarde. ¿Cómo ha pasado tan rápido el día? Sigue sin haber ningún mensaje de Christian. Decido volver a mandarle un correo.

De: Anastasia Steele
Fecha: 17 de junio de 2011 16:03
Para: Christian Grey
Asunto: Hola

¿No me hablas?
Acuérdate de que saldré a tomar una copa con José, y que se quedará a dormir esta noche.
Por favor, piensa lo de venir con nosotros.

A x

No me contesta, y siento un escalofrío de inquietud. Espero que esté bien. Le llamo al celular y oigo el contestador. La grabación dice simplemente: «Grey, deja tu mensaje», en un tono muy cortante.

—Hola… este… soy yo, Ana. ¿Estás bien? Llámame —le hablo tartamudeante al contestador.

No había tenido que hacerlo nunca. Me ruborizo y cuelgo. ¡Pues claro que sabrá que eres tú, tonta! Mi subconsciente me mira poniendo los ojos en blanco. Me siento tentada de telefonear a Andrea, su ayudante, pero decido que eso sería ir demasiado lejos. Vuelvo al trabajo de mala gana.

De repente suena mi teléfono y el corazón me da un vuelco. ¡Christian! Pero no: es Kate, mi mejor amiga… ¡por fin!

—¡Ana! —grita ella desde donde quiera que esté.

—¡Kate! ¿Has vuelto? Te extrañé.

—Yo también. Tengo que contarte muchas cosas. Estamos en el aeropuerto… mi hombre y yo.

Y suelta una risita tonta, bastante impropia de Kate.

—Fantástico. Yo también tengo muchas cosas que contarte.

—¿Nos vemos en el departamento?

—Quedé con José para tomar algo. Vente con nosotros.

—¿José está aquí? ¡Pues claro que iré! Mándame un mensaje con la dirección del bar.

—Claro —digo con una sonrisa radiante.

—¿Estás bien, Ana?

—Sí, muy bien.

—¿Sigues con Christian?

—Sí.

—Bien. ¡Hasta luego!

Oh, no, ella también. La influencia de Elliot no conoce fronteras.

—Sí… hasta luego, nena.

Sonrío y ella cuelga.

Wow. Kate ha vuelto. ¿Cómo voy a contarle todo lo que ha pasado? Debería apuntarlo, para no olvidarme de nada.

Una hora después suena el teléfono de mi despacho: ¿Christian? No, es Claire.

—Deberías ver al chico que pregunta por ti en recepción. ¿Cómo es que conoces a tantos hombres guapos, Ana?

José debe de haber llegado. Echo un vistazo al reloj: las seis menos cinco. Siento un pequeño escalofrío de emoción. Hace muchísimo que no lo veo.

—¡Ana… wow! Estás guapísima. Muy adulta —exclama, con una sonrisa de oreja a oreja.

Sólo porque llevo un vestido elegante… ¡vaya!

Me abraza fuerte.

—Y alta —murmura, sorprendido.

—Es por los zapatos, José. Tú tampoco estás mal.

Él lleva unos jeans, una camiseta negra y una camisa de franela a cuadros blancos y negros.

—Voy a por mis cosas y nos vamos.

—Bien. Te espero aquí.

Tomo las dos cervezas Rolling Rocks de la abarrotada barra y voy a la mesa donde está sentado José.

—¿Has encontrado sin problemas la casa de Christian?

—Sí. No entré. Subí con el ascensor de servicio y entregué las fotos. Las recogió un tal Taylor. El sitio parece impresionante.

—Lo es. Espera a que lo veas por dentro.

—Estoy impaciente. Salud, Ana. Seattle te sienta bien.

Me sonrojo y brindamos con las botellas. Es Christian lo que me sienta bien.

—Salud. Cuéntame qué tal te fue en la exposición.

Sonríe radiante y se lanza a explicármelo, entusiasmado. Vendió todas las fotos menos tres, y con eso ha pagado el préstamo académico y aún le queda algo de dinero para él.

—Y la oficina de turismo de Portland me encargó unos paisajes. No está mal, ¿eh? —dice orgulloso.

—Oh, eso es fantástico, José. Pero ¿no interferirá con tus estudios? —pregunto con cierta preocupación.

—Qué va. Ahora que ustedes se fueron y también los otros tres tipos con los que solía salir, tengo más tiempo.

—¿No hay ninguna muñeca que te mantenga ocupado? La última vez que te vi estabas rodeado de una docena de chicas que te comían con los ojos —le digo, arqueando una ceja.

—Qué va, Ana. Ninguna de ellas es lo bastante mujer para mí —suelta en plan fanfarrón.

—Claro. José Rodríguez, el rompecorazones —replico con una risita.

—Eh... que yo también tengo mi encanto, Steele.

Parece ofendido, y me arrepiento un poco de mis palabras.

—Estoy convencida de eso —le digo en tono conciliador.

—¿Y cómo está Grey? —pregunta, de nueve afable.

—Está bien. Estamos bien —murmuro.

—¿Dijiste que la cosa va en serio?

—Sí, va en serio.

—¿No es demasiado mayor para ti?

—Oh, José. ¿Sabes qué dice mi madre? Que yo ya nací vieja.

José hace un gesto irónico.

—¿Cómo está tu madre? —pregunta, y de ese modo salimos del terreno pantanoso.

—¡Ana!

Me doy la vuelta, y ahí están Kate e Ethan. Ella está guapísima, con un bronceado fantástico, tonos rojizos en su rubia cabellera y una preciosa y deslumbrante sonrisa. Viste una camisa blanca y unos jeans ajustados del mismo color que le hacen un cuerpo estupendo. Todo el mundo la mira. Yo me levanto de un salto para darle un abrazo. ¡Oh, cómo la he echado de menos!

Ella me aparta un poco para examinarme bien. Me mira de arriba abajo y yo me ruborizo.

—Has adelgazado. Mucho. Y estás distinta. Pareces mayor. ¿Qué ha pasado? —dice con una actitud muy maternal—. Me gusta tu vestido. Te sienta bien.

—Han pasado muchas cosas desde que te fuiste. Ya te lo contaré luego, cuando estemos solas.

Ahora mismo no estoy preparada para la santa inquisidora Katherine Kavanagh. Ella me mira con suspicacia.

—¿Estás bien? —pregunta cariñosamente.

—Sí —respondo sonriendo, aunque estaría mejor si supiera dónde está Christian.

—Estupendo.

—Hola, Ethan.

Le sonrío, y él me da un pequeño abrazo.

—Hola, Ana —me susurra al oído.

—¿Qué tal la comida con Mia? —le pregunto.

—Interesante —contesta, muy críptico.

¿Oh?

—Ethan, ¿conoces a José?

—Nos vimos una vez —masculla José mirando intensamente a Ethan al estrecharle la mano.

—Sí, en Vancouver, en casa de Kate —dice Ethan, que le sonríe afablemente—. Bueno, ¿quién quiere un trago?

Voy al lavabo, y desde allí le mando un mensaje a Christian con la dirección del bar; a lo mejor nos alcanza. No tengo llamadas perdidas suyas ni correos. Eso es muy raro en él.

—¿Qué pasa, Ana? —pregunta José cuando vuelvo a la mesa.

—No localizo a Christian. Espero que esté bien.

—Seguro que sí. ¿Otra cerveza?

—Claro.

Kate se me acerca.

—¿Ethan dice que una ex novia loca entró con una pistola en el departamento?

—Bueno... sí.

Me encojo de hombros a modo de disculpa. Oh, vaya... ¿ahora tenemos que hablar de eso?

—Ana... ¿qué demonios ha pasado?

De pronto Kate se interrumpe y saca su móvil.

—Hola, nene —dice cuando contesta. ¡Nene! Frunce el ceño y me mira—. Claro —dice, y se vuelve hacia mí—. Es Elliot... quiere hablar contigo.

—Ana.

Elliot habla con voz entrecortada, y a mí se me eriza el vello.

—Es Christian. No ha vuelto de Portland.

—¿Qué? ¿Qué quieres decir?

—Su helicóptero ha desaparecido.

—¿El *Charlie Tango*? —digo en un susurro. Me falta el aire—. ¡No!

19

Contemplo las llamas, anonadada. Llamaradas centelleantes, anaranjadas con brotes azul cobalto, que danzan y se entrelazan en la chimenea del departamento de Christian. Y, a pesar del calor que irradia el fuego y de la manta que me cubre los hombros, tengo frío. Un frío que me penetra hasta los huesos.

Oigo vagamente voces que susurran, muchas voces susurrantes. Pero es un zumbido distante, de fondo. No escucho las palabras. Lo único que oigo, lo único en lo que soy capaz de concentrarme, es en el tenue siseo del gas que arde en el hogar.

Me pongo a pensar en la casa que vimos ayer y en aquellas enormes chimeneas: chimeneas de verdad para troncos de leña. Me gustaría hacer el amor con Christian frente a un fuego de verdad. Me gustaría hacer el amor con Christian frente a este fuego. Sí, sería divertido. Seguro que a él se le ocurriría algún modo de convertirlo en memorable, como todas las veces que hemos hecho el amor. Incluso las veces en que sólo hemos cogido, me digo con ironía. Sí, ésas también fueron bastante memorables… ¿Dónde está?

Las llamas bailan y parpadean, cautivándome, aturdiéndome. Me concentro solamente en su belleza brillante y abrasadora. Son hechizantes.

«Eres tú la que me has hechizado, Anastasia.»

Eso fue lo que dijo la primera vez que durmió conmigo en mi cama. Oh, no…

Me rodeo el cuerpo con los brazos, la realidad se filtra sangrante en mi conciencia y se me cae el mundo encima. El vacío que se ha apoderado de mis entrañas se expande un poco más. El *Charlie Tango* ha desaparecido.

—Ana. Tenga.

La voz de la señora Jones, insistiéndome con delicadeza, me transporta de nuevo a la habitación, al ahora, a la angustia. Me ofrece una taza de té. Se lo agradezco y recibo la taza, que repiquetea contra el platito en mis manos temblorosas.

—Gracias —susurro, con la voz quebrada por el llanto reprimido y por el enorme nudo que tengo en la garganta.

Mia está sentada frente a mí en el inmenso sofá en forma de U, tomada de la mano de Grace, que está a su lado. Las dos me miran fijamente con la ansiedad y el sufrimiento impresos en sus hermosos rostros. Grace parece avejentada: una madre preocupada por su hijo. Yo parpadeo, sin expresión. No puedo ofrecerles una sonrisa tranquilizadora, ni una lágrima siquiera: no hay nada, sólo palidez y ese creciente vacío. Observo a Elliot, a José y a Ethan, que están de pie junto a la barra del desayuno, hablando en voz baja con cara seria. Comentan algo en un tono muy quedo. Detrás se encuentra la señora Jones, que se mantiene ocupada en la cocina.

Kate está en la sala de la televisión, pendiente de los informativos locales. Oigo el débil sonido de la gran pantalla de plasma. No soy capaz de volver a ver la noticia —CHRISTIAN GREY, DESAPARECIDO— ni su atractivo rostro en la televisión.

Me da por pensar que nunca he visto a tanta gente en este gran salón, que aun así es tan enorme que les empequeñece a todos. Son pequeñas islas de gente perdida y angustiada en casa de mi Cincuenta. ¿Qué pensaría él de su presencia aquí?

En algún lugar Taylor y Carrick están hablando con las autoridades, que nos van proporcionando información a cuentagotas; pero todo eso no tiene ninguna importancia. El hecho es que él ha desaparecido. Hace ocho horas que desapareció. Y no hay noticias ni rastro de él. Lo único que sé es que la búsqueda se ha suspendido. Ya ha anochecido. Y no sabemos dónde está. Puede estar herido, hambriento o algo peor. ¡No!

Elevo una nueva plegaria silenciosa a Dios. Por favor, que Christian esté bien. Por favor, que Christian esté bien. La repito mentalmente una y otra vez: es mi mantra, mi tabla de salvación, algo a lo que aferrarme en mi desesperación. Me niego a pensar lo peor. No, eso ni pensarlo. Aún hay esperanza.

«Tú eres mi tabla de salvación.»

Las palabras de Christian acuden a mi memoria. Sí, la esperanza es lo último que se pierde. No debo desesperar. Sus palabras resuenan en mi mente.

«Ahora soy un firme defensor de la gratificación inmediata. *Carpe diem*, Ana.»

¿Por qué yo no he disfrutado del momento?

«Hago esto porque finalmente he conocido a alguien con quien quiero pasar el resto de mi vida.»

Cierro los ojos y rezo en silencio, meciéndome levemente. Por favor, no dejes que el resto de su vida sea tan breve. Por favor, por favor. No hemos pasado suficiente tiempo juntos... necesitamos más tiempo. Hemos hecho tantas cosas en las pocas semanas que han pasado. Esto no puede terminar. Todos nuestros momentos de ternura: el labial, cuando me hizo el amor por primera vez en el hotel Olympic, él postrado de rodillas, ofreciéndose a mí... tocarlo finalmente.

«Yo sigo siendo el mismo, Ana. Te quiero y te necesito. Tócame. Por favor.»

Oh, lo amo tanto. No seré nada sin él, tan sólo una sombra... toda la luz se eclipsará. No, no, no... mi pobre Christian.

«Éste soy yo, Ana. Todo lo que soy... y soy todo tuyo. ¿Qué tengo que hacer para que te des cuenta de eso? Para hacerte ver que quiero que seas mía de la forma que tenga que ser. Que te quiero.»

Y yo a ti, mi Cincuenta Sombras.

Abro los ojos y una vez más contemplo el fuego con la mirada perdida, y recuerdos del tiempo que pasamos juntos revolotean en mi mente: su alegría juvenil cuando estábamos navegando y volando; su aspecto sofisticado, distinguido y terriblemente sexy en el baile de máscaras; bailar, oh, sí, bailar en el piso, dando vueltas por el salón con Sinatra de fondo; su esperanza silenciosa y anhelante ayer cuando fuimos a ver la casa... aquella vista tan espectacular.

«Pondré el mundo a tus pies, Anastasia. Te quiero, en cuerpo y alma, para siempre.»

Oh, por favor, que no le haya pasado nada. No puede haberse ido. Él es el centro de mi universo.

Se me escapa un sollozo ahogado y me tapo la boca con la mano. No, tengo que ser fuerte.

De pronto José está a mi lado... ¿o lleva un rato aquí? No tengo ni idea.

—¿Quieres que llame a tu madre o a tu padre? —pregunta con dulzura.

¡No! Niegó con la cabeza y aferro la mano de José. No puedo hablar, sé que si lo hago me desharé en lágrimas, pero el apretón cariñoso y tierno de su mano no supone ningún consuelo.

Oh, mamá. Me tiembla el labio al pensar en mi madre. ¿Debería llamarla? No. No soy capaz de afrontar su reacción. Quizá Ray; él sabría mantener la calma: él siempre mantiene la calma, incluso cuando pierden los Mariners.

Grace se levanta y se acerca a los chicos, distrayendo mi atención. Éste debe de ser el rato más largo que ha conseguido permanecer sentada. Mia también viene a sentarse a mi lado y me toma la otra mano.

—Volverá —dice, y el convencimiento inicial de su tono de voz se quiebra en el último momento.

Tiene los ojos muy abiertos y enrojecidos, y la cara pálida y transida por la falta de sueño.

Levanto la vista hacia Ethan, que está mirando a Mia, y hacia Elliot, abrazado a Grace. Echo una ojeada al reloj. Son más de las once, casi medianoche. ¡Maldito tiempo! A cada hora que pasa aumenta ese vacío devastador que me consume y me asfixia. En mi fuero interno sé que me estoy preparando para lo peor. Cierro los ojos, elevo otra plegaria silenciosa y me aferro a las manos de José y Mia.

Vuelvo a abrir los ojos y contemplo otra vez las llamas. Veo su sonrisa tímida: mi favorita de todas sus expresiones, un atisbo del verdadero Christian, mi verdadero Christian. Él es muchas personas: un obseso del control, un presidente ejecutivo, un acosador, un dios del sexo, un Amo, y, al mismo tiempo, un chiquillo con sus juguetes. Sonrío. Su coche, su barco, su avión, su helicóptero *Charlie Tango*... mi chico perdido, literalmente perdido ahora mismo. Mi sonrisa se desvanece y el dolor vuelve a lacerarme. Lo recuerdo en la regadera, limpiándose la marca del labial.

«Yo no soy nada, Anastasia. Soy un hombre vacío por dentro. No tengo corazón.»

El nudo que tengo en la garganta se hace más grande. Oh, Christian, sí tienes, sí tienes corazón, y es mío. Quiero adorarlo para siempre. Aunque él sea un hombre tan complejo y problemático, yo lo quiero. Nunca habrá nadie más. Jamás.

Recuerdo estar sentada en el Starbucks sopesando los pros y los contras de mi Christian. Todos esos contras, incluso esas fotografías que encontré esta mañana, se desvanecen ahora como algo insignificante. Sólo importa él, y sí volverá. Oh, por favor, Señor, devuélvemelo, haz que esté bien. Iré a la iglesia... haré lo que sea. Oh, si consigo recuperarlo, disfrutaré de cada momento. Su voz resuena de nuevo en mi mente: «*Carpe diem*, Ana».

Sigo contemplando las llamas con más vehemencia, las lenguas de fuego siguen ardiendo, centelleando, entrelazándose. Entonces Grace suelta un grito y todo empieza a moverse en cámara lenta.

—¡Christian!

Me doy la vuelta justo a tiempo de ver a Grace, que estaba detrás de mí caminando arriba y abajo, cruzar el salón a toda velocidad, y ahí, de pie en el umbral, está un consternado Christian. Sólo lleva los pantalones del traje y la camisa, y sostiene en la mano el saco, los calcetines y los zapatos. Se le ve cansado, sucio, y extraordinariamente atractivo.

Dios santo... Christian. Está vivo. Lo miro aturdida, intentando discernir si realmente está aquí o es una alucinación.

Parece absolutamente desconcertado. Deja el saco y los zapatos en el suelo justo cuando Grace le lanza los brazos al cuello y lo besa muy fuerte la mejilla.

—¿Mamá?

Christian la mira, totalmente perplejo.

—Creí que no volvería a verte más —susurra Grace, expresando en voz alta el temor general.

—Estoy aquí, mamá.

Y percibo en su tono un dejo de consternación.

—Creí que me moría —musita ella con un hilo de voz, haciéndose eco de mis pensamientos.

Gime y solloza, incapaz de seguir reprimiendo el llanto. Christian frunce el ceño, no sé si horrorizado o mortificado, y acto seguido la abraza con fuerza y la estrecha contra él.

—Oh, Christian —dice con la voz ahogada por el llanto, rodeándolo con sus brazos y sollozando con la cara hundida en su cuello, olvidado ya todo autocontrol, y él no se resiste.

Se limita a sostenerla y a mecerla adelante y atrás, consolándola. Las lágrimas anegan mis ojos. Carrick grita desde el pasillo:

—¡Está vivo! ¡Dios... estás aquí! —exclama saliendo repentinamente del despacho de Taylor agarrado a su teléfono móvil, los abraza a ambos y cierra los ojos lleno de un profundo alivio.

—¿Papá?

A mi lado, Mia grita algo ininteligible, luego se levanta y corre junto a sus padres y se abraza también a todos.

Finalmente, una cascada de lágrimas brota por mis mejillas. Él está aquí, está bien. Pero no puedo moverme.

Carrick es el primero en apartarse. Se seca los ojos mientras le da palmaditas a Christian en la espalda. Mia también se retira un poco, y Grace da un paso atrás.

—Lo siento —balbucea ella.

—Eh, mamá... no pasa nada —dice Christian, con la consternación aún reflejada en su rostro.

—¿Dónde estabas? ¿Qué ha sucedido? —exclama Grace llorando y hundiendo el rostro entre las manos.

—Mamá —musita Christian. La acoge en sus brazos otra vez y le besa la cabeza—. Estoy aquí. Estoy bien. Simplemente me ha costado horrores poder volver de Portland. ¿A qué viene todo este comité de bienvenida?

Recorre la habitación con la vista, hasta que sus ojos se posan en mí.

Parpadea y se queda mirando un segundo a José, que me suelta la mano. Christian aprieta los labios. Yo me embebo en su visión y el alivio invade todo mi cuerpo, dejándome agotada, exhausta y completamente eufórica. Pero no puedo parar de llorar. Christian se centra de nuevo en su madre.

—Mamá, estoy bien. ¿Qué pasa? —dice Christian tranquilizador.

Ella le sostiene la cara entre las manos.

—Estabas desaparecido, Christian. Tu plan de vuelo… no llegaste a Seattle. ¿Por qué no te pusiste en contacto con nosotros?

Christian arquea las cejas, sorprendido.

—No creí que tardaría tanto.

—¿Por qué no telefoneaste?

—Me quedé sin batería.

—¿No podías haber llamado… aunque fuera por cobrar?

—Mamá… es una historia muy larga.

Ella prácticamente le grita.

—¡Christian, no vuelvas a hacerme esto nunca más! ¿Me has entendido?

—Sí, mamá.

Le seca las lágrimas con el pulgar y vuelve a rodearla entre sus brazos. Cuando Grace recupera la compostura, él la suelta para abrazar a Mia, que le da una enojada palmada en el pecho.

—¡Nos tenías muy preocupados! —lo suelta, y ella también se echa a llorar.

—Ya estoy aquí, por Dios santo —musita Christian.

Cuando Elliot se acerca, Christian deja a Mia con Carrick, que ya tiene un brazo sobre los hombros de su esposa, y con el otro rodea a su hija. Elliot le da un rápido abrazo a Christian, ante la perplejidad de éste, y le propina una fuerte palmada en la espalda.

—Me alegro mucho de verte —dice Elliot en voz alta y con cierta brusquedad, intentando disimular la emoción.

Las lágrimas corren por mis mejillas mientras contemplo la escena. El salón está bañado en eso: amor incondicional. Él lo tiene a raudales; simplemente es algo que nunca había aceptado antes, e incluso ahora está totalmente perdido.

¡Mira, Christian, todas estas personas te quieren! Puede que ahora empieces a creerlo.

Kate está detrás de mí —debe de haber vuelto de la sala de la televisión—, y me acaricia el pelo con cariño.

—Está realmente aquí, Ana —murmura para tranquilizarme.

—Ahora voy a saludar a mi chica —les dice Christian a sus padres.

Ambos asienten, sonríen y se apartan.

Se acerca a mí, todavía perplejo, con sus ojos grises brillantes, pero cautelosos. En lo más profundo de mi ser hallo la fuerza necesaria para levantarme tambaleante y arrojarme a sus brazos abiertos.

—¡Christian! —exclamo sollozante.

—Sht… —musita él, y me abraza.

Hunde la cara en mi pelo e inspira profundamente. Yo levanto hacia él mi rostro bañado en lágrimas y él me da un largo beso que aun así me sabe a poco.

—Hola —murmura.

—Hola —respondo en un susurro, sintiendo cómo arde el nudo que tengo en la garganta.

—¿Me has echado de menos?

—Un poco.

Sonríe.

—Ya lo veo.

Y con un leve roce de la mano me seca las lágrimas que se niegan a dejar de rodar por mis mejillas.

—Creí… creí que…

No puedo seguir.

—Ya lo veo. Chsss… estoy aquí. Estoy aquí… —murmura, y vuelve a besarme suavemente.

—¿Estás bien? —pregunto.

Y lo suelto y le toco el pecho, los brazos, la cintura… oh, sentir bajo los dedos a este hombre cariñoso, vital, sensual, me tranquiliza y me confirma que está realmente aquí, delante de mí. Ha vuelto. Él ni siquiera parpadea. Sólo me mira atentamente.

—Estoy bien. No pienso irme a ninguna parte.

—Oh, gracias a Dios —vuelvo a abrazarlo por la cintura y él me rodea con sus brazos otra vez—. ¿Tienes hambre? ¿Quieres algo de beber?

—Sí.

Me aparto para ir a buscarle algo, pero él no me deja ir. Me mantiene abrazada y le tiende una mano a José.

—Señor Grey —dice José en tono tranquilo.

Christian suelta un pequeño resoplido.

—Christian, por favor —dice.

—Bienvenido, Christian. Me alegro de que estés bien, y... este... gracias por dejarme dormir aquí.

—No hay problema.

Christian entorna los ojos, pero en ese momento la señora Jones aparece de repente a su lado. Entonces me doy cuenta de que no va tan arreglada como siempre. No lo había notado hasta ahora. Lleva el pelo suelto, unas mallas gris claro y una enorme sudadera también gris con las letras WSU COUGARS bordadas en el pecho, que la hace parecer más bajita. Y mucho más joven.

—¿Quiere que le sirva algo, señor Grey?

Se seca los ojos con un pañuelo de papel.

Christian le sonríe con afecto.

—Una cerveza, por favor, Gail... Una Budvar, y algo de comer.

—Yo te lo traigo —murmuro, con ganas de hacer algo por mi hombre.

—No. No te vayas —dice él en voz baja, estrechándome más fuerte.

El resto de la familia se acerca, y Ethan y Kate se unen también a nosotros. Christian le estrecha la mano a Ethan y besa fugazmente a Kate en la mejilla. La señora Jones vuelve con una botella de cerveza y un vaso. Él toma la botella y, al ver el vaso, niega con la cabeza. Ella sonríe y regresa a la cocina.

—Me sorprende que no quieras algo más fuerte —comenta Elliot—. ¿Y qué carajos te pasó? La primera noticia que tuve fue cuando papá me llamó para decirme que el aparato ese había desaparecido.

—¡Elliot! —le riñe Grace.

—El helicóptero —masculla Christian corrigiendo a Elliot, que sonríe, y yo sospecho que se trata de una broma familiar—. Sentémonos y te lo cuento.

Christian me lleva hasta el sofá, y todo el mundo se sienta, todos con los ojos puestos en él. Bebe un buen trago de cerveza y en ese momento ve a Taylor rondando por el umbral del vestíbulo. Lo saluda con un movimiento de cabeza y Taylor responde del mismo modo.

—¿Tu hija?

—Ahora está bien. Falsa alarma, señor.

—Bien.

Christian sonríe.

¿Su hija? ¿Qué le ha ocurrido a la hija de Taylor?

—Me alegro de que esté de vuelta, señor. ¿Algo más?

—Tenemos que recoger el helicóptero.

Taylor asiente.

—¿Ahora? ¿O mañana a primera hora?

—Creo que por la mañana, Taylor.

—Muy bien, señor Grey. ¿Algo más, señor?

Christian niega con la cabeza, lo mira y levanta la botella. Taylor le responde con una extraña sonrisa —más incluso que la de Christian, creo—, y se marcha, seguramente a su despacho o a su habitación.

—Christian, ¿qué ha sucedido? —pregunta Carrick.

Christian procede a contar su historia. Había volado a Vancouver en el *Charlie Tango* con Ros, su número dos, para ocuparse de un asunto relacionado con los fondos para la WSU. Yo estoy tan aturdida que apenas puedo seguirlo. Me limito a sostener la mano de Christian y a mirar sus uñas cuidadas, sus dedos largos, los pliegues de sus nudillos, su reloj de pulsera, un Omega con tres esferas pequeñas. Mientras él continúa con su relato, levanto la vista para observar su hermoso perfil.

—Ros nunca había visto el monte Saint Helens, así que a la

vuelta, y a modo de celebración, dimos un pequeño rodeo. Me enteré hace poco de que habían levantado la restricción temporal de vuelo, y quería echar un vistazo. Bueno, pues fue una suerte que lo hiciéramos. Íbamos volando bajo, a unos doscientos pies del suelo, cuando se encendieron las luces de emergencia en el panel de mandos. Había fuego en la cola... y no tuve más remedio que apagar todo el sistema electrónico y tomar tierra —sacude la cabeza—. Aterricé junto al lago Silver, saqué a Ros y conseguí apagar el fuego.

—¿Fuego? ¿En ambos motores? —pregunta Carrick, horrorizado.

—Pues sí.

—¡Carajo! Pero yo creía...

—Lo sé —le interrumpe Christian—. Tuvimos mucha suerte de ir volando tan bajo —murmura.

Me estremezco. Él me suelta la mano y me rodea con el brazo.

—¿Tienes frío? —pregunta.

Le digo que no con la cabeza.

—¿Cómo apagaste el fuego? —pregunta Kate, impulsada por su instinto periodístico a lo Carl Bernstein.

Dios, a veces puede ser tan seca.

—Con los extintores. La ley nos obliga a llevarlos —contesta Christian con el mismo tono.

Y me vienen a la mente unas palabras que pronunció hace ya un tiempo: «Agradezco todos los días a la divina providencia que fueras tú quien vino a entrevistarme y no Katherine Kavanagh».

—¿Por qué no telefoneaste, ni usaste la radio? —pregunta Grace.

Christian sacude la cabeza.

—El sistema electrónico estaba desconectado, y por tanto no teníamos radio. Y no quería arriesgarme a ponerlo de nuevo en marcha por culpa del fuego. El GPS de la BlackBerry seguía funcionando, y así pude orientarme hasta la carretera más cercana. Caminamos cuatro horas hasta llegar a ella. Ros llevaba tacones.

Los labios de Christian se convierten en una fina línea reprobatoria.

—No teníamos cobertura en el móvil. En Gifford no hay. Primero se agotó la batería del de Ros. La del mío se terminó durante el camino.

Santo Dios… Me pongo tensa y Christian me atrae hacia él y me sienta en su regazo.

—¿Cómo conseguisteis volver a Seattle? —pregunta Grace, que al vernos pestañea levemente, y yo me ruborizo.

—Pedimos aventón. Juntamos el dinero que llevábamos encima. Entre los dos, reunimos seiscientos dólares, y pensamos que tendríamos que pagar a alguien para que nos trajera de vuelta, pero un camionero se paró y aceptó llevarnos a casa. Rechazó el dinero que le ofrecimos y compartió su comida con nosotros —Christian menea la cabeza consternado al recordarlo—. Tardamos muchísimo. Él no tenía celular, cosa rara pero cierta. No se me ocurrió pensar…

Se calla y mira a su familia.

—¿Que nos preocuparíamos? —dice Grace, indignada—. ¡Oh, Christian! —le reprocha—. ¡Casi nos volvemos locos!

—Has salido en las noticias, hermanito.

Christian alza la vista, con aire resignado.

—Sí. Me imaginé algo al llegar y ver todo este recibimiento y el puñado de fotógrafos que hay en la calle. Lo siento, mamá. Debería haberle pedido al camionero que parara para poder telefonear. Pero estaba ansioso por volver —añade, mirando de reojo a José.

Ah, era por eso, porque José se queda a dormir aquí. Frunzo el ceño ante la idea. Dios… tanta preocupación por una tontería.

Grace menea la cabeza.

—Estoy muy contenta de que hayas vuelto de una pieza, cariño, eso es lo único que importa.

Yo empiezo a relajarme. Apoyo la cabeza en su pecho. Huele a naturaleza, y levemente a sudor y a gel de baño… a Christian, el aroma que más me gusta del mundo. Las lágrimas vuelven a correr por mis mejillas, lágrimas de gratitud.

—¿Ambos motores? —vuelve a preguntar Carrick con expresión de incredulidad.

—Como lo oyes.

Christian se encoge de hombros y me pasa la mano por la espalda.

—Eh —susurra. Me pone los dedos bajo el mentón y me echa la cabeza hacia atrás—. Deja de llorar.

Yo me seco la nariz con el dorso de la mano, un gesto impropio de una señorita.

—Y tú deja de desaparecer.

Sorbo y sus labios se curvan en un amago de sonrisa.

—Un fallo eléctrico… eso es muy raro, ¿verdad? —vuelve a decir Carrick.

—Sí, yo también lo pensé, papá. Pero ahora mismo lo único que quiero es irme a la cama y no pensar en toda esta mierda hasta mañana.

—¿Así que los medios de comunicación ya saben que Christian Grey ya ha sido localizado sano y salvo? —dice Kate.

—Sí. Andrea y mi gente de relaciones públicas se encargarán de tratar con los medios. Ros le telefoneó en cuanto la dejamos en su casa.

—Sí, Andrea me llamó para informarme de que estabas vivo.

Carrick sonríe.

—Debería subirle el sueldo a esa mujer. Ya va siendo hora —dice Christian.

—Damas y caballeros, eso sólo puede indicar que mi hermano necesita urgentemente un sueño reparador —insinúa Elliot en tono burlón.

Christian le dedica una mueca.

—Cary, mi hijo está bien. Ahora ya puedes llevarme a casa.

¿Cary? Grace dirige a su marido una mirada llena de adoración.

—Sí, creo que nos conviene dormir —contesta Carrick sonriéndole.

—Quédense —sugiere Christian.

—No, cariño. Ahora que sé que estás a salvo quiero irme a casa.

Con cierta renuencia, Christian me acomoda en el sofá y se

levanta. Grace lo abraza otra vez, apoya la cabeza en su pecho y cierra los ojos, satisfecha. Él la rodea con sus brazos.

—Estaba tan preocupada, cariño —murmura ella.

—Estoy bien, mamá.

Ella se inclina hacia atrás y lo observa con atención, mientras él sigue sujetándola.

—Sí, creo que sí —dice Grace lentamente, dirige su mirada hacia mí y sonríe.

Me ruborizo.

Acompañamos a Carrick y a Grace al vestíbulo. A mi espalda, puedo oír que Mia e Ethan mantienen un acalorado intercambio en susurros, pero no escucho lo que dicen.

Mia sonríe tímidamente a Ethan, que la mira boquiabierto y menea la cabeza. De repente ella cruza los brazos y gira sobre sus talones. Él se frota la frente con una mano, visiblemente frustrado.

—Mamá, papá... espérenme —dice Mia de pronto.

Quizá sea tan voluble como su hermano.

Kate me da un fuerte abrazo.

—Ya veo que aquí han pasado cosas muy serias mientras nosotros disfrutábamos ajenos a todo en Barbados. Es bastante obvio que ustedes dos están locos el uno por el otro. Me alegro de que no le haya pasado nada. No sólo por él... también por ti, Ana.

—Gracias, Kate —murmuro.

—Sí. ¿Quién iba a decir que encontraríamos el amor al mismo tiempo?

Sonríe. Wow. Lo ha admitido.

—¡Y con dos hermanos! —exclamo riendo nerviosa.

—A lo mejor acabamos siendo cuñadas —bromea.

Yo me pongo tensa, y entonces Kate se me queda mirando otra vez, con esa cara de: «¿Qué es lo que no me has contado?» Me sonrojo. Maldita sea, ¿debería decirle que me ha pedido matrimonio?

—Vamos, nena —la llama Elliot desde el ascensor.

—Ya hablaremos mañana, Ana. Debes estar agotada.

Estoy salvada.

—Claro. Tú también, Kate. Hoy has hecho un viaje muy largo.

Nos abrazamos una vez más. Luego ella y Elliot entran en el ascensor detrás de los Grey, y se cierran las puertas.

José está esperándonos junto a la entrada cuando volvemos del vestíbulo.

—Bueno, yo me voy a acostar… los dejo solos —dice.

Yo me sonrojo. ¿Por qué resulta tan incómoda toda esta situación?

—¿Sabes cuál es tu habitación ya? —pregunta Christian.

José asiente.

—Sí, el ama de llaves…

—La señora Jones —aclaro.

—Sí, la señora Jones me la enseñó antes. Menudo ático tienes, Christian.

—Gracias —dice él educadamente.

Luego se coloca a mi lado y me pasa el brazo sobre los hombros. Se inclina y me besa el cabello.

—Voy a comerme lo que me ha preparado la señora Jones. Buenas noches, José.

Christian vuelve al salón y nos deja a José y a mí en la entrada.

Wow. Me ha dejado a solas con José.

—En fin, buenas noches —dice José, repentinamente incómodo.

—Buenas noches, José, y gracias por quedarte.

—Ningún problema, Ana. Cada vez que ese poderoso y millonario novio tuyo desaparezca… yo estaré ahí.

—¡José! —lo regaño.

—Es una broma. No te enojes. Mañana temprano me iré. Nos veremos, ¿eh? Te he extrañado.

—Claro, José. Pronto, espero. Siento que haya sido una noche tan… espantosa —digo sonriendo a modo de disculpa.

—Sí —replica con gesto cómplice—, espantosa —me abraza—. En serio, Ana. Me alegro de que seas feliz, pero si me necesitas, ahí estaré.

Yo lo miro fijamente.

—Gracias.

Él me responde con una sonrisa fugaz, agridulce, y luego sube las escaleras.

Yo vuelvo al salón. Christian está de pie junto al sofá, y me observa con expresión inescrutable. Por fin estamos solos y nos miramos intensamente.

—Él sigue loco por ti, ¿sabes? —murmura.

—¿Y usted cómo lo sabe, señor Grey?

—Reconozco los síntomas, señorita Steele. Me parece que yo sufro la misma dolencia.

—Creí que nunca volvería a verte —susurro.

Ya está, ya lo he dicho. Todos mis peores miedos condensados nítidamente en una frase corta, y por fin exorcizados.

—No fue tan grave como parece.

Recojo del suelo el saco de su traje y sus zapatos, y me acerco a él.

—Yo lo llevo —murmura y toma el saco.

Christian me observa como si yo fuera su razón de vivir, y estoy segura de que yo lo miro del mismo modo. Está aquí, realmente aquí. Me toma entre sus brazos y yo me dejo envolver por su cuerpo.

—Christian —gimo, y nuevamente brotan las lágrimas.

—Shht… —me calma y me besa el pelo—. ¿Sabes?, durante esos espantosos segundos antes de aterrizar, sólo pensé en ti. Tú eres mi talismán, Ana.

—Creí que te había perdido —digo sin aliento.

Nos quedamos así, abrazados, recuperándonos y tranquilizándonos mutuamente. Cuando lo estrecho con más fuerza, me doy cuenta de que sigo llevando los zapatos en la mano, y los dejo caer al suelo, rompiendo el silencio.

—Ven a bañarte conmigo —murmura.

—Vamos.

Levanto la mirada hacia él. No quiero soltarlo. Él me alza la barbilla.

—¿Sabes?, incluso con la cara manchada de lágrimas estás preciosa, Ana Steele —se inclina y me besa con ternura—. Y tienes unos labios muy suaves.

Me besa de nuevo, intensamente.

Oh, Dios... y pensar que podría haberlo perdido... no... Dejo de pensar y finalmente me rindo.

—Tengo que dejar el saco —murmura.

—Tíralo —susurro junto a sus labios.

—No puedo.

Me echo hacia atrás ligeramente y lo miro, desconcertada.

Me sonríe.

—Por esto.

Del bolsillo interior del saco saca el paquetito que le di con mi regalo. Deja la prenda sobre el respaldo del sofá y pone la cajita encima.

Disfruta del momento, Ana, me incita mi subconsciente. Bueno, ya son más de las doce de la noche, de modo que técnicamente ya es su cumpleaños.

—Ábrelo —susurro, y mi corazón empieza a latir con fuerza.

—Confiaba en que me lo pidieras —murmura—. Me estaba volviendo loco.

Le sonrío con aire travieso. Me siento aturdida. Él me dedica su sonrisa tímida y me derrito por dentro, pese al retumbar de mi corazón, disfrutando con su expresión entre intrigada y divertida. Con dedos hábiles, quita el envoltorio y abre la cajita. Arquea una ceja, y saca un llaverito de plástico con una imagen a base de minúsculos píxeles que aparece y desaparece como una pantalla LED. Representa el perfil de la ciudad, con la palabra SEATTLE escrita en grandes letras en medio del paisaje.

Se lo queda mirando un momento y luego me mira a mí, perplejo, y una arruga surca su adorable frente.

—Dale la vuelta —murmuro y contengo la respiración.

Lo hace. Abre la boca sin dar crédito, y clava sus enormes ojos grises en los míos, maravillado y feliz.

En el llavero aparece y desaparece intermitente la palabra SÍ.

—Feliz cumpleaños —musito.

20

—¿Te casarás conmigo? —susurra, incrédulo.

Yo asiento, nerviosa, ruborizada y ansiosa, y sin creer apenas su reacción… la de este hombre al que creí que había perdido. ¿Cómo puede no entender cuánto lo quiero?

—Dilo —me ordena en voz baja, con una mirada intensa y ardiente.

—Sí, me casaré contigo.

Respira profundamente y de repente me alza en volandas y empieza a darme vueltas alrededor del salón de un modo muy impropio de Cincuenta. Se ríe, joven y despreocupado, radiante de una alegría eufórica. Yo me aferro a sus brazos, sintiendo cómo sus músculos se tensan bajo mis dedos, y me dejo llevar por su contagiosa risa, aturdida, confundida, una muchacha total y perdidamente enamorada de su hombre. Me deja en el suelo y me besa. Intensamente, con las manos a ambos lados de mi cara, y su lengua insistente, persuasiva… excitante.

—Oh, Ana —musita pegado a mis labios, y eso me enciende y hace que todo me dé vueltas.

Él me quiere, de eso no tengo la menor duda, y disfruto del sabor de este hombre delicioso, este hombre al que creí que nunca volvería a ver. Su felicidad es evidente —le brillan los ojos, sonríe como un muchacho—, y el alivio que siente es casi palpable.

—Pensé que te había perdido —murmuro, todavía abrumada y sin aliento por ese beso.

—Nena, hará falta algo más que un 135 averiado para alejarme de ti.

—¿135?

—El *Charlie Tango*. Es un Eurocopter EC135, el más seguro de su gama.

Una emoción sombría cruza fugazmente por su rostro, distrayendo mi atención. ¿Qué me oculta? Antes de que pueda preguntárselo, se queda muy quieto y baja los ojos hacia mí con el ceño fruncido, y por un segundo creo que va a contármelo. Observo sus ojos grises, pensativos.

—Un momento... Me diste esto antes de que viéramos a Flynn —dice sosteniendo el llavero, con expresión casi horrorizada.

Oh, Dios, ¿adónde quiere ir a parar con esto? Yo asiento, inexpresiva.

Abre la boca.

Yo me encojo de hombros a modo de disculpa.

—Quería que supieras que dijera lo que dijese Flynn, para mí nada cambiaría.

Christian parpadea y me mira, incrédulo.

—Así que toda la noche de ayer, mientras yo te suplicaba una respuesta, ¿ya me la habías dado?

Parece consternado. Yo vuelvo a asentir e intento desesperadamente evaluar su reacción. Él se me queda mirando, estupefacto, atónito, pero entonces entorna los ojos y en su boca se dibuja un amago de ironía.

—Toda esa preocupación... —susurra en un tono inquietante. Yo le sonrío y me encojo de hombros otra vez—. Oh, no intente hacerse la niña ingenua conmigo, señorita Steele. Ahora mismo, tengo ganas de...

Se pasa la mano por el pelo, y luego menea la cabeza y cambia de táctica.

—No puedo creer que me dejaras con la duda.

Su voz susurrante está teñida de incredulidad. Su expresión cambia levemente, sus ojos brillan perversos y aparece su sonrisa sensual.

Santo cielo. Me estremezco por dentro. ¿En qué está pensando?

—Creo que esto se merece algún tipo de retribución, señorita Steele —dice en voz baja.

¿Retribución? ¡Oh, no! Sé que está jugando... pero aun así retrocedo un poco con cautela.

Christian sonríe.

—¿Así que ése es el juego? —susurra—. Porque te tengo en mis manos —y sus ojos arden intensos, juguetones—. Y además te estás mordiendo el labio —añade amenazador.

Siento cómo todas mis entrañas se contraen súbitamente. Oh, Dios. Mi futuro marido quiere jugar. Retrocedo un paso más, y luego me doy la vuelta para tratar de huir, pero es en vano. Christian me agarra con un rápido movimiento y yo grito de placer, sorprendida y sobresaltada. Me carga sobre su hombro y echa a andar por el pasillo.

—¡Christian! —siseo, consciente de que José está arriba, aunque no creo que pueda oírnos.

Intento tranquilizarme dándole palmaditas en la parte baja de la espalda, y de pronto, con un valeroso impulso irrefrenable, le doy una nalgada. Él me la devuelve inmediatamente.

—¡Ay! —chillo.

—Hora de bañarse —declara triunfante.

—¡Bájame!

Me esfuerzo por parecer enojada, pero fracaso. Es una lucha inútil, él me sujeta firmemente los muslos con el brazo, y por la razón que sea no puedo parar de reír.

—¿Le tienes mucho cariño a estos zapatos? —pregunta con ironía, mientras abre la puerta del baño de su dormitorio.

—Ahora mismo preferiría que tocaran el suelo —intento quejarme, pero no acabo de conseguirlo, porque no puedo dejar de reír.

—Sus deseos son órdenes para mí, señorita Steele.

Sin bajarme, me quita los dos zapatos y los deja caer ruidosamente sobre el suelo de baldosas. Se para junto al tocador, se vacía los bolsillos: la BlackBerry sin batería, las llaves, la cartera, el llavero. Desde este ángulo, sólo puedo imaginar qué aspecto tendré en el espejo. Una vez que ha terminado, se dirige muy decidido hacia la inmensa regadera.

—¡Christian! —le advierto a gritos, viendo claras ahora sus intenciones.

Abre la llave al máximo. ¡Dios…! Un chorro de agua helada me cae directamente sobre el trasero, y chillo; luego vuelvo a acordarme de que José está arriba y me callo. Aunque voy totalmente vestida, tengo mucho frío. El agua helada me empapa el traje, los calzones y el brassiere. Estoy calada hasta los huesos y me entra otro ataque de risa.

—¡No! —chillo—. ¡Bájame!

Vuelvo a darle nalgadas, más fuertes esta vez, y Christian me suelta dejando que me deslice por su cuerpo chorreante. Él tiene la camisa blanca pegada al torso y los pantalones del traje empapados. Yo también estoy calada, enardecida, aturdida y sin aliento, y él me mira sonriente, y está tan… increíblemente sexy.

Se pone serio, sus ojos centellean, y vuelve a tomarme la barbilla y acerca mis labios a su boca. Es un beso tierno, acariciante, que me trastorna por completo. Ya no me importa estar totalmente vestida y chorreando en la ducha de Christian. Estamos los dos solos bajo la cascada de agua. Ha vuelto, está bien, es mío.

Mis manos se dirigen involuntariamente a su camisa, que se pega a todos los músculos y tendones de su torso, mostrando el vello apelmazado bajo la tela blanca empapada. Yo le saco la camisa del pantalón de un tirón y él gime, pegado a mi boca, sin despegar sus labios de los míos. Cuando empiezo a desabrocharle la camisa, él comienza a bajar el cierre de mi vestido lentamente. Sus labios son ahora más insistentes, más provocativos, su lengua invade mi boca… y mi cuerpo explota de deseo. Le abro la camisa de golpe. Los botones salen volando, rebotando contra las baldosas y repiqueteando por el suelo de la regadera. Mientras aparto la tela mojada de sus hombros y brazos, lo empujo contra la pared, dificultando sus intentos de desnudarme.

—Los gemelos —murmura, y levanta las muñecas, de donde cuelga la camisa lacia y empapada.

Con dedos torpes le quito el primer gemelo de oro y después

el otro, los dejo caer sobre el suelo de baldosas, y luego la camisa. Sus ojos buscan los míos a través de la cascada de agua. Su mirada es candente, carnal, como el agua ahora abrasadora. Tomo sus pantalones por la pretina, pero él menea la cabeza, me sujeta por los hombros y me da la vuelta de manera que quedo de espaldas. Termina de bajarme el cierre, me aparta el pelo mojado del cuello y pasa la lengua desde la nuca hasta el nacimiento del pelo, y de nuevo hacia abajo, sin parar de besarme y chuparme el cuello.

Yo gimo y él me retira dulcemente el vestido de los hombros, haciéndolo bajar sobre mis senos mientras me besa la nuca y debajo de la oreja. Me desabrocha el brassiere, lo aparta también y libera mis pechos. Los rodea y los cubre con las manos susurrándome cosas bonitas al oído.

—Eres preciosa —murmura.

Tengo los brazos atrapados por el brassiere y el vestido desabrochado, que cuelga bajo mis senos; sigo con las mangas puestas, pero tengo las manos libres. Ladeo la cabeza para que Christian acceda fácilmente a mi cuello y dejo que sus mágicas manos tomen posesión de mis pechos. Echo hacia atrás los brazos y me alegra oír que inspira bruscamente cuando mis dedos inquisitivos toman contacto con su erección. Él presiona su sexo contra mis manos acogedoras. Maldita sea, ¿por qué no me ha dejado que le quitara los pantalones?

Me pellizca los pezones, y mientras se endurecen y yerguen bajo sus expertas caricias, todos los pensamientos relacionados con sus pantalones desaparecen y un libidinoso placer se clava con fuerza bajo mi vientre. Pegada a su cuerpo, echo la cabeza hacia atrás y gimo.

—Sí —musita, me da la vuelta otra vez y atrapa mi boca con la suya.

Me despoja del brassiere, el vestido, los calzones y los deja caer, de forma que se unen a su camisa en un amasijo de ropa húmeda sobre el suelo de la ducha.

Tomo el gel que está a nuestro lado. Christian se queda quieto en cuanto se da cuenta de lo que voy a hacer. Lo miro directamente a los ojos y me pongo un poco de gel en la palma de la mano. La mantengo levantada frente a su torso, esperando su respuesta a mi pregunta implícita. Él abre mucho los ojos y me contesta con un asentimiento casi imperceptible.

Poso la mano cuidadosamente sobre su esternón y, con suavidad, empiezo a frotarle la piel con el jabón. Christian respira profundamente hinchando el torso, pero aparte de eso permanece inmóvil. Acto seguido me aferra las caderas con las manos, pero no me aparta. Me observa con recelo y con una mirada más intensa que asustada, pero sus labios están entreabiertos y su respiración acelerada.

—¿Estás bien? —susurro.

—Sí.

Su breve respuesta es casi un jadeo. Acuden a mi memoria todas las veces que nos hemos duchado juntos, aunque el recuerdo del Olympic es agridulce. Bueno, ahora puedo tocarlo. Lo lavo con cariño dibujando pequeños círculos. Limpio a mi hombre por debajo de los brazos, sobre las costillas, y desciendo por su vientre firme y plano, hasta el vello que sobresale de su zona púbica.

—Ahora me toca a mí —musita.

Toma el champú, nos aparta a ambos del chorro de agua y me vierte un poco sobre la cabeza.

Interpreto su gesto como una señal para que deje de lavarlo, así que dejo los dedos aferrados a la pretina de su pantalón. Él me extiende el champú por el pelo y me masajea el cuero cabelludo con sus dedos esbeltos y fuertes. Yo gimo de placer. Cierro los ojos y me rindo a esa sensación celestial. Esto es justo lo que necesito, después de esta angustiosa noche.

Él se ríe entre dientes y yo abro un ojo y veo que me mira complacido.

—¿Te gusta?

—Mmm…

Sonríe satisfecho.

—A mí también —dice, y se inclina para besarme la frente, mientras sus dedos continúan masajeándome dulcemente el cuero cabelludo— date la vuelta —dice en tono autoritario.

Yo hago lo que me ordena, y sus dedos se mueven despacio

sobre mi cabeza. Me lavan, me relajan, me miman. Oh, esto es el éxtasis. Él toma más champú y me frota con delicadeza la melena que cae sobre mi espalda. Cuando termina, vuelve a empujarme hacia el chorro de agua.

—Inclina la cabeza hacia atrás —ordena en voz baja.

Yo obedezco complaciente, y él me aclara la espuma del jabón. Cuando termina, me coloco otra vez de frente y echo mano de nuevo a sus pantalones.

—Quiero lavarte entero —susurro.

Él responde con su sensual media sonrisa y levanta las manos como diciendo: «Soy todo tuyo, nena». Yo sonrío: es una sensación maravillosa. Le bajo delicadamente la bragueta, y sus pantalones y calzoncillos no tardan en reunirse con el resto de la ropa. Me yergo y tomo el gel y la esponja natural.

—Parece que te alegras de verme —murmuro con ironía.

—Yo siempre me alegro de verla, señorita Steele —replica, devolviéndome la sonrisa.

Echo gel en la esponja y reemprendo mi viaje a través de su torso. Ahora está más relajado, quizá porque en realidad no lo estoy tocando. Voy descendiendo con la esponja, pasando por encima de su vientre hasta deslizarla entre su vello púbico y luego sobre su erección hasta la base de su miembro.

Lo miro de reojo y él me observa con ojos acechantes y anhelo sensual. Mmm… me gusta esa mirada. Tiro la esponja y uso las manos para sujetarle fuerte el miembro. Él cierra los ojos, echa la cabeza hacia atrás gimiendo, e impulsa las caderas hacia mis manos.

¡Oh, sí! Esto es muy excitante. La diosa que llevo dentro ha resurgido después de pasar la noche entera meciéndose y sollozando en un rincón, y ahora lleva los labios pintados de un tono rojo atrevido.

De pronto, Christian me mira fijamente con ojos ardientes. Ha recordado algo.

—Es sábado —exclama con asombro lascivo en la mirada, y me toma por la cintura, me atrae hacia él y me besa salvajemente.

¡Wow… cambio de ritmo!

Sus manos se deslizan sobre mi cuerpo húmedo y resbaladizo hasta moverse en torno a mi sexo, sus dedos me exploran provocativos, y su implacable boca me deja sin respiración. Sube una mano hasta mi cabello húmedo para sujetarme la cabeza, mientras yo resisto toda la fuerza de su pasión desatada. Sus dedos se mueven en mi interior.

—¡Ah! —jadeo junto a su boca.

—Sí —sisea, desliza las manos hasta mi trasero y me levanta—. Rodéame con las piernas, nena.

Mis piernas obedecen y me aferro a su cuello como una lapa. Él me sostiene contra la pared de la regadera, se para y me observa intensamente.

—Abre los ojos —murmura—. Quiero verte.

Lo miro parpadeante, con el corazón latiéndome desbocado y la sangre hirviendo ardiente a través de mis venas, y un deseo real y galopante aumenta en mi interior. Entonces él se desliza dentro de mí, oh, muy despacio y me llena, y me reclama, piel contra piel. Yo empujo hacia abajo para fundirme en él, gimiendo con fuerza. Una vez dentro de mí, se detiene otra vez, con la cara contraída, intensa.

—Eres mía, Anastasia —susurra.

—Siempre.

Sonríe victorioso, se mueve y me hace jadear.

—Y ahora ya podemos contárselo a todo el mundo, porque has dicho que sí.

Su voz tiene un tono reverencial, y entonces se inclina hacia abajo, sus labios se apoderan de mi boca, y empieza a moverse... lenta y dulcemente. Yo cierro los ojos y echo la cabeza hacia atrás, mi cuerpo se arquea y someto mi voluntad a la suya, esclava de su cadencia lenta y embriagadora.

Me roza con los dientes la mandíbula, y la barbilla, bajando por el cuello mientras recupera el ritmo, empujándome hacia delante y hacia arriba... lejos de este planeta terrenal, de la regadera abrasadora, del terror gélido de la noche pasada. Somos sólo mi hombre y yo, moviéndonos al unísono como si fuéramos uno, cada uno absolutamente absorbido en el otro, y nuestros jadeos y gruñidos se funden. Yo saboreo la sensación exquisita de que me posea, mientras mi cuerpo brota y florece en torno a él.

Pude haberlo perdido… y lo amo… lo amo tanto, y de pronto me supera la inmensidad de mi amor y la profundidad de mi compromiso con él. Pasaré el resto de mi vida amando a este hombre y, con esa revelación abrumadora, exploto en torno a él en un orgasmo catártico, sanador, y grito su nombre mientras las lágrimas bañan mis mejillas.

Él alcanza el clímax y se vierte en mi interior. Con la cara hundida en mi cuello se derrumba en el suelo, abrazándome fuerte, besándome la cara y secándome las lágrimas a besos, mientras el agua caliente cae a nuestro alrededor y nos purifica.

—Tengo los dedos morados —murmuro, saciada y reclinada sobre su pecho en la dicha poscoital.

Él acerca mis dedos a sus labios y los besa, uno por uno.

—Deberíamos salir de la regadera.

—Yo estoy muy a gusto aquí.

Reposo sentada entre sus piernas mientras él me abraza fuerte. No quiero moverme.

Christian expresa su conformidad con un murmullo. Pero de pronto me siento agotada, totalmente exhausta. Han pasado tantas cosas durante la última semana, historias como para llenar toda una vida, y además ahora voy a casarme. Se me escapa una risita de incredulidad.

—¿Qué le hace tanta gracia, señorita Steele? —pregunta él cariñosamente.

—Ha sido una semana muy intensa.

Sonríe.

—Lo ha sido, sí.

—Gracias a Dios que ha regresado sano y salvo, señor Grey —murmuro, y al pensar en lo que podría haber pasado se me encoge el alma.

Él se pone tenso e inmediatamente lamento habérselo recordado.

—Tuve mucho miedo —confiesa para mi sorpresa.

—¿Cuándo… antes?

Asiente con gesto serio.

Santo cielo.

—¿Así que le quitaste importancia para tranquilizar a tu familia?

—Sí. Volaba demasiado bajo para poder aterrizar bien. Pero lo conseguí, no sé cómo.

Oh, Dios. Levanto los ojos hacia él, con la cascada de agua cayendo sobre nosotros, y su expresión es muy grave.

—¿Ha estado cerca?

Me mira fijamente.

—Muy cerca —hace una pausa—. Durante unos segundos espantosos pensé que no volvería a verte.

Lo abrazo fuerte.

—No puedo imaginar mi vida sin ti, Christian. Te quiero tanto que me da miedo.

—Yo también —me estrecha con fuerza entre sus brazos y hunde el rostro en mi cabello—. Nunca dejaré que te vayas.

—No quiero irme, nunca.

Le beso el cuello, y él se inclina y me besa también con dulzura.

Al cabo de un momento, se remueve un poco.

—Ven… vamos a secarte y luego a la cama. Yo estoy exhausto, y a ti parece que te hayan dado una paliza.

Al oír estas palabras, me inclino hacia atrás y arqueo una ceja. Él ladea la cabeza y me sonríe con ironía.

—¿Algo que decir, señorita Steele?

Niego con la cabeza y me pongo de pie algo tambaleante.

Estoy sentada en la cama. Christian se ha empeñado en secarme el pelo… y lo hace bastante bien. Me desagrada pensar cómo adquirió esa habilidad, así que alejo la idea de mi mente. Son más de las dos de la madrugada, y estoy deseando dormir. Antes de meterse en la cama, Christian baja de nuevo la mirada hacia el llavero y vuelve a menear la cabeza sin dar crédito.

—Es fantástico. El mejor regalo de cumpleaños que he tenido nunca —me mira fijamente, con ojos dulces y cariñosos—. Mejor que el póster firmado de Giuseppe DeNatale.

—Te lo habría dicho antes, pero como se acercaba tu cumpleaños… ¿Qué le das a un hombre que lo tiene todo? Así que pensé en darme… yo.

Deja el llavero en la mesita de noche y se acurruca a mi lado. Me acoge en sus brazos, me estrecha contra su pecho y se queda abrazado a mi espalda.

—Es perfecto. Como tú.

Sonrío, aunque él no puede verme.

—Yo no soy perfecta, ni mucho menos, Christian.

—¿Está sonriendo, señorita Steele?

¿Cómo lo sabe?

—Tal vez —respondo con una risita—. ¿Puedo preguntarte algo?

—Claro —dice acariciándome el cuello con la nariz.

—No llamaste mientras volvías de Portland. ¿Fue en realidad por culpa de José? ¿Te preocupaba que me quedara a solas con él?

Christian no dice nada. Me doy la vuelta para verle la cara, y él me mira con los ojos muy abiertos, como si le estuviera reprochando algo.

—¿Te das cuenta de lo ridículo que es eso? ¿De lo mal que nos lo has hecho pasar a tu familia y a mí? Todos te queremos mucho.

Él parpadea un par de veces y después me dedica su sonrisa tímida.

—No imaginaba que todos se preocuparían tanto.

Frunzo los labios.

—¿Cuándo te entrará en esa cabeza tan dura que la gente te quiere?

—¿Cabeza dura?

Arquea las cejas, completamente atónito.

Yo asiento.

—Sí, cabeza dura.

—No creo que los huesos de mi cráneo tengan una dureza significativamente mayor que cualquier otra parte de mi cuerpo.

—¡Estoy hablando en serio! Deja de hacer bromas. Aún estoy un poco enojada contigo, aunque eso haya quedado parcialmente eclipsado por el hecho de que estés en casa sano y salvo. Cuando pensé... —se me quiebra la voz al recordar esas horas de angustia—. Bueno, ya sabes lo que pensé.

Su mirada se dulcifica, alarga la mano y me acaricia la cara.

—Lo siento. ¿De acuerdo?

—Y también tu pobre madre. Fue muy conmovedor verte con ella —susurro.

Él sonríe tímidamente.

—Nunca la había visto de ese modo —adopta una expresión perpleja al recordarlo—. Sí, ha sido realmente impresionante. Por lo general es tan serena... Resultó muy impactante.

—¿Lo ves? Todo el mundo te quiere —sonrío—. Quizá ahora empieces a creerlo —me inclino y lo beso con dulzura—. Feliz cumpleaños, Christian. Me alegro de que estés aquí para compartir tu día conmigo. Y no has visto lo que te tengo preparado para mañana... bueno, hoy.

—¿Hay más? —dice asombrado, y en su cara aparece una sonrisa arrebatadora.

—Ah, sí, señor Grey, pero tendrá que esperar hasta entonces.

Me despierto de repente de un sueño, o de una pesadilla, y me incorporo en la cama con el pulso terriblemente acelerado. Me doy la vuelta, aterrada, y compruebo con alivio que Christian duerme plácidamente a mi lado. Como me he movido, él se revuelve y alarga un brazo en sueños para rodearme con él, recuesta la cabeza en mi hombro, y suspira quedamente.

La luz inunda la habitación. Son las ocho. Christian nunca duerme tan tarde. Vuelvo a acostarme y dejo que mi corazón palpitante se calme. ¿Por qué esta angustia? ¿Es una secuela de lo sucedido anoche?

Me doy la vuelta y lo observo. Está a salvo. Inspiro profunda y tranquilamente y contemplo su adorable rostro. Un rostro que ahora me resulta tan familiar, con todas sus luces y sombras grabadas en mi mente a perpetuidad.

Cuando duerme parece mucho más joven y sonrío porque a partir de hoy es un año más viejo. Me abrazo a mí misma, pensando en mi regalo. Oooh… ¿cómo reaccionará? Quizá debería empezar trayéndole el desayuno a la cama. Además, puede que José todavía esté aquí.

Me lo encuentro en la barra, comiendo cereal. No puedo evitar ruborizarme al verlo. Sabe que he pasado la noche con Christian. ¿Por qué siento de pronto esta timidez? No es como si fuera desnuda ni nada parecido. Llevo mi bata de seda larga hasta los pies.

—Buenos días, José —saludo sonriendo abiertamente.

—¡Eh, Ana!

Se le ilumina la cara. Se alegra sinceramente de verme. En su expresión no hay ningún dejo burlón ni desdeñoso.

—¿Dormiste bien? —pregunto.

—Mucho. Vaya vistas que hay desde aquí.

—Sí, es un lugar muy especial —como el propietario del departamento—. ¿Quieres un auténtico desayuno para hombres? —le pregunto bromeando.

—Me encantaría.

—Hoy es el cumpleaños de Christian. Voy a llevarle el desayuno a la cama.

—¿Está despierto?

—No. Creo que está bastante cansado después de todo lo de ayer.

Aparto rápidamente la mirada y voy hacia el refrigerador para que no vea que me he ruborizado. Dios… pero si sólo es José. Cuando saco el tocino y los huevos, me mira sonriente.

—Te gusta de verdad, ¿eh?

Frunzo los labios.

—Lo quiero, José.

Abre mucho los ojos un momento y luego sonríe.

—¿Cómo no vas a quererlo? —pregunta y hace un gesto con la mano alrededor del salón.

—¡Vaya, gracias! —le digo en tono de reproche.

—Ana, sólo era una broma.

Mmm… ¿Me harán siempre ese comentario: que me caso con Christian por su dinero?

—De verdad que era una broma. Tú nunca has sido de esa clase de chicas.

—¿Quieres un omelett? —le pregunto para cambiar de tema: no quiero discutir.

—Sí.

—Yo también —dice Christian, entrando pausadamente en el salón.

Oh, Dios…, sólo lleva esos pantalones de pijama que le quedan tan tremendamente sexys.

—José —lo saluda con un gesto de la cabeza.

—Christian —le devuelve el saludo José con aire solemne.

Christian se vuelve hacia mí y sonríe maliciosamente. Lo ha hecho a propósito. Entorno los ojos en un intento desesperado por recuperar la compostura, y la expresión de Christian se altera levemente. Sabe que ahora soy consciente de lo que se propone y no le importa en absoluto.

—Iba a llevarte el desayuno a la cama.

Se me acerca con arrogancia, me rodea los hombros con el brazo, me levanta la barbilla y me planta un beso apasionado y sonoro en los labios. ¡Tan impropio de Cincuenta!

—Buenos días, Anastasia —dice.

Tengo ganas de regañarlo y de decirle que se comporte… pero es su cumpleaños. Me sonrojo. ¿Por qué es tan posesivo?

—Buenos días, Christian. Feliz cumpleaños.

Le dedico una sonrisa y él me la devuelve.

—Espero con ansia mi otro regalo —dice sin más.

Me pongo del color del cuarto rojo del dolor y miro nerviosamente a José, que parece como si se hubiera tragado algo muy desagradable. Aparto la vista y empiezo a preparar el desayuno.

—¿Y qué planes tienes para hoy, José? —pregunta Christian con fingida naturalidad, sentándose en un taburete de la barra.

—Voy a ir a ver a mi padre y a Ray, el padre de Ana.

Christian frunce el ceño.

—¿Se conocen?

—Sí, estuvieron juntos en el ejército. Perdieron el contacto hasta que Ana y yo nos conocimos en la universidad. Fue algo bastante curioso, y ahora son auténticos amigos. Vamos a ir de pesca.

—¿De pesca?

Christian parece realmente interesado.

—Sí… hay piezas muy buenas en estas aguas. Unos salmones enormes.

—Es verdad. Mi hermano Elliot y yo pescamos una vez uno de quince kilos.

¿Ahora se ponen a hablar de pesca? ¿Qué tendrá la pesca para los hombres? Nunca lo he entendido.

—¿Quince kilos? No está mal. Pero el récord lo tiene el padre de Ana, con uno de diecinueve kilos.

—¿En serio? No me lo había dicho.

—Por cierto, feliz cumpleaños.

—Gracias. ¿Y a ti dónde te gusta pescar?

Me desentiendo. No me interesa nada todo esto. Pero, al mismo tiempo, me siento aliviada. ¿Lo ves, Christian? José no es tan malo.

Cuando llega la hora de que José se marche, el ambiente entre ambos se ha relajado bastante. Christian se pone rápidamente unos jeans y una camiseta y, aún descalzo, nos acompaña a José y a mí al vestíbulo.

—Gracias por dejarme dormir aquí —le dice José a Christian cuando se dan la mano.

—Cuando quieras —responde Christian sonriendo.

José me da un pequeño abrazo.

—Cuídate, Ana.

—Claro. Me alegro de haberte visto. La próxima vez podríamos hacer algo.

—Te tomo la palabra.

Se despide alzando la mano desde el interior del ascensor, y luego las puertas se cierran.

—Sigue queriendo acostarse contigo, Ana. Pero no puedo culparlo por eso.

—¡Christian, eso no es cierto!

—No te enteras de nada, ¿verdad? —me sonríe—. Te desea. Muchísimo.

Frunzo el ceño.

—Sólo es un amigo, Christian, un buen amigo.

Y de pronto me doy cuenta de que me parezco a Christian cuando habla de la señora Robinson. Y esa idea me inquieta.

Él levanta las manos en un gesto conciliatorio.

—No quiero discutir —dice en voz baja.

¡Ah! No estamos discutiendo... ¿o sí?

—Yo tampoco.

—No le dijiste que vamos a casarnos.

—No. Pensé que debía decírselo primero a mamá y a Ray.

Oh, no. Es la primera vez que pienso en eso desde que acepté su proposición. Dios... ¿qué van a decir mis padres?

Christian asiente.

—Sí, tienes razón. Y yo... eh... debería pedírselo a tu padre.

Me echo a reír.

—Christian, no estamos en el siglo XVIII.

Madre mía. ¿Qué dirá Ray? Pensar en esa conversación me horroriza.

—Es la tradición —replica Christian, encogiéndose de hombros.

—Ya hablaremos luego de eso. Quiero darte tu otro regalo —digo para intentar distraerlo.

Pensar en mi regalo me tiene en ascuas. Necesito dárselo para ver cómo reacciona.

Él me dedica su sonrisa tímida y se me para el corazón. Aunque viva mil años, nunca me cansaré de esa sonrisa.

—Estas mordiéndote el labio otra vez —me dice, y me levanta la barbilla.

Cuando sus dedos me tocan, un estremecimiento recorre mi cuerpo. Sin decir una palabra, y ahora que todavía me queda algo de valor, le doy la mano y lo llevo de nuevo al dormitorio. Lo suelto cuando llegamos junto a la cama y, de debajo de mi lado de la cama, saco las otras dos cajas de regalo.

—¿Dos? —dice sorprendido.

Yo inspiro profundamente.

—Esto lo compré antes del… eh… incidente de ayer. Ahora ya no me convence tanto.

Y me apresuro a darle uno de los paquetes, antes de cambiar de opinión. Él se me queda mirando desconcertado al notar mis dudas.

—¿Seguro que quieres que lo abra?

Yo asiento, ansiosa.

Christian rompe el envoltorio y mira sorprendido la caja.

—Es el *Charlie Tango* —susurro.

Él sonríe. La caja contiene un pequeño helicóptero de madera, con unas grandes hélices que funcionan con energía solar. La abre.

—Energía solar —murmura—. Wow.

Y, sin apenas darme cuenta, ya está sentado en la cama, armándolo. Lo encaja rápidamente y lo sostiene en la palma de la mano. Un helicóptero azul de madera. Levanta la vista hacia mí con esa gloriosa sonrisa de muchacho cien por ciento americano, y luego se acerca a la ventana y, cuando la luz del sol baña el pequeño helicóptero, las hélices empiezan a girar.

—Mira esto —musita, y lo observa de cerca—. Lo que ya es posible hacer con esta tecnología.

Lo sostiene a la altura de los ojos y contempla cómo giran las hélices. Está fascinado, y también es fascinante ver cómo se deja llevar por sus pensamientos mientras mira el pequeño helicóptero. ¿En qué estará pensando?

—¿Te gusta?

—Me encanta, Ana. Gracias —me abraza y me besa rápidamente, y luego se da la vuelta para ver girar la hélice—. Lo pondré en mi despacho al lado del planeador —dice, absorto, viendo girar las aspas.

Luego aparta el helicóptero del sol, y la hélice se ralentiza hasta parar finalmente.

Yo no puedo evitar sonreír de oreja a oreja y tengo deseos de abrazarme a mí misma. Le encanta. Claro, está muy interesado en las tecnologías alternativas. Ni siquiera había pensado en eso cuando lo compré a toda prisa. Lo deja sobre la cómoda y se vuelve hacia mí.

—Me hará compañía hasta que recuperemos el *Charlie Tango*.

—¿Se podrá recuperar?

—No lo sé. Eso espero. Si no, lo extrañaré.

¿Qué? Yo misma me escandalizo por sentir celos de un objeto inanimado. Mi subconsciente resopla y suelta una carcajada desdeñosa. Yo no le hago caso.

—¿Qué hay en la otra caja? —pregunta con los ojos muy abiertos, emocionado como un crío.

Dios mío.

—No estoy segura de si este regalo es para ti o para mí.

—¿De verdad? —pregunta, y sé que he despertado su curiosidad.

Le entrego nerviosa la segunda caja. Él la agita con cuidado y ambos oímos un fuerte traqueteo. Christian levanta la vista hacia mí.

—¿Por qué estás tan nerviosa? —pregunta, perplejo.

Avergonzada y excitada, me encojo de hombros y me ruborizo. Él arquea una ceja.

—Me tiene intrigado, señorita Steele —susurra, y su voz me penetra, y el deseo y la expectativa se expanden por mi vientre—. Debo decir que estoy disfrutando con tu reacción. ¿En qué has estado pensando? —pregunta, entornando los ojos con suspicacia.

Yo contengo la respiración y sigo callada.

Él retira la tapa de la caja y saca una pequeña tarjeta. El resto del contenido está envuelto en papel de seda. Abre la tarjeta, e inmediatamente me clava la mirada, con los ojos muy abiertos, impactado o sorprendido, no lo sé.

—¿Que te trate con dureza? —murmura.

Y yo asiento y trago saliva. Él ladea la cabeza con cautela evaluando mi reacción, y frunce el ceño. Entonces vuelve a fijarse en la caja. Rasga el papel de seda azul pálido y saca un antifaz, unas pinzas para pezones, un tapón anal, su iPod, su corbata gris perla… y, por último, aunque no por eso menos importante, la llave de su cuarto de juegos.

Me mira fijamente con una expresión oscura e indescifrable. Oh, no. ¿Ha sido una mala idea?

—¿Quieres jugar? —pregunta con voz queda.

—Sí —musito.

—¿Por mi cumpleaños?

—Sí.

¿De dónde me sale este hilo de voz?

Multitud de emociones cruzan por su rostro sin que pueda identificar ninguna, pero finalmente me domina la ansiedad. Mmm… Ésa no es exactamente la reacción que esperaba.

—¿Estás segura? —pregunta.

—Nada de látigos ni cosas de esas.

—Eso ya lo he entendido.

—Pues entonces sí. Estoy segura.

Sacude la cabeza y vuelve a mirar el contenido de la caja.

—Loca por el sexo e insaciable. Bueno, creo que podré hacer algo con estas cosas —murmura como si hablara consigo mismo, y vuelve a meter el contenido dentro de la caja.

Cuando me mira otra vez, su expresión ha cambiado totalmente. Madre mía, sus ojos refulgen ardientes y en sus labios se dibuja lentamente una erótica sonrisa. Me tiende la mano.

—Ahora —dice, y no es una petición.

Mi vientre se contrae y se tensa con fuerza muy, muy adentro.

Acepto su mano.

—Ven —ordena, y salgo de la habitación detrás de él, con el corazón en un puño.

El deseo recorre lentamente mi sangre ardiente y mis entrañas se contraen anhelantes ante la expectativa. ¡Por fin!

21

Christian se para delante del cuarto de juegos.

—¿Estás segura de esto? —pregunta con una mirada ardorosa, pero llena de ansiedad.

—Sí —murmuro y le sonrío con timidez.

Su expresión se dulcifica.

—¿Hay algo que no quieras hacer?

Estas preguntas inesperadas me sacan de balance, y mi mente empieza a dar vueltas. Se me ocurre una idea.

—No quiero que me tomes fotografías.

Se queda quieto, y se le endurece el gesto. Ladea la cabeza y me mira con suspicacia.

Oh, no. Tengo la impresión de que va a preguntarme por qué, pero afortunadamente no lo hace.

—De acuerdo —murmura.

Frunce el ceño, abre la puerta y se aparta para hacerme pasar a la habitación. Cuando él entra detrás y cierra siento sus ojos sobre mí.

Deja la cajita del regalo sobre la cómoda, saca el iPod y lo enciende. Luego pasa la mano frente al equipo de sonido de la pared, y los cristales ahumados se abren suavemente. Pulsa varios botones, y el sonido de un aparato resuena en la habitación. Él baja el volumen, de manera que el compás electrónico lento, hipnótico, que se oye seguidamente se convierte en ambiental. Empieza a cantar una mujer que no sé quién es, pero su voz es suave aunque rasposa, y el ritmo contenido y deliberadamente… erótico. Oh, Dios: es música para hacer el amor.

Christian se da la vuelta para mirarme. Yo estoy de pie en medio del cuarto, con el corazón palpitante y la sangre hirviendo en mis venas al ritmo del seductor compás de la música… o ésa es la sensación que tengo. Él se me acerca despacio con aire indolente, y me toma de la barbilla para que deje de morderme el labio.

—¿Qué quieres hacer, Anastasia? —murmura, y me da un recatado beso en la comisura de la boca, sin dejar de retenerme el mentón entre los dedos.

—Es tu cumpleaños. Haremos lo que tú quieras —musito.

Él pasa el pulgar sobre mi labio inferior, y arquea una ceja.

—¿Estamos aquí porque tú crees que yo quiero estar aquí?

Pronuncia esas palabras en voz muy baja, sin dejar de observarme atentamente.

—No —murmuro—. Yo también quiero estar aquí.

Su mirada se oscurece, volviéndose más audaz a medida que asimila mi respuesta. Después de una pausa eterna, habla.

—Ah, son tantas las posibilidades, señorita Steele —su tono es grave, excitado—. Pero empecemos por desnudarte.

Tira del cinturón de la bata, que se abre para dejar a la vista el camisón de satín. Luego da un paso atrás y se sienta con total tranquilidad en el brazo del sofá Chesterfield.

—Quítate la ropa. Despacio.

Me dirige una mirada sensual, desafiante.

Trago saliva compulsivamente y junto los muslos. Ya siento humedad entre las piernas. La diosa que llevo dentro ya está en la cola, totalmente desnuda, dispuesta, esperando y suplicándome para que le siga el juego. Yo me echo la bata sobre los hombros, sin dejar de mirarlo a los ojos, los levanto con un suave movimiento y dejo que la prenda caiga en cascada al suelo. Sus fascinantes ojos grises arden, y se pasa el dedo índice sobre los labios con la mirada muy fija en mí.

Dejo que los finísimos tirantes de mi camisón se deslicen por mis hombros, lo miro intensamente un momento y luego lo dejo caer. El camisón resbala lentamente sobre mi cuerpo, hasta quedar desparramado a mis pies. Estoy desnuda, prácticamente jadeante y… oh, tan dispuesta…

Christian se queda muy quieto un momento y me maravilla su expresión de franca satisfacción carnal. Él se levanta, se dirige hacia la cómoda y saca su corbata gris perla... mi corbata favorita. La desliza y la hace dar vueltas entre sus dedos, y se me acerca con gesto despreocupado y un amago de sonrisa en los labios. Cuando se coloca frente a mí, yo espero que haga ademán de sujetarme las manos, pero no es así.

—Me parece que lleva usted muy poca ropa, señorita Steele —murmura.

Me pone la corbata alrededor del cuello, y despacio pero con destreza hace lo que imagino que es un nudo Windsor perfecto. Cuando lo aprieta, sus dedos me rozan la base del cuello, provocando una descarga de electricidad en mi cuerpo que me deja jadeante. Él deja que el extremo más ancho de la corbata caiga hasta abajo, tan abajo que la punta me hace cosquillas en el vello púbico.

—Ahora mismo está usted fabulosa, señorita Steele —dice, y se inclina para besarme con dulzura en los labios.

Es un beso fugaz, y una espiral de deseo lascivo invade mis entrañas, y quiero más.

—¿Qué haremos contigo ahora? —dice, y toma la corbata, tira de mí hacia él y caigo en sus brazos.

Hunde las manos en mi pelo y me echa la cabeza hacia atrás, y me besa fuerte y apasionadamente, con su lengua implacable y despiadada. Una de sus manos se desliza por mi espalda y se detiene sobre mi trasero. Cuando él se aparta, jadeante también, me fulmina con una mirada incendiaria de sus ojos grises. Yo, anhelante, apenas puedo respirar ni pensar con claridad. Estoy segura de que su ataque sensual me ha dejado los labios henchidos.

—Date la vuelta —ordena con delicadeza, y yo obedezco.

Me aparta la corbata del cabello. Lo trenza y lo ata rápidamente, y tirando de la trenza me obliga a alzar la cabeza.

—Tienes un pelo precioso, Anastasia —murmura, y me besa el cuello, provocándome un escalofrío que me recorre toda la columna—. Cuando quieras que pare sólo tienes que decírmelo. Lo sabes, ¿verdad? —murmura pegado a mi cuello.

Yo asiento con los ojos cerrados, deleitándome en el sabor de sus labios. Me da la vuelta otra vez y toma la corbata por la punta.

—Ven —dice, y tirando suavemente me lleva hasta la cómoda, sobre la cual está el resto del contenido de la caja.

—Estos objetos no me parecen muy adecuados, Anastasia... —Toma el tapón anal—. Éste es demasiado grande. Una virgen anal como tú no debe empezar con este. Optaremos por empezar con esto.

Levanta el dedo meñique, y yo ahogo un gemido. Dedos... ¿ahí? Él me sonríe con aire malicioso, y me viene a la mente la desagradable imagen del puño en el ano que se mencionaba en el contrato.

—Un dedo... sólo uno —dice en voz baja, con esa extraña capacidad que tiene de leerme la mente.

Clavo la mirada en sus ojos. ¿Cómo lo hace?

—Estas pinzas son brutales —señala las pinzas para los pezones—. Usaremos éstas —pone otro par sobre la cómoda. Parecen horquillas gigantes, pero con unas bolitas azabache colgando—. Éstas son ajustables —murmura Christian, su voz entreverada de gentil preocupación.

Parpadeo y lo miro con los ojos muy abiertos: Christian, mi mentor sexual. Él sabe mucho más que yo de todo esto. Yo nunca estaré a la altura. Frunzo ligeramente el ceño. De hecho, sabe más que yo de casi todo... excepto de cocina.

—¿Está claro? —pregunta.

—Sí —murmuro con la boca seca—. ¿Vas a decirme lo que piensas hacer?

—No. Iré improvisando sobre la marcha. Esto no es ninguna sesión, Ana.

—¿Cómo debo comportarme?

Arquea una ceja.

—Como tú quieras.

¡Oh!

—¿Acaso esperabas a mi álter ego, Anastasia? —pregunta con un matiz levemente irónico y al mismo tiempo sorprendido.

—Bueno... sí. A mí me gusta —murmuro.

Él esboza su sonrisa secreta, alarga la mano y me pasa el pulgar por la mejilla.

—¿No me digas? —musita, y desliza el pulgar sobre mi labio inferior—. Yo soy tu amante, Anastasia, no tu Amo. Me encanta oír tus carcajadas y esa risita infantil. Me gustas relajada y contenta, como en las fotografías de José. Ésa es la chica que un día entró cayendo de bruces en mi despacho. Ésa es la chica de la que un día me enamoré.

Me quedo con la boca abierta, y en mi corazón brota una grata calidez. Es dicha… pura dicha.

—Pero, una vez dicho esto, a mí también me gusta tratarla con dureza, señorita Steele, y mi álter ego sabe un par de trucos. Así que haz lo que te ordeno y date la vuelta.

Sus ojos brillan perversos, y la dicha se traslada de repente hacia abajo, por debajo de la cintura, y se apodera de mí tensándome todos los músculos. Hago lo que me ordena. Él abre uno de los cajones a mis espaldas, y al cabo de un momento vuelvo a tenerlo frente a mí.

—Ven —ordena, tira de la corbata y me lleva hacia la mesa.

Cuando pasamos junto al sofá, me doy cuenta por primera vez de que han desaparecido todas las varas, y me distraigo un momento. ¿Estaban aquí ayer cuando entré? No me acuerdo. ¿Se las ha llevado Christian? ¿La señora Jones? Él interrumpe mis pensamientos.

—Quiero que te pongas de rodillas encima —dice cuando llegamos junto a la mesa.

Ah, muy bien. ¿Qué tiene en mente? La diosa que llevo dentro está impaciente por averiguarlo: ya está subida en la mesa completamente abierta y mirándolo con adoración.

Él me sube a la mesa con delicadeza, y yo me siento sobre las piernas y quedo de rodillas frente a él, sorprendida de mi propia agilidad. Ahora estamos al mismo nivel. Baja las manos por mis muslos, me agarra las rodillas, me separa las piernas y se queda plantado justo delante de mí. Está muy serio, con los ojos entornados y más oscuros… lujuriosos.

—Pon los brazos a la espalda. Voy a esposarte.

Saca unas esposas de cuero del bolsillo de atrás y se me acerca. Allá vamos. ¿A qué dimensión de placer va a transportarme esta vez?

Su proximidad resulta embriagadora. Este hombre va a ser mi marido. ¿Qué más puede ambicionar nadie con un marido como este? No recuerdo haber leído nada al respecto. No puedo resistirme, y deslizo mis labios entreabiertos por su mentón, saboreando su barba incipiente con la lengua, irritante y suave al mismo tiempo, una mezcla tremendamente erótica. Él se queda quieto y cierra los ojos. Se le altera la respiración y se aparta.

—Para, o esto se terminará mucho antes de lo que deseamos los dos —me advierte.

Por un momento creo que está enojado, pero entonces sonríe y aparece un brillo divertido en su mirada ardorosa.

—Eres irresistible —digo con un mohín.

—¿Ah, sí? —replica secamente.

Yo asiento.

—Bueno, no me distraigas o te amordazaré.

—Me gusta distraerte —susurro mirándolo con expresión terca, y él levanta una ceja.

—O te azotaré.

¡Oh! Intento disimular una sonrisa. Hubo una época, no hace mucho, en que me habría sometido ante esa amenaza. Nunca me habría atrevido a besarlo espontáneamente, y menos estando en este cuarto. Ahora me doy cuenta de que ya no me intimida, y es como una revelación. Sonrío con picardía y él me devuelve una sonrisa cómplice.

—Compórtate —masculla.

Da un paso atrás, me mira y golpea con las esposas de cuero en la palma de su mano.

Y la amenaza está ahí, implícita en sus actos. Trato de parecer arrepentida, y creo que lo consigo. Él se acerca otra vez.

—Eso está mejor —musita, y se inclina nuevamente hacia mí con las esposas.

Yo evito tocarlo, pero inhalo ese glorioso aroma a Christian, fresco aún después de la ducha de anoche. Mmm… debería embotellarlo.

Espero que me espose las muñecas, pero en vez de eso me las coloca por encima de los codos. Eso me obliga a arquear la espalda y a empujar los pechos hacia delante, aunque mis codos quedan bastante separados. Cuando termina, se echa hacia atrás para contemplarme.

—¿Estás bien? —pregunta.

No es la postura más cómoda del mundo, pero la expectativa de descubrir qué puede hacer resulta tan electrizante que asiento y jadeo débilmente con anhelo.

—Bien.

Saca el antifaz del bolsillo de atrás.

—Creo que ya has visto bastante —murmura.

Me pone el antifaz por encima de la cabeza hasta cubrirme los ojos. Se me acelera la respiración. Dios... ¿Por qué es tan erótico no ver nada? Estoy aquí, esposada y de rodillas sobre una mesa, esperando... con una dulce y ardiente expectación que me quema por dentro. Pero puedo oír, y de fondo sigue sonando ese ritmo melódico y constante que resuena por todo mi cuerpo. No me había dado cuenta hasta ahora. Debe de haberlo programado en modo repetición.

Christian se aparta. ¿Qué está haciendo? Se dirige hasta la cómoda y abre un cajón. Lo cierra otra vez. Al cabo de un segundo vuelvo a notar que está delante de mí. Noto un olor fuerte, picante y dulzón en el aire. Es delicioso, casi apetitoso.

—No quiero estropear mi corbata preferida —murmura mientras la desanuda lentamente.

Inhalo con fuerza cuando la tela de la corbata se desliza por mi cuerpo, haciéndome cosquillas a su paso. ¿Estropear su corbata? Escucho con atención para tratar de averiguar qué va a hacer. Se está frotando las manos. De pronto me acaricia la mejilla con los nudillos, recorriendo el perfil de mi mandíbula hasta la barbilla.

Sus caricias me provocan un delicioso estremecimiento que sobresalta mi cuerpo. Su mano se curva sobre mi nuca, y está resbaladiza por ese aceite aromático que extiende suavemente por mi cuello, a lo largo de la clavícula, y sobre mi hombro, trabajando delicadamente con los dedos. Oh, me está dando un masaje. No es lo que esperaba.

Pone la otra mano sobre mi otro hombro y emprende otro provocador recorrido a lo largo de mi clavícula. Emito un suave quejido mientras va descendiendo hacia mis senos cada vez más anhelantes, ávidos de sus caricias. Es tan excitante... Arqueo más el cuerpo hacia sus diestras caricias, pero él desliza las manos por mis costados, despacio, comedido, siguiendo el compás de la música y evitando deliberadamente mis pechos. Yo gimo, aunque no sé si es de placer o de frustración.

—Eres tan hermosa, Ana —me murmura al oído en voz baja y ronca.

Su nariz roza mi mandíbula mientras sigue masajeándome... bajo los senos, sobre el vientre, más abajo... Me besa fugazmente los labios y luego desliza la nariz por mi nuca, bajando por el cuello. Dios santo, estoy ardiendo... su cercanía, sus manos, sus palabras.

—Y pronto serás mi esposa para poseerte y protegerte —susurra.

Oh, sí.

—Para amarte y honrarte.

Dios...

—Con mi cuerpo te adoraré.

Echo la cabeza hacia atrás y gimo. Él pasa los dedos por mi vello púbico, sobre mi sexo, y frota la palma de la mano contra mi clítoris.

—Señora Grey —susurra mientras sigue masajeándome.

Suelto un suave gruñido.

—Sí —musita mientras sigue excitándome con la palma de la mano—. Abre la boca.

Ya la tengo entreabierta porque estoy jadeando. La abro más, y él me introduce entre los labios un objeto metálico ancho y frío, una especie de enorme chupete con unas pequeñas muescas o ranuras, y algo que parece una cadena al final. Es grande.

—Chupa —ordena en voz baja—. Voy a meterte esto dentro.

¿Dentro? Dentro... ¿dónde? Me da un vuelco el corazón.

—Chupa —repite, y deja quieta la palma de la mano.

¡No, no pares! Quiero gritar, pero tengo la boca llena. Sus manos oleosas recorren nuevamente mi cuerpo hacia arriba y finalmente cubren mis desatendidos senos.

—No pares de chupar.

Hace girar delicadamente mis pezones entre el pulgar y el índice, con una caricia experta que los endurece y agranda, creando una oleada sináptica de placer que llega hasta mi entrepierna.

—Tienes unos pechos tan hermosos, Ana —susurra, y mis pezones responden endureciéndose aún más.

Él murmura complacido y yo gimo. Baja los labios desde mi cuello hasta uno de mis senos, sin dejar de chupar y mordisquear suavemente hasta llegar al pezón, y de repente noto el pellizco de la pinza.

—¡Ay! —gruño entrecortadamente a través del aparato que cubre mi boca.

Oh, por Dios… el pellizco produce una sensación exquisita, cruda, dolorosa, placentera. Me lame con dulzura el pezón prisionero, mientras procede a colocar la segunda pinza. El pellizco también es intenso… pero igualmente agradable. Gimo con fuerza.

—Siéntelo —sisea él.

Ah, lo siento. Lo siento. Lo siento.

—Dame esto.

Tira con cuidado del estriado chupete metálico que tengo en la boca y lo suelto. Sus manos recorren otra vez mi cuerpo, descendiendo hacia mi sexo. Ha vuelto a untárselas de aceite, y se deslizan alrededor de mi trasero.

Ahogo un gemido. ¿Qué va a hacer? Cuando me pasa los dedos entre las nalgas, me tenso sobre las rodillas.

—Shht, despacio —me susurra al oído, y me besa la nuca y me provoca e incita con los dedos.

¿Qué va a hacer? Desliza la otra mano por mi vientre, hasta mi sexo, y lo acaricia de nuevo con la palma. Introduce sus dedos dentro de mí y yo jadeo fuerte, gozando.

—Voy a meterte esto —murmura—. No aquí —sus dedos se deslizan entre mis nalgas, untando el aceite—. Sino aquí.

Y hace girar los dedos una y otra vez, dentro y fuera, golpeando la pared frontal de mi vagina. Yo gimo y mis pezones presos se hinchan.

—Ah.

—Ahora, silencio.

Christian saca los dedos y desliza el objeto dentro de mí. Luego me toma la cara entre las manos y me besa, con su boca invadiendo la mía, y entones oigo un levísimo clic. En ese instante, el artilugio empieza a vibrar en mi interior… ¡ahí abajo! Y gimo. Es una sensación extraordinaria, que supera cualquier otra que haya experimentado antes.

—¡Ah!

—Tranquila —me calma Christian y sofoca mis jadeos con su boca.

Sus manos descienden hacia mis senos y tiran con mucha delicadeza de las pinzas. Grito con fuerza.

—¡Christian, por favor!

—Shht, nena. Aguanta.

Esto es demasiado… toda esta sobreestimulación, por todas partes. Mi cuerpo empieza a ascender, y yo, de rodillas, no puedo controlar la escalada. Dios… ¿seré capaz de soportar esto?

—Buena chica —me tranquiliza él.

—Christian —jadeo, y mi voz suena desesperada incluso a mis oídos.

—Shht, siéntelo, Ana. No tengas miedo.

Ahora sus manos me rodean la cintura, sujetándome, pero no puedo concentrarme en todo, en sus manos, en lo que tengo dentro, en las pinzas. Mi cuerpo asciende, asciende hacia el estallido, con esas vibraciones implacables y esa dulce, dulce tortura en mis pezones. Dios… Esto va a ser demasiado intenso. Él mueve las manos, sedosas y oleosas, alrededor y por debajo de mis caderas, tocando, sintiendo, masajeando mi piel… masajeando mi ano.

—Qué hermoso —susurra, y de repente introduce suavemente un dedo ungido dentro de mí… ¡ahí, en mi trasero!

Dios… Es una sensación extraña, plena, prohibida… pero,

oh... muy... muy agradable. Y se mueve despacio, entra y sale, mientras roza con los dientes mi barbilla erguida.

—Qué hermoso, Ana.

Estoy suspendida en lo alto, muy alto, sobre un enorme precipicio, y entonces vuelo y caigo vertiginosamente al mismo tiempo, y me precipito hacia la tierra. Ya no puedo contenerme y grito, mientras mi cuerpo, ante esa irresistible plenitud, se convulsiona y alcanza el clímax. Cuando mi cuerpo estalla, no soy más que sensaciones, por todo mi ser. Christian retira primero una pinza y luego la otra, y mis pezones se quejan de una dulce sensación de dolor, que es sin embargo muy agradable y me provoca el orgasmo, un orgasmo que dura y dura. Él mantiene el dedo en el mismo sitio, entrando y saliendo.

—¡Agh! —grito, y Christian me envuelve y me abraza, mientras mi cuerpo sigue con su implacable pulsión interior—. ¡No! —vuelvo a gritar, suplicante, y esta vez retira el vibrador de mi interior y también el dedo, mientras mi cuerpo sigue convulsionando.

Me quita una de las esposas, de modo que mis brazos caen hacia delante. Mi cabeza cuelga sobre su hombro y estoy perdida, totalmente perdida en esta sensación abrumadora. No soy más que respiración alterada, exhausta de deseo, y un dulce y placentero olvido de todo.

Soy vagamente consciente de que Christian me levanta, me lleva a la cama y me acuesta sobre las refrescantes sábanas de satín. Al cabo de un momento, sus manos, todavía untuosas, me masajean dulcemente detrás de los muslos, las rodillas, las pantorrillas y los hombros. Noto que la cama cede un poco cuando él se tiende a mi lado.

Me quita el antifaz, pero no tengo fuerzas para abrir los ojos. Busca la trenza y me suelta el pelo, y se inclina hacia delante para besarme dulcemente en los labios. Sólo mi respiración errática interrumpe el silencio de la habitación, y va estabilizándose a medida que vuelo de nuevo hacia la tierra. Ya no se oye la música.

—Maravilloso —murmura.

Finalmente consigo abrir un ojo y descubro que él me está mirando fijamente con una leve sonrisa.

—Hola —dice. Logro contestar con un gemido y su sonrisa se ensancha—. ¿Te pareció suficientemente brusco?

Yo asiento y le sonrío como puedo. Vaya, si hubiera sido más brusco tendría que habernos azotado a los dos.

—Creo que intentas matarme —musito.

—Muerta por orgasmo —sonríe—. Hay formas peores de morir —dice, pero después frunce el ceño levísimamente, como si de pronto hubiera pensado en algo desagradable.

Su gesto me inquieta. Me incorporo y le acaricio la cara.

—Puedes matarme así siempre que quieras —murmuro.

Me doy cuenta de que está desnudo, espléndido y preparado para la acción. Cuando me toma la mano y me besa los nudillos, yo me enderezo, le atrapo la cara con las manos y llevo su boca a mis labios. Me besa fugazmente y luego se para.

—Esto es lo que quiero hacer —susurra.

Busca bajo la almohada el control de la música, aprieta un botón y los suaves acordes de una guitarra resuenan entre las paredes.

—Quiero hacerte el amor —dice, mirándome fijamente.

Sus ojos grises brillan sinceros y ardientes. Al fondo se oye una voz familiar que empieza a cantar «The First Time Ever I Saw Your Face». Y sus labios buscan los míos.

Mientras me abrazo a él y me rindo de nuevo al éxtasis liberador, Christian se deja ir en mis brazos, con la cabeza echada hacia atrás y gritando mi nombre. Él me estrecha contra su pecho y permanecemos sentados nariz contra nariz en medio de su cama inmensa, yo a horcajadas sobre él. Y en este momento, este momento de felicidad con este hombre y su música, la intensidad de mi experiencia de esta mañana con él aquí, y de todo lo que ha pasado durante la última semana, me abruma de nuevo, no sólo física sino también emocionalmente. Me siento por completo superada por todas estas sensaciones. Estoy profundamente enamorada de él. Y por primera vez alcanzo a entrever y comprender lo que él siente en relación con mi seguridad.

Al recordar que ayer estuve a punto de perderle, me echo a temblar y los ojos se me llenan de lágrimas. Si le hubiera pasado algo... lo amo tanto. Las lágrimas corren libremente por mis mejillas. Hay tantas facetas en Christian: su personalidad dulce y amable, y su vertiente dominante, ese lado agreste y brusco de «Yo puedo hacer lo que me plazca contigo y tú me seguirás como un perrito»... sus cincuenta sombras, todo él. Todo espectacular. Todo mío. Y soy consciente de que aún no nos conocemos bien, y de que tenemos que superar un montón de cosas. Pero sé que los dos lo deseamos... y que dispondremos de toda la vida para ello.

—Eh —musita, sosteniéndome la cabeza entre las manos y mirándome intensamente. Sigue dentro de mí—. ¿Por qué lloras? —dice con la voz preñada de preocupación.

—Porque te quiero tanto —susurro.

Él absorbe mis palabras con los ojos entrecerrados, como drogado. Y cuando vuelve a abrirlos, arden de amor.

—Y yo a ti, Ana. Tú me... completas.

Y me besa con ternura mientras Roberta Flack termina su canción.

Hemos hablado y hablado y hablado, sentados juntos sobre la cama del cuarto de juegos, yo sobre su regazo y rodeándonos con las piernas mutuamente. La sábana de satín rojo nos envuelve como si fuera un refugio majestuoso, y no tengo ni idea de cuánto tiempo ha pasado. Christian está riéndose de mi imitación de Kate durante la sesión de fotos en el Heathman.

—Pensar que podría haber sido ella quien me entrevistara. Gracias a Dios que existen los resfriados —murmura, y me besa la nariz.

—Creo que tenía la gripe, Christian —lo reprendo, y dejo que mis dedos deambulen a través del vello de su torso, maravillada de que lo esté tolerando tan bien—. Todas las varas han desaparecido —murmuro, recordando que eso me llamó antes la atención.

Él me recoge el pelo detrás de la oreja por enésima vez.

—No creí que llegaras a pasar nunca ese límite infranqueable.

—No, no creo que lo haga —susurro con los ojos muy abiertos, y luego dirijo la vista hacia los látigos, las palas y las correas alineados en la pared de enfrente.

Él mira en la misma dirección.

—¿Quieres que me deshaga de todo eso también? —dice en tono irónico, pero sincero.

—De esa fusta no… la marrón. Ni del látigo de tiras de ante.

Me ruborizo.

Él me mira y sonríe.

—De acuerdo, la fusta y el látigo de tiras. Vaya, señorita Steele, es usted una caja de sorpresas.

—Y usted también, señor Grey. Ésa es una de las cosas que adoro de ti.

Lo beso con cariño en la comisura de la boca.

—¿Qué más adoras de mí? —pregunta con los ojos muy abiertos.

Sé que para él supone mucho hacer esta pregunta. Es una muestra de humildad que me hace parpadear, perpleja. Yo adoro todo de él… incluso sus cincuenta sombras. Sé que la vida con Christian nunca será aburrida.

—Esto —paso el dedo índice sobre sus labios—. Adoro esto, y lo que sale de ella, y lo que me haces con ella. Y lo que hay aquí dentro —le acaricio la sien—. Eres tan brillante, inteligente e ingenioso, tan competente en tantas cosas. Pero lo que más adoro es lo que hay aquí —presiono ligeramente con la palma de la mano sobre su pecho, y siento el latido constante y uniforme de su corazón—. Eres el hombre más compasivo que conozco. Lo que haces. Cómo trabajas. Es realmente impresionante —murmuro.

—¿Impresionante?

Está desconcertado, pero en su mirada refulge un brillo alegre. Luego le cambia el semblante y aparece su sonrisa tímida, como si estuviera avergonzado. Me entran ganas de lanzarme a sus brazos… y lo hago.

Estoy adormilada, envuelta en satín y en Grey. Christian me acaricia con la nariz para despertarme.

—¿Tienes hambre? —susurra.

—Mmm… estoy hambrienta.

—Yo también.

Me incorporo para mirarlo acostado en la cama.

—Es su cumpleaños, señor Grey. Te prepararé algo. ¿Qué se te antoja?

—Sorpréndeme —me pasa la mano por la espalda con una suave caricia—. Debería revisar los mensajes de la BlackBerry que no miré ayer.

Suspira y hace ademán de incorporarse, y sé que este momento especial ha terminado… por ahora.

—Bañemonos —dice.

¿Quién soy yo para contradecir al chico del cumpleaños?

Christian está en su estudio hablando por teléfono. Taylor está con él. Tiene un aspecto muy serio, pero su atuendo es informal, unos jeans y una camiseta negra ceñida. Yo estoy preparando algo de comer en la cocina. He encontrado unos filetes de salmón en el refrigerador y los estoy marinando con limón, y los acompañaré con una ensalada y unas papas que estoy hirviendo. Me siento extraordinariamente relajada y feliz, en la cima del mundo… literalmente. Me giro hacia el enorme ventanal y observo el espléndido cielo azul. Toda esa charla… todo el sexo… mmm. Cualquier chica podría acostumbrarse a esto.

Taylor sale del estudio e interrumpe mi fantasía. Yo apago el iPod y me quito un audifono.

—Hola, Taylor.

—Ana —saluda con un gesto de cabeza.

—¿Tu hija está bien?

—Sí, gracias. Mi ex mujer creía que tenía apendicitis, pero exageraba, como siempre —Taylor pone los ojos en blanco, cosa que me sorprende—. Sophie esta bien, aunque tiene un virus estomacal bastante fastidioso.

—Lo siento.

Él sonríe.

—¿Han localizado el *Charlie Tango*?

—Sí. El equipo de rescate va para allá. Esta noche ya debería estar de vuelta en Boeing Field.

—Ah, bien.

Me dedica una sonrisa tensa.

—¿Algo más, señora?

—No, no, gracias.

Me ruborizo… ¿Me acostumbraré algún día a que Taylor me llame «señora»? Hace que me sienta vieja, casi como una treintañera.

Él asiente y sale de la sala. Christian sigue al teléfono. Yo estoy esperando a que hiervan las papas. Eso me da una idea. Tomo mi bolsa y busco la BlackBerry. Hay un mensaje de Kate.

Ns vms esta noche. Quiero que platiquemos un buen raaato

Le contesto.

Lo mismo digo

Estará bien hablar con Kate.

Abro el programa de correo y le escribo un mensaje rápido a Christian.

De: Anastasia Steele
Fecha: 18 de junio de 2011 13:12
Para: Christian Grey
Asunto: Comida

Querido señor Grey:
Le mando este correo para informarle de que su comida está casi lista.
Y de que hace un rato gocé de un sexo pervertido alucinante.
Es muy recomendable el sexo pervertido en los cumpleaños.
Y otra cosa… te quiero.

A x
(Tu prometida)

Permanezco atentamente a la escucha de cualquier tipo de reacción, pero él sigue al teléfono. Me encojo de hombros. Quizá esté demasiado ocupado, simplemente. Mi BlackBerry vibra.

De: Christian Grey
Fecha: 18 de junio de 2011 13:15
Para: Anastasia Steele
Asunto: Sexo pervertido

¿Qué aspecto fue el más alucinante?
Tomaré nota.

Christian Grey
Hambriento y exhausto tras los esfuerzos matutinos presidente de Grey Enterprises Holdings, Inc.

P.D.: Me encanta tu firma.
P.P.D.: ¿Qué ha sido del arte de la conversación?

De: Anastasia Steele
Fecha: 18 de junio de 2011 13:18
Para: Christian Grey
Asunto: ¿Hambriento?

Querido señor Grey:
Me permito recordarle la primera línea de mi anterior correo, en el que le informaba de que su comida ya está casi lista… así que nada de tonterías de que está hambriento y exhausto. Con respecto a los aspectos alucinantes del sexo pervertido… francamente todos, presidente. Me interesará leer sus notas. Y a mí también me gusta mi firma entre paréntesis.

A x
(Tu prometida)

P.D.: ¿Desde cuándo eres tan locuaz? ¡Y estás hablando por teléfono!

Pulso enviar y, al levantar la vista, lo tengo delante, sonriendo con aire travieso. Antes de que pueda decir nada, da la vuelta a la barra de la isla de la cocina, me alza en volandas y me da un sonoro beso.

—Esto es todo, señorita Steele —dice.

Me suelta y vuelve a su despacho con paso airoso —en jeans, descalzo y con la camisa por fuera—, dejándome sin aliento.

He preparado un tazón de crema agria con berros y cilantro para acompañar el salmón, y lo dejo sobre la barra del desayuno. Odio interrumpirlo mientras trabaja, pero ahora me planto en el umbral de su despacho. Él sigue al teléfono, con su pelo alborotado y sus ojos grises brillantes: todo un festín para la vista. Levanta la mirada al verme y ya no aparta la vista de mí. Frunce levemente el ceño, y no sé si es por mí o por la conversación.

—Tú hazlos pasar y déjalos solos. ¿Entendido, Mia? —dice entre dientes, poniendo los ojos en blanco—. Bien.

Le hago una señal de que la comida está lista, y él me sonríe y asiente.

—Nos vemos luego —cuelga—. ¿Una llamada más? —pregunta.

—Claro.

—Ese vestido es muy corto —añade.

—¿Te gusta?

Doy una vuelta frente a él. Es una de las compras de Caroline Acton. Un vestido veraniego de color turquesa, que seguramente sería más apropiado para ir a la playa, pero hoy hace un día precioso en muchos sentidos. Él frunce el ceño y yo me pongo pálida.

—Estás fantástica, Ana. Pero no quiero que nadie más te vea así.

—¡Oh! —le digo en tono de reproche—. Estamos en casa, Christian. Sólo está el personal.

Tuerce el gesto y, o bien intenta disimular su buen humor, o realmente no le hace ninguna gracia. Pero al final asiente, rectificándose. Yo lo miro sin dar crédito… ¿de verdad lo dice en serio? Regreso a la cocina.

Cinco minutos después, vuelvo a tenerlo enfrente, con el teléfono en la mano.

—Ray quiere hablar contigo —murmura con una mirada cauta.

Me quedo sin respiración de golpe. Tomo el teléfono y cubro el micrófono.

—¡Se lo contaste! —siseo.

Christian asiente, y abre mucho los ojos ante mi angustiado semblante.

¡Oh, no! Respiro profundamente.

—Hola, papá.

—Christian acaba de preguntarme si puede casarse contigo —dice Ray.

Se hace el silencio entre los dos mientras pienso desesperadamente qué puedo decir. Ray sigue callado como suele hacer, sin darme ninguna pista sobre su reacción ante la noticia. Me decido por fin.

—¿Y tú qué le dijiste?

—Que quería hablar contigo. Es bastante repentino, ¿no crees, Annie? Hace muy poco que lo conoces. Quiero decir que es un buen tipo, le gusta la pesca y todo eso, pero… ¿tan pronto? —dice en un tono tranquilo y comedido.

—Sí. Es repentino… espera un momento.

Me alejo a toda prisa de la zona de la cocina y de la mirada ansiosa de Christian, y voy hacia el ventanal. Las puertas que dan al balcón están abiertas, y salgo a la luz del sol. No puedo acercarme al borde. Está demasiado alto.

—Ya sé que es muy repentino y todo eso… pero, bueno, yo lo quiero. Él me quiere. Quiere casarse conmigo, y sé que es el hombre de mi vida.

Me ruborizo, pensando que seguramente ésta sea la conversación más íntima que he mantenido con mi padrastro.

Ray permanece en silencio al otro lado del teléfono.

—¿Se lo has dicho a tu madre?

—No.

—Annie… ya sé que es muy rico y muy buen partido, pero… ¿casarse? Es un paso muy importante. ¿Estás convencida?

—Él me da toda la felicidad que busco —susurro.

—Uf —dice Ray al cabo de un momento, en un tono más suave.

—Él lo es todo.

—Annie, Annie, Annie. Eres una jovencita muy testaruda. Espero de corazón que sepas lo que haces. ¿Me lo vuelves a pasar, por favor?

—Claro, papá, ¿y tú me acompañarás al altar? —pregunto en voz baja.

—Oh, cariño —se le quiebra la voz y se queda callado un buen rato. Y mis ojos se llenan de lágrimas al comprobar lo emocionado que está—. Nada me haría más feliz —dice finalmente.

Oh, Ray. Te quiero tanto... Trago saliva para no llorar.

—Gracias, papá. Te vuelvo a pasar a Christian. Sé cariñoso con él. Lo amo —susurro.

Creo que Ray sonríe al otro lado de la línea, pero es difícil decirlo. Con Ray siempre es difícil.

—Cuenta con ello, Annie. Y ven a visitar a este viejo y tráete a Christian.

Vuelvo a la sala, enojada con Christian por no haberme avisado, y le paso el teléfono con un gesto que le hace saber lo molesta que estoy. Él lo toma de buen humor y regresa al estudio.

Dos minutos después reaparece.

—Tengo la bendición un tanto reticente de tu padrastro —dice orgullosamente, tanto, de hecho, que me gana la risa y él me sonríe.

Se comporta como si acabara de negociar una fusión o una adquisición importantísima, lo cual, supongo, en cierto sentido ha hecho.

—Vaya, eres muy buena cocinera, mujer.

Christian se traga el último bocado y alza la copa de vino. Yo me ruborizo por el halago, y se me ocurre que sólo podré cocinar para él los fines de semana. Frunzo el ceño. A mí me encanta cocinar. Quizá debería hacerle un pastel de cumpleaños. Consulto el reloj. Aún tengo tiempo.

—¿Ana? —Christian interrumpe mis pensamientos—. ¿Por qué me pediste que no te tomara fotos?

Su pregunta me inquieta, sobre todo porque utiliza un tono de voz aparentemente dulce.

Oh… no. Las fotos. Miro fijamente mi plato vacío y entrelazo los dedos en el regazo. ¿Qué puedo decir? Me prometí a mí misma que no mencionaría que encontré su versión de *Penthouse Pets.*

—Ana —dice bruscamente—. ¿Qué pasa?

Su voz me sobresalta, obligándome a mirarlo. ¿Cómo he podido llegar a pensar que ya no me intimidaba?

—Encontré tus fotos —susurro.

Christian abre los ojos, conmocionado.

—¿Has entrado en la caja fuerte? —pregunta, incrédulo.

—¿Caja fuerte? No. No sabía que tuvieras una.

Frunce el ceño.

—No lo entiendo.

—En tu vestidor. La caja. Estaba buscando tu corbata, y la caja estaba debajo de unos jeans… esos que llevas normalmente en el cuarto de juegos. Menos hoy.

Y me ruborizo.

Me mira con la boca abierta, horrorizado, y se pasa nerviosamente la mano por el cabello mientras procesa la información. Se frota la barbilla, sumido en sus pensamientos, pero no puede ocultar la perplejidad y el enojo impresos en su cara. Sacude la cabeza abruptamente, exasperado —pero también divertido—, y una ligera sonrisa de admiración aflora en la comisura de su boca. Junta las manos frente a sí y vuelve a dedicarme toda su atención.

—No es lo que piensas. Me había olvidado por completo de ellas. Alguien ha cambiado la caja de sitio. Esas fotos deberían estar en la caja fuerte.

—¿Quién las cambió de sitio? —murmuro.

Él traga saliva.

—Sólo pudo hacerlo una persona.

—Oh. ¿Quién? ¿Y qué quieres decir con «No es lo que piensas»?

Él suspira y ladea la cabeza, y creo que está avergonzado. ¡Debería estarlo!, me increpa mi subconsciente.

—Esto te va a sonar frío, pero… hay una póliza de seguros —susurra, y se pone tenso a la espera de mi respuesta.

—¿Una póliza de seguros?

—Contra la exhibición pública de esas fotos.

De repente caigo en la cuenta y me siento incómoda y un tanto idiota.

—Oh —musito, porque no se me ocurre qué decir. Cierro los ojos. Aquí están de nuevo: las cincuenta sombras de su vida destrozada, aquí y ahora—. Sí. Tienes razón —digo con un hilo de voz—. Suena muy frío.

Me levanto para recoger los platos. No quiero saber nada más.

—Ana.

—¿Lo saben ellas? ¿Las chicas… las sumisas?

Él frunce el ceño.

—Claro que lo saben.

Ah, bueno, algo es algo. Alarga una mano para agarrarme y atraerme hacia él.

—Esas fotos deberían estar en la caja fuerte. No son para ningún fin recreativo —hace una pausa—. Quizá lo fueron en un principio, cuando se tomaron. Pero… —se calla y me mira suplicante—. No significan nada.

—¿Quién las puso en tu vestidor?

—Sólo pudo haber sido Leila.

—¿Ella sabe la combinación de tu caja fuerte?

Él se encoge de hombros.

—No me sorprendería. Es una combinación muy larga, que casi nunca uso. Es el único número que tengo anotado y que nunca he cambiado —sacude la cabeza—. Me pregunto qué más sabrá Leila y si habrá sacado alguna otra cosa de allí —frunce el ceño y vuelve a mirarme—. Mira, destruiré las fotos. Ahora mismo si quieres.

—Son tus fotos, Christian. Haz lo que quieras con ellas —musito.

—No seas así —dice, sosteniéndome la cabeza entre las manos y mirándome a los ojos—. Yo no quiero esa vida. Quiero nuestra vida, juntos.

Santo Dios. ¿Cómo sabe que bajo mi horror ante esas fotos se oculta toda mi paranoia?

—Creía que habíamos exorcizado todos esos fantasmas esta mañana, Ana. Yo lo siento así, ¿tú no?

Lo miro fijamente, recordando esa mañana tan, tan placentera y romántica, descaradamente lasciva, en su cuarto de juegos.

—Sí —sonrío—. Yo también siento lo mismo.

—Bien —se inclina hacia delante, me besa y me rodea con sus brazos— las romperé —murmura—. Y luego tengo que ir a trabajar. Lo siento, nena, pero tengo un montón de asuntos de negocios esta tarde.

—No pasa nada. Yo tengo que llamar a mi madre —hago una mueca—. Y después quiero comprar algunas cosas y hacerte un pastel.

Él sonríe de oreja a oreja y sus ojos se iluminan como los de un chiquillo.

—¿Un pastel?

Asiento.

—¿Un pastel de chocolate?

—¿Tú quieres un pastel de chocolate?

Su sonrisa es contagiosa. Asiente.

—Veré lo que puedo hacer, señor Grey.

Y vuelve a besarme.

Carla se queda muda por la sorpresa.

—Mamá, di algo.

—No estarás embarazada, ¿verdad, Ana? —murmura, horrorizada.

—No, no, no es nada de eso.

La desilusión me parte el corazón, y me entristece que pueda pensar eso de mí. Pero luego recuerdo, con mayor decepción si cabe, que ella estaba embarazada de mí cuando se casó con mi padre.

—Perdona, cielo. Pero es que todo esto es tan repentino. Quiero decir que Christian es muy buen partido, pero tú eres muy joven, y deberías ver antes un poco de mundo.

—Mamá, ¿no puedes alegrarte por mí sin más? Yo lo quiero.

—Es que necesito acostumbrarme a la idea, cariño. Me dejaste helada. En Georgia noté que había algo muy especial entre ustedes, pero el matrimonio…

En Georgia él quería que yo fuera su sumisa, pero eso no se lo dije.

—¿Ya fijaron la fecha?

—No.

—Ojalá tu padre estuviera vivo —susurra.

Oh, no… esto no. Ahora no.

—Lo sé, mamá. A mí también me hubiera gustado conocerlo.

—Sólo te tuvo en brazos una vez, y estaba tan orgulloso. Pensaba que eras la niña más preciosa del mundo.

Y relata la vieja historia familiar con un hilillo quejumbroso de voz… una vez más. Va a echarse a llorar.

—Lo sé, mamá.

—Y luego murió —dice con un leve sollozo, y sé que el recuerdo la ha afligido, como siempre pasa.

—Mamá —susurro, sintiendo ganas de traspasar el teléfono y poder abrazarla.

—Soy una vieja tonta —musita, y vuelve a dejar escapar otro sollozo—. Claro que me alegro mucho por ti, cariño. ¿Ray lo sabe? —añade.

Parece que ha recuperado la compostura.

—Christian acaba de pedírselo.

—Oh, qué tierno. Bien.

La noto melancólica, pero está haciendo un esfuerzo.

—Sí, lo es —murmuro.

—Ana, cielo, te quiero muchísimo. Y me alegro mucho por ti. Y tienen que venir a verme, los dos.

—Sí, mamá. Yo también te quiero.

—Bob me está llamando. Tengo que colgar. Ya me dirás la fecha. Tenemos que planear… ¿será una boda por todo lo alto?

Una boda por todo lo alto. Oh, Dios. Ni siquiera había pensado en eso. ¿Una gran boda? No, yo no quiero una gran boda.

—Todavía no lo sé. En cuanto lo sepa te llamo.

—Bien. Y ve con cuidado. Aún tienen que disfrutar mucho juntos… ya habrá tiempo para tener hijos.

¡Hijos! Mmm… y ahí está otra vez: una alusión, no muy sutil, al hecho de que ella me tuvo muy joven.

—Mamá, yo no te arruiné la vida, ¿verdad?

Ella sofoca un gemido.

—Oh, no, Ana, yo nunca pensé eso. Tú fuiste lo mejor que nos pasó en la vida a tu padre y a mí. Pero me gustaría que él estuviera aquí para verte tan adulta y a punto de casarte.

Vuelve a ponerse nostálgica y llorosa.

—A mí también me gustaría —muevo la cabeza, pensando en mi mítico padre—. Te dejo, mamá. Volveré a llamarte.

—Te quiero, cariño.

—Yo también, mamá. Adiós.

Trabajar en la cocina de Christian es algo de ensueño. Para ser un hombre que no sabe nada de tareas culinarias, se diría que lo tiene todo. Sospecho que a la señora Jones también le gusta la cocina. Lo único que necesito ahora es chocolate de buena calidad para el glaseado. Dejo las dos mitades del pastel sobre una rejilla para que se enfríen, agarro mi bolsa y asomo la cabeza por la puerta del estudio de Christian. Está concentrado en la pantalla del ordenador. Levanta la vista y me mira.

—Voy un momento a la tienda a buscar unos ingredientes.

—Bueno.

Frunce el ceño.

—¿Qué pasa?

—¿Piensas ponerte unos jeans o algo?

Oh, por favor…

—Sólo son piernas, Christian.

Me mira fijamente, muy serio. Esto acabará en pelea. Y es su cumpleaños. Le dirijo una mirada exasperada, sintiéndome como una adolescente descarriada.

—¿Y si estuviéramos en la playa? —pregunto, optando por otra táctica.

—No estamos en la playa.

—Si estuviéramos en la playa, ¿protestarías?

Se queda pensando en ello un momento.

—No —se limita a responder.

Abro muchos los ojos y le sonrío, satisfecha.

—Bueno, pues imagínate que lo estamos. Hasta luego.

Me doy la vuelta y salgo disparada hacia el vestíbulo. Consigo llegar al ascensor antes de que me atrape. Cuando se cierran las puertas, le hago un gesto de despedida y le sonrío con cariño, mientras él me mira impotente, con los ojos entornados, pero afortunadamente de buen humor. Sacude la cabeza con gesto de exasperación, y luego dejo de verlo.

Oh, ha sido emocionante. La adrenalina palpita en mis venas, y tengo la sensación de que el corazón se me va a salir del pecho. Pero, a medida de que el ascensor baja, mi ánimo también desciende. Maldita sea... ¿qué he hecho?

He despertado a la fiera. Se enojará conmigo cuando vuelva. Mi subconsciente me mira fijamente por encima de sus gafas de media luna, con una vara de sauce en la mano. Oh, no. Pienso en la poca experiencia que tengo con los hombres. Yo nunca he vivido con un hombre... bueno, excepto con Ray pero, por alguna razón, él no cuenta. Es mi padre... bueno, el hombre a quien considero mi padre.

Y ahora tengo a Christian. En realidad, él nunca ha vivido con nadie, creo. Tengo que preguntárselo... si es que todavía me habla.

No obstante creo firmemente que tengo que vestirme como yo quiera. Recuerdo sus normas. Sí, esto debe de ser muy duro para él, pero también tengo clarísimo que este vestido lo pagó él. Debería haber dejado instrucciones más claras en Neimans: ¡nada demasiado corto!

Este vestido no es tan corto, ¿cierto? Lo compruebo en el gran espejo de la entrada. Maldita sea. Sí, lo es, pero ya he tomado mi decisión. Y sin duda tendré que enfrentarme a las consecuencias. Me pregunto vagamente qué hará él, pero primero tengo que sacar dinero.

Me quedo mirando el comprobante del cajero automático: 51 689.16 dólares. ¡Hay cincuenta mil dólares de más! «Anastasia, si aceptas mi proposición, tú también vas a tener que aprender a ser rica.» Y ya está empezando. Tomo mis míseros cincuenta dólares y me encamino hacia la tienda.

Cuando vuelvo, voy directamente a la cocina, sin poder evitar un escalofrío de alarma. Christian sigue en su estudio. Vaya. Lleva ahí encerrado casi toda la tarde. Decido que la mejor opción es enfrentarme a él y comprobar cuanto antes la gravedad de lo que he hecho. Me acerco con cautela a la puerta de su estudio. Está al teléfono, mirando por la ventana.

—¿Y el especialista de Eurocopter vendrá el lunes por la tarde?... Bien. Mantenme informado. Diles que necesito sus primeras conclusiones el lunes a última hora o el martes por la mañana.

Cuelga y da la vuelta a la silla, pero al verme se queda quieto, con gesto impasible.

—Hola —musito.

Él no dice nada y se me cae el corazón a los pies. Entro con cuidado en su estudio y me acerco a la mesa donde está sentado. Él sigue sin decir nada, y no deja de mirarme a los ojos. Me quedo de pie frente a él, sintiéndome ridícula de cincuenta mil formas distintas.

—Ya regresé. ¿Estás enojado conmigo?

Él suspira y me toma de la mano. Me atrae hacia él, me sienta en su regazo de un tirón y me rodea con sus brazos. Hunde la nariz en mi cabello.

—Sí —dice.

—Perdóname. No sé qué me pasó.

Me acurruco en su regazo, aspiro el celestial aroma a Christian y me siento segura, pese a saber que está enojado.

—Yo tampoco. Vístete como quieras —murmura. Sube la

mano por mi pierna desnuda hasta el muslo—. Además, este vestido tiene sus ventajas.

Se inclina para besarme y nuestros labios se rozan. La pasión, o la lujuria, o una necesidad profundamente arraigada de hacer las paces, me invade, y el deseo me inflama la sangre. Le tomo la cabeza entre las manos y sumerjo los dedos en su cabello. Él gime y su cuerpo responde, y me mordisquea con avidez el labio inferior… el cuello, la oreja, e invade mi boca con su lengua, y antes de que me dé cuenta se baja el cierre de los pantalones, me coloca a horcajadas sobre su regazo y me penetra. Yo me agarro al respaldo de la silla, mis pies apenas tocan el suelo… y empezamos a movernos.

—Me gusta tu forma de pedir perdón —musita con los labios sobre mi pelo.

—Y a mí la tuya —digo con una risita y me acurruco contra su pecho—. ¿Ya terminaste?

—Por Dios, Ana, ¿quieres más?

—¡No! De trabajar.

—Aún me queda una media hora. He oído tu mensaje en el buzón de voz.

—Es de ayer.

—Parecías preocupada.

Lo abrazo fuerte.

—Lo estaba. No es propio de ti no contestar las llamadas.

Me besa el cabello.

—Tu pastel estará listo en media hora.

Le sonrío y bajo de su regazo.

—Me hace mucha ilusión. Cuando estaba en el horno olía maravillosamente, incluso evocador.

Le sonrío con timidez, un poco avergonzada, y él responde con idéntica expresión. Vaya, ¿realmente somos tan distintos? Quizá esto le traiga recuerdos de la infancia. Me inclino hacia delante, le doy un beso fugaz en la comisura de los labios y me voy a la cocina.

Cuando lo oigo salir del estudio, ya tengo todo preparado y enciendo la solitaria vela dorada de su pastel. Él me dedica una sonrisa radiante mientras se acerca despacio, y yo le canto bajito «Cumpleaños feliz». Luego se inclina y sopla con los ojos cerrados.

—Pedí un deseo —dice cuando vuelve a abrirlos, y por alguna razón su mirada hace que me sonroje.

—El glaseado aún está blando. Espero que te guste.

—Estoy impaciente por probarlo, Anastasia —murmura, haciendo que suene muy sensual.

Corto una porción para cada uno y procedemos a comerlo con tenedores de postre.

—Mmm —dice con un gruñido de satisfacción—. Por esto quiero casarme contigo.

Yo me echo a reír, aliviada... Le gusta.

—¿Lista para enfrentarte a mi familia?

Christian para el motor del R8. Nos estacionamos en el camino de entrada a la casa de sus padres.

—Sí. ¿Vas a decírselo?

—Por supuesto. Tengo muchas ganas de ver cómo reaccionan.

Me sonríe maliciosamente y sale del coche.

Son las siete y media, y aunque el día ha sido cálido, sopla una fresca brisa vespertina procedente de la bahía. Me envuelvo con el chal y bajo del coche. Llevo un vestido de coctel verde esmeralda que encontré esta mañana cuando buscaba en el armario. Tiene un cinturón ancho haciendo juego. Christian me da la mano y vamos hacia la puerta principal. Carrick la abre de par en par antes de que llamemos.

—Hola, Christian. Feliz cumpleaños, hijo.

Toma la mano que Christian le ofrece, pero tira de ella y lo sorprende con un breve abrazo.

—Este... gracias, papá.

—Ana, estoy encantado de volver a verte.

Me abraza también y entramos en la casa detrás de él.

Antes de poner los pies en el salón, vemos a Kate que viene hacia nosotros con paso enérgico por el pasillo. Parece indignada.

¡Oh, no!

—¡Ustedes dos! Quiero hablar con ustedes ahora mismo —nos suelta, con su tono de «Más les vale no engañarme».

Nerviosa, miro de reojo a Christian. Él se encoge de hombros, decide seguirle la corriente y entramos detrás de ella en el comedor, dejando a Carrick perplejo en el umbral del salón. Ella cierra la puerta de golpe y se vuelve hacia mí.

—¿Qué carajos es esto? —masculla, agitando una hoja de papel frente a mí.

Completamente desconcertada, la tomo y le echo un rápido vistazo. Se me seca la boca. Oh, Dios. Es mi correo de respuesta a Christian sobre el tema del contrato.

22

Me quedo totalmente pálida, se me hiela la sangre y el miedo invade mi cuerpo. De forma instintiva me coloco entre ella y Christian.

—¿Qué es eso? —murmura Christian, con recelo.

Yo le ignoro. No puedo creer que Kate esté haciendo esto.

—¡Kate! Esto no tiene nada que ver contigo.

La fulmino con una mirada ponzoñosa, la ira ha reemplazado al miedo. ¿Cómo se atreve a hacer esto? Ahora no, hoy no. En el cumpleaños de Christian, no. Sorprendida ante mi respuesta, ella abre de par en par sus ojos verdes y parpadea.

—¿Qué es eso, Ana? —dice Christian otra vez, ahora en un tono más amenazador.

—¿Podrías marcharte, Christian, por favor? —le pido.

—No. Enséñamelo.

Extiende la mano, y sé que no es momento de discutir; habla con dureza y frialdad. Le entrego el correo de mala gana.

—¿Qué te ha hecho él? —pregunta Kate, sin hacer caso de Christian, y parece muy preocupada.

En mi mente aparece una sucesión de multitud de imágenes eróticas, y me ruborizo.

—Ése no es asunto tuyo, Kate.

No puedo evitar el tono de exasperación que tiene mi voz.

—¿De dónde sacaste esto? —pregunta Christian con la cabeza ladeada e inexpresivo, pero en un tono bajo muy… amenazador.

Kate se sonroja.

—Eso es irrelevante —pero, al ver su mirada glacial, prosigue enseguida—: estaba en el bolsillo de un saco, que supongo que es tuyo, y que encontré detrás de la puerta del dormitorio de Ana.

La firmeza de Kate se debilita un poco ante la abrasadora mirada gris de Christian, pero aparentemente se recupera y le clava la vista furiosa.

Con su vestido ceñido de un rojo intenso parece la hostilidad personificada. Está impresionante. Pero ¿qué demonios hacía rebuscando en mi ropa? Normalmente es al revés.

—¿Se lo contaste a alguien?

Ahora la voz de Christian es como un guante de seda.

—¡No! Claro que no —replica Kate, ofendida.

Christian asiente y parece relajarse. Se da la vuelta y se encamina hacia la chimenea. Kate y yo permanecemos calladas mientras vemos cómo toma un encendedor de la repisa, prende fuego al correo, lo suelta y deja que caiga flotando lentamente en llamas sobre el suelo del hogar hasta quedar reducido a cenizas. El silencio en la habitación es opresivo.

—¿Ni siquiera a Elliot? —le pregunto a Kate.

—A nadie —afirma enfáticamente ella, que por primera vez parece dolida y desconcertada—. Yo sólo quería saber si estabas bien, Ana —murmura.

—Estoy bien, Kate. Más que bien. Por favor, Christian y yo estamos estupendamente, de verdad; eso es cosa del pasado. Por favor, ignóralo.

—¿Que lo ignore? —dice—. ¿Cómo voy a ignorar esto? ¿Qué te ha hecho él? —pregunta, y sus ojos verdes están cargados de preocupación sincera.

—Él no me ha hecho nada, Kate. En serio… estoy bien.

Ella me mira, vacilante.

—¿De verdad?

Christian me pasa un brazo por la cintura y me estrecha contra él, sin apartar los ojos de Kate.

—Ana ha aceptado ser mi mujer, Katherine —dice tranquilamente.

—¡Tu mujer! —chilla Kate, y abre mucho los ojos, sin dar crédito.

—Vamos a casarnos. Vamos a anunciar nuestro compromiso esta noche —afirma él.

—¡Oh! —Kate me mira con la boca abierta. Está atónita—. ¿Te dejo sola quince días y vas a casarte? Esto es muy precipitado. Así que ayer, cuando dije… —me mira, estupefacta—. ¿Y cómo encaja este correo en todo esto?

—No encaja, Kate. Olvídalo… por favor. Yo lo quiero y él me quiere. No arruines su fiesta y nuestra noche. No lo hagas —susurro.

Ella pestañea y de pronto sus ojos están brillantes por las lágrimas.

—No. Claro que no. ¿Tú estás bien?

Quiere que se lo asegure para quedarse tranquila.

—Soy más feliz que en toda mi vida —murmuro.

Ella se acerca y me toma la mano, haciendo caso omiso del brazo de Christian rodeando mi cintura.

—¿De verdad estás bien? —pregunta esperanzada.

—Sí.

Le sonrío de oreja a oreja, recuperada por fin mi alegría. Kate se relaja, y su sonrisa es un reflejo de mi felicidad. Me aparto de Christian, y ella me abraza de repente.

—Oh, Ana… me quedé tan preocupada cuando leí esto. No sabía qué pensar. ¿Me lo explicarás? —musita.

—Algún día, ahora no.

—Bien. Yo no se lo contaré a nadie. Te quiero mucho, Ana, como a una hermana. Es que pensé… no sabía qué pensar, perdóname. Si tú eres feliz, yo también soy feliz.

Mira directamente a Christian y se disculpa otra vez. Él asiente, pero su mirada es glacial y su expresión permanece imperturbable. Oh, no, sigue enojado.

—De verdad que lo siento. Tienes razón, no es asunto mío —me dice al oído.

Llaman a la puerta, Kate se sobresalta y yo me aparto de ella. Grace asoma la cabeza.

—¿Todo bien, cariño? —le pregunta a Christian.

—Todo bien, señora Grey —salta Kate al instante.

—Estupendamente, mamá —dice Christian.

—Bien —Grace entra—. Entonces no les importará que le dé a mi hijo un abrazo de cumpleaños.

Nos sonríe a ambos. Él la estrecha con fuerza entre sus brazos y su gesto inmediatamente se suaviza.

—Feliz cumpleaños, cariño —dice ella en voz baja, y cierra los ojos fundida en ese abrazo—. Estoy tan contenta de que no te haya pasado nada.

—Estoy bien, mamá —Christian le sonríe.

Ella se echa hacia atrás, lo examina fijamente y sonríe radiante.

—Me alegro muchísimo por ti —dice, y le acaricia la cara.

Él le devuelve una sonrisa... su entrañable sonrisa capaz de derretir el corazón más duro.

¡Ella lo sabe! ¿Cuándo se lo dijo Christian?

—Bueno, chicos, si ya terminaron su *tête-à-tête*, aquí hay un montón de gente que quiere comprobar que realmente estás de una pieza y desearte feliz cumpleaños, Christian.

—Ahora mismo voy.

Grace nos mira con cierta ansiedad a Kate y a mí, y al parecer nuestras sonrisas la tranquilizan. Me guiña el ojo y nos abre la puerta. Christian me tiende una mano, y yo la acepto.

—Christian, perdóname, de verdad —dice Kate humildemente.

Kate en plan humilde... es algo digno de ver. Christian la mira, asiente y ambos salimos detrás de ella.

Una vez en el pasillo, miro de reojo a Christian.

—¿Tu madre sabe lo nuestro? —pregunto con inquietud.

—Sí.

—Ah.

Y pensar que la tenaz señorita Kavanagh podría haber arruinado nuestra velada. Me estremezco al pensar en las consecuencias que podría tener que el estilo de vida de Christian saliera a la luz.

—Bueno, ha sido una forma interesante de empezar la noche.

Le sonrío con dulzura. Él baja la mirada hacia mí, y aparece de nuevo su mirada irónica. Gracias a Dios.

—Tiene usted el don de quedarse corta, señorita Steele. Como siempre —se lleva mi mano a los labios y me besa los nudillos, y entramos al salón, donde somos recibidos con un aplauso súbito, espontáneo, ensordecedor.

Oh, Dios. ¿Cuánta gente hay aquí?

Echo un rápido vistazo a la sala: están todos los Grey, Ethan con Mia, el doctor Flynn y su esposa, supongo. También está Mac, el tipo del barco; un afroamericano alto y guapo —recuerdo haberlo visto la primera vez que estuve en la oficina de Christian—; Lily, esa bruja amiga de Mia, dos mujeres a las que no conozco de nada, y… oh, no. Se me cae el alma a los pies. Esa mujer… la señora Robinson.

Aparece Gretchen con una bandeja de champán. Lleva un vestido negro escotado, el pelo recogido en un moño alto en lugar de las coletas, y al ver a Christian sus pestañas aletean y se sonroja. El aplauso va apagándose y todas las miradas se dirigen expectantes hacia Christian, que me aprieta la mano.

—Gracias, a todos. Creo que necesitaré una de éstas.

Toma dos copas de la bandeja de Gretchen y le dedica una sonrisa fugaz. Tengo la sensación de que Gretchen está a punto de desmayarse o de morirse. Christian me ofrece una copa.

Alza la suya hacia el resto de la sala, e inmediatamente todos se acercan, encabezados por la diabólica mujer de negro. ¿Es que siempre viste del mismo color?

—Christian, estaba preocupadísima.

Elena le da un pequeño abrazo y lo besa en ambas mejillas. Yo intento soltarme de su mano, pero él no me deja.

—Estoy bien, Elena —musita Christian con frialdad.

—¿Por qué no me llamaste? —inquiere ella desesperada, buscando su mirada.

—He estado muy ocupado.

—¿No recibiste mis mensajes?

Christian se remueve, incómodo, me rodea con un brazo y me estrecha hacia él. Sigue mirando a Elena con gesto impasible. Ella ya no puede seguir ignorándome, y me saluda con un asentimiento cortés.

—Ana, querida —dice ronroneante—. Estás encantadora.

—Elena —respondo en el mismo tono—. Gracias.

Capto una mirada de Grace, que frunce el ceño al vernos a los tres juntos.

—Tengo que anunciar una cosa, Elena —le dice Christian con indiferencia.

A ella se le enturbia la mirada.

—Por supuesto.

Finge una sonrisa y da un paso atrás.

—Escúchenme todos —dice Christian.

Espera un momento hasta que cesa el rumor de la sala, y todos vuelven a centrar sus miradas en él.

—Gracias por haber venido. Debo decir que esperaba una tranquila cena familiar, de manera que esto es una sorpresa muy agradable.

Mira fijamente a Mia, que sonríe radiante y lo saluda discretamente. Christian mueve la cabeza con simulada exasperación y prosigue.

—A Ros y a mí… —hace un gesto hacia la mujer pelirroja que está de pie junto a una rubia menuda y vivaz—… nos fue ayer bastante mal.

Ah, es Ros, la mujer que trabaja con él. Ella sonríe y alza la copa hacia él.

—Así que me hace especialmente feliz estar aquí hoy para compartir con todos ustedes una magnífica noticia. Esta preciosa mujer —baja la mirada hacia mí—, la señorita Anastasia Rose Steele, ha aceptado ser mi esposa, y quería que todos ustedes fueran los primeros en saberlo.

¡Se produce una reacción de asombro general, vítores ocasionales, y luego una ronda de aplausos! Dios… esto está pasando realmente. Creo que me he puesto del color del vestido de Kate. Christian me toma la barbilla, alza mi boca hasta sus labios y me da un beso fugaz.

—Pronto serás mía.

—Ya lo soy —susurro.

—Legalmente —musita y me sonríe con aire malicioso.

Lily, que está al lado de Mia, parece alicaída; por la expresión que pone, Gretchen parece haber tragado algo muy desagradable y amargo. Paseo la vista con cierta ansiedad entre la multitud congregada y localizo a Elena. Tiene la boca abierta. Está atónita... horrorizada incluso, y al verla tan estupefacta, no puedo evitar una intensa satisfacción. Al fin y al cabo, ¿qué demonios estás haciendo aquí?

Carrick y Grace interrumpen mis malévolos pensamientos, e inmediatamente todos los Grey empiezan a abrazarme y a besarme, uno detrás de otro.

—Oh, Ana... estoy tan encantada de que vayas a formar parte de la familia —dice Grace muy emocionada—. El cambio que ha dado Christian... Ahora es... feliz. Te lo agradezco tanto.

Incómoda ante tal efusividad, yo me sonrojo, pero en el fondo estoy muy contenta.

—¿Dónde está el anillo? —exclama Mia cuando me abraza.

—Eh...

¡El anillo! Vaya. Ni siquiera había pensado en el anillo. Miro de reojo a Christian.

—Lo escogeremos juntos —dice Christian, fulminando a su hermana con la mirada.

—¡Ay, no me mires así, Grey! —le reprocha ella, y luego lo abraza—. Estoy muy emocionada por ti, Christian —dice.

Ella es la única persona a la que no intimida su expresión colérica. A mí me hace temblar... bueno, solía hacerlo.

—¿Cuándo se casan? ¿Ya tienen fecha? —le pregunta radiante a Christian.

Él niega con la cabeza, con evidente exasperación.

—No tengo ni idea, y no lo hemos decidido. Todavía tenemos que hablarlo Ana y yo —dice, irritado.

—Espero que celebren una gran boda... aquí.

Sonríe con entusiasmo, sin hacer el menor caso del tono cáustico de su hermano.

—Lo más probable es que mañana nos escapemos a Las Vegas —le replica él, y recibe a cambio un mohín lastimero, típico de Mia Grey.

Christian pone los ojos en blanco y se vuelve hacia Elliot, que le da su segundo gran abrazo en sólo dos días.

—Así se hace, hermano —dice palmeándole la espalda.

La reacción de toda la sala es abrumadora, y pasan unos minutos hasta que consigo reunirme de nuevo con Christian, que se acerca ahora al doctor Flynn. Por lo visto Elena ha desaparecido y Gretchen sigue sirviendo champán con gesto arisco.

Al lado del doctor Flynn hay una joven muy atractiva, con una melena larga y oscura, casi azabache, un escote muy llamativo y unos ojos almendrados preciosos.

—Christian —dice Flynn tendiéndole la mano, y él la estrecha encantado.

—John. Rhian.

Besa a la mujer morena en la mejilla. Es menuda y muy linda.

—Estoy encantado de que sigas entre nosotros, Christian. Mi mujer estaría muy apenada y aburrida, sin ti.

Christian sonríe.

—¡John! —le reprocha Rhian, ante el regocijo de Christian.

—Rhian, ésta es Anastasia, mi prometida. Ana, ésta es la esposa de John.

—Encantada de conocer a la mujer que finalmente ha conquistado el corazón de Christian —dice Rhian con amabilidad.

—Gracias —musito yo, nuevamente apurada.

—Ésta sí que ha sido una buena bolea, Christian —comenta el doctor Flynn meneando la cabeza, como si no diera crédito. Christian frunce el ceño.

—Tú y tus metáforas de críquet, John —Rhian pone los ojos en blanco—. Felicidades a los dos, y feliz cumpleaños, Christian. Qué regalo tan maravilloso —me dice con una gran sonrisa.

No tenía ni idea de que el doctor Flynn fuera a estar aquí, ni tampoco Elena. Me ha tomado desprevenida, y me devano los sesos pensando si tengo algo que preguntarle al doctor, aunque no creo que una fiesta de cumpleaños sea el lugar adecuado para una consulta psiquiátrica.

Charlamos durante unos minutos. Rhian es un ama de casa

con dos hijos pequeños. Deduzco que ella es la razón de que el doctor Flynn ejerza en Estados Unidos.

—Ella está bien, Christian, responde bien al tratamiento. Dentro de un par de semanas la incorporaremos a un programa para pacientes externos.

El doctor Flynn y Christian están hablando en voz baja, pero no puedo evitar escucharlos y desatender a Rhian con cierta descortesía.

—Y ahora mismo vivo entre fiestas infantiles y pañales...

—Eso debe de robarte mucho tiempo.

Me sonrojo y me concentro nuevamente en Rhian, que ríe con amabilidad. Sé que Christian y Flynn están hablando de Leila.

—Pídele una cosa de mi parte —murmura Christian.

—¿Y tú a qué te dedicas, Anastasia?

—Ana, por favor. Trabajo en una editorial.

Christian y el doctor Flynn bajan más la voz; es muy frustrante. Pero se callan en cuanto se les acercan las dos mujeres a las que no conocía de antes: Ros y Gwen, la vivaz rubita a la que Christian presenta como la compañera de Ros.

Ésta es encantadora, y no tardo en descubrir que vive prácticamente enfrente del Escala. Se dedica a elogiar la destreza de Christian como piloto. Era la primera vez que volaba en el *Charlie Tango*, y dice que no dudaría en volver a hacerlo. Es una de las pocas mujeres que he conocido que no está fascinada por él... bueno, el motivo es obvio.

Gwen es risueña y tiene un sentido del humor irónico, y Christian parece extraordinariamente cómodo con ambas. Las conoce bien. No hablan de trabajo, pero me doy cuenta de que Ros es una mujer inteligente que no tiene problemas para seguirle el ritmo. También posee una fantástica risa ronca de fumadora empedernida.

Grace interrumpe nuestra placentera conversación para informar a todo el mundo que en la cocina de los Grey están sirviendo el bufet en que consistirá la cena. Los invitados empiezan a dirigirse hacia la parte de atrás de la casa.

Mia me para en el pasillo. Con su vestido de encaje rosa pálido y sus altísimos tacones, se planta frente a mí como un fantástico árbol navideño. Sostiene dos copas de cóctel.

—Ana —sisea con complicidad.

Yo miro de reojo a Christian, que me deja como diciendo «Que tengas suerte, yo no puedo con ella», y entramos juntas en el salón.

—Toma —dice con aire travieso—. Es un martini de limón, especialidad de mi padre… mucho más bueno que el champán.

Me ofrece una copa y me observa con ansiedad mientras doy un sorbo para probarlo.

—Mmm… delicioso. Aunque un poco fuerte.

¿Qué pretende? ¿Intenta emborracharme?

—Ana, necesito un consejo. Y no se lo puedo pedir a Lily: ella es muy crítica con todo —Mia pone los ojos en blanco y luego me sonríe—. Tiene muchos celos de ti. Creo que esperaba que un día Christian y ella acabarían juntos.

Mia se echa a reír ante tal absurdo, y yo tiemblo por dentro.

Eso es algo con lo que tendré que lidiar durante mucho tiempo: que otras mujeres deseen a mi hombre. Aparto esa idea inoportuna de mi mente, y me evado centrándome en el tema que ahora nos ocupa. Bebo otro sorbo de martini.

—Intentaré ayudarte. Adelante.

—Ya sabes que Ethan y yo nos conocimos hace poco, gracias a ti.

Me sonríe radiante.

—Sí.

¿Adónde demonios quiere ir a parar?

—Ana… él no quiere salir conmigo —confiesa con un mohín.

—Oh.

Parpadeo extrañada, y pienso: a lo mejor él no está tan encaprichado contigo.

—Mira, no es exactamente así. Él no quiere salir conmigo porque su hermana está saliendo con mi hermano. ¿Sabes?, Ethan considera que todo esto es un poco… incestuoso. Pero yo sé que le gusto. ¿Qué puedo hacer?

—Ah, ya entiendo —musito, intentando ganar algo de tiempo. ¿Qué puedo decir?—. ¿No pueden plantearse ser amigos y darse un poco de tiempo? Quiero decir que acabas de conocerlo.

Ella arquea una ceja.

—Mira, ya sé que yo acabo de conocer a Christian, pero… —frunzo el ceño sin saber qué decir—. Mia, esto tienen que solucionarlo Ethan y tú, juntos. Yo lo intentaría por la vía de la amistad.

Mia esboza una amplia sonrisa.

—Esa mirada la has aprendido de Christian.

Me ruborizo.

—Si quieres un consejo, pregúntale a Kate. Ella debe de saber algo más sobre los sentimientos de su hermano.

—¿Tú crees?

—Sí —digo con una sonrisa alentadora.

—Fantástico. Gracias, Ana.

Me da otro abrazo y sale corriendo hacia la puerta con aire excitado —e impresionante, dados los tacones que lleva—, sin duda para ir a incordiar a Kate. Bebo otro sorbo de martini, y me dispongo a seguirla, cuando me paro en seco.

Elena entra en la sala con paso muy decidido y expresión tensa y colérica. Cierra la puerta con cuidado y me dirige una mirada amenazadora.

Oh, no.

—Ana —dice con una sonrisa desdeñosa.

Ligeramente mareada después de dos copas de champán y del cóctel letal que llevo en la mano, hago acopio de toda la serenidad de que dispongo. Tengo la sensación de que la sangre ha dejado de circular por mis venas, pero recurro tanto a mi subconsciente como a la diosa que llevo dentro para aparentar tanta tranquilidad e indiferencia como puedo.

—Elena —digo con un hilo de voz, firme pese a la sequedad de mi boca.

¿Por qué me trastorna tanto esta mujer? ¿Y ahora qué quiere?

—Te daría mis felicitaciones más sinceras, pero me parece que no sería apropiado.

Y clava en mí sus penetrantes ojos azules, fríos y llenos de odio.

—Yo no necesito ni deseo tus felicitaciones, Elena. Me sorprende y me decepciona que estés aquí.

Ella arquea una ceja. Creo que parece impresionada.

—No había pensado en ti como en una adversaria digna, Anastasia. Pero siempre me sorprendes.

—Yo no he pensado en ti en absoluto —miento fríamente. Christian estaría orgulloso—. Y ahora, si me disculpas, tengo cosas mucho mejores que hacer en lugar de perder el tiempo contigo.

—No tan deprisa, niñita —sisea, y se apoya en la puerta para bloquearme el paso—. ¿Qué demonios te crees que haces aceptando casarte con Christian? Si has pensado durante un minuto siquiera que puedes hacerlo feliz, estás muy equivocada.

—Lo que yo haya consentido hacer o no con Christian no es problema tuyo.

Sonrío dulcemente con sarcasmo. Ella me ignora.

—Él tiene necesidades… necesidades que tú no puedes satisfacer en lo más mínimo —replica con arrogancia.

—¿Qué sabes tú de sus necesidades? —replico. Una sensación de indignación arde en mis entrañas y una descarga de adrenalina recorre mi cuerpo. ¿Cómo se atreve esta bruja asquerosa a sermonearme?—. No eres más que una pederasta enfermiza, y si de mí dependiera te arrojaría al séptimo círculo del infierno y me marcharía tranquilamente. Ahora apártate… ¿o voy a tener que obligarte?

—Estás cometiendo un grave error en este asunto —agita frente a mí un largo y esbelto dedo con una manicura perfecta—. ¿Cómo te atreves a juzgar nuestro estilo de vida? Tú no sabes nada, y no tienes ni idea de dónde te estás metiendo. Y si crees que él será feliz con una insulsa cazafortunas como tú…

¡Ya basta! Le tiro a la cara el resto del martini de limón, dejándola empapada.

—¡No te atrevas a decirme tú dónde me estoy metiendo! —le grito—. ¿Cuándo aprenderás que eso no es asunto tuyo?

Me mira horrorizada con la boca abierta y se limpia la bebida pegajosa de la cara. Creo que está a punto de abalanzarse sobre mí, pero de pronto se queda paralizada cuando se abre la puerta.

Christian aparece en el umbral. Tarda una fracción de segundo en hacerse cargo de la situación: yo, pálida y temblorosa; ella, empapada y lívida. Su hermoso rostro se ensombrece, crispado por la rabia, y se coloca entre ambas.

—¿Qué carajos estás haciendo, Elena? —dice en un tono glacial y amenazador.

Ella levanta la vista hacia él y parpadea.

—Ella no es buena para ti, Christian —susurra.

—¿Qué? —grita él, y ambas nos sobresaltamos.

No le veo la cara, pero todo su cuerpo está tenso e irradia animosidad.

—¿Tú cómo carajos sabes lo que es bueno para mí?

—Tú tienes necesidades, Christian —dice ella en un tono más suave.

—Ya te lo he dicho: esto no es asunto tuyo, carajo —ruge.

Oh, no… El furioso Christian ha asomado su no tan espantoso rostro. Va a oírlo todo el mundo.

—¿Cuál es el problema? —Christian se queda callado un momento, fulminándola con la mirada—. ¿Piensas que eres tú? ¿Tú? ¿Crees que tú eres la persona adecuada para mí? —dice en un tono más bajo, pero impregnado de desdén, y de pronto siento deseos de marcharme de aquí. No quiero presenciar este enfrentamiento íntimo. Pero estoy paralizada: mis extremidades se niegan a moverse.

Elena traga saliva y parece como si se obligara a erguirse. Su postura cambia de forma sutil y se convierte en autoritaria. Da un paso hacia él.

—Yo fui lo mejor que te pasó en la vida —masculla con arrogancia—. Mírate ahora. Uno de los empresarios más ricos y triunfadores de Estados Unidos, equilibrado, emprendedor… Tú no necesitas nada. Eres el amo de tu mundo.

Él retrocede como si le hubieran golpeado, y la mira atónito y enfurecido.

—Aquello te encantaba, Christian, no intentes engañarte a ti mismo. Tenías una tendencia autodestructiva de la cual te salvé yo, te salvé de acabar en la cárcel. Créeme, nene, hubieras acabado allí. Yo te enseñé todo lo que sabes, todo lo que necesitas.

Christian se pone pálido, mirándola horrorizado, y cuando habla lo hace con voz queda y escéptica.

—Tú me enseñaste a coger, Elena. Pero eso es algo vacío, como tú. No me extraña que Linc te dejara.

Yo siento cómo la bilis me sube por la garganta. No debería estar aquí. Pero estoy petrificada, morbosamente fascinada, mientras ellos se destrozan el uno al otro.

—Tú nunca me abrazaste —susurra Christian—. No me dijiste que me querías, ni una sola vez.

Ella entorna los ojos.

—El amor es para los idiotas, Christian.

—Fuera de mi casa.

La voz furiosa e implacable de Grace nos sobresalta a todos. Los tres volvemos rápidamente la cabeza hacia ella, de pie en el umbral de la sala. Está mirando fijamente a Elena, que palidece bajo su bronceado de Saint-Tropez.

El tiempo se detiene mientras todos contenemos la respiración. Grace irrumpe muy decidida en la habitación, sin apartar su ardiente y colérica mirada de Elena, hasta plantarse frente a ella. Elena abre los ojos, alarmada, y Grace le propina una fuerte cachetada, cuyo impacto resuena en las paredes del comedor.

—¡Quita tus asquerosas zarpas de mi hijo, puta, y sal de mi casa… ahora! —masculla con los dientes apretados.

Elena se toca la mejilla enrojecida, y parpadea horrorizada y atónita mirando a Grace. Luego abandona corriendo la sala, sin molestarse siquiera en cerrar la puerta.

Grace se vuelve despacio hacia Christian, y un tenso silencio cae como un manto de espesa niebla sobre la habitación mientras madre e hijo se miran fijamente. Al cabo de un momento, Grace dice:

—Ana, antes de entregarte a mi hijo, ¿te importaría dejarme

unos minutos a solas con él? —articula en voz baja y ronca, pero llena de fuerza.

—Por supuesto —susurro, y me apresuro a salir observando de reojo por encima del hombro.

Pero ninguno de los dos se vuelve hacia mí cuando abandono la sala. Siguen mirándose fijamente, comunicándose sin palabras de un modo atronador.

Llego al pasillo y me siento perdida un momento. Mi corazón retumba y la sangre hierve en mis venas… Me siento aterrada y débil. Dios santo, eso es algo realmente grave, y ahora Grace lo sabe. No me imagino qué le dirá a Christian, y aunque sé que no está bien, me apoyo en la puerta para intentar oírlos.

—¿Cuánto duró, Christian?

Grace habla en voz baja. Apenas la oigo.

No oigo lo que responde él.

—¿Cuántos años tenías? —ahora el tono es más insistente—. Dime. ¿Cuántos años tenías cuando empezó todo esto?

Tampoco ahora oigo a Christian.

—¿Está todo bien, Ana? —me interrumpe Ros.

—Sí. Bien. Gracias, yo…

Ros sonríe.

—Yo estoy buscando mi bolsa. Necesito un cigarrillo.

Y, por un instante, contemplo la posibilidad de ir a fumar con ella.

—Yo voy al baño.

Necesito aclararme la mente y las ideas, procesar lo que acabo de presenciar y oír. Creo que el piso de arriba es el sitio donde es más probable que pueda estar sola. Veo que Ros entra en la salita, y entonces subo las escaleras de dos en dos hasta el segundo piso, y luego hasta el tercero. Es el único sitio donde quiero estar.

Abro la puerta del dormitorio de infancia de Christian, entro y cierro tragando saliva. Me acerco a su cama y me dejo caer, tumbada mirando el blanco techo.

Santo cielo. Éste debe ser, sin ninguna duda, uno de los enfrentamientos más terribles de los que he sido testigo, y ahora estoy aturdida. Mi prometido y su ex amante… algo que ninguna futura esposa debería presenciar. Eso está claro, pero en parte me alegra que ella haya mostrado su auténtico yo, y de haber sido testigo de ello.

Mis pensamientos se dirigen hacia Grace. Pobre mujer, tener que escuchar todo eso de su hijo. Me abrazo a una de las almohadas de Christian. Ella ha oído que Christian y Elena tuvieron una aventura… pero no la naturaleza de la misma. Gracias a Dios. Suelto un gemido.

¿Qué estoy haciendo? Quizá esa bruja diabólica tuviera parte de razón.

No, me niego a creer eso. Ella es tan fría y cruel. Sacudo la cabeza. Se equivoca. Yo soy buena para Christian. Yo soy lo que necesita. Y, en un momento de extraordinaria clarividencia, no me planteo «cómo» ha vivido él su vida hasta hace poco… sino «por qué». Sus motivos para hacer lo que les ha hecho a innumerables chicas… ni siquiera quiero saber cuántas. El cómo no es el problema. Todas eran adultas. Todas fueron —¿cómo lo expresó el doctor Flynn?— relaciones seguras y consentidas de mutuo acuerdo. Es el por qué. El por qué es lo que está mal. El por qué surge de la profunda oscuridad de sus orígenes.

Cierro los ojos y me los cubro con el brazo. Pero ahora él ha superado eso, lo ha dejado atrás, y ambos hemos salido a la luz. Yo estoy deslumbrada con él, y él conmigo. Podemos guiarnos mutuamente. Y en ese momento se me ocurre una idea. ¡Maldita sea! Una idea insidiosa y persistente, y estoy justo en el sitio donde puedo enterrar para siempre ese fantasma. Me siento en la cama. Sí, debo hacerlo.

Me pongo de pie tambaleante, me quito los zapatos, y observo el panel de corcho de encima del escritorio. Todas las fotos de Christian de niño siguen ahí; y, al pensar en el espectáculo que acabo de presenciar entre él y la señora Robinson, me conmueven más que nunca. Y ahí en una esquina está esa pequeña foto en blanco y negro: la de su madre, la puta adicta al crack.

Enciendo la lámpara de la mesilla y enfoco la luz hacia esa fotografía. Ni siquiera sé cómo se llamaba. Se parece mucho a él, pero más joven y más triste, y lo único que siento al ver su afligida expresión es lástima. Intento encontrar similitudes entre su cara y la mía. Observo la foto con los ojos entornados y me acerco mucho, muchísimo, pero no veo ninguna. Excepto el pelo quizá, aunque creo que ella lo tenía más claro. No me parezco a ella en absoluto. Y es un alivio.

Mi subconsciente chasquea la lengua y me mira por encima de sus lentes de media luna con los brazos cruzados. ¿Por qué te torturas a ti misma? Ya has dicho que sí. Ya has decidido tu destino. Yo le respondo frunciendo los labios: sí, lo he hecho, y estoy encantada. Quiero pasar el resto de mi vida tumbada en esta cama con Christian. La diosa que llevo dentro, sentada en posición de loto, sonríe serena. Sí, he tomado la decisión adecuada.

Tengo que ir a buscar a Christian; estará preocupado. No tengo ni idea de cuánto rato he estado en esta habitación; creerá que he huido. Al pensar en su reacción exagerada, pongo los ojos en blanco. Espero que Grace y él hayan terminado de hablar. Me estremezco al pensar qué más debe de haberle dicho ella.

Me encuentro a Christian subiendo las escaleras del segundo piso, buscándome. Su rostro refleja tensión y cansancio; no es el Christian feliz y despreocupado con el que llegué. Me quedo en el rellano y él se para en el último escalón, de manera que quedamos al mismo nivel.

—Hola —dice con cautela.

—Hola —contesto en idéntico tono.

—Estaba preocupado...

—Lo sé —le interrumpo—. Perdóname... no era capaz de sumarme a la fiesta. Necesitaba apartarme, ¿sabes? Para pensar.

Alargo la mano y le acaricio la cara. Él cierra los ojos y la apoya contra mi palma.

—¿Y se te ocurrió hacerlo en mi dormitorio?

—Sí.

Me toma la mano, me atrae hacia él y yo me dejo caer en sus brazos, mi lugar preferido en todo el mundo. Huele a ropa limpia, a gel de baño y a Christian, el aroma más tranquilizador y excitante que existe. Él respira, pegado a mi cabello.

—Lamento que hayas tenido que pasar por todo eso.

—No es culpa tuya, Christian. ¿Por qué ha venido ella?

Baja la vista hacia mí y sus labios se curvan en un gesto de disculpa.

—Es amiga de la familia.

Yo intento mantenerme impasible.

—Ya no. ¿Cómo está tu madre?

—Ahora mismo está bastante enojada conmigo. Sinceramente, estoy encantado de que tú estés aquí y de que esto sea una fiesta. De no ser así, puede que me hubiera matado.

—¿Tan enojada está?

Él asiente muy serio, y me doy cuenta de que está desconcertado por la reacción de ella.

—¿Y la culpas por eso? —digo en tono suave y cariñoso.

Él me abraza fuerte y parece indeciso, como si tratara de ordenar sus pensamientos.

Finalmente responde:

—No.

¡Wow! Menudo avance.

—¿Nos sentamos? —pregunto.

—Claro. ¿Aquí?

Asiento y nos acomodamos en lo alto de la escalera.

—¿Y tú qué sientes? —pregunto ansiosa, apretándole la mano y observando su cara triste y seria.

Él suspira.

—Me siento liberado.

Se encoge de hombros, y luego sonríe radiante, con una sonrisa gloriosa y despreocupada al más puro estilo Christian, y el cansancio y la tensión presentes hace un momento se desvanecen.

—¿De verdad?

Yo le devuelvo la sonrisa. Wow, bajaría a los infiernos por esa sonrisa.

—Nuestra relación de negocios ha terminado.

Lo miro con el ceño fruncido.

—¿Vas a cerrar la cadena de salones de belleza?

Suelta un pequeño resoplido.

—No soy tan vengativo, Anastasia —me reprende—. No, le regalaré el negocio. Se lo debo. El lunes hablaré con mi abogado.

Yo arqueo una ceja.

—¿Se acabó la señora Robinson?

Adopta una expresión irónica y menea la cabeza.

—Para siempre.

Yo sonrío radiante.

—Siento que hayas perdido una amiga.

Se encoge de hombros y luego esboza un amago de sonrisa.

—¿De verdad lo sientes?

—No —confieso, ruborizada.

—Ven —se levanta y me ofrece una mano—. Unámonos a esa fiesta en nuestro honor. Incluso puede que me emborrache.

—¿Tú te emborrachas? —le pregunto, y le doy la mano.

—No, desde mis tiempos de adolescente salvaje.

Bajamos la escalera.

—¿Comiste? —pregunta.

Oh, Dios.

—No.

—Pues deberías. A juzgar por el olor y el aspecto que tenía Elena, lo que le tiraste era uno de esos combinados mortales de mi padre.

Me observa e intenta sin éxito disimular su gesto risueño.

—Christian, yo...

Levanta una mano.

—No discutamos, Anastasia. Si vas a beber, y a tirarles copas encima a mis ex, antes tienes que comer. Es la norma número uno. Creo que ya tuvimos esta conversación después de la primera noche que pasamos juntos.

Oh, sí. El Heathman.

Cuando llegamos al pasillo, se detiene y me acaricia la cara, deslizando los dedos por mi mandíbula.

—Estuve despierto durante horas, contemplando cómo dormías —murmura—. Puede que ya te amara entonces.

Oh.

Se inclina y me besa con dulzura y yo me derrito por dentro, y toda la tensión de la última hora se disipa lánguidamente de mi cuerpo.

—Come —susurra.

—Bueno —accedo, porque en este momento haría cualquier cosa por él.

Me da la mano y me conduce hacia la cocina, donde la fiesta está en pleno auge.

—Buenas noches, John, Rhian.

—Felicidades otra vez, Ana. Serán muy felices juntos.

El doctor Flynn nos sonríe con afecto cuando, tomados del brazo, nos despedimos de él y de Rhian en el vestíbulo.

—Buenas noches.

Christian cierra la puerta, sacude la cabeza y me mira de repente con unos ojos brillantes por la emoción.

¿Qué se propone?

—Sólo queda la familia. Me parece que mi madre ha bebido demasiado.

Grace está cantando con una consola de karaoke en la sala familiar. Kate y Mia no paran de animarla.

—¿Y la culpas por ello?

Le sonrío con complicidad, intentando mantener el buen ambiente entre ambos. Con éxito.

—¿Se está riendo de mí, señorita Steele?

—Así es.

—Un día memorable.

—Christian, últimamente todos los días que paso contigo son memorables —digo en tono mordaz.

—Buena puntualización, señorita Steele. Ven, quiero enseñarte una cosa.

Me da la mano y me conduce a través de la casa hasta la cocina, donde Carrick, Ethan y Elliot hablan de los Mariners, beben los últimos cócteles y comen los restos del festín.

—¿Van a dar un paseo? —insinúa Elliot burlón cuando cruzamos las puertas acristaladas.

Christian no le hace caso. Carrick le pone mala cara a Elliot, moviendo la cabeza con un mudo reproche.

Mientras subimos los escalones hasta el jardín, me quito los zapatos. La media luna brilla resplandeciente sobre la bahía. Reluce intensamente, proyectando infinitas sombras y matices de gris a nuestro alrededor, mientras las luces de Seattle centellean a lo lejos. La casita del embarcadero está iluminada, como un faro que refulge suavemente bajo el frío halo de la luna.

—Christian, mañana me gustaría ir a la iglesia.

—¿Eh?

—Recé para que volvieras a casa con vida, y así ha sido. Es lo mínimo que puedo hacer.

—De acuerdo.

Deambulamos de la mano durante un rato, envueltos en un silencio relajante. Y entonces se me ocurre preguntarle:

—¿Dónde vas a poner las fotos que me hizo José?

—Pensé que podríamos colgarlas en la casa nueva.

—¿La compraste?

Se detiene para mirarme fijamente, y dice en un tono lleno de preocupación:

—Sí, creí que te gustaba.

—Me gusta. ¿Cuándo la compraste?

—Ayer en la mañana. Ahora tenemos que decidir qué hacer con ella —murmura aliviado.

—No la tires. Por favor. Es una casa preciosa. Sólo necesita que la cuiden con amor y cariño.

Christian me mira y sonríe.

—De acuerdo. Hablaré con Elliot. Él conoce a una arquitecta muy buena que me hizo unas obras en Aspen. Él puede encargarse de la remodelación.

De pronto me quedo sin aliento, recordando la última vez que cruzamos el jardín bajo la luz de la luna en dirección a la casita del embarcadero. Oh, quizá sea allí adonde vamos ahora. Sonrío.

—¿Qué pasa?

—Me estaba acordando de la última vez que me llevaste a la casita del embarcadero.

A Christian se le escapa la risa.

—Oh, aquello fue muy divertido. De hecho…

Y de repente se me carga al hombro, y yo chillo, aunque no creo que vayamos demasiado lejos.

—Estabas muy enojado, si no recuerdo mal —digo jadeante.

—Anastasia, yo siempre estoy muy enojado.

—No, no es verdad.

Él me da una nalgada y se detiene frente a la puerta de madera. Me baja deslizándome por su cuerpo hasta dejarme en el suelo, y me toma la cabeza entre las manos.

—No, ya no.

Se inclina y me besa con fuerza. Cuando se aparta, me falta el aire y el deseo domina mi cuerpo.

Baja los ojos hacia mí, y el resplandor luminoso que sale de la casita del embarcadero me permite ver que está ansioso. Mi hombre ansioso, no un caballero blanco ni oscuro, sino un hombre: un hombre hermoso y ya no tan destrozado al que amo. Levanto la mano y le acaricio la cara. Deslizo los dedos sobre sus patillas y por la mandíbula hasta el mentón, y dejo que mi dedo índice le acaricie los labios. Él se relaja.

—Tengo que enseñarte una cosa aquí dentro —murmura, y abre la puerta.

La cruda luz de los fluorescentes ilumina la impresionante lancha motora, que se mece suavemente en las aguas oscuras del muelle. A su lado se ve un pequeño bote de remos.

—Ven.

Christian toma mi mano y me conduce por los escalones de madera. Al llegar arriba, abre la puerta y se aparta para dejarme entrar.

Me quedo con la boca abierta. La buhardilla está irreconocible. La habitación está llena de flores… hay flores por todas partes. Alguien ha creado un maravilloso emparrado de preciosas flores silvestres, entremezcladas con centelleantes luces navideñas y farolillos que inundan la habitación de un fulgor pálido y tenue.

Vuelvo la cara para mirarlo, y él me está observando con una expresión inescrutable. Se encoge de hombros.

—Querías flores y corazones —murmura.

Apenas puedo creer lo que estoy viendo.

—Mi corazón ya lo tienes —y hace un gesto abarcando la habitación.

—Y aquí están las flores —susurro, terminando la frase por él—. Christian, es precioso.

No se me ocurre qué más decir. Tengo un nudo en la garganta y las lágrimas inundan mis ojos.

Tirando suavemente de mi mano me hace entrar y, antes de que pueda darme cuenta, lo tengo frente a mí con una rodilla hincada en el suelo. ¡Dios santo... esto sí que no me lo esperaba! Me quedo sin respiración.

Él saca un anillo del bolsillo interior del saco y levanta sus ojos grises hacia mí, brillantes, sinceros y cargados de emoción.

—Anastasia Steele. Te quiero. Quiero amarte, honrarte y protegerte durante el resto de mi vida. Sé mía. Para siempre. Comparte tu vida conmigo. Cásate conmigo.

Lo miro parpadeando y las lágrimas empiezan a resbalar por mis mejillas. Mi Cincuenta, mi hombre. Lo quiero tanto. Me invade una inmensa oleada de emoción y lo único que soy capaz de decir es:

—Sí.

Él sonríe, aliviado, y desliza lentamente el anillo en mi dedo. Es un precioso diamante ovalado sobre un aro de platino. Wow, es grande... Grande, pero simple, deslumbrante en su simplicidad.

—Oh, Christian —sollozo, abrumada de pronto por tanta felicidad.

Me arrodillo a su lado, hundo las manos en su cabello y lo beso. Lo beso con todo mi corazón y mi alma. Beso a este hombre hermoso que me quiere tanto como yo lo quiero a él; y él me envuelve en sus brazos, y pone las manos sobre mi pelo y la boca sobre mis labios. Y en el fondo de mi ser sé que siempre seré suya, y que él siempre será mío. Juntos hemos llegado muy lejos, y tenemos que llegar aún más lejos, pero estamos hechos el uno para el otro. Estamos predestinados.

Da una calada y la punta del cigarrillo brilla en la oscuridad. Expulsa una gran bocanada de humo, que termina en dos anillos que se disipan ante él, pálidos y espectrales bajo la luz de la luna. Se remueve en el asiento, aburrido, y bebe un pequeño sorbo de bourbon barato de una botella envuelta en un papel marrón arrugado, que luego vuelve a colocarse entre los muslos.

Es increíble que aún le siga la pista. Tuerce la boca en una mueca sardónica. Lo del helicóptero ha sido una acción temeraria y precipitada. Una de las cosas más excitantes que ha hecho en toda su vida. Pero ha sido en vano. Pone los ojos en blanco con expresión irónica. ¿Quién habría pensado que ese hijo de puta sabría pilotear tan bien, el muy cabrón?

Suelta un gruñido.

Lo subestimaron. Si Grey creyó por un momento que se retiraría gimoteante y con el rabo entre las piernas, es que ese tipo no se entera de nada.

Le ha pasado lo mismo durante toda la vida. La gente lo ha subestimado constantemente: no es más que un hombre que lee libros. ¡Y una mierda! Es un hombre que lee libros, y que además tiene una memoria fotográfica. Ah, las cosas de las que se ha enterado, las cosas que sabe. Gruñe otra vez. Sí, sobre ti, Grey. Las cosas que sé sobre ti.

No está mal para ser un chico de los bajos fondos de Detroit.

No está mal para ser un chico que obtuvo una beca para Princeton.

No está mal para ser un chico que se deslomó trabajando durante la universidad y al final consiguió entrar en el mundo editorial.

Y ahora todo eso se ha jodido, se ha ido al carajo por culpa de Grey y su putita. Frunce el ceño mientras observa la casa, como si representara todo lo que él desprecia. Pero no ha pasado nada. El único acontecimiento destacable ha sido esa mujer de la melenita rubia corta que ha bajado por el sendero hecha un mar de lágrimas, se ha subido al CLK blanco y se ha marchado.

Suelta una risita amarga y hace una mueca de dolor. Carajo, las costillas. Todavía le duelen por culpa de las patadas que le dio el esbirro de Grey.

Revive la escena en su mente. «Si vuelves a tocar a la señorita Steele, te mato.»

Ese hijo de perra también recibirá lo suyo. Sí, no sabe lo que le espera.

Se reclina otra vez en el asiento. Parece que la noche va a ser larga. Se quedará, vigilando y esperando. Da otra calada al Marlboro. Ya llegará su oportunidad. Llegará muy pronto.

TOTALMENTE ADICTIVA, LA TRILOGÍA «CINCUENTA SOMBRAS» DE E. L. JAMES TE OBSESIONARÁ, TE POSEERÁ Y QUEDARÁ PARA SIEMPRE EN TU MEMORIA.

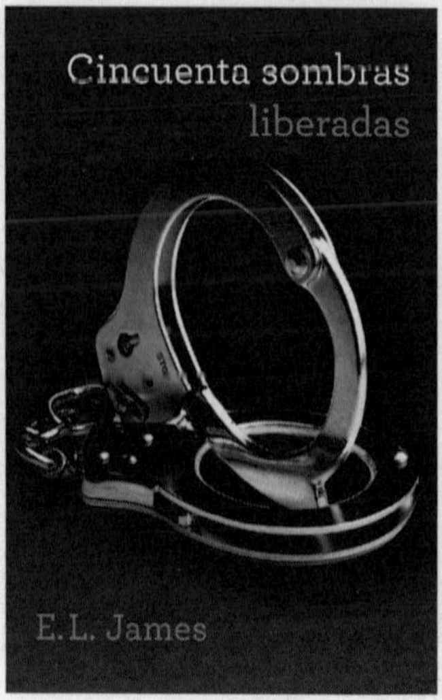

Cincuenta sombras más oscuras, de E.L. James
se terminó de imprimir en agosto de 2012 en
los talleres de Litográfica Ingramex, S.A. de C.V.
Centeno 162-1, col. Granjas Esmeralda,
C.P. 09810 México, D.F.